LA FAMILIA Y OTROS LÍOS

MARIAN KEYES

LA FAMILIA Y OTROS LÍOS

Traducción de
Matuca Fernández de Villavicencio,
Ignacio Gómez Calvo y María del Mar López Gil

PLAZA [PJ] JANÉS

Papel certificado por el Forest Stewardship Council®

Título original: *Grown Ups*
Primera edición: marzo de 2020

Printed in Spain – Impreso en España

ISBN: 978-84-01-02258-6
Depósito legal: B-1.568-2020

Compuesto en La Nueva Edimac, S. L.

Impreso en Liberdúplex
Sant Llorenç d'Hortons (Barcelona)

L 0 2 2 5 8 6

Penguin
Random House
Grupo Editorial

Para mi marido

Cuando éramos niños pensábamos que cuando fuéramos mayores dejaríamos de ser vulnerables. Pero hacerse mayor es aceptar la vulnerabilidad... Estar vivo es ser vulnerable.

Madeleine L'Engle

Prólogo

Prólogo

Johnny Casey estalló en un enérgico ataque de tos: se le había ido un trocito de pan por el otro lado. Pero la charla en torno a la larga mesa siguió como si nada. Qué bonito. Si se muriera ahí mismo, si se muriera de verdad, en su cuarenta y nueve cumpleaños, ¿repararían siquiera en ello sus hermanos, sus cuñadas, su esposa Jessie o alguno de los niños?

Jessie era su principal esperanza, pero estaba en la cocina preparando el siguiente de sus elaborados platos. No le quedaba otra que confiar en vivir lo suficiente para poder comérselo.

El sorbo de agua no ayudó. Le caían ríos de lágrimas por las mejillas y, por fin, Ed, su hermano mediano, preguntó:

—¿Estás bien?

Sacando pecho, Johnny le restó importancia.

—Pan. Se me ha ido por el otro lado.

—Por un momento pensé que te ahogabas —dijo Ferdia.

«¿Y por qué no has dicho nada, maldito inútil? ¡Veintidós años y te preocupan más los refugiados sirios que la posibilidad de que tu padrastro la palme!»

—Sería una pena. —Johnny carraspeó—. Morir el día de mi cumpleaños.

—No te habrías muerto —dijo Ferdia—. Uno de nosotros te habría hecho la maniobra de Heimlich.

«Ese uno tendría que haberse percatado primero de que estaba muriéndome.»

—¿Sabéis qué le sucedió no hace mucho? —preguntó Ed—. Al señor Heimlich. El hombre que inventó la maniobra de Heimlich.

Que al final, a los ochenta y siete años, tuvo la oportunidad de hacérsela a alguien.

—¿Y funcionó? ¿Lo salvó? —Era Liam, el pequeño de los hermanos Casey, sentado al final de la mesa—. Sería un poco humillante que le hubiera hecho la maniobra y el otro la hubiera palmado.

Liam tenía el don de añadir el toque sarcástico a las situaciones, pensó Johnny. Ahí estaba, repanchingado en la silla con esa elegancia desenfadada que hacía que a Johnny le rechinaran los dientes. A sus cuarenta y un años, Liam seguía abriéndose paso en la vida gracias a su cara bonita y su desparpajo, nada más.

Menuda facha, con ese pelo de surfista y la mitad de los botones de la arrugada camisa desabrochados.

—Como el señor Segway —dijo Ferdia—. Inventó el Segway, dijo que era cien por cien seguro y la palmó conduciendo uno.

—Para ser justos —puntualizó Ed—, lo único que dijo fue que no podías caerte de uno.

—¿Qué ocurrió? —Pese a su resquemor hacia todos los presentes, a Johnny le picó la curiosidad.

—Se cayó por un acantilado.

—Cielos. —A Nell, la mujer de Liam, le entró la risa—. ¿Empezó a creerse su propia publicidad? O sea, ¿eran un poco seguros y acabó pensando que eran infalibles?

—Se fumó la marihuana que le daba de comer —dijo Ferdia.

—Habló el experto. —Liam clavó una mirada sombría en su sobrino.

Este lo fulminó a su vez.

«¿De nuevo en guerra esos dos? ¿Qué habrá pasado esta vez?»

Se lo preguntaría a Jessie. Siempre estaba al tanto de las diferentes alianzas y discordias entre los Casey. Le daban vidilla. Por cierto, ¿dónde estaba? Ah, por ahí llegaba. Con una bandeja llena de cosas que parecían sorbetes.

—¡Sorbetes! —anunció—. De vodka...

—¿Y nosotros? —aulló Bridey. Tenía doce años y actuaba como sindicalista de los cinco primos menores. Velaba por sus derechos con gran celo—. Nosotros no podemos tomar vodka, somos demasiado pequeños.

—Y limón —terminó Jessie.

Todo bajo control, pensó Johnny. Bravo por Jessie. Nunca la pillaban en falta.

—Para vosotros, limón a secas.

A veces Johnny no entendía cómo lo conseguía Jessie. Aunque Bridey era su primogénita, a veces le parecía insufrible.

Bridey impartió instrucciones a los más pequeños: si sus sorbetes «sabían raro», debían desistir de comerlos con efecto inmediato.

Esas fueron, de hecho, las palabras que utilizó. «Desistir». Y «con efecto inmediato».

En ocasiones así, Johnny Casey se preguntaba sobre la conveniencia de enviar a los niños a colegios caros. Creaban verdaderos monstruos.

Jessie ocupó de nuevo su lugar en la cabecera de la mesa.

—¿Estáis todos servidos? —preguntó.

Se alzaron animados murmullos de asentimiento, porque así funcionaban las cosas en el mundo de Jessie.

Pero cuando la algarabía amainó, Cara, la mujer de Ed, dijo:

—Tengo que decirlo, me muero de aburrimiento.

Hubo algunas risitas afables y alguien murmuró:

—Eres la monda.

—No bromeo.

Varias cabezas se levantaron bruscamente de los sorbetes. Las conversaciones cesaron de golpe.

—En serio, ¿sorbetes? —preguntó Cara—. ¿Cuántos platos más tenemos que tragarnos? ¿No podríamos haber comido una simple pizza?

De acuerdo, Cara tenía algún que otro problemilla interior, por decirlo de una forma suave. Pero era un encanto, una de las personas más bondadosas que Johnny había conocido en su vida. Miró a su hermano Ed: le correspondía a él mantener a su mujer bajo control. A menos que esa fuera una idea tremendamente machista, y sí, debía reconocer que lo era.

Ed parecía desconcertado.

—Pero ¿qué dices? —preguntó—. ¡Jessie, lo siento!

Ella se había quedado muda del shock.

En un intento de recuperar la normalidad, Johnny adoptó un tono desenfadado.

—Venga, Cara, con todo lo que se ha esforzado Jessie…

—¡Pero si ella no ha hecho nada! ¡Lo ha hecho el catering!

—¿Qué catering? —inquirieron varias voces.

—Siempre encarga las cosas a un servicio de catering.

«Jessie jamás utilizaría un servicio de catering. Es una experta cocinera.»

El escándalo y la conmoción recorrieron la mesa.

—¿Cuántas copas has bebido? —preguntó Ed a Cara.

—Ninguna —dijo—. Por ese golpe que…

—¡En la cabeza! —terminó Ed por ella y su alivio fue audible—. Esta tarde recibió un golpe en la cabeza. El rótulo de una tienda se desprendió y le dio en…

—Eso no fue lo que ocurrió…

—Pensábamos que estaba bien…

—Queríais que estuviera bien —dijo Cara—. Yo sabía que no lo estaba.

—¡Tenéis que ir a urgencias! —Jessie intentaba recuperar su personalidad por defecto de cuidadora y mandona—. Está claro que tienes una conmoción cerebral. Marchaos ya. ¿Por qué habéis venido siquiera?

—Porque Ed necesita que Johnny le preste el dinero —dijo Cara.

Al instante, Jessie inquirió:

—¿Qué dinero?

—El de la otra cuenta corriente —contestó Cara. Luego—: Dios mío, no debía decirlo…

—¿Qué cuenta? —preguntó Jessie—. ¿Qué préstamo?

—Cara, vámonos ahora mismo al hospital. —Ed se puso en pie.

—¿Johnny? —Jessie clavó la mirada en su marido.

Johnny sabía cómo iría la cosa: Jessie dejaría el tema ahí, pero más tarde tendrían una conversación seria. Sin embargo, él todavía guardaba algo en su arsenal.

—Jessie, ¿qué catering?

De repente, Ferdia fulminó a Johnny con la mirada.

—No me puedo creer que estés haciéndole esto —dijo lleno de rabia.

—Tengo derecho a saberlo.

Ferdia hizo una pausa. Su tono hacia su padrastro tenía muchos niveles.

—¿Tú? Tú no tienes derecho a nada.

El miedo trepó cual anguilas por el estómago de Johnny.

Los demás seguían con la mirada fija en Jessie. ¿De verdad Superwoman recurría a un servicio de catering?

—Nosotros no deberíamos estar presenciando esto —dijo Bridey en voz baja—. Somos niños. No es apropiado.

Acorralada por la mirada colectiva, Jessie movía los ojos de un lado a otro. Parecía aterrorizada.

—¡Sí, vale, sí! —exclamó exasperada—. A veces. ¿Y qué?

—Y ese fue el día en que dejé de ser niña —murmuró Bridey.

—¿Cómo lo sabías? —preguntó Liam a Cara.

—Durante un tiempo llevé la contabilidad de Jessie —dijo Cara—. Cada vez que teníamos una de estas cenas interminables, aparecía un pago disparatado a Cookbook Café. No hay que ser una lumbrera para...

—¡Tengo cinco hijos de entre ocho y veintidós años! —gritó Jessie—. Dirijo un negocio, el día solo tiene veinticuatro horas y tú, Johnny, nunca estás en casa y...

Cara se levantó.

—Mejor me voy al hospital —dijo—. Antes de que me pelee con cada uno de vosotros. Vamos, Ed.

—Oye, Cara, ¿de verdad te gusta mi nuevo corte de pelo? —la interrumpió Saoirse, de dieciocho años.

—¡No me preguntes eso, cielo! —suplicó Cara—. Sabes lo mucho que te quiero.

—¿Eso significa que no te mola?

—Ese flequillo te hace cara de pan.

«¡Realmente le hacía cara de pan! Cara había dado en el clavo. Aun así, no puedes decirle eso a una adolescente.»

Ante el semblante abatido de Saoirse, Cara parecía muerta de arrepentimiento.

—Lo siento, Saoirse. Pero volverá a crecer. Vamos, Ed.

—Antes de que te vayas —Liam entornó los párpados—, ¿de veras el masaje que te di fue...? ¿Qué palabra utilizaste?

—¿«Divino»? No. Fue espantoso. Olvida lo de hacerte masajista. Eres un horror.

—¡Oye! —Nell se levantó de un salto para defender a su marido—. Se esfuerza mucho.

—¿Y tú por qué lo apoyas? —preguntó Cara.

Liam se activó de golpe. Podía oler la sangre.

—¿Por qué no iba a apoyarme? Cuéntanoslo, Cara, venga, cuéntanoslo.

—Cara, no. —El tono de Nell era tajante.

—Cuéntamelo —le ordenó Liam.

—¡No! —dijo su mujer—. Se volverá en tu contra, Cara.

—Cuéntamelo —repitió Liam en tono imperioso.

Y como Cara había sufrido una conmoción, estaba confusa y a esas alturas ya le daba igual, lo contó todo.

Seis meses antes

Abril

Semana Santa en Kerry

1

La línea interna de Cara sonó justo pasadas las siete de la mañana.

Oleksandr, el portero, dijo:

—El idiota ha aterrizado. Tiempo estimado de llegada: tres minutos.

Cara se volvió hacia su becario.

—Vihaan, empieza el espectáculo. —Se alisó la falda una vez más y se retocó el moño—. Recuerda...

—Sígueme. No dejes de sonreír. No digas nada.

—Que no se note que estás alucinando suelte lo que suelte.

—Qué emoción. Espero que sea un monstruo.

—Basta. —Primero la insolencia de Oleksandr, ahora la de Vihaan. En ese trabajo ni siquiera deberían pensar esas cosas.

Acompañada de Vihaan, Cara ocupó su lugar, frente a la puerta de entrada, en el vestíbulo abarrotado de flores. Dibujó su sonrisa más cálida y avanzó unos pasos.

—Bienvenido de nuevo al Ardglass, señor Fay. —Su bienvenida era sincera: amaba aquel hotel—. Soy Cara Casey, y él es Vihaan, mi ayudante...

—Me da igual cómo se llamen, llévenme a mi habitación.

—Por supuesto, señor.

—Súbanme el equipaje. Ahora, no dentro de quince minutos. O sea, ya.

Cara lanzó una mirada apremiante a Anto, el botones. «Vamos, vamos, vamos.»

—El ascensor es por aquí, señor Fay.

Dentro del cubículo, Cara preguntó con una voz deliberadamente suave:

—¿Qué tal el viaje?

—Largo. Aburrido que te cagas.

—¿De dónde...?

—Cá-lle-se.

Una vez en la puerta de la suite, la llave electrónica funcionó. Las llaves del Ardglass siempre funcionaban, pero la ley de Murphy podría haber querido que esa hubiera fallado justo en ese momento.

—Bienvenido de nuevo a la suite McCafferty —dijo Cara.

De las cincuenta y una habitaciones del Ardglass, esa suite del tercer piso era la favorita de Cara: las altas ventanas de guillotina con vistas a los frondosos árboles de Fitzwilliam Square, las molduras georgianas del techo, el cuarto de baño con su bañera con patas y su calefacción por suelo radiante...

—¡Aquí tiene su equipaje! —Anto y su carrito irrumpieron en la suite.

—El mejor hotel de Dublín —dijo el señor Fay con sarcasmo.

Pero era cierto que se trataba del mejor: las mejores sábanas de hilo, la mejor comida, el mejor spa. Sin embargo, lo que hacía que destacara por encima de todos los demás era el servicio de su personal multicultural: intuitivo e impecable, respetuoso pero relajado. Se esmeraban para que todo el mundo se sintiera especial, desde las humildes parejas de recién casados que solo disfrutaban de una noche espectacular, hasta los habituales de los hoteles de lujo con elevado poder adquisitivo.

—¿Dónde le dejo las maletas, señor Fay? —preguntó Anto.

—¿Por qué no se las mete por el culo?

—No me cabrían, señor —respondió el botones, haciendo gala de su descarado humor dublinés.

—En el suyo seguro que sí. —Billy Fay señaló a Cara.

Pero ella repelió el dolor de la bofetada antes de que esta aterrizara.

Anto se apresuró a depositar las maletas encima de la mesita destinada a ese fin y se dio el piro.

Cara rescató su sonrisa.

—Aunque ya se ha alojado aquí en otras ocasiones, ¿quiere que vuelva a explicarle los dispositivos de la habitación?

—Lárguese de una vez, gordinflona.

Vihaan ahogó una exclamación.

Cara tendría unas palabras con él más tarde.

—¿Desea que le subamos algo, señor Fay? ¿Café? ¿Té...?

—He dicho que se largue. Y llévese a su perrito faldero del ISIS con usted.

—Sí, señor.

Salieron y se dirigieron a la escalera de servicio.

—Uau. Ling tenía razón, es un demonio —murmuró Vihaan.

—Ha viajado más de dieciocho horas seguidas; está cansado.

—La última vez hizo llorar a Ling. Por eso hoy has llegado tan pronto, ¿verdad? Eres la única persona que puede manejarlo. ¿Y a qué ha venido lo del ISIS? Soy hindú.

—Vihaan, cariño, no dejes que eso te afecte.

—¡Y otra cosa! ¡Tú no estás gorda!

Se miraron, presas de una alegría repentina.

—Pero —continuó—, estás un...

Cara intentó taparle la boca. Vihaan se escabulló y ambos estallaron en carcajadas, liberando toda la tensión. Sin dejar de reír, entraron en la recepción.

—¿Mal? —preguntó Madelyn.

—Uf, sí. Yo soy del ISIS y...

—Yo soy una gordinflona.

Tras una mirada furtiva para asegurarse de que no había huéspedes cerca, soltaron otra risotada y, con ella, el resto del estrés.

—Bien —los interrumpió Madelyn—. Los ganadores del concurso, el señor y la señora Roberts. Hora estimada de llegada: la una. ¿Qué habitación les has asignado?

—Aún no lo he decidido —dijo Cara—. Lo sabré cuando los vea.

Alguna que otra vez, en un concurso de radio, una pareja afortunada ganaba un par de noches en el Ardglass. Solía ser gente que no podía permitirse algo así. Cara y su equipo se alegraban mucho por ellos: querían que experimentaran todas las maravillas que ofrecía el hotel.

—¿Qué sabemos de ellos?

En cada ocasión realizaban una indagación discreta en las redes sociales sobre los futuros huéspedes, para evitar meteduras de pata como regalar una botella de champán a un alcohólico en proceso de recuperación.

—No mucho. Marido y mujer. Paula y Dave Roberts. Cuarentones. De una ciudad pequeña del condado de Laois. Al parecer tienen dos hijos adolescentes.

Algunos ganadores estaban hechos para una suite en la última planta, mientras que otros, nada acostumbrados a los hoteles de cinco estrellas, se sentían más cómodos en una habitación estándar. Pero Cara nunca sabía con certeza por cuál decantarse hasta que los conocía.

2

A ciento ochenta kilómetros de allí, en el hotel Lough Lein del condado de Kerry, Nell leía la lista plastificada del minibar.

—¿Siete euros por una cerveza? ¿Tres euros por una lata de Coca-Cola? —Escandalizada, hizo una pausa—. Están de coña. Había un Lidl en la última rotonda. Podríamos comprar bebidas allí por mucho menos.

Liam se encogió de hombros.

—No hace falta. Tómate lo que quieras, paga Jessie.

—No me parece bien.

—Oye, comparada con lo que cuesta esta habitación, bueno, todas las habitaciones, cualquier factura del minibar será una miseria. Incluso la tuya. Además, Jessie no juzga. Ella no es así.

Nell calculó cuántas habitaciones había reservado Jessie y las enumeró con los dedos.

—Jessie y Johnny, Cara y Ed, tú y yo. Luego están los niños: Ferdia y… ¿Cómo se llama su colega? Barty. Bien, ellos, Saoirse y Bridey, TJ y Dilly. Los dos de Cara y Ed. ¿Están todos? Me estoy quedando sin dedos…

—O sea, siete habitaciones. Pero Jessie reserva con mucha antelación y consigue un buen descuento.

—Cuatro noches en un hotel de cinco estrellas, última planta, vistas al lago, Semana Santa. Liam, tienen que estar forrados.

—Jessie curra mucho. Bueno, los dos. —Habían hablado de eso hasta la saciedad. Estaba empezando a hartarse.

Sin especial interés, puso la tele y pasó deprisa un programa de entrevistas, unos dibujos animados en tecnicolor, un partido de rugby y un reportaje sobre muchedumbres de aspecto desesperado aguardando bajo la lluvia detrás de un alambre de espino... La cámara enfocaba a un niño pequeño, sentado sobre los hombros de su padre, llevando lo que parecía una bolsa de supermercado en la cabeza para protegerse del aguacero. Liam apretó enseguida el botón de apagado. Pero era tarde, Nell lo había visto.

—Echemos un vistazo a la terraza —se apresuró a decir Liam.

Abrió las puertas de cristal y salió. Para su alivio, Nell lo siguió. Se acodaron en la barandilla y contemplaron en silencio el tenue azul marino del lago y las escarpadas montañas a lo lejos, de un color verde grisáceo. Tres plantas más abajo, en los jardines, había niños gritando y correteando.

—Es precioso —comentó Liam—. Muy instagrameable.

—Ja, ja. —Nell sacó su móvil y disparó una ráfaga de fotos—. Sí, es impresionante.

—¿Te alegras ahora de haber venido?

—¡Ja! Como si hubiese tenido elección.

Liam se encogió de hombros. Cuando su cuñada emitía una orden, la gente, por lo general, obedecía.

Hacía cinco meses que se había casado con Nell. Al principio, Jessie les había dado espacio, pero en las últimas semanas los había invitado a varios eventos familiares. La presión para ese fin de semana había sido extrema.

—Nunca he conocido a nadie tan tenaz como ella —dijo Nell.

—Tú no eres lo que se dice un corderito. Yo apostaría por ti —dijo Liam, y al verla sonreír respiró aliviado.

Pasillo abajo, Johnny se llevó una decepción al descubrir que a Jessie y a él les habían asignado una suite de dos dormitorios que compartían con sus dos hijas pequeñas, TJ y Dilly. Ese fin de semana había confiado en poder hacerlo con Jessie sin temer oír unos piececitos correteando por el rellano e irrumpiendo en su habitación.

Una puerta cerrada con llave era su idea de la libertad.

Pero Jessie había alegado que Dilly aún era demasiado pequeña.

—Puede que el año que viene, cuando tenga ocho.

—Cumple ocho el mes próximo. Y comparte habitación con TJ, que tiene nueve y puede cuidar de ella.

—A callar.

Hablando del papa de Roma, por ahí llegaba TJ con Dilly a la zaga.

—Mamá, he vaciado mi maleta. Aplausos, por favor.

—Eres una fenómena. Es más de lo que ha hecho tu padre.

—¿Para qué —repuso Johnny—, si tú lo haces mucho mejor que yo?

—¡Hazlo, pedazo de vago! —dijo TJ.

Johnny rio.

—Me pregunto a quién le ha oído decir eso.

—A mamá.

—Lo sé, cariño, era una pregunta retórica.

—¿Qué es eso?

—Una pregunta retórica es una pregunta que no necesita respuesta —explicó, toda altanera, Bridey.

¿De dónde había salido?

—La puerta de vuestra suite estaba abierta —dijo Bridey—. Debéis tener más cuidado, podría haber entrado cualquiera. —Se volvió hacia TJ y Dilly—. Bien, pequeñas, inspeccionemos vuestra habitación.

Johnny comenzó a colgar su ropa.

—Seguro que Bridey encuentra algún problema de seguridad. Es un grano en el culo.

—No digas eso, Johnny, tiene oídos de murciélago. Además, con doce años es normal que mangonee. Ya se le pasará.

Johnny había dejado de sacar cosas de la maleta.

—¿He traído un traje? Se suponía que iban a ser unos días de relax.

—El sábado cenaremos en el restaurante elegante.

—No quiero llevar traje.

—Nadie te obliga. Solo está ahí por si te apetece ponértelo.

Sí, ya.

—Vale, Centro de Control, léeme la agenda.

—Esta noche, cena informal en la Brasserie a las seis y media, bien prontito. Después, los niños verán una peli en el club y los mayores tomaremos unas copas. Mañana, Viernes Santo, día libre.

Lo que solo significaba que Jessie no había organizado grandes comidas o cenas. Aun así, lo obligaría a ir de excursión. O a quedar con amigos de Dublín que también estuvieran pasando la Semana Santa en Kerry. ¿Qué sentido tenía eso? Podían verse en Dublín cuando quisieran. Se suponía que estaban de vacaciones.

—Mañana la gente puede comer en la habitación —dijo Jessie—. O tomar sándwiches calientes en la cafetería, lo que prefieran.

—¿Incluso ir a Killarney a comer patatas fritas? —preguntó Bridey. Había regresado a la habitación junto con TJ y Dilly.

Johnny advirtió que a Jessie la idea no le hacía gracia. Le gustaba que todos permaneciesen en el hotel, donde podía convocarlos sin previo aviso. Si pudiera obligarlos a llevar tobilleras electrónicas, lo haría.

—Mamá, papá, ¿sois conscientes de que la ventana de TJ y Dilly se abre? ¿He de recordaros que estamos en un tercer piso?

—Se abre cinco centímetros —dijo Jessie. Le sonó el teléfono y lo cogió—. ¡No me lo puedo creer!

—¿Qué ocurre?

—Ferdia y Barty han perdido el tren.

—Pandilla de colgados. —TJ habló exactamente como su madre.

—Estaban en una manifestación de no sé qué. —Jessie pulsó varios botones y se llevó el teléfono a la oreja—. Ferdia, ¿qué diantre...?

—Uf. —Dilly se tapó los oídos.

—¿En serio? Ahora escúchame bien... ¡No! No vas a escaquearte del fin de semana. Los derechos conllevan responsabilidades. Esta es tu familia. —Jessie clicaba en su iPad mientras hablaba—. Hay un tren mañana a la una que llega a Killarney a las cinco menos cuarto. Te quiero en él. —Colgó.

La exasperación flotaba en el aire.

—Mamá, ¿puede venir a jugar tía Nell? —preguntó Dilly.

Jessie las ahuyentó con la mano.

—Bridey, enséñale cómo llamar a la habitación de Liam y Nell. —Se sentó con una quietud impropia de ella, sin duda dándole vueltas a algo—. Alguien tendrá que ir mañana a recoger a ese par de atontados a la estación —dijo—. Lo cual podría interferir con...

—¡Pensaba que mañana era «día libre»!

—Sí, pero... —Jessie esbozó una sonrisa culpable—. Estaba

pensando… Nunca hemos hecho el paseo en carro de caballos por la Brecha de Dunloe.

—Ni hablar, cielo. Eso solo lo hacen los turistas estadounidenses.

—Sería divertido.

—Jessie. —Johnny dejó su ropa a un lado—. Me moriría de vergüenza.

—Estamos creando recuerdos.

—En serio, necesitaré terapia para recuperarme de un recuerdo como ese.

—¡Tía Nell ha llegado! —aulló Dilly desde el recibidor—. ¡Y lleva el pelo rosa!

Dilly entró arrastrando a su tía más nueva. En efecto, tenía su larga y abundante melena de color rosa; un baño pastel, no un esperpento fluorescente.

—¡Madre mía, estás increíble! —Jessie se levantó de un salto—. ¡No solo el pelo, toda tú!

Nell llevaba un mono azul marino, unas Martens y un pañuelo en la cabeza atado con un gran lazo, como si hubiera estado pintando un cobertizo. Y tal vez fuera así. Su trabajo consistía en construir escenografías para el teatro, de modo que a Johnny le costaba distinguir su atuendo de trabajo de su ropa normal. Sabía que Jessie aplaudía el estilo de Nell. Pensaba que, como familia, les daba «textura».

—Gracias por esto… —Nell señaló nerviosa a su alrededor—. Por la habitación, este hotel. Liam y yo nunca podríamos alojarnos en un lugar tan bonito.

—Oh, cariño —dijo Jessie—. De nada. Nos hace muy felices que estéis aquí.

—Gracias. —Nell se sonrojó.

—¿Puedo ponerme el pelo rosa? —preguntó Dilly.

—Lo dudo mucho, bichito —dijo Jessie—. Lo tienes demasiado oscuro.

Saoirse, de diecisiete años; Bridey, de doce, y TJ, de nueve, eran miniyós de Jessie: altas y rubias. Dilly, la pequeña, una cosita maciza de pelo moreno y enmarañado, era claramente una Casey.

—¡Oooh! Pero ¿y tú, mamá? Tú tienes el pelo claro. ¡Póntelo rosa!

—Mataría por que me quedara la mitad de bien que a Nell, pero hay más productos químicos en mi pelo que en toda Corea del Norte. Otro más y se me caería a mechones.

—Por no mencionar el escándalo que causarías en el trabajo —intervino Johnny.

—Sí. —Jessie suspiró—. Por cierto, Nell, ¿has reservado ya un tratamiento en el spa para este fin de semana?

—Eh, no… —Su cuñada se sintió incómoda—. Nunca me han hecho un masaje.

—¿Qué? ¡No! Eso no puede ser.

Nell sonrió.

—No sé si me va.

—Por favor, tienes que hacerte uno. Cárgalo a la habitación. ¡Cielos! —La angustia se apoderó de Jessie—. Puede que ya lo tengan todo reservado. Lo haremos ahora. Johnny, llama al spa.

—No —dijo Nell—. Por favor.

Johnny se detuvo de camino hacia el teléfono. ¿A cuál de las dos mujeres temía más?

TJ lo salvó.

—¿Nos vamos o qué?

—Nos vamos —dijo Nell.

Ella, Bridey, TJ y Dilly pusieron pies en polvorosa.

—Oh, Johnny. —Jessie estaba horrorizada—. Nunca le han hecho un masaje.

—Tiene treinta años, es una milenial. No tienen dinero.

—Lo sé, lo sé, pero…

—¡Basta! Reaccionas como si nunca hubiera visto un plátano. Continúa con el programa para este «relajado» y «relajante» fin de semana.

—¡Será relajante! —Jessie soltó una risita—. Dios, estoy fatal. Os daré caña hasta que os suba la moral, ¿vale?

3

En torno a la una, un hombre y una mujer, cohibidos y agarrotados, avanzaron reacios hasta la recepción del Ardglass. Cara salió de detrás del mostrador luciendo su mejor sonrisa.

—¿Señor y señora Roberts?

—Eh... Sí, somos nosotros.

Ni hablar de una suite en la última planta. Esa pobre gente estaba aterrorizada. Dave llevaba un traje confeccionado para un hombre más joven y espigado, y el vestido de Paula, demasiado formal, seguro que se lo había comprado expresamente para la ocasión. Los clientes habituales del Ardglass solían entrar con desparpajo, zapatillas deportivas y ropa *athleisure* desconjuntada cuyos tonos apagados y aire informal no dejaban entrever los elevados precios de las etiquetas.

Cara condujo con amabilidad a los Roberts hasta un círculo de sillones.

—¿Les apetece un café? ¿Té? ¿Una copa de champán?

—No queremos molestar —dijo Dave.

—No es ninguna molestia, pero podemos subírselo a la habitación en cuanto se hayan registrado. Haremos eso, ¿de acuerdo? —Les sonrió de nuevo, deseando con toda su alma que el matrimonio disfrutase de la experiencia. La suite Luna de Miel también quedaba descartada, decidió; sus implicaciones eróticas los incomodarían. Así y todo, quería para ellos algo más que una habitación estándar. Clic, clic, clic, hizo su cerebro mientras repasaba mentalmente las reservas de los siguientes dos días—. Primero permítanme introducir sus datos.

Se acercó al mostrador de recepción y murmuró de soslayo «Suite Corrib» a Madelyn.

—Perfecto —susurró Madelyn, que enseguida entró en acción y agarró el teléfono.

Cara entretuvo a los Roberts mientras se apresuraban a dotar la Suite Corrib de champán, flores, bombones artesanales y una tarjeta de bienvenida de Patience, la directora adjunta.

Situada en la última planta, era más pequeña que las otras suites. En tonos crema y dorado pálido, la decoración de la encantadora salita de estar resultaba agradable y acogedora. El dormitorio era luminoso, sencillo y liso, sin doseles que pudieran amedrentarlos.

Paula miró en derredor.

—Es muy bonita. —Parecía algo menos aterrada.

—¿Les apetece ahora esa taza de té?

Paula paseó la mirada por la estancia.

—¿Y el hervidor? —preguntó.

—En las habitaciones no hay hervidor —dijo Cara—. Pero para cualquier cosa que les apetezca, lo que sea, solo tienen que llamar.

—Vale —respondió rápidamente Paula.

Cara sospechaba que no lo haría. Paula y Dave eran gente humilde, capaces de intentar dormir con todas las luces de la habitación encendidas antes que molestar a alguien para que les dijera cómo se apagaban.

Cara pidió té por teléfono y luego dijo:

—En serio, hay que mantener ocupados a los muchachos del servicio de habitaciones o se quedarán sin empleo.

Dave trató de sonreír, pero el intento se quedó en una mueca.

—No dejarán a nadie sin empleo. —Cara dirigió las siguientes palabras a Paula—. Permitan que otros les sirvan por una vez. No sé usted, pero yo tengo dos hijos y me parece que me paso la vida delante de los fogones friendo barritas de pescado.

¿Estaba Paula empezando a comprender que detrás del uniforme y la insignia de Cara había una persona de carne y hueso?

—Tengo la impresión de que en cuanto terminan una comida —continuó Cara— es hora de empezar a preparar otra.

Esta vez Paula sonrió.

—Yo he tenido la fortuna de alojarme aquí un par de veces —dijo Cara—. Me llevó un tiempo relajarme. Hasta que le pillé el gusto. El personal de este hotel sabe muy bien cómo cuidar de ustedes; de hecho, están deseando hacerlo. Ahora les mostraré los dispositivos de la habitación.

Les explicó cómo funcionaban las luces y el equipo de música.

—Esta es la carta del servicio de habitaciones. Pero en realidad les prepararán lo que quieran: sándwiches de queso fundido, patatas fritas con salsa curry, aunque no aparezcan en la carta.

Unos toquecitos en la puerta anunciaron la llegada del té. Mientras Gustav, el joven camarero uniformado, inclinaba con delicadeza la tetera de plata sobre las tazas de porcelana, Dave aguardaba a su lado, tieso como un palo, apretando un billete de cinco euros en el puño.

A la primera oportunidad le tendió el billete al muchacho y dijo secamente:

—Gracias, hijo.

—Gracias a usted, señor —murmuró Gustav.

Dave se dio la vuelta. Parecía exhausto, y eso no podía ser. Los Roberts tenían pinta de ser grandes bebedores de té. Si Dave iba a tener que pasar por eso cada vez que quisiera una taza, moriría por el estrés de las propinas al final del día. Y, además, moriría arruinado.

Cara estaba ideando una solución cuando sonó su línea interna. Era Hannah, la peluquera.

—Disculpen —dijo a Paula y Dave—, he de...

Salió al pasillo y dijo:

—¿Hannah?

—Tengo una cancelación. ¿Quieres que te peine? Pero tiene que ser ahora.

—¿En serio? ¿Qué hora es? ¿La una y media? ¡Hace rato que acabó mi turno! En diez minutos estoy ahí. Gracias. —Primero, no obstante, bajó corriendo al almacén situado en el sótano—. ¿Hay algún hervidor de agua?

Tenía que haberlo. Allí vivían toda clase de objetos abandonados. Un hervidor en buen estado apareció en cuestión de segundos. Una vez en la cocina, Cara juntó en una bandeja una tetera de plata, un colador y tazas de porcelana, toda la parafernalia necesaria para preparar té, y regresó rauda a la Suite Corrib.

Paula abrió la puerta.

—¡Oh!

—Pueden quedarse con todo esto —dijo Cara— si me prometen que pedirán al servicio de habitaciones cualquier otra cosa que desee su corazón.

Entonces se acercó Dave. Parecían tan aliviados que a Cara le dieron ganas de llorar.

—Genial —dijo él—. Lo haremos. Esto… gracias.

Una vez abajo, Cara cruzó el jardín hasta el spa de cristal y arenisca donde la esperaba Hannah. Con sus pantalones de camuflaje y su camiseta negra, parecía más una francotiradora que una peluquera.

—¿No estarás haciéndome un favor a escondidas? —preguntó Cara con recelo.

—No. Una huésped canceló con solo diez minutos de antelación. Ella paga igual, yo cobro igual. Fin de semana fuera, lo pasarás mejor si llevas el pelo decente. Siéntate ahí y te lo lavaré. Quítate ese…

—Horrendo moño.

—Eso.

—Cuánta razón tienes. Un buen pelo mejora todo lo demás. —Una ligereza repentina inundó a Cara mientras Hannah le masajeaba el cuero cabelludo—. Este fin de semana me da como miedo.

—¿Por qué? ¿Por tanto niño?

—Ja, ja. No, pero ahora que lo mencionas… Mis dos muchachos son los niños más increíbles del mundo. Obviamente. —Se sumó a la risa irónica de Hannah—. Y sus primos son encantadores. Pero… —Era el aburrimiento lo que no soportaba. En cuanto llevaba media hora cuidando de una pandilla de criaturas de ocho años, el pánico se adueñaba de ella y le entraba una necesidad imperiosa de sumergirse en el móvil, pero no podía porque, sin su vigilancia constante, era probable que alguno de los niños se cayera en una hoguera o se partiera la pierna saltando de una mesa.

De pie frente al espejo, Hannah encendió el secador con la misma determinación macabra con la que alguien accionaría una sierra eléctrica.

—¿Ondas bohemias?

—Dios, lo que sea. Sí.

Después del secador, Hannah ejerció su magia con una plancha GHD. Cara observaba cómo las lustrosas ondas morenas le caían alrededor del rostro y se preguntaba por qué nunca conseguía hacer eso mismo en casa.

Pero Hannah era un genio. Era tan buena con el pelo, que la dirección del Ardglass estaba dispuesta a pasar por alto sus modales, más bien bruscos.

Al final, deslizó los dedos por las ondas de Cara.

—Lista.

En el espejo, el pelo repentinamente brillante de Cara tenía un glamur moderno y desordenado. Debería esmerarse para estar a la altura de aquel peinado. Más maquillaje. Mejores ropas.

—Eres increíble, Hannah.

La peluquera la observó sin emoción.

—Estás guapa. Me rompe el corazón que esta preciosa melena viva escondida en un moño de mierda.

—No tengo nada para darte...

—¡Oye, eres mi amiga! No...

—Ahora, pero el martes invito al vino.

—Hecho. No mates a ningún niño. O sí. Es tu fin de semana.

Cara se puso los auriculares, encontró a Michael Kiwanuka en el móvil y salió al día primaveral.

Pese a ser solo las dos y media, el tranvía iba a tope, quizá porque era Jueves Santo y la gente salía ya del trabajo.

Cara había terminado pronto porque había empezado pronto. Por lo general, su hora de entrada eran las diez de la mañana, pero ese día había llegado a las seis para lidiar con Billy Fay. Eran buenos jefes los Ardglass, así que le parecía justo.

Cuando llegara a casa tendría que dar de comer a los niños: más barritas de pescado, más patatas asadas, más judías con salsa de tomate. Y habría que dejar a Baxter en casa de sus padres antes de poner rumbo al condado de Kerry. Llegarían al hotel justo a la hora de la cena.

Sus sentimientos respecto al inminente fin de semana eran,

cuando menos, contradictorios. Por un lado, cuatro noches en el espectacular hotel Lough Lein: cualquier persona —incluso gente que, a diferencia de Cara, no estaba obsesionada con los hoteles— mataría por menos. Por otro lado, el hecho de que Jessie y Johnny corrieran con todos los gastos la incomodaba. Pero, por tercer lado, Cara y Ed jamás habrían podido permitirse algo así y Jessie había insistido hasta la saciedad. ¡Eh! Un hombre se había levantado: un precioso asiento había quedado libre.

Se abalanzó hacia él al mismo tiempo que otra mujer. Ambas tenían la mano en el asiento, ambas tenían el mismo derecho a sentarse. Se miraron en una batalla silenciosa de voluntades. Cara observó a su adversaria con vaqueros pitillo. «Me merezco este asiento tanto como tú —pensó—. Ahora mismo luzco el pelo más maravilloso de toda la ciudad.» Entonces recordó cómo la había llamado Billy Fay. «Gordinflona»...

Un torrente de autodesprecio echó abajo sus defensas e inundó cada célula de su cuerpo. Cara retrocedió, entregó el asiento a la vencedora y se sumergió en la masa de viajeros.

4

—¡Oh!

El tono de Jessie alertó a Johnny.

—¿Qué? —preguntó.

—El artículo del *Independent*. Ya está en internet. Pensaba que tardaría un par de semanas...

«Mierda.»

—Estará bien. Envíamelo.

Y lo leyeron en silencio.

Jessie Parnell llega tarde. Tres minutos. Irrumpe en el PiG Café arrasando con su encanto: una reunión administrativa que se ha alargado, problemas para encontrar aparcamiento y confía en que no estuviera preocupado.

(Un amigo mío tiene una teoría sobre la gente puntual: o poseen unos modales exquisitos o son unos controladores tremendos. Me pregunto a qué grupo pertenece Parnell ¿Quizá a los dos?)

Parnell es esbelta como un junco; alta, metro setenta y cinco como mínimo, y su ajustado abrigo blanco está inmaculado. Tiene aspecto de rica. Seguramente porque lo es.

La historia del éxito de Parnell's International Grocer es bien conocida entre los irlandeses. En el año 1996, Jessie Parnell, una joven de veintiséis años del condado de Galway, acababa de volver de unas vacaciones en Vietnam. Cocinera apasionada en su tiempo libre, decidió recrear el *gỏi cuốn*, un plato del que se enamoró estando allí. Pero le resultó imposible conseguir la mayoría de los ingredientes en Dublín.

«Eran los tiempos antes de internet —me recuerda—. Irlanda no era tan multicultural como ahora. Si no tenían los productos en

Super-Valu o Dunnes, no había manera de conseguirlos. Vi un nicho de mercado.»

El sueño de todos: sentarte a la mesa de tu cocina y concebir una idea para un negocio genial. Las mejores ideas son simples, pero cabe suponer que se necesite el dinamismo de Parnell para llevarlas a cabo.

«Por aquel entonces, los irlandeses estaban empezando a viajar a Asia, a lugares como Tailandia y Japón, y a probar lo que mi padre habría denominado "comida con sensaciones". Creí que les gustaría intentar cocinar esos platos.»

¿Cómo arrancó el negocio?

«Yo trabajaba en una empresa de exportación de alimentos. Había conocido a algunas personas clave, de modo que sabía dónde obtener los productos.»

En aquellos tiempos, tenía en su haber dos años como comercial de Irish Dairy International.

Que Parnell consiguiera trabajo en IDI no es cualquier cosa: por aquel entonces, el principal cliente de la compañía era Arabia Saudí, que tenía como norma no negociar con mujeres. Debido a ello, IDI se había mostrado reacio a entrevistarla.

Pero, según Aaron Dillon, el jefe de Recursos Humanos, en cuanto Parnell cruzó la puerta supo que era especial: «Llena de energía y optimismo, alguien que sabe trabajar en equipo. Siempre sonriente, siempre alegre».

(Las fotos de aquella época muestran a una joven de aspecto saludable, pelo rubio, pecas y dientes grandes. No puede decirse que fuera guapa, pero rebosaba vitalidad.)

«No caía bien a todo el mundo —reconoció Aaron Dillon—. La palabra "ambiciosa" corría por ahí, pero yo me dije que llegaría lejos.»

Dos personas a las que sí les gustaba eran dos hombres que empezaron a trabajar en IDI ese mismo año: Rory Kinsella y Johnny Casey, su primer y segundo marido, respectivamente.

«Ellos formaban un gran equipo. Rory era el sensato y Johnny tenía el encanto —asegura Aaron Dillon—. Los dos eran brillantes en su trabajo.»

Y los dos se enamoraron de Parnell, si hacemos caso a los rumores.

Parnell se niega a que la conversación siga por ahí, pero si citamos a Johnny Casey: «Estuve enamorado de ella durante todo su matrimonio con Rory», parece que podemos afirmar que era así.

Jessie Parnell elaboró un plan para su negocio que, reconoce alegremente, era una fantasía. «Hice una proyección a cinco años —dice riendo—, cuando no tenía ni idea de si sobreviviría al primer mes.»

No obstante, debió de resultar muy convincente, porque consiguió que el banco le concediera un crédito.

«Para ser justos, en aquellos tiempos —me recuerda—, los bancos estaban deseosos de conceder créditos.»

A finales de 1996, una tienda pequeña en South Anne Street, Parnell's International Grocers, abrió sus puertas. Siempre han cuidado mucho la estética del local. Sobre el dintel, el rótulo espejado imitando antiguo, con letras doradas y curvas, parecía al mismo tiempo moderno y como si siempre hubiera estado allí. Transmitía confianza al instante.

Dentro, Parnell ofrecía recetas y demostraciones culinarias. El personal era experto en qué cocinar con esos adorables tarritos de canela de Saigón o de anchoas en salazón de Birmania.

Por supuesto, los clientes irlandeses pagaban un elevado suplemento por el privilegio de comprar tales ingredientes, que también podían adquirirse en los mercados de Birmingham o Brick Lane por una décima parte del precio.

Parnell no se amedrenta: «Tenía que pagar el transporte y los aranceles, y era yo la que asumía todo el riesgo».

Desde el instante de su apertura, PiG (como enseguida se conoció) fue un negocio próspero. Mirando atrás, estaba claro que Parnell's International Grocers iba a triunfar: una población cada vez más sofisticada y con mayor poder adquisitivo que en cualquier otro momento de su historia.

No obstante, Parnell asegura que no fue tan fácil. «Había dejado mi trabajo para dedicarme de lleno a poner en marcha el negocio y entregué mi piso como aval para el préstamo. Podría haberlo perdido todo. Estaba muerta de miedo. Es algo realmente audaz montar un negocio propio. A mucha gente le habría gustado verme fracasar.»

Cuando le expreso mis dudas, insiste.

«No a todo el mundo le gustan las mujeres "ambiciosas". Cuando se dice eso de un hombre, siempre es en un sentido positivo. Pero ¿de una mujer? No tanto. Si hubiese fracasado, la humillación me habría dolido tanto como la pérdida económica.»

Pero no fracasó. Insiste, y está en lo cierto, en que un factor importante de su éxito fue la elección del momento.

En 1997, cuando se casó con Kinsella, la sucursal de Cork iba viento en popa. Llegados a ese punto, Kinsella dejó Irish Dairy International para trabajar de comercial en la empresa de su mujer y, menos de un año después, Johnny Casey se sumó al equipo.

A comienzos del nuevo milenio había siete tiendas repartidas por todo el país, tres de ellas —Dublín, Malahide y Kilkenny— con servicio de cafetería. Durante esa época, aparentemente sin que apenas se rompiera el ritmo, Parnell también tuvo dos hijos: su único varón, Ferdia, en 1998, y la primera de sus hijas, Saoirse, en 2002.

Cuando llegó la crisis en 2008, PiG tenía dieciséis puntos de venta en todo el país, incluido un restaurante de comida gourmet junto al primer local de South Anne Street, en Dublín.

En algunos círculos, PiG se conocía como «La tierra que la recesión olvidó». Parnell, sin embargo, se apresura a sacarme de mi error: «La recesión nos afectó como a todos los demás negocios. Ocho de nuestros locales cerraron».

Puede que la recesión haya pasado, pero el mundo ha cambiado de manera inimaginable desde que PiG abrió sus puertas. ¿Cómo ha conseguido mantener su relevancia cuando ahora hasta el ingrediente más extraño puede conseguirse por internet y los supermercados Centra sirven pimientos Bonney?

«Por la gran calidad de los productos frescos exóticos y la variedad de las gastronomías. En los últimos cinco meses hemos presentado platos uzbekos, eritreos y hawaianos. También hemos incluido la cocina gujarati en lugar de la cocina india genérica, y de Shandong en lugar de china. Cada lanzamiento está respaldado por la escuela de cocina.»

Ah, sí, la escuela de cocina, quizá el logro más importante de Parnell. Es un misterio cómo consigue traerse hasta el viejo Dublín a chefs de renombre con agendas apretadísimas, pero así es. El mes pasado, Francisco Madarona, chef y dueño del restaurante Oro Sucio, en la península del Yucatán, ofreció dos días de demostraciones —las entradas se agotaron enseguida— de su moderna cocina maya. Teniendo en cuenta que Oro Sucio está completo los próximos dieciocho meses, es toda una proeza.

Así pues, ¿cómo consiguió cazar a Francisco?

«Se lo pedí», es su respuesta.

Hum. Sospecho que no fue tan sencillo. Sin embargo, Parnell posee una combinación única de encanto y terca determinación. Quizá ayude que sea una mujer muy atractiva. Ha dejado atrás su boca dentuda de cuando era joven, luce una melena corta y recta de un rubio dorado de aspecto caro y, teniendo cuenta que ha cumplido ya los cuarenta y nueve, posee una piel impecable, sin una sola arruga a la vista.

Se agradece lo sincera que es sobre sus incursiones en la cirugía plástica. «Nada de bótox, pero soy fan del láser. Me quité todas las pecas. No te imaginas el dolor, pero fue el día más feliz de mi vida. De vez en cuando me hago un repaso en la cara para estimular el colágeno. Una tortura, pero sin sacrificio no hay beneficio.»

Hablando de beneficio, los expertos coinciden en que si Parnell hubiese vendido PiG en 2008 —al parecer, tres compradores con los bolsillos llenos le hicieron propuestas semanas antes de que estallara la crisis mundial—, habría ganado una fortuna. Pero rechazó todas las ofertas... ¿Demasiado controladora?

Tal vez su motivación no sea solo el dinero. Se sabe que cuida muy bien de su personal. Lo que quizá explique, pese a su reputación de «dictadora benigna», la lealtad casi ciega que inspira entre sus empleados.

Parece que la suya sea una vida de ensueño, pero no hay que olvidar que su primer marido murió cuando ambos tenían treinta y cuatro años escasos. Llevaban menos de siete casados y tenían dos hijos pequeños.

Rory murió de un aneurisma. «Fue tan terriblemente repentino... —Se le ensombrece el rostro—. Fue un golpe durísimo.»

¿Es posible que desde entonces le cueste creer que la felicidad pueda durar? Eso explicaría sin duda su inagotable energía.

Nunca ha hablado de cuándo comenzó su relación con Johnny Casey. Este trabajaba para Parnell cuando Kinsella falleció, y ella le ha reconocido el mérito de mantener el negocio en marcha durante los meses siguientes a su pérdida.

Hasta que no se quedó embarazada de su tercer hijo, cuando no habían pasado aún tres años de la muerte de su primer marido, Parnell no hizo pública su relación con Casey. Se casaron ese mismo año, un enlace en el registro civil discreto en comparación con los ciento veinte invitados que asistieron a su boda con Kinsella.

Según fuentes diversas, los padres y las dos hermanas de Rory, Keeva e Izzy, nunca se lo han perdonado. Rehusaron colaborar en este artículo.

Pregunto a Parnell cómo es trabajar tan estrechamente con su (actual) marido.

«Práctico —responde de inmediato—. Si surge algún problema

en la empresa, puedo abordarlo al momento. Más de una vez lo he despertado en mitad de la noche para preguntarle si se había acordado de hacer algo.»

Ejercer una profesión exigente con cinco hijos, ¿cómo lo consigue?

«Con muchísima ayuda. Cuento con un muchacho que viene a casa cada día, de lunes a viernes. Se ocupa de la ropa, hace las tareas domésticas y cuida de las niñas cuando vuelven del colegio.»

Un momento. «¿Un muchacho?»

«Desde luego. ¿Por qué no?»

Tiene todo el sentido. Esta es la mujer cuyo primer marido trabajaba para ella, y también el segundo. Y no adoptó el apellido de ninguno de los dos.

¿Y cómo se relaja, si es que lo hace?

«Mis hijas y yo nos acurrucamos en mi cama y vemos la tele o nos ponemos al día. Soy muy familiar y mi mayor felicidad es cuando nos apelotonamos todos ahí. Adoro a los niños. Tenía casi cuarenta y dos años cuando nació Dilly. Habría tenido más, pero Johnny me amenazó con hacerse la vasectomía.»

Sin necesidad de mirar el móvil, sabe cuándo ha llegado la hora acordada. Me obsequia con un abrazo cálido y fragante, y se aleja con su abrigo inmaculado, pisando con brío, cambiando el mundo.

—Está bien —dijo Johnny.

—Es cruel. Qué manía con mi abrigo. Es mi North Face para el frío, nada más. Es práctico. Es blanco solo porque los negros se habían agotado. Y no soy «esbelta como un junco», soy de tamaño normal. —Jessie esbozó una sonrisa forzada—. Y no soy controladora.

Johnny enarcó una ceja.

—Cielo…

—¡No de esa manera! ¡Me pinta como si fuera un monstruo! Y solo mido uno setenta. A ver, ¿por qué ha exagerado mi estatura? ¡Y eso de que estuviste enamorado de mí durante todo mi matrimonio!

—Lo sé. —Johnny había hecho ese comentario en broma tiempo atrás, pero era de esas cosas que los periodistas sacaban a relucir cada vez que Jessie concedía una entrevista.

—Ahora lo tratan como un hecho, como la llegada a la luna.

Habla de mí como si fuera una giganta adúltera que odia a los hombres, lleva abrigos blancos y se acuesta con chefs. Y su intento de psicoanalizarme es patético.

—Vamos, no dejes que te altere. El artículo está bien.

«Para ser justos —pensó Johnny—, podría haber sido mucho peor.»

5

En las inmediaciones de Newcastle West, a menos de una hora de su destino, Ed soltó de repente:

—¿Llevamos los huevos de Pascua para Jessie y Johnny? No recuerdo haberlos cogido.

Cara rio.

—Yo sí lo recuerdo. Fue un alivio sacarlos de casa.

Durante los últimos cuatro días, siete huevos de Pascua artesanales, comprados como mísero gesto de agradecimiento a Johnny y Jessie por el fin de semana, habían acechado en el cobertizo del jardín. No habían comprado ninguno para sus dos hijos porque durante los siguientes cuatro días iban a comer tanto chocolate que no les sorprendería que cayeran redondos de un coma diabético.

La avergonzaba en lo más hondo que ese fin de semana le creara semejante conflicto interno. Nadie entendería que la Semana Santa se le antojara casi tan terrible como la Navidad. Tanta. Tantísima. Comida.

Incluso en su propia casa se le hacía difícil, con todo ese azúcar por ahí. Pero alojados en un hotel con Jessie al mando, los días siguientes serían una comida detrás de otra: desayunos bufé con un despliegue obsceno de opciones irresistibles, almuerzos pausados regados con vino, y cenas de tres platos. A veces bromeaba con Ed y le decía que no le sorprendería que la despertaran a las dos de la madrugada para darle de comer a la fuerza a fin de mantener a raya la «inanición nocturna».

Quizá fuera capaz de eludir un par de almuerzos, pero a Jessie le gustaba que toda la familia se reuniera a la hora de la cena. La asistencia era prácticamente obligatoria.

Además de las numerosas comidas, el azúcar sería omnipresente.

Estaba la gran caza de huevos del Domingo de Pascua por la mañana, cuando un ejército de niños sobreexcitados correría por los jardines arrancando Creme Eggs de los setos y echándolos en pequeños cubos. (El año anterior, Vinnie había encontrado once, y Tom, dieciséis.) Para colmo, el hotel repartiría huevos de tamaño real a todo el mundo, adultos y niños por igual.

Tan desalentadora como el tsunami de comida era la obligación de socializar. Cara no tenía ganas de ver a gente. O, mejor dicho, no tenía ganas de que la gente la viera. Ojalá pudiera esconderse hasta que volviera a estar delgada...

—¿Estás bien? —le preguntó Ed apretándole la rodilla.

—Sí.

—¿Me lo dirías si no fuera así?

—¡Claro!

Era un buen hombre, el mejor. Pero no quería desahogarse con él porque los chicos —y el propio Ed— estaban eufóricos. Durante el último mes, Vinnie y Tom no habían hablado de otra cosa: la piscina, las películas, pasar tiempo con los primos. Habían ido tachando los días en el calendario de la cocina.

En resumidas cuentas, los siguientes cuatro días eran un auténtico regalo y lo mínimo que podía hacer era intentar disfrutarlos.

—¡Tenemos una tele para nosotros solos! —gritó Vinnie desde la habitación contigua—. ¡Para nosotros solos!

—¡Y una llave para nosotros solos! —Tom irrumpió en la habitación de Cara y Ed para restregarles la tarjeta por la cara y volvió a largarse—. Ya somos mayores.

Cara tenía que reconocer que Jessie había acertado. Esa era la edad idónea para que los chicos tuvieran su propio espacio. Vinnie tenía diez años, Tom, ocho: se sentían felices con su independencia al tiempo que seguros por la proximidad de sus padres.

—Ya es casi la hora de cenar —anunció Ed—. Tenéis tres minutos.

Cara respiró hondo y se colocó delante del espejo de cuerpo entero. Aquel vestido cruzado era... deprimente. Incluso con la faja. Pero al menos le entraba. La presión de los vaqueros durante todo el trayecto desde Dublín había sido un suplicio casi placentero, porque lo sentía, apropiadamente, como un castigo. Podría haberse puesto los vaqueros «gordos», mucho más cómodos, antes de salir, pero habría sido como abrir las compuertas.

¿Y si —se le heló la sangre— los «gordos» también le apretaban?

¡Qué días aquellos a principios de año en que perdió cinco kilos en seis semanas! Veterana de las dietas extremas, sabía que una buena parte había sido agua. Pero le había cogido el tranquillo, como si hubiera pulsado un interruptor y entrado en modo ayuno. Todo iba bien hasta la noche del 13 de febrero, cuando los niños estaban acostados. De repente, la inundó una especie de euforia, de alivio extático: había llegado el momento de la recompensa.

—Ed, cariño, mañana es San Valentín. ¿Me has comprado bombones para demostrarme que me quieres?

—Sí —respondió él con cautela—. Dijiste que te parecía bien.

Pobre Ed. No entendía la guerra civil que se libraba dentro de ella. Una y otra vez, Cara prohibía terminantemente la presencia de azúcar en la casa. A veces obligaba a Ed a juntarla toda y tirarla a la basura; le dolía demasiado hacerlo ella misma. No obstante, al día siguiente o al cabo de una semana, suplicaba que le diera algo de lo que había salvado, porque para entonces Ed había aprendido que siempre debía salvar algo.

Un día que Ed no estaba en casa, Cara había entrado en la habitación de Vinnie y asaltado su reserva oculta. Su conducta la dejó horrorizada: se comportaba como una drogadicta incapaz de parar.

El día de San Valentín, no obstante, se había dado luz verde para un atracón. Ordenó a Ed que comprara una caja grande de bombones caros, que tenía intención de devorar sin remordimientos. Su plan era subirse al potro del hambre el 15 de febrero, pero descubrió que no podía.

Las últimas ocho semanas habían sido una sucesión de batallas perdidas. Comenzaba cada día con férrea determinación, pero entonces había un momento —un cliente cascarrabias, o bien un instante de felicidad— que merecía una celebración y se comía algo rico. Y ya daba el día por perdido y decidía que por qué no desmadrarse y empezar de cero al día siguiente.

Pero para el puente de Semana Santa con la familia de Ed tenía que estar delgada: habría piscina, cenas elegantes, mucha vida social.

Sin embargo, el control la evitaba y solo hacía cinco días que había conseguido por fin pasar veinticuatro horas seguidas sin azúcar.

Era demasiado tarde. Había recuperado todo el peso que perdió durante los días fríos y tranquilos de enero. Pesaba seis kilos más que aquella noche de febrero. Estaba avergonzadísima. Habría dado su pierna izquierda por librarse de ese fin de semana. Una enfermedad, una migraña, lo que fuera...

Había pasado incluso por un breve momento de locura preguntándose cómo podría romperse ella misma el tobillo —duró un instante, apenas un segundo—, pero la sensación de alivio al imaginarse escondida en su casa mientras los demás se iban a Kerry fue maravillosa.

—Hora de bajar —dijo Ed.

—Solo necesito... —Cara se retocó las pestañas con el rímel.

—Cariño, no hace falta que te acicales tanto. —Ed estaba de un humor excelente—. Es un fin de semana familiar. Relajado.

—Necesito desviar la atención de mi talla.

—No digas eso. Eres preciosa.

—Tienes que hacerte mirar la vista.

—Y tú tienes que hacerte mirar la cabeza. Con lo guapa que te estás poniendo, ¿crees que yo también debería esmerarme?

Cara se rio. Ed siempre tenía pinta descuidada, desde sus rizos enmarañados hasta sus deportivas que tenía desde hacía cinco años.

—Tú has encontrado tu estilo y estás fantástico.

Una vez en el pasillo, Cara dijo:

—Iremos por la escalera. —Sabía que eso no tendría el menor efecto en su talla, pero seguro que cada pequeño gesto ayudaba.

—¡No! —clamaron Vinnie y Tom—. Queremos coger el ascensor.

—Mamá —dijo Tom, nervioso de pronto—, ¿y si ponen tomate en mi hamburguesa?

—Les diremos que no lo pongan, cariño. Se lo diremos dos veces.

—¿Tres veces?

—Tres veces.

Un nuevo motivo de vergüenza se sumaba ahora a la mezcla. A Cara le preocupaba haber contagiado a los chicos su tormento con la comida. Tom era maniático y menudo para su edad, mientras que Vinnie era demasiado aficionado a la comida, y eso empezaba a notársele.

En el restaurante, un montón de Casey deambulaban ya alrededor de la larga mesa. Cara se descubrió haciendo el escaneo, o sea, calculando el peso de cada mujer presente. Cuánto lo detestaba.

Jessie estaba como siempre. Lo bueno de Jessie es que era alta, y la cuestión del peso siempre era más fácil con los altos. Aun así, estaba claro que nunca prestaba la menor atención a su talla.

Y allí estaba Saoirse. A sus diecisiete años, la afortunada muchacha tenía la misma constitución que su madre: saludable y atlética, pero en absoluto flacucha.

Paige, la exmujer de Liam, sí que era un fideo. No raquítica, nada tan vulgar como eso, pero era delicada y elegantemente estrecha. La primera vez que Cara vio su diminuta caja torácica, sus clavículas prominentes y su preciosa carita, casi se muere de envidia. Pero se le pasó enseguida. Pese a su Trabajo Superimportante, en el que se ocupaba de reposicionar la rama irlandesa de ParcelFast, Paige era conmovedoramente honesta acerca de su ansiedad social. «Esto no se me da nada bien», había confesado a Cara en una fiesta a la que Jessie las había obligado a asistir.

—¡Pero si eres la mujer que está «persiguiendo agresivamente la participación de mercado de DHL/Fedex»! —había citado Cara—. «Una fuerza a tener en cuenta.»

—Soy una cosa rara. En todo lo relacionado con mi trabajo me manejo bien, pero cuando he de ser yo, la cosa cambia.

Para Cara, siempre había sido un misterio que Paige y Liam hubieran durado como pareja. Vale, los dos eran guapísimos, pero Liam había llevado una vida cero convencional, mientras que Paige era de las que respetaban las reglas.

Cuando se divorciaron, dos años atrás, Jessie intentó mantener a Paige en la órbita Casey.

Paige, no obstante, tenía tantas ganas de relegar a Liam al pasado que al poco tiempo encontró un trabajo en su nativa Atlanta y se llevó consigo a sus dos hijas. Jessie puso el grito en el cielo, pero no le quedó más remedio que cerrar la boca cuando descubrió que Liam había aceptado ese arreglo a cambio de un piso exento de alquiler en Dublín.

Cara echaba de menos a Paige; todos la echaban de menos, pero la tristeza de Cara había estado ligada a una generosa dosis de inquietud por la clase de mujer con la que Liam fuera a aparecer en el futuro. Con lo sexy que era Liam, seguro que su nueva novia sería una mujer trofeo, y trofeo siempre significaba delgada. Pero Nell los había sorprendido a todos. Era natural y divertida, y cero glamurosa. Tampoco era un palillo: tenía las caderas y el pecho voluptuosos y era casi tan alta como Liam. Eso sí, también tenía la barriga plana, bíceps tonificados y ni un gramo de celulitis...

—¡Cielos, Cara, tu pelo! —exclamó Jessie—. ¡Es supersexy! Estás estupenda. Y no digas que el vestido oculta una inmensidad. ¡Solo por una vez!

—Ja, ja, ja. Pero es cierto que oculta una inmensidad.

Saoirse había estado escuchando.

—Yo creo que estás muy guapa —dijo muy seria.

Cara solía sentirse intimidada por las adolescentes, tan arregladas e Insta-preparadas. Pero Saoirse era dulce, con una inocencia que a Cara le hacía sospechar que las chicas más sofisticadas de su clase se reían de ella.

—¡Cara, tienes hoyuelos! —exclamó Saoirse—. ¿Quién no quiere tener hoyuelos?

—Preferiría tener caderas.

Ambas rieron.

—Espera a que la menopausia se me eche encima —dijo Jessie—. Me pondré enorme.

Cara puso los ojos en blanco.

—La menopausia te tendrá pánico. Ni te enterarás. —Se sentó y al instante Tom se pegó a ella.

—¡Tom! —dijo Jessie—. Hola, cariño. Pareces mayor con esas gafas nuevas. ¿Qué estás leyendo?

—Harry Potter.

—¡Si solo tienes ocho años! Qué listo eres.

—Me gusta leer —dijo Tom—, que es solo otra manera de decir que no se me dan bien los deportes, pero no pasa nada.

—Eres adorable —dijo Jessie.

—Esa es otra manera de decir que no se me dan bien los deportes, ¿verdad?

Jessie había desviado su atención hacia Vinnie.

—¿Cómo está Vinnie? —preguntó. Vinnie estaba librando una

batalla de tenedores con TJ en la otra punta de la mesa—. ¿Vinnie, cómo va todo?

—¡Vinnie! —lo llamó Cara—. Jessie te está hablando.

Sorprendido, el niño levantó la vista.

—Hola, tía Jessie.

—¿Cómo estás, tesoro?

—Tengo déficit de atención, pero no tanto como para que sea un trastorno. Y prendí fuego a una cuna de madera en el descampado que hay al lado del cole.

—Solo está poniendo a prueba sus límites —dijo Tom.

—Eso es todo. Y no volveré a hacerlo.

Dejaron las cartas del menú sobre la mesa. ¿Podría saltarse el entrante? No, eso generaría una protesta de tamaño medio. De acuerdo, tomaría una ensalada César, con la salsa aparte y sin picatostes. Básicamente, sería solo lechuga.

De plato principal tal vez pidiera pescado. La proteína era buena. Pero sin patatas. Las patatas eran pésimas. Pero necesitaba carbohidratos: si se quedaba con demasiada hambre, corría el riesgo de darse un atracón más tarde. Dios, por allí llegaban las cestas del pan... El pan era siempre un error: encendía un fuego en ella que le hacía desear toda la comida y la dejaba sin capacidad para resistirse.

—Hay que ver... —Jessie observó a los niños uno por uno, desde Dilly, de siete años, hasta Saoirse, de diecisiete—. ¡Qué mayores estáis todos!

—Necesitamos más bebés —dijo Johnny—. Sangre fresca.

—A mí no me mires —dijo Cara—. Estoy servida.

—Y Nell no quiere por el estado del planeta. —Liam lanzó una sonrisa a su mujer—. Habrá que dejárselo a la siguiente generación. ¿Qué me dices, Saoirse?

—¡Calla! —aulló la joven—. Además, Ferdia es mayor que yo. Que sea él quien tenga el próximo bebé Casey.

—¡No! —Jessie se puso pálida de verdad—. Ni hablar. Tiene que estudiar y... no, que no.

«Que Dios se apiade de la desafortunada a la que Ferdia lleve a casa para conocer a mamá», pensó Cara.

Y hablando de Ferdia, ¿dónde estaba?

—Perdió el tren. —Jessie suspiró—. El muy zoquete. —Puso los ojos en blanco, pero el gesto no era sincero. Se esforzaba mucho por fingir que Ferdia no era su hijo preferido—. Ahora que lo pienso, ¿habrá alguien libre mañana para ir a recoger a Ferdia y Barty a la estación de Killarney a las cuatro y media?

—Yo iré —dijo Nell superrápido.

—Yo también puedo —se ofreció Ed.

—No, por favor, deja que vaya yo —insistió Nell.

Cara la entendió. Se sentía cohibida por todo el dinero que estaban gastándose en ella ese fin de semana e intentaba —algo imposible, francamente— equilibrar la balanza.

Cara se había comportado de igual modo en su momento.

Jessie y Johnny habían empezado a salir en torno a la misma época en la que ella había conocido a Ed. Jessie pronto comenzó a proponerles que se sumaran a sus vacaciones en familia. Cuando Ed y Cara reconocieron que eran demasiado caras para ellos, Jessie se ofreció a sufragarlas. Se negaron en redondo. La idea los incomodaba. Jessie, sin embargo, no se rindió. Les explicó por activa y por pasiva que, siendo como era hija única, ella se beneficiaría de esas vacaciones en familia más que ellos. La generosidad de Jessie era sincera, pero eso no impidió que Cara hiciera cuanto estuvo en su mano para mostrar su gratitud.

Siete meses atrás se le había presentado una gran oportunidad. Johnny había hecho un comentario sobre el control de sus compras en línea.

—El problema son las devoluciones —dijo—. Jessie devuelve un montón de cosas, pero siempre me olvido de comprobar si nos han reembolsado el dinero.

—Crea una hoja de cálculo —dijo Cara—. Es fácil. Puedo hacértela.

—Pero ¿no necesitarías tener acceso a nuestras cuentas de correo?

Johnny la había malinterpretado. Cara solo se había ofrecido a crearle la hoja de cálculo, no a llevar el control de sus compras por internet.

—¿Necesitarías venir a casa para verlos? —preguntó Johnny—. ¿O podrías acceder a ellos desde tu ordenador? ¿Cada cuánto podrías hacerlo?

—Eh..., ¿una vez al mes? —Cara había decidido dejarse llevar por esa inesperada aceleración de los acontecimientos—. Pero ¿no te importa que vea todos vuestros números?

—¡Claro que no! ¡Jessie, ven aquí! Cara va a supervisar..., me encanta esta palabra, «supervisar», tranquiliza mucho, nuestras compras online. Se asegurará de que nos reembolsen el dinero de lo que devolvamos.

Jessie se mostró poco entusiasmada.

—Cara, no me juzgues. Soy muy impulsiva, sobre todo por la noche, si he bebido, pero devuelvo la mayoría de las cosas. Sé que los mensajeros cuestan dinero, pero si tuviera que coger el coche e ir a las tiendas, el coste de tiempo y gasolina... En fin, probablemente es mejor...

—Para. Si te vas a sentir mal no lo hago.

Jessie se mordió el labio.

—Pero hay que hacerlo.

—Desde luego —dijo Johnny con firmeza.

—Y eres de la familia, Cara.

Dos meses más tarde, después de que Cara rastreara más de mil euros en reembolsos desviados por equivocación, Jessie estaba encantada. Tanto que Johnny le preguntó a Cara si estaría dispuesta a asumir más trabajo.

—¿Podrías llevarnos la contabilidad mensual? Solo un desglose de las cosas en las que gastamos dinero. Así sabremos en qué se nos va.

A Cara le aterraba la idea de descubrir cuánto ganaban y en qué se lo gastaban, pero ¿cómo podía negarse?

—Ed dice que lo haces para vosotros cuatro —continuó Johnny—. Dice que eres genial.

—No soy genial. —Pero Ed y ella iban tan justos que un plan financiero estricto resultaba imprescindible. En cambio, Jessie y Johnny no tenían un sistema presupuestario.

—Si el banco me llama —dijo Jessie—, sé que durante un tiempo he de echar el freno.

«Dios.»

—¿Está mal eso? —añadió Jessie—. Me paso el día mirando números en el trabajo, no me queda energía para hacerlo en casa.

—Y a mí los números se me dan fatal —dijo Johnny.

Cara lo dudaba.

—Es cierto —intervino Jessie—. A él solo se le da bien hablar. Enjabonar a la gente. Darles palique.

—Cerrar tratos —intentó defenderlo Cara.

—Caer bien a la gente —dijo Johnny—. Esa es la suma total de lo que hago. Por favor, Cara.

La culpa la llevó a aceptar un período de prueba de cuatro meses. Pero, como le dijo más tarde a Ed:

—Es demasiado personal. Es como verlos hacer el amor.

Ed soltó una carcajada.

—Pues di que lo dejas, cariño.

—Pero son tan buenos con nosotros... Había esperado tener una oportunidad de hacer algo por ellos, solo que... no esto.

Cara enseguida se percató de que Johnny y Jessie gastaban más de lo que ganaban. Tal vez ni siquiera fueran conscientes de ello, pues gracias a sus cinco tarjetas de crédito y generosos descubiertos seguían aguantando. Tras completar los números del primer mes, les aconsejó que redujeran los gastos. Asintieron con solemnidad y luego ignoraron por completo lo que les había dicho.

El segundo mes les hizo el mismo planteamiento, que ignoraron como habían hecho con el primero.

El tercer mes, Jessie la interrumpió.

—No es necesario, Cara, lo pillamos. Hemos tenido algunos imprevistos, por eso parece que hemos gastado demasiado, pero ya se han terminado, así que pronto nos pondremos al día.

—Vale. —Cara tuvo un arrebato de esperanza—. Entonces, ¿queréis que lo deje?

—¡Oh, no, Dios mío, no! La información podría ser muy útil si alguna vez necesitamos ver en qué se va el dinero. Si a ti no te importa seguir, nosotros encantados.

Jessie, obviamente, pensaba que aparentar que asumía la responsabilidad era lo mismo que asumirla de verdad.

Después de mucho preocuparse, Cara se recordó que Jessie poseía un negocio próspero. Johnny y ella constituían la única junta a la que tenían que rendir cuentas. Jessie podía aumentar en cualquier momento su sueldo o el de Johnny.

¿O —Cara era poco ducha en ese tipo de cosas— coger dinero de las «reservas» de la empresa? ¿Pedir un préstamo personal basado en los activos del negocio? Fuera como fuese, aquella era su oportunidad de compensarlos por su generosidad.

6

La cena de Cara había sido toda una proeza: ni pan, ni patatas ni postre.

Después, los cinco más jóvenes empezaron a rogar a «tita Nell» que jugara al fútbol con ellos.

—¡Claro! —dijo Nell—. Dejadme que me ponga los shorts.

—Y el resto nos sentaremos en el patio —declaró Jessie—. Beberemos como cosacos y haremos ver que los vigilamos.

Pero Cara temía el vino, no solo por las calorías, sino porque hacía flaquear su determinación. Sin embargo, no beber no era una opción; no en presencia de Jessie.

—Está oscureciendo —dijo, pero los demás se dirigían ya al patio a una velocidad pasmosa.

—No es cierto —repuso Jessie.

—¿Puedo pedir una copa de verdad? —Saoirse se había sumado al grupo.

—Solo tienes diecisiete —dijo Johnny.

—Tú no eres mi padre.

—¡Jessie! —Johnny hizo ver que se escondía detrás de su mujer—. ¡Saoirse me está lukeskywalkerando otra vez!

Cara observó que los tres se tronchaban de risa. La situación habría sido muy diferente si Ferdia hubiera estado allí. Cuando él le decía esas cosas a Johnny, se las decía en serio.

—En realidad ya sabemos que bebe —dijo Johnny a Jessie—. Mejor que lo haga abiertamente. Acercad esas sillas. Cara, ¿qué te apetece?

—Agua con gas.

Jessie ahogó un grito.

Al ver su cara de susto, Cara no pudo evitar una carcajada.

—Ni que hubiera pedido agua de lluvia estancada servida en un cubo sucio.

—Tomarás una ginebra —dijo Jessie—. Doble. Es terapéutica. Es evidente que no piensas con claridad.

Nell, vestida ya con shorts, estaba de vuelta. Cual flautista de Hamelín, había reunido a otros cuantos niños además de a la pandilla Casey. El partido comenzó y todos los chavales —algunos de ellos varones adolescentes— se entregaron de lleno. Era un espectáculo ver a Nell corriendo y haciendo placajes con su melena rosa ondeando al viento.

No llevaba bronceador falso en las piernas, observó Cara, lo que quería decir que su piel tenía un ligero tono de carne curada. Y sin embargo estaba preciosa.

Jessie reparó en el ensimismamiento de Cara.

—Increíble, ¿verdad? —Jessie siempre rebosaba de admiración por Nell—. Es tan natural...

—«Pura», así la describe Liam —intervino Saoirse.

—¿Qué pasa? —Liam había oído su nombre.

—Liam, Liam —suplicó Saoirse—, cuéntanos la primera vez que viste a Nell. Me encaaaanta esa historia.

—Vamos, Liam —insistió Jessie—. Cuéntanosla otra vez.

—Está bien —dijo él—. Os la contaré.

7

... Bueno, la versión teñida de rosa.

Una tarde soleada de finales de mayo, Liam deambulaba por los pasillos del supermercado Tesco próximo a su apartamento, en el cotizado barrio Grand Canal Basin. Lo acosaba un desasosiego extraño, un anhelo incómodo, no identificable.

Un cartón de yogur vegano atrajo su atención. Eso era saludable, ¿no? Después de leer por encima los ingredientes, lo metió en la cesta: estaba dispuesto a dejarse convencer. También seleccionó una botella de zumo verde que contenía espirulina. Tal vez «comer limpio» fuera la clave de la felicidad. Experimentó un breve subidón y luego cayó de nuevo en picado en la irritante sensación de angustia.

En los estantes no había nada más que pareciera prometedor, de manera que, más por hábito que por otra cosa, echó un pack de seis cervezas en la cesta. ¿Podía ser la implacable humedad la causa de su malestar? Lo dudaba, pero quizá el desasosiego desapareciera si se daba una ducha, la segunda del día. En ese caso, más valía que comprara gel.

Otra vez la sensación de vértigo.

La vida de soltero era una mierda. Durante los últimos diez años, Paige se había hecho cargo de todas sus necesidades cotidianas, y ahora cada vez que topaba con su ausencia era como darse de bruces contra un muro. Tal vez podría... ¿bajar hasta la playa en bici? ¿Enviar un mensaje a alguien? ¿Irse a casa y dormir? Estar allí no solucionaba nada. Para eso, mejor pagar y largarse. Entonces vio a la chica.

Era alta, y tenía una abundante melena rubia. Se sintió atraído antes incluso de que ella abriera uno de los grandes congeladores, se inclinara hacia delante y casi se metiera dentro, dejando que la puerta de cristal le rebotara con suavidad en la espalda. Volcada sobre el aire helado, se recogió la espesa melena sobre la coronilla y dejó a la vista un cuello cuya perfección lo sobresaltó. Se sintió como si fuera la primera persona que veía esa parte de ella.

Se quedó un rato mirándola. Luego, llevado por un impulso, se acercó al congelador, agarró el mango de la puerta, tiró de él y recibió en la cara una bocanada de aire frío.

—Si me disculpas —dijo.

Ella se volvió. Su cabello cayó desde lo alto de la cabeza hasta enmarcar un rostro sorprendentemente inocente.

—¡Oh! —Entonces rio—. Intentaba escapar unos segundos de este calor asesino.

Ah, sí, el calor. El país entero se derretía porque estaban a veinticinco grados. Aunque tenía su gracia, resultaba un poco... ¿patético? Deberían intentar ir en bici desde Dublín hasta Estambul en pleno verano.

¿Y esa manera de reír? Liam podría haber querido comprar todo lo que había en el congelador. Ahora que lo veía, era pollo congelado y, no, se negaba a tocar esa mierda procesada, pero ella no podía saberlo.

—Nuggets de pollo y frío —dijo la chica—. Una serie nueva en Netflix y sofá.

A Liam le sorprendió su despreocupada alegría.

—Perdona. —Por fin ella se apartó—. ¿Necesitas entrar?

—No —dijo Liam—. No... —Bueno, quién sabía. Aquello era lo que tanto había anhelado. Pero ya estaba preguntándose cuánto tardaría en cansarse de ella—. Puede que esto te parezca extraño, pero ¿quieres tomar algo conmigo?

—¿Cuándo? —Pareció sobresaltarse.

—Ahora. Ahora mismo.

—Ahora mismo no. No tengo dinero.

—Invito yo. Tengo dinero. —Su entusiasmo hizo que se le trabara la lengua. En realidad, mucho dinero no tenía. Siempre lo olvidaba.

Ella frunció el entrecejo.

—Te lo devolveré. Cuando cobre. Aunque podría tardar un tiempo.

—No hace falta que me lo devuelvas. Me da igual.

—Pero a mí no.

Desconcertado por su vehemencia, Liam dijo:

—Vale, perfecto. Pues me lo devuelves.

Fuera del pub más cercano había una multitud disfrutando del sol insólitamente fuerte de mayo. La chica, Nell, propuso que se sentaran a la sombra.

—Sin protección solar me frío como una patata.

—Ponte, entonces.

—No tengo. Me compraré una cuando cobre.

—Uau, pasarán muchas cosas cuando cobres.

—Será un gran día. —Sus ojos chispearon.

—¿Qué quieres beber?

—Una pinta de sidra Kopparbergs.

—Ah. —Liam no tenía inconveniente en que las mujeres bebieran pintas. Solo que no estaba acostumbrado—. Guay. —Cuando regresó con las bebidas, preguntó—: ¿Por qué estás tan pelada?

—Salarios congelados, alquileres por las nubes. Lo de siempre. —Esbozó una sonrisa. Tenía las dos paletas ligeramente montadas, con lo que hacía un mohín extraño que a Liam le parecía sexy y vulnerable.

—¿No tienes tarjetas? —le preguntó—. Mientras esperas a que te paguen…

—Solo utilizo efectivo. Así soy sensata.

¿Qué significaba eso?

—¿Qué me dices del Banco de Mamá y Papá?

Nell rio.

—Mi padre es pintor de brocha gorda y mi madre cocinera en una residencia de ancianos. Están casi tan pelados como yo.

—¿Y tú trabajas en…?

—Soy escenógrafa. Trabajo para el teatro, a veces también para el cine y la televisión. —Nell hizo una pausa—. Estudié para eso, pero es difícil conseguir un…, bueno, más bien hago de becaria.

—¿No te pagan?

—No siempre, no cuando estoy aprendiendo. Pero es mi profesión, es a lo que quiero dedicarme en la vida. Me encanta, por eso no me importa el sacrificio económico. Al menos por el momento. Pensaba que a los treinta estaría ganándome la vida como es debido y los cumplo en noviembre, ya sabes...

Liam asintió. Claro que lo sabía.

—Pero no pasa nada, ¡tengo otros trabajillos! —Nell recuperó el optimismo—. Pinto y decoro casas. Aunque mucha gente desconfía de que una mujer lo haga bien.

—¡Eso es ridículo! —Liam puso ardor en sus palabras. Eh, sabía cómo erigirse en acérrimo defensor de la igualdad cuando la situación lo requería.

—Pero cuando me regatean el precio, de repente se dan cuenta de que están encantados de que una mujer les haga el trabajo. —Otra de esas sonrisas torcidas.

—¿Así que empapelas paredes, te subes a escaleras y martilleas cosas?

—¿Clavos? Sí. Y soy muy hábil con la grapadora. Adoro las motosierras.

¿Debería estar impresionado? Porque lo estaba. Pero ¿sonaría condescendiente si se lo decía?

—Mi padre lleva cuarenta años haciendo eso —continuó ella—. He aprendido del mejor. —Luego—: ¿Y qué hay de ti? Pareces... Eres alguien, ¿verdad?

—Oye, todo el mundo es alguien. —Era lo que siempre decía. Humilde Liam.

—¿Eres un poco famoso?

—Bueno... —Alargó el instante para que los hechos se enlazaran en la cabeza de Nell.

Ella lo miró con los ojos entornados hasta que el silencio se volvió incómodo. No debería doler. Era diez años más joven que él, otra generación.

—Fui corredor profesional durante mucho tiempo. Competía sobre todo en Estados Unidos. También corrí una ultramaratón en el Sáhara. —Liam necesitaba desesperadamente que se acordara de él.

—Ah, sííííí. —Liam observó que los recuerdos se abrían paso hasta la superficie—. Donaste todo el dinero de tu patrocinio al Centro de Violencia Sexual de Dublín. Eres ese tipo, ¿verdad? Uuuau. Oye, siento no haberte reconocido enseguida.

Qué encanto. La angustia que le oprimía el pecho se diluyó.

—Fue una pasada lo que hiciste —prosiguió ella—. Fue hace... ¿tres años?

—Cinco. —Siete, en realidad, pero necesitaba agarrarse a eso para mantenerse relevante.

—¿Y sigues corriendo?

—Mis rodillas petaron. La del Sáhara fue mi última gran carrera. Lo di todo, quería que sirviera para algo.

—¡Y lo conseguiste! ¡Recaudar todo ese dinero para una causa tan buena! Aunque debe de ser duro que tu cuerpo ya no te permita hacer lo que amas.

—Hum. —Hasta entonces todo había sido fácil para él. Entrenaba duro, trataba con los patrocinadores adecuados, disfrutaba de su moderado éxito—. Al principio las cosas iban cada vez mejor. Luego digamos que... se estancaron, y a partir de ahí empezó la caída. Ya no ganaba, un patrocinador me dejó, luego otro, hasta que me quedé solo. Ser parte de un final lento es jodidamente... doloroso. —Tenía el discurso muy bien ensayado—. Habría sido más fácil si alguien hubiera venido y me hubiera dicho: «Se acabó, Liam. Esto no da más de sí. Puedes abandonar ahora o vivir tres años y medio de decadencia constante y destruir tu alma en el proceso».

—Pero no nos dan a elegir, ¿verdad? Todo tiene un final —dijo ella—. El dolor es inevitable. ¿Y ahora? ¿Tienes una nueva pasión?

—La bicicleta. Es casi una obsesión. Pertenezco a un club. El verano pasado fui en bici hasta Estambul.

—¡Qué fuerte! ¿Y cómo te financias? ¿Te queda dinero de tus tiempos de corredor?

—Ni un céntimo. La verdad es que nunca me pagaron mucho. No, esto..., el caso es que en la época en que dejé de ganar carreras me casé. Ella, Paige, bueno..., gana un montón de pasta. —Liam acertó a esbozar una media sonrisa—. Tenemos dos hijas. Yo carecía de formación para dedicarme a otra cosa, así que de repente me convertí en amo de casa.

—¡Bravo por ti! —Nell le chocó los cinco.

Liam se abstuvo de mencionar a la niñera y a la mujer de la limpieza, la cuales hacían todo el trabajo.

—De bravo nada. Todos me critican: mis hermanos, mis padres. Dicen que nunca me comprometo con nada.

—Estuviste comprometido con tu carrera de corredor, ¿cuánto tiempo? ¿Once años? ¿Doce? Yo a eso lo llamo perseverar. Ahora te dedicas al ciclismo y se diría que estás muy entregado. Estás casado, estás comprometido con…

Liam meneó la cabeza.

—Nos separamos el año pasado. Estamos divorciados. Paige ha vuelto a Estados Unidos con los niños. Así que aquí estoy, con cuarenta años, venido a menos y dirigiendo una tienda de bicicletas. No he conservado nada.

—La cosa no funciona así. —Nell parecía muy sorprendida—. Viviste una vida durante un tiempo y antes de eso viviste otra. Ahora estás viviendo tu pasión por el ciclismo y en algún momento evolucionarás hacia otra cosa.

Ese pequeño discurso fue como una revelación. El charlatán de su padre les había metido en la cabeza que tenían que elegir una trayectoria profesional y no salirse nunca de ella. De acuerdo con Canice Casey, escogías un curro, te subías al peldaño más bajo de la escalera y ascendías poco a poco. Todo lo que se desviara de ese modelo se consideraba un fracaso.

Aunque Liam despreciaba esa manera de pensar, le costaba desterrarla.

Pero esta chica —o mujer, lo que fuera— estaba ofreciéndole otra manera de ver el mundo, una que aprobaba sus elecciones.

—¿Te pido otra? —preguntó—. Por favor.

—No, en serio. Voy retrasada con el alquiler de este mes y necesito guardar dinero para comer.

¿Cómo podía ir tan justa? Su situación parecía… dickensiana.

Nell reparó en su estupor y se echó a reír.

—Bienvenido al capitalismo del siglo veintiuno, donde personas con estudios en los países más desarrollados del mundo darían lo que fuera por trabajar llenando estantes en un supermercado. Pero tú tienes cuarenta años, eres de otra generación, no puedes entenderlo.

No, no, no, no podía permitir que pensara eso.

—Por supuesto que lo entiendo —dijo al instante—. La vida es dura para los veinteañeros y treintañeros. Como tener que volver a casa de los padres. —Vale, las iniquidades existían, pero no creía que fuera algo a gran escala. La mayoría de la gente estaba de fábula—. ¿Y qué puede hacerse?

—No quiero soltarte un mitin.

—Me interesa. —Más o menos.

—Vale, una de las cosas que perpetúan el capitalismo es la obsolescencia programada. —Nell hizo una pausa y preguntó muy seria—: ¿Sabes qué es?

Ese pequeño cambio de tono le moló.

—Todo lo que compramos se fabrica para que se rompa. Así compramos cosas nuevas. O la moda cambia y pensamos que tenemos que comprar lo que ahora se lleva aunque lo que tengamos esté impecable. Por lo tanto, cuando algo se rompe, lo arreglo.

Liam nunca había conocido a una mujer como ella. Nunca había conocido a nadie como ella. ¿Era por su edad? ¿O por sus propias circunstancias, que, tenía que reconocerlo, eran más bien atípicas?

Lo que le complacía profundamente era que aquella chica no se parecía nada a Paige. De hecho, eran polos opuestos. Paige era una capitalista acérrima. Su único propósito en la vida era conseguir que la gente gastara más dinero, y se le daba tan bien que la habían nombrado directora financiera de una compañía.

—Yo no compro ropa nueva...

—Un momento, ¿no te compras ropa?

Nell rio al ver su cara de sorpresa.

—Me compro ropa, pero no nueva.

—¿Dónde? ¿En tiendas de segunda mano? ¿También la ropa interior?

Ella se sonrojó.

—Perdona. —No había estado acertado—. No debería haber...

Liam había esperado una sonrisa que le dijera que lo perdonaba, tal vez hasta un comentario pícaro, algo como que aún era demasiado pronto para que él hablara de sus braguitas. Pero Nell mantuvo la cabeza gacha y la boca cerrada.

8

Seguida por el griterío de los niños, Nell irrumpió en el corro de sillones.

—¡Justo estábamos hablando de ti! —dijo Saoirse—. Del día en que Liam y tú os conocisteis.

—Ah, sí. —Nell sonrió—. Nada que ver con lo que esperaba.

Saoirse dirigió su atención a Ed, como si acabara de caer en la cuenta de que su tío había sido joven y soltero en otros tiempos.

—¿Y tú? ¿Cómo conociste a Cara? Venga, cuéntanoslo.

—¡Eso! —la secundó Liam—. Yo ya he hablado.

—¡Va!

Cara y Ed cruzaron una mirada: optarían por la versión cómica.

—Ya la cuento yo —dijo Cara—. Lo conocí en un bar. —Pausa—. Estaba borracha. —Doble pausa—. Me acosté con él la primera noche.

—Todo lo que se les dice a las chicas que no hagan —añadió Ed, muy serio.

—Doble rasero —farfulló Saoirse—. A las chicas se las tacha de zorras mientras que a los hombres nadie los juzga.

—Pero, oye, me casé con ella. —Ed reía—. Pese a que era una zorrilla.

—Todavía juntos trece años después.

Incluso en ese momento a Cara se le heló la sangre al pensar en la posibilidad de que sus caminos no se hubiesen encontrado.

Ella no tenía intención de salir aquella noche.

—Estoy demasiado gorda —clamó mientras Gabby, su compañera de piso, iba de un lado a otro arreglándose.

—No estás gorda. Simplemente, no estás tan delgada como antes.

—¿Puedo ponerme tu vestido vaquero? —le preguntó Erin, su otra compañera de piso.

—Ponte lo que quieras. —Cara estaba tumbada en el sofá, con los pies encima del apoyabrazos—. No pienso salir.

Pero Gabby y Erin perseveraron.

—¡La vida está para vivirla! Nunca conocerás a nadie si te quedas en casa comiendo patatas fritas.

—¿Quién ha dicho que quiera conocer a alguien?

—Todas queremos conocer a alguien. Solo tienes que dejar de fijarte en los chicos malos.

—No lo hago a propósito.

Los chicos malos con los que salía iban en envoltorios tan diferentes que había tardado años en darse cuenta de que realmente tenía un tipo. Incluso cuando trataba de salir con tíos que parecían majos, tarde o temprano sacaban a relucir su verdadera naturaleza.

—Está bien, iré. Seré la amiga gorda sensata.

Mirando atrás, de gorda no tenía nada. Sin embargo, hasta poco antes de aquella noche había estado mucho más delgada. Se había sentido de maravilla, pero había tenido algunos deslices, una sucesión de brotes, y su peso seguía subiendo.

Hasta que volviera a estar delgada no merecía nada, y eso le daba cierta libertad. Ningún hombre la tomaría en serio, de modo que no había presión. Le molaba el papel de amiga regordeta.

Su destino era un superbar en el centro de Dublín. Estaba hasta los topes y el techo temblaba con el bum bum de la música. «Ya no tengo edad para esto.» El trío fue arrastrado y empujado por la imparable masa de gente hasta que, aleluya, una mesita alta quedó libre y Cara se abalanzó hasta ella.

—Buen trabajo —dijo Gabby—. Ahora ya tenemos una base. Aquí estaremos de fábula. ¡Madre mía, mirad qué tío! Allí. —Dirigió los ojos hacia un corrillo de cuatro o cinco chicos—. Ese. —Uno de ellos estaba como un auténtico tren—. ¿Qué hago para conocerlo?

—Ve y dile hola —dijo Cara.

—No estoy lo bastante borracha. Y para cuando lo esté, puede que ya se haya largado.

—Sujétame la cerveza. —Cara se animó de repente.

—¡Espera! ¿Qué… qué haces?

Se abrió paso entre la gente, examinó a los cinco chicos e identificó al que tenía menos probabilidades de burlarse de ella.

—Hola —dijo—. A mi amiga le gusta tu amigo.

—Te refieres a ese, ¿no? —Señaló con la cabeza al tío bueno—. Kyle. Siempre es Kyle.

—Sí. Mi amiga está allí. Tenemos una mesa.

—¿Una mesa? Genial, nos apuntamos.

Los cinco se mudaron rápidamente a donde estaban Gabby y Erin. Se hicieron las presentaciones y se pidieron bebidas. Al rato, Kyle desapareció, pero a Gabby no pareció importarle. Pasaron un par de horas y, cuando Cara quiso darse cuenta, estaban abandonando el bar todos juntos rumbo a una fiesta privada en una casa de Stoneybatter.

La pequeña vivienda de dos plantas estaba abarrotada de gente. Cara acababa de servirse una copa cuando una chica irrumpió en la cocina y dijo:

—¿Alguna de vosotras se llama Cara? Te necesitan arriba.

Una chica se había encerrado en el único cuarto de baño de la casa y había perdido el conocimiento. Una piña de gente desesperada estaba en el rellano golpeando la puerta.

—¡Cara, gracias a Dios! Le ha tocado ser la amiga sensata de esta noche —anunció Gabby a la multitud—. Ayúdanos. ¡No puede quedarse ahí dentro! ¡Vamos a reventar!

—Y necesitamos saber que está bien —dijo una voz masculina.

Era el chico majete que no se había burlado de ella. Ed.

—¿Y la gente que vive aquí? —preguntó Ed.

Pero nadie parecía saber quiénes eran ni dónde estaban.

—Me pregunto —dijo Cara— si la ventana del baño es lo bastante grande para que se cuele alguien.

—Vamos a comprobarlo.

Bajaron juntos y rodearon la casa. La pequeña ventana esmerilada del cuarto de baño estaba iluminada y ligeramente entornada.

—Tú cabrías por ahí —dijo Majete Ed.

—Lo dudo, he estado dándole al dulce. Pero tú, palillo, seguro que entras.

—¿Pretendes que suba por la cañería?

—No estamos en una novela de Enid Blyton. Quizá haya una escalera.

En efecto, en un minúsculo cobertizo del minúsculo jardín había una escalera. Cargaron con ella y la apoyaron contra la pared.

—Oye. —Ed hizo una pausa—. A mí me dan miedo las alturas.

—Y yo estoy tan gorda que rompería los peldaños.

—No estás gorda. —Luego—: Pero no importa, subiré yo.

Ed inició el ascenso y ella aguantaba la escalera.

—Te tengo —dijo Cara—. Estás a salvo.

Hubo unos instantes de tensión mientras él plantaba las rodillas en el alféizar y se introducía en el cuarto de baño. Abrió la puerta y sacaron a la ocupante inconsciente. Entonces se oyó una sirena. Unas luces azules centellearon en el aire de la noche y Cara exclamó:

—¡Ostras, Majete Ed, es la policía!

Un vecino había visto a una persona en la escalera y había deducido que era un ladrón.

Muchos invitados se habían desvanecido ya en la noche.

La policía pidió una ambulancia; para cuando se llevaron a la chica, allí prácticamente solo quedaban Cara y Ed.

—¿Y ahora qué? —preguntó él.

—¿Ahora qué de qué?

—Podrías venir a mi casa.

Cara se quedó mirándolo. De repente estaba sobria.

—Lo siento —dijo incómoda—. Tú eres un chico majete y a mí me gustan los chicos malos. Tendría que haberlo superado, porque ya tengo treinta tacos, pero no es el caso.

—Tú no sabes nada de mí —repuso Ed—. De hecho, estoy bastante zumbado. Me encanta pasearme por mi cuarto con una máscara bondage y suspensorios de lucha libre.

Cara rio.

—¿Sabes siquiera qué es una máscara bondage?

—En fin. —Ed hizo una pausa, reacio a darse por vencido—. Ha sido un placer conocerte, Cara.

—Podrías venir tú a la mía. —Cara no sabía por qué lo había dicho. Pero era tan majete…

Una vez en su habitación, Cara dijo:

—No va a pasar nada. Como te he dicho, no eres mi tipo y estoy demasiado sobria.

—Desde luego. —Ed se encogió de hombros con total indiferencia—. Podemos pasar el rato. —El cliché los hizo reír a los dos—. ¿Te importa que me tumbe en la cama? Encima de la colcha. Me quitaré las botas, pero no pienses nada raro.

—Vale. Yo también.

Se tumbaron bocarriba, separados por varios centímetros de espacio vacío.

—Esta noche has sido supereficiente —dijo él—. Con la escalera y lo demás. ¿Cómo es eso?

—Quizá por mi curro. Trabajo en hostelería. Soy directora del departamento de reservas del hotel Spring Street. Me paso el día apagando fuegos. —Casi con timidez, añadió—: El año pasado gané un premio.

—¿Por?

—No sé si es algo de lo que enorgullecerse. Por conseguir una ocupación del ciento uno por ciento.

—¿Eso no es técnicamente imposible?

—Todo el mundo cree que el *check-in* es a las tres y el *check-out* a las doce, pero mucha gente entra, digamos, a medianoche o se va a las seis de la mañana. Si estás atenta a quién va y viene, puedes asignar la misma habitación más de una vez en veinticuatro horas.

—Generar overbooking.

—En mi hotel es la política de la dirección. De hecho, lo es en muchos hoteles.

—¿Qué pasa si la gente llega a la hora estipulada del *check-in* y no hay habitaciones libres?

—Les prometemos una habitación mejor, les damos un vale para comer y les pedimos que vuelvan después de una hora.

—¿Y si se cabrean?

—Están en todo su derecho —reconoció Cara—. Yo soy muy amable con ellos. Pero no finjo —se apresuró a añadir—. Que sea buena en lo que hago no significa que sea indiferente.

—No debe de ser fácil hacer cosas que desapruebas en el trabajo. Menudo dilema.

—¡No imaginas hasta qué punto, Majete Ed! En fin, pronto algún genio creará un software que lo hará todo automáticamente y mi momento de gloria habrá llegado a su fin.

—¿Por qué sigues haciéndolo?

—¿Mantener toda esa información en la cabeza, mover las cosas de sitio, encontrar soluciones eficaces? Supongo que me gusta. Y tú... ¿tienes trabajo?

—Soy botánico.

—¿Un abraza árboles?

—Un científico.

—¿En serio? Uau. —Parecía demasiado sincero, demasiado normal para ser científico. Por otro lado, ¿a cuántos científicos conocía ella?—. Oye, deberíamos dormir un poco.

Siguió una pausa incómoda. Estaban tendidos en la cama, vestidos. ¿Cuál era el protocolo en esos casos?

—Estás interfiriendo en mi rutina nocturna —dijo Cara—. Escucho una meditación guiada para subir la autoestima.

—No te cortes.

—Creo que esta noche paso.

Siguió otra pausa incómoda, y esta se alargó.

Ed rompió el silencio.

—No soy un palillo.

—¿Perdooona? —Cara se volvió para mirarlo.

—Antes me llamaste palillo. Solo estoy delgado. Tengo un montón de músculo.

Eso la hizo sonreír.

—Tuve que hacerme un examen médico por mi trabajo. Me midieron con una máquina. Tengo un treinta y uno por ciento de masa muscular. Es mucho.

Una bola de ternura emanó del estómago de Cara. Era tan mono...

—Podría quitarme la camisa y enseñártelo.

De repente el aire entre ellos se volvió denso y cargado.

—Vale —acertó a decir Cara—. Vale, venga.

Por la mañana, Cara dijo:

—¡Sigues aquí!

Curiosamente, Ed parecía más guapo que la noche anterior, lo que suponía una inversión de su experiencia habitual. Ese pelo alborotado, esos ojos gris ahumado, esa boca sexy, cosas en las que Cara no había reparado al principio porque su aura de majete la había deslumbrado.

—Me preguntaba si serías un limpiacortinas —dijo Cara—. Mis amigas y yo llamamos así a los que, en mitad de la noche, se largan de puntillas con los calzoncillos en el bolsillo después de limpiarse el pito en las cortinas. Son mi especialidad.

—Puedo hacerlo ahora, si quieres.

Eso era gracioso... y de repente Cara sintió que no quería volver a pasar por todo eso: enamorarse, hacerse ilusiones y acabar sufriendo.

—¿Qué? —Ed la miraba de hito en hito.

—Tengo un don especial para elegir chicos malos, pero estoy quemada. Así que hazme un favor: haz una buena obra por una vez en tu terrible vida y déjame sola.

—Yo soy de los buenos. ¡Tú misma lo has dicho! Todo el rato me llamas Majete Ed.

—Pero a mí no me gustan los chicos buenos. Y tú me gustas. Así que, por favor, lárgate.

—Me llevo bien con todas mis exnovias —dijo él—. Aunque no son muchas —se apresuró a añadir—. Una cantidad normal. Y siempre de una en una. Nunca he sido infiel. Soy un...

—Te lo ruego, vete.

—Oh. De acuerdo.

Paradójicamente, fue su obediencia lo que hizo que Cara se decidiera a darle una oportunidad.

—Está bien, puedes quedarte si contestas a unas preguntas. ¿Cuál es tu peor rasgo como novio?

Ed meditó.

—Supongo que el dinero. Mi trabajo tiene poca proyección. Nunca ganaré mucho y tampoco me importa. Amo lo que hago. Pero a mi última novia, Maxie, la irritaba que no fuera más ambicioso.

—¿Qué más?

—No me importa la ropa. A veces heredo prendas que mis hermanos iban a tirar. He recibido más de una queja al respecto.

—Has dicho que eres botánico. ¿Significa eso que te gustan las actividades al aire libre?

—¡Sí! Me encanta hacer senderismo y acampar y... ¿No? ¿Lo odias?

—Lo odio.

—También me gustan las actividades de interior. Me gustan muchas cosas.

—Has mencionado que tienes hermanos.

—Sí, dos. Mis hermanos son... bueno... El mayor, Johnny...

—¿Cuántos años mayor?

—Tres. Tres y poco. Es un comercial triunfador que no para de hablar. Una anécdota desternillante tras otra.

—¡Conozco a esos! ¿Dice tu nombre seis veces en una misma frase? ¿Colecciona gente? ¿Conoce bares que nunca cierran? ¿Si sales una noche con él vivirás la mejor juerga de tu vida y necesitarás una semana en el hospital para recuperarte?

Ed se recostó en la almohada con una carcajada. Parecía encantado, pero también, pensó Cara, aliviado.

—¿Y es de esos hombres irlandeses..., cómo decirlo suave..., barrigudos y de aspecto desaliñado que, aun así, ligan un montón?

—Qué va... Todo el mundo dice que está «cañón».

—¿Foto?

Ed rebuscó hasta dar con una.

Cara la estudió. Johnny lucía un pelo castaño de corte caro, pestañas espesas, un puñado de pecas y una gran sonrisa. Podría haber sido un agente inmobiliario o un político en ciernes.

—Parece una versión cuidada, mucho más cuidada, la verdad, y mejor alimentada, de ti. —Dejó que sus palabras se asentaran y esbozó una sonrisa torcida—. Lo que quiere decir que tú también estás cañón.

—Pero en Johnny salta a la vista. Te deslumbra. Y no puedes dejar de escuchar sus historias. Es un arma de destrucción masiva, y aunque te provoque un coma etílico, siques queriéndolo.

«Este tío es la monda —pensó Cara—. Es adorable.» En ese momento sintió una felicidad pura.

—¿Y tu otro hermano?

—Liam. Liam Casey. El corredor.

«Madre mía...»

Hasta la gente que no tenía el más mínimo interés por el deporte sabía quién era Liam Casey. A nadie le importaba que su talento no fuera nada del otro mundo y que raras veces ganara una carrera internacional. Con sus greñas rubias, su mirada traviesa y su sonrisa pícara, se había convertido en una celebridad en Irlanda. Si Johnny estaba cañón, no era nada en comparación con el sexy Liam.

Caray, con razón Ed se sentía míster Insignificante, aplastado entre un encantador de serpientes y un adonis.

—¿Te llevas bien con tus hermanos? ¿Te gustan?

—La mayor parte del tiempo, sí. Liam es, no sé... Es un atleta que parece una estrella de cine, y es difícil que eso no le afecte. En cierto modo, piensa que la vida siempre lo tratará bien, pero no hay nada de malo en eso. Y mi hermano mayor, Johnny, tiene mucha labia y encanto, y es buen tío. Puede que no siempre, porque nadie lo es todo el tiempo, pero de niño era mi héroe. Y en cierta manera todavía lo es.

—Ajá.

—Los dos se meten conmigo porque conozco los nombres de las plantas en latín. No me queda otra, por mi trabajo. Me llaman *Ordinarius hominis*, que significa...

—«Hombre corriente», imagino.

Pero Cara estaba empezando a comprender que se equivocaban. Ed no era un hombre corriente. Modesto, quizá, pero de corriente no tenía nada.

9

El timbre de un teléfono despertó a Nell.

—Buenos días, Nell —dijo Dilly—. Es Viernes Santo y hora de desayunar. TJ, Bridey y yo te recogeremos dentro de cinco minutos. Liam también puede venir.

—¿Qué pasa? —preguntó, somnoliento, Liam.

—Dilly y su banda están de camino.

—Genial. —Liam se sentó y se frotó los ojos mientras Nell salía disparada hacia la ducha y a continuación se metía en el mono.

La sala del desayuno era inmensa y estaba equipada para grupos grandes. Muchas de las mesas, todas ellas cubiertas con manteles blancos inmaculados, eran para veinte o más comensales.

Jessie, Johnny y Saoirse estaban en una de doce.

—Ed, Cara y los chicos bajarán enseguida —dijo Jessie—. Mira, puedes pedir de la carta —explicó a Nell— o servirte del bufé.

—Ya lo sabe —dijo TJ.

—Es su primera vez aquí —dijo Liam con suavidad.

—¿Dónde ha estado todos estos años? —Dilly lo miró desconcertada.

—Lo entenderás cuando seas mayor.

—Ven, te enseñaremos cómo funciona el bufé —dijo Bridey.

Nell se levantó agradecida. Sus cuñados eran buena gente, pero mucho mayores que ella y con vidas muy diferentes de la suya. Los únicos miembros de la familia con los que se sentía cómoda eran los niños.

—¡Quiero llevarla de la mano! —protestó Dilly.

—No la estoy llevando de la mano, la estoy guiando —repuso Bridey—. Y en cualquier caso, tiene dos.

—Bandeja. —TJ le pasó una a Nell.

—Quería dársela yo —dijo Dilly.

—La que se duerme, pierde.

Dios santo, cuánta comida. Nell había visto bufés de desayuno con anterioridad, pero nunca una maravilla como aquella.

—La fruta está allí —dijo TJ—. Nosotras pasamos. Obviamente. Hay queso y jamón. Eso es para los alemanes.

—Aquí, salmón ahumado y alcaparras —continuó Bridey—. ¿Por qué? Ni. Idea. Esto es todo lo asqueroso, salchichas, morcilla. Para vomitar. Puedes saltártelo…

—Porque aquí está lo mejor. —TJ la condujo hasta una máquina de gofres—. Gofres y crepes. Puedes ponerles Nutella o sirope…

—¡O las dos cosas! —intervino Dilly.

—Después vuelves a por Coco Pops. Pero lo mejor de todo… —El trío empujó a Nell hasta un mostrador que exhibía un surtido alucinante de pastelillos. El mero olor te embriagaba.

—Perdone. —Una mujer le dio unos golpecitos en el hombro.

Liberada del hechizo pastelero, Nell se dio la vuelta.

—¿Sí?

—La tostadora está rota, tiene que arreglarla.

—Puedo… Esto, puedo echarle un vistazo…

—¿No trabaja aquí? —La mujer señaló el mono de Nell.

—No. Pero puedo echarle un vistazo.

—¡Oh, cuánto lo siento! —La mujer reculó y chocó con un hombre que llevaba en las manos el plato con más comida frita que Nell había visto en su vida—. Pensaba que era de mantenimiento.

Las tres niñas preguntaron al unísono:

—¿Qué quería esa mujer?

—Que arreglara la tostadora.

—¿Porque llevas ropa de hombre? —exclamó TJ—. Yo también llevo ropa de hombre por eso. Así la gente sabe que puedes hacer cosas.

Bridey abandonó su bandeja, ansiosa por ser la primera en regresar a la mesa con la anécdota. Dilly y TJ le pisaban los talones, por lo que Nell decidió seguirlas. Para entonces ya habían llegado Ed, Cara, Vinnie y Tom, y el episodio de la falsa identidad de Nell los hizo reír a todos.

—¡Y la señora va y le dice «Pensaba que era de mantenimiento»!

—Entonces choca con un hombre y al pobre le salen volando las salchichas.

—El hombre hizo ver que no estaba enfadado, ¡pero echaba humo!

—Para colmo, le cayó un trozo de morcilla en el enorme cuenco de yogur.

—Ha sido divertidísimo.

El único que no parecía pasarlo bien era Liam.

Johnny pedía una vez y otra a las niñas que repitieran las frases.

—TJ, di otra vez lo de «La tostadora está rota, tiene que arreglarla».

TJ lo repetía encantada. Luego Johnny decía:

—Ahora tú, Nell.

—Entonces le dije, no muy convencida: «Estoooo, puedo echarle un vistazo».

—Lo más fuerte —dijo Jessie— es que Nell probablemente podría haber arreglado la tostadora.

—Ah, no, los aparatos eléctricos no son mi fuerte.

—Pero lo habrías intentado —señaló Ed, lo que provocó otro estallido de carcajadas.

—Bien —dijo Bridey—, ahora necesitamos comer. Vamos, enanos; vamos, Nell.

Quince minutos después, Jessie dijo:

—Lamento cortaros el rollo, pero el carro y los caballos nos esperan.

—Rezad por nosotros —dijo Johnny—. Qué envida me dais. Vosotros solo tenéis que subir una montaña.

—Tenéis las bolsas de picnic en la recepción —informó Jessie—. Nell, no te olvidarás de ir a recoger a Ferdia y Barty a la estación, ¿verdad?

—Claro que no.

—¿Volveréis de la excursión a tiempo? —Eso iba para Ed.

—Sí. Solo iremos a la cascada de Torc. Cuatro horas, a lo sumo.

El grupo se puso en marcha. Ed desplegó un mapa —Nell empezaba a darse cuenta de que Ed era muy bueno con los mapas, supuso que por su trabajo al aire libre— y comentó la ruta con Liam.

—¿Han terminado? —Un camarero procedió a retirar la vajilla. Señaló varios platitos con pastas mordisqueadas—. ¿Y esto?

Aquello era lo que pasaba con los bufés: la gente enloquecía y se servía más comida de la cuenta. Era humano. Pero cuando Nell pensaba en Kassandra y Perla, todo ese desperdicio de comida le dolía.

Nell las había conocido en una parada de autobús a mediados del frío enero. Una niñita morena, que derramaba lágrimas silenciosas, extrañamente dignas, aguardaba con su madre.

—¿Tienes frío? —Nell ya estaba quitándose la bufanda.

—Tiene hambre —dijo Perla, su madre—. Esta noche había pescado de cena. Le da mucho asco.

—¿No podías comer otra cosa? —preguntó Nell a Kassandra.

No, no podía. Nell les entresacó su historia. Eran solicitantes de asilo. La guerra las había expulsado de Siria y habían llegado a Irlanda con la esperanza de adquirir el estatus de refugiadas. Pero hasta que se lo concedieran, o no, vivían en situación de olvido. Se alojaban en un albergue con otros desplazados procedentes de las peores partes del mundo. No tenían intimidad. Había un solo cuarto de baño para diecisiete personas. No se permitían visitas. Una cocina central proporcionaba las comidas. La calidad dejaba mucho que desear y no se podía elegir.

Cuando, con tacto, Nell les preguntó sobre el dinero, descubrió que Perla recibía del Gobierno treinta y nueve euros semanales, y Kassandra, treinta.

—Con eso tenemos que comprar ropa, medicamentos, los libros de texto de Kassandra… todo —explicó Perla—. Quiero trabajar, pero lo tengo prohibido.

Nell le dio los diecinueve euros que llevaba en el bolsillo, pidió a Perla el número de teléfono y llegó casa, junto a Liam, llorando. La situación de Perla y Kassandra era desesperada. Nell no tenía ni idea de cómo podía ayudarlas, pero sabía que debía intentarlo. El mundo solo mejoraría si todos ponían de su parte.

Desde entonces habían permanecido en contacto. Nell tenía poco que ofrecerles desde el punto de vista material, pero se esforzaba por ejercer de amiga.

10

El tren de Dublín entró despacio en la estación de Killarney.

—Despierta. —Ferdia propinó un codazo a Barty—. Hemos llegado.

Ferdia, un muchacho larguirucho con un gorro marinero calado hasta las orejas, se levantó y dio un manotazo a su bolsa, situada en la rejilla de arriba. La bolsa rodó y le cayó en los brazos.

—Pásame la mía, tío. —Barty era una versión más baja y compacta de Ferdia. Incluso su gorro y sus vaqueros de descargador de muelles eran casi idénticos a los de él.

Ferdia le pasó la bolsa y preguntó:

—¿Buen rollo?

Barty se había mosqueado con él por haberles hecho perder el tren el día anterior, y todo porque Ferdia había querido ir a una manifestación. Barty nunca tenía un céntimo y disfrutaba como un loco de su fin de semana anual en el elegante hotel.

—Buen rollo. —Se encogió de hombros—. Voy a tener que encajar cuatro días de comida y bebida en tres.

Cientos de personas bajaban del tren. La marabunta del Viernes Santo había salido en bloque.

—Mi madre me dijo que vendría Nell a recogernos —dijo Ferdia.

—¿La nueva esposa de Liam? ¿Cómo es?

—No lo sé, apenas la conozco. —Ferdia vislumbró a una mujer que vestía un mono—. Ahí está.

—¿La mujer del pelo...? Uau. Nada que ver con Paige, ¿eh? ¡Uau!

—Ahora cierra el pico. ¡Nell! Hola. —Ferdia la agarró de los hombros y le dio un torpe semiabrazo—. Barry, te presento a Nell, mi tía. ¿No? —preguntó a Nell.

—Supongo que sí. Política.

—Si Johnny fuera mi padre. Que no lo es. —Ferdia sonrió nervioso—. Nell, este es Barty, mi primo. Es el hijo de la hermana de mi padre, o sea, de mi padre muerto. El hijo de Keeva.

—Lo he pillado.

—Eres rápida. —Barry la miró con admiración patente.

—Por aquí. —Nell puso rumbo al coche.

Los chicos arrojaron las bolsas en el maletero, Barty saltó al asiento del copiloto y Nell dio marcha atrás dibujando una curva suave.

«No digas nada», pensó Ferdia. Pero, cómo no, Barty soltó:

—Conduces bestial.

«Tierra trágame.» Nell era mayor. Y estaba casada con su tiastro. Barty no debería... lo que fuera que estuviera haciendo. ¿Tirarle la caña?

—Será una pasada de finde. —Barty se comportaba como un capullo. Un capullo con gracia—. Me muero de ganas.

—Yo no —dijo Ferdia—. Pero mamá me habría matado si me hubiera escaqueado.

—Es comprensible —dijo Nell—. Ya eres mayor y no quieres hacer cosas de críos.

¡Cuidado! ¿Estaba siendo... condescendiente con él? Dolido, necesitó un momento.

—No tiene nada que ver con la caza de huevos de Pascua. No quiero estar aquí porque no lo apruebo.

Nell no dijo nada, así que Ferdia se lo contó de todos modos.

—Todo ese dinero. Está mal. Todos nosotros tenemos un techo en el que cobijarnos.

—Ferd —murmuró Barty.

—Sin embargo, gastamos dinero, vale, yo no, lo reconozco, para alojarnos bajo otro techo mientras el país atraviesa una crisis habitacional.

—Hum. —Nell cruzó una mirada con él por el retrovisor.

—¿No estás de acuerdo?

—A ver si lo he entendido: mi cuñada me invita a un fin de semana con todos los gastos pagados y su hijo no solo la pone a caldo, sino que quiere mi apoyo. —Rio—. Un poco incómodo.

—O sea, que con cuatro noches de pensión completa y todo el chocolate que puedas comer mi madre compró tu complicidad. Súper.

Sus miradas volvieron a encontrarse; la de Nell, inexpresiva; la de Ferdia, furiosa, y el resto del trayecto transcurrió en silencio.

Ferdia había esperado evitar a su familia el máximo tiempo posible, pero Jessie y Johnny estaban en el vestíbulo con las cuatro niñas, a todas luces recién llegados de una excursión.

—Qué sincronización —exclamó Saoirse.

El rostro de Jessie se iluminó.

—¡Has llegado, bichito! —Lo achuchó.

—Mamá, no me llames bichito. —Le daba vergüenza que Nell lo oyera.

—Siempre serás mi bichito. Mi bichito número uno. —Jessie contempló con una sonrisa la cazadora, el gorro, las pesadas botas—. Parece que vayas al puerto a descargar mercancías de un barco.

»Y tú también, cielo. —Jessie se había vuelto hacia Barty—. Gracias por venir. Estamos encantados de que estés aquí. —Acto seguido, abrazó a Nell—. Gracias por recogerlos.

Dilly se arrojó sobre Ferdia y este la cogió en brazos.

—¡Hola, señorita!

—¡Hemos ido en carro de caballos! ¡A papá no le ha gustado!

—No le ha gustado nada —remarcó Johnny.

—Ha dicho que había sido el peor día de su vida. —TJ se apoyó en Ferdia.

—Hacía frío —dijo Bridey—. Ha sido un rollazo.

—¿Fallos de seguridad que denunciar? —preguntó Ferdia.

—El carro no tenía cinturones. Pero —admitió Bridey— no íbamos tan deprisa como para hacernos daño.

—Eso es lo que me gusta de ti, Bridey, que eres justa. Dices lo que piensas, pero sabes reconocer el mérito donde lo hay.

Bridey se sonrojó.

—Gracias.

—Afortunado tú que «perdiste» el tren —dijo Johnny—. Te ahorraste un día infernal.

—Oh, calla ya. —Jessie reía—. No ha estado tan mal. ¿Y qué es eso que dicen sobre la vida? Solo nos arrepentimos de las cosas que no hicimos.

Ferdia se dio cuenta de que Nell merodeaba incómoda al margen del grupo, excluida de su manida familiaridad. «Vete —pensó—. ¿A qué esperas?»

Jessie la rodeó por la cintura.

—Mira lo guapo que está Ferdia. Cuando acabe de hacerse un hombre, será irresistible. ¿No te encanta esa barba incipiente?

—Mamá. —Ferdia no sabía quién estaba más incómodo, si él o Nell.

—Hablando de irresistible —dijo Saoirse—, tu novia está aquí.

«¿Sammie estaba allí?» El corazón de Ferdia dio un vuelco. ¿Había decidido que no iban a cortar después de todo? Pero ¿cómo había conseguido llegar antes que él?

—La mosquita muerta del año pasado —dijo Saoirse—. La del acento pijo.

Ferdia miró a Barty y juntos exclamaron:

—¿Phoebe?

Phoebe había sido lo mejor y lo peor de la última Semana Santa. Estaba en medio de un gran grupo de familiares. Unos años mayor que los demás niños, era evidente que se hallaba en el hotel en contra de su voluntad, como Ferdia.

En la cena familiar de la primera noche, Phoebe estaba sentada a una mesa igual de larga y bulliciosa. Levantó la vista, paseó la mirada por la sala y sostuvo la mirada de Ferdia el tiempo suficiente para dejar claras sus intenciones. Una hora más tarde, en el momento en que Ferdia acompañaba a Dilly al club infantil para ver una película, Phoebe se llevaba a un niño que no paraba de berrear. Cruzaron otra mirada larga y cómplice.

Ferdia y Sammie se encontraban en otra de sus rupturas, de modo que, triste y desafiante, él había decidido que podría sanar sus heridas con esa chica. Le había sido fácil descubrir su nombre, solo había tenido que escuchar cómo la llamaban sus hermanas. Y sí, su acento, cuando contestaba, era algo afectado. Pero era mona, con una melena castaño rojiza, ojos marrón oscuro y, como Barty no paraba de señalar, «Tenía un cuerpazo».

Después de sobornar a TJ para que preguntara el apellido a uno de los miembros más pequeños del grupo de Phoebe, Ferdia la encontró en Instagram. Pero la cuenta era privada. Y no podía encontrarla en Snaptchat sin su nombre de usuario.

Pidió seguirla en Instagram, pero a pesar de la chispa que había saltado entre ellos, no ocurrió nada.

—Puede que aparezca más tarde en el cobertizo de las barcas.

Era el lugar donde los adolescentes se reunían a altas horas de la noche para beber a escondidas. Ferdia y Barty habían vaciado de alcohol su minibar y se lo habían llevado al lago. Estuvieron allí hasta las dos de la madrugada, fumando porros y hablando de chorradas, pero Phoebe no apareció.

Ferdia pasó el día siguiente pegado a su móvil y moviéndose de aquí para allá para tener siempre cobertura. Pero aunque Phoebe seguía insinuándosele en la vida real, desde el otro lado del vestíbulo y en la piscina, no respondía a su petición de seguirla en Instagram.

No se le encendió la bombilla hasta el Sábado Santo.

—¡No tiene móvil!

—Tú flipas.

—En serio. Nunca la he visto mirando un móvil. No tiene.

Barty no daba crédito.

—¿Qué son? ¿Amish?

—Se acercan los exámenes.

Unas semanas antes de la selectividad, los padres solían confiscar el móvil a los hijos para que no se dispersaran.

—Por eso no ha venido al cobertizo. La tienen vigilada.

—¿Y cómo piensas quedar con ella? —preguntó Barty—. ¿Por paloma mensajera? ¿Le pedirás a Saoirse que se haga su amiga? Podrían hablar de la regla y esas cosas.

—¿Yo? —A Saoirse le temblaba la voz—. ¿Has pasado de mí todo el fin de semana para perseguir a esa zorra creída y...?

—No la llames zorra.

—¿... y ahora quieres que te haga de alcahueta? —Parecía al borde de las lágrimas—. Ni lo sueñes, gilipollas.

Tras un silencio incómodo, Ferdia dijo:

—Saoirse, lo siento, he estado en babia. Me olvidé de ti. Un poco. Te pido perdón.

—¿Crees que yo quiero estar aquí? ¿Viendo *Frozen* veinte veces? ¿Compartiendo habitación con Bridey? ¿Sabes? No me he tomado ni una copa desde que llegamos aquí, y tengo dieciséis años.

—Culpa nuestra. —Barty y Ferdia estaban arrepentidísimos—. O sea, del todo.

11

Nell entró un tanto alterada en la habitación. Liam estaba tumbado en la cama escuchando algo en el móvil.

—¿De verdad iban en el tren? —Se quitó los auriculares—. Gracias a Dios. Si Ferdia no hubiese venido, la pobre Jessie habría sido capaz de regresar a Dublín y haberlo metido en el coche por las orejas.

—Pues ya está aquí. —Nell se desató los cordones de las Converse y se descalzó—. Oye, ¿qué le pasa a Ferdia? Se mostró muy crítico con nosotros por estar aquí cuando hay una crisis habitacional. Quería morirme.

—¿Qué dijo?

Nell se detuvo en seco. Mala idea, quejarse, sobre todo de la familia.

—Olvídalo. Pero me sorprendió. Las otras veces que lo he visto estuvo muy simpático.

Aunque, ¿cuándo había sido eso? ¿La juerga de Fin de Año en casa de Jessie? ¿La fiesta del día de San Patricio, donde había tanto follón de gente que Ferdia y ella se habían saludado y poco más?

—Es un idiota —declaró Liam—. Un mocoso malcriado. Y Barty ni te cuento. Lleva la palabra «cretino» escrita en la frente.

—Liam. —Nell soltó una risita culpable—. No hables así.

—Pero es verdad. Es un Ferdia en miniatura. Cada vez que Ferdia se hace un tatuaje, Barty lo copia. Solo hay que ver los anillos que llevan.

A Nell le sonó el móvil.

—¡Oh, un correo! —dijo—. ¡Oh! Liam, es... —Lo leyó por

encima y se volvió hacia él con cara de asombro—. ¡Me lo han dado, Liam! ¡El bolo! El espectáculo del Playhouse.

—¿En serio? ¿El que va sobre el tiempo?

—*Contrarreloj*. Sí.

—Uau. —Liam parecía sorprendido—. Es... es increíble. ¿Cuánto te pagan?

—Nada y menos, pero no me importa. Es la primera vez que hago de directora de escenografía. ¡Confían en mí, Liam! ¡Les gustaron mis ideas! Esto hay que celebrarlo. ¿Cuánto falta para la cena?

—Una hora más o menos.

—Lo suficiente. —Mirándolo a los ojos, se bajó la cremallera del mono cinco centímetros.

La actitud de Liam cambió de inmediato, permaneció quieto y alerta.

—No me digas...

—Sí te digo.

Con elegante agilidad, Liam se levantó de la cama, cruzó la habitación y rodeó a Nell por la cintura.

—Hola —dijo con voz queda.

—Hola.

Tomó el rostro de Nell entre sus manos.

—Eres tan tan bonita...

Las manos de ella le desabotonaron los vaqueros y juntos avanzaron hacia la cama...

El timbre de la puerta empezó a sonar frenéticamente, acompañado de manotazos en la madera.

—¡Abre, abre! —ordenaron voces de niñas.

—¿Qué demonios?

—Ignóralas —suplicó Nell.

—¡Sabemos que estás ahí! —El timbre y los manotazos continuaron.

Se miraron horrorizados, les habían cortado el rollo.

—¡Tienes que ver esto! —gritó alguien, probablemente TJ.

Aceptando la derrota, Nell descansó la frente en la de Liam.

—¿Más tarde? ¿Estás visible?

—Más o menos.

En cuanto la puerta se abrió, la bola de energía formada por Dilly, TJ y Bridey rodó hacia ella.

—¡Nell, corre, ven! Tú también, Liam, si quieres. Estamos espiando a la nueva novia de Ferdia. La del año pasado. ¡Está en la terraza de su habitación!

—Esperadme. —Liam se estiró la camiseta por encima de los vaqueros.

Bridey puso cara de espanto.

—¿Estabais...? ¡Qué asco! Lávate las manos.

—¡No hay tiempo! —Dilly estaba a punto de explotar de impaciencia.

—¿Adónde vamos? —preguntó Nell.

—A la habitación de mamá —dijo Bridey—. Ferdia ha subido a buscar un cargador...

—Porque —la interrumpió TJ— se olvidaría hasta de su culo si no lo llevara pegado.

—¡Tiene cosas más importantes en que pensar! —Dilly estaba chillona—. Ese chico es un genio. Saoirse también ha subido a la habitación. —Habían llegado a la suite de Jessie—. Ha sido ella quien ha visto a la zorra creída en la terraza.

Saoirse los recibió en la puerta.

—¡Sigue ahí fuera!

Nell entró detrás de Liam y las tres niñas.

—O sea, ¿es una chica del año pasado? —Liam se precipitó hacia la terraza de Jessie y Johnny.

—¡Espera! —Ferdia lo detuvo—. Hay que disimular. Tú y yo —agarró a Liam de los hombros— salimos a la terraza como si tal cosa. Después, echamos un vistazo a las terrazas de las esquinas del piso de abajo. Actúa con naturalidad.

—¡Pero nosotras hemos ido a buscar a Nell!

Ferdia se dio la vuelta, irritado.

—¿Por qué no salimos todos a mirar?

Sentadas en una terraza había tres mujeres jóvenes con albornoz y gafas de sol. Una se pintaba las uñas de los pies y las otras dos miraban el móvil mientras intercambiaban comentarios breves.

—¿Cuál es? —preguntó Liam.

—La del centro.

Estaba claro incluso de lejos que Phoebe era la hembra alfa. Nell se quedó mirándola un poco más de la cuenta y, como si de pronto se hubiera sentido observada, la chica levantó la vista.

Se bajó las gafas de sol, vio a Ferdia, clavó la mirada en él unos instantes, se subió las gafas con brusquedad y volvió la cara.

Rojo como un tomate, Ferdia se metió en la habitación.

—Un millón de gracias, Nell. Qué vergüenza. Solo te faltaban los prismáticos.

—¡Oye! —dijo Liam.

Ferdia fulminó a Liam con la mirada, luego a Nell y, por último, a Jessie.

—A la mierda todos —declaró y salió de la suite dando un portazo.

Nell quería morirse.

—Lo siento mucho.

—No, no, tú no has hecho nada malo —dijo Jessie.

—Será mejor que… —dijo Liam, conduciendo a Nell hacia la puerta—. Nos vemos en la cena.

—Media hora. —A Jessie le temblaba la voz.

Una vez en el pasillo, Nell dijo:

—Liam, cariño, lo siento mucho.

—Tú no tienes la culpa de que Ferdia sea un niñato malcriado.

Por dentro, a Johnny se le llevaban los demonios. Maldito Ferdia. Ni una hora en el hotel y ya había disgustado a Jessie y a Dilly. Y a Nell. Más le valía aparecer en la cena.

¿Y qué historia se traía con esa chica de la terraza? ¡Si ya tenía una novia! Sammie les caía bien a todos. Parecía inaccesible con sus botazas y su cabeza rapada, pero era muy agradable.

Ferdia y ella debían de estar pasando por una de sus rupturas. Esos dos se comportaban como Burton y Taylor, con sus competiciones de gritos melodramáticos en el apartamento de Ferdia, claramente audibles desde la casa, seguidas, unos días más tarde, de un efusivo reencuentro. Había sido divertido durante unos meses, pero hasta Johnny empezaba a estar harto.

Tras unos minutos de tensa quietud, Jessie dijo:

—En marcha, pandilla.

—Primero he de hacer algo —dijo Johnny—. Bajo enseguida.

Estaba demasiado abatida para preguntar qué era ese «algo». Mejor así, porque Johnny quería echar un vistazo a los comentarios escritos debajo del artículo sobre Jessie. Solo quería comprobar cuán malvados eran.

Macho Vigoroso
«JESSIE PARNELL ES UNA HINCHAPELOTAS ANDRÓFOBA.»

Recuperemos la Horca
«Mierda carísima para los borregos de Dublín 4.»

Justicia para los Hombres
«Esbelta como un junco? Es mastodóntica.»

Atacagrasas
«Aun así, yo le daba.»

Justicia para los Hombres
«A ti lo que te echen. Es una CACATÚA DECRÉPITA.»

Dublín a Tope
«cómo consigue traerse a los chefs a Dublín? a cambio de servicios?»

Atacagrasas
«Yo aceptaría un servicio suyo.»

Justicia para los Hombres
«Lo dicho, amigo, lo que te echen. Por el bien de ese marido suyo, espero que tenga otro lugar donde desahogarse.»

Macho Vigoroso
«PUES CLARO, SOLO TIENES QUE MIRAR AL CHULOPUTAS PARA SABER QUE TIENE MÁS DE UNA FULANA POR AHÍ, PROBABLEMENTE TRABAJANDO PARA ÉL. SERÍA GILIPOLLAS SI NO LO HICIERA.»

Muerte a las Feminazis
«Dicen que es un fornicador. No me extraña. Esa tía te cortaría los huevos si pudiera.»

Poder Blanco
«Promueve el islam.»

Atacagrasas
«No sabía eso.»

Poder blanco
«Vende comida halal. Y sus asquerosas especias. Si no pudieran comprar su asquerosa comida en Irlanda, tendrían que volver a turbanistán.»

Paddy Echa a Volar
«La conocí una vez. Demasiado simpática. Falsa.»

Johnny suspiró. La mala leche de siempre. Le había dicho a Jessie que nunca leyera los comentarios y ella aseguraba que no lo hacía, pero a saber.

Ferdia había regresado a su habitación y se había tirado varios minutos despotricando contra Nell por haberlo dejado en ridículo.

—Pero ya conoces a tu familia —dijo Barty—. Se habrían quedado mirando como pánfilos hasta que Phoebe se hubiera dado cuenta.

—Qué vergüenza que me viera ahí de pie, rodeado de gente, como un acosador pirado.

—Ella no paraba de mirarte el año pasado. Además, ahora ya sabe que estás aquí. ¿Tiene móvil esta vez?

—Sí. Lo vi. —Ferdia se golpeteó los labios con los dedos.

La rabia y la sensación de bochorno estaban disolviéndose.

—Ahora siento haber saltado contra Nell. No lo hizo a propósito... No creo que estuviera intentando fastidiarla.

—Lo sé. También estuviste un poco duro con ella en el coche. Estás muy rayado con lo de la crisis habitacional esa, pero ella no tiene la culpa.

Nell lo había pillado en un mal momento. A Ferdia le molestaba muchísimo que su madre se gastara todo ese dinero cuando había niños que dormían en el suelo.

—¿Quién sabe? —dijo Barty—. Puede que Nell ni siquiera desee estar aquí.

—Puede. ¿Qué tal si... le pido perdón?

Ferdia nunca se disculpaba con los adultos; bueno, nunca se disculpaba con Jessie y Johnny. Controlaban ya tantas cosas, que no podía ceder un milímetro más. Pero Nell no era realmente un adulto. O tal vez no fuera realmente un miembro de la familia.

—¿Y si me manda a la mierda?

—No lo hará. Es un encanto.

—Ja, ja, ja. Pardillo. Lo dices porque te gusta. Es la hora, vamos.

Los demás ya estaban en el restaurante. Antes de que pudiera cambiar de parecer, Ferdia fue directo hasta Nell.

—¿Puedo hablar contigo? Te pido disculpas por haberte insultado. Y por echarte la culpa. Estaba muerto de vergüenza.

Nell sonrió.

—Disculpas aceptadas, Ferdia.

El alivio de Ferdia fue como un rayo de sol.

—Y por haberme comportado como un cascarrabias en el coche. Lo siento.

—Ni me acuerdo ya.

—Entonces, ¿buen rollo?

—Buen rollo.

Al darse la vuelta para tomar asiento, el móvil le vibró en el bolsillo. Ferdia echó un vistazo. Era una solicitud de Phoebe para seguirlo.

—¡Bart! —Le enseñó la pantalla—. La cosa está en marcha.

12

—¿Pasando el fin de semana? —Dominique, la masajista, condujo a Jessie por los pasillos alumbrados con una iluminación tenue.

—Con mi familia. Hoy están de excursión en el lago Dan.

—Y se ha buscado un rato para usted. Bien hecho. —Dirigió a Jessie hasta una sala perfumada—. Siéntese. ¿Hay algo que le preocupe especialmente?

—Tengo unos pies espantosos.

—Seguro que no es para tanto. ¿Y cómo le gustaría sentirse después del masaje? ¿Desintoxicada? ¿Relajada?

—Relajada, supongo.

Pero, si se relajaba, ¿quién se ocuparía de todo? Tras la muerte de Rory, cuando empezó la terapia de duelo, la mujer le dijo: «Usted cree que depende de usted que el planeta siga girando». Pero siempre había sido así. Le era imposible delegar porque creía que ella podía hacerlo todo mejor y más rápido que los demás.

El masaje había empezado.

—Está muy tensa.

«Por eso he pedido un masaje.»

—Los nudos del cuello... —Dominique hablaba como si Jessie los hubiera atado por voluntad propia.

O tal vez estuviera siendo quisquillosa y poco razonable. Tenía muchas cosas en la cabeza. El artículo la había desestabilizado. La insinuación de que se había acostado con Johnny cuando todavía estaba con Rory..., ¿por qué sacaban eso en casi cada entrevista?

Desde luego, podría declarar públicamente que nunca había engañado a Rory, pero tenía derecho a una vida privada. Y, en cualquier caso, era una historia antigua. Además, la gente que más le importaba en esto —los padres de Rory, Michael y Ellen, y sus dos hermanas, Keeva e Izzy— nunca la creerían.

Debería habérselo contado a los cuatro en cuanto empezó a tener algo con Johnny. Pero se había convencido a sí misma de que no era nada serio. Hasta que se quedó embarazada de Bridey no se vio en la obligación de confesar, pero para entonces ya era tarde.

De eso hacía trece años. En ese momento se daba cuenta de que había estado cegada de amor para pensar que los Kinsella se alegrarían por ellos. Les había hecho mucho daño y no estaba orgullosa de ello. Por fortuna, el distanciamiento no se había extendido a Ferdia y Saoirse, quienes mantenían una relación estrecha y cariñosa con sus abuelos, tías y primos Kinsella. Así y todo, en los tiempos en que los niños eran aún lo bastante pequeños para tener que llevarlos y recogerlos, Ellen y Michael, sin previo aviso, subrepticiamente, reclutaban siempre a otro adulto como intermediario, de tal manera que cuando Jessie llamaba a la puerta de los Kinsella, siempre le abría un vecino o un pariente político. Michael y Ellen no habían escatimado en esfuerzos para evitar verla a ella o a Johnny.

Pero Ferdia y Saoirse ya tenían edad para ir solos. Jessie pensaba que si se cruzara con un Kinsella ahora, sería un encuentro civilizado. Después de aquella bronca monumental, alguien, Jessie sospechaba que su cuñada Izzy, había escrito algunas reseñas tremendas sobre PiG en internet. Pero hacía mucho ya de eso. Aparte de a Rory, el Kinsella al que Jessie había echado más de menos era Izzy. Había sido su mejor amiga, casi su alma gemela. También quería mucho a Keeva —las dos hermanas de Rory habían sido sus damas de honor, porque ella no tenía hermanas—, pero Izzy era especial.

Incluso en ese momento, cuando recordaba el enfrentamiento con Izzy mientras esta asimilaba la barriga hinchada de Jessie, sentía como si le clavaran un cuchillo en las entrañas.

—¿Estás embarazada? —había susurrado—. ¿De Johnny? —Se había echado a llorar—. Rory ya no está. Te lo has llevado todo y a nosotros no nos queda nada. —Aquel horrible día terminó con Izzy gritando—: En realidad nunca quisiste a Rory.

Lo cual era falso. Jessie había estado loca por el bondadoso Rory.

De acuerdo, Johnny había conseguido transmitirle que si ella estaba interesada, él también... Era toda una habilidad prometer algo sin comprometerse de verdad. Y sí, había notado cierto cosquilleo. ¿Tan terrible era aquello? Durante todo el colegio y la universidad había sido una empollona con pecas. ¡Nadie se había fijado en ella! Y en aquel entonces Johnny era tan sexy, estaba tan solicitado... Tener a dos hombres detrás había sido excitante...

Tal vez la única razón de que Johnny estuviera interesado era que el corazón de Jessie pertenecía a su mejor amigo. Aun así. Lo importante en ese caso era que ella no lo había incentivado. Era Rory el que había persuadido a Johnny de que se incorporara a Parnell International Grocers, el que había insistido en que sería de gran valor para la empresa.

Si pudiera dar marcha atrás, volvería a elegir a Rory. Había sido mucho más su tipo, mucho más de fiar. Johnny, en cambio, siempre le había parecido... en fin... un pelín escurridizo...

Pero Rory había muerto, lo cual difícilmente podía considerarse un acto propio de alguien de quien te puedes fiar. Y, pese a todo, ella había terminado con el puede-que-un-pelín-escurridizo Johnny, así que...

13

—No me noto las piernas —se quejó Bridey—. Tendría que haber una ley que prohibiera obligar a los niños a hacer tanto ejercicio.

Por dentro, Nell estaba de acuerdo. Había sido un día precioso: el lago deslumbraba con su brillo y el picnic del hotel había incluido botellitas de vino, pero la temperatura había caído en picado, llevaba una hora cargando a Dilly sobre los hombros y estaba cansada.

—Ya casi hemos llegado al parking —dijo Johnny.

—Si estuviéramos trabajando en una película, nos habrían permitido un descanso hace horas —insistió Bridey.

—¡Cierra el pico! —espetó TJ—. ¡Solo tienes doce años, pero hablas como una vieja!

—Os habrían buscado un doble para que hiciera la mitad del camino —dijo Nell.

—¡Eso! —A Tom le encantó la idea.

—Ahora estaríais descansando en vuestra caravana mientras vuestro doble recorría el último tramo.

—¡El parking!

—Al fin.

Estalló una disputa —otra más— sobre quién se sentaría al lado de Nell en el monovolumen de Johnny. Arbitrar las constantes peleas era un trabajo arduo.

El monovolumen de Johnny entró en el aparcamiento del hotel y una horda de Casey salió en estampida.

—Esperemos a Vinnie y Tom.

A los pocos segundos, llegó el coche de Ed. Se abrieron y cerraron portezuelas.

—Tío Liam —dijo Bridey—, ¡hagamos un FaceTime con Violet y Lenore! Podemos jugar a que están aquí.

—Vale. —Liam miró de reojo a Nell.

Era su señal para desaparecer.

Nell había querido tener una relación con las hijas de Liam, pero él le había quitado la idea de la cabeza. «Sería muy duro para ellas. Están muy afectadas por el divorcio...»

Había visto a las chicas solo una vez, durante una visita relámpago a Atlanta el pasado octubre para que Liam les comunicara que iba a casarse de nuevo.

—Por lo menos deberían verme la cara —había dicho Nell.

—No será agradable...

No lo fue. Violet, de diez años, había reaccionado con furia, y Lenore, de diecisiete, estaba desconcertada y al borde de las lágrimas. Nell sentía que las tres necesitaban conocerse un poco mejor, pero Liam se negaba en redondo.

—Nell, ¿adónde vas? —preguntó extrañada Bridey—. ¡Eres su madrastra!

—No pasa nada —dijo Liam—. No hace falta que Nell esté.

—Pero...

Inesperadamente, Cara intervino.

—Somos tantos que lo único que haríamos sería estorbar. —Tomó a Nell del brazo—. Hasta luego, chicas.

Nell se dejó arrastrar hasta el vestíbulo.

—Gracias.

—No hay de qué. —Cara esbozó una sonrisa y Nell sintió una oleada de alivio.

—Liam solo intenta protegerlas —explicó Nell—. A sus hijas, quiero decir. Les cuesta aceptar que haya vuelto a casarse. Él cree que es mejor que no me vean.

—Ajá.

—Tiene que hacer lo que sea mejor para ellas. Estoy siendo egoísta. Me siento mal porque no voy a tener hijos. Me encantaría, pero tal como está el planeta...

—Bien por ti.

Mientras esperaban el ascensor, Cara dijo:

—Esta noche toca restaurante elegante. Hora de sacar el Gucci.

—¡Qué! ¡Ah, es broma! ¡Jesús, qué susto!

—¡Perdón! —dijo Cara y se echaron a reír—. Con el tiempo te acostumbrarás. A lo de qué ponerte y todo eso. Aunque a mí me llevó siglos.

—¿Y qué debería ponerme esta noche?

—Un vestido. ¿Tienes?

—Mi amiga Wanda me ha dejado dos. Compartía piso con ella. Es diseñadora de vestuario. —Nell hizo una pausa—. Oye, ¿puedo enseñártelos? ¿Tienes un minuto?

Cara siguió a Nell hasta su habitación. Una ojeada al vestido negro de cuentas fue suficiente.

—Demasiado formal.

—Está este otro. —Nell sacó un vestido tubo con los hombros al descubierto y una cremallera que iba desde la nuca hasta el dobladillo.

—Es precioso —suspiró Cara—. Póntelo.

Nell corrió hasta el cuarto de baño, se lo puso y, poco acostumbrada a ir tan ceñida, regresó tirando de la tela.

Cara la miró alucinada.

—¡Nell! Estás espectacular Y ese color berenjena combina muy bien con tu pelo...

—¿Pero? —Nell se inquietó—. ¿No es apropiado para un hotel familiar?

—Exacto. Estás demasiado sexy. ¿Tienes algo más informal?

—Sí, pero...

El estilo informal de Nell no era el más adecuado. Además de la petición de arreglar la tostadora, sus monos estaban despertando interés. Los niños la seguían, atraídos por su pelo rosa y desconcertados por su ropa masculina.

—Tengo esto. —Nell sacó un vestido recto de algodón de color azul marino. Le iba dos tallas grande, pero solo le había costado cuatro euros en Oxfam.

—Póntelo. —Cuando Nell reapareció—: Oh, uau. Muy chulo. Este. ¿Zapatos? —Cara descartó los zapatos de tacón prestados y se decantó por las Converse rojas—. ¡Sí! Estás fantástica. ¡Nos vemos en la cena!

La cerradura chasqueó: Liam había vuelto.

—¿Cómo están? —le preguntó Nell.

Liam siempre acababa disgustado después de hablar con sus hijas.

—Bien. Creo. Es difícil saberlo.

—Liam, ¿crees que llegará un día en que podré conocerlas mejor?

—¿Cómo quieres que lo sepa? Pero ¿querías echar a perder sus recuerdos de otras Semanas Santas con sus primas monopolizando el FaceTime?

—Solo me refería a... Lo siento, lo siento.

No paraba de meter la pata. Era muy importante para ella caer bien a los Casey; sin embargo, ya había tenido ese encontronazo con Ferdia. Él se había disculpado, había estado normal en la excursión, pero había sido un recordatorio de que ella no conocía a esa gente ni sabía cómo comportarse con ellos.

—Arréglate, anda —dijo Liam—. Es casi hora de cenar.

—Ya estoy lista.

Liam la miró de hito en hito.

—¿Piensas ir así? ¿Qué... qué llevas puesto? ¿Una camisa gigante?

Qué daño. Qué daño. Qué daño.

—Tiene algo de hospital. Pareces una enfermera.

—Y no de las sexis, ¿verdad? —Nell sonrió de oreja a oreja—. Pero esto no es lo peor, todavía no has visto la espalda. —Se dio la vuelta para mostrarle la ristra de botones que recorría el vestido de arriba abajo—. Se parece a esos camisones que te ponen cuando van a operarte, con los que enseñas todo el culo.

Funcionó. Liam se echó a reír.

A primera vista, nadie pensaría que Liam era aficionado a la ropa cara: tenía un estilo sencillo y discreto. Pero, si escarbabas, descubrías que sus pantalones de tipo chándal llevaban cachemir en la composición y que sus jerséis anónimos eran de pura lana merino.

Había llegado el momento de recordarle con quién se había casado.

—Liam, a mí me gustan las cosas bonitas. Me encantaría un camión entero de ropa nueva. Comprarla de segunda mano es un fastidio. Sé que mis principios y yo somos un coñazo. En serio, hasta a mí me ponen de los nervios a veces, pero no es una pose.

—Lo sé, cielo. Lo siento.

En los once meses que hacía que lo conocía, Nell nunca lo había visto tan tenso. Hasta el momento, apenas habían pasado tiempo con sus hermanos. Hasta su boda había sido sin familia. Por lo general, Liam era divertido y espontáneo. Su vida estaba a millones de kilómetros de los hoteles de cinco estrellas y se apuntaban a cualquier oportunidad de aventura. Habían tenido un fin de semana imprevisto en Tallin. Otro en Madrid, donde habían pasado dos días en el Prado. El 23 de diciembre, Liam había comprado dos vuelos tirados de precio a Namibia que salían al día siguiente. Se pasaron la tarde yendo de un lado a otro, alquilando material para acampar y reservando un jeep. Pasaron la noche de Navidad bebiendo ginebra del *duty-free* y contemplando fascinados las constelaciones estelares en el cielo del desierto.

En el elegante restaurante, Jessie corrió hacia Nell.

—¡Tu vestido!

Dios, ¿había vuelto a cagarla?

—¿Acne? —preguntó Jessie—. No, no me lo digas. ¿Filippa K? ¿Una de las diseñadoras suecas? Adoro la moda amplia.

—Oxfam —dijo Liam—. Probablemente un antiguo camisón de hospital. Si este vestido pudiera hablar, la de operaciones de almorranas que nos contaría.

Jessie pasó de él.

—Estás impresionante —dijo a Nell—. A todo le das tu toque personal. Ojalá yo tuviera tu seguridad.

—Zorra creída a la vista —murmuró Saoirse.

Alfa Phoebe pasó con un vestido de Zadig & Voltaire con las costuras deshilachadas y el dobladillo desgarrado, como marcaba la moda. A Nell le pirraba esa marca. Fantaseaba con que la colección al completo fuera a parar, por alguna razón, a la tienda de segunda mano de su barrio. Miró de soslayo a Liam, que observaba a Phoebe con aprobación. ¿Debería tomárselo a mal? No. En lugar de eso, le dio un codazo disimulado y se sentó a la mesa.

—Bien, hablemos de mañana —dijo Jessie—. Sé que soy una controladora y que todos me llamáis Herr Kommandant, pero la caza de los huevos de Pascua significa mucho para mí. ¿Podríais asistir todos? Me haríais muy feliz.

Ed, Cara, Liam, Nell, incluso Saoirse y Barty asintieron.

—¿Ferdia? —Jessie buscó su mirada—. Por favor.

—Vale. —Su risa sonó un tanto aburrida.

El móvil de Ferdia se iluminó: el mensaje que estaba esperando.

—Bart —dijo entre dientes—, lo siento, pero esta noche necesito la habitación. No sé cuánto rato...

—¿Phoebe? Genial. Me iré al lago, muerto de frío y a oscuras, yo solo.

—Siento que su hermana sea tan joven...

Barty se encogió de hombros.

—No es mi tipo.

Esperanzado, Ferdia le preguntó:

—¿Hay alguien aquí que sea tu tipo? —Si pudiera emparejar a Barty con alguien, no se sentiría tan mal.

—Me quedaría con Nell, si me la ofrecieras. Está buenísima.

Ferdia se vino abajo.

—Bart... No está buenísima. Y está casada con mi tío.

—Tiastro.

—El caso es que está casada.

—Tranqui, Ferd. —Bart sonrió—. Me estoy quedando contigo.

¿A qué venía esa unanimidad... casi... conspiratoria en que Nell era increíble? Había oído hablar a su madre y a Cara del corte que Nell se había hecho en la rodilla con una cuchilla de afeitar.

—Si me hubiese ocurrido a mí —había dicho Cara—, habría tenido que subirme al coche y volver a Dublín.

—Es muy hábil —Jessie esta vez—, gracias a ese trabajo suyo. Pero es tan guapa y salvaje... ¡Y su ropa! ¡Fabulosa! Nunca sé qué esperar.

Las constantes alabanzas de Jessie a la ropa de Nell resultaban extrañas. ¿Era pura condescendencia en el intento de soslayar el hecho de que Nell parecía pobre? ¿O lo hacía por miedo? La Jessie de clase media no sabía cómo etiquetar a alguien como Nell, así que si insistía en lo fantástica que era, ¿nadie se daría cuenta de que en realidad la desconcertaba?

14

Phoebe llegó al filo de la medianoche. Ferdia tenía razón con respecto al año anterior: sus padres le habían quitado el móvil porque le tocaba repetir la selectividad. Ahora estudiaba primero de derecho empresarial en el University College Dublin.

—Yo estoy en el Trinity —dijo Ferdia—. Tercero de económicas y sociología.

—Uau, el Trinity. ¿Eres residente?

—Tengo piso.

Phoebe lo miró escéptica. Era raro que un estudiante de tercer año en Dublín viviera fuera de casa.

—¿Dónde está exactamente tu piso?

—En Foxrock.

—¿Y dónde vive tu familia?

—En Foxrock.

—¡Entonces vives con tus padres!

Su tono triunfal hizo reír a Ferdia.

—Vivo en un apartamento cerca de mis viejos, pero es mío y solo mío. —No era necesario mencionar que era el apartamento donde la abuela Parnell había vivido hasta su muerte y que aún conservaba la decoración refinada de una señora mayor. O que estaba al final del jardín, lo bastante cerca de la casa principal para que, cuando Sammie y él se peleaban a gritos, Bridey apareciera para pedirle a Ferdia que abandonase su «comportamiento antisocial».

Phoebe le tomó la mano derecha.

—¿Por qué tantos anillos, Ferdia Kinsella?

—Solo son cuatro. Ni que fuera Lil Yachty.

—Háblame de este. —Phoebe miraba el aro de plata abollado del pulgar—. ¿Qué significan estos números?

—Son las coordenadas del pueblo de Kildare donde nació mi padre.

—Mola. ¿Y este? ¡Parece una pieza caída de un tractor!

—Casi.

Era una tuerca de aluminio que TJ y Bridey habían encontrado debajo del coche de Jessie. Tras intentar grabar en ella una inscripción con una aguja de coser, se la regalaron a Ferdia en una ceremonia solemne en que le pidieron que se comprometiera a ser siempre su hermano. Pero no iba a contarle eso a Phoebe. Se reiría de él.

—¿No te importa tener todos esos tatuajes en las manos? —le preguntó Phoebe—. ¿Qué pasaría si tuvieras una entrevista de trabajo?

—No querría trabajar en un lugar donde se me juzgara por los tatuajes.

—¿Principios? Qué feliz. O sea, que tienes pensado establecerte por tu cuenta y ganar una fortuna, como tu madre…

Ferdia se rio con cierto pesimismo.

—No.

—¿Qué era lo que estudiabas? ¿Económicas y sociología? Lo de económicas lo entiendo, pero ¿sociología? ¿Por qué?

Porque se había imaginado en un puesto importante de una organización humanitaria, paseándose por campamentos polvorientos, consiguiendo médicos para atender a niños enfermos, firmando órdenes para entregar provisiones urgentes ante la nueva afluencia de refugiados. Sin embargo, sus diez semanas de voluntario en Filipinas el verano anterior habían sido tediosas y desalentadoras, dedicadas exclusivamente a contar cosas y tacharlas de listas interminables: desde bidones de lejía hasta paquetes de proteínas en polvo. No había conocido a una sola de las personas a las que se suponía estaba ayudando y no había tenido la mínima oportunidad de realizar actos heroicos. En aquel momento no sabía muy bien qué rumbo dar a su futuro, pero no podía decirle eso.

—¿Cuáles son tus planes? —preguntó a Phoebe.

—Trabajar de abogada en una gran multinacional, currar como una bestia unos años, ganar una fortuna y ver luego qué quiero hacer el resto de mi vida.

—¿Dónde? ¿En Estados Unidos?

—¡Qué va! Estados Unidos está acabado. En China. China es el futuro.

—¿Hablas mandarín? Te felicito.

—Mi mandarín —repuso ella con picardía— es inexistente. Todos acabarán hablando inglés. No les quedará otra.

—Pero... si China es el futuro, tendremos que adaptarnos a ellos.

Una larga pausa.

—Anda ya.

—Así funciona el poder. Quienes tienen el poder establecen las normas. Qué aspecto debemos tener, cómo debemos hablar. Cómo debemos vivir.

—El poder lo tenemos nosotros.

—Pero acabas de decir que China es... —Ferdia se interrumpió. Phoebe no lo entendía o quizá no quería entenderlo. Y él no tenía ganas de discutir—. En fin. —Se obligó a sonreír—. Pese a lo mucho que he disfrutado de esta charla sobre nuestras futuras carreras, hay otra cosa que me gustaría hacer contigo.

—No me digas...

—Sí. A lo mejor podrías... no sé... ¿quitarte el vestido?

—A lo mejor.

Phoebe se desprendió rápidamente del sedoso vestido. Su ropa interior era mona y sexy.

—Uau, está claro que salgo con las chicas equivocadas.

—Eso podría habértelo dicho yo. —Phoebe le clavó una de esas largas miradas que tan bien dominaba—. No eres para nada mi tipo... pero estás como un tren.

La altiva seguridad de Phoebe resultaba chocante, casi hasta el punto de echarlo para atrás. Ferdia se sintió obligado a continuar únicamente porque llevaban con aquella historia un año.

Pero, cuando llegó la hora de la verdad, no pudo. Quería a Sammie: echaba de menos su voz, su olor, su manera de lanzar las botas al aire. Incluso sus bragas funcionales y su sujetador desconjuntado.

—Phoebe, espera. —Ferdia se apartó—. No puedo hacerlo, lo siento. Eres preciosa, pero estoy pasando por una ruptura dolorosa.

—¿Qué? —Phoebe lo miró atónita—. Yo no hago esto a menudo. Puedes considerarte afortunado.

—Lo sé. La culpa es mía y solo mía.

—Capullo —farfulló ella poniéndose de nuevo el vestido. Ferdia entendía su enfado: le había dado falsas esperanzas y había jugado con sus sentimientos—. Para tu información —dijo entre dientes—, llevar un anillo en el pulgar es tope gay.

Se marchó con un portazo, dejándolo desalentado por la inevitable realidad. Sammie no estaba. Sammie y él nunca conseguirían que lo suyo funcionase.

Desde que empezaron tercero habían ido desenamorándose poco a poco, lentamente. La suya era una relación tormentosa, lo había sido desde los inicios, hacía casi tres años. Rompían y se reconciliaban una y otra vez. Pero algo había cambiado. Las rupturas estaban volviéndose... tediosas, a sus reencuentros les faltaba pureza, y los paréntesis entre sus períodos de urbanidad eran cada vez más breves. Era hora de reconocerlo: aunque seguía queriéndola, habían llegado al final del camino.

Hacerse adulto, pese a todas las oportunidades que llevaba consigo, significaba también perder muchas cosas. Por el momento, el vacío era insoportable.

15

—Vamos, Ed. —Cara lo cogió de la mano con una risita y se encaminó a la habitación.

«Ajá —pensó Ed—. O sea, que esto es lo que me espera esta noche.»

Intentó calcular cuánto había bebido Cara. Que había bebido era indudable, porque se le estaba insinuando, lo que nunca sucedía cuando estaba sobria. Pero si estaba más que un poco achispada, las cosas se torcerían. Para él, el sexo era una oportunidad —una de las pocas en la ajetreada vida de ambos— de intimar. También estaba el deseo físico, pero él necesitaba la posibilidad de fundirse con ella.

Sin alcohol, a Cara le era imposible relajarse, pero demasiado alcohol la desconectaba de sí misma.

Intentar darle alcance cuando todavía estaba presente, pero cómoda en su cuerpo, era un complicado acto de equilibrio.

Entraron en la habitación con sigilo. Los chicos dormían en el cuarto contiguo. Sin hacer ruido, Cara cerró las puertas que comunicaban las habitaciones y empujó a Ed contra la cama.

—Ropa fuera.

Ed se levantó enseguida, la rodeó por la cintura y la depositó con suavidad sobre las sábanas.

—¿Bien? —preguntó.

—Sí, genial. —Cara lo agarró de los vaqueros.

Ed le detuvo la mano y deshizo el lazo de su vestido muy despacio.

—¿Bien? —repitió.

—No me mires —dijo ella.

Cerró los ojos y Cara se rio.

—Puedes mirarme la cara, pero el resto no.

Ed acarició con las palmas de las manos su piel suave, buscando los brazos, las pantorrillas, partes de su cuerpo que no la hicieran querer escabullirse entre angustiadas disculpas.

Cara no tardó en intentar una vez más arrancarle la ropa, impaciente por acelerar las cosas. Era más amable dejarle llevar la batuta, de modo que Ed cedió y se desvistió por completo. El alivio de Cara fue inmediato. Su respiración se tranquilizó y sus músculos se relajaron bajo las manos de Ed.

—Eres tan sexy... —dijo él.

—No empieces.

—Es cierto. —Era el diálogo de siempre.

Desde su primera noche juntos, Cara no había hecho otra cosa que disculparse por su cuerpo. Él había sido lo bastante ingenuo para pensar que eso cambiaría con el tiempo. La amaba en su totalidad. Para él era inimaginable tener esa conexión tan intensa con otra persona, pero su amor no bastaba para borrar la incomodidad de Cara. Era una verdad que dolía.

—No tenemos que hacerlo —dijo Ed.

—Quiero hacerlo. Ed, tú me gustas, soy yo la que no me gusto.

—Lamento mucho que te sientas así. Lamento mucho que sea tan duro para ti.

Terminarían pronto y luego ella respiraría y volvería a sentirse bien y contenta de poder relajarse un tiempo. Ed tenía un cuerpo delgado y fuerte, el estómago duro y los muslos fibrosos. Cara deseaba ese cuerpo, deseaba a Ed, pero tenía que ser algo rápido. Era comparable a tener mucha hambre pero sentir rechazo por la comida. Cara tenía que comer lo más deprisa posible, hasta que la necesidad cesaba y llegaba el alivio.

Ahora Ed le besaba los muslos. Estar dentro de su propio cuerpo era casi insoportable. Había llegado al límite de su aguante, así que susurró:

—Ahora.

Qué mala suerte la suya, enamorarse de un hombre que adoraba besarle la curva interna de las rodillas, embadurnarse las manos de aceite perfumado y deslizarlas por su contracturada espalda masajeando con los pulgares los puntos dolorosos. A veces Cara le decía en broma que en su vida sexual ella era el tío; sospechaba que a Ed no le parecía divertido.

Pero la amaba. Era una verdad irrefutable, algo que la sostenía cuando la vida se ponía fea. Su vida sexual no era ideal, pero Ed la aceptaba.

Menos mal que, de los tres hermanos Casey, se había enamorado de Ed.

Podía imaginarse a Johnny insistiendo en tener sexo tres veces al día. Bueno, quizá no tanto, pero mucho.

Liam, con su célebre pasado, seguro que había experimentado toda clase de perversiones: naranjas y estrangulamiento con medias, esa clase de cosas. A Cara le entraban escalofríos solo de pensarlo.

16

Había sido Jessie quien había convencido a Cara, tres años atrás, de que se presentara al puesto en el Ardglass.

—No me contratarían —había replicado Cara—. Imposible, no doy la talla en impecabilidad. —Las recepcionistas del Ardglass siempre llevaban el pelo recogido en un moño tirante. Jamás se les veía un hilo colgando o un botón descosido.

—Vamos, Cara, inténtalo. En serio, eres fantástica. Yo te contrataría.

Hasta la entrevista había estado en consonancia con los valores de la casa: sillones cómodos junto a una chimenea acogedora y café servido en cafetera de plata, como si fueran invitados.

—Véalo como una charla informal —dijo Patience, la directora adjunta del hotel, una keniana alta y delgada.

—De ese modo podremos conocerla mejor. —Esto de boca del robusto, sonriente y calvo Henry, de Recursos Humanos.

—Usted ha trabajado en el sector hotelero diecisiete años —dijo Raoul, el director de recepción, marroquí—. ¿Por qué no ha ocupado nunca puestos de dirección?

«Porque pedí dos permisos de maternidad. Uno es perdonable, a duras penas, pero después del segundo me consideraron una carga.»

—Me gusta trabajar con la gente. —De hecho, era verdad.

—Tiene dos hijos de cinco y siete años. Eso significa que pueden cuidar de sí mismos la mayor parte del tiempo. —Otra vez Raoul.

—Y mi marido hace mucho. —«Salvo entre junio y septiembre, cuando está fuera de lunes a viernes, pero él no tiene la culpa de eso.»

—¿Cuáles son sus aficiones? —preguntó Henry.

Cara reflexionó. A decir verdad, entre el trabajo, el perro y Vinnie y Tom —controlar el tiempo que pasaban delante de la pantalla, ayudarlos con los deberes, darles de comer una y otra vez—, apenas le quedaba tiempo libre, y con el poco que tenía, lo que más le gustaba hacer era tumbarse en la bañera mientras bebía vino y escuchaba música de los noventa.

Pero sospechaba que una entrevista de trabajo no era un buen lugar para compartir eso.

—No tengo ninguna en particular —respondió—. Como CrossFit o... o ganchillo. Pero plantamos verduras en nuestro pequeño jardín: zanahorias, tomates, patatas...

El trío se mostró convenientemente impresionado y Cara no pudo evitar añadir:

—La cosecha es patética, la verdad. Debemos de sacarle una comida al año. Pero eso no nos impide pavonearnos durante media hora, convencidos de que somos autosuficientes. Es una sensación gratificante mientras dura.

Patience y Henry parecían estar pasándolo bien.

—Lo que de verdad me gusta —continuó Cara—, y no lo digo porque sí, es todo lo relacionado con los hoteles. Documentales, *podcasts*, ¡lo que sea! Estoy obsesionada. Si les soy franca, mi trabajo ideal sería de inspectora encubierta de hoteles.

—¡Oh, Dios! —dijo Henry, casi con un gemido, y Cara y él rompieron a reír.

—La música también es importante para mí —prosiguió Cara—. Prince, En Vogue, gente que me encantaba de adolescente. También me gustan Drake, Beyoncé, The Killers... Música pop sencilla, nada demasiado extravagante; no soy música, solo... cosas normales. Mi sobrino Ferdia me mantiene al día.

—¿Qué más puede contarnos?

—Tengo dos amigas íntimas, Gabby y Erin. Verlas me pone muy contenta. Una copa rápida, una noche de marcha; lo que sea.

Especialmente una noche de marcha. En los últimos tiempos escaseaban, pero cuando ocurrían, el trío volvía a sus veinte años y pillaban un pedo descomunal. Si la noche no terminaba con una de ellas quitándose los taconazos y parando un taxi descalza, se preguntaban qué había ido mal. La última vez, Erin había dicho:

«No más tequila para nosotras; está claro que no es lo bastante fuerte».

—Pero —se apresuró a añadir— mis hijos, mi marido y el perro son lo más importante de mi vida.

—¿Ejercicio? —preguntó Raoul

—Bueno, ya sabe. —Mejor ser sincera—. Siempre estoy «volviendo al ataque». Retomo el zumba o el yoga o lo que sea, me entra la locura, hago cinco clases la primera semana y después se me pasa. ¡Pero saco a pasear a Baxter! Solo alrededor de la manzana, pero lo hago dos veces al día.

—Todo suma. —Los ojos de Henry chispeaban.

—Eso es lo que me digo. —Los ojos de Cara chispearon también. Era simpático el hombre.

—¿Televisión? —preguntó Patience—. ¿Series?

—Ya lo creo. Cuando más feliz soy es tumbada en el sofá viendo *Peaky Blinders* con mi marido. —Por un momento había olvidado que estaba en una entrevista de trabajo.

—¿Gente desagradable? —preguntó Henry—. En este tipo de trabajo abunda. ¿Cómo lo lleva?

—Si tienen razón y resuelvo su problema, lo llevo bien.

—¿Y si no la tienen?

—Soy aún más amable con ellos. Lo detestan. —«¡Noooo!»

Pero los tres rieron, Cara consiguió el trabajo y dos años después la ascendieron a jefa de recepción.

17

El Domingo de Pascua lucía un sol radiante. Nell se asomó a la ventana de su habitación y vislumbró a varios hombres, empleados del hotel, desfilando casi ceremoniosamente por el camino central de los jardines del recinto. Cada uno de ellos portaba una cesta de mimbre. En lo que parecía un punto acordado, se separaron, se dispersaron por la hierba y empezaron a sacar unos objetos pequeños y ovalados de las cestas y a colocarlos debajo de los setos y entre los arriates de flores.

—¡Liam! —Nell estaba a punto estallar de emoción—. ¡Son los hombres de los huevos de Pascua! ¡Ven a verlo!

—Qué mona eres….

—¡Pero ven! ¡Es mágico!

—Lo he visto antes.

—Un paaaaalo —rio Nell, y reparó en la hora—. ¡Liam, levántate! Tenemos que bajar ya.

—Ve tú, nena. Extraño a mis niñas, ya lo sabes…

—Pero a Jessie le dará algo —dijo ella con suavidad.

—Le escribiré un mensaje; lo entenderá. Además, su numerito de anoche fue solo porque quiere a Ferdia allí.

—¿Te importa que yo vaya?

—No, pero deja algo de chocolate para los demás.

No tenía gracia, pero estaba triste, así que Nell no se lo tuvo en cuenta.

—Volveré dentro de un rato.

Cuando las puertas del ascensor se abrieron en el vestíbulo, a Nell la asaltó el griterío de docenas de niños sobreexcitados. Desde las puertas que daban a los jardines se extendían dos colas desordenadas, una para los de siete años para abajo y otra para los de ocho en adelante. Algunos miembros del personal repartían cubos de plástico.

A la cabeza de la fila de los pequeños se hallaban Jessie y Dilly. Las dos estaban tiesas como palos de escoba, como si reunieran energía para la tarea que tenían por delante. En la otra fila divisó a Cara y a Ed con los chicos. Y a Johnny con TJ. Algo más atrás estaban Saoirse, Barty y Bridey. Ni rastro de Ferdia.

Cuando intentó abrirse paso hasta Jessie y Dilly, un miembro del personal la detuvo con una sonrisa de disculpa.

—Esto es un polvorín —dijo—. Algunos llevan más de una hora esperando. Si alguien se cuela, podría estallar un motín.

Nell se rio.

—Vale. —Aquello era una pasada.

—En cuanto las puertas se abran, podrá salir con todos los demás —dijo el hombre—. Verá como enseguida da alcance a su familia.

Nell ocupó su lugar al final de la cola. Unos puestos más adelante, un niño hacía equilibrios sobre los hombros de su padre y le recordó una imagen que había visto el viernes en la tele: refugiados sirios esperando impotentes bajo un aguacero, un chiquillo subido a los hombros de su padre con una bolsa de plástico cogida a las orejas como patética protección contra la lluvia. Un torrente de sentimientos dolorosos la inundó: tristeza, frustración ante su propia impotencia...

—Hola —dijo una voz.

Era Ferdia

—Hola. Has venido.

—Me jugaba la vida si no lo hacía.

Un raro brote de rabia diluyó la opinión cautelosamente positiva que Nell había tenido de Ferdia desde la disculpa del viernes por la noche. Él y su patética guerra con Jessie. ¿Tanto le costaba ser amable?

—¡Un minuto para la salida! —anunció un hombre que parecía el maestro de ceremonias, y una oleada de energía fresca recorrió las filas.

Los niños empezaron a clamar:

—¡Queremos huevos! ¡Queremos huevos!

La mujer que tenía al lado farfulló:

—Yo sí que voy a daros huevos, mocosos malcriados.

¿Y si aquella fuera una cola para obtener comida de verdad?, pensó Nell. Porque en ese preciso instante, en incontables partes del mundo, gente hambrienta hacía también cola para obtener comida. Como Kassandra.

Sonó un silbato.

—Los de siete para abajo, ¡en marcha!

Las puertas de cristal se abrieron y los niños salieron en tropel, corriendo como si la vida les fuera en ello, con Nell y Ferdia cerrando la marcha.

—Niños del primer mundo compitiendo por chocolate que no necesitan.

Por un momento Nell pensó que había pronunciado en alto las palabras que tenía en la cabeza, hasta que se dio cuenta de que habían salido de Ferdia. Era el peor de los hipócritas, jugando a la indignación social mientras su madre le pagaba los estudios y los gastos de manutención. A su alrededor, niños enloquecidos se abalanzaban sobre huevos escondidos y los echaban dentro de sus cubos.

—¡Ahora los de ocho para arriba! —Sonó un silbato.

En menos de un segundo, Nell sintió el zumbido de niños de más edad pasando junto a ella y la asaltó un miedo intenso. «Estoy buscando comida para mi familia, pero se me adelantan adversarios más fuertes y rápidos.»

—Se pondrán malos con tanto chocolate. —Ferdia seguía a su lado.

—¡Feliz Pascua! —Jessie se acercó; le brillaban los ojos. Luego, frunciendo el entrecejo—: ¿Y Liam?

—Está de bajón —dijo Nell—. Por Violet y Lenore.

—Oh. —Nell vio que Jessie pasaba de la irritación a una compasión reticente—. Oh, vale. Bueno, por lo menos has venido tú.

18

Cara se sentía bien. Genial, incluso. El fin de semana había ido mucho mejor de lo que había imaginado. El viernes había subido hasta la cascada de Torc con Ed, los dos niños y Liam y Nell. El sábado habían hecho el circuito completo del lago Dan, que según Ed eran once kilómetros, según Liam, catorce, y ella había decidido creer a Liam. Ambos días, nada más abrir la bolsa de picnic del hotel, había regalado su barrita de cereales a Ed. Ni siquiera se había dado un tiempo para lamentarse: se separó de ella en cuanto la vio.

Aquella mañana, aunque le dolía el cuerpo por el ejercicio de los dos días previos, se había presentado en el gimnasio a las siete para la clase de yoga. Para ser Domingo de Pascua, había mucha gente. No le sorprendió encontrarse a Jessie, que puso cara de espanto al verla.

—Cara, no pongas tu esterilla detrás de la mía, tengo los pies más feos del mundo. En serio, te traumatizarás si los ves. Pon tu esterilla en la otra punta de la sala. Tú y yo no nos hemos visto, ¿de acuerdo?

Cara aceptó encantada: la clase era dura y tenía que pasar una cantidad de tiempo bochornosa recuperándose en la postura del niño.

Había comido con suma moderación durante todo el fin de semana. Sin pasar hambre, porque eso solía conducir a un atracón, solo un montón de proteína saludable, mucha verdura, nada de pasta, nada de patatas, nada de pan, salvo el de los bocadillos del picnic. Y lo más alentador de todo, pese a estar rodeada de huevos de Pascua, se había mantenido alejada del chocolate.

Ya era domingo por la tarde y el fin estaba cerca. Al día siguiente volvería a casa indemne.

Mientras el sol teñía de plata el agua del lago, muchos de los Casey estaban repanchingados en el césped del hotel.

—Este sol quema de verdad —dijo Jessie.

—Vinnie, Tom —llamó Cara—, ¿dónde tenéis las gorras?

—En la habitación.

—Subo un momento a buscarlas.

Cara subió las escaleras, entró presta en la habitación de los chicos, agarró las gorras, se volvió hacia la puerta... y reparó en los dos cubos de Creme Eggs que descansaban sobre la cómoda.

«Solo un vistazo.»

Cruzó la habitación con sigilo. «Solo me quedaré a mirarlos un momentito.»

Manteniendo las distancias, alargó el cuello y contempló en silencio los Creme Eggs con la misma mezcla dolorosa de amor y anhelo con que solía contemplar a sus hijos cuando eran bebés y dormían.

«Me comeré uno, solo uno.»

No, no lo haría. Ella era más fuerte que eso. Pero en ese momento debería haberse ido.

«Uno, solo uno. ¿Qué daño podría hacerme uno?»

La posibilidad de uno no existía.

Pero la deliciosa sensación de tener el huevo en la mano, su peso ligero pero firme sobre la palma, la rugosidad del papel de plata contra las yemas de los dedos. De pronto, estaba temblando. La saliva le inundaba la boca y ya estaba arrancando el papel y, oh, el crujido del primer mordisco. Qué excitante el sonido, el dulzor envolviéndole la lengua, el pegajoso relleno sobre los labios, otro mordisco, y de repente ya no estaba, y sin pensarlo estaba agarrando otro, y otro, y qué importaba, porque eran pequeños y había muchos en el cubo y debería coger algunos del otro cubo para igualarlos y el corazón le iba a cien y no podía parar, pero podría reemplazarlos, podría ir al Spar más cercano, siempre estaban abiertos, incluso en Domingo de Pascua, y en ese momento estaba mirando un huevo de Pascua de los de verdad, uno de los grandes, un Wispa. Abajo había docenas de ellos para quien quisiera cogerlos; no sería un problema reemplazarlo, así que se lo comería, se lo comería y disfrutaría, porque el daño ya estaba hecho, de perdidos al río, y luego pararía. Tirar del cartón, arrancar el papel de plata, romper el huevo, oír el chasquido le provocaba una excitación casi sexual. Estaba arrancando pedazos y engulléndolos sin masticar apenas. Pero empezó a encontrarse mal. Lo que estaba introduciéndose en la boca ya no le sabía a trocitos de cielo, pero siguió comiendo hasta que no quedó nada.

Entonces se acabó. Y recuperó la cordura.

Señor, ¿cómo había ocurrido? Todas esas calorías. Incluso mientras calculaba el total intentaba no ver todo lo que había comido.

No se había pasado el viernes trepando hasta la cascada de Torc por las endorfinas o para estrechar lazos con Nell, lo había hecho para quemar grasa. Y la excursión del sábado alrededor del lago, lo mismo. Los demás habían vivido el momento a tope, disfrutado del sol y el aire puro, mientras que ella solo lo había hecho porque quería estar delgada.

Sus células de grasa estaban llenándose y expandiéndose. Ya se notaba los vaqueros más apretados.

Era demasiado tarde...

Agarró una botella de agua, se la bebió entera, entró en el cuarto de baño, vació el vaso del cepillo de dientes, lo llenó con agua del grifo y se la bebió de un trago. Estaba asquerosa, pero eso era bueno. Cuatro vasos más antes de inclinarse sobre el retrete. Se metió los dedos hasta la garganta y tuvo una arcada, y luego otra; no ocurrió nada. Luego, un torrente, casi todo agua, pero con algo de chocolate.

Llorando, moqueando, bebió tres vasos más y repitió el horrible proceso, con resultados algo mejores.

Era agotador, era asqueroso y, sin embargo, ver reaparecer todo ese chocolate le resultó gratificante.

Limpió el baño, se retocó el maquillaje, recogió todos los envoltorios y se los metió en el bolso.

Camino del Spar se sentía mareada, casi eufórica. Probablemente no debería conducir.

Tiró las pruebas en la papelera que había junto a la tienda, luego contempló la pila de Creme Eggs del mostrador. ¿Bastaría con diez? No. No había llevado la cuenta, pero se dijo que mejor quince.

—Niños —dijo a la atónita cajera.

Aquello estaba mal, muy mal. Pero nadie se había enterado y no volvería a ocurrir.

19

A Johnny le sonó el móvil. ¿Quién le llamaba a las diez y diez de un Lunes de Pascua? Celeste Appleton. ¿Qué demonios querí...? Ah, sí. Podía hacerse una idea... Haciendo un esfuerzo sobrehumano, aulló:

—¡Celeste!

—¡Johnny!

—¡Caray, qué sorpresa!

—¿Todavía en la cama?

—Ja, ja. —Típico de ella mencionar la cama cuando no llevaban ni diez segundos de conversación.

—Tengo aquí una solicitud para trabajar en verano de un tal Ferdia Kinsella. «Este nombre me suena», me he dicho. «¿Será el hijastro de Johnny Casey?», me he preguntado. En fin. ¿Lo es?

—¡Eso creo! —respondió Johnny con efusividad.

—Entieeeendo.

Johnny se la imaginó enroscando un boli en su melena suave y brillante, los labios fruncidos, la mirada insinuante.

—Más de doscientas solicitudes para el puesto. ¿Por qué debería dárselo al joven señor Kinsella?

—Tiene un buen currículum. Y es muy currante. —No lo era. Era un niñato holgazán, pero no podía decirle eso. No con Jessie merodeando por allí.

—Todos los currículums que tengo sobre mi mesa son buenos, Johnny —dijo Celeste con cierto regodeo en la voz—. Y estoy segura de que todos son muy currantes. ¿Qué más puedes darme?

Se le hizo un nudo en la garganta.

—¿Qué te gustaría?

—Puedes invitarme a comer.

Menos mal que solo había sugerido una comida.

—¡Claro! ¡Sopa y sándwich en el pub de tu elección!

—Déjate de sopas y de pubs. Tendrás que ofrecerme algo mejor.

—¿En serio?

—Siempre. Llámame en los próximos días.

Si no lo hacía, Ferdia tendría que buscarse otro trabajo para aquel verano.

—Lo haré. Ha sido un placer hablar contigo, Celeste. Ahora, sal a disfrutar del sol de este Lunes de Pascua.

Celeste rio.

—Ya me conoces, Johnny. La mujer más currante de Irlanda.

En cuanto colgó, su mujer dijo:

—¿Qué?

—Celeste Appleton, del Social Research Institute. Ferdia presentó una solicitud para trabajar allí en verano.

—-Qué pequeño es el mundo.

No tanto. Johnny se lo había sugerido a Ferdia. Tal vez hasta hubiera hecho algún comentario fanfarrón del tipo «Lo dirige una vieja amiga mía». Con el añadido tácito «Aún no lo ha superado».

—¿Piensa concedérselo? —preguntó Jessie.

—Solo si como con ella.

—¿En serio? —dijo Jessie, pensativa—. Pues come con ella. Consíguele el trabajo. Pero pórtate bien.

—Por supuesto que me portaré bien —farfulló Johnny.

Había sido un hombre muy promiscuo en otros tiempos. Jessie detestaba que se lo recordaran.

—Empieza a cargar el coche con los chicos —dijo Jessie a Johnny—. Yo voy a hacer el *check-out*. —Y a pagar la factura, sin duda exorbitante.

En el mostrador, mientras la impresora vomitaba una hoja detrás de otra, Jessie era todo sonrisas, sí, un fin de semana maravilloso, sí, volveremos el próximo año, no, no me lo perdería por nada del mundo, oh, por el amor de Dios, pon fin a mi agonía y enséñame la cifra final.

—Aquí lo tiene, señora Parnell. —La sonriente recepcionista le pasó el fajo de folios.

Jessie fue directa a la última página. Mierda. Se había preparado para cierta suma, pero, incluso con el descuento por pronta reserva, era más de lo que había previsto. Siempre lo era.

—¿Todo correcto? —preguntó, solícita, la recepcionista.

—Eh, sí, correcto, solo que...

Pero le bastó una ojeada rápida a la lista para saber que no se había colado nada inesperado; por ejemplo, que no había comprado el puto carro de caballos en lugar de limitarse a alquilarlo cuatro horas. Pero el coste de todas las habitaciones, varias cenas para catorce, el servicio de habitaciones, los masajes, los picnics para los senderistas, la reposición de los minibares, los cafés con leche en el salón: todo sumaba.

Dios, menos mal que Johnny no estaba presenciando aquello.

La situación con él era extraña. Johnny era su marido y se suponía que lo compartían todo. En realidad, así era: una cuenta conjunta, tarjetas de crédito conjuntas y una hipoteca conjunta. Más importante aún: en cuanto se casaron, Jessie le aumentó el sueldo para que cobrara lo mismo que ella. Ya tenían varios conflictos servidos —Ferdia, que detestaba a Johnny, y los Kinsella, que se sentían traicionados—; no hacía falta añadir más leña al fuego castrando a Johnny.

No obstante, a pesar de su «equidad», había veces en que Jessie se sentía más equitativa que él.

Jessie gastaba mucho dinero. Y a él no le gustaba eso. Le preocupaba. Ella, no obstante, sentía que estaba en su derecho. La empresa era su creación. La había montado ella sola, era ella la que triunfaba con las mejores ideas y ella la que trabajaba como una mula. No le gustaba sentirse limitada y no le gustaba tener que maquillar la verdad.

Lo que decían en el artículo era cierto: si hubiese vendido en 2008, en aquel momento tendría más dinero del que podría gastar. Detestaba que le recordaran la oportunidad que había dejado pasar convencida, erróneamente, de que si aguantaba otros nueve meses el precio seguiría subiendo.

Pero no podía pensar de ese modo. Tenían una vida fantástica y dinero suficiente. Mientras ella siguiera trabajando duro y el negocio se mantuviera boyante y...

—¿Todo bien?

Johnny apareció detrás de su hombro, sobresaltándola.

—Todo bien. —Sonrió de oreja a oreja y se guardó la factura en el bolso.

—Dios, esa es tu sonrisa escalofriante. ¿Tanto sube?

—Bastante.

—Podría mirar en internet cuánto es.

—No, Johnny, no. —Jessie lo siguió hasta el coche—. Prométeme que no lo harás.

Él sonrió.

—Te lo prometo.

—Johnny, yo no gasto mucho dinero en ropa o zapatos.

—¿Qué?

—Es cierto. Tendrías que ver algunos precios de Net-a-Porter.

—Net-a-Porter, la tienda online de artículos de lujo.

—Yo me compro la ropa en Zara. Oye, ya sabes que lo mío es la familia.

Ni siquiera era su familia: eran los hermanos de Johnny. Pero Jessie no tenía hermanos ni hermanas, y era una mujer de recursos.

—¿Quién conduce? —preguntó él.

—Tú. —Ella tenía un millón de correos que contestar.

Subió al coche absorta en sus pensamientos. Tal vez debiera cambiar su manera de gastar, pero era difícil saberlo. ¿Debería vivir cada segundo a tope, aprovechar cada oportunidad y crear tantos recuerdos maravillosos como le fuera posible? ¿O debería ahorrar y crearse un colchón por si las cosas llegaban mal dadas?

Era imposible decidirse, uno nunca sabía lo que el futuro le tenía reservado.

Cinco meses antes

Mayo

Primera comunión de Dilly

20

Cara hurgó en el batiburrillo de pinturas que tenía sobre la cómoda. Se había puesto tanto brillo iridiscente en los pómulos que necesitaba más definición de cejas para compensarlo. Y otro círculo de delineador de ojos brillante tampoco haría daño.

El brillo de labios, no obstante... Parecía que se hubiese caído de bruces en un campo de mermelada de cerezas, tan pegajoso que casi no podía abrir la boca. ¿Cómo habían podido vivir así en los noventa?

Llevaba el cabello suelto a excepción de dos —la verdad, alucinantes— cuernos en lo alto de la cabeza, gentileza de Hannah. La peluquera había envuelto cada cono de poliestireno con un grueso mechón del pelo de Cara, lo había sujetado con un millón de horquillas —«Esto no lo mueve ni un misil nuclear»— y, por último, había rociado ambos con un tenebroso tono rojo oscuro.

Por increíble que pareciera, la ropa había sido la parte fácil. El largo vestido lencero, de resbaladizo raso negro, un resto de su juventud, había estado acechando en el fondo del armario. Sorprendentemente —y, todo hay que decirlo, con la ayuda moldeadora de Spanx— todavía le entraba. La chaquetilla roja, repujada con estrellas plateadas, la había encontrado en eBay. Y Erin le había dejado unas plataformas de leopardo superaltas.

Las plataformas eran geniales. Era fácil caminar con ellas y, al parecer más alta, también parecía más delgada. Quizá debería usarlas más a men...

—¡Hola! —Ed estaba en el rellano, mirándola—. Estás...

—¿Qué? —Cara se angustió al instante—. ¿Ridícula?

—En absoluto. Estás... —La miró de arriba abajo— supersexy.

—Avanzando hacia ella, dijo con voz ligeramente ronca—: ¿Tienes que salir?

—Ja, ja. —No se lo perdería por nada el mundo.

Ed le pasó el brazo por la cintura.

—¿Esas pestañas son tuyas?

—No... Caray, Ed, no tienes ni idea. —Lo miró con ternura.

—Si te beso, ¿nos quedaremos pegados?

—Sí.

—¿Para siempre?

—Sí. ¿Tienes mi bebida?

Ed le tendió su taza isotérmica.

—Lleva cien mililitros de vodka, o sea, cuatro medidas, y todo el Red Bull que me ha cabido. Cariño, ¿estás segura de esto? ¿No podéis ir primero a un pub?

—Estamos reviviendo nuestra juventud. —La inquietud de Ed la conmovía—. Nos servía entonces y nos servirá ahora. ¿Qué harás esta noche?

—Acostar a esos dos. Ver a Kevin McCloud. Puede que fumarme un canuto pequeñito.

—Ed...

—¿Nada de canutos?

—No con los niños en casa, aunque estén durmiendo. Lo siento.

—No, tienes razón.

El móvil de Cara pitó al mismo tiempo que lo hacía un coche fuera.

—Debe de ser mi taxi. Adiós, cariño. No me esperes levantado.

Cientos de dobles de las Spice Girls esperaban delante de las puertas. Cara tardó un rato en localizar a Gabby y Erin. Allí estaban, Gabby con shorts vaqueros, una camisa tejana sobre un corsé plateado y una coleta rubia de aspecto inflamable; Erin, con botas de charol rojo hasta la rodilla, un vestido negro de látex y una peluca de un rojo anaranjado.

Cara corrió hacia ellas.

—¡Pareces superjoven! —aulló Gabby—. Hemos vuelto a 1998.

—Estáis increíbles.

—No, tú estás increíble.

—Vosotras más.

—Todas estamos increíbles. —Erin se pellizcó el vestido—. Me estoy derritiendo aquí dentro. El látex es para las jóvenes. —Sacó una botellita de Evian—. ¿Has traído tu bebida?

—¿Vamos a hacerlo aquí, en la calle? —preguntó Cara.

—¡Pues claro! —Erin bebió un trago desafiante y saludó con la cabeza a un guardia de seguridad que rondaba por los alrededores—. Respetable madre de tres hijos, gracias por preguntar.

—¿Va en serio? —Gabby tenía sus dudas, pero después de dos tragos, dijo—: Beber a escondidas es como ir en moto. Me está viniendo todo de golpe.

—No me extraña —dijo Erin—. En lo que a beber se refiere, tú eras la peor de las tres.

—Perdona, la peor eras tú.

—A veces la peor era yo —intervino Cara.

—Tú nunca fuiste la más bebedora —repuso Erin.

—Pero no dabas una con los tíos. Acuérdate, Cara, de aquel tontolaba con el que saliste...

—¿Cuál de ellos?

—El... ¿Qué era? ¿Mago?

—¡Kian! —Cara chasqueó los dedos.

—Ese. Pero hubo otro tontolaba... Tenía un trabajo... Bryan con i griega.

—Kian, el mago, se presentó una noche en casa para echar un polvo. Tú no querías que entrara. Entonces llegó Bryan con i griega.

—Ahora lo recuerdo...

—Los presentaste, dijiste que tenían mucho en común, que los dos eran gilipollas, y los echaste. ¡Estuviste soberbia! ¡*Girl power*, sí señor!

21

... un busto de cerámica de Lenin, un reloj con los números en cirílico, una colección de medallas militares, otro busto de Lenin... Jessie siguió rastreando en Etsy. Le llamaban la atención los teléfonos de campaña soviéticos, con sus auriculares negros, pero debía tratar de meterse en la cabeza de Jin Woo Park. «Soy un chef coreano que vive en Ginebra y colecciona objetos de la era soviética. ¿Qué cosas me gustan?»

Siguió rastreando. Más medallas militares, otro teléfono de campaña, luego un mono de goma vintage para protección química. El corazón le dio un vuelco. «¡Esto!» Era atractivamente raro; cuando menos llamaría la atención de Jin Woo Park. Lo añadió a la cesta y redujo la búsqueda a «Utensilios de cocina soviéticos». Apareció un hornillo de parafina con la palabra URSS grabada en el metal. También fue a la cesta, junto con algunas cucharas de servir de aspecto antiguo y una pila de fichas de recetas en cirílico.

Bien, era más que suficiente. Pasó rápidamente a caja y a los desorbitados gastos de envío. Lo quería lo antes posible.

Jin Woo Park era uno de los cuatro chefs a los que estaba investigando con la esperanza de atraerlos a la escuela de cocina de PiG. El hombre coleccionaba artículos de la era soviética, lo cual no era tan raro; de hecho, se quedaba corto al lado del chef que coleccionaba dientes humanos. Tenías que apuntar a esos chefs cuando se encontraban en un nivel concreto: ni tan arriba como para tener su propia gama de salsas en Waitrose, ni tan abajo como para que nadie hubiera oído hablar de ellos. Si apoquinabas quinientos euros para pasar un día cocinando con un chef famoso, querías poder alardear de ello, ¿y cómo ibas a alardear de un chef que era un completo desconocido?

Jin Woo Park, chef y propietario del Kalgukso, un restaurante que ofrecía cocina suizocoreana, se hallaba en el punto óptimo. La gente de las estrellas Michelin se lo había saltado en la última ronda, demasiadas quejas en los foros de *foodies*, por lo que cabía suponer que estaría dolido y deseoso de halagos.

Aquellos que no entendían cómo conseguía Jessie persuadir a un chef como ese para que fuera a Irlanda pasaban por alto lo fundamental: Jessie se lo curraba. Indagaba e indagaba sobre ellos hasta sentirlos como amigos íntimos. No había más que verla en ese momento. Era casi medianoche y llevaba dos horas sentada ante el iPad investigando a fondo a Jin Woo Park.

La mayoría de las noches se metía en la cama en torno a las diez con la intención de leer durante media hora un libro premiado y disfrutar de ocho horas de sueño reparador. Pero cuando no hacía eso, entraba en internet y miraba hoteles alucinantes o compraba cosas. O abría a escondidas el *Mail Online*; casi le revolvía el estómago leerlo, pero sentía una atracción irresistible hacia los comentarios que iban apareciendo debajo de cada artículo. Ver las críticas a las actrices de Hollywood —demasiado delgada, no lo bastante delgada, cuello flácido, demasiado relleno en los labios— hacía algo más llevadero el ensañamiento del que ella era objeto.

Aquella noche, sin embargo, estaba concentrada en armar una caja de regalo que demostrara a Jin Woo Park que lo «conocía» de verdad. Océane, la esposa suiza de Jin Woo, era una rubia de largas piernas que le sacaba por lo menos una cabeza. No tenían hijos, lo cual era una pena porque la manera más rápida de llegar al corazón de alguien era mimando a sus hijos. Pero trabajaría con lo que tenía: cubriría a Océane de atenciones.

El Instagram de Océane era público, en inglés, y colgaba un montón de cosas. Casi todo eran selfies preentrenamiento o zapatos carísimos. Así pues, Jessie le enviaría unos zapatos fabulosos. Pero necesitaba saber su número. Si hubiera sido fan de los bolsos, habría sido mucho más fácil. Decidió probar suerte y escribió un comentario sobre unos Louboutin. «Uau, son preciosos. Tienes unos pies diminutos. ¿Un treinta y seis?» Añadió cuatro emojis de la cara con ojos de corazón y lo envió.

Océane tenía veintiún mil seguidores, por lo que tal vez ni siquiera viera la publicación de Jessie. O quizá pensara que Jessie era una fetichista de los pies y la bloqueara.

Pero contestó casi al instante: «Ojalá, lol. Un treinta y nueve.»

¡Mejor imposible! Jessie entró enseguida en Net-a-Porter y se puso a comparar los gustos de Océane con los zapatos en oferta. A Océane le gustaban las marcas de lujo convencionales, como Manolo, Jimmy Choo y Louboutin. Nada demasiado rompedor. Los imprescindibles de aquella temporada eran los Knife de Balenciaga, los zuecos de puntas exquisitamente finas. Estaban disponibles en azul y blanco, y aunque a Jessie le gustaban más los azules, los blancos tenían un aire más… suizo. Bueno, si a Océane no le gustaban, podía cambiarlos. Comprar esos preciosos zapatos para otra mujer era una tortura. Pero había que hacerlo.

A continuación, la carta. Aunque siempre eran personalizadas, Jessie disponía de una plantilla: un reconocimiento cálido y cariñoso de que el chef estaba muy muy ocupado.

Pero un fin de semana en Irlanda no sería todo trabajo.

En realidad, la carta podría reducirse a: «Venga a Dublín. Exponga sus grandes éxitos en un par de clases y luego Johnny y sus colegas lo llevarán a una ruta interminable de pubs. Regresará a Ginebra con, por lo menos, veinte anécdotas difíciles de creer. Sí, realmente lo detuvo la policía en un coche que subía por una calle en dirección contraria. Cuando uno de ellos lo reconoció como el chef coreanosuizo de la tele, anularon la multa y le pidieron su receta de kimchi. Todos los gastos pagados, y se le remunerará generosamente por su tiempo».

La mayoría de los restaurantes, incluso los de fama mundial, apenas lograban cubrir gastos, de modo que a los chefs solía parecerles una idea muy atractiva ganar cinco mil euros por dos días de trabajo fácil.

Una vez firmado el contrato, Jessie añadía gradualmente capas de trabajo. Enviaba correos diciendo: «¡Resulta que es usted una celebridad en Irlanda! Nuestro programa de entrevistas más popular se muere por tenerlo de invitado. Es más divertido de lo que parece. ¡El cachondeo en los camerinos es legendario!».

Cuanta más publicidad generara la visita, más se beneficiaría PiG. Tiempo después de que el chef se hubiera marchado, la escuela de cocina de PiG ofrecería cursos «inspirados» en la cocina exclusiva del chef y...

Johnny irrumpió en la habitación visiblemente agitado.

—Jessie, ¿qué estás haciendo? ¡Nuestro PayPal se ha vuelto loco!

—Estoy lanzando el anzuelo a Jin Woo Park.

—¿Utilizando Net-a-Porter?

—Zapatos para su mujer.

—¿De quinientos euros?

—Son los que le gustan. —Jessie siempre decía lo mismo—. Para ganar dinero hay que gastar dinero.

Algunas expediciones de pesca de Jessie quedaban en nada. Se hundían cual guijarros en el fondo de un lago quieto y oscuro. Pero ella no era de las que se rendían, siempre pisando la fina línea entre la persistencia cautivadora y el acoso.

—¿Puedo meterme en la cama? —preguntó Johnny.

—Estoy escribiendo a Jin.

—Para decirle ¿qué?

—Lo de siempre... Entiendo que tiene una agenda apretada, pero Irlanda le encantaría, la gente es muy cordial...

—Y casi nada racista. ¿Qué vas a enviarle?

—Una botella de Midleton y productos Seavite para su mujer. Jin colecciona artículos de la era soviética, así que un montón de cosas absurdas han salido ya de Ucrania. Está bien, puedes venir a la cama.

—Menos mal. —Johnny se quitó la camiseta, los pantalones y, por último, los calzoncillos.

Jessie lo miró por encima de las gafas de leer y comprendió que ahí tenía una oportunidad para tachar otra cosa de su lista de pendientes.

—¿Jooooohny?

—¿Sí? —Levantó rápidamente la vista.

Jessie se quitó las gafas y dejó el iPad en el suelo.

—Si lo hicieras rapidito...

—¡Puedo hacerlo rapidito!

—Sin preámbulos, directo al grano. Por mí no te preocupes, estoy genial.

—¿Es uno de esos polvos de mantenimiento?

—Es un polvo, Johnny, no le des tantas vueltas.

Irrumpió raudo en el cuarto de baño en busca de un condón. A punto de cumplir los cincuenta, no era probable que Jessie se quedara embarazada, pero Johnny no quería correr riesgos.

—Johnny —dijo ella desde el dormitorio—, ¿qué tal una foto de nuestra familia al completo sosteniendo banderitas suizas y coreanas?

—Sí. No. No sé.

—Las compraré de todos modos.

—Clicas con mucha alegría.

A veces, pensó Jessie, la prudencia de Johnny con el dinero era desalentadora.

Sin embargo, cuando lo conoció en los tiempos en que Rory y él formaban un dúo inseparable, le había parecido un loco temerario. Pero de eso hacía mucho, toda una vida, y en ese momento, en que ya no lo definía en comparación con su mejor amigo, casi parecía demasiado precavido.

Aunque Rory era aún más prudente.

Jessie estaba saliendo con él cuando se le ocurrió la idea de PiG. Iban en serio e intuía que lo suyo acabaría en matrimonio. Así y todo, la inquietaba comunicarle su maravilloso plan: si Rory se entusiasmaba y la instaba a incluirlo como socio, ¿lo despreciaría por querer beneficiarse a su costa? En lugar de eso, Rory la animó de una manera prudente y comedida. No le suplicó que le dejara formar parte de su proyecto, no le ofreció impulsivamente su piso como aval.

Jessie se lo echó en cara; no había podido evitarlo, había esperado más apoyo por su parte.

Con dulzura, Rory había contestado:

—Es tu idea. Es brillante y te mereces que funcione. Yo te ayudaré en todo lo que pueda. Y si no sale bien, cuidaré de ti.

—¿Y si sale bien? —repuso ella con un repentino subidón de confianza—. Entonces seré yo la que cuide de ti.

22

—Demasiado bajo —indicó Nell desde el pasillo del desierto teatro—. Si la actriz se desvía de la marca unos centímetros, chocará con el enorme reloj y se partirá la crisma. Súbelo un poco.

Desde la pasarela de arriba, Lorelei gritó:

—¿Cuánto?

—Lo sabré cuando lo vea. Recoge, sigue, sigue... ¡vale, para! ¡Ahí! Dime las medidas.

Nell reculó para comprobar que las distancias entre los trece relojes de DM seguían siendo estéticamente proporcionales. Mover un reloj tenía un efecto colateral en todo lo demás.

—¿Está bien así? —Lorelei sonaba impaciente, lo que llevó a Nell a mirar el móvil.

—Dios mío, ¿tan tarde es?

—Las doce y diez, sí.

Llevaban trabajando desde las ocho de la mañana, lo que sumaba, según contó Nell, dieciséis horas. Pero había estado enfrascada en el montaje. Era un proyecto pequeño con un presupuesto diminuto, pero era suyo. Vale, estaba haciendo una construcción literal, pero ella era la diseñadora. E iban a pagarle, si no se le iba todo el presupuesto en atrezo, claro.

Después de tanos años, aquel trabajo seguía pareciéndole mágico.

Sus padres no tenían ni idea de arte; sin embargo, Nell había sido la única de su clase que no se había reído durante una visita al museo de arte moderno.

Por iniciativa propia, había empezado a sacar libros de la biblioteca sobre Damien Hirst, Picasso y Frida Kahlo. Los artículos sobre arquitectura, alta costura y diseño de muebles captaban su interés, lo cual causaba cierta inquietud en casa.

Petey y Angie estaban orgullos pero desconcertados.

A los catorce años, Nell encontró su verdadera vocación. Su madre había conseguido un papel en la producción de Raheny Players' de *Tenko.* Al padre de Nell, de profesión carpintero, lo contrataron para construir los decorados con Brendan, el hermano de Nell.

Un sábado por la mañana en que Brendan estaba demasiado «enfermo» para salir de la cama, el padre se llevó a Nell para que pintara el decorado de la selva. Ella expresó su indignación, pues tenía cosas mejores que hacer aquel fin de semana.

No obstante, enseguida le intrigó la manera en que los paneles de «bambús» y «palmeras» entraban y salían con sigilo del escenario sobre unas ruedecillas, la forma en que la escena podía cambiar de un bosque a un campo de concentración en cuestión de segundos.

—¿Lo has inventado tú? —preguntó a su padre.

—Nosotros lo hemos construido. Stephanie lo diseñó.

—Pues yo quiero ser como Stephanie.

—Muy bien —dijo Petey con los ojos chispeantes—, puedes ser como Stephanie.

Sus padres siempre la habían animado a ser independiente.

—Será mejor que te demos confianza en ti misma —solía decir su padre con humor—, porque no tenemos nada más que darte.

Liam volvió a mirar la hora. Las doce y media. Nell llevaba muchas horas en el trabajo. No estaba preocupado, simplemente tenía ganas de verla. Ese día cumplían seis meses de casados; un año atrás ni siquiera se conocían.

Aquella primera noche Liam le había dicho:

—Ven a mi casa. —Todavía no lo tenía claro, pero sentía curiosidad.

—No.

No era la respuesta a la que estaba acostumbrado.

—*Jaukart* —continuó ella.

—¿Perdona?

—Hace un par de años fui a Islandia. Tienen un plato llamado Hákarl y que se pronuncia «jaukart». Es tiburón encurtido en orina. Tiene un sabor asqueroso. Sabía que no me molaría, pero aun así quería saber qué gusto tenía…

Se le apagó la voz y Liam sintió que enrojecía de vergüenza.

—Soy un ser humano —dijo Nell—. No una curiosidad.

—Pero…

—No. —Nell le puso una mano de advertencia en el brazo.

Liam estaba confundido. Pensaba que a los milenials les iba la cultura de los rollos sin compromiso.

—¿Tienes novio?

Ella lo miró divertida.

—No.

—¿Una ruptura dolorosa?

—Para, por favor.

—¡Tuviste una ruptura dolorosa!

—Hubo un tío… —Nell se encogió de hombros—. Viví de sus migajas varios meses. Me hacía un poco de caso, el justo para que pareciera que le importaba. Y luego… nada. Una llamada para un polvo. Lo bloqueé.

—Qué dura.

—Este año cumplo treinta, hora de sentar la cabeza. Me he dado de baja en Tinder.

—¿Por qué? —Liam lo encontraba muy práctico.

—Convierte a la gente en material desechable. —La seriedad de Nell resultaba conmovedora—. El hecho de conocer a una persona en la pantalla hace que sea más fácil ignorarla. Si tu móvil la hizo aparecer, también puede hacerla desaparecer.

—¿Alguna vez has tenido un novio de verdad?

—Por supuesto. —Parecía ofendida—. Siete años, de los diecinueve a los veintiséis. Nos cansamos el uno del otro y aun así fue duro. Siete años es mucho tiempo. Aunque los dos últimos fueron desastrosos. Me daba miedo no conocer nunca más a otro hombre —dijo—. Y así ha sido.

—Con excepción de Migajas.

—¡Ah, ese! —Le restó importancia—. Era un capullo. Y yo más, por querer creer que no lo era. ¡Ha habido muchos capullos! Y ahora me voy. —Se puso en pie.

—¿Me das tu número de teléfono? —Liam se levantó a toda prisa—. Te prometo que no soy un capullo.

Ella lo miró a los ojos.

—Eres guapo, eres rico, estás aburrido. Conclusión, eres un capullo integral. —Pero se rio y le dio su número de todos modos.

Liam se fue a casa y durmió once horas. Fue la primera vez en dos años que consiguió dormir más de cinco horas seguidas. Cuando se despertó, se preguntó qué había cambiado. Entonces lo recordó. *Jaukart*. El tiburón fermentado o lo que diantre fuera Nell.

Aquella misma mañana Nell se despertó en su pequeña y recalentada habitación de Shankill, un barrio situado en la periferia de Dublín. El cuarto era un horno en verano y una nevera en invierno. La había despertado el pitido de un mensaje de texto:

> Buenos días. ☺ Ocupada hoy? Vienes a la playa conmigo? Amigos. NO eres un tiburón fermentado.

Inmersa en sus pensamientos, Nell abrió la ventana para ventilar la habitación. La noche anterior, su evaluación de Liam había sido: «Interesante, pero no para mí». Demasiado alejado de su estilo de vida. Lo había interrogado sobre el final de su etapa de corredor y Liam se había mostrado sorprendentemente claro:

—Cuando dejé de ganar —dijo—, el matrimonio era el lugar perfecto para esconderme de mi fracaso. Paige tenía posición y dinero. Quería alguien que cuidara de mí.

Su sinceridad resultaba intrigante. Atractiva.

—Tuvimos a Violet y eso me sirvió de distracción. Luego llegó Lenore y tres cuartos de lo mismo. Íbamos de aquí para allá. Un año en Vancouver, dos en Auckland. Tardé unos cuantos años en darme cuenta de lo inútil que me sentía.

—Ah, sí, la masculinidad performativa. A los hombre se les dice que tienen que ser cazadores-recolectores. Si no lo eres, te sientes un fracasado.

—¿Tiene un nombre? Uau. ¡Vale! Cuando vivíamos en Chicago iba a una academia de arte dramático, pero la empresa volvió a trasladar a Paige, aquella vez a Dublín, así que nunca me gradué. Regresar a Irlanda como amo de casa fue mi sentencia de muerte. Era demasiado humillante. Podía hacer esa mierda en otro país, pero no aquí. Los dos últimos años de nuestro matrimonio fueron…

Nell aguardó, no quería terminar ella la frase.

—No se lo deseo a nadie —dijo Liam al fin—. Solo quería que se acabara. Paige me despreciaba y yo estaba resentido con ella. Hicimos terapia de pareja, lo que solo consiguió empeorar las cosas. Descubrimos que nos habíamos equivocado con respecto al otro desde el principio. Ella pensaba que yo era dinámico. Yo pensaba que ella era fuerte. Los dos estábamos equivocados.

—Debió de ser muy doloroso.

Tras un silencio, Liam dijo:

—Me porté fatal con ella.

—¿En qué sentido? ¿La engañaste?

—Oye, engañar no es lo peor que puedes hacer. —Al ver la expresión escéptica de Nell, Liam dijo—: Me burlaba de su trabajo, de su dedicación, de su dinero. Ella creyó en mí durante años y a cambio yo me comporté como un cabrón. Ahora me odia, y con razón.

Nell miró el móvil de nuevo. No, no debería conocer a aquel tío. Escribió una respuesta y acto seguido la borró. Mala idea tomar una decisión antes del café.

En la cocina había sartenes sucias apiladas en la encimera y el cubo de la basura estaba hasta arriba. Seis personas vivían en aquella casa de tres dormitorios, era demasiado pequeña para tantos.

Molly Ringwald maullaba con furia, sin duda hambrienta.

—Lo siento, Mol. —Echó pienso en un cuenco y llenó el hervidor de agua.

Preguntándose por dónde empezaría la operación limpieza, pensó, por primera vez en su vida: «¿Cuánto más tiempo voy a tener que vivir así?».

Entró Garr, que vivía en la sala de estar. Solo unas puertas de cristal esmerilado separaban su espacio de la cocina.

—Buenos días —dijo soñoliento.

—Lo siento, ¿te he despertado?

—No importa. ¿Estás calentando agua?

—Sí, pero ayúdame a limpiar este agujero. Garr, anoche conocí a un tío… No por Tinder. Cara a cara. Pero no sé…

—¿Qué no sabes?

—Es... es un bombón, supongo. Tal vez pudiera haber algo, pero ya he perdido demasiado tiempo con homexperimentos.

—¿Qué es eso?

—Ya sabes, «hombres experimento». Acostarse con tíos por si suena la flauta. Además, tiene cuarenta años, está divorciado, tiene dos hijas y una buena mochila. Creo que podría ser una persona horrible, pero es sincero al respecto, lo que a lo mejor quiere decir que no lo es.

—Cuando alguien te dice cómo es, créetelo.

Nell sonrió.

—Eso no es lo que quiero oír. El caso es que quiere verme hoy. Y creo que yo también quiero.

—Pues adelante. La vida es una aventura.

—Lo dejaré en manos del universo. Si alguien de esta casa puede prestarme treinta euros, iré.

—Wanda cobró ayer. El universo quiere que vayas.

Nell cruzó la bulliciosa ciudad en bici rumbo a casa. Los jueves por la noche mucha gente salía de marcha y ese día había aún más ambiente por la actuación de las Spice Girls.

Entró en el aparcamiento del sótano y ató la bici a la barra. La primera vez que vio el lujoso piso de Liam, ni se le pasó por la cabeza que al cabo de unas semanas fuera a estar viviendo en él. Le había parecido un auténtico palacio, todavía se lo parecía: llaves electrónicas, sofisticados sistemas de iluminación y tres dormitorios: el de Liam, uno para Violet y otro para Lenore cuando fueran de visita. Si es que iban algún día.

Aquel primer día habían ido a la playa como «meros amigos», pero las cosas cambiaron enseguida.

No era solo su rostro pícaro y sexy o su cuerpo fibroso lo que la deslumbraba; también su optimismo. La gente de la edad de Nell no tenía esperanza en el futuro, pero Liam venía de un mundo diferente, o quizá de una época diferente, donde todavía estaba permitido tener expectativas. Por su parte, él estaba encantado con el estilo de vida frugal de Nell, su entrega a su trabajo y la ilusión casi infantil que le hacían las pequeñas cosas. Le fascinaban sus principios, lo culpable que se sentía por «robar el aire refrigerado de Tesco» o su negativa a utilizar Airbnb porque «Ya nadie puede permitirse alquilar un piso y Airbnb es una de las razones».

Al final de la primera semana, él estaba diciendo cosas como «No me esperaba esto, pero... me has tocado la fibra sensible».

Nell era más cauta: en teoría, parecían incompatibles. No podía apartar la sospecha de que ella no era más que una curiosidad de la que él acabaría por cansarse.

Cuando le propuso que se fuera a vivir con él, rio incómoda.

—Molly Ringwald tendría que venir también. —Molly Ringwald era su enorme gata rubia.

—Molly Ringwald es bienvenida. Además, pasas casi todas las noches conmigo.

Pero no cedió hasta que desahuciaron a un amigo de Garr, que necesitó con urgencia una habitación.

—De acuerdo. ¡Pero no intentes corrompernos a mí y a Molly! Sería muy duro volver a una cama individual en una casa superpoblada.

No obstante, lo que la convenció al fin de que iban en serio fue la manera en que él se adaptó a su vida. El verano anterior habían hecho la Ruta Costera del Atlántico durante dos semanas con el destartalado servicio de autobuses irlandés, alojándose en albergues y *bed-and-breakfasts*, nunca en Airbnb.

A veces acampaban en las suaves dunas frente al mar.

Una noche, sentados en una playa arenosa mientras el sol poniente inundaba el cielo con una intensa luz color melocotón, Liam dijo:

—Siento viva cada célula de mi cuerpo, como si hubiera estado dormido toda mi vida y tú me hubieses despertado.

Aun así, no esperaba lo que sucedió en octubre, cuando no hacía ni cinco meses que se conocían.

Era un sábado por la mañana, en la cama. Ella abrió los ojos y se encontró a Liam acodado sobre la almohada, mirándola.

—¿Y bien? —preguntó Liam, como si estuvieran continuando una conversación—. ¿Qué pasa con nosotros? ¿Hacia dónde va esto?

—¿Tiene que ir hacia alguna parte?

Él hizo una pausa.

—Casémonos.

—¡Estás pirado! Hace nada que te divorciaste…

—Llevo divorciado más de un año. Y mi matrimonió estaba acabado desde mucho antes.

En realidad, Nell no necesitaba que la convenciera. La vida era tan imprevisible, tenías tan poco control sobre ella, que más valía aprovechar los momentos de autonomía que te otorgaba.

—Si aceptara —dijo—, y solo es una suposición, Liam, no quiero una gran ceremonia. Nada de vestidos y esas cosas. No me va lo de ir de blanco y no soportaría tirar el dinero de ese modo.

—Entendido. —Liam reflexionó y dijo—: Se me ocurre algo. En Islandia, para casarte solo necesitas notificarlo con dos semanas de antelación. Hotel en la península de Snaefellness. Podríamos darnos el sí quiero en un jacuzzi exterior con la aurora boreal al fondo.

—¿Ya lo has mirado?

—Ya lo he reservado…

Corrió escaleras arriba, tan impaciente por verlo que pasó del ascensor.

—¡Perdón, perdón, perdón, perdón!

—Tranquila.

Liam estaba revisando en el ordenador lo que parecían las estadísticas de sus rutas en bici. Cuando estaba enfrascado en sus cosas, ella se sentía menos culpable por las suyas.

—Perdí la noción del tiempo. ¡Felices seis meses!

Liam la besó.

—Y decían que no duraría. —Estaba bromeando, pero eran muchos los sorprendidos.

—Es muy pronto —había dicho la madre de Nell.

—Estoy cansada de esperar a que mi vida empiece —había respondido Nell—. Estoy segura.

—Ya, pero ¿lo está él? —preguntó Petey—. Como aquel much…

—¡Lo está aún más que yo!

—Nosotros somos gente de mentalidad abierta. —Petey parecía nervioso, porque en realidad no lo eran: eran bondadosos pero tradicionales—. Pero el matrimonio es una cosa muy seria.

—Siempre podemos divorciarnos —bromeó ella a medias.

Petey suspiró hondo.

—Supongo que sí.

—Vosotros erais más jóvenes que yo cuando os casasteis.

—Pero nos sentíamos mayores. Yo tenía un trabajo, tu madre tenía un trabajo, y sé que tú tienes un trabajo, cielo, pero a nosotros nos pagaban, y no es una crítica, solo una constatación.

—Justamente por eso, papá. Si no sé qué va a pasar mañana, ni te cuento dentro de diez años. Solo puedo vivir mi vida con las cosas que sé, y sé que quiero casarme con él.

—Cuéntanos por qué lo amas —dijo Angie.

—Es un hombre que ha vivido y ha viajado mucho. Ha tenido una carrera, un matrimonio. Ha sido padre dos veces. Es interesante y sabe muchas cosas. Además —añadió Nell—, está como un tren.

—Santa Madre de Dios —gimió Petey.

—Me trata como a una... reina, es la primera vez que me pasa. —Cuando se veía a través de los ojos de Liam, se sentía un espíritu libre y bohemio, una diosa marina conectada con la naturaleza en lugar de alguien en constante lucha por salir adelante—. Ni en mis mejores sueños me había imaginado a alguien así.

—¡Menuda sarta de tonterías!

—Papá, escucha bien: ni en mis mejores sueños. Liam es genial en muchos aspectos.

—¿Hay algo que te inquiete de él? —preguntó Angie.

—Se ha quedado muda —observó Petey.

—Ve muy poco a sus hijas. Eso le afecta, pero se lo guarda. —Nell se apretó la mano contra la boca—. A veces le irrita que no me compre ropa. Le gustan las cosas bonitas. Pero eso es todo.

Tras una pausa, Petey dijo:

—Está bien, es tu vida. Y el muchacho me gusta...

—El muchacho le gusta —dijo Angie.

—A mí también me gusta —dijo Nell.

—El muchacho nos gusta a todos —convino Angie—. Estamos haciéndolo lo mejor que podemos, Nell.

—Pues alegraos por mí.

Sus padres se miraron y llegaron a un acuerdo tácito.

—Bien —dijo Petey—. Nos alegramos por ti, en serio. Y ahora, ¿cuánto dinero tendré que pedir al Credit Union?

—Nada. Vamos a casarnos, pero no vamos a desperdiciar el dinero en una boda.

—¿Me estás diciendo que no podré llevar a mi hija al altar? ¡Esto es el colmo!

—Nos casaremos en el extranjero. Nos encantaría que vinierais.

—¿Adónde? Más vale que haga sol. ¿Islandia? ¿En noviembre? ¡Señor! Espera una llamada de la abuela McDermott. ¡Esto no le va a gustar!

Efectivamente, al día siguiente la telefoneó su abuela y despotricó no solo porque se casaran deprisa y corriendo, sino porque lo hicieran en Islandia.

—Pero lo quiero mucho, Nana —dijo Nell—. ¿Acaso eso no cuenta?

—Nunca te he tenido por una boba, Nell, pero ya ves.

Estaban cogiendo el sueño cuando Liam dijo:

—El sábado es la primera comunión de Dilly. Tenemos que regalarle doscientos euros.

—¿Es la tarifa actual de las comuniones? —¡No podía creerlo!

—Soy su padrino.

Tras un silencio, Nell dijo:

—Dilly no necesita ese dinero...

—Dios, estás planeando algo, ¿verdad? Lo sé.

—¿Te acuerdas de Perla y Kassandra? ¿La mujer siria y su hija pequeña? Ya te he hablado de ellas. Pues bien, en lugar de darle el dinero a Dilly, ¿qué tal si le pedimos que se lo dé a Kassandra? Sería una especie de apadrinamiento.

—No sé si Jessie lo aceptará... ¿Y si Dilly se disgusta y Jessie y Johnny se enfadan con nosotros?

—Se lo consultaríamos primero a ellos. Podría conseguir algunas fotos y quizá hasta una carta de Kassandra dirigida a Dilly... —La cabeza de Nell iba a cien.

Con cautela, Liam dijo:

—Pregúntale a Jessie, a ver qué dice.

23

Ed y Tom hablaban bajito. Tom debía de haberse despertado temprano y se había metido en la cama con ellos.

—Muchas culturas tienen ceremonias para celebrar el paso a la adolescencia —decía Ed. Parecía que hablaban de la comunión de Dilly.

—Ocho es muy poco —dijo Tom—. Yo tengo ocho y todavía no sé mucho de Dios. Cuando sea mayor, puede que sea un jedi o un científico o incluso un cartero. Pero ahora solo soy un niño, ¿qué voy a saber?

Cara debería estar resacosa y agotada por la juerga de la noche previa, pero solo se sentía feliz. Había sido como volver a ser joven, pero sin la inseguridad demoledora y el paralizante miedo al futuro que habían sido sus compañeros inseparables a los veintiuno.

Todavía llevaba los cuernos rojos. Hannah tenía razón, no se habían movido ni un centímetro; más le valía quitárselos antes de ir a trabajar.

—En la sociedad occidental moderna, o sea, la nuestra, colega, la infancia dura mucho más que en otros lugares. Cien años atrás tú ya estarías trabajando.

—En una mina.

—En una mina, exacto.

Qué placer escuchar la susurrante conversación. Aquel iba a ser un buen día, estaba segura de ello.

—Pero tienes razón —dijo Ed a Tom—. La Iglesia católica no considera que los ocho sea una edad madura, pero cree que es una buena idea dar a los niños un sentido de pertenencia a su Iglesia.

—¿Es un lavado de cerebro?

—Esa es una manera de verlo.

Ed era tan razonable, pensó Cara. Imparcial y científico en su enfoque de las cosas.

—Pero a muchos niños de ocho años la comunión les sirve para crear fuertes lazos con su comunidad.

—Qué va. A los niños solo les gusta porque les regalan un montón de dinero. Era lo único que le importaba a Vinnie.

Cara sonrió bajo la sábana. Tom tenía razón. Vinnie se lo había pasado bomba el día de su primera comunión, paseándose con su traje blanco y sacándoles a los vecinos exorbitantes sumas de dinero. Si había tenido «un sentimiento de pertenencia» a su Iglesia, Cara no podía decir que lo hubiese notado.

Le pitó el móvil. Un mensaje de su madre:

Café antes de empezar a trabajar?

Le encantaría quedarse allí con Ed y Tom, pero en dos semanas Ed comenzaría su trabajo de verano y se ausentaría de lunes a viernes, y ella se vería obligada a declinar todas las invitaciones. Tenía que aprovechar aquel momento. Apartó el edredón.

—Ed, te toca el desayuno y sacar a Baxter. He quedado con mamá antes de entrar a trabajar. —Se puso en pie, luego se detuvo en seco—. Porras, me he levantado demasiado rápido.

Cuando el mareo y los puntos negros se dispersaron, escribió:

Big Hat of Coffee, 9.00

Una vez en el rellano, llamó a la puerta de Vinnie.

—¡Arriba! Papá hará el desayuno. Ni Sugar Puffs ni Coco Pops ni Froot Loops.

Se metió en el baño antes de que Vinnie empezara a quejarse.

—¿Me has oído, Ed? —gritó Cara.

—Sí, te he oído.

Con el agua de la ducha corriendo, se subió a la báscula. No había engordado ni un gramo desde el día anterior, pero tampoco había perdido peso. Y probablemente debería haberlo hecho… En cualquier caso, no iba a tolerar más burradas.

Hoja en blanco. Nuevo comienzo, se prometió a sí misma.

Abrió la puerta del Big Hat of Coffee y divisó a Dorothy sentada a una mesa junto al ventanal. Desde su jubilación, Dorothy y Angus se apuntaban a todas las vacaciones en velero que podían permitirse. Como resultado de ello, Dorothy vestía como si pudieran convocarla en cualquier momento para pilotar un catamarán hasta Grecia. Esa mañana, debajo del anorak amarillo llevaba un polar blanco, chinos azul marino y náuticos. El cabello gris plata le formaba suaves ondas alrededor del rostro, y su piel tenía el brillo saludable de los amantes del aire libre.

—Te he pedido un café con leche, pero me he frenado con la magdalena, no por tacañería, sino porque no sabía si estás con la dieta sin azúcar en estos momentos.

—Sí. ¿Cómo estás? ¿Qué tal papá?

—Genial.

Angus, hombre apacible, siempre estaba «genial».

—Vanessa está pensando en comprarse otro coche —dijo Dorothy—. Eléctrico. —Vanessa era la hermana pequeña de Cara. Vivía en Stuttgart—. No un Tesla, uno barato. Pero a mí no me convencen los coches eléctricos. ¿No van muy despacio? ¿Como los carritos de golf? Y ese pitido es insoportable. Pero —adoptó un tono santurrón— «el medio ambiente», dice.

Cara no pudo evitar una sonrisa.

—Tiene razón. Y tu yerno favorito, Ed, estaría de acuerdo.

Dorothy suavizó la expresión.

—¿Cómo está?

Cara respiró hondo. Hablar de Ed le producía la misma emoción que sacar una joya de su estuche y admirar su belleza. Siempre había sabido que ella no era especial. Y tampoco quería serlo. Esas pobres personas que acudían a los *reality shows* gritando que creían en sí mismas, en fin, le preocupaban. Por corriente que fuera, había tenido expectativas para su vida. Conocer a un hombre, el mejor, era una de ellas. No tenía intención de conformarse con menos.

Los matrimonios felices existían: su madre y su padre eran gente corriente, pero cada uno pensaba que el otro era extraordinario.

Ocurría.

Pero cuanto mayor se hacía, más claro veía lo ingenua que había sido de joven: Ed y ella, su felicidad, era una cuestión de buena suerte, nada más.

—¿Ed? —dijo—. Ed está genial.

—Hablé por Skype con Champ —dijo Dorothy—. ¿Fue el domingo? —Champ, el hijo pequeño de Dorothy, vivía en Hong Kong—. Vuelve a tener el culo inquieto. Que se apunte al proyecto de Marte de Elon Musk. —Luego, sombría—: Ahí no le faltará aventura. ¿Cómo están los Adorables Excéntricos? ¿Vinnie ha incendiado algo más? ¿No? —Dorothy puso cara de decepción—. Pero está claro que no le faltan agallas.

—No.

—Y, por lo menos, mientras lo hacía no estaba delante de la pantalla.

—Tienes razón, mamá. Una actividad al aire libre muy recomendable incendiar cosas.

—Entonces —dijo Dorothy en un tono deliberadamente remilgado—, ¿vais a enviarlo a un psicólogo infantil?

—No. Es solo un niño, le gusta experimentar. Hoy en día intentan patologizarlo todo.

—Si supiera qué significa «patologizar», supongo que estaría de acuerdo contigo. ¿Y cómo está Tom? ¿Todavía leyendo *Guerra y paz*? No sé de quién ha sacado esa vena intelectual. De nuestra familia seguro que no. ¿Alguna novedad?

—Mañana es la primera comunión de Dilly.

Eso despabiló a Dorothy. Le encantaban las historias sobre la prodigalidad de Jessie. («He ahí una mujer que sabe disfrutar de la vida», solía decir.)

—¿Piensa traerse al Papa para que haga los honores?

—Algo sencillo. Un bufé y una playa interior. No me preguntes, yo tampoco sé de qué va.

—Será mejor que le dé dinero a Dilly. —Dorothy sacó su monedero y vaciló—. ¿Suficiente con veinte?

—De sobra.

—¿Os obliga Jessie a tragaros la parte de la iglesia?

Cara negó con la cabeza.

—Somos «bienvenidos», pero no es obligatorio.

—No como el bufé y… ¿cómo lo has llamado? ¿Playa interior?

Esa Jessie es genial. —Dorothy nunca podía estar en contra de Jessie durante mucho tiempo.

A Cara le sonó el móvil. Miró la pantalla.

—¿Del trabajo?

Lo puso bocabajo.

—Sí.

—¡Contesta, cariño! Podría ser algo emocionante. ¡Puede que un paparazzi se haya colado en el ático!

—Más bien alguien al que no han servido sus tostadas sin gluten.

El móvil sonó de nuevo y, con un suspiro, Cara contestó.

—Madelyn está enferma —dijo Raoul—. ¿Puedes venir antes?

—Vale, en diez minutos estoy allí. —Colgó—. Lo siento, mamá, tengo que irme. —Se despidió y se dirigió con paso presto a Fitzwilliam Square.

Dejaba atrás el Spar cuando cayó en la cuenta de que no había desayunado. Dentro había barritas de cereales, manzanas, opciones más o menos saludables. Compró dos tabletas de chocolate y se las comió con disimulo y muy deprisa. Después de arrojar los envoltorios en una papelera cercana, casi pudo convencerse de que no había ocurrido.

24

Tejumola se quitó los cascos antirruido y miró por encima de la pantalla.

—Acabo de enviarte las cifras de ventas, Jessie.

Tejumola era la directora de finanzas de PiG. Bueno, en realidad era la única encargada de finanzas. PiG solo contaba con siete empleados en su «sede central», situada en el barrio corriente-en-exceso de Stillorgan. Siete eran todos los que cabían allí, y el lugar no tenía nada de glamuroso. Tejumola era menuda, seria y con cero sentido del humor, pero a Jessie le iba bien. Cuando se trataba de finanzas, necesitaba alguien en quien poder confiar.

Se concentró en las cifras de ventas de las ocho tiendas. Jessie se lo tomaba como un asunto personal. Si las ventas caían, sentía una pena protectora, la misma que experimentaría si a TJ no la invitaran a una fiesta de cumpleaños por ser «rara». Pero si los ingresos de una sucursal eran excepcionalmente altos, la invadía una dicha cálida, como si hubiesen ganado una medalla de danza irlandesa.

La recaudación de Kilkenny había bajado. No de una manera drástica, pero no dejaba de ser preocupante. Jessie jamás olvidaba que tenía cincuenta y seis empleados. Cincuenta y seis personas, junto con sus familias, de las que era responsable.

Dirigir un negocio implicaba una carga enorme. A esas alturas, sin embargo, Jessie sería incapaz de trabajar para otro. Así pues, no le quedaba más remedio que seguir adelante. En cuanto a Kilkenny, tal vez se pasara por allí aquella tarde para transmitirles un poco de afecto. Eso ayudaba a subir la moral… y, oh, no, Rionna tenía esa expresión en la cara.

—Acaba de entrar —dijo—. *Perfect Living* quiere un reportaje fotográfico de tu encantadora familia y tú en tu preciosa casa.

Jessie se volvió hacia Rionna con la cara exageradamente desencajada.

—¡Dios! Mi preciosa casa está hecha un desastre. —Entre el tráfico constante de cinco hijos y dos perros, las bicicletas, los monopatines y docenas de zapatos apilados en el rayado vestíbulo, y las pesas rusas tiradas en el suelo de la sala de estar, donde tres mañanas a la semana realizaba sus ejercicios dirigida por su entrenador personal, la casa parecía un campo de batalla—. Tendría que pintarla.

—Tendrías que limpiarla. —Rionna era siempre la voz de la razón—. Contrata una de esas brigadas.

—Hay empresas especializadas en limpiar las escenas de los crímenes....

Rionna rio.

—Hacen desaparecer hasta el último rastro de sangre y vísceras. Vale, te buscaré una.

—Tendría que llevar a los perros a la peluquería, obligar a los niños a ponerse la ropa que la revista quiere promocionar...

Imposible engatusar a Ferdia. Además de su hostilidad habitual, el miércoles de la semana entrante comenzaba los exámenes de tercero y sería un error robarle tiempo de estudio.

Pero más la inquietaba TJ. Su decisión de vestir como un chico resultaría patente en un reportaje fotográfico. Jessie sentía un proteccionismo feroz y un amor casi insoportable por TJ. A sus nueve años se conocía lo bastante para expresar sus deseos: sabía que era una chica, pero no estaba segura de que le gustase serlo.

Tampoco estaba segura de si le gustaría ser un chico, pero ya era consciente de las limitaciones de ser mujer y no las quería. En lugar de hacerse llamar Therese, quería que la llamaran por sus iniciales TJ (la J era de Jennifer, su segundo nombre). Jessie y Johnny enseguida lo llevaron a efecto. Cuando TJ dijo que quería cortarse el pelo, Johnny se la llevó de inmediato a la peluquería.

En aquel momento, TJ no sabía qué quería y Jessie la tranquilizaba diciéndole que estaba bien no saberlo. Pero los comentaristas y desconocidos ocultos tras las redes sociales podían ser muy crueles. A Jessie la hacían polvo. (Johnny pensaba que no leía los comentarios que aparecían bajos los artículos sobre su persona, pero por supuesto que los leía.)

—Yo digo que deberías hacerlo —dijo Mason, su becario de veintidós años, licenciado en administración de empresas, desde la otra punta de la oficina. Inteligente y ducho en redes sociales, el resto del personal, bastante mayor que él, solía tratarlo como a un oráculo. Llegaría lejos. No con PiG, por desgracia: su contrato era de ocho meses. Por mucho que desearan que se quedara, Mason estaba destinado a hacer grandes cosas—. Puedo darte estadísticas, percentiles, alcance...

—No, no hace falta —lo interrumpió Jessie.

—¿A alguien le interesa mi opinión? —Johnny no se molestó en levantar la vista de la pantalla—. ¿Teniendo en cuenta que me obligarán a ponerme jersey y pantalón de *paterfamilias* y sonreír como un imbécil durante ocho horas?

—No —dijo Jessie—. Oye, Rionna, creo que paso.

—Pero...

—No. Me parece bien lo de hacer publicidad, pero no me parece bien implicar a los niños.

—Vale, entendido.

La oficina se sumió en el silencio. Solo se oía el repiqueteo de los teclados y algún que otro suspiro.

Jessie estaba satisfecha con su decisión de rechazar el reportaje fotográfico. El artículo del mes anterior en el *Independent*, donde citaban a su antiguo jefe diciendo que Jessie no caía bien a todo el mundo, en fin, le había dolido. Lo único que Jessie había querido de niña era formar parte de la pandilla, pero no pillaba las señales, interpretaba mal las expresiones y parecía ser la última en enterarse de las tendencias. Era como si hubiese perdido trocitos del guion de su vida, la página de «Cómo ser guay», quizá.

Su madre tenía cuarenta y dos años cuando dio a luz a Jessie, y su padre, cincuenta y uno. Jessie se preguntaba si por el hecho de ser hija única había absorbido sin querer demasiados de sus rasgos. Quizá por eso solía caer bien a los adultos, como profesores y otros padres. Que era, por supuesto, lo último que necesitaba.

Como adolescente solitaria había recurrido a las frases motivadoras. «Sé tú misma», le aconsejaban. Pero no funcionaban, y el problema era que no sabía ser otra persona.

En la universidad adoptó el papel de doña Responsable. En las casas que compartía, se ocupaba de la limpieza y organizaba el pago de las facturas. Aunque se reían de su impecable Nissan Micra, nadie le hacía ascos. En cuanto a los hombres, nadie le iba detrás. Se enamoraba perdidamente de chicos atormentados que fumaban hachís y amaban a Jeff Buckley. Cuando se fijaban en ella, era solo para burlarse.

Entonces encontró un empleo. Aún no entendía muy bien qué había pasado con Rory y Johnny, pero era la primera vez en su vida que hombres guapos y sexis se interesaban por ella. Los que solían irle detrás eran mucho mayores y, por lo general, remilgados u ostentosos. Les gustaba el lado responsable y decente de Jessie. Más de una vez la habían elogiado por no ser una «gamberra».

Jessie sospechaba que ni siquiera era del agrado de esos tipos moralistas; jamás había sentido pasión en ninguno de ellos. Estaban convencidos de que era una mujer insegura, lo cual la haría maleable. Agradecida, incluso.

Se equivocaban.

Le daba miedo quedarse sola para siempre, normal, pero jamás se habría conformado con uno de esos hombres condescendientes, casi paternales, de extrañas aficiones. Uno criaba y exhibía gatos birmanos. Otro tocaba la flauta en una orquesta amateur.

A veces le costaba creer que tuviera la vida que tenía en aquel momento, en la que era amada y, a veces, hasta gustaba. Se le helaba la sangre al pensar en lo fácilmente que esa vida podría haber permanecido fuera de su alcance.

Lo más increíble de todo era que en ocasiones la describían como «guapa». Pero eso se lo debía al dinero. Sin sus mechas, sus lentillas, su bótox —¡por supuesto que llevaba bótox, y también rellenos!—, sin su entrenador personal, sus fundas dentales y su alisado brasileño, parecería una doña nadie competente e indigna de amor, que existía solo para «ayudar».

25

—Genial —dijo Jessie mirando la pantalla.

Varias cabezas se alzaron de golpe.

—Es un genial bueno. —Jessie rio—. No un genial sarcástico. ¡Por una vez! ¡Se han vendido todas las entradas para el fin de semana de Hagen Klein! Y aún faltan siete semanas.

Era una buena noticia a varios niveles. Los chefs de Jessie —su objetivo era fichar cuatro al año— constituían la columna vertebral de PiG. Los beneficios generados por la venta de entradas se recibían con los brazos abiertos. Pero el verdadero regalo era el empujón que suponía para las tiendas la visita de cada chef.

Lo cierto era que si las tiendas tuvieran que arreglárselas solas apenas cubrirían gastos. Sin embargo, cada vez que un chef hacía una demostración de un par de sus platos estrella en un programa de entrevistas diurno, centenares de nuevos clientes acudían a las tiendas buscando polvo de mango o melaza de enebro o cualquiera que fuese el producto exclusivo que hubiera utilizado el maestro.

Jessie había estado nerviosa con respecto a Hagen Klein, también conocido como el Chef de la Motosierra. Su restaurante de Tromsø, el Maskinvare, servía platos alucinantes, a veces cocinados con herramientas eléctricas, pero él era un hombre extraño e impredecible y rompía las estadísticas demográficas: sus superfans solían ser demasiado jóvenes para poder permitirse una entrada, pero quienes solían gastarse la pasta en la escuela de cocina de PiG querían chicos malos más moderados.

—El negocio depende demasiado de los chefs —dijo Mason, sacando a Jessie de sus reflexiones.

Debía de ser la tercera vez que expresaba semejante sacrilegio, y a Jessie la hería.

—Todo el trabajo que Johnny y tú invertís en conseguir el compromiso de un chef —continuó— no constituye un empleo productivo de vuestro tiempo. Además, ¿qué pasa si un chef se echa atrás en el último momento?

—Tenemos un seguro para eso. —Jessie lanzó una mirada nerviosa a Johnny—. ¿Verdad?

—Lo miro. —Parecía un poco apurado.

—Te aconsejo que examines la letra pequeña —continuó Mason—. Bien, urge tener esa conversación sobre vuestra tienda online.

PiG ya tenía una web, pero las últimas semanas Mason había insistido en que debían expandir su alcance, «reconfigurar por completo la marca PiG».

Por lo general, Jessie consideraba a Mason un pequeño genio, pero en ese tema se equivocaba. Totalmente. Lo que hacía tan especiales las tiendas físicas eran los amplios conocimientos de sus empleados. Todos ellos cocinaban con los mismos productos que vendían. Tenían trucos exclusivos y consejos obtenidos con esfuerzo, algo que una web impersonal jamás podría replicar.

—¡Porras! —dijo Rionna—. Son las doce y veinte. Tenemos mesa reservada a las doce y media. Vamos.

Habían quedado con Erno Danchev-Dubois, que se describía a sí mismo como consultor de tendencias alimentarias, en el cercano hotel Radisson. Celebraban todas sus reuniones allí. La oficina era demasiado pequeña.

—¿Puedo ir? —preguntó Mason.

—Si prometes no decir nada más sobre una web nueva.

Mason se alisó su atuendo ya impecable y Jessie no pudo evitar una sonrisa afectuosa.

—Estás genial.

Con los chinos remangados, el chaleco a cuadros, la camiseta blanca y la pajarita roja, era digno de ver. Portaba una cartera flexible algo desfasada y no llevaba calcetines debajo de sus zapatos brogues blancos y negros. Incluso con las gafas de montura negra de mediados de siglo, la carita sonriente bajo el cuidado tupé aparentaba quince años.

Un Cerebrito Hipster. A Erno iba a encantarle.

Erno era una bestia rara. Los consultores de tendencias alimentarias existían más por azar que por necesidad. Por lo general, se habían educado en varios países, hablaban cuatro idiomas mínimo, conocían a todo el mundo y en aquel momento pasaban por una etapa difícil. PiG recurría a cuatro de esos consultores para predecir qué tendencia gastronómica podría despegar en Irlanda en el futuro. Pero era una ciencia inexacta y se cometían errores, a veces descomunales.

Cuando subían al coche, Jessie dijo:

—Hoy cogeremos con pinzas lo que diga Erno. La cagó con la cocina butanesa.

—Pero dio en el clavo con la comida ambulante colombiana —repuso Johnny.

—Por eso no le hemos dado la patada.

Erno tenía delante un gin-tonic y una copa de vino. Se levantó raudo, entrechocó los talones, se inclinó y apretó los labios primero contra la mano de Jessie y luego contra la de Rionna. Jessie se acordó de repente de que Ferdia, cuando conoció a Erno, comentó que parecía un actor mediocre. («La próxima vez que lo veas, estará haciendo de mamá oca en la pantomima del teatro Gaiety.»)

Mientras lo observaba, Erno besó a Johnny en la mejilla, una, dos, tres veces. Luego a Mason. El triple beso era algo nuevo. Señor...

Tomando el mando, porque nadie más lo haría, Jessie echó un vistazo a la carta.

—No voy a tomar entrante. Si como demasiado a mediodía, me entra sueño.

—Yo tampoco —la secundó Rionna.

Rionna era genial. Rionna era absolutamente genial. Jessie estaría perdida sin Rionna.

—Ni yo —dijo Johnny.

Johnny también era genial.

—Ídem. —Mason sonrió.

A Mason le traía sin cuidado la comida. Mason era joven.

Erno era el único que parecía abatido. Pero Jessie estaba teniendo serias dudas sobre Erno.

Tras la acostumbrada cháchara sobre embajadores, fincas, el nuevo hotel Aman de Kioto, por fin, en los postres, fueron al grano.

Brasil era la predicción de Erno como la Próxima Gran Novedad.

—¿Otra vez? —Jessie captó la atención del camarero y decidió pedirle la cuenta. Un poco brusca, quizá, pero no quería perder más tiempo con tonterías—. ¿No lo recuerdas? ¿Hace unos tres años? ¿Feijoadas por un tubo? ¿Mandioca para dar y regalar?

Erno se aturulló.

—Claro... Bueno... Bután está a punto de dar el salto.

—A nosotros sí que nos dio el salto el segundo trimestre del año pasado. —Jessie acertó a esbozar una sonrisa—. En fin, Erno, no podemos quedarnos para el café. Me ha encantado verte. Estaremos en contacto.

Camino del aparcamiento, Jessie estaba absorta en sus pensamientos. Erno perdía fuelle y eso era preocupante.

—Pobre desgraciado —dijo Johnny.

—Me pregunto por qué. ¿Estará quemado?

—¿Demasiado alcohol?

—Supongo que son gajes del oficio.

Tenían otros tres analistas, pero con Erno era con el que llevaban más tiempo trabajando.

—¿Tienes algo que hacer en la oficina? —preguntó Johnny a Jessie—. ¿Por qué no nos cogemos la tarde? Ha sido una semana dura. —Él había estado en una feria en Munich. Había hecho tres jornadas de dieciocho horas.

—Estaba pensando en ir en coche a Kilkenny para transmitirles algo de amor.

—Jessie, una tarde. Tengo la sensación de que nunca nos vemos.

—Trabajas conmigo y vives conmigo. ¿No me ves lo suficiente?

—Me gustaría disfrutar de un par de horas contigo. Kilkenny puede esperar. Es una mera incidencia.

—Hablas como si yo fuera uno de esos bichos hiperactivos que nunca desconectan.

—Lo único que quiero es tiempo a solas con mi mujer. ¿Qué tiene eso de malo?

—Oye, estaré en casa a las nueve. No te olvides de sacar a los perros.

26

—¡Papá! Levanta, pedazo de vago.

Johnny abrió un ojo. TJ, de nueve años, lo miraba desde arriba.

—Tienes que llevarme a jiu-jitsu —dijo—. Toma, café. Bébetelo rápido. Tienes cinco minutos.

—¿Por qué no te lleva tu madre?

—Está con la arena kinética.

«¿La qué?»

Pero TJ ya se había ido.

Era el día de la primera comunión de Dilly. Con el follón que estaba generando, Johnny no quería ni imaginar cómo sería el día de su boda. Abajo, en la soleada cocina con claraboya, era un no parar. La familia al completo iba de un lado a otro y Jessie examinaba una pizarra con McGurk. Johnny se estremeció. McGurk le daba escalofríos. Trabajaba de lunes a viernes, pero seguramente Jessie le había presionado para que acudiera también en aquella ocasión.

—Buenos días, señor Casey.

Le había dicho un montón de veces que dejara la tontería del «señor», pero McGurk insistía, como si le produjera placer ser irritante. Tenía pinta de exseminarista. Johnny se lo imaginaba en Roma debatiendo sobre dilemas teológicos con otros hombres jóvenes tiesos y narigudos.

McGurk tenía «un pasado». Cómo no iba a tenerlo: Jessie coleccionaba personas con «un pasado». Había sido jefe del servicio de limpieza de un hotel de lujo suizo, pero sufrió una crisis nerviosa. Buscaba un trabajo con menos presión, pero seguía siendo «un friki quisquilloso con una fijación por la plancha». Nada de malo en eso. El problema de McGurk estaba en lo rancio que era. Permanecía inmune a la cháchara y el carisma de Johnny. Aunque siempre educado, se las arreglaba para hacerle saber que lo detestaba.

Johnny había querido contratar a otra filipina vivaracha y parlanchina como la adorable Beth, la anterior en el puesto, pero Jessie se había encaprichado de McGurk.

—Será positivo para las chicas ver a un hombre en una posición servil.

—Yo también pringo —había dicho Johnny—, y a mí me ven cada día.

Para contribuir a la irritación de Johnny, Ferdia, larguirucho y desaliñado, estaba apoyado en la encimera comiendo Sugar Puffs de un cuenco grande de Pyrex. Realmente consideraba aquella casa como un hotel, observó Johnny. Vivía en su casita al fondo del jardín, como si fuera un Chateau Marmont suburbano, y acudía a la suya para jalarse la comida de los demás y recoger su ropa limpia.

—Pondremos la mesa de caballete aquí. —McGurk señalaba el lugar con su bolígrafo.

—¿No junto a la cocina? —Jessie parecía sorprendida.

—No. Si la colocamos aquí, todo fluirá mejor.

Jessie asintió, dócil. ¡Caray! No sucedía a menudo.

Johnny cruzó una mirada con Ferdia, que dijo:

—La aterra tanto su propia vulgaridad que tiene que rodearse de bichos raros.

Johnny se rio, hasta que recordó con quién estaba hablando.

—No digas esas cosas de tu madre —le espetó.

—Hablando de bichos raros —continuó Ferdia—, me pregunto qué llevará hoy Nell.

Mira quién habla, pensó Johnny, él y su camiseta Girl Power.

—Algo maravilloso —dijo Jessie—. Único. Original.

—¿En serio? No. —Ferdia se había dirigido a Jessie como si fuera boba—. Su ropa es para flipar.

—Porque la compra en tiendas de segunda mano. Nell no compra ropa nueva por ecología. ¿O es para no «alimentar el capitalismo? Da igual, el caso es que siempre está increíble.

TJ agitó las llaves del coche delante de Johnny.

—Vamos, inútil. —Se dirigió a la puerta seguida de Camilla y Bubs—. ¡Que alguien coja a los perros! —gritó—. Intentan salir.

Saoirse los agarró del collar mientras ellos forcejeaban para escapar de la casa.

Fuera se había detenido una furgoneta de DHL.

—Hola, Johnny —dijo Steve, el repartidor.

¿Lo ves? Steve lo llamaba Johnny. ¿Por qué no podía McGurk?

—Hola, Steve —dijo TJ.

—Hola, TJ.

Por otro lado, ¿debería inquietarlo que toda la familia tuteara al hombre de DHL?

—Un paquete para Jessie.

—Yo lo cojo.

Johnny leyó el nombre del remitente: ¡Net-a-Porter! ¿Qué demonios? Entonces se acordó de los zapatos que había comprado para la mujer de Jin Woo Park.

—¿Quién vendrá hoy? —preguntó Ferdia a Jessie.

—Ed y Cara, Liam y Nell, algunos vecinos y amigos. Veinticinco en total. Puede que treinta.

—Yo alucino —farfulló.

—Venga, no te enfades. —Jessie lo rodeó por la cintura—. Te molesta solo porque estaremos en el jardín, armando jaleo al lado de tu apartamento.

—Eres una hipócrita. —Ferdia se soltó—. ¿Cuándo fue la última vez que fuiste a misa?

—Hay que saber adaptarse a la situación —repuso Jessie con desenfado—. Todos sus compañeros de clase la hacen.

—¿No me digas que vas a llevártela por el barrio para sacarles pasta a los vecinos?

—Es la costumbre. También lo hicimos contigo.

—Entonces no éramos tan ricos.

«Ya no somos tan ricos...»

Durante un instante, un instante de nada, fingiría que los zapatos eran para ella. Abriría la preciosa caja de Balenciaga con sumo cuidado, miraría dentro y fingiría.

¡Por Dios, qué preciosidad! Esa piel, esa lustrosa y suave piel blanca. Eran bellísimos.

Si no se salía de la moqueta, no pasaría nada por que se los pusiera un segundo. Contempló en el espejo los perfectos taconcitos, la estilizada punta de última moda. Cuánto más los miraba, más los deseaba.

«¿Por qué no puedo tener yo algo así?»

Trabajaba mucho. El día anterior había echado quince horas: había ido a Kilkenny y había invitado a la plantilla a pizza y cerveza para levantarles la moral. Eran más de las once cuando llegó a casa.

Esos zapatos eran un número más que el suyo. Pero, al ser zuecos, tampoco se notaba mucho...

Con una determinación repentina, tomó la decisión. ¡Qué diantre, se los quedaba!

—¡Mamá! —la llamó Saoirse desde abajo—. Ha llegado Cara.

El sentimiento de culpa se apoderó de Jessie al instante. Su cuñada había ido para hacerles las cuentas del mes; seguro que descubría que Jessie se había apropiado de los zapatos de Océane. Tal vez pudiera simplemente mentir... Las más de las veces no le importaba que Cara supiera qué compraba. Lo que no soportaba eran sus arengas para ayudarlos a vivir de acuerdo con sus ingresos.

Pero ellos vivían de acuerdo con sus ingresos. Exceptuando los gastos excepcionales que distorsionaban el balance final, de los que todo lo que rodeaba aquel día era un ejemplo perfecto. Un niño no hacía la primera comunión todos los años. Aquella fiesta de Dilly no era la norma. Así que estaba bien, el vestido había costado una fortuna y también se había ido un buen pico con el catering —era un alivio enorme no tener que fingir que lo había preparado ella—, pero aquella clase de dispendio no ocurría todos los meses.

Lo único que Jessie quería de Cara era información para que, si llegaba el día en que tuvieran que reducir gastos, Johnny y ella pudieran consultar las impecables hojas de cálculo de Cara y ver enseguida de qué podían prescindir.

Pero en ese momento no había necesidad de ello.

27

—Estaremos fuera unas tres horas —dijo Jessie mientras las niñas corrían hacia el monovolumen—. Tendrás paz y silencio. McGurk está organizando las cosas en la cocina. Ignóralo, lo prefiere así. —Luego, pensativa, añadió—: No es muy sociable que digamos, ¿verdad?

—¿Bromeas? —gritó Johnny.

—Solo me llevará un par de horas —dijo Cara.

—Pero ¿volverás luego? —preguntó Jessie—. ¿Para la fiesta?

—Claro. Madre mía, qué zapatos tan bonitos, Jessie.

—¡Oh! Gracias. Las rebajas. Net-a-Porter.

¿Rebajas en mayo? ¿En serio? No importaba, Cara no tardaría en descubrirlo. Se le hacía rarísimo tener acceso a tantos secretos de los Casey, pero a ellos no parecía importarles, de modo que a ella tampoco debería.

—No dejéis entrar a los perros —fue la última instrucción de Jessie—. Se comerían la comida de la fiesta, y Camilla está demasiado vieja, vomitaría por todas partes.

La puerta de la calle se cerró. Cara se sentó frente al ordenador de la sala, se puso los cascos y entró en la cuenta corriente de los Casey. Probablemente hubiera cosas mejores que hacer aquella mañana, pero ¿qué diantre? Aquello no estaba tan mal y le daba una gratificante sensación de compensación.

La mayoría de los gastos de Johnny y Jessie se cargaban a las tarjetas de débito. Había muchos, no obstante. Páginas y más páginas. Cosas básicas en su mayoría —gasolina, supermercado, teléfono—, pero con despilfarros regulares que inflaban el desembolso global.

Era fascinante espiar la economía de una familia mucho más rica que su pequeño cuarteto. Se notaba que Johnny y Jessie nunca miraban con nerviosismo el contador de la gasolina para detenerlo en veintidós euros porque era todo lo que podían pagar. Pero no los juzgaba. Si tenían el dinero, ¿por qué no deberían gastarlo?

Si ella tuviera dinero a espuertas, ingresaría en uno de esos centros suizos que eran una mezcla de hotel y hospital y se sometería a un tratamiento de hambre de lujo. Estaría tan ocupada siendo descelulitizada y desarrugada que ni siquiera notaría el hambre. Volver a la vida real, sin embargo, no sería fácil. Tal vez contratara a una persona para que caminara veinte pasos por delante de ella, apartando el chocolate de su camino, como un coach de sobriedad, pero con comida y... «¿Qué narices?»

Ferdia, con una camiseta gastada y pantalón de chándal, se acercó por detrás. Cara se quitó los auriculares.

—¡Ostras! —dijo él—. ¡Ah, eres tú, Cara!

Cara se rio del puro sobresalto.

—Lo siento, nos hemos asustado mutuamente.

—Creía que estaba solo. El asqueroso McGurk ha salido a buscar manteles y esas cosas.

—Y pensabas que no habría moros en la costa. ¿Qué tramas? ¿Robar botellas de vino? —Cara le tenía mucho cariño.

—Wifi —respondió Ferdia—. El del piso de mi abuela va fatal.

—Y vas y te encuentras a tu tía.

—Sí, pero a mi tía favorita. —Ferdia se desplomó en la silla de al lado—. ¿Qué escuchas?

—*Ha nacido una estrella*. No me juzgues.

—Jamás. ¿No vas a la iglesia?

—No tengo tiempo. ¿Y tú?

—Se supone que estoy estudiando. Faltan doce días para los exámenes.

—Buena suerte. Dime, ¿qué planes tienes para el verano? ¿Una larga fiesta de cuatro meses?

Los dientes de Ferdia sonrieron.

—¿Con Jessie Parnell de madre? Imposible.

Con una ligera sacudida, Cara cayó en la cuenta de que Ferdia ya no era un niño torpe y desgarbado, sino un hombre hecho y derecho.

Parecía que hubiese sucedido de un día para otro. Con sus ojos castaños, su alborotado pelo negro y los brazos llenos de tatuajes, parecía un mesías sexy.

Abrió la boca para comentárselo en broma, pero se frenó. Jessie alardeaba tanto de lo guapo que era Ferdia que Cara sentía pena por él.

—Dos días después de terminar los exámenes —continuó Ferdia— empezaré a trabajar en el Social Research Institute. Aparte de mi forzada expatriación a una casa en la Toscana durante una semana en agosto con todos los miembros de mi extensa familia, pasaré el verano picando piedra.

Concentrada todavía en su físico, Cara reparó en que se parecía mucho a la foto de Rory que había en la pared de la sala de estar.

Un ruido en el recibidor los alertó.

—McGurk ha vuelto —dijo Ferdia—. Hasta luego.

—Vale, cariño.

A través de la rendija de la puerta vislumbró la silueta delgada de McGurk llevando bandejas a la cocina. Postres. Cara tenía un sexto sentido para el azúcar.

La puerta de la calle se cerró e instantes después oyó el coche de McGurk alejándose de nuevo.

Como si tuviera la punta de una navaja contra la yugular, Cara se levantó y se encaminó a la cocina.

El corazón empezó a latirle con fuerza al contemplar toda aquella belleza desplegada ante sus ojos: piruletas de macarons color naranja, lila y verde lima; tartas ópera, densas y oscuras y exquisitamente esponjosas; tartaletas de frambuesas que fulguraban con un delicioso glaseado rosa pálido; pastelitos de queso adorablemente firmes; bandejas con pinchos de nubes de azúcar y de piña... que a buen seguro llevarían una fuente de chocolate...

El corazón le iba a cien, la adrenalina le corría veloz por las venas y sintió como si flotara.

Las tartas ópera eran las que quería, y nadie lo notaría si se comía una. Pero si se comía una, no pararía hasta haberse zampado por lo menos diez.

Si los demás descubrían que había devorado media bandeja de pastelitos, la vergüenza sería excesiva. Tendría que comerse una entera.

Podía hacerlo. La gente pensaría que McGurk se había dejado una bandeja en la pastelería.

O podría intentar culpar a los perros. Camilla era vieja y lenta, pero Bubs era una bestia belicosa que no dudaría en subirse a la mesa.

El factor determinante era el cuarto de baño. Subir al baño de Johnny y Jessie sería abusar demasiado de su confianza.

Agarró con la mano el pomo de la puerta mientras una pátina de sudor le cubría la frente, y no reparó en la fuerza con que estaba apretando los dientes hasta que algo dentro de su boca resbaló y se partió. En su cabeza el ruido sonó como una miniexplosión, y algo pequeño y afilado repiqueteó en su boca.

Confusa, conmocionada, escupió el objeto en la mano: era un trozo de diente. Empleando la lengua para explorar, la pasó por el canto abrupto de una muela. Notó sabor a sangre.

El pánico la paralizó. Los dientes eran fundamentales. A un nivel primario, los dientes representaban la supervivencia. ¿Por qué había sucedido? Utilizaba un cepillo de dientes eléctrico. Se hacía las revisiones.

Pero no, no podía ser... Solo hacía un mes que había empezado a vomitar. No era tiempo suficiente para erosionar una muela hasta el punto de partirla.

... ¿O sí?

Recuerdos desagradables de vomitar tres y cuatro veces al día la asaltaron. El día anterior, pese a todo su optimismo inicial, se le había ido de las manos.

Tenía que reconocer que había llegado demasiado lejos en muy poco tiempo.

28

Liam estaba en el concurrido jardín de Johnny observando cómo Nell organizaba con destreza a un ruidoso grupo de niños embobados en un juego de su invención. Solo había pasado un año desde que la había visto por primera vez en aquel supermercado, pero a veces un año parecía mucho tiempo. A veces incluso una semana. Porque a los pocos días de conocerla ya estaba perdidamente enamorado.

De repente había entendido qué habían hecho mal Paige y él. La decisión de casarse con ella había nacido del vacío y el miedo: su carrera había terminado y de pronto una parte importante de su identidad había desaparecido. Él también había estado a punto de desaparecer. Paige le había ofrecido orden, estructura, una nueva forma de vida.

Pero sus sentimientos por Nell eran del todo distintos. Su espontaneidad y su alegría eran contagiosas, y le encantaba esa nueva versión de sí mismo.

Sin embargo, se conocía bien y pasó semanas preparado para cuando el desencanto empezase a surtir efecto en él. Al final, con prudencia, empezó a aceptar que tal vez ese momento no llegase nunca.

—Hola, Liam.

Era Cara, con su bonito rostro con hoyuelos.

—Eh, hola. —Todo el mundo decía siempre lo «encantadora» que era Cara, pero había algo en ella que lo incomodaba.

Nell pasó volando seguida de una larga cola de niños. La miraron marcharse.

—Tiene un don con los niños —dijo Cara.

—Sí. —Liam sonrió—. Da casi pena que no quiera tener ninguno.

—¿De verdad? —Se quedó desconcertada—. ¿Porque somos demasiados en el planeta?

—Eso mismo.

—¿En serio?

Por suerte, en ese momento el gamberrete de Vinnie, que ya no era tan pequeño, empujó a uno de los niños, y Cara tuvo que mediar.

Fue un alivio. Los encuentros con Cara lo inquietaban, como si ella pudiese ver dentro de su corazón y catalogar el más mínimo pensamiento siniestro que hubiera albergado. Una verdad muy incómoda para él era que la decisión de Nell de no tener hijos representaba la prueba definitiva de que estaban hechos el uno para el otro. Él no quería más hijos. Había fracasado como padre. Cuando Paige se quedó embarazada de Violet, él se entusiasmó. Pero su euforia desmedida por el nacimiento de Violet no tardó en esfumarse ante sus misteriosas necesidades y su llanto incesante.

Según Paige, él lo hacía todo mal: le daba de comer demasiado rápido; le cambiaba los pañales con demasiada torpeza. Cuando él intentaba tranquilizarla, ella siempre lloraba más fuerte. A Violet no le caía bien, le decía a Paige, y ella le contestaba que no se comportase como un crío.

Cuando Lenore nació, esperaba caerle mejor que a su hermana, pero se repitió la misma historia.

No sabía qué había hecho mal, pero sus hijas siempre habían preferido a Paige. En aquel momento más que nunca.

Lo cierto era que no las echaba de menos.

Dos colegas de su club de ciclismo se encontraban en una situación parecida: estaban divorciados, vivían separados de sus hijos y eso no les suponía ningún problema. A veces, cuando estaban un poco borrachos, hablaban de lo avergonzados que se suponía que deberían estar.

—Me siento mal por no sentirme mal —había dicho Dan en una ocasión, y así era como se sentía Liam.

Una vez a la semana, puntualmente, hablaba con las niñas por FaceTime, y siempre le parecía que esos domingos llegaban muy rápido. Él tenía muy poco que decir, y ellas todavía menos que decirle a él. («La verdad —le había dicho a Dan—, si decidiesen que no quieren hablar más conmigo, sería un alivio.» «Te entiendo.»)

—¡Trasto inútil! —gritó alguien. TJ. El bate con el que jugaba se había roto—. ¡Se necesita un adulto! —Su mirada pasó a Liam de largo—. Ed —chilló—. ¿Me ayudas?

Ed había estado dando serios consejos a Vinnie el gamberrete. Se acercó despacio a TJ y se agachó para ponerse a su altura.

—Vamos a ver. Ah, vale. —Señaló el mango—. ¿Ves esto, TJ…?

Ed sabía manejar a los niños. Tenía que ver con la forma en que administraba su energía, advirtió Liam. Sabía adaptarse a la velocidad del niño. Allí estaba, explicando pacientemente qué había pasado. De haber sido Liam, habría agarrado el bate, habría visto que no podía repararse y habría instado a TJ a que jugase a otra cosa mientras volvía a desviar la atención hacia algo que le interesase.

—¿Puedes arreglarlo? —suplicó TJ a Ed.

—Haré todo lo que pueda.

Tal vez, pensó Liam, como él había sido el pequeño de su familia, no había aprendido cómo debía comportarse con niños más pequeños. O tal vez era demasiado egoísta. Tal vez algunas personas no estaban hechas para ser padres…

Durante gran parte de la tarde, Nell estuvo vigilante, esperando la oportunidad de mantener su «charla» con Dilly.

Al final la ocasión se presentó cuando Dilly se le echó encima buscando un abrazo.

—Oye —dijo Nell—. ¿Podemos hablar?

Dilly entornó los ojos con suspicacia.

—¿De algo bueno o de algo malo?

—Esto… —No quería traumatizar a Dilly y entrar en la lista negra de Jessie—. De algo interesante.

—Vaaale.

Se sentaron cruzadas de piernas en la hierba. Liam se unió a ellas.

—Liam es tu padrino. —Nell sacó el sobre—. Yo soy la mujer de Liam y esto es de parte de los dos. Te conozco desde hace poco, pero me caes fenomenal.

—¡A mí tú también me caes fenomenal!

—¿Nos dejas hablarte de una niña que se llama Kassandra? Tiene ocho años, como tú. Si abres el sobre, encontrarás una foto de ella.

Confundida pero obediente, Dilly estudió la foto.

—Tiene un pelo muy chulo —dijo indecisa.

—Viene de un país que está en guerra llamado Siria.

La cara de Dilly adoptó una expresión de miedo ligeramente teatral.

—Tranquila —calmó Liam enseguida—. Está a salvo aquí, en Irlanda.

—¡Pero...! —Nell no estaba dispuesta a que la boicoteasen—. Tuvo que dejar todas sus cosas en Siria. Sus juguetes, su ropa, todo.

—¿No puede comprarse otros nuevos?

—Su mamá no tiene dinero. Y su papá está muerto.

Dilly lanzó una mirada temerosa a Liam. Parecía conmovida.

—No vive en su casa. No tiene su propio cuarto. Todo lo que come viene de una cocina muy grande que da de comer a mucha gente.

—¡Así su mamá no tiene que cocinar!

Vaaale... Lo del papá muerto había funcionado; le había afectado. Lo del servicio de comidas multitudinario no tanto. Nell tenía que plantearlo de otra forma.

—Pero a veces le dan... —¿qué comida detestaba Dilly?— pastel de carne.

—¡Puajjj!

—Y si no se lo come, no le preparan otra comida. —«Como te harían a ti»—. Así que Kassandra tiene que pasar hambre hasta la mañana siguiente.

—Oooh...

Dilly era una niña demasiado privilegiada para entender qué era pasar hambre, pero sabía que era algo trágico.

—Así que hoy el tío Liam y yo podemos regalarte doscientos euros o podemos darle a Kassandra ese dinero. Puede ser un regalo para ella de tu parte.

—¿Podría comprarse una casa?

—No, tesoro. Pero podría comprarse dos bolsas de gominolas y dos chocolatinas cada semana durante el próximo año.

—¿Nada más?

—¡Eso es mucho! La haría muy feliz.

—Claro. Podríamos quedar para jugar.

O tal vez no. A Jessie le había encantado la idea de que el dinero de la comunión de Dilly ayudase a otra niña. Pero incluso a la gente aparentemente más buena le resultaba raro relacionarse con refugiados.

—En el sobre hay una carta de ella en la que te cuenta su vida. Puedes leerla si te apetece.

—Vale. La leeré. ¡Ferdia! —Su hermanastro pasaba por allí—. Ferdia, ¿quieres ver una cosa muy chula?

—Vale. —Él se arrodilló mientras Dilly lo ponía al corriente.

—Hay una niña de... ¿Qué país, Nell?

—Siria.

A Dilly se le trababa la lengua, pero se lo explicó todo.

—¿De quién ha sido la idea? —Ferdia parecía preocupado. Casi un poco enfadado.

—Mía —respondió Liam—. Mía y de Nell. De los dos. —Su voz tenía un tono beligerante.

—¿De verdad?

—Es una idea estupenda. —Nell se inquietó. Todo había ido muy bien. Más valía que aquel idiota no lo estropease—. Dilly está encantada porque es una persona generosa y considerada.

—De acuerdo. —El ardor de los ojos de Ferdia se había apagado—. Sí, bueno... —Como si se hubiese dado cuenta de que no podía criticar ningún aspecto del plan, dijo en tono reticente—: Es... estupendo, sí. Bien hecho, Dilly.

—¡La fuente de chocolate! —gritó Dilly, levantándose con dificultad y cruzando a la carrera el jardín. Ferdia la siguió.

—¿Qué problema tiene ese chico? —preguntó Nell.

—Es un mocoso consentido.

—¿Se cree que él es el único concienciado?

—«¿Podría comprarse una casa?» —dijo Liam en voz baja.

A Nell se le levantó el ánimo enseguida.

—¡Ya! Casi me parto de risa cuando lo ha dicho.

—Hemos hecho algo bueno.

Ella le agarró la mano. Le inundaba la gratitud hasta el punto de sentirse casi embriagada.

—Gracias.

29

«Papi, ¿cuándo empieza la fuente de chocolate?»

«Johnny, tráele a Liam una cerveza.»

«Papá, Camilla necesita hacer caca.»

«Johnny, tráele a Raphaela vino rosado.»

«Colega, ¿dónde está el lavabo?»

«Johnny, dale a Bridey el teléfono.»

«Papá, Camilla ha hecho caca en la casa de muñecas.»

Johnny no había parado de moverse en toda la tarde atendiendo las necesidades de los demás hasta que, en un inesperado momento de calma, todos dejaron de buscar cosas y él quedó fuera de juego por un agotamiento repentino.

Se dirigió a la mesa del jardín y se sentó con gratitud en el banco. Se sentía como si tuviese ciento veinte años.

Era un no parar. Era. Un. No. Parar.

Los escandalosos niños trotaban por el césped que él nunca tenía ocasión de cortar. Los adultos bebían con ganas, yendo y viniendo de la cocina —a por más alcohol, Dios, en tardes como aquella nunca había suficiente—, y corrían por el jardín regañando malhumorados a sus hijos por portarse mal.

Bebió un buen trago de su botella de cerveza.

Había sido una semana dura. En la feria de muestras de Frankfurt, los días habían resultado eternos. Cuatro reuniones por hora, doce horas al día. Durante tres días. Un discurso tras otro de un distribuidor de comida tras otro. Tenía que tomar decisiones en el acto. ¿Encargaba cuatro cajas? ¿O siete mil? Al final de la primera mañana, tenía el cerebro hecho papilla.

Pero aquella semana no había sido una excepción: cada una de ellas era dura.

Por ahí iba Jessie otra vez, andando con determinación. Había algo en ella que le daba miedo... La observó con mirada cansada. Eran los zapatos. Unos zuecos blancos de punta que no le había visto nunca. Por un momento le impresionó su capacidad para no hundirse en el césped con aquellos tacones tan estrechos; pura fuerza de voluntad.

Entonces el miedo regresó. Aquellos zapatos iban acompañados de alguna historia. Y no una buena. Podía comprobarlo, pero en aquel momento no quería saberlo.

Solo quería un día tranquilo, una tarde de domingo lluviosa en el sofá viendo una película en blanco y negro con las niñas y Jessie adormiladas a su lado, envases de helado y cucharas en la mesa. Suspiraba, sí, por unas vacaciones. No unas de sus vacaciones repletas de actividades, sino unos días de auténtico reposo, durmiendo y en silencio. Jessie solía fantasear con tomarse unos días reparadores en un spa. Para él no lo serían, le daba miedo que le diesen un masaje por si tenía una erección, pero seguro que también había sitios de retiro para hombres...

Aunque sospechaba que le harían talar árboles para construir su propio refugio, posibilidad que le parecía aún más estresante.

Oh, no, por ahí llegaba Jessie con cara de tener un encargo para él. Si Camilla había vuelto a hacerse caca, pensaba subirse al coche e ir a Rosslare, embarcarse en el ferry a Francia, desembarcar en Cherburgo y seguir cruzando Europa hasta que se acabase el terreno, y luego tal vez lanzarse al mar en coche.

—Johnny, no te enfades, pero ¿te acuerdas de la caja con objetos soviéticos para Jin Woo Park? Cuando llegue quiero entregarla en persona.

—¿En Ginebra? ¡No!

—Volar allí con Ryanair cuesta poco más que enviar la caja por FedEx. —Se interrumpió—. ¿No es un buen momento? Estás hecho polvo, cariño. Perdona, cielo. Disfruta de la cerveza.

Eso era lo bueno de Jessie. Siempre sabía cuándo aflojar... Un momento, ¿qué estaba pasando?

Ferdia, con una expresión tormentosa demasiado familiar en la cara, atravesaba el jardín a grandes zancadas... Santo Dios, era la viva imagen de Rory. ¿Cómo no lo había visto antes? O tal vez era algo nuevo. En cualquier caso, era imposible dejar a los Kinsella en el pasado. Cuando Ferdia y Saoirse no estaban visitando a sus abuelos en Errislannan, aparecían artículos de periódico que reavivaban la hostilidad. Al parecer, Ferdia acababa de tener una riña con Liam.

El móvil de Liam sonó y él lo miró indignado.

—Trabajo. —Pulsó el botón de Aceptar—. ¿Chelsea?

Nell oyó que recibía una bronca de su encargada.

—He estado ocupado. No he tenido ocasión. —A continuación añadió—: Oye, tú asignas los turnos. Pon a más gente. ¿Responsabilidad? Di que soy el «encargado suplente» todo lo que quieras, pero no cobro lo mismo que tú. —Escuchó otro poco—. Lo haré mañana. —Suspiro—. El lunes, entonces.

Colgó.

—Está furiosa. No ingresé la recaudación de ayer. Pero si solo nos tiene a tres trabajando, ¿qué espera?

—Mmm. Claro que sí. —En realidad, a Nell le preocupaba que la actitud de Liam con la mujer que dirigía las seis tiendas de PlanetCycle fuese demasiado beligerante.

—A lo mejor ha llegado el momento de pasar página. Me llevo los dolores de cabeza de un encargado y gano el sueldo de un currito.

—No hagas ningún disparate, Liam.

—No, pero lo de masajista deportivo... He estado pensándolo bastante. Tal vez debería lanzarme.

—¿Podrías trabajar y estudiar al mismo tiempo? —Tenían suerte de que Paige les dejase vivir sin cobrarles alquiler, pero seguían necesitando dinero para comida, teléfono... lo esencial.

—Oh, sí, no tendré ningún problema.

—¿Todo bien? —De repente Jessie apareció a su lado—. ¿Dilly ha aceptado?

—¡Sí! ¡Gracias! —Nell estaba exultante.

—Bueeeno. —Jessie tenía un ligero brillo malicioso en los ojos—. Quería comentaros una cosa. ¿La Toscana, toda la familia, en agosto? ¿Estás al tanto, Nell?

—Mmm, más o menos. —Habían reservado una villa y todos estaban invitados.

—Estaba pensando —dijo Jessie— en que viniesen también Violet y Lenore. —Levantó la mano—. ¡Liam! ¡Escúchame! —Hablando rápido, añadió—: Hay espacio para ellas, ya han estado antes, les encantó, sus primos las echan de menos, yo las echo de menos, todos las echamos de menos, seguro que ellas también nos echan de menos, Paige puede venir si quiere…

—No —repuso Liam—. Paige no.

—Vale. Pero invitemos a las niñas. ¿Qué te parece a ti, Nell?

—Madre mía, me encantaría. —Una semana de relax al sol sería una forma estupenda de conocer a las niñas, a diferencia de aquella cena lúgubre y tensa en un búnker climatizado de Atlanta donde solo se oía el tintineo de cubiertos caros contra platos caros mezclado con los sollozos apagados de Lenore.

—¿Liam?

—Sí —asintió él—. Tal vez. Tendríamos que hacer algo con los vuelos. ¿Volarían antes de Atlanta a Irlanda? ¿O irían directamente a Roma? Podemos arreglarlo. Hablaré con Paige.

—Yo puedo hablar con ella.

—Jessie —la interrumpió Liam con delicadeza—, es mi exmujer. Déjame a mí hablar con ella.

—¡De acuerdo! ¿Tú te encargas? ¡Gracias! —Jessie se alejó encantada.

—¡Sería increíble! —Nell miró a Liam con los ojos chispeantes.

—Lo que haga feliz a mi ángel.

Johnny observaba a Liam desde el otro lado del jardín. Su hermano desprendía un brillo que llamaba la atención, como si lo hubiesen sumergido en un barniz lustroso. Era demasiado glamuroso para aquel jardín de barrio residencial. Nell, en cambio, no desentonaba. Pero era adorable, simpatiquísima, y sabía disfrutar de la vida. Todos los niños estaban encandilados con ella… Solo había que verla dando vueltas con Tom con el pelo rosa al viento. ¿Le permitiría Nell llevar una vida tranquila?, se preguntaba.

Desde luego, ella era mucho más despreocupada de lo que Jessie sería jamás. Y por un par de cosas de las que se había enterado, a ella y a Liam les iba el hacerlo al aire libre: playas y bosques y demás.

Pero no podías pensar así de la mujer de tu hermano.

El *smartwatch* de Johnny pitó y su corazón bombeó adrenalina pura durante un instante. Era como si Jessie le hubiera leído el pensamiento y lo hubiera calado. Pero solo era un nuevo correo electrónico. Le echó un vistazo con apatía. Si hubiera tenido energía, habría sentido desesperación, pero solo pudo reaccionar con una lánguida aceptación: por lo menos, la decisión no dependía de él.

Jessie cumplía cincuenta años en julio. Ella no quería una gran fiesta como la de sus cuarenta. Después de aquella noche, había confesado a Johnny con lágrimas en los ojos: «No estoy segura de que les cayese bien a ninguno de los que han venido. Me he sentido como cuando era adolescente». Quería pasar ese cumpleaños tan señalado con sus amigos más íntimos y familiares, unas doce o catorce personas en total. Había dejado caer considerables indirectas sobre lo mucho que le gustaría participar en uno de esos juegos de misterio interactivos que duraban un fin de semana. A Jessie le encantaban las novelas policíacas: la ropa, las tramas ocultas, el pasado escandaloso de los personajes.

Johnny había contactado con un hotel de Escocia de renombre mundial famoso por ese tipo de eventos, pero los precios eran desorbitados, casi mil libras por cabeza. Otro punto en contra era la logística necesaria para llevar a una docena de personas en avión a otro país. Pero a tres horas en coche, en el condado de Antrim, una casa de campo mucho más pequeña ofrecía algo parecido. Tenía buen aspecto, era bonita incluso: un edificio de estilo Regencia. El único problema era el precio: tan razonable que descolocaba.

TimoAdvisor no le fue de ayuda: en las treinta y siete reseñas la puntuaban con cinco estrellas o con una, no había término medio. Y, claro, las críticas positivas de cinco estrellas, que ensalzaban la comida deliciosa, la hospitalidad cordial y los estupendos disfraces, podían ser falsas. Aunque a Johnny se le echaba encima el cumpleaños, seguía debatiéndose entre los dos sitios. No había preguntado por la disponibilidad del hotel escocés hasta el día anterior, y acababan de comunicarle que no tenían habitaciones disponibles. Sin embargo, en Gulban Manor, en el condado de Antrim, con sus precios razonables, tenían alojamiento de sobra. ¡Así pues, a Gulban Manor!

Liam agarró a Jessie cuando pasaba a la carrera.

—He mandado un mensaje a Paige. Le gusta la idea. Las niñas tienen plaza en unos campamentos de verano, pero Paige va a ver si puede cuadrar agendas. —Sonrió—. Ya la conoces. Lo hará posible.

—Gracias, Liam. Gracias. —Jessie estaba casi más agradecida que Nell, y eso era decir mucho—. Si necesitas ayuda con los vuelos...

—Eres muy generosa, Jessie. —Había un matiz de advertencia en la voz de él—. Pero mis historias con Paige y las niñas son asunto mío. Deja que yo me ocupe. ¿De acuerdo?

—De acuerdo.

30

A las siete de la tarde, los vecinos se habían ido a casa. Solo quedaban los hermanos Casey y sus respectivas familias: los adultos reunidos en torno a la mesa del jardín y los niños pequeños viendo vídeos de YouTube en la sala de estar.

Por milésima vez ese día, Cara se tocó el diente roto con la lengua. Enseguida todas las conversaciones se desvanecieron a su alrededor.

Un diente —uno grande, un molar— se le había partido en dos. ¿Podía estar relacionado con los vómitos? La preocupación por su peso había sido una constante prácticamente toda su vida. A los ocho años, cuando era una niña flaca y patizamba, ya sabía que si comía mucho pan y mantequilla engordaría, y estar gorda era lo peor que podía pasarle a una chica.

¿De dónde había sacado esa idea?

¿De las niñas del colegio? Bueno, todas decían siempre que estaban demasiado gordas y que querían estar más delgadas, pero ¿alguien había sido tan extremo como ella? Durante sus dos últimos años de colegio, lo primero que pensaba al despertarse era siempre: «Hoy no comeré». A pesar de que su pobre madre le suplicaba que desayunase, acostumbraba a sobrevivir a base de agua hasta media tarde, cuando cedía, se atracaba de comida y consumía muchas más calorías que si hubiera respetado las ingestas del día. El odio que sentía hacia sí misma era monumental, y aunque era consciente de que las anoréxicas llevaban vidas infelices, en el fondo envidiaba su disciplina.

Durante sus años de universidad en Dublín, siempre se había sentido demasiado grande, pero con la vida que llevaba —tenía poco dinero, comía hidratos de carbono de mala calidad, bebía pintas—, era inevitable.

Todo se fue al garete cuando, a los veintidós años, se fue a Manchester a formarse en el sector de la hostelería: la morriña, combinada con un acceso permanente a la comida, hizo que su peso se disparase. Desesperada, encargó pastillas para acelerar el metabolismo, pero la ponían tan nerviosa que tuvo que dejarlas. A continuación consumió laxantes durante un período, pero le daba miedo lo que le hacían a su cuerpo. Y luego acabó vomitando.

Después de volver a Dublín, pasó a otros métodos de control de peso más saludables. Durante una temporada practicó ejercicios de alta intensidad.

Cuando tenía veintinueve años hizo una dieta líquida durante diez semanas, y aquel fue el momento de su vida adulta en que estuvo más delgada. Se sentía fenomenal. Pero no había durado: tan pronto como retomó la comida normal, recuperó el peso perdido. La vergüenza fue tremenda; sintió un profundo dolor por haber perdido su versión delgada. Desde entonces, había intentado volver a aquella talla ideal.

Aparte de una breve recaída después de cada uno de sus embarazos, pensaba que tenía controlados los vómitos.

¿Por qué no podía comer con normalidad? ¿Por qué tenía que saber el contenido calórico de todo? ¿Por qué siempre estaba subiendo o bajando, luchando desesperadamente por controlarse?

O podía tratar de verlo de otra forma: ¿por qué no se aceptaba a sí misma, fuera cual fuese su talla?

Había muchas personas con sobrepeso que estaban conformes con lo que eran. ¿Por qué no podía ser como ellas?

Cara volvió a sintonizar con la conversación de la mesa. Johnny decía:

—El cincuenta aniversario de boda. ¿No os da pavor?

El mes siguiente, los Casey padres, Canice y Rose, habían organizado un fin de semana de festejos para conmemorar sus bodas de oro. Vivían en la otra punta del país, en un pueblecito del condado de Mayo llamado Beltibbet. La asistencia a la celebración era obligatoria.

—¿Está el regalo arreglado? —preguntó Liam—. Jessie, tú te encargas, ¿verdad?

—Tampoco es que importe —dijo Johnny—. Aunque les regalásemos Fort Knox, se quedarían igual.

—Que les den —terció Liam.

—¡Liam!

—En serio, ¿por qué se molestaron en tener hijos? Lo único que les importa son ellos dos. —Liam había hecho una buena observación.

En Beltibbet, Canice era el notario del pueblo, el juez de paz y un pez gordo local. Cada uno de sus hijos había sido una amarga decepción para él, un punto sobre el que le gustaba explayarse:

—Tres hijos y lo único que quería era que alguno de ellos siguiese la tradición familiar, que mantuviese vivo el apellido. Pero Johnny es demasiado burro, Ed está enamorado de los hierbajos, y Liam es un inútil desde el día que creyó que sería Roger Bannister cuando todo el mundo tenía claro que era Forrest Gump. «¡Qué manía de correr tiene ese muchacho!»

Sus comentarios siempre iban acompañados de risas y carcajadas, pero Cara sabía que a los hijos de Canice no les hacían la más mínima gracia.

Y Rose era tan mala como Canice. Era una «belleza»; desde luego, a los tres hermanos Casey el atractivo les venía de ella. También era «frágil» y muy «recatada». La residencia familiar de los Casey, una casa de dos pisos independiente con dos mil metros cuadrados de jardín, separada del resto de la plebe, era un refugio de elegancia, con jarras de porcelana para la leche y copas de jerez de cristal de Waterford. A los ochenta y un años, Rose todavía se hacía la manicura y se arreglaba el pelo dos veces por semana. Nunca había trabajado fuera de casa, ni tampoco dentro, por lo que Ed le había contado a Cara. A lo largo de su infancia, habían contado con una serie de mujeres del pueblo afanosas y estresadas, la señora Dooley, la señora Gibbons y la señora Loftus, que hacían la colada, cocinaban y sacaban brillo a la vajilla.

Nadie sabía de dónde había sacado Rose sus ideas: era de la ciudad vecina de Ballina.

—No han sido unos buenos padres. —Ed era realista.

—Pero ¿ha sido culpa nuestra? —preguntó Johnny a Ed, como siempre hacía—. ¿No te afectaba?

—Habría preferido que hubieran sido más cariñosos, pero

cuando tenía trece años más o menos lo entendí. Yo nunca sería lo bastante bueno para ellos. Así que dejó de… importarme.

—¿Liam? —preguntó Johnny.

—Ya lo he dicho, que les den. —Liam bebió un trago de su botella de cerveza y acto seguido soltó una risita—. Mira, nunca nos maltrataron físicamente…

—¡Estás poniendo el listón muy bajo, Liam!

—En serio, Johnny, no le des más vueltas —dijo Liam—. Todos hemos salido bien.

Las distintas reacciones de los tres hermanos eran interesantes, decidió Cara. Liam se comportaba como si le diese igual; tal vez se sentía querido y reconocido gracias a los otros aspectos de su vida… Pero ella en el fondo percibía ira.

Ed lo tenía asimilado.

—Lo hicieron lo mejor que pudieron. —Parecía un hombre afable y corriente, pero bajo la superficie poseía una firme confianza en sí mismo.

Johnny era el que removía sin cesar el pasado. No había perdido la esperanza de arreglarlo. Todavía lo unían a Canice y Rose unos lazos fuertes y complejos.

31

En torno a las ocho de la tarde, Ferdia terminó una partida de Fortnite y se acercó sigilosamente a la casa. El frigorífico, atiborrado de cerveza, repiqueteó cuando lo abrió. No debería beber, debía estudiar, pero tenía la moral por los suelos. A Sammie le habían ofrecido un año de prácticas en el MIT. Dentro de seis semanas se iría de Irlanda. Habían hablado largo y tendido del tema; la discusión más madura que habían tenido nunca. Ni gritos ni acusaciones, solo el triste reconocimiento de que no sobrevivirían un año separados.

Si pudiese abrazarla cinco minutos, se sentiría mejor, pero eso no tenía visos de ocurrir aquel fin de semana. Desde que le habían confirmado el traslado a Estados Unidos, Sammie había empezado a tomarse el trabajo mucho más en serio.

Sin embargo, a Ferdia se le estaba haciendo cuesta arriba. Se pasaba gran parte del tiempo preguntándose si su título serviría de algo.

Deseó que los exámenes hubiesen terminado ya. Vivir con su inminente amenaza era insoportable: solo quería emborracharse y desconectar un rato. Sacó a escondidas dos botellas más de la nevera; se escaquearía sin hacer ruido al fondo del jardín, se tumbaría en la cama y fumaría un poco de maría...

—¡Eh!

Joder. Su madre lo había visto.

—Puedes beber lo que te apetezca en compañía, como una persona civilizada. Pero ni hablar de escabullirte para ponerte ciego solo. Ven y siéntate con nosotros.

Ferdia titubeó; luego, cedió. Por lo menos así tenía garantizada una provisión continua de alcohol.

Ed, Liam y Nell se desplazaron a un lado para hacerle sitio en el banco.

Se dedicó a beber cerveza sin parar, desconectado del coñazo de su conversación. Dios, ¿cómo había acabado así? Un sábado por la noche encerrado con aquella panda...

—¿Y han venido de Siria? —preguntaba Johnny a Nell—. ¿Solo la madre y la hija? ¿Qué le ha pasado al padre?

—Lo mataron.

Debían de estar hablando de la refugiada de Dilly.

—¿De verdad? —dijo Jessie—. Dios, qué horror. No sabemos la suerte que tenemos. Deberíamos organizar un encuentro entre Dilly y la niña... ¿Kassandra, se llamaba? ¿Y cómo es la madre? ¿Habla... ya sabes, habla nuestro idioma?

—Perfectamente —contestó Nell—. Pero es muy callada; es comprensible. Ha sufrido mucho.

—¿Ah, sí...?

Ferdia observó con desdén cómo su madre lidiaba con el deseo de conocer los detalles escabrosos y la necesidad de ser respetuosa.

—A lo mejor le gustaría venir a cenar una noche.

Ferdia resopló.

—¿Qué? —preguntó Jessie.

—Eres tan... burguesa. Quieres invitar a gente a cenar para poder presumir y decir que eres «amiga» de una refugiada.

—Ferdia —gruñó Johnny—. Cállate.

Un zumbido procedente de la muñeca de Johnny interrumpió la riña. Su *smartwatch*. Joder, qué patético.

Por un momento, se atisbó en su rostro una expresión que hizo que Jessie le preguntara:

—Y ahora, ¿qué?

—Aviso de Marek y Natusia. Se vuelven a Polonia.

—Qué lástima. Eran encantadores. No te preocupes.

—¿Qué pasa? —inquirió Cara.

—Oh, nada —respondió Johnny—. Mi piso de Baggot Street, en el que vivía antes de que Jessie y yo nos juntásemos. Los inquilinos se van.

—No te costará alquilarlo de nuevo —dijo Nell—. La gente está desesperada.

—Debería redecorarlo. Ahora es un buen momento.

Nell intervino.

—Yo lo haré.

—Ni hablar. Tú eres escenógrafa, no decoradora.

Pero Nell no pensaba dejarlo correr.

—Muchas veces lo que hago es justo pintar y decorar.

—Entonces, te pagaremos.

Ella se sonrojó.

—No, por favor. Corre de mi cuenta. Tú y Jessie nos regaláis muchas cosas a Liam y a mí, es lo mínimo que puedo hacer.

—La única forma de que lo hagas es que nos dejes pagarte —insistió Jessie.

Nell la miró fijamente.

—Ya veremos —dijo, y esbozó una sonrisa.

—Deberías alquilarlo por Airbnb —sugirió Liam.

Era cuestión de tiempo que alguien lo propusiese, y a Ferdia no le sorprendió que esa persona fuese el tonto del culo de Liam.

—Ubicación perfecta. En el centro de la ciudad. Lo tendrías ocupado siete noches a la semana.

Nell parecía abatida.

—Oh, no. —Johnny descartó la propuesta—. Habría que controlar muchos detalles. Organizar la limpieza y la entrega de llaves, y si se rompiese una tubería o algo por el estilo…

—Yo puedo encargarme de todo eso —anunció Cara.

Todos se volvieron sorprendidos hacia ella.

—En mi trabajo tengo acceso a camareras estupendas y a los mejores fontaneros y electricistas de Dublín. El Ardglass está a cinco minutos andando de tu piso. Si pasase algo, llegarían en un momento.

—Pero tienes un trabajo y dos hijos.

—Yo solo tendría que delegar. Pero habría que pagar por la limpieza y demás.

Miró a Johnny, quién asintió enérgicamente con la cabeza.

—¡Claro! Claro que sí.

—Pero ¿yo? —dijo Cara—. Yo solo necesitaría una llave.

—¿Y el peloteo de los anfitriones? —pregunto Johnny—. En las reseñas de Airbnb siempre insisten en lo majos que son algunos anfitriones, que dejan a los huéspedes tartas de manzana y cestas con leña para la lumbre.

—Ni de coña —intervino Ed—. Yo me hospedo en casas de Airbnb todo el verano y nunca me han recibido con tarta de manzana.

—No a las tartas de manzana —bromeó Cara—. Pero deja que hable con un par de camareras del hotel para que lo organicen. Seguro que sale bien.

A continuación todos se quedaron en silencio, atónitos. ¿De verdad habían dado con una solución a una minicrisis que representaba una mejora con respecto a la situación original?

—¡Bueno! —Jessie estaba radiante—. Os felicito —les dijo a Ed y a Liam—. Los dos os habéis casado con mujeres con mucha iniciativa.

Mientras que Cara se tomó el cumplido a broma, a Nell se le descompuso el rostro.

—Si tuvieses una aventura sería muy práctico —dijo Jessie de repente.

—¿El qué? —Cara parecía desconcertada.

—Tener la llave del piso de Johnny. Saber los horarios. Podrías programar tus citas cuando no hubiese nadie.

Cara puso los ojos en blanco.

—Sí, está claro que yo soy carne de aventura.

—Eres demasiado dura contigo misma —dijo Jessie. Miró a Ferdia—. ¿Verdad que sí?

A Ferdia le daba vergüenza, pero no quería que Cara se sintiese violenta.

—¿Te importa? —dijo Ed—. Estoy aquí.

Todos rieron, menos, según Ferdia advirtió, Nell.

Ella murmuró que iba al cuarto de baño y abandonó la mesa. Segundos más tarde, Liam hizo otro tanto.

Ferdia decidió seguirlos y los encontró en la cocina.

—... la gente lo tiene muy difícil para alquilar piso en Dublín —estaba diciendo Nell—. Todo porque los propietarios ofrecen pisos a turistas a través de Airbnb.

—¿Por qué no puede Johnny sacar el máximo beneficio de su inversión? —Liam tenía la cara cerca de la de Nell.

—Johnny no anda mal de dinero, pero miles de personas de nuestra ciudad no pueden permitirse un piso.

—Entonces, ¿tiene que renunciar al dinero por el bien común?

—Pues sí, la verdad.

—Qué chorrada.

—Él no va a quedarse en la miseria —gritó Nell detrás de él mientras Liam se dirigía a la puerta principal dando grandes zancadas. Entonces reparó en Ferdia—. ¿Y tú qué quieres?

Ante la legítima ira de Nell, de repente Ferdia sintió miedo.

—Solo decir que Airbnb no es el único motivo por el que la gente no puede alquilar piso. Necesitamos muchas más viviendas de protección oficial y que se ponga fin a...

—Ya. Pero eso ahora tampoco ayuda, ¿no?

Escarmentado, Ferdia se largó.

32

Jessie bostezó cuando su codo estaba a punto de resbalar de la mesa.

—Vete a la cama, cariño —dijo Johnny—. Yo me encargo de todo.

Pero Cara y Ed seguían allí, y en el recibidor Nell y Liam se traían un rollo raro.

—Ah, no, nosotros ya nos vamos —se disculpó Ed, tan educado como siempre.

—Bueno. Lo siento. Estoy hecha polvo. —Jessie se despidió y subió por la escalera. Inesperadamente, se sentía sobria, triste y no podía dejar de pensar en cómo habían ido las cosas después de la repentina muerte de Rory, muchos años atrás.

Del primer año tenía un recuerdo borroso. Apenas había faltado al trabajo. No porque ella, muy realista, necesitase mantener los ingresos, sino porque, y le llevó mucho tiempo entender ese punto, no creía que Rory estuviese muerto de verdad.

Los niños se expresaban mucho mejor que ella. Dos de cada tres noches, Ferdia se despertaba con pesadillas. Saoirse, que apenas tenía dos años, demasiado pequeña para entender conceptos como «vivo» o «muerto», tiraba la casa a gritos cada vez que se separaba de Jessie. Ella había leído que los niños que perdían a un padre a una edad tan temprana, incluso cuando, como Saoirse, eran demasiado pequeños para acordarse de ellos, siempre sentirían un vacío, aunque no pudiesen achacarlo a eso conscientemente. Ellos tenían más posibilidades que otros de padecer depresión en la vida adulta.

Jessie siempre estaba preocupada por los niños, y la energía que le quedaba la dedicaba a su trabajo. No era tan eficiente como antes, pues su concentración era nefasta y su capacidad para asimilar datos, huidiza, pero eso le preocupaba tanto como en el pasado.

Su cabeza sabía que Rory estaba muerto, pero su verdadero yo no se había enterado.

Una de las pocas emociones que recordaba de esos primeros doce o dieciocho meses era la vergüenza, de nuevo, de ser un poco rara. Al enamorarse de Rory, conseguir que él se enamorase de ella y decidir tener un niño y una niña, había sentido que por fin encajaba. Se acabaron los novios pretenciosos con aficiones extrañas. Se acabó también ser el motivo de las risitas de otras mujeres. A Rory también le debía las primeras amigas de verdad que tenía en años: sus hermanas, Izzy y Keeva. Pero de repente se había convertido en una joven viuda, rabiosa por los cambios logísticos de la vida sin Rory. Llevar a Ferdia al colegio y a Saoirse a la guardería, llegar a tiempo para recogerlos... En fin, ella y Rory tenían un sistema. Cuando tuvo que hacerlo todo sola, se enfureció.

—¡Tengo que hacerlo todo yo! —se quejaba a su terapeuta.

—¿Qué más sientes?

—Preocupación. Por Ferdia y Saoirse.

—¿Y tú?

—Me cabrea pasarme el día entero trabajando y ser una madre soltera.

—¿Algo más?

—No hay nada más.

Las pocas lágrimas que derramó aquel primer año fueron de frustración o agotamiento, nunca de pena.

Al final decidió contratar a alguien para que cuidase de los niños y eligió a un hombre, de esa manera sus hijos tendrían una presencia masculina constante en su vida. Eso no bastó para aliviar la abrumadora culpabilidad que le causaba no poder ejercer al mismo tiempo de madre y de padre, de manera que sobrecompensaba dándoles demasiadas sorpresas, siempre esforzándose por ser «divertida», pero con la sensación de estar empujando ella sola una roca gigante por una empinada cuesta.

Durante esos meses parecía que los días siempre fuesen neblinosos y grises.

Una tarde cualquiera, durante el segundo año de ausencia de

Rory, se encontraba en el coche. Automáticamente alargó la mano para tomar la de Rory; siempre les había gustado mucho cogerse de la mano. Al no encontrarla para recibir la suya, experimentó de lleno el impacto de su ausencia. «Se ha ido. Está muerto. Y no podrás apretarle la mano más tarde. Ni mañana. Ni nunca más.»

Fue como un golpe físico que la sumió en una nueva fase de la vida sin él. Rory estaba muerto y ella estaba destrozada. Nunca volvería a enamorarse. Tenía a sus hijos, su negocio y sus amigos, y con eso tendría que bastarle.

Tratando de curarse en salud contra el desastre, trabajaba más que cuando Rory estaba vivo y viajaba sin cesar a las tiendas PiG repartidas por el país. De vez en cuando, una sensación de frenesí se apoderaba de ella. Sobrevenía de improviso, una especie de pánico, la sensación de que había dejado algo por hacer que tendría consecuencias catastróficas si no lo abordaba. Mientras trataba de identificar esa urgente tarea, la agitación intentaba salir de su cuerpo pugnando contra su piel, demasiado violenta para que pudiera reprimirla. En el momento de mayor miedo, una voz gritaba dentro de ella: «Dios mío, Rory está muerto».

Esas eran las únicas ocasiones en que se daba cuenta de la verdad, y era aterrador.

Aun así, casi nunca lloraba. Iba por la vida como aturdida, y de vez en cuando la espantosa realidad la sobresaltaba de una forma dolorosísima.

—¿Lo estoy haciendo mal? —preguntaba a Johnny—. ¿Como viuda?

—Lo estás haciendo de la única forma que sabes —contestaba él.

Porque aquello era lo bueno de Johnny: independientemente de lo que ella necesitase o quisiese, él siempre estaba ahí.

33

—Lo siento —dijo Liam por centésima vez—. Tú no quieres alojarte en pisos de Airbnb porque te generan un problema de conciencia. Como yo te quiero, tampoco recurro a ellos cuando estoy contigo. En realidad, no mentí. Solo omití algo.

—Pero ¡dijiste que estabas de acuerdo conmigo!

—Sí, porque acababa de conocerte. Cuando empiezas una relación, coincides con cualquier cosa que dice la otra persona. —Él no había hecho nada de lo que toda persona sobre la tierra había hecho en un momento u otro—. Aun así... Te he decepcionado. —Parecía asqueado—. No lo soporto. Pero... siento decírtelo, Nell: soy humano.

Ella tragó saliva. Habría sido mucho más bonito aferrarse a la versión idealista de ellos dos, pero tal vez tuviera que madurar un poco.

—Vale. ¿Eso es lo peor que voy a descubrir de ti?

—Por supuesto.

Ella suspiró.

—Háblame de la semana en Italia.

—Jessie ha alquilado una villa; yo estuve allí hace tres años. Está a las afueras de un pueblo de postal de la Toscana. La villa cuenta con piscina y su propio olivar, donde puedes comer aceitunas de los árboles. Hay una mesa de billar, un horno de leña para preparar pizzas y una antigua capilla en el jardín. ¿Y lo mejor? Muchas montañas por todas partes: una zona increíble para hacer ciclismo.

—¿Está cerca de Florencia? —Ella tenía un conocimiento muy elemental de Italia.

—Sí. A una hora en coche más o menos. Puedo enseñártelo en el mapa.

De repente, Nell estaba emocionada.

—Liam, ¿podríamos ir a la galería de los Uffizi? Allí están *La cabeza de Medusa*, de Caravaggio, y *La primavera*, de Botticelli, obras que siempre he querido ver.

—¡Claro! Lo que haga feliz a mi nena.

—¿Se enfadaría Jessie si fuésemos a pasar el día fuera?

—¿Estás de coña? A Jessie le encanta ir de excursión.

—Qué pasada. —La alegría se propagó por todo su ser hasta las puntas de los dedos—. Liam, Liam. —Se le trababa la lengua—. ¿Y si compro entradas para todos? Sería una manera de darles las gracias a Jessie y a Johnny. Y Violet y Lenore también vendrían. ¿A que sería estupendo?

—A Paige igual le da un soponcio. —Liam rio irónico—. Las niñas culturizándose mientras están conmigo.

Lunes, 6.47 de la mañana, y ya era el caos. Johnny partía a Amsterdam para reunirse con mayoristas de comida indonesia y no encontraba el cargador.

—¿Dónde está la leche, mamá? —gritó Saoirse desde la cocina.

—En la nevera —contestó ella.

—No queda.

«¿Cómo?»

—Jessie, voy a perder el vuelo.

—Mira en la maleta.

—Ya he mirado.

—Vuelve a mirar.

—¡Mamá! —Esta vez era Bridey—. ¡Camilla echa espuma por la boca!

—¿Otra vez? ¡Sácala por la parte de atrás!

Jessie se lanzó a por la maleta de Johnny, abrió la cremallera de un bolsillo interior y le dio el cargador.

—Toma. —Después de bajar la escalera con gran estruendo y entrar en la cocina, abrió el frigorífico, sacó uno de los dos cartones que había en la puerta y lo estampó sobre la encimera.

—Hace un momento no estaba —dijo Saoirse con un hilo de voz.

¿Dónde narices estaban las fiambreras del colegio? En el lavavajillas no, ni tampoco encima de la nevera. Abriendo cajones, al final las encontró en un armario con las sartenes. ¿Por qué? Untó rápidamente mantequilla en el pan para los sándwiches y rebuscó en el frigorífico.

—¿Dónde está el queso en lonchas?

—Vinnie se lo comió todo el sábado —respondió Bridey.

—¡Mamá! Ha llegado Grozdana.

¿Ya? Grozdana era su entrenadora personal.

Jessie asomó la cabeza por el pasillo.

—¡Hola, Grozdana, cinco minutos!

Preparó cuatro sándwiches de mantequilla de cacahuete con manos torpes. Johnny fue a darle un beso de despedida y ella le acercó un lado de la cara.

—La oreja —murmuró él—. Mi parte favorita de una mujer.

—Te besaré como es debido cuando vuelvas. ¿Cuándo será eso?

—Mañana por la noche.

—¡Bichitos! —ordenó—. Mimad a papá, que va a estar fuera dos días.

—Mímalo tú —espetó Bridey.

—¡Os estoy preparando el puñetero almuerzo!

—Adiós —dijo Johnny.

Jessie metió los sándwiches en las fiambreras, junto con unas manzanas y unas barritas de proteínas, y subió corriendo a ponerse la ropa de deporte. Problemas del primer mundo, nada más. Y pensar que tenía quien limpiaba la casa, lavaba la ropa y cuidaba de las niñas por la tarde... ¡Qué dura sería la vida si tuviera que hacerlo todo ella!

Después de ponerse las mallas, miró el teléfono. La noche anterior había recibido un mensaje de Nell:

> Me hace mucha ilusión lo de Italia. ¿Puedo llevaros a la galería de los Uffizi? Invito yo. Tú dime cuántos seremos. Besos

Jessie sintió que desfallecía. Una galería de arte. Dios, no, ellos no eran una familia que visitase galerías de arte. Despreciaba a su clan —sobre todo a sí misma— por ser tan incultos. Pero después de aquella terrible tarde de domingo en la National Gallery hacía un par de años, cuando las niñas se habían puesto de un humor de perros y ella se había aburrido hasta el extremo del pánico, evitaban el arte.

—Johnny —había dicho ella en voz baja—. No soporto nada de esto.

—Gracias a Dios —había contestado él.

—Johnny. Creo que somos… una familia de palurdos. —Buscando un replanteamiento más positivo, había añadido—: A lo mejor somos una familia deportista.

Pero tampoco eran eso. No jugaban al golf ni al tenis ni a ningún otro deporte de clase media. Las niñas practicaban deporte en el colegio, pero solo porque no les quedaba más remedio. Ninguna de ellas mostraba una aptitud real.

Entonces, ¿qué definía a Jessie, Johnny y su familia?

A ninguno de los dos les interesaban las novelas de las que la gente hablaba en tono serio. Aunque ella las compraba diligentemente, los únicos libros que le gustaban eran los de cocina. A Johnny le encantaba Lee Child y cada año se compraba su nueva novela para las vacaciones de verano, pero hasta ahí llegaba su afición a los libros.

Tampoco eran aficionados al teatro. Todo aquel estruendo sobre las tablas de madera y aquella forma de hablar tan alto… Le daban mucha vergüenza los actores y en el intermedio estaba deseando marcharse.

Pero, aparte de eso, ¿qué hacían?

«Quedadas.» Jessie se había apropiado de la palabra. Eran una familia sociable. Ella era una persona sociable. Evaluó la idea provisionalmente. Sí, era cierto. Y no, no había nada vergonzoso en ello. Contestaría a Nell cuando acabase con Grozdana.

Pero ¿y si Nell reservaba las entradas mientras tanto? Entonces tendrían que ir.

Dios, no, eso sería lo peor. No podía correr ese riesgo.

> Gracias, Nell. Eres un cielo, pero somos una panda de ignorantes. No contéis con nosotros. Besitos

Cuatro meses antes

Junio

Cincuenta aniversario de boda
de la abuela y el abuelo Casey en el
condado de Mayo

34

Ella apretó la mano de Ed. Él se volvió, se sonrieron en la noche bajo la luz de los destellos y siguieron contemplando el escenario. Todavía faltaban tres semanas para el cumpleaños de él, pero aquel concierto era el regalo de ella. Fleet Foxes ocupaban un lugar especial en el corazón de los dos, y los astros estaban alineándose para que la noche fuese perfecta. No llovía, actuar al aire libre en Irlanda siempre era como jugar a la ruleta rusa, y hacía buen tiempo.

A diferencia de otros conciertos, nadie bailaba al ritmo de la música ni derramaba cerveza por todas partes. Ella se sabía todas las canciones de pe a pa, pero oírlas en directo era distinto, mejor. Cuando tocaron «The Shrine», una imagen de unas águilas que volaban sobre unas montañas con las cumbres blancas contra un cielo muy azul cruzó su mente. ¿De dónde venía? ¿De una película que había visto de niña? Había algo en la altura de las montañas, la sensación de asombro y miedo que le inspiraban, que hizo que se sintiera muy pequeña.

En la pausa antes de la siguiente canción, atrajo la cabeza de Ed hacia su boca.

—Esa canción me ha hecho sentir nostalgia por una vida que no he vivido. En lo alto de unas montañas. En Nepal, quizá.

—A mí me ha recordado *Cannery Row*. Aunque no la he leído.

Ella asintió con la cabeza solemnemente.

—Te entiendo —dijo.

—Lo sé. —Los dientes de Ed brillaron en la oscuridad.

Aquella noche el ambiente era perfecto. Todo el mundo parecía feliz y nadie estaba como una cuba ni pedía canciones a gritos al grupo...

Empezó otro tema. Trató de retener la poesía de la letra, pero llegó el siguiente verso, igual de cautivador, hasta que solo pudo experimentar la sensación y nada del significado. Pero el significado era la sensación. Qué profundo.

—¿Estás bien? —preguntó Ed.

—Me siento un poco colocada —gritó por encima de la música del grupo—. Solo con la música.

La sonrisa de refilón de él, la forma en que sus ojos se arrugaron, su pestañeo le provocaron un asombro momentáneo.

—¿Qué? —inquirió él.

—Eres mío.

—Pues claro.

—Bien. Gracias, Ed. Bien.

Se sostuvieron la mirada un instante más y luego los dos rompieron a reír.

—Dos copas de vino —dijo él.

—Una chica fácil. Siempre lo he sido.

Sonó una canción tras otra, una serie de maravillas sin fin, cada una mejor que la anterior. Pero de repente terminó, el grupo estaba dando las gracias a Dublín y saliendo del escenario. Alarmada, le dijo a Ed:

—No han tocado «Mykonos».

Ella y Ed habían descubierto el disco de debut del grupo en su primera época de enamoramiento. Casi todas las canciones eran estupendas, pero «Mykonos» era especial.

—En el bis —dijo él—. La tocarán entonces.

—¿Me lo prometes? —preguntó ella.

—No puedo. —Él siempre lo interpretaba todo en sentido literal—. Pero estoy seguro en un noventa y nueve por ciento. Oh, han vuelto. Vamos allá...

Cuando empezaron los acordes de guitarra de «Mykonos», ella se volvió hacia Ed.

—¡Tenías razón!

Él ya había alargado la mano hacia ella. Ella pegó la espalda a su pecho, y él la abrazó fuerte.

Después del segundo bis, cuando las luces se encendieron y la gente empezó a dirigirse hacia las salidas, ella no quería marcharse.

—¿De verdad han terminado?

—Esta vez sí, cielo.

—Oh, Ed —dijo ella—. Ha sido... No tengo palabras... increíble.

—Es verdad. Totalmente. Gracias.

—¿Te lo has pasado bien? Porque te mereces lo mejor. Ha sido como una experiencia espiritual. ¿Verdad que sí?

Él rio.

—No sé cómo son las experiencias espirituales. Pero si te has sentido como si tuvieses una, entonces, ipso facto, lo ha sido.

—Así me he sentido. —Estaba segura—. ¡Ipso factísimo! —A continuación, empezó a reír—. Qué pintas debo de tener. «Mujer explota por su propia intensidad.»

—Sé todo lo intensa que quieras. Bueno, y ahora ¿qué? ¿Vamos a tomar una copa?

Ella negó con la cabeza.

—Solo quiero volver a casa y escuchar otra vez el primer disco. No quiero escuchar nada más el resto de mi vida. —Y acto seguido añadió—: ¡Oh, Ed, perdona! Es tu noche. Esta es tu cita. Tú decides.

—¿Estamos de cita?

—Sí. Aunque la idea da como vergüenza, sí, estamos de cita.

Él rio.

—En ese caso, solo quiero volver a casa contigo.

—Pareces muy seguro.

—Lo estoy. —Agarrándole fuerte la mano, él se encaminó hacia el tranvía.

La casa estaba vacía. Los chicos y Baxter se habían ido de mala gana a dormir a casa de los padres de Cara.

—Esta noche ha sido perfecta —le dijo ella con aire soñoliento, siguiéndolo mientras él desconectaba aparatos y apagaba las luces—. Ha hecho un tiempo increíble. El público estaba muy relajado. Nadie estaba borracho ni empujaba ni... —Bostezó—. Ha sido de lo más...

Subió por la escalera seguida de su marido.

Se desenrolló distraídamente la goma de la coleta y se la lanzó a él por encima del hombro.

—Oh, ¿sí? —dijo él.

Oh. Sí.

En el dormitorio, ella puso la música. Se quitó con despreocupación la ropa mientras él liaba un porro. Aquella noche ella se sentía a gusto con su cuerpo. Ed encendió el porro, ella se recostó contra las almohadas, y él se lo acercó a la boca.

Cuando inhaló, toda su tensión desapareció. Entonces, se besaron.

Cada caricia parecía distinta, mejor. Moverse al ritmo de Ed, el tacto de su piel contra la suya, era delicioso. Las voces reprobatorias de su cabeza enmudecieron.

Después se quedaron entrelazados escuchando la música. A través de la ventana abierta, el fresco aire nocturno se deslizaba sobre su cuerpo.

Cara se estaba quedando dormida cuando sonó «Mykonos».

—Acabo de darme cuenta. La canción. ¿Trata de una adicción? ¿Su hermano es adicto?

—Eso parece.

—¿Y él le dice que vaya a rehabilitación? ¿«Te vas hoy»? Debe de ser muy duro hacer eso.

—Terrible.

—Entonces, ¿qué es la «antigua cancela»?

Ed rio adormilado.

—¿Una verja vieja para que el burro no escape?

—Es una elección, ¿verdad? ¿Entre desintoxicarse y no hacerlo?

—Si ya lo sabías, ¿por qué me preguntas?

—Porque… me gusta preguntarte cosas… ¿Estás dormido? No pasa nada. Yo también me estoy quedando dormida…

35

—... dolor de garganta o de mandíbula. —Johnny siguió leyendo con interés—. Náuseas, sudores, mareos o problemas para respirar.

Un artículo titulado «Cómo saber si un infarto es inminente» había aparecido en su buzón.

—¡Solo tengo cuarenta y ocho años! —le dijo a su iPad.

¡Vaya con la publicidad personalizada!

Pero había seguido leyendo y en ese momento se frotaba con inquietud la caja torácica.

—Sudores repentinos. —Un brillo de transpiración le cubrió de súbito la frente. Según eso, incluso era posible estar en pleno infarto y no notar dolor en el pecho. Podías sentirte simplemente «incómodo».

«No, espera, te equivocas conmigo. Yo corro quince kilómetros a la semana.»

Pero no era verdad. En teoría, corría cinco kilómetros tres mañanas a la semana, pero entre el trayecto al colegio, el viaje al trabajo y el agotamiento constante, con suerte lograba correr una vez cada quince días.

Pero paseaba a los perros a menudo. Eso también contaba.

—Tos o resuellos. —Tosió al instante. ¡Ah, estaba sufriendo un infarto!

El siguiente artículo trataba de las señales que indicaban que una persona tenía un coágulo de sangre.

—Toser sin ningún motivo... —¡Él acababa de hacerlo!—. Palpitaciones. —Vaya, ahora le palpitaba el corazón.

Necesitaba a Jessie. Ella le haría entrar en razón.

Bueno, tal vez no. Pero ella se burlaría de él y le devolvería el juicio.

Sin embargo, Jessie había hecho una escapada a Ginebra, armada con los regalos para Jin Woo Park y Océane, con la esperanza de que el chef decidiese firmar en la línea de puntos.

Solo con pensar en todo lo que aquello había costado, a Johnny le volvían las palpitaciones. Pero cuando Jessie se empeñaba en perseguir a un chef, no había forma de disuadirla.

Y no solo eso. Aunque Jessie y él tenían participaciones idénticas en el negocio —había sido el regalo de boda que ella le había hecho—, él nunca se sentía con derecho a criticarla. ¿Cómo podía pedirle que moderase los gastos tanto en el negocio como en la vida real? En el fondo, era ella quien ganaba el dinero.

... Tal vez se echase una siestecita. Era una tarde de domingo, llovía a cántaros y, por una vez, no tenía nada urgente que hacer...

—Joooooohnnnyyy —Saoirse entró furtivamente en la habitación.

¡Nooo! Estaba a punto de pedir algo. Algo complicado...

—Necesito un favor.

Empezó a sudarle la cara. A ver, ¿qué era aquello? ¿Infarto o coágulo de sangre? O solo era el hecho de saber que le habían arrebatado su tarde tranquila.

—Ferdia y yo vamos a ir a Errislannan. —Se refería a donde vivía la familia de Rory—. A casa de la abuela Ellen. Es su aniversario de boda. Habrá tarta y todo eso.

Que la llevase, eso era lo que iba a pedirle. Señalaría la lluvia y apelaría a sus más nobles instintos.

—Se tarda una hora y cincuenta minutos en transporte público o veinticinco minutos en coche. Según Google Weather, no va a parar de llover. ¿Nos llevarías en coche?

—¡Oh, Saoirse! ¿No sabes conducir? ¿O Ferdia?

—No estamos asegurados en tu cacharro.

—¿La Bestia? —Pero Jessie se había llevado el monovolumen al aeropuerto. Johnny admitió su derrota—. Está bien. Vamos.

Mientras Johnny conducía bajo la lluvia, se acordó de la primera vez que visitó Errislannan. Fue un viernes por la tarde, pocos meses después de que Jessie, Rory y él hubiesen empezado a trabajar juntos. Habían vivido una semana especialmente dura.

—¿Pub? —había propuesto Johnny—. ¿Pintas?

Jessie había negado con la cabeza.

—Me voy a casa a dormir. —A continuación había agregado—: ¿Sabéis qué? Tengo ganas de que mi mamá me prepare la cena, me ponga la mano en la frente y me diga que soy estupenda. Pero estoy demasiado hecha polvo para las cuatro horas de viaje que hay hasta el culo de Connemara.

—A mí también me gustaría —dijo Johnny—. Pero sin tu mamá.

—¡Venid a casa conmigo! —terció Rory—. Llegaremos en cuarenta minutos. Mamá Kinsella nos dará de comer y nos echará flores.

—No la has avisado. —Johnny estaba pensando en cómo reaccionaría su madre, Rose, si recibiese a unos visitantes inesperados.

—Y no llevamos nada —apuntó Jessie.

—¿Qué necesitas? ¿Pijama? ¿Crema para la cara? Mis hermanas te darán lo que necesites. Y a Ellen Kinsella no hace falta avisarla; le encantaría que apareciésemos por sorpresa.

—¿En serio? —Johnny estaba tentado.

—¡Claro! Vamos, el perro de caza tuvo cachorros anoche, no podéis perdéroslo.

—Tendríamos que llevar algo —señaló Jessie con urgencia—. Una lata de galletas, una botella de Baileys.

—Podemos comprarlas en el supermercado que hay de camino a la estación de Busáras.

Jessie y Johnny se miraron.

—¿Vamos? —preguntó ella.

—Qué narices, ¿por qué no?

—Démonos prisa, entonces —dijo Rory—. Pillaremos el autobús de las seis y diez.

Errislannan era una aldea situada a pocos kilómetros de Celbridge, donde se hallaba el chalé bajo de los Kinsella, un batiburrillo de habitaciones pequeñas y acogedoras, pegado a una hectárea de terreno. Los Kinsella padres eran maestros. Como actividad secundaria, Michael criaba perros de caza y Ellen tenía gallinas.

Para Johnny fue, desde el primer momento, como entrar en una familia de cuento.

—Johnny Casey, hemos oído hablar mucho de ti.

—Perdón por presentarnos con tan poca antelación.

—Qué buenos modales —admiró Ellen—. ¡Y Jessie! *Cailín áileann! Tar isteach.* Michael Kinsella, ven aquí.

Michael, una versión mayor pero, por lo demás, idéntica a Rory, acudió desde la cocina. Juntó las manos con una sonrisa afable. Su amabilidad despertó un pánico callado en Johnny. Algún día él tendría que devolver el favor e invitar a Rory a Beltibbet, a casa de sus horribles padres. Ellos trataban a Johnny como a un inútil y exigían mucho a cualquiera de sus amigos.

—Llévalos al salón bueno —dijo Ellen—. Gritaré cuando la cena esté lista.

Michael abrió la puerta que daba a una sala de estar bien mantenida, con sofás de terciopelo marrón y una mesa baja de cristal ahumado. A Johnny le pusieron un pesado vaso de cristal en la mano y Michael sirvió generosas dosis de Johnnie Walker para los cuatro.

—*Sláinte*. —Bebió un sorbo—. Ah, aquí está Izzy.

—¡Buenas! —Izzy, alta y desgarbada, de cara delgada y expresiva y pelo negro y rizado, asomó la cabeza por la puerta. Se centró en Johnny—. Hola, borrachín. Ten cuidado de no acabar con lumbago en ese sofá. —A continuación, volviéndose hacia el resto, dijo—: Podrían declarar este sitio zona protegida. Es una pieza de museo. —Alargó la mano—. Tú debes de ser Jessie.

Ella estrechó la mano que la chica le ofrecía; tenía la cara radiante. Parecía que acabara de enamorarse.

—¡Venid a cenar! —gritó Ellen.

En la pequeña y humeante cocina había sillas desparejadas agrupadas en torno a la mesa. Ellen servía gruesas tajadas de cordero asado.

—¿Leche, refresco o cerveza negra? —preguntó Michael a Johnny.

—¡Leche! —Johnny estaba encantado. Rose nunca había permitido que cenasen con leche: decía que era una bebida de irlandeses.

Entonces apareció Keeva. Se parecía a su madre: baja, rubia y de mirada penetrante.

—Yo soy la mayor, trabajo de enfermera y el año que viene voy a casarme con un chico con el que llevo desde que tenía dieciocho años. Yo soy la sosa. —Pero rio al decirlo—. Izzy, aquí presente, es la pequeña. Una auténtica lumbrera. Ella llegará lejos.

—Tengo coche —dijo Izzy—. Os habría traído si lo hubiese sabido. —Lanzó a Johnny una mirada larga y dura—. Sobre todo a ti.

—Le falta confianza —terció Michael tristemente.

Todos rieron.

Ellen, de mirada viva e interesada, quería hablar de la actualidad internacional.

—Qué horror lo de Ruanda. La situación ha empeorado muy rápido..., ¿verdad?

Johnny no tenía ni idea, pero asintió con la cabeza.

—¡A ver! —se quejó Ellen, dirigiéndose a la mesa—. ¿Para qué tiene una hijos con formación universitaria si no son capaces de hablar de las noticias importantes del día?

Cuando Ellen paró de ofrecerles más cordero y patatas asadas, sacó una tarta de ruibarbo de la cocina de hierro fundido, con natillas preparadas por Michael.

A continuación hubo té y galletas.

Cuando la cinta transportadora de comida por fin se detuvo, Johnny dijo:

—Yo friego los platos. —A esas alturas habría atravesado fuego por aquella familia.

—Tenemos lavavajillas, tonto —dijo Izzy.

Más risas.

Jugaron al *rummy* y al *beggar-my-neighbour* en el salón de la parte trasera (el «no bueno», según Izzy) hasta las nueve, cuando pusieron las noticias de la noche y llegó la hora de tomar más té y galletas.

Jessie durmió en la cama de Izzy, e Izzy y Keeva compartieron la de esta última.

Rory lo hizo en la cama turca del salón de la parte trasera. A Johnny le tocó la cama de Rory. Durmió profunda y plácidamente en las sábanas de algodón suaves y gastadas por los frecuentes lavados, y se despertó con el chisporroteo del beicon y las salchichas en la sartén.

—Venid a ver a los perros —propuso Michael cuando el desayuno terminó.

En el porche había un montón de botas de goma desordenadas.

—Revolved —dijo Michael—. Buscad un par que os queden bien.

Afuera hacía un sol radiante y mucho viento, y el aire estaba cargado de olor a tierra fresca. Los cachorros se hallaban en un cobertizo de la parcela de al lado. Unas criaturas diminutas, todavía ciegas, que trataban de mamar.

—Nacieron el jueves por la noche. —Michael sonrió, embobado de amor.

—¿Le pasa algo a ese? —Johnny avanzó para ver mejor al cachorro del extremo.

—Sí. Es el…

—… pequeño de la camada. —A Johnny se le encogió el corazón—. ¿Saldrá adelante?

—Por supuesto —contestó Michael—. Nos aseguraremos de ello.

36

Extracto de la sección teatral de *The Irish Times*. *Contrarreloj*, The Helix, del 13 de junio al 11 de julio:

> Sin duda, la estrella de la función es el decorado de Nell McDermott. El resultado de la ingeniosa alianza de atrezo e iluminación (cortesía de Garr McGrath) constituye una experiencia inmersiva, imaginativa, casi fantasmagórica.
>
> Trece relojes gigantescos, desde relojes de sol hasta teléfonos móviles, representan el elemento central, pero el público sigue de cerca el convulso paso del tiempo gracias al incesante movimiento ambiental sobre el escenario: árboles otoñales se despojan de sus hojas que se transforman en nieve y que acaba convirtiéndose en ráfagas de pétalos de flor de cerezo mientras la iluminación evoluciona del color bermejo al rosa pasando por el plateado.
>
> Utilizando espejos, McDermott logra efectos ingeniosos con la perspectiva, parece que el agua fluye hacia atrás y que la lluvia cae hacia arriba. Pero lo que hace esos logros todavía más extraordinarios es que, sin duda, están resueltos con un presupuesto ajustado.
>
> El innegable talento y compromiso de McDermott con el trabajo imaginativo augura grandes creaciones en el futuro, tal vez en colaboración con Garr McGrath.

Eran las 7.32 de la mañana y Nell llegaba tarde. Su padre estaba esperándola enfrente del piso de Johnny en Baggot Street, rodeado de material de decoración.

—¡Perdón, perdón, perdón! —Se dirigió hacia él en bicicleta a toda velocidad y desmontó de un salto en el último momento.

—Ah, estás bien —dijo él—. Anoche fue una noche importante. ¿Estará bien la furgoneta aquí?

—¿Has pagado el parquímetro?

—Tengo un chisme en el teléfono. Una aplicación. Tengo que repetir la operación dentro de tres horas.

—Yo te lo pago. Bastante haces trabajando gratis. —Introdujo la llave en la cerradura de la puerta roja—. Toma, yo llevo la escalera. Entra, papá. Mételo todo en el recibidor.

Cuando toda la parafernalia de Petey estuvo al otro lado del umbral, ella cerró la puerta de la concurrida calle. Todo se calmó en el acto.

Nell levantó la bicicleta.

—Vamos al primer piso.

—Cuidado con la escalera. Es muy empinada.

En dos viajes subieron la escalera de mano, los rodillos y las bolsas con material por la traicionera escalera del piso de Johnny. Los inquilinos lo habían dejado libre el día anterior.

—Una casita acogedora. —Petey miraba alrededor desde la sala de estar—. Aunque estemos en pleno Baggot Street. Pero esos condenados ángulos de las paredes... —Recorrió la cocina, el dormitorio y el cuarto de baño—. Estos edificios viejos están cada vez peor. Si me hubieras pedido que empapelara este sitio, ya me habría largado.

—Solo hay que pintar —dijo Nell—. Lavarle la cara.

—Se lo dejaremos bien —dijo Petey—. Johnny me cae simpático. ¿Todavía estás molesta por lo de Airbnb?

—Sí, pero no es culpa de Johnny.

—Así son las cosas, Nell, así son las cosas.

Tal vez. Pero si Liam no se lo hubiese propuesto a Johnny, unos vecinos con suerte estarían mudándose en aquel momento, encantados con su nueva casa.

La noche de la primera comunión de Dilly, lo primero que ella sintió cuando Liam abrió la boca fue confusión: ¿por qué sugería algo a lo que los dos se oponían tanto? Pero descubrir luego que en realidad él no se oponía le provocó aún más desconcierto. Y luego, ira.

Él se disculpó una y otra vez, hasta que a ella se le pasó el enfado.

Pero Liam no era exactamente el hombre que ella creía, y eso le daba miedo. Porque estaban casados.

Cuando habló con su padre para convencerlo de que la ayudase con la decoración, acabó echando pestes. Hacía cosa de una semana que se lo había soltado a Garr:

—Tú eres hombre, ¿qué opinas? ¿Exagero?

—¿Mintió él? ¿O se limitó a asentir con la cabeza a lo que tú decías?

—No me acuerdo. A lo mejor se limitó a asentir.

—Has puesto el listón muy alto.

—¿Debería cambiar?

—No, pero... Bueno, yo no estoy casado —dijo él tímidamente—, pero dicen que el matrimonio hay que trabajárselo.

¿Qué quería decir eso?

—Supongo que a veces hay que perdonar al otro por ser gilipollas —dijo—. En lugar de plantarlo y punto.

«Trabajar en tu matrimonio» siempre le había sonado aburrido y noble... y tan indefinido que no significaba nada.

Entendió que ese misterioso «trabajo» implicaba descubrir un rasgo desagradable de la persona a la que más querías y aceptar que no podías cambiarla.

—Nadie es perfecto —dijo Garr, y Nell se aferró a ello agradecida.

Liam había modificado su sistema de valores para presentar la mejor imagen posible de sí mismo al principio de su relación. Pero un defecto no lo convertía en una persona horrible.

—¡Bueno! —Su padre movió la mano a su alrededor—. Empezaremos por aquí, por el salón. Pasaremos una solución de sosa cáustica por toda la casa y así tendremos un lienzo en blanco.

—Entonces, papá. —Nell no podía contener la emoción ni un segundo más—. ¿Qué te pareció la obra anoche? —Petey y Angie habían asistido al estreno.

—No entendí ni papa. ¡El tiempo no puede retroceder! Qué ganas de liar a la gente.

—Es una metáfora.

—Eso me decía tu madre todo el rato, aunque no sé qué es eso. ¡Pero...! —Levantó la mano para adelantarse a cualquier objeción—. Has hecho un buen trabajo, Nell. Todo nivelado, aunque tendría que acercarme para ver los bordes. Estoy orgulloso de ti. Dime, ¿utilizaste una caja de ingletes para hacer las curvas de los relojes?

—¡Anda ya! Tengo una sierra circular.

—Ah, eso es trampa... ¿Qué pasa?

El teléfono de Nell había avisado con un pitido de la llegada de un mensaje que había acaparado toda su atención.

—¿De qué se trata? —preguntó Petey. Por la expresión de su cara, no sabía si eran buenas o malas noticias.

—Un pantallazo. De Garr. ¡Oh, papá! Es una reseña de *The Irish Times*. De la obra de teatro. ¡Y hablan bien de mis decorados!

—Enséñamela.

Petey la leyó. Luego volvió a leerla.

—¿De *The Irish Times*? ¿El periódico? ¿El periódico-periódico, o sea, no la cosa esa online? Es... —Se quedó callado un momento—. ¿Sabes qué? Puede que este sea el momento en que más orgulloso me he sentido en toda mi vida. Es una lástima que ninguno de nuestros vecinos lea *The Irish Times*. Son unos paletos. Llama a tu madre.

—¿Puedo llamar antes a mi marido?

—Es verdad, tienes marido. Siempre me olvido. Como no me dejaste que te llevara al altar, no acabó de clavárseme en la memoria... Tú llama a Liam, que yo voy a comprar veinte periódicos. El periódico-periódico.

Liam no cogió el teléfono, de modo que llamó a su madre, que se enorgulleció y se le llenaron los ojos de lágrimas.

Cuando Petey volvió con un grueso fajo de periódicos bajo el brazo, le agarró el teléfono.

—¿A que le he enseñado bien, Angie? —Después de conseguir que ella reconociese que todo había sido gracias a sus magníficas clases de carpintería, le devolvió el teléfono a Nell.

Cuando colgó, tenía tres llamadas perdidas. Todas del mismo número, uno que no reconocía, pero el ambiente de felicitación le infundió valentía.

—Soy Nell McDermott.

—Nell. Sí. Soy Iseult Figgis, de Ship of Fools.

Ah. Nell se quedó sin habla. Ship of Fools era una de las productoras teatrales de más éxito en Irlanda.

—Estamos preparando un montaje de *Trainspotting* para el Festival de Teatro de Dublín, en septiembre. Nos gustaría que nos hicieses una propuesta para la escenografía.

Nell tuvo un subidón de adrenalina y se le trabó la lengua.

—¿Puedes venir a vernos? ¿Ahora? Ya sé que es temprano.

—Claro —dijo ella con voz entrecortada—. Por supuesto.

—Estamos en Dawson Street.

—Lo sé. Estaré allí en diez minutos, a menos que necesitéis mi dosier de trabajos. ¿No? —Nell colgó y, llevándose el teléfono al pecho, dijo—: Pa-pá...

—¿Me vas a dejar aquí solo pintando?

—Los de Ship of Fools quieren verme ahora. Es una productora..., papá, es la productora. Van a representar *Trainspotting*.

—¿Esa peli escocesa? ¿La asquerosa? Todavía no me he recuperado de la parte de...

—Tengo que irme. Es importante, papá.

—Enhorabuena. Vete, anda. Yo seguiré aquí.

Nell montó en su bicicleta de un salto y pedaleó por la ciudad durante cinco minutos. Ship of Fools tenía su sede en un grupo de oficinas situadas seis pisos sobre el nivel del suelo. Al salir del ascensor al vestíbulo y ver los carteles de anteriores representaciones colgados en las paredes, creyó que iba a desmayarse. ¡Hasta tenían una máquina de Nespresso!

La propia Iseult salió a recibirla y la llevó a un despacho para que conociese a Prentiss Siffton, el otro puntal de la compañía. Los dos debían de tener entre cuarenta y cinco y cincuenta años y vestían zapatillas, vaqueros y camisetas de manga corta. Tenían un aspecto informal pero caro. Ninguno de los dos era lo que se dice simpático.

«Empresarios», comprendió Nell. Por eso se sentía tan incómoda con ellos.

—Anoche vimos *Contrarreloj*.

—Has hecho un buen trabajo.

Nell se ablandó enseguida.

—Viniendo de vosotros, es... No sé qué decir.

—¿Te gusta tu trabajo? —preguntó Prentiss.

—Me encanta. Es lo que siempre he querido hacer. Desde que tenía catorce años.

La sonrisa de él se volvió algo más afable.

—Nos gustaría que nos presentases una propuesta para *Trainspotting* —intervino Iseult—. Te enviaremos el guion por correo electrónico. La única pega es que necesitaríamos ver tus ideas el lunes.

La euforia de Nell cayó como una piedra por un acantilado. Por supuesto, ahí había una trampa.

—Pero... hoy es jueves. No hay tiempo suficiente para desarrollar algo presentable.

Tras vacilar, Iseult dijo:

—Ya casi habíamos decidido con quién íbamos a colaborar, hasta que vimos *Contrarreloj*. El trabajo tiene que empezar lo antes posible; es una producción importante. Es una gran oportunidad para ti, pero tienes que ponerte a ello enseguida.

¿Podría hacerlo? Al día siguiente se iban a pasar el fin de semana a Mayo para celebrar el cincuenta aniversario de boda de los padres de Liam. ¿Podría saltárselo? ¿Cómo reaccionaría Liam? Tal vez no le importara. Sí, él lo entendería.

Luego estaba la cena de esa noche en casa de Jessie y Johnny con Perla y Kassandra. Tenía que asistir sí o sí: ella era el vínculo entre todos.

—El presupuesto es de cuarenta mil euros.

Dios santo, eso era algo así como veinte veces lo que había tenido para *Contrarreloj*. Podía hacer tantas cosas con eso...

—¿A qué hora del lunes queréis ver mi propuesta?

—Podemos retrasarlo hasta la una del mediodía —dijo Iseult.

—De acuerdo. Mandadme el guion por correo electrónico y lo...

—¿No quieres saber cuánto cobrarías? —Prentiss esbozó una sonrisa ligeramente condescendiente.

Nell no supo qué decir. Había dado por sentado que su sueldo estaba incluido en el presupuesto de escenografía. Que hubiese un dinero extra era toda una sorpresa.

La cifra que se mencionó era más elevada que todas las que le habían pagado nunca.

—¿Es aceptable? —Iseult sonrió con suficiencia. Sabía cuál era la situación de Nell, de la mayoría de los trabajadores del sector teatral de Irlanda: les pagaban tan poco que eso debía de parecer una fortuna.

«¿Aceptable? ¡Pues claro que es aceptable! Pero para mí lo importante no es el dinero, sino el trabajo. —Nell deseó haber dicho eso, pero siempre se le ocurrían las mejores respuestas demasiado tarde—. Solo una cosa. Como mejor trabajo es con Garr McGrath. ¿Habéis contratado ya a un director de iluminación? Porque solo aceptaré si puedo trabajar con él.»

Molly Ringwald salió a recibirla.

—¡Molly, tengo noticias estupendas!

—Yo también estoy en casa —gritó Liam.

—¿Por qué no estás trabajando?

—¿Por qué no estás tú pintando el piso de Johnny?

—¿Recibiste mi mensaje? —le espetó ella mientras se le trababa la lengua—. En *The Irish Times* han publicado una reseña, una favorable, y los de Ship of Fools me han llamado por teléfono...

—¿Qué? Habla más despacio. ¿Por qué no estás pintando el piso de Johnny?

—Mi padre está en ello. En el periódico ha aparecido una reseña favorable sobre mis decorados.

—¿Estará terminado el piso de Johnny para el jueves? Porque es lo que le prometiste.

—Probablemente. —Y a continuación añadió—: Sí, estará terminado. —Le pediría a Brendan que le echase una mano.

Encontró la reseña buscándola con torpeza con los dedos.

—Aquí.

Él la leyó en silencio.

—Qué fuerte —dijo al final—. Es... qué fuerte. Felicidades.

—Hay más. Me han llamado de Ship of Fools. Quieren que les haga una propuesta para una representación.

—¿Ship of Fools?

—He ido a verlos a su oficina.

—¿Ship of Fools? —repitió él—. ¿De dónde han sacado tu número de teléfono?

—No lo sé. Pero quieren que les presente ideas para una producción que se estrenará en septiembre.

—Es increíble. —Parecía pasmado.
—Solo hay un problema: tengo que tenerlo listo para el lunes.
—¿Y qué? ¿Tendrás que trabajar en Mayo?
—Liam, no puedo ir.
Él la miró fijamente. Parecía... ¿sorprendido? ¿Enfadado?
—Estás de coña. ¿Verdad? ¿No? —Estaba enfadado.
—Liam...
—Es el cincuenta aniversario de la boda de mis padres y tú quieres faltar por un trabajo que ni siquiera te han confirmado. Esto lleva meses planeado.
—Puede que no vuelva a tener una oportunidad como esta.
—Mis padres seguro que no volverán a celebrar el cincuenta aniversario de su boda.
Él tenía razón. Y sin embargo...
—¿Y si les explicase lo importante que es esto?
—No lo entenderían. Les darías un disgusto. Nell, ahora formas parte de la familia. A veces tenemos que hacer cosas que no nos apetecen.
Tenía razón: ella estaba siendo poco razonable. Egoísta, incluso. ¿Y si trabajaba hasta el último segundo libre? ¿Y si se las arreglaba durmiendo lo mínimo? ¿Y si aparecía cuando empezasen las celebraciones y se largaba cuando la gente comenzase a emborracharse? Llevaría una caja con materiales...
—Tendré que trabajar allí.
—Tendrás que dejarte ver en algún momento, como las copas de mañana por la noche, la fiesta del sábado y la comida del domingo. Y, oye, no dejes tirado a Johnny con la pintura. Bueno, ¿qué hay para cenar?
—Cenamos fuera. Reunión infantil humanitaria.
Él puso cara de palo.
—Ya sabes. Vamos a llevar a Perla y Kassandra a cenar a casa de Jessie y Johnny.
—Para eso no tienes problemas, pero para las bodas de oro de mis padres sí. Tomo nota.
—Es distinto. Perla ni siquiera sabe dónde vive Jessie.
Él se apartó; irradiaba rencor.
—Liam, ¿por qué no estás en el trabajo?
—Iré dentro de un rato.

—Ya vas con retraso. ¿Qué pasa?

Él se encogió de hombros.

—Chelsea se cachondea de mí y me merezco un poco de respeto. Tiene que enterarse de lo que pasa cuando yo no estoy: que todo se va a pique.

Otro golpe en el duelo de voluntades entre Chelsea y Liam. Él estaba resentido porque llevaba la tienda de Capel Street pero no cobraba ni de lejos lo que Chelsea, quien tenía el título de «encargada». Nell temía que despidiesen a Liam por dar demasiados problemas, aunque él siempre le aseguraba que Chelsea lo necesitaba demasiado.

Pero no podía preocuparse por eso en aquel momento. Leyendo a toda velocidad el guion, enseguida le quedó claro que se trataba de una proposición compleja, con muchos cambios de escenario. Se necesitaba un mecanismo para coordinarlo todo, algo ingenioso, como un escenario giratorio. La reconcomía la inquietud. Era difícil saber qué rumbo debía seguir con su escenografía. ¿Repetir lo que había hecho en *Contrarreloj*? ¿Efectos con iluminación y espejos? ¿O desafiarse a sí misma y probar algo que no hubiese hecho nunca?

Una voz le decía que no era momento para riesgos. Otra le advertía de que debía demostrar su nivel. Garr lo sabría: él siempre había sido su mejor consejero. Le incomodaba que Liam oyese su conversación, pero agarró el teléfono y habló con actitud desafiante al alcance de su oído.

Garr estaba seguro.

—Les interesas porque han visto tu trabajo en *Contrarreloj*. No intentes hacer cosas nuevas porque sí.

—Vale. —Se tranquilizó—. Estoy de acuerdo. Gracias.

Colgó, y Liam preguntó:

—¿Qué ha dicho?

—Que me ciña a lo que se me da bien.

—¿En serio? ¿Quieres que te encasillen?

Toda la seguridad de Nell se esfumó. Tal vez era preferible seguir con el escenario giratorio. Eso era distinto.

Pero ambicioso. Podía cagarla fácilmente.

—Oye, creo que voy a salir a dar una vuelta con la bici esta tarde —dijo él.

—Pero si vamos a ir a…

—Sí. Pero pasaremos fuera todo el fin de semana y no volveré a tener oportunidad hasta la semana que viene. Tengo que hacerlo, nena, por mi salud mental.

Era la primera vez que Nell veía a Liam enfurruñado, pero no podía (o no quería) desperdiciar el poco tiempo y la energía que tenía jugando a aquel jueguecito nuevo.

—Muy bien, Liam. Que disfrutes del paseo.

37

Cara se quitó los guantes de látex, los tiró al cubo de la basura y se miró en el espejito. Tenía unas manchas de color negro grisáceo debajo de los ojos. Tal vez debiera comprar rímel resistente al agua, pero hacerlo significaba reconocer que eso se había convertido en parte de su vida. Se limpió las manchas con un bastoncillo y luego reparó los borrones de la base de maquillaje con unos toques de corrector. A continuación, un trago de enjuague bucal, que bebió con decisión: su peor temor era que alguien la oliese.

El moño se le había deshecho un poco, de modo que le clavó unas cuantas horquillas más y le echó un chorro de espray. Después de guardar su bolsita en el armario, se miró por última vez, comprobó que tenía el uniforme limpio y aseado, y salió al estrecho pasillo del sótano del hotel.

Como siempre, nadie la había visto. Andando con determinación y fingiendo una vaga sonrisa, subió otra vez a la recepción.

—Te lo has perdido —dijo Madelyn—. Ha llegado el señor Falconer.

¿Qué? ¿Dónde? No tenía que llegar hasta al cabo de una hora.

—Su reunión ha terminado antes. Pero no pasa nada, Vihaan lo ha llevado arriba.

Eso no debería haber ocurrido. No volvería a abandonar su puesto en un momento de mucha actividad. Siempre cabía la posibilidad de que un huésped llegase antes, todo el mundo lo sabía, pero la necesidad había sido tan imperiosa que se había arriesgado.

Allí estaba Vihaan, con Ling.

—¿Dónde estabas?

—Tengo el estómago revuelto.

—¿Otra vez? —preguntó Madelyn—. Vaya.

Ella, Vihaan y Ling observaron a Cara. Parecían recelosos o tal vez solo estuviesen preocupados.

—Lo siento —se disculpó Cara—. Es... Bueno, ¿qué tal con él? —Conocía al señor Falconer desde hacía mucho.

—No ha parado de quejarse del tiempo. Que hace demasiado sol. Que él no viene a Irlanda por el sol.

Había gente que le encontraba pegas a todo. Tratando de dominar su culpabilidad, Cara continuó con la jornada.

Gabby le había dejado un mensaje de voz: «¡Cara, ven a tomar un café rápido conmigo a la hora de la comida! No soporto a mis hijos. Necesito despotricar».

Se le alegró el corazón ante la perspectiva... pero luego su humor se desvió en otra dirección. Adoraba a Gabby, pero... ese día tenía que hacer otra cosa.

«¿Otra vez? ¿Tan pronto?»

Ya lo había hecho.

Y tenía que volver a hacerlo.

Solo eran las doce y diez, pero el supermercado Tesco de Baggot Street estaba inundado de oficinistas que hacían cola para pagar su almuerzo. Ella movía la rodilla con nerviosismo; la espera se le estaba haciendo casi insoportable. Siempre era así: cuanto más cerca estaba de comer, más se intensificaba la necesidad. Gracias a Dios, había quedado libre una caja registradora. Avanzó a toda prisa con su cesta; las cajas de autoservicio eran el mejor invento de la historia, porque nadie te juzgaba. Con rápidos pitidos, deslizó por el escáner un dónut, una galleta gigante y una tableta de chocolate tras otra. No se había fijado demasiado en lo que había metido en la cesta: la cantidad importaba más que la calidad. Y la botella de agua de dos litros, por supuesto: no podía olvidarla.

Veintinueve euros, nada menos.

Era... mucho.

Qué narices. Pronto lo dejaría.

Hacía un día caluroso y soleado, y se sentó en su banco de Fitzwilliam Square; era perfecto: a solo cuatro minutos andando del Ardglass pero no en línea recta. Era poco probable que alguno de sus compañeros de trabajo la viese. El dónut primero —el alivio extático de esos primeros bocados—; después, la galleta gigante, y luego, el chocolate. Todo transcurría muy rápido. Estaba arrancando los envoltorios, ya tenía la siguiente tableta preparada, y al mismo tiempo se introducía eficiente y metódicamente la anterior en la boca. Lo importante no era el sabor, sino la sensación, la búsqueda de sosiego y luego el subidón. Una barrita de chocolate Wispa desapareció en tres bocados; una tableta de Whole Nut, en cuatro. Pero entre una y otra bebía agua.

Los pocos transeúntes que pasaban no se fijaban en ella. Oculta a la vista de todos, parecía una persona cualquiera almorzando.

Después de comerse casi todo, se sentía bien. Solo le quedaba una barrita de chocolate Starbar; siempre guardaba una para el final. Era como un signo de puntuación. Se levantó, recogió todas las bolsas y envoltorios, sin dejar de comer, y echó a andar rápido. Sin detenerse, tiró la bolsa en su papelera y entonces sobrevino el miedo. Las moléculas de grasa y azúcar ya habían empezado a emigrar a través de las paredes de su estómago y a convertirse en capas de grasa amarilla en los muslos y la barriga y los brazos. Tenía que deshacerse de ellas. En ese preciso instante.

Atravesó la discreta entrada de personal del Ardglass, bajó por la escalera del fondo y, oh, no, allí estaba Antonio, uno de los segundos chefs.

—Hola, Cara. —El hombre la saludó con una sonrisa radiante.

No, por favor. En el pasado habían mantenido agradables charlas sobre Lucca, de donde era Antonio. Él daría por hecho que se detendría a hablar.

—Hola, Antonio, me alegro de verte. —Cara pasó junto a él—. Espero que estés bien.

Su expresión de sorpresa fue evidente, y la culpabilidad fue un duro trago. Pero. No. Podía. Parar.

Abrió de un tirón la puerta del cuarto de baño y de repente se sintió agotada ante el pequeño calvario que le aguardaba. Le dolían los músculos del estómago, tenía la garganta en carne viva.

«Esta es la última vez.»

No sabía de dónde había sacado la determinación, pero estaba segura de ello. Se había acabado. Era una locura. Quería a Ed, a los niños, adoraba su trabajo y su vida. Hacer aquello era demencial.

38

«Junio ya. ¿Cómo ha llegado tan pronto? —Jessie disponía la comida de Oriente Próximo en la mesa del comedor—. El mes que viene cumpliré cincuenta. En serio, ¿a qué edad una persona se siente por fin segura y a salvo? Porque yo creía que a estas alturas ya habría llegado el momento.»

Examinó la mesa: queso halloumi a la plancha, baba ganoush, hummus, aceitunas, pan de pita...

Ella había hecho muchas cosas en la vida. De verdad. Cinco hijos, un matrimonio feliz... Era feliz, ¿no? Dirigir una empresa lucrativa, dar trabajo a más de cincuenta personas; había triunfado.

Había olvidado los vasos de agua. Al volverse hacia la cocina, se preguntó si en realidad le caía bien a alguien. La perseguía la sensación de que todo el mundo se limitaba a aguantarla... ¡Joder! ¡Había estado a punto de caerse!

Eran esos puñeteros zapatos: las sandalias de Océane Woo Park. Eran letales, pero se las ponía a la menor oportunidad que se le presentaba para rentabilizar lo que le habían costado.

El escaso control de sus impulsos: ese era otro rasgo que aborrecía de sí misma. No debería haberse probado el regalo de Océane. Nada más bajar por la escalera con ellas puestas, las suelas ya habían quedado demasiado rayadas para regalarlas o devolverlas. Se había alegrado en secreto... durante media hora más o menos. Luego había llegado la culpabilidad: no tenía dinero para regalarse porque sí unos zapatos caros.

A pesar de su insistencia en que tenían suficiente dinero, sabía que sus gastos rozaban el desenfreno. No necesitaba ver las cuentas de Cara porque, en lo más profundo de su alma, tenía una calculadora interna. La mayor parte del tiempo hacía oídos sordos a su incesante tecleo, pero de vez en cuando, a menudo por la noche, justo antes de que ella se durmiese, se transformaba de repente en una máquina tragaperras que había sacado el premio gordo.

Entonces empezaban a brillar etiquetas fluorescentes: la fiesta del personal; las matrículas del colegio; las propinas excesivas; la chaqueta para Saoirse por portarse bien; el curso de primeros auxilios para Bridey porque no dejaba de hablar del tema; el *smartwatch* para el pobre Johnny porque le preocupaba que se sintiese desatendido...

Con cuatro vasos en las manos, volvió al comedor arrastrando los pies; no podía arriesgarse a dar pasos largos con aquellos condenados zapatos. ¡Dios santo, había encargado mucha comida!

Johnny entró y se paró en seco.

—Jessie. Aquí hay comida suficiente para dar de comer a medio Alepo.

—Pues en la cocina hay más. Un plato especial sirio que lleva cordero, cerezas y melaza de granada. —Había preparado el plato de cordero ella misma, el único de toda la comida, porque no había podido comprarlo en ningún establecimiento de Dublín—. Yo y mis ideas burguesas, dice Ferdia. Por lo visto, no puedo hablar con nadie durante más de un minuto sin invitarlo.

—Ese chaval tiene mucha jeta, pero puede que esta vez tenga razón.

Kassandra ya había quedado un par de veces para jugar con Dilly y era una niña normal y corriente. Perla era distinta, algo comprensible. Cuando llevaba y recogía a su hija, sus músculos faciales apenas se movían. Poseía una terrible falta de vida. Empujada por una irreprimible necesidad de cuidar, Jessie había dejado escapar una invitación a cenar sin pensar en las consecuencias. ¿Qué iban a decirle Johnny y ella, con su vida segura y regalada, a una mujer que había presenciado horrores que ellos ni siquiera eran capaces de imaginar? Jessie les había suplicado a Nell y a Liam que asistiesen como apoyo moral.

Cuando se lo había mencionado a Ferdia, su hijo había dicho:

—Esa mujer no es un espectáculo de feria.

—En ningún momento he dicho eso. —Cielos, no podía abrir la boca delante de él.

—Oh, mira, somos blancos y de clase media, vamos a reunirnos y a pinchar a una refugiada.

—No voy a pinchar a nadie, Ferdia. Solo voy a ofrecerle a esa mujer una cena. Pero tú estudias sociología. Tienes conciencia social. —Supuestamente. Ella nunca veía muchas pruebas que lo demostrasen—. Pensé que a lo mejor te interesaba.

»Johnny —dijo ella a continuación—, ¿has encontrado música siria?

—Sí. La he descargado. Ya está lista.

—¿Crees que habrá algún problema si bebemos? Me refiero a ti, a Liam, a Nell y a mí.

—¿Ella no bebe? —preguntó Johnny—. ¡Es verdad! Claro. Tal vez tampoco deberíamos beber nosotros. No nos vendría mal dejarlo por un día. ¿O sería demasiada condescendencia? Estoy fuera de mi elemento.

—Johnny, cariño... Esto me da un poco de miedo.

Él rio a carcajadas.

—Oh, Jessie, tú y tus prontos. Ven aquí. —La abrazó y ella se dejó hacer.

—¿Crees que fumará maría? —preguntó Jessie, apoyándose contra él—. Podríamos pedirle a Ferdia.

—¿Lo dices en serio?

—No sé. Solo quiero que lo pase bien...

Sonó el timbre. Dilly y TJ bajaron por la escalera con gran estruendo, recogieron a Kassandra y se la llevaron. Para los niños era muy fácil. Nell, que misteriosamente había acudido sin Liam, tuvo que resistirse mucho para que no se la llevasen también a rastras.

Perla ofreció una cajita de extraños bombones de Europa del Este. Saltaba a la vista que los había comprado en una tienda de artículos de ocasión y a Jessie se le partió el corazón.

—Pasa, pasa, pasa. —Condujo a Perla al salón y la sentó.

Era una mujer menuda, de mirada seria y ropa anodina; Jessie tuvo que reprimir el impulso de taparle las rodillas con una manta.

Ferdia apareció de repente. Vaya, qué detalle. Jessie hizo las presentaciones y preguntó a Perla qué le apetecía beber.

—Tenemos agua, zumo de manzana, Coca-Cola Light...

—Vino blanco, por favor —dijo ella.

—¡Ah...! ¡Claro! ¿Cómo lo quieres? ¿Seco? ¿Dulce?

—¿Tenéis sauvignon blanc?

—¡Por supuesto! —Johnny casi gritó de alivio.

Perla aceptó la copa, bebió un sorbo, cerró los ojos y suspiró.

—Vino, cuánto te he echado de menos. —Después de beber otro trago de vino, esta vez más largo, miró a su alrededor las caras de sorpresa y dijo—: Sé que tenéis preguntas que hacer. Preguntad, por favor.

Jessie, Johnny y Ferdia se quedaron en silencio, avergonzados.

—Está bien. —Perla bebió otro trago—. Empezaré yo. ¿Por qué bebo?

—Perdona por haber presupuesto cosas —dijo Jessie—. Pensábamos que los musulmanes lo teníais prohibido.

—Yo no soy musulmana, pero muchos musulmanes beben.

—¿Eres cristiana? —Jessie pensó que tal vez existía una comunidad cristiana en Siria.

—No soy nada.

—De acuerdo. —Jessie se mostró paciente.

—Laica. —Perla sonrió—. A la gente le gusta ponernos etiquetas. A los refugiados, digo. —Iba por la mitad de la copa y estaba aflorando una mujer más relajada y chispeante—. Yo creía que era de clase media.

—¿D-de verdad?

—Ya. —Otra sonrisa, esta vez más radiante—. Creéis que todas vivíamos en cabañas de piedra y teníamos que llevar burka. Pero yo soy médica.

¡Médica!

—Mi marido se dedicaba a la informática. Teníamos un bonito piso con aire acondicionado en Damasco, dos coches, una segunda residencia. Los fines de semana íbamos al centro comercial y comprábamos cosas que no necesitábamos. Había muchos como nosotros.

De acuerdo. Bien. Eso era lo que les habían contado, pensó Jessie.

—¿Cómo es que hablas tan bien nuestro idioma?

—Las clases de niña. —Perla se encogió de hombros y sonrió—. Y viví en Irlanda cinco años.

—Entonces, ¿qué pasó? —preguntó Ferdia—. ¿Por qué has acabado aquí?

—La guerra. Cuando los enfrentamientos en Damasco se volvieron demasiado peligrosos, nos trasladamos a Palmira, una ciudad más pequeña. Temporalmente. Conseguí un empleo. No había trabajo para mi marido, pero él cuidaba de Kassandra. Y esperábamos que la vida volviese a la normalidad.

—Deduzco que no fue así —dijo Johnny.

—Una mañana nos despertamos y había banderas negras y hombres barbudos con metralletas. Vinieron a nuestra casa.

—Joder —murmuró Ferdia.

—No les gustaba que estuviese a solas con hombres en mi consulta.

Ferdia movió la cabeza con gesto de disgusto.

—Entonces, ¿te dijeron que lo dejases?

—Le dijeron a mi marido que me obligara a dejarlo.

—¿Como si él te controlara? —Ferdia apretó los labios—. ¿Y te hizo dejarlo? No. Eres valiente.

—Necesitábamos el dinero. Dejé de ir a la consulta; la gente me visitaba en casa. En secreto. Pero alguien me delató.

—Y ¿te... hicieron daño? —inquirió Jessie.

—¿A mí? No. Pero a mi marido... se lo llevaron a la plaza y... lo mataron. —Tragó saliva—. Al final.

—¿Qué pasó? —preguntó Jessie casi en un susurro.

Perla bajó la vista.

Ferdia fulminó con la mirada a Jessie, quien se apresuró a murmurar:

—Lo siento. Lo siento. Lo siento mucho. —Cuando hubo pasado un período de silencio respetuoso, Jessie dijo con delicadeza—: Lamento mucho todo lo que has sufrido. Te pondré más vino.

—Gracias, Jessie. —Perla esbozó una sonrisa—. Eso estaría muy pero que muy bien.

Inesperadamente, todos acabaron bastante borrachos bastante rápido.

—Tal vez deberíamos comer —propuso Jessie. Antes de que fueran incapaces...

Las niñas los acompañaron en los entrantes, antes de perder el interés y pedir helado.

—¿Y no vais a probar el plato especial de cordero sirio? —dijo Jessie—. Ya viene.

—No —contestó Bridey—. Hemos comido bastante. Somos pequeñas, no comemos tanto como los adultos.

—Kassandra quiere helado —dijo Dilly.

—Está bien. —Jessie estaba demasiado achispada para preocuparse—. Ya sabéis dónde está.

Entró en la cocina seguida de Johnny a buscar el plato de cordero.

—Le gusta el vino, ¿verdad? —dijo Johnny mientras sacaba otra botella del frigorífico.

Jessie cargó contra él.

—¿A ti no te gustaría?

—No me refería... Solo quería decir que es algo bueno. Algo normal. Ella es normal.

—Perdona. Estoy un poco piripi.

Todo el mundo prorrumpió en exclamaciones al oler el cordero, pero Jessie insistió en que Perla lo probase primero.

La mujer probó un bocado, masticó, tragó e hizo una pausa.

—¿Quién lo ha preparado?

—Encontré la receta en internet —respondió Jessie—. ¿Está bien?

—Está buenísimo. —Perla rompió a llorar de una manera preocupante—. Me recuerda a mi hogar.

—Oh, venga. —Jessie la consoló—. Ahora yo también estoy llorando.

—Y yo —dijo Nell.

—Y yo —dijo Johnny.

—Lo siento —se disculpó Perla—. Estoy un poco borracha.

—Llora cuanto quieras —la instó Jessie—. A ninguno nos molesta. Desahógate. ¿Es muy malo ser refugiada?

—¡Mamá! —exclamó Ferdia. A continuación, dirigiéndose a Perla, añadió—: Te pido disculpas en nombre de mi madre.

—No, no te disculpes. La gente pasa de puntillas por mi situación, pero es bueno hablar. Me alegro de que Kassandra y yo estemos vivas, pero, sí, es muy malo ser refugiada.

—¿Es verdad que tenéis que dormir en una residencia? —preguntó Jessie—. ¿Que en el comedor comunitario os sirven una comida horrible?

—Es cierto. La comida suele ser asquerosa. —Bebió un trago de su copa y casi sonrió—. No hay intimidad, nunca. Gente de once países distintos vive en la residencia con nosotras. Todos tenemos costumbres distintas, así que es difícil… Pero lo peor son las numerosas humillaciones del día a día.

—¿Como qué? —preguntó Jessie con vacilación.

—Como… —Perla observó a Johnny y Ferdia—. Pido disculpas a los hombres por lo que voy a decir; no pretendo incomodarlos. Pero no tener dinero para tampones es muy deprimente.

Johnny inició una intensa competición de miradas con sus rodillas. Ferdia tragó saliva pero se mantuvo firme.

Jessie se quedó horrorizada y dijo:

—No se me había ocurrido.

—No hay dinero para jabón, no hay dinero para paracetamol, no hay dinero para calcetines nuevos para Kassandra cuando los viejos se le deshacen. Son tantas las penalidades que me dan ganas de acostarme y no levantarme nunca.

—¿Por qué no trabajas? —preguntó Jessie—. En Irlanda hacen mucha falta médicos.

—¡Mamá! —Otro estallido de Ferdia—. Los refugiados no pueden trabajar.

—Pero ha habido un fallo del Tribunal Supremo. ¡He leído sobre el tema! —Jessie estaba harta de que la hiciera sentirse tonta.

—Tienen que pagar mil euros para conseguir un permiso… —intervino Ferdia.

—Y hay una lista de sesenta trabajos que no pueden desempeñar: hoteles, taxis, limpieza… —dijo Nell.

—Los trabajos a los que suele poder aspirar la gente que tiene dificultades con el idioma.

Ferdia y Nell hicieron una exposición por turnos sobre los métodos solapados con que el Gobierno había logrado impedir que los refugiados trabajasen.

—Dios, qué horror. No lo sabía… —dijo Jessie—. Lamento no haberlo sabido. —Y a modo de disculpa, llenó de nuevo la copa de Perla.

39

> … al tiempo que mantiene el paradigma psicoanalítico básico, K. Horney hace hincapié en el hecho de que la niña crece sabiendo que el hombre tiene un «precio muy alto» para la sociedad en términos humanos y espirituales, y, por consiguiente, la causa del complejo de masculinidad en la mujer debería considerar elementos individuales y…

Dios, había estado a punto de dormirse en ese punto. Las dos semanas que Ferdia llevaba en ese trabajo le parecían dos años. No había hecho más que leer largos y tediooosos informes y reducirlos a una página de puntos para los directores. Estudiaba sociología porque quería cambiar la vida de las personas. Un mono adiestrado podría hacer aquella mierda.

Pero no podía marcharse. Johnny prácticamente le había conseguido el período de prácticas porque, según la jefa, Celeste Appleton, ella había sido su novia. Esa semana, Johnny se había presentado en el despacho y había hecho vivir a Ferdia un momento de extrema confusión: se había llevado a Celeste a comer.

—Somos viejos amigos —había dicho tratando de hacer saber a todo el mundo que en el pasado se había tirado a Celeste; patético.

—De viejos nada —había replicado Celeste, pintándose los labios de rojo sin necesidad de espejo, un gesto que molaba bastante.

Muchas cosas de Celeste molaban bastante. Tenía la sensualidad de una sargento de oficina de película porno. Se paseaba imperiosa con sus zapatos de punta, sus blusas de seda y sus faldas ceñidas, y llevaba unas gafas de montura negra muy sexis.

Tenía un pelo precioso, de un negro reluciente, y lo llevaba recogido en la nuca en un grueso moño.

A veces, Ferdia, a mitad de los informes más tediosos que tenía que resumir, fantaseaba con desabrocharle el pasador y ver caer por su espalda esa espesa melena, como una cascada.

Menos mal que era viernes. Vaya. ¿De verdad acababa de pensar eso? Qué rápido se había convertido en un siervo.

Le habían dejado entrar antes y trabajar durante la hora de comer para así poder irse a las tres para tomar el tren a Westport, una concesión que seguramente le debía a Johnny. Era absurdo que lo obligasen a ir a Mayo para el aniversario de boda de la abuela y el abuelo Casey, que ni siquiera eran sus abuelos, pero su madre le había suplicado que fuese. Su necesidad de una falsa familia feliz era patética. Debería rendirse: a él nunca le caería bien Johnny y a Johnny él nunca le caería bien.

Saoirse no pensaba lo mismo; era demasiado pequeña para acordarse de su padre. Ella parecía encantada de formar parte del gran clan Casey.

Ed era legal. Ed era un buen tío.

Liam, en cambio, era un payaso, peor aún que Johnny.

El único motivo por el que iba a Mayo aquel fin de semana era porque Barty y Sammie también iban. Para él, Barty era una de las personas más importantes del mundo. Incluso se parecían: Barty era una versión reducida de Ferdia; la gente solía pensar que eran hermanos. Se sacaban de quicio el uno al otro, pero eran como de la familia.

¿Y Sammie? A veces casi era un raro alivio que prácticamente hubiese terminado todo entre ellos. Él tenía ahora veintiún años, casi veintidós. Un hombre. Y eso lo llenaba de miedo. Su futuro era desconocido, pero fuera cual fuese, no se sentía preparado para él. ¿Qué hacían los adultos de verdad con su vida? A algunos alumnos con buenas notas de su facultad, a un año entero aún de la graduación, ya les habían garantizado puestos en importantes bancos o empresas de contabilidad, pero para hacer exactamente ¿qué? Algún curro turbio, manejando el capitalismo, haciendo ganar más dinero aún a organizaciones que ya tenían cantidades obscenas de dinero al mismo tiempo que amasaban fortunas personales.

En el supuesto de que tuviese estómago para desempeñar un trabajo como aquel, Ferdia no creía que fuese lo bastante listo.

Sus notas eran aceptables, algo por encima de la media. Jessie decía que si se esforzara más, le iría mejor. Se equivocaba. Aunque se matara a trabajar, él nunca estaría al nivel de los alfas. Otros alumnos de su promoción, un grupo pequeño y serio, querían ser trabajadores sociales. Su dedicación era admirable, pero él deseaba ofrecer ayuda a mayor escala. Sin embargo, la temporada que había pasado contando barriles de aceite de cocina en Filipinas el último verano le había demostrado lo que era en realidad trabajar para una gran organización benéfica. Había sido mortalmente aburrido y no le había despertado en absoluto la sensación positiva que esperaba.

¿Habría sido distinto si su padre no hubiese muerto? ¿Tendría menos miedo del futuro? Quién sabía... Y qué importaba. Lo único que podía hacer era jugar con las cartas que le habían tocado.

40

Jessie apenas reparó en la vegetación bañada por el sol de Westmeath cuando pasaron a toda velocidad en el monovolumen. Todos los que iban en el coche estaban subyugados por la tristeza que emanaba de Johnny. Canice nunca perdía la oportunidad de decirle que no estaba capacitado para llevar el negocio familiar, y aquello no era cierto. Johnny simplemente no había querido ser notario, hacer testamentos y escrituras de traspaso en un pueblo tan claustrofóbico que le hacía sentirse como si le apilasen ladrillos sobre el pecho. En cuanto a Rose, parecía incapaz de amar. Salvo en lo referente a la ropa: era una clienta preferente de Monique's, la boutique más lujosa de Beltibbet. Y realmente era muy lujosa: a Jessie la dejaban pasmada los precios, aunque no reconocía ninguna de las marcas. La mayoría de los vestidos a la venta tenían unos robustos corsés internos. Era otro mundo.

Lo que más asombraba a Jessie era lo mucho que Canice se enorgullecía del aspecto de Rose. A él siempre le ofrecían una silla enfrente del probador y, cuando Rose salía, hacía comentarios y sugerencias, comprometido con la elección. Jessie no recordaba a su madre comprándose ropa nueva, y la idea de que su padre se fijase siquiera era irrisoria. Ellos regentaban la tienda de su pueblecito en lo más remoto de Connemara. Como vivían al lado, siempre estaban trabajando. La tienda estaba abierta siete días a la semana, pero aun así era habitual que alguien llamase a su ventana de madrugada o muy temprano para comprar cerillas de emergencia o leche o un rollo de cuerda. Dilly Parnell había llevado toda su vida un delantal de flores. Jessie se decía que no necesitaba nada más. Tal vez no le había interesado. Sus padres eran gente humilde y tranquila: chapados a la antigua pero muy afectuosos.

Habían apoyado a Jessie en todo lo que había hecho y se habían sentido muy orgullosos de ella. Habían pasado casi doce años desde que su padre, Lionard, falleció: padecía demencia y había ido apagándose como una foto abandonada al sol. Su muerte había sido como una liberación.

Nada que ver con la muerte de su madre. La abuela Dilly se había ido a vivir al apartamento del jardín trasero de Jessie y Johnny, una presencia agradable y modesta, muy querida por los niños. Nueve años atrás, cuando murió, Jessie quedó destrozada. TJ tenía solo seis meses, pero Jessie decidió que lo único que podía salvarla era otro bebé. Y así fue como Dilly —que se llamaba así por su abuela—vino al mundo.

Jessie todavía lloraba por sus padres, pero sobre todo de gratitud por su buena suerte. Habían sido buenos y amables, muy distintos de Canice y Rose.

Cuando Jessie y Johnny fueron a Beltibbet a informarlos de que iban a casarse, la conversación había tenido lugar en lo que Rose llamaba la «salita». Jessie pensaba que había ido bien.

Pero en el momento de marcharse, Rose agarró a Jessie por la muñeca y la hizo detenerse.

—Mi hijo no es plato de segunda mesa de nadie —dijo en voz baja y tono agradable.

Sorprendida, Jessie hizo como si no la hubiese oído. Pensándolo bien, tal vez esa fuera la mejor forma de enfocarlo: si ella y Rose se hubiesen peleado, quizá nunca lo hubieran superado. Pero la hostilidad de Rose la había pillado desprevenida, sobre todo porque los padres de Rory, Michael y Ellen, eran encantadores. Empezó a preguntarse si ella era la culpable de la animosidad de Rose. Había estado casada con el mejor amigo de Johnny; tal vez Rose solo se mostraba protectora con su primogénito. Pero la familia Casey había recibido a Cara con la misma hostilidad. No tenía información sobre el primer encuentro de Rose con Paige, pero Jessie estaba presente cuando Rose le dijo a Nell:

—Otra nuera. Señor.

Las siguientes cuarenta y ocho horas le daban pavor.

La sospecha, siempre presente, de que ella no caía bien a nadie volvió a hacerle mella. Sus mejores amigas, Mary-Laine y Annette, eran de la red Mujeres de Negocios; ellas acostumbraban a intercambiar comentarios irónicos y cómplices en lugar de secretos del corazón.

En cuanto a Ed y Cara y Liam y Nell, si no les ofreciese escapadas caras, ¿los vería alguna vez? «Tienes que alquilar a tus amigos.» ¿De dónde había sacado esa horrible idea? Pero era cierto, ¿no? Si no gastase un dineral, estaría más sola que la una.

Tenía que dejar de pensar de aquella forma; era la demostración del efecto que la proximidad de Canice y Rose tenía sobre ella, sobre todos ellos.

Por lo menos iban a alojarse en un sitio precioso. Habían alquilado tres casitas de campo a las afueras del pueblo, a un paseo de Bawn Beach y las tonificantes olas del Atlántico. La agente inmobiliaria era una habitual de la escuela de cocina de PiG. Les había arreglado el precio a cambio de dos entradas gratis para ver a Hagen Klein. Jessie, Johnny y las cuatro niñas estaban en una casa. Ed, Cara y sus hijos, en otra. La tercera la había llamado «la casa de los jóvenes». Allí estaban Liam y Nell, acompañados de Ferdia, Sammie y Barty.

Jessie había utilizado un método un tanto artero para garantizar la asistencia de Ferdia: había invitado a Sammie, a quien le había agradado la perspectiva de pasar un fin de semana regado con alcohol en el oeste antes de marcharse de Irlanda. Ferdia había dicho de mala gana que iría si invitaban también a Barty. Y así fue.

Rose y Canice hacían todo lo posible por ningunear a Ferdia, y a Saoirse, claro, y a Jessie le daban ganas de plantarles cara. Ella quería a Johnny, pero no pensaba fingir que su matrimonio con Rory no había existido…

Una serie de pitidos del móvil la distrajeron: volvían a tener cobertura. Echando un vistazo a sus correos electrónicos, encontró uno de Posie, la encargada de Malahide, en el que le daba la buena noticia de que estaba embarazada de tres meses.

Mierda.

Mil veces mierda.

Posie llevaba esa tienda de maravilla. Harían falta toda clase de argucias logísticas para cubrir su ausencia.

Incluso en las circunstancias más inoportunas, Jessie se preciaba de portarse bien con sus empleados. Posie tendría un permiso de maternidad de seis largos meses. Jessie daría una fiesta en la que los invitados llevarían regalos para el bebé y compraría un cochecito de gama alta.

¡Pero seis meses fuera! Ella apenas se había tomado un mes con cada uno de sus hijos.

Decidió echar un vistazo en Facebook. Pero se llevó otro susto.

—Dios. —Tragó saliva.

—¿Qué? —preguntó Johnny.

—Facebook me sugiere que mande una solicitud de amistad a Izzy Kinsella. ¿Por qué hacen eso? ¿Por qué ahora?

—Sus algoritmos están locos. No hagas caso.

—Pero... ¿ha pasado algo? Alguien a quien conozco debe de haberse hecho amigo de ella.

—Su sistema es mucho más aleatorio.

—Perdona, cariño. —No importaba, y el pobre Johnny ya tenía bastantes preocupaciones—. ¿Estás bien?

—Bueno, ya sabes. —Apretó fuerte el volante y siguió conduciendo hacia el sol.

41

Liam frenó de repente y el lápiz de Nell resbaló sobre el papel cuadriculado. Se habían parado en otro pueblo.

—¿Falta mucho? —preguntó ella.

—Pareces una niña.

Estar sentada en el coche sin poder hacer nada durante las últimas cuatro horas había sido una tortura. Cuatro preciosas horas en las que podría haber estado trabajando en lugar de intentando dibujar en un coche en marcha.

—¿Ya hemos llegado? —la imitó Liam.

Ella consultó el teléfono: faltaban diecisiete minutos más para que llegasen a la estación de Westport, donde tenían que recoger a Ferdia, Sammie y Barty. Después de eso, veinte minutos más para llegar a la casa de campo.

Treinta y siete minutos más sin progreso alguno.

Incluso hablar del proyecto la habría ayudado a aclarar algunas ideas, pero Liam seguía haciéndole el vacío. Era difícil saber si debía sentirse culpable o resentida. Nunca habían pasado por una situación como aquella, en la que él la había reprendido por ser egoísta. Pero su trabajo era muy importante para ella, y él lo sabía. Seguro que sabía que el encargo representaba una gran oportunidad. O tal vez ella debería ser más considerada. Los padres de Liam eran unos personajes. Aquel fin de semana sería duro para él.

—Mándales un mensaje —dijo Liam.

Habían aparcado enfrente de la estación de Westport y estaban esperando a Ferdia y su grupo. Su tren debería haber llegado hacía diez minutos, pero no había señales de ellos.

—¿Cuál es el número de él?

Liam emitió un bufido de irritación.

—No lo tengo. Mándale un mensaje a Jessie.

Ella envió un mensaje, pero después de mirar el teléfono en silencio un largo rato, dijo:

—No debe de tener cobertura.

—Entonces, ¿qué se supone que tenemos que…?

—Entraré a echar un vistazo.

Nell bajó del coche y entró en la estación de aspecto desierto. Un hombre de uniforme medía un banco del andén.

—¡Viene con retraso! —gritó—. El tren de Dublín. Veinticinco minutos.

Vale. Podía sentarse en un banco, siempre que no interfiriese en ninguna medición, y trabajar mientras esperaba. Iría a por sus cosas.

Pero cuando volvió al coche, Liam dijo:

—No vamos a quedarnos aquí.

—Por favor, Liam, se lo prometí a Jessie.

—Dicen veinticinco minutos, pero vete tú a saber.

Ella volvió a donde se encontraba el hombre de uniforme.

—Cuando dice veinticinco minutos, ¿se refiere a veinticinco minutos de verdad? ¿O podría ser más tiempo? —Si le contestaba una cursilería como «Cuando Dios hizo el tiempo, hizo de sobra», se echaría a llorar.

El hombre se enderezó despacio.

—¡Esto no es Suiza! —Parecía ofendido—. Alguien me contó que allí un tren llegó seis minutos tarde y a todos los pasajeros les dieron tarta gratis.

Nell estaba demasiado impaciente para aquello.

—Gracias. —Volvió al coche y dijo—: El hombre ha sido un poco ambiguo. Pero no podemos abandonarlos así como así, Liam.

—Que pillen un taxi. O un autobús. O que hagan autoestop. —Arrancó el motor—. No pienso quedarme aquí toda la tarde. Sube.

Ella subió a regañadientes. Hacía varios minutos que habían reanudado la marcha cuando su móvil sonó.

—¿Querías el teléfono de Ferd? —preguntó Jessie—. ¿Qué pasa?

—Su tren se ha retrasado. El hombre de la estación no estaba seguro de cuánto tardaría, así que no hemos esperado. Lo siento, Jessie.

—Tranquila. Mandaré a Johnny cuando lleguen.

42

—El sol pega muy fuerte —dijo Tom—. Hace falta un parasol.

—Vamos directos al oeste. —Ed explicó a los chicos cómo salía y se ponía el sol, y a Cara le despertó una grata sensación de seguridad.

Entonces olió por primera vez el aire salado.

—¡Vinnie, Tom! —exclamó—. ¿Oléis el mar?

—¡Allí está!

Más allá de una larga y estrecha extensión de arena clara, el sol había convertido el agua en plata líquida. Siguiendo su GPS, Ed se dirigía hacia la punta final. La carretera se estrechó y se transformó en un sendero de vía única.

—¿No nos hemos perdido? —preguntó Cara con inquietud.

—¿Alguna vez te has perdido conmigo?

Eso nunca había ocurrido.

—Pero ¿dónde están las casas de Jessie? Casi hemos llegado al mar.

—Deberían estar... justo... ¡ahí! —Ed salió del sendero.

Un enclave compuesto por seis casas perfectas, de madera color crema, había aparecido de la nada. No tenían nada que ver con los habituales bungalows sombríos que constituían las residencias de vacaciones irlandesas.

—¡Estamos prácticamente en la playa! —Cara rio de regocijo—. Típico de Jessie. ¿Cómo se habrá enterado de este sitio?

No había lindes oficiales, pero cada propiedad estaba demarcada por grupos de ásperas plantas propias de los arenales.

—*Ammophila* —dijo Ed—. Viene de unas palabras griegas que significan «arena» y «amiga». Estas plantas sobreviven en suelos con elevada salinidad...

—Papá —dijo Vinnie.

—¿Hijo?

—Cállate.

—Sí, hijo. —Ed rio entre dientes.

Jessie y los suyos estaban reunidos delante de la primera casa.

—¡Vosotros estáis en la segunda casa! —gritó Jessie, haciéndoles gestos para que avanzasen—. Las llaves están en la puerta.

Cuando bajaron del coche, el ruido de las olas era mucho más fuerte. Arena blanca granulada llegaba volando de la cercana playa y las plantas de Ed se inclinaban con la brisa. Pese a que eran casi las seis de la tarde, el sol todavía calentaba.

—¿Por qué habéis tardado tanto? —TJ y Dilly se acercaron corriendo a Vinnie y Tom.

—¡No puedo creerme que hayáis tardado más que nosotros! —exclamó TJ.

—¡Papá ha venido pisando huevos! —gritó Dilly—. No quiere estar aquí.

—Porque la abuela y el abuelo son insoportables. ¿Venís a bañaros?

—¡Claro! —contestó Vinnie.

—¿Podemos, mamá? —preguntó Tom.

—Meted primero vuestras cosas. Luego, podéis ir. —Cara abrió la puerta principal de la casita y los cuatro niños se apiñaron delante de ella y entraron.

Por dentro era amplia y luminosa, con el suelo de madera noble y muebles de estilo Hamptons en azul claro y color crema. Abundaban los motivos marinos. Detrás de cada casa había un entablado curtido por la sal que miraba directamente al mar.

—Madre mía. —Ed, que estaba metiendo una maleta en el recibidor de doble altura, se detuvo de golpe. Bajó la maleta—. Esto es increíble. Lástima que…

—¿Qué? —preguntó ella—. ¿Estás bien, cariño?

—Bah, ya sabes. —Miró al sol entornando los ojos—. Esto es impresionante. Pero mamá y papá…

Cara se sorprendió. Ed casi nunca perdía la calma.

—Ya. —Se acercó a él y lo abrazó.

—Sobre todo papá —masculló Ed contra su pelo—. Estar cerca de él es como estar cerca de una bomba sin detonar.

—El domingo todo habrá acabado.

—Dilo —le pidió él.

—Te tengo. —Cara lo abrazó más fuerte—. Estás a salvo.

—Gracias. —Él se apartó y sonrió—. Ya puedo con todo. Vale. Los dormitorios.

—¿Puedo quedarme este cuarto? —gritó Vinnie desde algún lugar de la casa.

—¿Es el más grande? —contestó Cara—. ¿Tiene baño privado? Porque entonces la respuesta es no.

«Necesito mi cuarto de baño.»

Acto seguido, su humor empeoró. Había conseguido olvidarse de la comida y de todo lo demás. No era de extrañar que entonces fuese a la cocina. La nevera estaba llena de vino, cerveza y otros «productos básicos».

—¡Ed, mira!

—Cosa de Jessie, seguro.

Y allí estaba la propia Jessie, ataviada con un vestido de playa vaporoso, con una copa de vino rosado en la mano y acompañada de Bridey.

—¡Menudo sitio! —exclamó Cara.

—Ya. Este fin de semana va a ser horrible. No te ofendas, Ed, pero cuando Canice y Rose hayan vuelto a hundirnos en la miseria, por lo menos tendremos donde lamernos las heridas.

—Ahora en serio, ¿ha sido muy caro? Me siento culpable.

—Basta. Lo conseguí por muy poco gracias a un cliente. De todas formas, gastar dinero me calma. Necesitaba estar en algún sitio bonito, por mi salud mental, y no pienso meter a mi gente en una casa estupenda y dejaros al resto en un tugurio. Estamos juntos en esto.

—Y encima has llenado la nevera de vino y cerveza. —Cara sacó un fajo de billetes de su bolso y los metió en la mano de Jessie.

—No.

—¡Sí!

—Dios, qué tozuda eres cuando quieres —masculló Jessie—. Gracias, cielo.

Los cuatro niños pequeños entraron en tropel en la cocina.

—Están aquí dentro. —Dilly abrió la puerta de un armario.

—¡Genial! —Vinnie había encontrado una reserva de galletas. Rasgó el envoltorio de un paquete y se metió una en la boca.

—¡Eh! —gritó Bridey—. Ya no puedes bañarte. Tendrás un corte de digestión.

—No te pasará nada. —Cara le quitó el paquete—. Cámbiate de ropa y vete.

Al volver a guardar las galletas en el armario, no pudo evitar echar un vistazo; dentro había montones de cosas: chocolate, gominolas, algo que parecían magdalenas...

—En la nevera hay helado —dijo Jessie.

—Oh. —No.

—Necesitamos toda la ayuda posible para sobrevivir a este fin de semana. Cara, Ed, miradme bien: esta es la última vez que me veréis sobria, pienso empezar a beber, pillar un pedo y seguir así hasta el domingo por la tarde. Estaré en un proceso de recarga continua.

—A lo mejor no está tan mal —aventuró Ed.

Jessie soltó una risa apagada.

—¿Tú crees?

Era más duro para Johnny y para Jessie, Cara era consciente de ello. Canice era desagradable con sus tres hijos, pero a Johnny lo hería en lo más profundo.

Y aunque Rose era hostil con sus tres nueras, sin duda a quien más manía tenía era a Jessie.

—Bueno —dijo Jessie—. Antes de nada voy a darme un baño y luego ya empezaré a beber como una cosaca. —Miró a Ed y Cara—. ¿Venís?

—Yo no. —Cara empleó un tono jovial, pero bajo ningún concepto pensaba ponerse un bañador.

—¿Y tú, Ed? —A Jessie le sonó el móvil—. ¿Ferdia? ¿Ya estáis ahí? No, Liam no podía esperar, pero aguantad, que mando a Johnny. —Colgó—. Ferdia. El tren ha llegado con retraso.

—Iré yo —se ofreció Ed—. No es molestia.

—Oh, no... ¿Seguro? Es que Johnny no está de muy buen humor...

—Claro.

Jessie, rodeada de niños con bañadores y toallas, se fue a la playa con paso resuelto, Ed subió al coche y se marchó, y, de repente, Cara se había quedado sola en la casita soleada.

No sabía muy bien qué hacer. Podía vaciar las maletas, pero eso solo le llevaría cinco minutos. A lo mejor debía sentarse en la terraza y simplemente estar allí.

Se tocó con la lengua el borde irregular del diente roto. El día que ocurrió se asustó mucho, convencida de que acabaría con toda la boca podrida. No podía hacer frente al dictamen de un dentista. Pero resultó que el diente roto no dolía, de modo que todo iba fenomenal. Era un poco raro que ese pedazo de esmalte se hubiese partido sin ningún motivo, pero tal vez se tratara de un acto de muda natural.

De buenas a primeras, la idea de comer un helado apareció en su cabeza. El tiempo corría. Ed volvería en unos cuarenta minutos y los niños podían llegar incluso antes.

Se había propuesto pasar un fin de semana saludable, pero la proximidad de la comida y la libertad de la soledad...

El corazón le latía rápido. La sangre le corría por las manos y los pies, y le palpitaba contra las puntas de los dedos. Como una autómata, fue a la cocina y abrió la puerta del frigorífico. Había cuatro envases de Ben & Jerry's. Uno era Cherry Garcia, de cereza con trocitos de chocolate, su favorito. La horrible combinación de inmenso alivio y tristeza profunda significaba que ya se le había ido de las manos.

Tres bruscos golpes en la ventana delantera la sobresaltaron.

—¡Toc, toc! —Era Johnny.

No había hecho nada malo, pero cuando se dirigió a la puerta de entrada estaba temblando.

—Dios bendiga a todos. —Johnny hizo ver que se quitaba un gorro, como un granjero a la antigua usanza.

—Eh.. ah, hola. ¿Qué pasa?

—¿Podemos hablar un poco de negocios? —Pasó al salón—. Un poquito de negocios. Muy poquito. Casi nada. —Parecía ligeramente exaltado—. Del asunto de Airbnb. Ya sé que te has ofrecido porque eres un trozo de pan, Cara, y que te fastidio en tu fin de semana libre.

—Toda buena acción tiene su justo castigo —logró decir ella.

—Exacto. El caso es que quería proponer un pequeño cambio: en lugar de que los ingresos vayan directos a nuestra cuenta corriente, ¿podrían ir a una nueva cuenta? Ya la he abierto; aquí está toda la información. —Le tendió los papeles.

Ella les echó un vistazo. La cuenta estaba solo a nombre de Johnny. Todas las otras cuentas, todas las otras facturas que ella había visto, eran compartidas entre Johnny y Jessie.

—¿La hipoteca saldrá de la misma cuenta? —Tenía sentido, para mantener la iniciativa de forma autónoma.

—No. ¿Quién sabe cómo saldrá lo de Airbnb? ¿Y si no hay suficientes ingresos para pagar la hipoteca cada mes?

La hipoteca era muy pequeña. Los alquileres de Airbnb en el centro de Dublín estaban en su apogeo.

—Probemos de esta forma —dijo él—. Al menos, una temporada.

Cara seguía sin entenderlo: ¿la hipoteca del piso de Johnny se pagaría con la cuenta que compartía con su esposa, pero los ingresos irían a una nueva cuenta que estaba solo a su nombre? Era posible que Johnny se percatara de su confusión.

—En realidad, es para Jessie.

Aquello no tenía ningún sentido.

—Por si acaso —siguió él.

Por si acaso ¿qué?

43

La casa era ridícula. Nueva, elegantísima, como la vivienda de una película. Todo era azul o color crema y de un lujo sobrio total. ¿Y si manchaban algo?

La cocina. Joder. Un paraíso de altas prestaciones con dispensador de hielo, un grifo del que salía agua hirviendo, una cafetera Gaggia como las de las auténticas cafeterías italianas...

Era demasiado.

Liam se pidió la habitación principal, un espacio enorme blanco y gris perla. Nell se quedó en la puerta con preocupación, observando el vestidor y el inmenso cuarto de baño.

—¿No deberíamos dársela a Ferdia? Jessie lo paga y él es su hijo.

—¿A él? ¡Pero si es un crío!

—Vaaale. —Esa habitación era más grande que las otras. Podía apropiarse de un rincón para trabajar y aun así quedaría espacio de sobra para Liam—. ¿Te importa si uso el tocador para dibujar?

—Claro que no —contestó él.

Metió su caja con herramientas y materiales y dispuso las pequeñas y toscas maquetas que había fabricado apresuradamente con fibra de madera. La presentación del lunes sería la más chapucera que hubiera hecho en su vida...

—¿Vienes a bañarte?

Ella lo miró.

—Tengo que trabajar. Que disfrutes del baño.

Él se fue con una expresión de perplejidad demasiado forzada y ella suspiró. «Bueno, al lío.» Se sentó con las piernas cruzadas y se centró en los retos que presentaba el encargo, pero justo cuando su cabeza había empezado a dar con la forma de abordarlos, Jessie llegó con una copa de vino en la mano. Se levantó.

—Jessie. Siento mucho lo de Ferdia...

—Basta. ¿Quién quiere quedarse en una estación a esperar un tren irlandés? Ed ha ido a buscarlos. No hay ningún problema.

—¿Seguro? Otra cosa, Jessie... —Estaba tan agradecida y avergonzada que no podía hablar—. Esta casa. No era necesario, podríamos haber dormido en una tienda.

—Ja, ja, estos jóvenes. No, necesitamos un refugio. Este fin de semana va a ser atroz.

—¿Te refieres a Canice y Rose?

—Sí, pero sobre todo a Rose. Siempre insinúa que yo me lie con Johnny mientras estaba con Rory. ¡Y no es verdad!

—Claro. —Aquello no era de la incumbencia de Nell.

Sin embargo, Jessie le caía bien. Estaba un poco loca, ella y su extravagancia, y no tenían muchas cosas en común, pero en el fondo era una tía maja.

—En serio, Nell. Es falso que yo hiciese eso. Soy una mojigata. Y aunque me hubiera gustado Johnny, que no era el caso, era demasiado reprimida para dar algún paso. Pero si le dijese a Rose: «En realidad, ni siquiera me fijé en Johnny cuando Rory estaba vivo porque estaba muy enamorada de mi marido», a ella tampoco le gustaría. Una vez me dijo que su hijo no era plato de segunda mesa de nadie.

Nell asintió con la cabeza de la forma más comprensiva que pudo. Jessie, en legítima actitud defensiva, apenas se percató de ello.

—Con Rose no se puede. Ni lo intentes, Nell, es mi consejo.

—De acuerdo.

—¡Vale! Lo reconozco: sabía que Johnny estaba colado por mí. Bueno, lo sospechaba. Pero ¿tan malo es eso, Nell? Durante toda mi vida no le he gustado a nadie, solo a tíos viejos y estirados que vivían con su madre y tenían aficiones de pirados, y de repente aparecen dos tíos buenos a la vez. Y yo no lo fomenté. Además, estaba segura de que él solo se había interesado por mí porque yo era la novia de su amigo, ¿me entiendes?

—Sí. —Nell se dio cuenta de que Jessie estaba un poco borracha.

—Nadie me cree, Nell. A lo mejor Saoirse. Pero Ferdia no. Ferdia no me cree para nada, por muchas veces que se lo diga. Izzy, ya sabes, la hermana de Rory, escribió un comentario en TripAdvisor diciendo que yo era una puta. ¡Yo! Solo me he acostado con cuatro hombres en toda mi vida.

—Qué feo.

—¿Sabes cuántos años tenía cuando murió Rory? ¡Treinta y cuatro! Apenas era mayor que tú ahora. ¡Con eso quiero decir que era joven! Quería mucho a Rory; me quedé destrozada. La gente decía que no debería haberme enamorado de su mejor amigo. Pero ¿no es la persona más lógica de la que enamorarse? Ferdia y Saoirse lo conocían... ¿No era mejor eso que meter a un extraño en su vida?

—Por supuesto.

—Pero perder a los Kinsella fue muy triste. Tardé mucho en superarlo. Bah, no me hagas caso, estoy un poco pedo. —Se quedó mirando su copa de vino vacía—. Me he terminado la copa. Es la manera que tiene la naturaleza de decirme que estoy poniéndome pesada. Bueno, voy a bajar a dar de comer a los bichitos. Hasta luego.

Por algún motivo, Jessie no podía dejar de pensar en aquellos primeros tiempos con Rory y Johnny.

Con pocas semanas de diferencia, los tres habían entrado en el departamento de ventas de Irish Dairy International. Casi de la misma edad, desempeñando el mismo trabajo y compitiendo amistosamente entre ellos, enseguida habían estrechado lazos.

Los Tres Amigos, los habían apodado. Desde el primer momento se lo habían pasado en grande.

Johnny era el seductor: locuaz, entretenido, generoso con los cumplidos y considerado muy sexy por la mayoría. Con motivo de uno de sus cumpleaños, las chicas del departamento de Marketing habían retocado una foto suya con Photoshop y le habían puesto un destello en la sonrisa.

Rory era más serio, divertido e ingenioso, pero de forma discreta.

Lo curioso era que acabara casándose con ambos y que no le hubiese atraído ninguno de los dos.

A ella le gustaban los chicos fantasiosos y creativos, cuanto más atormentados, mejor. Siempre tenía la esperanza de hacerlos felices con su amor, pero, en el mejor de los casos, esos individuos se quedaban desconcertados. Ni Rory ni Johnny vivían tormento alguno. Hablaban alegremente de que querían tener su propia casa, conducir un buen coche, ascender; tenían los mismos objetivos vitales que Jessie.

Les gustaban la misma música y las mismas películas: cosas normales. A pesar de la afición de Jessie a los creativos fracasados de pelo sucio, su gusto era convencional. Nunca se cortaba ni se cohibía delante de ninguno de ellos. Ellos, a su vez, la trataban como a uno más. Por primera vez en su vida, encajaba.

Se habituaron a salir de copas los viernes y a diseccionar sus lamentables vidas amorosas. Rory y Jessie parecían especializados en amores no correspondidos, mientras que Johnny tenía fobia al compromiso y acumulaba maniáticas. Pasó más de un año hasta que Jessie y Rory se sintieron de repente incómodos el uno con el otro, mientras Johnny daba vueltas, confundido e impaciente. Durante cosa de un mes, la tensión se instaló entre los tres, hasta que un viernes por la noche llegó a un punto crítico.

Era tarde y no había taxis, de modo que Rory y Johnny dijeron que acompañarían a Jessie a su casa.

Ya había ocurrido antes; no era nada del otro mundo, solo que mientras iban andando, juntos los tres, con Jessie en medio, Rory le tomó la mano discretamente.

Ella lo esperaba. Esperaba algo. Y él había elegido aquella noche en concreto para dar el paso.

Entonces, de forma casi risible, al otro lado, Johnny pasó la mano por la cintura de ella.

Jessie no había reaccionado al gesto de Rory y tampoco reaccionó al de Johnny.

No sabía cómo hacerlo.

Los tres recorrieron sincronizados las aceras relucientes por la lluvia. Ninguno decía nada. Emparedada entre los dos hombres, en un estado de confusión casi febril, Jessie deseó que aquel momento no acabara nunca. O tal vez deseó que acabara enseguida. No tenía ni idea.

¿Sabían Rory y Johnny lo que hacía el otro?

En aquel entonces ella pensaba que no. Pero años más tarde

concluyó que tal vez lo sabían, que había entre ellos una suerte de rivalidad casi fraternal y que ella era su campo de batalla. Después de una vida entera buscando a los hombres equivocados, resultaba de lo más extraño descubrir que ellos dos eran idóneos y eran suyos.

Sin reconocer el interés de Johnny por ella en ningún momento, sopesó los pros y los contras de Rory como si fuese una decisión de negocios. Era una elección demasiado importante para que la tomase su corazón inexperto.

Se preguntó si podría vivir con él, si podía confiarle dinero, si podía confiar en que fuese un buen padre, en que le fuese fiel. Si ella podría serle fiel. Era imposible predecir el futuro, pero, considerando los riesgos, Rory parecía una apuesta segura.

Otros factores contribuyeron a afianzar su decisión. Tanto Rory como ella habían crecido en un pueblecito, sin mucho dinero pero con unos padres afectuosos. Tenían los mismos valores: trabaja duro pero vive dignamente.

Además, sospechaba que Johnny solo la deseaba porque ella le interesaba a Rory. Si la consiguiese, se aburriría y empezaría a jugar. Y eso era algo con lo que ella no podía: era muy capaz de ser dura en el trabajo, pero tenía el corazón blando.

Una vez que se hubo decidido, estuvo segura. No tontearía con Johnny, no habría más momentos aislados en los que se mirarían con anhelo y fingirían que eran enamorados frustrados.

Se casó con Rory y Johnny fue su padrino de boda.

44

¿Y un decorado que estuviese parcialmente colgado? El decorado principal estaría a la altura del escenario, pero podía haber, por ejemplo, dos o tres «habitaciones» que se bajasen y se subiesen con un mecanismo hidráulico, según las necesidades. Tal vez con una bastase. Tendría que consultar el coste, pero, como idea, era ingeniosa. Ganaría mucho más espacio. Pero intervenían otros factores. El seguro, sobre todo. Asegurarse contra posibles caídas o lesiones de los actores podía ser prohibitivo.

Liam irrumpió en el cuarto y rompió su hilo de pensamiento.

—Vengo de bañarme —dijo—. Este sitio es increíble. Te habría encantado.

—Supongo. —Ella se apartó de él y se inclinó hacia sus dibujos.

—Hace mucho calor. Es como estar en Grecia. Menos por el agua. ¡El Báltico!

Liam se sentó al pie de la cama y la observó trabajar por encima de su hombro.

Al tener público, el cerebro de ella se vació.

—Debería ducharme. ¿Verdad?

Al ver que ella permanecía callada, dijo:

—¿Nell? ¿Oye? ¿Me ducho?

—Si te apetece.

—No me apetece, pero ¿me apetece notar la sal toda la noche...? ¿Me apetece? ¿Nell?

—Probablemente no.

Después de quedarse en la cama varios minutos más, Liam se levantó. Ella esperó con los nervios en tensión a que la puerta del cuarto de baño se cerrase. Pero él la dejó abierta y se puso a cantar.

Una bomba de rabia explotó en su interior, atravesó el cuarto corriendo y cerró de un portazo.

En cuanto él salió, preguntó haciéndose el ofendido:

—¿Por qué has cerrado la puerta? ¿No te gusta cómo canto? —A continuación empezó a secarse con energía y lanzó gotas de agua sobre sus dibujos.

—Cuidado, cariño.

—Esto es un dormitorio —dijo él con suavidad.

Incluso se vistió ruidosamente, hablando consigo mismo:

—¿Dónde está el agujero del cuello de esta camiseta? ¿Vaqueros o pantalones cortos? Difícil elección. Ahora hace calor, pero ¿refrescará más tarde?

En el pasillo sonaron nuevas pisadas y conversaciones, y acto seguido Barty, bajito y sonriente, asomó la cabeza por la puerta.

—Hola, Nell.

A continuación, Sammie, con una mochila al hombro.

—Hola, Nell; hola, Liam.

Por último, Ferdia, que descollaba sobre los otros dos.

—¿Por qué no nos habéis esperado? —preguntó con vehemencia.

—Porque vuestro tren se retrasó —contestó Liam.

—¡Unos minutos!

—Casi una hora.

—Fue culpa mía —admitió Nell—. Tenía trabajo pendiente y... Lo siento. Deberíamos habernos quedado.

Ferdia desplazó la vista de Liam a Nell y viceversa. Parecía a punto de lanzar otra acusación, pero su ira se agotó de forma visible.

—¿Qué pasa con los cuartos?

—Hay dos más —dijo Liam—. Escoged el que queráis.

—Ah. Vale.

En unos instantes, Ferdia había vuelto.

—¿Quién ha dicho que podíais quedaros con la mejor habitación?

—El que llega primero tiene prioridad. —Liam estaba alegre.

—¿Por eso no nos habéis esperado?

—Venga ya. —Liam rio—. Líbranos de los milenials que se creen con derecho a todo. —A continuación, añadió—: Mejorando lo presente, claro.

—¿Yo me creo con derecho a todo?

—Bueeeeeeno...

«Vete a la mierda.»

Ferdia y los demás se marcharon.

—¡Bueno! —Liam dio una palmada—. Hora de una cerveza. ¿Una cervecita, Nell?

—No, gracias.

—Oh, vamos.

Ella volvió el cuerpo entero hacia él.

—Liam, siento no poder dedicarte toda mi atención en este momento. Ya sabes lo importante que es esta oportunidad para mí. Por favor, déjame seguir con esto, solo los dos próximos días.

—¡Joder, solo te he ofrecido una cerveza! —Salió del cuarto dando grandes zancadas y dejando una estela de acritud a su paso.

Más tarde, cuando empezaba a oscurecer, Ferdia apareció en la puerta.

¿Qué quería?

—¿Te apetece comer algo?

—No. Bueno, vale... Un momento, ¿alguien ha preparado algo?

—Estoy haciendo un salteado. ¿Eres vegetariana? Vale. Te traigo un poco.

Liam estaba repanchingado en el sillón, con las piernas encima del apoyabrazos, bebiendo de una botella de cerveza. En la cocina, Ferdia y sus amigos se hallaban reunidos en torno a un wok. De buen humor, él navegó distraídamente por Facebook, leyó a medias dos artículos sobre ciclismo, echó un vistazo a Twitter... y se dio cuenta de que los tres chavales habían salido a la terraza. Torció el cuerpo para ver mejor. Un momento... ¿Tenían un porro? ¿Por qué escapaban de él? ¿Pensaban...? No podían pensar que era un adulto estirado.

Bajó los pies al suelo y salió. Barty tenía un canuto en la mano. De repente, Liam se enfadó. Qué mala educación.

—¡Eh! ¿Por qué os escaqueáis con el peta? No mola.

Ferdia y Barty cruzaron una mirada divertida.

—Sí. No mola. —Barty expulsó el humo con alegría y le pasó el porro a Ferdia.

Liam tenía una mirada fría. Pedazo de capullo...

—Invítale a una calada —dijo Barty a Ferdia—. Venga, invita al abuelo a una calada.

Al oír eso, Sammie se recostó en la terraza y rio y rio.

—Perdón —intentó decir a Liam—. Perdón. —Se incorporó—. No me río de ti. Es que estoy un poco...

Herido y desconcertado, Liam trataba de averiguar qué pasaba. Sammie estaba riéndose de él. Barty pensaba realmente que era un viejo. Menuda chorrada. Liam sabía que él era un tío legal; siempre lo había sido.

—Quedaos vuestro porrito, chavales —dijo—. Tened cuidado no os coloquéis demasiado.

Aquella noche era la parte «relajada» de las celebraciones del aniversario: una juerga cantando canciones en el pub favorito de Canice Casey. Habían instalado una barra libre para los vecinos a los que no habían invitado a la suntuosa cena del sábado por la noche.

Nell había tenido la previsión de pedir prestada ropa adecuada. Aquella noche tocaba una camisola de algodón gris claro. Se recogería el pelo rosa en un moño y se calzaría sus viejas Birkenstock.

En la sala de estar, Liam se había acomodado en una butaca y tenía varias botellas de cerveza vacías en el suelo. La mesa estaba llena de bolsas de Doritos.

Sammie alzó la vista.

—¡Nell! Estás cojonuda.

—Gracias, cariño. Oye, Liam, más vale que nos vayamos. ¿Venís, chicos?

—Sí —dijo Ferdia—. Barra libre, ¿no?

Liam lo miró entornando los ojos.

—¿Cómo?

—¿Cómo qué? —contestó Ferdia.

«¡Por el amor de Dios!»

—¿Dónde están las llaves del coche? —preguntó Nell.

—¿Para qué las necesitas? —respondió Liam.

—Para conducir el coche.

—Está a pocos kilómetros.

—Volveré a casa sola.

—¿Por qué?

«Ya sabes por qué.»

—Porque en cuanto todo el mundo esté tan borracho que no se entere de nada, me escaquearé a trabajar.

—No encontrarás aparcamiento en el pueblo.

Nell se fijó en que Ferdia se mantenía atento al diálogo. Parecía estar disfrutando y le dio mucha rabia.

—Puede que sí lo encuentre —dijo Nell con toda la intención—. Seamos positivos.

—¡Hay un sitio! —indicó Sammie a Nell—. Allí. Ese hombre está saliendo.

—Gracias, criatura maravillosa.

—Es un poco estrecho —observó Liam—. No me rayes el coche.

Ella respiró hondo.

—No. Lo. Rayaré.

Nell aparcó y los cinco salieron.

45

Cuando Liam abrió la puerta del pub, un rugido de calor y ruido los alcanzó. El local estaba a tope.

Nell vio a Canice de pie en medio, corpulento, calvo, vocinglero, con una pinta en la mano. Peroraba en voz alta, rodeado de aquellos cuyo sustento a buen seguro dependía en buena parte del patrocinio de él. Carcajadas estentóreas acompañaban cada uno de sus comentarios.

Junto a él, Rose, encaramada en un taburete alto, ataviada con un vestido de noche adornado con lentejuelas, se hallaba igualmente engalanada de sicofantas.

Liam se abrió paso entre el gentío y Nell lo siguió.

—Enhorabuena, Rose —dijo ella—. Enhorabuena, Canice. Cincuenta años. Es, ejem..., increíble.

Se planteó darle un abrazo, pero la imperiosa inclinación de cabeza de Rose la hizo salir de su error.

—¿Quién es este? —preguntó su suegra con una sonrisa fría—. ¿Ferdia? Ah, el hijo de Jessie. Santo Dios, estás muy... peludo. Y aquí está Barty. Sinceramente, tengo la sensación de ver más a Barty que a mi propia sangre. Aunque tampoco es que tú seas de mi sangre, Ferdia.

Nell empujó a Sammie para presentarla y luego la soltó. Más valía acabar con aquella charla antes de que Rose se pusiese muy desagradable.

—¿Qué quieres beber? —gritó Canice a Liam.

—Una pinta, gracias —pidió este.

—¿Nellie, guapa?

—Agua con gas.

—¿No bebes alcohol? ¿Qué te pasa? —Canice guiñó el ojo.

—Uf, no estoy embarazada, si es lo que insinúas.

Él abrió mucho los ojos. Nell lo había ofendido. Había ofendido a varias personas, advirtió, a juzgar por la repentina pausa.

—Disculpa, jovencita —dijo Canice en tono fanfarrón.

Ella sonrió y repitió:

—Un agua con gas, por favor.

Un chico de aspecto nervioso les llevó las bebidas enseguida. A ella le recordó a un camarero de una película del Oeste, preparado para agacharse detrás de la barra justo antes de que empezasen los disparos. Cogió un vaso, sonrió otra vez a Canice, a Rose, a Liam y se alejó de la barra, notando sus miradas en la espalda.

Mantenerse sobria era duro cuando todos los demás estaban empinando el codo y encima lo hacían con ganas. Johnny estaba donde estaba la acción, entreteniendo a un grupo con una anécdota graciosa tras otra, pero su energía se hallaba dispersa; casi brotaba de él en destellos, como chispas de pedernal. Jessie, con los ojos muy brillantes, iba de un lado a otro y estaba en todas partes a la vez.

Cara agarró a Nell del brazo y entabló con ella una extraña y sombría conversación en la que insistió una y otra vez en que Nell no sabía lo guapa que era.

—No dejes que nadie te haga avergonzarte de tu cuerpo, Nell. ¿Me lo prometes? ¡Prométemelo!

Hasta Ed, que normalmente era tranquilo y alegre, trasegaba pintas con una silenciosa desesperación.

El miedo que todos tenían a Canice y Rose resultaba bastante absurdo. Sí, eran unas personas terribles, pero Johnny ya era mayor, rondaba los cincuenta. ¡Demasiado mayor para tener miedo a su padre!

También era difícil tener que gritar para hacerse oír y contestar a las mismas preguntas una y otra vez. Después de una hora de gilipolleces repetitivas a gritos, Nell se abrió paso a duras penas entre la multitud hasta Liam.

—¿Tienes la llave?

—¿Por qué le has dicho eso a mi padre?

—¿El qué? Ah, ¿lo de que no estaba embarazada? Porque no lo estoy.

—No deberías haberlo hecho. Está furioso.

Siempre estaba furioso.

—¿La llave?

—El cabroncete de Ferdia se la quedó.

Tuvo que abrirse paso a empujones entre los nutridos corrillos hasta que alcanzó a Ferdia y su grupo, arrinconados al fondo.

—Necesito la llave.

—¿Por qué te vas?

—Trabajo. El lunes tengo una presentación importante.

—Bravo por ti.

Ella lo miró.

—¿La llave?

—Intentaba ser gracioso. —Estaba avergonzado y claramente borracho—. Vaya chasco.

—Eres la monda —dijo ella con un sarcasmo cortés—. La llave.

Él se la dio.

—¿Cómo entraremos nosotros?

—Llamad. Yo os abriré.

—¿Y si estás dormida? Ah, pero no estarás dormida, ¿verdad? Tienes que preparar tu presentación importante del lunes.

Ella puso los ojos en blanco, se abrió paso otra vez por el pub y escapó a la noche templada, respirando de puro alivio.

46

Ferdia abrió los ojos en la oscuridad. Tenía la sensación de haber dormido un buen rato durante el cual el mundo se había alterado irreversiblemente, pero solo era la 1.43 de la madrugada; había pasado menos de una hora desde que Sammie y él se habían acostado. Estaba despierto y le quedaba gran parte de la noche por delante.

La realidad de perder a Sammie se había asentado dentro de él como una bola en un bombo de lotería que por fin se detiene. Era demasiado duro quedarse allí con aquellos pensamientos. Se deslizó de la cama, localizó un chándal y una camiseta en el suelo, agarró su móvil y salió a la terraza. Escuchando el rumor de las olas, se echó en una tumbona y su vista empezó a adaptarse a la oscuridad. Comenzó a ver la espuma blanca de la cresta de las olas y... ¡Qué cojo...! ¡Un ruido! ¡Detrás de él! ¿Una rata?

Una voz de mujer, la de Nell, dijo:

—¿Quién anda ahí? ¿Ferdia? ¡Qué susto me has dado!

—¡Y tú a mí! —Al chico le latía fuerte el corazón.

—¿Qué haces aquí fuera?

—¡Tener un puto infarto, muchas gracias! ¿Por qué estás tú aquí?

—Estoy atascada. Con lo del curro. —Se sentó en la tumbona de al lado—. He salido para llamar a mi amigo.

—Adelante.

—Oh, no, esperaré.

Se quedaron sentados sin hablar; el único sonido que se oía era el rugido y el ímpetu del mar. Cuando los latidos de su corazón disminuyeron de velocidad, él dijo:

—Qué suegros más majos tienes.

La ropa de ella emitió un susurro cuando se encogió de hombros.

—Pronto estarán muertos.

Él resopló con una risa involuntaria.

—¿De verdad has dicho eso?

—No sé. ¿Lo he dicho? Bueno, ¿y tú qué haces sentado aquí solo?

La oscuridad hacía más fácil reconocer las cosas.

—Sammie se marcha el martes. Hemos terminado oficialmente y siento, ya sabes... —Él notó más que vio que ella asentía con la cabeza—. ¿No vas a soltarme una gilipollez condescendiente sobre el amor juvenil? —preguntó.

—Solo tengo treinta años. Soy joven.

—Para mí eres vieja.

Ella se incorporó rápido y giró el cuerpo hasta situarse en el borde de la tumbona, mucho más cerca de él.

—Ahí va una «gilipollez condescendiente», Ferdia: no tienes ni idea.

—Es un comentario de vieja.

Después de otro largo silencio, él preguntó:

—¿Y cuál es ese curro? ¿A qué te dedicas?

—Soy escenógrafa. Trabajo en el teatro.

Ah. Él tenía una vaga idea de que ella pintaba y decoraba. La escenografía resultaba más interesante.

—¿Te gusta?

—Me encanta. Es lo que siempre he querido hacer.

—¿Cómo se consigue tener una meta así en la vida? Yo no tengo ni idea de qué hacer con la mía.

—¿Qué estás estudiando? ¿Sociología y economía? Debes de haberlas elegido por algún motivo, ¿no?

—Sí.

—¿Entonces?

Él era reacio. Cabía la posibilidad de que aquella historia le hiciese sentirse como un mojigato y no quería que ella se burlase.

—¿Te acuerdas del año 2008, la crisis? Yo tenía diez años. Iba a un colegio privado y en el primer trimestre después del verano, cinco niños desaparecieron. Se fueron de un día para otro. Nadie nos dijo por qué. Nunca tuvimos la oportunidad de despedirnos;

un día se marcharon como siempre y nunca volvieron. Fue raro y un poco... horrible. El negocio de mamá iba mal, no paraba de cerrar tiendas, así que yo esperaba ser uno de los desaparecidos.

—Vaya.

—¿Sabes quién es Keeva? ¿La madre de Barty? Es enfermera. La oí decirle a la abuela Ellen que muchos hombres ingresaban en urgencias por intentos de suicidio fallidos. Se cortaban las venas, pero lo hacían mal, cosas así. Entonces, la empresa del padre de Barty se declaró en suspensión de pagos y fue un palo. Los habrían echado de la casa si Izzy no hubiese intervenido para ayudarlos. Luego, el padre de un compañero de clase se colgó porque tenía muchas deudas.

—Madre mía —murmuró Nell.

—Yo veía las noticias intentando entender por qué las decisiones de algunas personas hacían la vida tan difícil a muchísimas otras. Quería «ayudar», así que... economía y sociología me parecieron la mezcla adecuada. Pero en mi curso casi todos quieren ser o trabajadores sociales o ganar un pastizal trabajando para una multinacional. Yo quiero trabajar por una causa, una en la que crea. O al menos quería.

—¿A qué te refieres?

—El verano pasado trabajé como voluntario para Feed the World y solo vi el interior del almacén. No conocí a ni uno de los seres humanos a los que se suponía que estaba ayudando. Y ya sé que es muy arrogante por mi parte decir que yo decidiré cómo soy compasivo. Solo lo digo.

—Aaah, tú buscas esa sensación de bienestar, ¿verdad? «Soy una buena persona y he hecho la vida mucho mejor a esta encantadora gente pobre.» ¿Es eso?

Para su sorpresa, él rio.

—Me has pillado. Quiero tener esa sensación como sea. ¿Me convierte eso en una persona horrible?

—Feed the World es una organización benéfica enorme. Tendrás más posibilidades de sentirte así trabajando para una más pequeña. Hay mucho activismo comunitario; ofrécete como voluntario si no pueden pagarte.

—¿Por qué no se me habrá ocurrido? —En respuesta a su pregunta, dijo—: En la universidad todo gira alrededor de tener una carrera profesional, conseguir un sitio en una de las organizaciones benéficas grandes.

—Busca actividades locales. Prueba en el Refugee Council —propuso Nell—. Ellos ayudan a gente como Perla, la mujer de anoche.

—Me cayó muy bien. Es tan normal... ¿Cuántos años tiene?

—Veintinueve.

—No es tan mayor. Cuando la vi por primera vez pensé que tenía, no sé, cuarenta, pero después de beber vino y soltarse, sí, parecía normal. Fue duro escuchar lo que ella y la niña han pasado. Todo porque esos fanáticos religiosos odian a las mujeres.

—Hablando de odiar a las mujeres...

El cambio de tono de ella hizo que el chico alzase la vista. Solo podía ver el brillo de sus dientes y sus ojos.

—¿Qué problema tienes con tu madre?

—¿Qué? —Aquello no era asunto suyo. ¿Cómo coño se atrevía?—. Tú no tienes ni idea.

—Pues explícamelo.

No pensaba explicarle nada.

Se quedaron sentados sin hablar. Él podía oír su propia respiración, colérica y acelerada. Tras una larga pausa, dijo:

—No debería haberse liado con el mejor amigo de mi padre. —Eso la haría callar.

—¿Eso es lo que te molesta? Si él fuese un extraño ¿no te habría importado?

—Estuvo con los dos al mismo tiempo —farfulló él indignado.

—No es verdad.

—Sí que lo es. Todo el mundo lo sabe. Hace años oí a Izzy y Keeva hablar del tema.

—No es verdad. Ella quería mucho a tu padre. Cuando él murió, quedó destrozada. ¿Has hablado alguna vez de esto con ella? Pues deberías. Cambiarías de opinión.

De repente, en un giro de los acontecimientos de lo más extraño, la creyó. Un pequeñísimo cambio de actitud hizo que su madre pasase de ser una golfa a ser una mujer normal y corriente cuyo marido había muerto demasiado joven.

Ya no sabía cómo sentirse.

—¿Sabía ella que a Johnny le gustaba? —preguntó Nell—. Sí. ¿Se sentía halagada? Sí. ¿La convierte eso en mala persona?

—La convierte en una persona patética.

—¿Por qué patética? Tenía treinta y cuatro años, que a ti te parece la tercera edad, pero para ella no era nada. Tenía derecho a vivir. A ti se te llena la boca con los derechos de las mujeres, pero te dedicas a machacar a tu madre.

47

—Johnny... Johnny...

La voz de Jessie lo arrancó de las profundidades.

—Hay demasiada luz, cariño...

La realidad lo embistió a ráfagas. «Estoy en Mayo. Para el aniversario de boda de mis padres. En mi vida he estado tan deprimido.»

—Cariño. —Jessie tiró de él—. Baja la persiana.

Él abrió los ojos y enseguida los cerró del susto. ¿Qué pasaba? La noche anterior habían pillado una cogorza tremenda. Se habían tirado en la cama sin bajar las persianas y en ese momento la feroz luz del sol los deslumbraba.

—Por favor —gimoteó ella—. Baja la persiana.

Con un ojo abierto, se dirigió a la ventana dando traspiés y la misericordiosa penumbra apaciguó la habitación.

—Gracias —susurró Jessie—. ¿Qué hora es?

—Las cuatro y diecisiete.

—¿De la mañana?

—Sí. ¿Tenemos paracetamol?

—En mi bolso hay. ¿Me das a mí también?

Él rebuscó en su bolso hasta que localizó las pastillas y llenó un vaso en el grifo del cuarto de baño.

—Agua de lavabo, mmm. —Ella mantuvo los ojos cerrados mientras él le acercaba el vaso a los labios.

«Soy un hombre vacío. Un farsante. Lleno hasta los topes de la nada más absoluta.»

—Mierda. —Ella gimió—. Por la mañana vamos a escalar Croagh Patrick. Está organizado. Tengo las cosas para los sándwiches.

—No.

—Dormiremos un par de horas. Cuando nos despertemos, estaremos como una rosa.

«Quiero volver a dormirme y no despertar nunca.»

Ella le dio una última sacudida.

—¿Vale?

—No.

Eso la sorprendió tanto que le hizo abrir los ojos. Si se burlaba de él en ese momento, Johnny temía echarse a llorar.

Ella lo miró a la cara.

—¿Qué pasa, cielo?

«Solo te casaste conmigo porque tu otro marido, un hombre mucho mejor que yo, murió. Se podría decir que mi trabajo consiste en ser un estafador. Tengo cuarenta y ocho años, sigo buscando la aprobación de mi padre y él no me la dará nunca.

»Quiero ser un padre para Ferdia, pero soy igual que el mío. Ferdia me odia y las chicas piensan que soy un desastre.»

—Soy un hombre vacío.

Los ojos de ella brillaron de inquietud.

—Es la resaca la que te hace decir eso. Y ver a tus padres. Ya lo sabes.

Estaba equivocada.

—Soy un inútil.

—No, cariño, no... eso es... Mira, no es más que la resaca. Pero no hace falta que vengas a escalar. Quédate en la cama. Duerme.

«Soy un hombre muy débil, con muchos defectos.»

—Jessie, ¿tú me quieres?

—¡Pues claro que te quiero, tontorrón!

Él se puso de lado dejando que las lágrimas mojasen su almohada y ella se pegó a su espalda y lo abrazó tan fuerte que él acabó sintiéndose lo bastante seguro para dormirse.

Cuchicheos, voces susurradas y pasos de puntillas recorrieron rápidamente el pasillo.

—Papá. Papá. —Era Dilly, que le echaba en la cara su dulce aliento—. Te he traído Coca-Cola sin gas.

—¿Estás muy enfermo? —TJ estaba detrás de ella—. ¿O solo tienes resaca?

—Estoy enfermo —contestó él con voz ronca.

—Te lo dije —susurró Dilly a TJ.

—¿Qué hora es?

—Las nueve. Bueno, papá, vamos a quedarnos aquí contigo. Hemos decidido que en lugar de fabricar recuerdos, cuidaremos de ti. Bridey y Saoirse irán a fabricar recuerdos, si te parece bien, así que mamá estará acompañada. A ver, incorpórate y bebe la Coca-Cola.

—Te hemos traído una pajita, aunque es de plástico de usar y tirar —anunció TJ—. Es lo único que había en la casa. Nadie tiene por qué enterarse.

—Id a escalar —dijo él—. Yo estaré bien.

—Queremos quedarnos contigo. Vendremos a verte cada media hora. Pero, si nos necesitas, llámanos. No hemos encontrado ninguna campana...

—Aunque la hubiéramos encontrado, pensábamos que tenías resaca, así que una campana no habría sido buena...

—Pero puedes darle a este vaso con este tenedor. —Dilly hizo una demostración y el vaso vibró y tintineó—. Y vendremos corriendo.

—Podemos leerte —propuso TJ.

—Papá... ¿qué te pasa en los ojos?

—Alergia al polen —logró decir él.

—Rápido —ordenó Dilly a TJ—. Ve a pedirle una pastilla a mamá.

TJ se fue corriendo y Dilly le puso su fría manita en la frente. La niña aspiró y dijo:

—Estás ardiendo.

—¿De verdad?

—Nooo. Pero es lo que dice la gente cuando uno está enfermo.

48

En la casa de al lado, Ed se despertó solo en la cama.

—Cara —llamó con voz suave—. Cara.

El vacío resonaba en la casa.

Cuando se puso, despacio, de lado, su móvil marcaba las 9.07 de la mañana. Tal vez ya se hubieran ido a la montaña.

¿Habrían hecho algo así? ¿Dejarlo solo?

Se sentía extrañamente débil. La noche anterior había sido una de esas en las que el exceso de emoción y de alcohol lo había vuelto todo vago y tóxico. Y ese estado de ánimo persistía por la mañana.

Necesitaba líquido, pero la cocina estaba a kilómetros de distancia. En el grupo de WhatsApp Familia Casey, tecleó:

Traedme té poco cargado con leche. 4 azucarillos. Os lo ruego

Pasaron minutos y no apareció nadie.

Berocca: ¿le curaría aquello? Solía rechazar las pastillas, pero era una emergencia. Si conseguía llegar al cuarto de baño, al neceser de Cara... Ella siempre tenía pastillas, una para cada enfermedad. Con las piernas como si fuesen de goma, se agachó en el suelo y revolvió sus artículos de aseo. ¿Qué era eso? Dioralyte, eso serviría. Y Nurofen, aquello también iba bien. Y... ¿qué era aquello? Un trozo de cartón encerado aplastado y arrugado.

Lo desdobló despacio. Era un envase de helado vacío, uno grande.

Sintió escalofríos. Debajo del envase —de sabor Cherry Garcia— se hallaba el envoltorio roto de un paquete de galletas Lindt.

Joder. No podía seguir evitándolo.

Todo el mundo pensaba que él no se enteraba de nada. Con su optimismo y su aprecio por las cosas pequeñas, lo pintaban, cariñosamente, como alguien un poco ridículo.

Pero Ed se daba cuenta de muchas cosas.

En Semana Santa, en Kerry, se había percatado por primera vez de que a Cara le pasaba algo. El domingo por la noche, cuando los dos estaban acostándose, olió algo amargo, un recuerdo de cuando los niños eran bebés. El olor a vómito. Lo lógico habría sido preguntarle, pero su instinto le dictó que no dijese nada. Todavía no. A partir de entonces, había estado alerta.

Enseguida resultó evidente que ella ocultaba algo. Desde la noche en que se conocieron, había estado o absteniéndose de comer azúcar o librando una batalla interminable. Ese estado binario se había convertido en una constante. Pero en los últimos tiempos no había pasado por ninguna de las dos fases. Se acabaron las frases alegres como «¡Quince días sin chocolate! ¿Ya estoy delgada?». Y también las tímidas órdenes para que él sacase el chocolate de emergencia que tenía guardado por casa, cuando decía con una esperanza urgente: «Mira, el fin de semana se ha ido a la porra. Así que como lo que quiera y el lunes vuelvo a portarme bien».

Entonces llegó aquella mañana, haría unas cuatro semanas, en que él estaba buscando una maquinilla de afeitar nueva en el cuarto de baño, extrañado de que se le hubiesen acabado. Abrió la puerta de un armario alto que casi nunca usaban y se topó con unas veinte tabletas de chocolate. La incongruencia de esos envoltorios relucientes de vivos colores escondidos en la oscuridad hizo que sintiera que su mundo se desmoronaba.

Poco después le había detectado de nuevo un olorcito a vómito.

Hacía mucho, ella le había hablado de sus dieciocho meses en Manchester, cuando solía atracarse de comida y luego se provocaba el vómito. Embargado de pena por aquella chica confundida, él le había hecho prometer que si volvía a sentir ese impulso, se lo diría. Pero, que él supiese, eso había quedado relegado al pasado.

Hasta entonces.

Él era científico: trataba con hechos. La explicación más sencilla era la que tenía más probabilidades de ser cierta: Cara comía en exceso y luego se provocaba el vómito. Bulimia. Más valía que llamara a las cosas por su nombre. ¿Era bulímica? ¿Tenía bulimia? Fuera como fuese, él había confiado en que se le pasara solo porque no sabía qué hacer.

Había llegado a aceptar que un hilo de oscuridad discurría a través de Cara, como un arroyo subterráneo. De vez en cuando, se convencía de que su amor la llevaría a la luz. Pero aunque a menudo ella parecía contenta, había ocasiones en las que se retraía emocionalmente y dejaba que él siguiese solo, a la espera de su regreso. Aquella era una de esas veces.

En las últimas semanas, él había pasado mucho tiempo conectado a internet. Cara tenía razón en una cosa: comer en exceso era una adicción. De modo que, por lo que parecía, era bulimia. Según un estudio, el cerebro de los bulímicos tenía anomalías asociadas a la dopamina parecidas a las de los adictos a la cocaína o el alcohol. Pero, en opinión de Ed, la comida no era tan peligrosa como el alcohol o la droga. La droga y la bebida podían matar, pero la comida solo se convertía en un problema llevada al extremo, si una persona padecía obesidad mórbida o si estaba sumamente delgada.

Había abrigado la esperanza de que ella lo dejase tan súbitamente como había empezado.

Pero el día anterior, al volver de recoger a Ferdia y sus amigos, la había encontrado en la cocina masticando algo apresuradamente, de manera furtiva. Tenía los carrillos abultados y una mirada frenética. No le explicó qué pasaba y él tampoco le preguntó.

¿Por qué?

Porque no quería avergonzarla. Si ella no estaba preparada para contárselo, ¿era correcto desenmascararla? Intuía que sería mala idea forzar la situación, algo así como despertar a un sonámbulo.

Sin embargo, después de encontrar esos envoltorios en un sitio donde ella pensaba que él no miraría, había que hacer algo. A él le preocupaba su salud, le preocupaba cómo les afectarían a Vinnie y Tom sus problemas con la comida, pero era más que eso. Cara y él eran amigos del alma. Incluso cuando ella se replegaba en sí misma, él estaba dispuesto a esperar con paciencia. Ella sabía que esperaría; eso la consolaba, así se lo había dicho en una ocasión.

Pero haciendo lo que estaba haciendo en aquel momento, le había ocultado por completo una parte de sí misma.

Olvidada la Berocca, volvió a meterse en la cama.

49

Cuando Johnny volvió a despertarse, se sintió menos apocalíptico. Le llegó la noticia de que los escaladores todavía no habían partido. Según TJ, Ed estaba «fatal».

—La tía Cara ha dicho que nunca lo había visto tan borracho como anoche. Todos hemos estado bañándonos mientras tú y el tío Ed dormíais. Pero el tío Ed acaba de levantarse.

—¿Sabéis qué, bichitos? Me voy a escalar.

—¡No! —gritó Dilly—. ¡Tendrás una recaída si te levantas tan pronto! Voy a buscar a mamá. —Señaló a TJ—. ¡No le dejes salir de la cama!

Pero en cuanto ella se hubo ido, TJ señaló la ducha con la cabeza.

—Vamos.

Jessie estaba esperando cuando él salió del cuarto de baño.

—¿Estás seguro, cariño? —Johnny no recordaba haberla visto tan pendiente de él en su vida.

—La ducha me ha sentado bien. Quizá el ejercicio y el oxígeno también me ayuden. Solo te arrepientes de las cosas que no haces, ¿no?

Ella se detuvo.

—Soy un desastre. ¿Cómo me aguantas?

Sorprendentemente, considerando lo borrachos que estaban muchos de ellos la noche anterior, la escalada fue un éxito de asistencia. Aparte de Nell, que tenía que preparar un trabajo, se presentaron todos, incluidos Ferdia y sus colegas.

Tal vez fuese el tiempo. El cielo era de un azul perfecto y una brisa suave atemperaba el calor del sol.

Cuando se reunieron en el aparcamiento situado al pie de la montaña, Johnny tuvo que inclinarse, con las manos en las rodillas, y esperar a que se le pasase el mareo.

—¡Qué cuadro! —se burló Ferdia—. ¿Necesitas una bolsa para vomitar?

—¿Y vosotros os consideráis jóvenes? —Johnny se esforzó por adoptar un tono alegre—. En mi época, no nos habríamos levantado hasta las seis de la tarde.

—Estamos fabricando recuerdos. —Sammie ya estaba haciendo fotos.

«Otra no, por Dios. Vivir es muy duro hoy. Cada momento tiene que ser instagrameable.»

Ed se levantó poco a poco del asiento del pasajero de su coche; Johnny y él se miraron a los ojos y rieron. Atravesaron la grava tambaleándose y medio cayeron en los brazos del otro.

—Brillas de lo blanco que estás.

—Algo he mejorado. Según Vinnie, antes estaba verde como un guisante. ¿Tenemos que hacer esto?

—Lo que no te mata te hace más fuerte.

—Vale. Vamos arriba.

Johnny ajustó su paso al de Dilly, porque era la más lenta. Podía fingir que se quedaba atrás para controlar que la niña no corría peligro. TJ andaba junto a ellos. De repente, apareció un perro que parecía extraviado y los acompañó. Era precioso, mitad spaniel, mitad... perro de caza, quizá. Amistoso, de ojos brillantes, con muchas ganas de jugar.

Para su sorpresa, a Johnny se le saltaron otra vez las lágrimas. El sencillo afecto de un animal era algo hermoso. Deseó estar en su casa de Dublín con Camilla y Bubs...

Como si le hubiese leído el pensamiento, TJ dijo:

—Me gustaría que Camilla y Bubs estuviesen aquí.

—A mí también.

—¿Estarán bien con McGurk?

Johnny tenía sus dudas. Se imaginó a McGurk con su carpeta, castigando a los perros por alguna infracción menor.

—¡Claro! —Él se mostró tranquilizador—. McGurk es responsable.

—McGurk es un rarito —repuso TJ—. No le gustan los animales.

—Tampoco le gustan las personas, pero le gusta ser responsable. Los perros estarán de maravilla con él.

—Creo que prefiero los animales a la gente —dijo TJ.

—Creo que yo también.

—Cuando crezca, a lo mejor me hago granjera. O veterinaria.

—O cuidadora de un zoo. —De repente Johnny se dio cuenta de que esa era su aspiración vital insatisfecha.

—¡No, papá! ¡Los zoos son malos! ¡Es cruel tener animales salvajes encerrados!

—¡Inmoral! —gritó Bridey desde más arriba, y su brusca admonición retrocedió flotando en el aire tibio.

Una ola de desolación chocó contra la cabeza de Johnny. Volvió a sentirse tan desnudo y desolado como cuando se despertó. En el mundo no había nada bueno. Él quería ser cuidador de zoo y que no fuese inmoral, pero era demasiado tarde.

Milagrosamente, todos llegaron a la cima. La vista desde el pico era asombrosa. Un azul celeste resplandecía en el cielo mientras, muy por debajo de ellos, las numerosas islas desperdigadas por la bahía de Clew lucían un verde brillante.

Se respiraba un ambiente de celebración y Jessie empezó a organizar el picnic.

—¡Saoirse, Bridey, sacad el vino rosado!

Sammie tomaba fotos con su móvil, se hacía selfies con Ferdia.

—Esto es precioso —la oyó decir Johnny—. Gracias, Ferd. —Tocó la cara del chico con ternura. Se quedaron mirándose a los ojos un largo rato. Ella fue la que se apartó.

Johnny esperaba que Ferdia no se derrumbase cuando ella se fuera. Bastantes problemas daba ya. Pero era joven, y los jóvenes no se derrumbaban. Él nunca se había derrumbado a la edad de Ferdia. No sabía lo que era que le rompiesen el corazón. Nadie había estado siquiera cerca de eso. Bueno, hasta que Rory se quedó con Jessie. Entonces lo supo.

—Nell —susurró una voz dulce—. Nell.

Una manita le tocó la espalda dolorida, y Nell se despertó.

Se había quedado dormida en el suelo del dormitorio.

—Estabas dormida —dijo Dilly con suavidad—. Debías de estar muy cansada.

En efecto. Se había despertado a eso a las dos de la madrugada, estremecida de miedo por haberse exigido demasiado a sí misma y a su talento.

Liam dormía a su lado, pero ella prefería hablar con Garr. Salió a la terraza para llamarlo... y tropezó con el mocoso malcriado de Ferdia.

No había vuelto a dormirse hasta primera hora de la tarde, cuando se estiró junto a su pequeño decorado y se sumió en un vacío sin sueños.

—¿Qué tal el día? —preguntó Dilly.

Una mierda, pero no podía decirle eso a una niña de ocho años. Había empezado a ver claro que no tenía suficiente experiencia como escenógrafa para sacar el proyecto adelante. La oportunidad ya estaba perdida.

Ni siquiera hablar con Garr la había ayudado: él le había dicho que era demasiado tarde para tirar su trabajo y empezar de cero. «El domingo me quedaré en vela contigo toda la noche —le había prometido—. Puedes conseguirlo. No pierdas la esperanza.»

—¿Te apetece una copa de vino? —preguntó Dilly.

—Oh. Ah. No, me tomaré un café.

—Pero son las cinco, ya puedes.

—El café está bien. —Nell se levantó y entraron en la cocina.

—Hoy te he echado de menos —dijo Dilly.

—Yo a ti también.

—Pero tenías que trabajar. ¿Quieres hacer pompas?

—Claro.

Se quedaron sentadas en la terraza; Nell bebiendo café, con los ojos y músculos disfrutando del descanso.

Dilly intentó hacer burbujas con escaso éxito.

—Hace demasiado viento. Toma, inténtalo tú.

Nell hizo una larga y grácil cinta de burbujas en el aire salado. Las pompas se balancearon aquí y allá, pequeñas bolas iridiscentes, antes de estallar en el cielo encima de ellas.

—Qué pasada. ¡Hazlo otra vez!

Qué relajante era, pensó Nell, estar allí sentada, observando las olas, bebiendo café, mientras Dilly frotaba su dolorida espalda.

—¿Qué tal tu día? —preguntó.

—Fenomenal.

—¿Fenomenal? —Qué graciosa era.

—Fenomenal. Pero mi papá se pasó con el vino rosado y se echó a llorar porque no puede ser cuidador de zoo. Eso fue triste.

Un estruendo de pasos anunció la llegada de TJ y Bridey.

—¡Te has escapado! —acusó TJ a Dilly—. ¡Veníamos todas a ver a Nell!

—Vaya por Dios —respondió Dilly solemnemente—. Se me debió de olvidar.

—¿Vas a ir a la fiesta esta noche? —preguntó TJ a Nell.

—Sí.

—A nosotras nos han puesto una canguro —dijo Bridey—. Del pueblo. Una chica huesuda con la piel muy pálida y llena de pecas.

—Da mucha vergüenza —opinó TJ—. Habla de unas chorradas... Nell, ¿por qué no puedes ser tú nuestra canguro?

Se armó un alboroto detrás de ellas cuando Jessie apareció. Tenía los ojos un poco desorbitados.

—Fuera, bichitos. Tengo que hablar con Nell.

—¿Se ha metido en algún lío? —preguntó Dilly.

—Por favor, marchaos. Volved a la casa.

Asustadas ante la evidente agitación de Jessie, se largaron.

—¿Qué le has dicho a Ferdia? —inquirió Jessie a Nell.

Un miedo intenso la invadió.

—Sobre Johnny, Rory y yo.

—Jessie, no pretendía entrometerme...

—Para. No. Escucha. Ha venido a buscarme. Ahora mismo. —Parecía fuera de sí—. Me ha dicho que lo sentía. Que solo era un niño cuando Johnny y yo... Que en Errislannan, oyó a Izzy y Keeva insinuando cosas. Que era demasiado pequeño para entender que estaban dolidas y que decían cosas por decir.

Entonces, ¿no había metido la pata hasta el fondo?

—Llevaba años enfadado conmigo. —Jessie no podía parar de hablar—. Ha sido duro vivir así. He podido decirle lo mucho que quería a Rory. Él me ha dicho que ahora lo sabe. No me lo habría imaginado... Muchas gracias. Estoy muy... ya sabes... Eres estupenda. Te queremos. Todo el mundo te quiere. Gracias. Bueno, te veo en la cena del infierno.

50

—Hecha un puñetero flan. —Jessie atravesó el restaurante como una flecha hacia Cara—. Así estoy yo. Si esta noche hay algún problema con la comida, yo cargo con la culpa.

«Pobre Jessie», pensó Cara. Aquella noche sería horrible para todos, pero especialmente para Jessie: Canice y Rose habían tomado el elegante restaurante situado a las afueras del pueblo para su noche especial y le habían pedido a Jessie que les reservara al chef irlandés más solicitado en la televisión para que cocinara para ellos.

—Algo tiene que salir mal —dijo Jessie—. Y a mí van a lloverme palos por todas partes. —Tomó dos copas de champán de una bandeja que pasaba—. Bébetela. Si sobrevivimos a esto, compraré hígados nuevos para todos. Ahí está Nell, agárrala.

Nell lucía el sensual vestido ceñido de color berenjena que había llevado a Kerry, pero no se había puesto, un par de meses atrás.

—Estás espectaculaaar. ¡Y con tacones! ¡Qué bien te quedan!

—No sé caminar con tacones. —Nell rio—. Liam dice que parezco un albañil.

—No le hagas caso —dijo Jessie—. Mierda, Rose ha llegado. Apiñaos contra mí, nueras de la muerte.

Cara echó un vistazo al otro lado de la sala. Rose iba engalanada con un vestido de tafetán color morado, aunque Rose jamás describiría ese tono con una palabra tan banal como «morado». Podía ser malva o amatista o uva; las de su clase parecían tener un léxico entero para expresar el matiz exacto de su ropa.

—En Monique's han sacado toda la artillería. —Una gigantesca sonrisa falsa se había congelado en el rostro de Jessie.

—Ese vestido tiene suficientes andamios dentro —dijo Cara— para construir un bloque de oficinas.

—Sonreíd. Seguramente está mirando.

Cara echó otra ojeada y notó el impacto físico de la mirada penetrante de Rose.

—Está mirando. Sabe que estamos hablando de ella.

—Sonríe —ordenó Jessie a Nell—. Cuando hables de ella, sonríe como una tonta. Como yo, mira. —Se giró hacia Nell enseñando una boca de relucientes dientes blancos y Cara se partió de risa—. Perdón. Estoy un pelín histérica.

«Oh, gracias, Dios. Ya vienen los canapés.»

Ella tomó cuatro, aunque el decoro dictaba que solo debía coger uno. O, mejor aún, ninguno. Pero la comida la tranquilizaría.

—Esto es bastante nuevo para ti —le dijo Jessie a Nell—. Pero la única forma de sobrevivir a Rose es la superioridad numérica. Debes tener presente que no es nada personal.

—Sí que es personal —se sintió obligada a observar Cara.

—¿Ah, sí? —dijo Jessie—. ¿Porque se porta como una bruja con todos?

—Es una bruja que no hace discriminaciones.

—Si una suegra se porta como una bruja en un bosque —meditó Jessie—, pero ahí no hay nadie que la oiga rajar... Bah, esta analogía no lleva a ninguna parte. ¿Dónde está el chico del champán? Eso sí, una cosa te digo, Nell: no todas las suegras son como Rose. Yo tuve otra, una de las mujeres más agradables que he conocido en mi vida...

—¿De quién habláis? —Johnny se acercó—. ¿De mi madre?

Jessie se volvió hacia él.

—¡Sí, claro!

Y todos rieron un pelín más alto de lo debido.

La noche era larga y ella comió de todo: demasiados canapés, demasiado pan, el *amuse-bouche*, el gratinado de patata extra, su postre y también el de Ed. Él no lo quería y ella no pudo evitarlo.

Canice se levantó para pronunciar su discurso.

—Esto va a estar bien —oyó decir Cara a alguien—. Es graciosísimo. Un verdadero humorista.

Canice echó un vistazo al restaurante.

—La flor y nata de Beltibbet. Estáis disfrutando de la cena, ¿verdad? Porque si no es así, hablad con Jessie, allí presente. Ella tiene la culpa.

Cara lanzó una mirada compasiva a Jessie.

—He vivido en este pueblo y trabajado para la gente de este pueblo toda mi vida...

Cara desconectó un poco mientras Canice dedicaba comentarios malintencionados a varios pobres infelices que habían tenido la desgracia de vivir en el mismo sitio que él, y volvió a atender cuando empezó a hablar de su familia.

—Como ya sabéis, tengo tres hijos. Johnny, un poco zorro, quiere que la vida sea una larga fiesta. Pero, reconozcámosle el mérito, se casó con un buen partido. Qué más da que su mujer sea un poco sargento. ¡Puede taparse los oídos con billetes de cinco libras!

Hizo una pausa para que todos riesen.

—¡Es broma, Jessie! —Les guiñó un ojo—. Luego está Ed. Ed y sus queridos árboles. Casado con la preciosa Cara. Allí está, comiendo tarta. No te preocupes, Cara, ha sobrado más.

Otra pausa para dejar que las risas resonaran en la sala.

Cara se encendió. En aquel momento ni siquiera estaba comiendo, pero aquel vejestorio cruel sabía hacer daño. Además, no quería que Ed se enterase de lo grave que era su situación con la comida. Aunque justo el día anterior la había pillado cuando intentaba tragar con desesperación los restos de un paquete de galletas y no se percató de nada. Ella tenía suerte de que fuese un hombre al que no le interesaban en lo más mínimo los detalles cotidianos.

Canice había pasado a Liam.

—Liam creía que sería el próximo Usain Bolt. ¿Correr una carrera? ¡Pero si ese bobo no podría correr ni una cortina! ¿Y me hizo caso cuando le advertí que necesitaría un buen trabajo? ¡Claro que no! ¿Sabéis a qué se dedica ahora? Monta en bicicleta. ¿Adónde fuiste en bicicleta aquella vez, Liam? A Estambul, cierto. Tardó treinta y un días. —Hizo una pausa para respirar—. Se puede ir en avión en cuatro horas. —Estallaron carcajadas. Canice sonrió benévolamente a los presentes en la sala—. Venga, solo estoy de cachondeo. Ahora en serio, amigos. —Alargó el brazo para tomar la mano de su esposa—. Rose, ¿qué habría hecho yo sin ti? Cincuenta años casados. He sido un hombre con mucha suerte. ¡Damas y caballeros, levanten sus copas por Rose Casey!

Los asistentes se enjugaban las lágrimas cuando se levantaron.

—Por Rose Casey.

51

Nell dibujaba sentada a la mesa de la cocina cuando alguien empezó a dar aldabonazos: volvían de la cena.

Liam entró tambaleándose en el recibidor, riendo y hablando en voz alta, seguido de Ferdia, Sammie y Barty.

—No esperaba veros hasta que saliese el sol. —A Nell le preocupaba lo borrachos que parecían. Ahora ya sí que no trabajaría una mierda.

—Nos echaron a medianoche. —Ferdia la siguió a la cocina—. Cerraron la barra. ¿Te lo puedes creer?

Una botella de vino tinto ya había aparecido en la mesa y Barty se disponía a servir.

—¿Cómo lo llevas? —preguntó Liam.

Se acercó a besarla, pero estaba tan borracho que ella escapó sin dificultad.

—Estupendamente. —Empezó a recoger sus bolígrafos y bocetos.

—Nell —la llamó Barty—. ¿Una copa?

—No, gracias.

Ferdia, Sammie, Barty y Liam se habían puesto cómodos alrededor de la mesa y bebían con ganas.

—Bebe una copa de vino —le dijo Liam a Nell.

—Estoy bien así.

—Venga ya, no seas aguafiestas. —Liam había agarrado el tubo de pompas de jabón de Dilly. Expulsó un chorro de burbujas que se elevaron y explotaron contra el techo—. Tómate una copa.

—Esta noche no.

—Qué aburrida.

—Ya. Buenas noches a todos, hasta...

—¿Alguien quiere otra copa? —Liam miró a los ojos a Sammie, sentada a su lado.

—Claro. —Ella se encogió de hombros.

—Buena chica.

El tono de Liam era inquietante, pensó Nell. Daba un poco de repelús...

Liam volvió a tomar el tubo de pompas de jabón.

—Buena chica —repitió en el mismo tono acaramelado, y a continuación expulsó suavemente un chorro de bonitas burbujas contra la bonita cara de Sammie.

Paralizada, Nell se quedó mirando mientras las burbujas estallaban como signos de exclamación irisados contra las pestañas de Sammie.

Barty soltó una risa estrangulada y acto seguido se calló. Un silencio de estupefacción se hizo en la estancia.

Sammie tragó saliva, se ruborizó y a continuación empezó a ponerse cada vez más roja.

Liam, sonriente, estaba apoyado en las dos patas traseras de su silla.

La sorpresa había dejado a Nell en blanco. Lo que Liam acababa de hacer estaba tan... mal que no se le ocurría ninguna respuesta. Entonces estiró la mano y empujó el respaldo de la silla de forma que las cuatro patas del asiento golpearon el suelo con gran estruendo, tal era la ira que bullía dentro de ella.

—¿Qué coño ha sido eso? —Ferdia escupió las palabras.

—¿Cómo dices? —Liam volvió a inclinar la silla hacia atrás; la viva imagen de la inocencia.

—Lo de echar burbujas a mi novia.

—¡Son burbujas!

—Te has insinuado, joder. —Ferdia se levantó y se situó junto a la silla de Sammie—. Lo que le has hecho a Sammie es... es abusivo. Y has ofendido a tu mujer.

—Solo son burbujas —insistió Liam.

No estaba en absoluto tan tranquilo como aparentaba: Nell lo conocía perfectamente.

Liam se rio de Ferdia.

—Vaya, vaya, el hombretón que protege a su novia.

—Eres gilipollas.

—No, tú eres el gilipollas, buscándome las cosquillas por unas jodidas pompas. Cálmate de una puta vez, ¿quieres?

Liam estaba muy muy cabreado, advirtió Nell. Lo estaba desde que ella le habló de la llamada de Ship of Fools. Tenía ganas de salir de aquella habitación, escapar de la casa y aparcar ese puto marrón con su marido hasta un momento lejano en un futuro muy distinto. Pero Sammie no era más que una cría.

—Sammie... —La tocó con delicadeza—. Ven conmigo, cielo.

La muchacha se levantó obediente y la siguió al pasillo.

—¿Estás bien?

—Sí. Lo siento, Nell. Yo no lo he incita...

—Basta. Tú no has hecho nada malo.

La puerta de la cocina se abrió y Nell se puso tensa. Si era Liam... Pero no, era Ferdia. Se dirigió a Sammie, le tocó el brazo y, con un movimiento fluido, la atrajo contra él.

—¿Estás bien? —le susurró. Luego se volvió hacia Nell—. ¿Estás bien tú?

Probablemente no, pero la cosa no iba con ella.

—Bien. ¿Y tú?

—Sí.

Ferdia besó la coronilla de Sammie mientras ella pegaba la cara a su pecho. Eran jóvenes y guapos, y estaba claro que se querían. Mientras los miraba, Nell se sintió desolada.

52

—Me encantan los perros —dijo Johnny arrastrando ligeramente las palabras—. Los perros son pura… bondad. Lo digo en serio, Jessie, voy a ser cuidador de perros.

—Vale, Johnny, pero ahora te vas a dormir. —Ella estaba sentada en la cama al lado de él, tratando de leer la prensa del día siguiente en su iPad.

—Tú crees que estoy borracho. Pues no estoy borracho —declaró él en tono sombrío.

Tal vez no lo estuviera. Tampoco lo estaba ella, a pesar de todo lo que había bebido en aquella terrible cena.

—El año que viene cumpliré cincuenta. Cincuenta años. —Estaba tumbado bocarriba, dirigía sus comentarios al techo del dormitorio—. Y no he hecho nada que valga la pena.

—Menuda chorrada. —Ella no apartó la vista de la pantalla—. ¿Y nuestras hijas?

—Ellas piensan que soy ridículo. Y tienen razón. No tengo nada dentro, Jessie. Hay que escarbar mucho en la superficie para encontrar algo. Hay que escarbar mucho. Ni sabiduría ni sustancia; por eso me gustaste, Jessie. Tú estabas muy segura de todo, pero no puede ser que siga viviendo a tu costa. Debo encontrar lo que tengo de valor.

—Basta, cariño. Esto te pasa por estar cerca de tus padres…

—Rory, él también era así. Él tenía valor como persona. Él y yo formábamos un gran equipo. Yo tenía el… el encanto —casi escupió la palabra—, pero Rory era la sustancia.

—Johnny, te sentirás distinto por la mañana.

—Hace bastante que me siento así. Estoy vacío. No tengo nada dentro. Jessie, ¿tú me quieres?

—Claro que te quiero. ¿Qué pasa, tesoro?

—¿Lo nuestro es real? ¿O solo somos unos compañeros que se han casado para partir por la mitad los gastos de hotel cuando viajan?

—¡Johnny! —Aquello era tan impropio de él que a Jessie le costaba dar con las palabras adecuadas—. ¿Ha pasado algo? ¿Qué te ha disgustado?

—Ah, no, no me hagas caso. Ya me duermo. Apaga la luz.

—Está apagada.

—Pero hay luz. ¿Es el sol? Hasta el sol se ríe de mí.

A los pocos segundos roncaba sonoramente.

Ella siguió leyendo, mirándolo de vez en cuando con curiosidad e inquietud. Pobre Johnny. Tener a Canice Casey de padre haría mella en la personalidad más fuerte. ¿Era de extrañar que Johnny se hubiese encariñado tanto con el padre de Rory, Michael Kinsella? Él era un hombre encantador: calmado, sabio, amable...

Bueno, hasta que Johnny y Jessie se enamoraron y toda esa calma, esa sabiduría y esa amabilidad se cerraron como un grifo.

A veces ella se preguntaba si Johnny todavía lo echaba de menos. En fines de semana como aquel, estaba convencida de que sí. Pero a Johnny le habían dado a elegir: o Jessie o los Kinsella. Y había escogido a Jessie. De vez en cuando, Jessie se asombraba de que hubiesen acabado juntos. Después de la muerte de Rory, había seguido viendo a Johnny, pero nunca lo había contemplado como un hombre: se le había concedido un amor y este había muerto. El trabajo era lo que la había hecho seguir adelante.

Por aquel entonces, la presión de seguir expandiéndose era incesante. Su objetivo principal era Limerick, pero allí los locales estaban contados. Como es natural, el día que un espacio adecuado quedó disponible, se había pasado la noche en vela con Saoirse. No se fiaba de sí misma al volante.

—Espera a mañana —le había aconsejado Rionna.

Pero era la primavera de 2007, una época de auge, y los locales volaban rápido.

Johnny, como de costumbre, se ofreció a llevarla en coche.

Era media tarde cuando llegaron a Limerick. El local tenía buena pinta. El siguiente paso era que la arquitecta le echase un vistazo. Pero Clellia no podía acudir hasta el día siguiente.

—Johnny —dijo—. No sé si podría con un viaje de siete horas de ida y otro de vuelta mañana por la mañana. Si consigo que el canguro se quede a dormir con los niños, ¿podrías pasar aquí la noche?

Se fueron a por un sándwich mientras Jessie acribillaba a Johnny a preguntas. «¿No crees que la economía está descompensada?» Y «¿No crees que estoy abriendo tiendas demasiado rápido?». Y «¿No crees que la gente ha dejado de cocinar?».

Cuando se fueron al hotel, uno de una cadena, limpio y barato, Johnny la acompañó a su habitación para comprobar que no hubiera nadie debajo de la cama ni en el cuarto de baño.

—Soy patética, lo sé —dijo ella, como siempre hacía.

—No lo eres. —Él miró en el cuarto de baño—. Todo despejado. Buenas noches. Te veo en el desayuno.

—Buenas noches. —Cuando él cerró la puerta tras de sí, ella gritó—: ¡Johnny!

Él apareció de nuevo.

—¿No crees que el local es demasiado grande?

Él negó con la cabeza, cansado, y ella recordó que solo era su empleado, una persona sin ningún interés personal. Estaba pidiéndole demasiado.

—Perdona. Te trato como trataba a Rory.

—No exactamente.

—¿Qué…? Ah. Claro. —Ella notó la piel caliente—. No me digas más. Solo te interesaba cuando era de tu amigo. Ahora que estoy disponible, no te intereso.

Después de un silencio, él dijo:

—Sí que me interesas.

«Sí que me interesas.»

Un momento. Un. Momento.

—Joder. —Él se frotó los ojos—. No debería haber dicho…

—Sí que debías, sí que debías decirlo, Johnny. Y ya está dicho.

Unas sensaciones repentinas recorrieron el cuerpo de ella; más tarde, las visualizó como serpientes de electricidad, como si hubiesen activado una palanca gigante y la hubiesen resucitado con una descarga.

—Escucha. —Bajó de la cama—. Espera, ¿quieres? —No sabía lo que estaba pensando. No estaba pensando, eso era. La motivaba el instinto, la emoción, cualquier cosa menos los pensamientos—. Quédate esta noche. —Llegó hasta él—. Aquí. Conmigo.

—Aaah... no.

Ella empujó la puerta con suavidad y ladeó la cabeza para oír que se cerraba sin hacer ruido. A continuación, posó la mano en su mandíbula y deslizó el pulgar por su barba incipiente con un sonido áspero. Era un bombón.

La cara de Johnny era una mezcla de deseo y confusión.

—Joder, Jessie, no sé...

—Todavía estamos vivos —dijo ella.

—La gente nos juzgará.

A la mierda. Ella siempre había respetado las reglas y Rory había muerto. En un abrir y cerrar de ojos podían arrebatarte cualquier cosa.

—¿Quién nos juzgará?

—Todos.

—Ahora mismo me da igual.

—Ahora mismo —parecía un hombre derrotado—, a mí también.

La sorprendió la revelación de su cuerpo a medida que le desabotonaba la camisa poco a poco, deslizó asombrada las manos por sus marcados pectorales y sus costados, hasta los huesos de la cadera. Después de retirarle de los hombros la camisa de algodón, alargó la mano hacia la hebilla del cinturón y la cremallera.

Él se había quedado quieto como un maniquí, como si todo estuviera pasándole a otro hombre, y de repente tendió los brazos y la atrajo fuerte hacia él, presionándole la espalda con las manos. El primer contacto de la lengua de él con la suya fue una sensación tan embriagadora que ella pensó que iba a desmayarse. Los labios de él acariciaron su piel como una mariposa y pasaron de su boca a su cuello mientras los escalofríos recorrían su cuerpo. Una cuerda de energía se desenrolló por su espalda mientras las manos de él le abrían el vestido y la ayudaban a quitárselo.

Aquella era la primera vez en más de dos años que la piel de ella experimentaba una sensación que no fuese la de estar cubierta de una gruesa chaqueta aislante de goma.

Tumbada en la fría sábana blanca, con la piel de él rozando la suya, muslo contra muslo, vientre contra vientre, los muslos entrelazados, el placer era casi insoportable. Fue como ella nunca se había permitido pensar: lento, tierno, intenso. Luego apasionado, vigoroso, sonoro.

Hubo muchas cosas inesperadas: la paciencia y la entrega de él al darle placer con la boca y permanecer allí abajo hasta que ella experimentó una sensación increíble; el descubrimiento de la fuerza de su tronco.

—¿Cómo es que no sabía que tenías estas armas? —preguntó con alegre indignación.

No compararía. Había amado a Rory. Todavía lo amaba. Le había gustado Rory. Había sido muy feliz con él.

Johnny era distinto. Eso era lo único que podía admitir.

Y más osado en la cama. Eso también se permitió admitirlo.

Mucho más osado.

Pero aquello fue todo en lo que se atrevió a pensar antes de quedarse dormida.

Cuando la luz de primera hora de la mañana entró poco a poco en la habitación, se despertó y lo encontró mirándola.

—Hooola. —Se estiró como una gata feliz y se pegó a él.

Él tenía una expresión afligida.

Con voz de dibujo animado, ella le preguntó:

—¿Johnny no contento?

—Eres la viuda de mi mejor amigo. Mi deber es cuidar de ti.

—No estamos en una novela victoriana, Johnny. Sé cuidar de mí misma. Piénsalo, juntos podríamos... —¿Qué? ¿Divertirse? ¿Disfrutar? ¡Tener sexo! Eso era—. Johnny, juntos podríamos tener mucho sexo, mucho sexo maravilloso.

—No me parece bien, Jessie. No es noble.

—¿Podríamos tener un montón de sexo innoble? —dijo ella alegremente.

—No.

—Vale.

—Mantengamos una relación estrictamente profesional.

—Vale.

—Me voy a mi habitación. Te veo en el desayuno.

Ella observó que él se iba, aturdida por la dicha. Su relación nunca volvería a ser profesional. Ella lo sabía. Él lo sabía.

Él solo necesitaba aceptarlo.

No había planeado quedarse embarazada.

Tampoco había planeado no quedarse embarazada.

Se había comportado como si lo que hacían no tuviese consecuencias. Como si en realidad no estuviese ocurriendo.

Pensándolo en aquel momento, le costaba creer que hubiese sido tan... ¿tonta? ¿Irresponsable? Pero esos adjetivos no eran exactos.

Deshonesta: esa era la palabra. Había estado mintiéndose a sí misma: no estaba acostándose con Johnny, así que ¿por qué iba a tomar la píldora?

Estaba claro que él tampoco estaba acostándose con ella, así que no hacían falta condones.

Los dos insistían en que lo suyo era temporal y ultrasecreto. Ella se engañaba hasta el punto de creer que nadie lo sabía.

Pero en la oficina lo sabían, en las tiendas lo sabían, en las reuniones del sector lo sabían. Ninguna persona se atrevía a preguntarlo, pero todo el mundo lo sabía.

A Jessie se le interrumpió el período y tenía náuseas casi todos los días. No le dio importancia hasta la noche en que Johnny observó sus pechos repentinamente enormes y preguntó titubeando:

—Jessie... ¿es posible que estés..., ya sabes, embarazada?

Ella lo consideró con calma.

—Creo, mmm. Sí. Podría ser... Sí, podría. Creo.

Once semanas, mostraba la ecografía.

—¿De verdad no lo sabías? —preguntó la enfermera—. Pero si hace tres meses que no tienes la regla...

Por primera vez en mucho tiempo, Jessie rompió a llorar a moco tendido.

—No lo entiendo. Soy una persona sensata. Tengo la cabeza en su sitio.

La enfermera lanzó una mirada recelosa a Johnny y preguntó:

—¿Hay algún problema?

—Mi marido murió hace dos años y medio —soltó Jessie—. Él, Johnny, el padre, era su mejor amigo. Me estoy acostando con él.

—Bueno. Vaya, eso es...

—¿Ha visto algo así antes? —preguntó Jessie—. ¿Alguien que esté embarazada y no lo admita?

—He visto a mujeres que no sabían que estaban embarazadas hasta que parieron. La mente humana es capaz de muchas cosas.

—Pero yo, este comportamiento, esta evasión de la realidad, es... nuevo para mí.

Después de la cita en el médico, le dijo a Johnny:

—Voy a ver a los Kinsella. A decirles que estoy embarazada.

Les costaría creer que Jessie hubiera encontrado a otro hombre... cualquier hombre.

—¿Y yo? Quiero que dejemos de hacerlo todo a escondidas. Te quiero.

—Se disgustarán mucho.

—He dicho que te quiero.

—Yo también te quiero. —Ella estaba distraída—. De acuerdo, iremos a verlos juntos.

Como les preocupaba que la química entre ellos resultase evidente, después del inicio de su aventura habían empezado a visitar a los Kinsella por separado.

—Vamos a tener un bebé. Tenemos que ser valientes.

Había sido terrible, peor de lo que cualquiera de los dos hubiera previsto.

—No creía que me sentiría tan avergonzada —le dijo ella a Johnny en el trayecto de vuelta a casa.

—Ya. Y triste.

—A lo mejor dentro de unos meses las cosas se calman.

—A lo mejor.

Pero el resultado era que estaba oficialmente con Johnny. Tropezarse con un embarazo había forzado la situación. Y lo que también era oficial era que ellos y los Kinsella se habían enemistado. Y eso era duro.

De vuelta al presente, miró a Johnny tumbado a su lado. Incluso dormido parecía intranquilo.

Tal vez necesitaban pasar más tiempo juntos. Pero lo ridículo era que estaban juntos casi cada segundo del día. ¿Cuánto más necesitaban?

Lo hacían todo codo con codo: el trabajo y los niños y la vida social. Pero ¿seguían caminos paralelos que nunca coincidían?

El temor le subió por el estómago. Pensar aquello daba miedo.

«Pero, oye —se dijo—, si ese es el problema, haz algo. Arréglalo. Planifica un tiempo a solas, un cara a cara. Trátalo bien, haz preguntas, intenta que se abra y averigua qué pasa.»

Cuando volvió a su iPad, todavía se sentía inquieta. Algo le llamó la atención en la página nueva y se le cayó el alma a los pies: «Hagen Klein ingresa en un programa de rehabilitación».

¿Qué cojones? ¡Hagen Klein tenía que dar el siguiente seminario de su escuela de cocina al cabo de tres semanas! Y según aquel periódico, había ingresado en un programa de rehabilitación por adicción a las anfetaminas.

¡No, no, no! A ver, pobre Hagen Klein y eso, ¡pero también pobre Jessie!

Si él no asistía, ¿cómo iba a hacerlo si estaba rehabilitándose en Noruega?, sus ingresos trimestrales se irían a pique.

Su primer impulso fue llamar por teléfono a Mason, porque él siempre tenía respuesta para todo. ¡Pero no! Lo interpretaría como una prueba de que Jessie dirigía PiG de forma equivocada. Cambiar el modelo de PiG por el de una empresa que operaba casi exclusivamente en internet era una evolución natural, según Mason. Estaba seguro de que la buena voluntad del público hacia las tiendas se traduciría en ventas online.

Por lo que a Jessie respectaba, eran dos ideas distintas. Porque lo que nadie sabía de Jessie, salvo la propia Jessie, era que ella no era una emprendedora. Los emprendedores eran personas que veían los huecos en el mercado: sabían advertir las debilidades, tenían nervios de acero y negociaban como demonios.

Jessie tenía reputación de empresaria con iniciativa, pero ella solo era una persona que había convertido su afición en una forma de ganarse la vida.

En lo más profundo de su corazón, sospechaba que su único talento residía en conseguir chefs. Si transformaban PiG en una tienda online, se quedaría sin trabajo.

53

—¿Nell? ¿Qué haces aquí fuera?

Ella abrió los ojos con mirada cansada. Ferdia la miraba. Una preciosa luz de un dorado rosáceo llenaba el cielo. El sol casi debía de haber salido.

—Dormir —masculló ella—. Intentarlo.

—Pero... Por el amor de Dios, ¿has dejado que Liam se quede la habitación?

—No pensaba compartir cama con él. —Había agarrado una almohada y una colcha y había dormido en una de las tumbonas. Era sorprendentemente cómoda.

—¡Podrías haberte quedado la habitación de Barty!

—No pasa nada. ¿Está bien Sammie?

—O podrías haber dormido con ella.

«Lárgate, Ferdia, necesito dormir.»

Volvieron a despertarla más tarde, esa vez Liam.

—Nell... Lo siento, cariño. Habla conmigo, por favor.

Ella se incorporó airada.

—¿Qué coño quieres, Liam?

—Es que me he sentido... abandonado. ¿Y si tienes mucho éxito y dejo de interesarte? ¿Y si soy demasiado mayor y aburrido y estás enamorada de Garr?

—¿Garr? ¡A ver si te enteras! ¡Garr es mi mejor amigo! Y sabes lo que mi trabajo representa en mi vida. Pensaba que te alegrarías por mí...

—Envidio tu pasión. Además, ha sido una noche muy rara, con mi padre portándose como un cabrón despreciable... Y hay algo más... Violet y Lenore no van a venir a Italia. Paige dice que no puede cambiar las fechas del campamento.

—¿Cuándo te enteraste?

—Hará unos... diez días. Siento no habértelo dicho. Me quedé hecho polvo. Todo junto ha hecho que me portara como un capullo. ¿Me perdonas, Nell?

—Lo de tus hijas es una lástima. Pero, Liam, lo que hiciste anoche estuvo muy mal. Conmigo y con Sammie.

—Dime qué quieres que haga y lo haré. Cualquier cosa con tal de que me perdones.

—Pide disculpas a Sammie. Y a Ferdia.

—Ferdia es un crío... No pienso pedirle disculpas.

—Es un hombre adulto. ¿Y Sammie? Fue... La asustaste, Liam.

—¿De verdad? Pero...

—Si no arreglas las cosas con ellos dos...

En ese momento Ferdia y Sammie salieron de la casa con sus mochilas, seguidos de Barty.

—Nell, ¿puedes llevarnos a la estación? —preguntó Ferdia.

—¿No os quedáis a comer?

—No.

—Aaah —intervino Liam—. Ferdia, Sammie, ¿puedo...? Siento lo de anoche. Tengo, en fin, movidas. Me porté mal. Os metí a vosotros dos y me equivoqué. Os pido disculpas. De corazón.

Ferdia y Sammie, con las manos entrelazadas, lo miraban.

—¿Sin rencor? —Liam parecía inquieto.

Fue Sammie quien habló.

—Sin rencor. —No había emoción en su voz—. Sin rencor, ¿verdad, Ferdia? ¿Verdad?

—Vale.

—¿Estamos en paz?

—También le debes una disculpa a tu mujer —dijo Ferdia.

—Eso no es asunto tuyo.

Nell advirtió que la tensión se intensificaba muy rápido.

—Ya me ha pedido disculpas, Ferdia.

—De acuerdo.

No fue un reencuentro emotivo, pero tendría que valer. ¿Y en cuanto a los sentimientos de ella? Creía que nunca en su vida se había sentido tan humillada en una relación.

Tres meses antes

Julio

Cumpleaños de Jessie

54

> Gran estancia en el centro de Dublín. Cara respondió rápido a mis preguntas y su colega fue muy amable cuando nos registramos. El apartamento estaba limpísimo y parecía recién decorado. Bonito, elegante, bien equipado; como una suite de un hotel de lujo. Situado cerca de restaurantes, bares y tiendas.

Johnny volvió a leerlo con el pecho henchido de orgullo. Cinco estrellas a la limpieza. Cinco estrellas a la ubicación. ¡Cinco estrellas a todo! ¡Había arrasado con su primera experiencia en Airbnb! Había que decir que todo el mundo había hecho un gran trabajo preparando el piso para su nueva vida. El padre y el hermano de Nell le habían dado una imagen renovada; no solo habían pintado la casa, sino que también habían lijado las tablas del suelo, habían arreglado las estanterías torcidas... todo lo que necesitaba retocarse.

En cuanto a la decoración, Nell había vuelto a portarse como una campeona aconsejando sobre muebles asequibles y realizando aquella misteriosa transformación que hacía con cojines y colchas, una operación que siempre desconcertaba a Johnny. Fue un alivio que, por culpa del marrón de Hagen Klein, Jessie estuviese demasiado ocupada para participar. Sabía Dios lo que habrían acabado gastando.

La gestión diaria del piso se había delegado en un exempleado del Ardglass llamado Hassan. Cara era responsable de los detalles generales, pero, que Johnny supiese, aquello no le robaba mucho tiempo.

Encantado con la reseña, la llamó por teléfono.

—¿Has visto nuestra primera reseña? ¡Cinco estrellas! ¡Han dicho maravillas de ti y de Hassan!

—Qué bien. —Sonó distraída.

—¿Y las reservas? —continuó él entusiasmado—. Casi tenemos los dos próximos meses completos y la gente ya está reservando para octubre y noviembre. —Liam tenía razón: incluso con alguna que otra noche sin ocupación, los ingresos del alquiler por Airbnb eran mucho más elevados que cuando tenía a Marek y Natusia de inquilinos. Claro que había que reconocer que él no les había subido el alquiler en siete años.

—Y los ingresos van a...

—Sí. La nueva cuenta.

Cara parecía estresada. Johnny enseguida se sintió culpable. Ella estaba muy atareada y él no la ayudaba demasiado. Había sido él quien había insistido en que les llevase la contabilidad mensual, con la esperanza de que Jessie tomara conciencia de los gastos. Aquello no había servido para poner freno a los excesos de Jessie en lo más mínimo, pero la pobre Cara seguía al pie del cañón. Probablemente, y aquel punto era el que más culpable le hacía sentirse, porque consideraba que era su obligación, una manera de corresponderles por todas las vacaciones que Jessie había insistido en pagar.

—¿Sigues queriendo encargarte de esto? —preguntó—. Si prefieres dejarlo, no pasa nada.

—No hay problema —contestó ella—. No es molestia. Pero tengo que colgar.

—Claro. Perdona. —No debería haberla llamado al trabajo. Según el más reciente protocolo, no debería haberla llamado en absoluto. No sin haberle consultado de antemano si le parecía bien. Por el amor de Dios. Pronto sería ilegal saludar a alguien sin haberle mandado antes un telegrama para ver si era un «buen momento»—. Nos vemos mañana por la noche en Gulban Manor.

Centró su atención en los últimos detalles del cumpleaños de Jessie. El cincuenta. A él tampoco le faltaba mucho. Por Dios, ¿cómo había llegado tan pronto? Suponiendo que viviesen el máximo número de años, los dos se hallaban en el ecuador de la vida. Ni siquiera eso estaba garantizado: Rory se había ido con solo treinta y cuatro años...

Últimamente la vida, con sus impredecibles y preciosas cualidades, lo angustiaba. Pasaba gran parte del tiempo volviendo la vista al pasado o mirando el futuro con inquietud. Tenía que parar: no le haría bien a nadie si se le iba la olla. Aunque, por lo que parecía, eso no lo decidía uno: la crisis de la mediana edad escapaba por completo a tu propio control. No te quedaba otra que adaptarte.

Basta. Bueno, el cumpleaños de Jessie. No era hasta el martes, cinco días después, que era cuando ellos y las niñas lo celebrarían con comida para llevar y una tarta con velas. Bonito y sencillo. La artillería pesada estaba reservada para el fin de semana en Gulban Manor. Habían encargado una tarta de Wonder Woman; todo el mérito era de la pastelera, que había captado el aire de mujer que iba a por todas de Jessie.

Con el regalo había tenido que pensar mucho. Tenía que ser algo significativo, claro, pero las joyas nunca habían sido lo suyo: ella decía que tenía «manos de hombre, orejas de conejo y nada de cuello». Las pulseras estaban prohibidas porque la sacaban de quicio. («Con tanto tintín, parezco de los Hare Krishna.»)

De modo que, siguiendo las directrices de Mary-Laine, le había comprado un bolso Fendi. El que a Jessie le gustaba tenía unos adornos peludos que parecían caritas de demonio. Había tenido que confirmar con Mary-Lane que no se trataba de una broma. Y a pesar del pelo y lo raro que era, el bolso no había sido nada fácil de encontrar. Finalmente había dado con uno en Abu Dabi hacía solo tres días y, con gran estrés por su parte, había llegado a Irlanda aquella misma mañana.

Disfrutaba muchísimo menos de esas emociones que de aquella encantadora sensación de orgullo, de modo que volvió a mirar su página de Airbnb. Ya tenían muchas reservas: aquel fin de semana, toda la semana siguiente y el siguiente fin de semana. De hecho, tenían el piso reservado para las próximas tres, cuatro... ¡seis semanas! Y también muchos fines de semana. ¡Sí, señor! Mientras echaba un vistazo al calendario, su mirada se detuvo en el 6 de agosto. Algo pasaba en aquella fecha... Ah, claro. Era el cumpleaños de Michael Kinsella. Qué curioso, las cosas que uno olvidaba y las cosas que uno recordaba. Porque entonces se puso a recordar aquella noche lejana en la que él y Rory tomaron prestada la Honda de Michael y se dirigieron a las luces brillantes de Celbridge. Al volver a casa a las tres de la madrugada por oscuras carreteras rurales, la moto se paró renqueando. Rory aseguró que él podía arreglarla, pero que estaba demasiado oscuro y no veía. Johnny lo llamó «fantasma». Todavía se acordaba de cómo se habían reído, alto y claro, en el manso aire nocturno.

—Hay una cabina a un kilómetro —había dicho Rory—. Empujaremos la moto y llamaremos a mi padre.

—¿A las tres de la madrugada?

Johnny nunca había llamado a su padre para que fuese a recogerlo. Y nunca lo haría. Canice no solo se habría negado, sino que habría aprovechado para burlarse de Johnny por tener una moto tan mala. Por correr a pedir ayuda a su padre. En fin. Pero Rory llamó al suyo y unos diez minutos más tarde unos faros borrosos brillaban a través de la oscuridad. Michael aparcó su pequeña furgoneta al lado de ellos. Llevaba las pantuflas y un anorak encima del pijama.

Cuando bajó de la camioneta, Johnny retrocedió instintivamente.

—Vaya par de bobos —los saludó Michael en un ligero tono guasón. Metió la moto en la parte trasera y los tres subieron a la cabina calentita—. Espero que no condujeses la moto bebido —dijo cuando arrancaron.

Rory nunca habría cometido esa imprudencia. Siempre era tan bueno, tan respetuoso de la ley... Si alguien merecía vivir cien años, era él.

55

—¿Otra? —Garr señaló el vaso casi vacío de Nell.

—No puedo. Tengo que irme.

—¿Adónde? —preguntó Triona—. ¿Tu cuñada forrada os lleva a todos a las Fiyi este fin de semana?

—¡Calla! —gritó Nell mientras todos reían—. Voy a un acto. Para refugiados. Un encuentro público. Habrá discursos y, no sé, recaudarán fondos, tal vez.

—Bien hecho —dijo Lorelei—. Ojalá fuese tan buena como tú.

—Entonces, ¿no hay viaje a las Fiyi? —preguntó Triona.

—¿Te vale una villa de lujo en la Toscana en agosto?

Se hizo un silencio extraño.

—¿La Toscana? —Lorelei arrugó la nariz—. Sin ánimo de ofender, pero ¿no estará lleno de viejos dando la tabarra con el vino?

—Nooo. —Nell rio—. Es precioso y hace sol. Cerca de Florencia. Liam y yo tenemos entradas para la galería de los Uffizi y puede que otro día vayamos a Roma y, en fin, ¡arte!

—Liam y tú vais a ir a la galería de los Uffizi —murmuró Wanda, admirada—. ¡Yo quiero tu vida!

—Pero tiene que pasar una semana con su familia política —recordó Triona.

—¿No es rarísimo que Nell tenga familia política?

—En serio —dijo Nell—, son majos.

—Pero ¿no son un poco... viejos?

Nell rio.

—¡Estoy casada con un viejo! Soy vieja por asociación.

—¡Joder! —dijo Wanda—. Liam Casey no es tan viejo.

Nell cruzó sin querer la mirada con Garr y apartó la vista al instante. No quería hablar de Liam, y menos con Garr delante. En muchos sentidos estaba más unida a Garr que a ninguna otra persona. Él nunca había dicho nada malo de Liam, pero ella tenía la sospecha constante de que no era santo de su devoción. ¿La diferencia de edad? ¿Estilos de vida divergentes? A lo mejor pensaba que se había casado demasiado pronto. Fuera cual fuese el motivo, creía que a Garr no le sorprendería lo más mínimo que la relación entre Nell y Liam se hubiese enrarecido. Y ella no quería llegar a ese punto de la conversación.

—En serio —dijo—. Tengo que irme.

—¿Volverás a salir con nosotros dentro de poco? —preguntó Garr.

Lo dijo en un tono suave pero intencionado, y ella se murió de vergüenza.

—Sí, claro. Jo, lo siento. Os echo de menos. Os echo de menos a todos. Las cosas con Liam se pusieron intensas una temporada, pero ya he vuelto a la normalidad. —Abrazó fuerte a cada uno de ellos, pero se demoró más con Garr porque era al que más quería—. Lo siento —articuló en silencio las palabras contra su cara—. Voy a ser una amiga mejor.

Por un momento, deseó volver a su antigua vida con ellos, donde todo parecía más inocente y mucho más divertido.

—¡Ahí va! ¡Nell la Respetable!

Se montó en su bicicleta y pedaleó rápido con la esperanza de dejar atrás sus emociones de mierda.

Había sido el mes más raro y solitario de su vida.

Había vuelto a descubrir a lo que se refería la gente cuando decía que el matrimonio había que trabajárselo.

Después de lo que Liam le había hecho a Sammie, estaba terriblemente desencantada. Él se sentía inseguro, estaba destrozado porque sus hijas no podían ir a Italia... ¿Bastaba eso para absolverlo? Lo dudaba.

—No me casé contigo para que pudieses liarte con otra chica —le había dicho ella—. ¡Para eso están los amigos! Y te juro que como vuelvas a intentar hacer otra movida así, me largo.

Habían mantenido una conversación larga y minuciosa, en la que él se había rebajado lleno de remordimiento. Había pasado tiempo suficiente para que ella casi lo hubiera perdonado. Pero lo que había ocurrido la había cambiado; la había convertido en alguien mucho menos iluso.

Tal vez las cosas debían ser así.

Pero ¿cómo saberlo? Le daba demasiada vergüenza contárselo a nadie. Su madre se volvería loca de preocupación; Garr probablemente le diría que dejara a Liam. En cuanto a Wanda, cada vez que veía a Nell y a Liam, gritaba: «¡Macizos!». La única criatura con la que podía hablar era Molly Ringwald.

En resumidas cuentas, quería menos a Liam que antes. O tal vez nunca había querido al auténtico Liam.

El amor no se representaba así en las películas. En la vida real, cuando tu pareja te decepciona, tú tienes que readaptarte, no ella, para poder seguir queriéndola.

Tal vez —y esa era otra idea que le daba miedo—, Liam también estuviera viéndose obligado a hacer eso.

Atravesó el abarrotado salón de actos. Era la primera vez que asistía a un acto público sobre refugiados y le gustó ver que no era la única a la que le importaba el tema. Reconoció a un par de políticos de partidos pequeños, quizá de los socialdemócratas, y a una mujer que podía ser del Refugee Council de Irlanda. ¿Dónde estaba Perla? Tal vez aún no hubiera llegado.

Mientras se dirigía a la parte de arriba de la sala, le llamó la atención un joven atractivo, media cabeza más alto que el resto de los presentes... ¿Era... Ferdia?

Jessie también debía de estar allí. Bravo por ella.

Alguien la llamó por su nombre. Barty, que era todo sonrisas.

—Barty. Hola. —Se dieron un incómodo abrazo.

Ferdia y ella se saludaron con la cabeza, y Nell miró a su alrededor.

—¿Dónde está Jessie?

—No lo sé. —Ferdia se encogió de hombros—. ¿Qué haces tú aquí?

—Perla va a dar una charla. He venido a apoyarla. ¿Y tú?

—Lo mismo. —Él se ruborizó un poco—. A apoyar a Perla. —A continuación soltó—: ¿No te importa? En realidad, es tu amiga.

—No estamos en el colegio. O sea, Perla puede tener más de un amigo. —Nell pretendía que sonase jocoso, pero acabó sonando sarcástico.

—Por ahí viene —anunció Barty.

En efecto, allí estaba Perla, sonriendo de forma encantadora; el pelo golpeteando sobre sus hombros descubiertos, llevaba un vestido de tirantes amarillo claro que Nell le había visto antes a Saoirse.

—Estás muy guapa —dijo Barty.

—¿Te suena mi vestido? —Perla dirigió sus ojos chispeantes a Ferdia—. Era de tu hermana. Jessie insistió en que me lo quedase.

Conociendo a Jessie, pensó Nell, debió de intentar darle todas las prendas de los Casey.

—Perdona. —Ferdia parecía muy avergonzado.

—¡No! Estoy agradecida. Es un detalle que hayáis venido todos.

—¿Estás nerviosa? —preguntó Nell.

—Estoy emocionada.

Nell debía admitir que costaba reconocer a la mujer que había conocido aquella noche fría y deprimente a principios de año.

—Perla... —Un joven que llevaba una cinta colgada del cuello se acercó para llevarla al escenario—. Estamos a punto de empezar.

—Buena suerte —gritaron detrás de ella.

—¡Vas a hacerlo fenomenal! —chilló Barty—. ¡Mucha mierda!

—Bart —susurró Ferdia—. ¿Puedes parar?

—Tranqui —dijo Barty—. Nell, siéntate con nosotros. —Miró furtivamente a Ferdia abriendo mucho los ojos y dijo en silencio: «Capullo».

Nell, sentada entre Barty y Ferdia, de repente temió sufrir un ataque de risa inoportuna e incontrolable.

—¿Cómo va todo? —preguntó Barty—. No te veo desde el fin de semana del infierno en Mayo.

Era un tío muy divertido, decidió. Cero sensibilidad, pero gracioso.

—Fue un desastre —reconoció Nell.

—¡Y ahora él me trae a esto! ¡A veces me pregunto si me odia!

La sonrisa de ella se apagó. El acto de aquella noche merecía la pena. No estaba bien criticarlo.

—¿Qué tal Sammie? —preguntó a Ferdia.

—Están siendo maduros —dijo Barty—. ¿Verdad, Ferd? Siempre se «recordarán con cariño».

—Es cierto. —Ferdia la sorprendió con una sonrisa—. Me dijo que te saludase. Bueno, ¿qué tal el verano? —Ese era un tema espinoso—. ¿Conseguiste aquel trabajo? —Estaba claro que acababa de acordarse—. ¿En Mayo no estabas haciendo un proyecto?

—Sí, estaba haciéndolo. —Nell se aclaró la garganta y se obligó a hablar con despreocupación—. No me lo dieron.

Los de Ship of Fools tuvieron consideración, pero semanas más tarde todavía dolía.

«Te has exigido demasiado —había dicho Prentiss, casi con tristeza—. Es una lástima, Nell. Te deseamos lo mejor para el futuro.»

Intentó patéticamente exponer sus argumentos, pero Prentiss estaba en lo cierto: había tratado de hacer algo para lo que no tenía la suficiente experiencia, y la persona responsable, pensaba, era Liam. Él era quien la había animado a llevar el proyecto en una nueva dirección, aunque su propio instinto le decía que se ciñese a lo que se le daba bien.

En el fondo sabía que la única culpable era ella, pero el golpe de perder el trabajo se mezclaba con su desilusión general.

De modo que se sacudió el pelo hacia atrás, toda jovial.

—En fin, no era para mí.

—Qué putada. —Ferdia parecía sincero—. Te interesaba mucho, ¿verdad?

—Sí... —Acto seguido soltó—: Me quedé destrozada. Todavía hoy... —Su confianza había quedado hecha añicos.

—Date tiempo. —Él habló con voz vacilante—. Es una putada, pero tienes que seguir intentándolo, colega.

—Es verdad. —Ella no había hecho el más mínimo intento desde aquel rechazo. Era como si hubiese perdido toda la pasión por su trabajo.

—¿Verdad? —repitió Ferdia.

En realidad, las producciones más modestas del festival de teatro que se celebraba en septiembre buscarían a gente. Tal vez enviase un par de mensajes, a ver qué pasaba. Por lo menos Liam se alegraría. Él no había sabido lidiar con la versión negativa y pesimista de Nell, sobre todo porque se había apuntado a un curso de masajista y estaba entusiasmado, cosa que suponía un cambio respecto a su habitual enfado por la falta de respeto de Chelsea.

Un chirrido del sistema de megafonía la devolvió al salón.

En el escenario, el primer orador empezó a hablar de la necesidad de presionar al Gobierno. Al cabo de un rato, otra persona se centró en la recaudación de fondos y luego un periodista abordó la urgencia de denunciar a los medios de comunicación que publicaban artículos inexactos.

Al final le tocó a Perla.

—Ya era hora —dijo Barty en voz alta—. Estaba quedándome sobado. —A continuación añadió—: Uy. ¡Perdón, Ferd!

Perla describió cómo era el día a día con el sistema de acogida de refugiados. Se mostró concisa y segura. Poco a poco iba revelándose la mujer que había sido: una esposa y madre de clase media y una profesional respetada.

Nell siempre la había visto menuda, pero en aquel momento, a pesar de que estaba delgada, parecía tener más presencia. Era su postura: permanecía de pie de otra forma, habitando plenamente el espacio.

—Soy médica —dijo—. Lidio con los problemas con una mentalidad científica, lógica y sin excesiva emoción. Pero cuando hablo del sistema de acogida de Irlanda, solo puedo hacerlo desde la emoción, porque carece de lógica. No me parece bien criticar el sistema porque agradezco estar aquí, pero ¿por qué no puedo vivir y trabajar de forma independiente mientras espero a saber si puedo quedarme en Irlanda?

»Toda mi vida he trabajado para ayudar a la gente. Quiero ayudar a la gente en Irlanda. Se han portado bien conmigo. El principio del sistema de acogida de este país está diseñado para humillar. Nos tratan casi como a prisioneros.

»Las personas necesitan vivir como seres humanos, ser independientes y trabajar para ganarse el sustento. Me dejáis venir a vuestro país, me mantenéis con vida, pero no me dejáis tener una vida plena. Intentad imaginaros en mi situación, por favor, y recordad que la única diferencia entre vosotros y yo es la suerte de haber nacido en un sitio o en otro. —Hizo una pausa, sonrió brevemente y dijo—: Gracias por escuchar.

Ferdia se puso de pie enseguida, aplaudiendo con entusiasmo.

Perla se les acercó, aturdida y eufórica.

—¿Ha estado bien?

—Más que bien —dijo Ferdia—. Has estado genial. Estupenda.

¿Entonces…? ¿A Ferdia le gustaba Perla? ¿De verdad?

—¿Vamos a tomar una copa? —preguntó Ferdia.

Perla enseñó los bolsillos vacíos de su vestido.

—La cosa no pinta bien. —Sonrió.

—Yo invito —dijo Ferdia.

Vaya. Parecía que le gustaba de verdad.

¿Y le gustaba él a ella? Desde luego, parecían a gusto el uno con el otro.

A Nell le preocupaba Jessie. Ella era genial; mucho más de lo que Nell había creído al principio. Estaba claro que tenía cariño a Perla, pero eso podía cambiar si Ferdia se colaba por ella: una mujer ocho años mayor que él y que ya tenía una niña.

En aquel momento Jessie tenía a Nell en alta estima, pero era la persona que había metido a Perla en la vida de los Casey, la culpa recaería en ella si las cosas se torcían. Tal vez estuviera adelantándose a los acontecimientos. Podían ser amigos y punto.

—Yo tengo que irme —anunció Nell—. Que paséis buena noche.

—Nos vemos en el cumpleaños de mamá —dijo Ferdia.

—¿Vas a ir? —Nell estaba sorprendida.

—Sí. Tenías razón. —Ferdia parecía avergonzado—. No es tan mala.

—Ah. Genial. ¿Qué personaje te ha tocado?

—Quentin Ropane-Redford. Piloto de coches de carreras y soltero codiciado. —Puso los ojos en blanco—. ¿Y a ti?

—Ginerva McQuarrie. Una aventurera.

—¿Alguien que practica deportes extremos?

Nell rio a carcajadas.

—Creo que es una estafadora, una mujer que se hace pasar por rica…

—«… que busca riqueza o estatus por medios poco escrupulosos» —leyó Ferdia en su teléfono—. Vaya. Es un poquito…

—Gracias, Ferdia, sí que es «un poquito»...

—Todos los papeles de mujer parecen decorativos o serviles —dijo él—. Saoirse es una corista, mamá es una secretaria, tú eres una cazafortunas. No mola.

—No —dijo ella muy seria—. No mola, Ferdia; no mola nada.

56

—¿Es una fiesta de disfraces? —preguntó Patience.

—Peor —dijo Cara. Estaba tratando de explicar el concepto de un fin de semana con asesinato misterioso a sus compañeros de fuera de Irlanda—. Nos han dado identidades, como personajes de los libros de Agatha Christie, ya sabéis: vicarios, exploradores, alcaldes retirados... Nos disfrazamos e interpretamos el papel durante todo el fin de semana. Un par de personas serán «asesinadas» y tendremos que averiguar quién lo hizo.

El terso entrecejo de Patience se frunció.

—Qué raros sois los blancos —dijo, y se fue a su despacho.

—¿Quién es tu personaje? —preguntó Zachery—. ¿Lo sabes ya?

—Madame Hestia Nyx, una célebre vidente.

Como le aterrorizaba tener que embutirse en un vestido corto o en un traje de noche ajustado, le había suplicado a Johnny que le asignaran un papel que no requiriera llevar ropa ceñida. Johnny había aducido que el hotel tomaba esas decisiones, pero Cara había insistido: «Con preguntar no se pierde nada».

Más tarde él le había dicho: «¿Te iría bien una vidente? ¿Una especie de pitonisa?».

—¿Cómo viste una vidente? —preguntó Ling a Cara.

—Ya sabes: prendas vaporosas, pañuelos, pulseras tintineantes, kohl negro. Yo pongo la ropa y el hotel pone el atrezo; supongo que una bola de cristal y cosas por el estilo. A lo mejor cartas del tarot.

—¿Qué hotel es? —preguntó Vihaan. A todos les interesaban mucho los hoteles.

—Gulban Manor. En Irlanda del Norte. Antrim.

—No me suena —comentó Ling.

—Bueno —dijo Vihaan con un suspiro—, el Ardglass no es un hotel cualquiera.

De hecho, Cara no había conseguido averiguar nada sobre Gulban Manor, salvo la ubicación, a tres kilómetros del pueblo más cercano. La página web no facilitaba información acerca del equipamiento de las habitaciones —nada sobre el minibar— aparte de decir: «Gulban Manor ofrece diversas instalaciones, desde habitaciones familiares de dimensiones amplias hasta espacios temáticos para el ocio». Eso significaba que no tendría más remedio que llevar chocolate escondido en su equipaje por si sentía el ansia de darse un atracón. Y, con el corazón encogido, se dio cuenta de que probablemente así sería.

Pese a sus incesantes propósitos de controlarse, por lo visto era incapaz de ello. A aquellas alturas estaba asustada. Todos los días, como mínimo dos o tres veces, en ocasiones incluso más, el ansia la consumía. Daba la impresión de que romper la rutina acentuaba su vulnerabilidad.

Le dolían las costillas, sentía la garganta en carne viva y, de la noche a la mañana, había empezado a notar un dolor punzante en el diente roto.

Por mucho cariño que les tuviese a Jessie y Johnny, estaba agotada de aquellos fines de semana tan planificados. Después de aquellos días espantosos en el condado de Mayo hacía solo un mes, ¿acaso Johnny no podría haber organizado algo más sencillo? Su tiempo con Ed y los críos era limitado y valiosísimo. Johnny había dispuesto que la fiesta fuera un encuentro sin niños, lo cual significaba que los críos no verían a Ed durante dos semanas seguidas.

¡Y lo de encontrar un regalo decente para Jessie! Normalmente Cara le regalaba bonos para el spa del Ardglass, porque le hacían un 50 por ciento de descuento y porque a todo el mundo le chiflaba aquel spa, pero para su cincuenta cumpleaños tenía que superarse. El Ardglass regalaba cada año una estancia de dos noches a muchos de sus empleados, la cual podía canjearse con el personal de otros hoteles del mundo. Tras llegar a un acuerdo con la mujer que dirigía una joya de hotelito en Finlandia, había conseguido una estancia de dos noches para Jessie y Johnny en una suite con vistas al puerto de Helsinki. Y Tiina y Kaarle pasarían un fin de semana de ensueño en el Ardglass en la fecha de su elección. Unos cabroncetes con suerte.

La hora punta para las quejas era a los veinte o treinta minutos de la llegada de un huésped a su habitación. Era entonces cuando el alivio de internarse por fin en su espacio privado se mitigaba. De repente volvían a sentirse en su propia piel y canalizaban su insatisfacción habitual hacia su nuevo entorno.

Podían decidir que, en realidad, no les bastaba con sesenta y cinco metros cuadrados y necesitaban una subida de categoría. O que, por muy bonita que fuera la vista a la plaza, les molestaban los sonidos del tráfico.

Hacía quince minutos que le habían mostrado su suite al señor O'Doherty.

—Cinco euros a que le pone pegas al cuarto de baño —apostó Vihaan.

—No —repuso Ling—. Yo apuesto a que querrá una planta más alta.

—¿Cinco euros? —El sagaz Vihaan se deleitaba.

—Chicos —dijo Cara—, no podemos apostar dinero. Esto solo vale si lo hacemos por diversión.

—Bueno, ¿cuál es tu pronóstico? —preguntó Vihaan.

—No se tratará de nada en concreto. Tendrá algo que ver con la decoración, que es demasiado...

—¿Bonita?

—¿Qué habitaciones están listas?

Cara cogió el listado de última hora del equipo de limpieza. Enseguida se puso a reorganizar las reservas mentalmente. Solo quedaban dos habitaciones libres: la suite del ático y la habitación con jardín en la azotea. Como algunos de los huéspedes previstos para ese día habían solicitado habitaciones específicas, no podían cambiarlas, pero con los demás existía cierto margen de maniobra: solían quedar contentos siempre y cuando tuviesen una habitación de la categoría que habían reservado o mejor. Casi todos sus huéspedes eran educados, solo de vez en cuando llegaba algún cretino, como Owen O'Doherty, que disfrutaba sacando defectos.

—¿Por qué tardará tanto? —preguntó Ling.

—Está duchándose, dejando el baño perdido, así que el personal de la limpieza tendrá que volver a limpiarlo.

—Han pasado veintinueve minutos —dijo Vihaan—. Creo que te equivocas.

Sonó el teléfono, pero era una llamada externa, de Gemi, uno de los conductores.

—Buenos días, Cara, estoy con el señor y la señora Nilson. Calculo que llegaremos en cuatro minutos.

—Gracias, Gemi. —Mierda—. ¡Los recién casados estarán aquí dentro de cuatro minutos!

—¡Se han adelantado!

Casi una hora.

—Vihaan, interrumpe a Madelyn en su descanso. Ling, ve a por las flores y el papeleo.

Y en ese instante ¿qué?

Anto entró como una flecha en el vestíbulo, presa del pánico.

—Entrada —dijo—. Monovolumen. Un hombre, una mujer, tres niños. Ella viste un sari.

¿Los Ranganthan? No los esperaban hasta el día siguiente. A menos que... Oh, Dios, no.

—Un segundo monovolumen detrás con el equipaje. Hasta los topes. Parecía una tienda de Louis Vuitton con ruedas.

Fue en ese momento, con una sincronización perfecta, cuando Owen O'Doherty decidió llamar.

—Esta habitación es una porquería.

—Lamento oír eso, señor O'Doherty.

Cara empuñó a Vihaan y garabateó en una libreta: «Ve a por el refrigerio de bienvenida YA». Tendrían que ofrecer comida y agua a los Ranganthan mientras se solventaba la confusión en su reserva.

—Señor O'Doherty, ¿algún inconveniente en particular sobre su habitación?

—¿Por dónde empiezo? Demasiadas borlas y toallas y mierdas. Es feísima y, ya me entiende, anticuada.

El señor Ranganthan hizo su entrada, con su esposa y sus tres hijos a la zaga. Cara, todavía pegada al teléfono, abrió mucho los ojos y les sonrió de oreja a oreja.

Owen O'Doherty le ladraba al oído:

—Quiero un espacio tranquilo. ¿No tienen una habitación de rollo zen?

Sin dejar de sonreír como una boba, ella respondió:

—Por desgracia no, señor O'Doherty. —Sabía la que se avecinaba.

—¿Cómo no van a tener una habitación blanca entera? —En el momento justo, añadió—: ¿Qué me dice de la suite nupcial?

Mientras Cara pensaba rápido rápido rápido, barajó los cambios: podía subir de categoría a los recién casados alojándolos en la suite del ático. Eran jóvenes y seguro que les encantaría. Pero la suite nupcial era romántica; hasta tenía una bañera de hidromasaje en un jardincito al aire libre en la azotea, protegida de los edificios colindantes por setos de madreselva.

—Me temo que la suite nupcial está reservada. —De pronto se enardeció de rabia—. Por unos recién casados.

—¿No puede cambiarlos? ¿No? ¿Qué me dice del ático?

¿Ves? Aquello era lo que él quería. No por el ático en sí, sino por ser la persona más importante que se hospedaba en el hotel.

Y el caso era que ella podía cambiarlo allí.

Pero tenía a los Ranganthan enfrente, pululando con impaciencia delante del mostrador, y a pesar de que ella era la culpable de que no tuvieran reserva para aquella noche, podía alojarlos en el ático y en la habitación anexa del piso inferior...

... si cambiaba a las personas que tenían asignada esa habitación a otra. De hecho, podía cambiarlas a la habitación del señor O'Doherty, lo cual significaba que la habitación de la azotea seguía disponible.

—Esta noche estamos al completo —dijo—. Pero, haciendo malabarismos, en la azotea hay otra habitación que podría desocupar. Es más grande y tiene jardín. No obstante, la decoración es similar a la de su actual habitación. Muy anticuada. —Fue incapaz de evitar el retintín de su tono. Él se había hospedado allí antes: conocía bien el estilo de las habitaciones—. ¿Por qué no la ve? Si es de su agrado, podemos cambiarlo allí. ¿Quiere echarle un vistazo? Vaya, eso es... —exageró sus maneras y dijo con muchísima suavidad—: sensacionaaaaaal. Vihaan estará con usted enseguida.

—Deme cinco minutos. Acabo de darme una ducha.

Ella colgó, lista para atender a los Ranganthan… y el corazón se le puso a mil por hora al percatarse de que Patience se encontraba detrás de ella. ¿Habría oído su sarcasmo?

—Señor Ranganthan, señora Ranganthan. —Se apresuró a dar la bienvenida a todos—. Izna, Hiyya y —¿cómo se llamaba la pequeña?— ¡Karishnya!

La rutina habitual a aquellas alturas: guantes de látex en la papelera, bastoncillos de algodón, corrector de ojeras, enjuague bucal, peine, pasadores, laca para el pelo, maquillaje. Respiró hondo, salió al pasillo y se topó de frente con Patience. Se quedó bloqueada y pasmada por el shock.

—Cara… —dijo Patience—. ¿Qué pasa?

—Eeeh… —No tenía por qué sentirse culpable: no era ilegal ir al baño.

—Acompáñame arriba —pidió—. Al despacho de Henry. Nos gustaría hablar contigo.

—¿Ahora?

—Ahora mismo.

A Cara no se le ocurría ninguna explicación. Era como si su cerebro hubiera dejado de funcionar. Pero más le valía urdir algo…

—Ah. —El rostro redondo de Henry reflejaba preocupación—. Cierra la puerta y siéntate.

Con las piernas temblorosas, tomó asiento.

—Bien —dijo Henry—, muy al margen de la debacle de los Ranganthan, nos tienes preocupados. Hay constancia de que pasas mucho tiempo abajo. En un cuarto de baño.

—Yo… Eh…

—Tiempo en el que deberías estar en el mostrador de recepción —puntualizó Patience—. ¿Te encuentras mal?

Antes de que Cara pudiera responder, Henry terció:

—Porque si te encuentras mal, Cara, lo bastante como para que afecte a tu trabajo, deberías ir al médico.

Dios, no.

—No estoy enferma. No es para tanto.

—¿Tienes problemas con el alcohol? —preguntó Henry.

—¡No!

—¿Con las drogas? Cara. Te valoramos. Eres un miembro excepcional de la plantilla. Si tienes algún problema de cualquier índole, queremos ayudarte.

—Estoy estupendamente.

—Si no estás dispuesta a confiar en nosotros —dijo Henry con delicadeza—, ¿cómo vamos a poder ayudarte?

—No necesito ayuda. De verdad. Es que… Solo estaba… Pero me enmendaré.

Lo haría.

—¿Puedes explicar qué ocurrió con la reserva de los Ranganthan? —preguntó Patience.

Se moría de vergüenza.

—Mandaron un correo para decir que querían llegar un día antes. Había disponibilidad. Yo se lo confirmé al responderles, pero no modifiqué el cuadrante de habitaciones. Lo siento muchísimo.

—Hasta ahora nunca habías cometido una metedura de pata semejante —señaló Patience—. Y esta es de órdago. Si a esto se suman tus frecuentes ausencias abajo, es lógico que estemos preocupados.

—No entiendo cómo se me pasó por alto. —Cara estaba al borde de las lágrimas—. Pero prometo que no volverá a ocurrir.

57

Johnny cruzó con el coche la verja de Gulban Manor y..., cielo santo, aquello era peor de lo que se temía. Mucho, muchísimo peor. Entonces cayó en la cuenta de lo ingenuo que había sido: se había dejado engañar por el viejo truco de la foto tomada desde un ángulo favorecedor. En resumidas cuentas, Gulban Manor tenía una bonita puerta principal.

Su corazón bombeaba adrenalina pura: después de que hubiera tomado como referencia la puerta de estilo regente, catorce personas estaban desplazándose a ciento cincuenta kilómetros para celebrar nada más y nada menos que el cincuenta cumpleaños de Jessie.

—¿Esto? —Saoirse, sentada detrás de él, parecía sorprendida.

Él se encontraba en tal estado de pánico que se notaba el corazón en la garganta.

En su defensa, la puerta era muy bonita, con un montante de abanico que se curvaba con elegancia sobre ella, embutida en un pórtico de estilizadas columnas.

La casa en sí tal vez hubiera sido en su época la vivienda del guarda de la finca. Justo a ambos lados de la entrada había elegantes ventanas de guillotina, pero, por lo demás, seguía el estilo típico de los barrios residenciales de los setenta.

En un momento de locura desenfrenada, consideró la idea de dar media vuelta, salir de allí en dirección a... cualquier parte y hacerlo deprisa. En lugar de eso, aparcó el coche con resignación. Al mirarla de reojo, comprobó que Jessie estaba asimilando todo con frialdad.

—Jessie, nena —dijo en voz baja y apremiante—. Si esto es un desastre, te compensaré.

—Todo irá bien. —Parecía inusitadamente tranquila.

Dios, no. Estaba adoptando la actitud de «No estoy enfadada, sino decepcionada». Angustiado, salió del coche con Jessie, Saoirse y Ferdia a la zaga.

En la foto, la puerta principal lucía un pulcro color crema, pero en la vida real parecía que le hubieran dado una pátina de nicotina. La pintura estaba descascarillada; la aldaba, suelta... Un hombre bajo y fornido, cargado con bolsas de la compra, se le adelantó a toda velocidad y empujó con el codo para abrirla.

Se internaron en un lúgubre recibidor.

El hombre, de rostro redondo, un individuo de mejillas rubicundas, escudriñó a Johnny y su tropa.

—¿Es usted...?

—Queríamos registrarnos —dijo Johnny con voz queda.

—Ah. Sí. Cómo no. En cuanto meta esto en el congelador. —Hizo un gesto hacia las rebosantes bolsas—. Canapés para mañana por la noche, no puedo permitir que se echen a perder. Entonces sí que tendríamos entre manos un asesinato. ¡MICAH! —gritó en dirección a las escaleras, haciendo que Johnny diera un respingo—. ¡MUIRIA! ¡Bajad, han llegado los primeros!

Se volvió hacia Johnny.

—Bienvenidos al Fin de Semana con Asesinato Misterioso en Gulban Manor. Soy Clifford McStitt, el propietario, junto con mi mujer, Muiria. Ya está aquí Micah.

Un adolescente con el mismo rostro redondo de mejillas rubicundas que Clifford —su hijo, obvio— bajaba la escalera.

—Mami vendrá en un segundo —dijo—. Ella está al tanto de las reservas.

Y acto seguido hizo su entrada Mami, cuyo aspecto era asombrosamente similar al de su marido. Hasta llevaba el mismo estilo de corte de pelo a cazo. Los tres McStitt podían pasar por trillizos.

—Bienvenidos. —Su sonrisa era cálida, y Johnny se agarró a un clavo ardiendo. Tal vez el desastre no fuera total—. Johnny Casey. Bien. Tiene reserva para nuestra suite Emperatriz. —Pasó unas cuantas páginas de su libreta—. Durante el fin de semana será el doctor Basil Theobald-Montague, en su época un eminente cirujano cardiovascular, y en la actualidad con...

—... una mancha en mi reputación. Sí.

—¿Su mujer, Jessie? Usted es Rosamund Childers, secretaria del diputado Timothy Narracott-Blatt y una…

—Sí, «excelentísima persona».

Muiria estaba satisfecha.

—¿Han leído sus perfiles biográficos? Bien. ¿Y han traído el atuendo adecuado? Muy bien. Yo diría que van a disfrutar. La gente comentó que la otra vez fue divertido.

¿La otra vez? ¿Solo una? Por los clavos de Cristo, aquello era una pesadilla.

Estaba más claro que el agua que deberían haber apoquinado catorce billetes de avión para aquel destino criminalmente caro de Escocia.

Muiria dirigió su atención hacia Ferdia.

—¡Madre mía! Qué tiarrón, jolines. ¡Madre mía de mi vida! ¿A quién se parece? —preguntó a Micah.

—Oh, por favor. —Ferdia se moría de vergüenza.

Durante un par de segundos muy embarazosos, Micah y Muiria lo observaron con atención.

—Tiene un aire al muchacho de *Poldark* —señaló Muiria.

—Aidan Turner. ¡Sí, es verdad!

—¿Y vienes sin acompañante? —preguntó Muiria.

A él le habría gustado que Barty lo acompañara, pero no había espacio suficiente.

—Íbamos a ponerte en el estudio —explicó Muiria a Ferdia—. Pero, ahora que te veo, creo que es demasiado pequeño.

¿Qué?

—¿Tú vienes sola? —preguntó a Saoirse—. ¿Sí? Micah, lleva a esta jovencita al estudio y ya buscaremos algo más adecuado para Aidan Turner. ¡CLIFFORD! —dijo a grito pelado en dirección al pasillo en el que se había internado su marido—. ¡CLIFFORD!

Clifford asomó de pronto por una puerta al mismo tiempo que Johnny oía que un coche aparcaba en la entrada.

—Acompaña al señor y a la señora Casey a la suite Emperatriz y espabila. Acaba de llegar otra tanda. —Dirigiéndose a Johnny y Jessie, dijo—: Cuando se hayan instalado, vengan al salón a recoger sus credenciales y el atrezo.

—Lo siento —dijo Johnny a Jessie—. La he cagado hasta el fondo.

La suite Emperatriz no era una suite. Lo único que la habitación tenía de «pseudoimperial» era el cabecero curvilíneo de la cama. El resto era de melamina blanca corriente y moliente.

Para colmo de males, aquel fin de semana no lo pasarían únicamente en familia. Rionna tenía previsto ir con su mujer, Kaz.

También iban de camino desde Dublín, con la expectativa de un fin de semana con asesinato misterioso en un hotel en una lujosa casa de campo, dos amigas de Jessie y sus respectivos maridos.

—Está limpia —indicó Jessie—. Algo es algo.

—¿Y si consigo que nos alojemos en el Lough Erne? —En un arrebato a la desesperada, cogió su iPad y se puso a teclear con apremio—. ¡Es de cinco estrellas!... Oh. No hay wifi. Bajaré un momento a...

—Johnny, para. Nos quedamos. Vaciamos las maletas y luego bajamos. —Al abrir el armario, dijo—: ¿Qué demonios...?

El armario estaba lleno de ropa, probablemente de Clifford y Muria.

—¡Se acabó! —exclamó Johnny. Se iban al Lough Erne.

—Mamá, Johnny... —La voz de Saoirse procedía de detrás de la puerta de la habitación.

—Pasa —gritó Jessie. Porque la puerta no tenía pestillo... Otra pega más.

—Tenéis que venir a ver esto —dijo Saoirse—. ¡Me parto! ¡En mi vida he visto nada tan gracioso! Mi «estudio» es una cocina. ¡Soy un fiambre! Una cocina con lavadora. Una cama plegable donde debería estar la mesa.

—¡Vamos! —En un súbito arranque de energía, Jessie le levantó de un salto y agarró a Johnny.

De camino se encontraron a Ferdia.

—Oye, ¿vuestras habitaciones son un pelín raras? —preguntó—. ¡La mía tiene cinco camas individuales encajadas unas con otras como en el Tetris!

—¡Espera y verás la que me ha tocado a mí! —exclamó Saoirse.

Tenía razón. Su cama estaba en una agradable cocinita equipada con microondas, bloque de cuchillos, tostadora y cosas por el estilo.

—¿Tienes cuarto de baño? —preguntó Johnny.

—Por aquí.

Los condujo por un pasillo donde se toparon con Nell y Liam, a quienes Clifford estaba enseñándoles su habitación. Todo el mundo parecía de buen humor, con la salvedad de la recalcitrante animadversión existente entre Ferdia y Liam.

Johnny se había enterado de la movida con Sammie aquel espantoso fin de semana en el condado de Mayo. Albergaba la esperanza de que esta vez no hubiera ninguna trifulca: las cosas ya estaban bastante mal.

—Ustedes están en la suite Suiza. —Clifford abrió una puerta.

Aterrorizado ante lo que podría ver, Johnny asomó la cabeza. La madre que los...

—Déjame ver. —Jessie se abrió paso de un empujón—. ¡Basta! ¡Esto pasa de castaño oscuro!

Era un pequeño cuarto infantil con una litera de tres plazas. Una cama de matrimonio abajo, con peldaños que subían a una individual.

—¡Suiza! —exclamó Jessie—. ¿Por qué es suiza, Clifford?

—Por el elemento a dos alturas, claro.

—A dos altu... ¿Se refiere a la litera? ¿Ese es el elemento a dos alturas?

—Sí.

—Es muy mona —dijo Nell.

—Que Dios te bendiga. —Johnny apenas podía hablar.

Johnny fue a toda prisa al vestíbulo a suplicar a Muiria que asignara las mejores habitaciones, lo que quiera que resultaran ser, a la gente del grupo que no formaba parte de la familia.

Había tres habitaciones dobles medio decentes, dos con baño privado. Era preciso que les asignaran esas a las amigas de Jessie, Mary-Laine y Annette, junto con sus respectivos maridos. Rionna y Kaz podían quedarse con la habitación sin baño: Rionna se haría cargo; no se ofendería.

—¿A quién debería poner en la yurta? —preguntó Muiria.

¿Una yurta?

—A nadie.

—Alguien tiene que ser.

—Ni Mary-Laine, ni Annette ni Rionna.

—No hay problema.

Pero como no se fiaba de ella, Johnny se plantó en la puerta principal; interceptaría a la gente conforme llegaba y los escoltaría para que hicieran el *check-in.*

Allí estaban Rionna y Kaz.

—Esto es... un cutrerío —masculló él—. Lo lamento mucho. Lo lamento en el alma, de verdad.

Rionna y Kaz se lo tomaron a broma.

—Si Jessie lo pasa bien, nada más importa.

La amiga de Jessie, Mary-Laine, y su marido, Martin, mostraron una actitud igual de relajada.

Annette y Nigel, sin embargo... Annette era amiga de Jessie y era agradable, pero su marido, Nigel, tenía muy mala uva. Demasiado agresivo, siempre tenía que salirse con la suya y se regodeaba a la mínima oportunidad de hacer la vida desagradable a los demás.

Allí llegaba otra tanda de gente que a Johnny no le sonaba. «Estos deben de ser los otros invitados», concluyó. Seis treintañeros, un grupo de amigos sonrientes y escandalosos. Johnny los observó con atención, buscando al alfa, a la persona con la que pudiera unir fuerzas para que la cosa no se desmadrara..., pero todos eran betas. De modo que se encontraba solo como la una, apechugando con aquel fin de semana totalmente solo. Su única intención había sido ahorrar dinero. En última instancia, había pensado en el bienestar de todos. Pero ¿quién iba a darle un respiro?

Pues nadie.

La suya era una carga pesada y en solitario.

Los únicos que faltaban por llegar eran Ed y Cara, y ellos se contentarían con cualquier cosa. Así que cuando Micah pasó zumbando por delante y le dijo que fuera al salón, decidió que podía concederse un respiro.

58

—¿Nell McDermott? —dijo Micah—. Tú eres Ginerva McQuarrie, miembro de la alta sociedad y una vividora empedernida.

Su atrezo constaba de unas gafas de sol vintage, una boquilla de ónice, una boa de plumas y guantes de satén hasta el codo, todo de buena calidad.

—¿Ferdia Kinsella? —preguntó Micah—. Quentin Ropane-Redford. Piloto de carreras y soltero de oro. —Entregó a Ferdia un par de guantes de automoción, un mechero Cartier de imitación, un reloj de pulsera de aspecto repujado y unas gafas de sol protectoras—. Durante el fin de semana, encarna a tu alter ego. —Micah le guiñó un ojo—. Y espera lo inesperado...

Al marido de Mary-Laine, Martin, o diputado Timothy Narracott-Blatt, lo engalanaron con un bastón con empuñadura bañada en plata, un monóculo y un sombrero de copa.

—¿Liam Casey? Usted es el vicario Daventry.

Liam recibió un alzacuellos blanco, unos dientes de conejo y una Biblia.

—Joder. —Toqueteó su lote de mala gana—. A los demás les han tocado papeles chulos, de vividores, y a mí un vicario de mierda.

—Un vicario buenorro —señaló Nell.

—¿Ah, sí? —Él se puso rápidamente sus dientes de pega y se abalanzó sobre ella—. ¿Seguro?

Ella lo ignoró con un ademán.

—Voy a la habitación a cambiarme.

Johnny, con el aire del doliente más allegado en un funeral, le salió al paso.

—Nell, te pido disculpas. Esto es un desastre de tres pares de narices.

—De eso nada —repuso ella—. A ver, no es muy, ya sabes, Johnny y Jessie. Pero va a ser la monda. El atrezo es una pasada. Lo consiguieron a través de una compañía de teatro. Todo está genial.

—Qué maja eres.

Por un momento, Nell temió que fuera a besarla.

—¿Cuándo deberíamos darle a Jessie su regalo? —preguntó ella—. Le hemos comprado una polvera. Vintage. De plata y esmalte. ¿Le gustará?

—Eeeh... Improvisaremos. Seguro que le gusta.

Estaba claro que no tenía ni idea, y ella se compadeció de él. Fuera como fuese, tendría que gustarle. Ella se había pasado días buscando en eBay algo que fuera lo bastante «Jessie».

Micah exclamó:

—¡Johnny Casey! El doctor Basil Theobald-Montague, en su época un eminente cirujano cardiovascular.

—Listo —dijo él y salió pitando.

Nell reparó en que Cara y Ed habían llegado por fin. Parecían disgustados.

—¿Qué pasa? —preguntó.

Cara miró a su alrededor con disimulo, hasta que comprobó que Johnny se encontraba demasiado lejos para oírla.

—Ed y yo, nuestra habitación es una yurta.

Ferdia también se había acercado a saludar.

—¿Una yurta? ¡Qué guay!

—Con la salvedad de que no es una yurta —señaló Ed.

—Es una simple tienda, una tienda de campaña de cuatro plazas. —A Cara le temblaba la barbilla—. Ni siquiera podemos ponernos de pie dentro, y no hay baño. Yo ya no estoy para estos trotes...

—Quedaos con mi habitación —atajó Ferdia—. Tengo cinco camas y al menos un cuarto de baño.

—Déjalo, Ferdia, me sabe mal.

—No pasa nada. A mí me da igual. Yo no necesito cuarto de baño. Venga, Cara, vamos a por tus cosas y hacemos el cambio ahora.

—Gracias, Ferdia —dijo Ed—. Eso sería estupendo.

A Cara hasta se le saltaron las lágrimas. Parecía un poco alicaída. Ferdia la acompañó rodeándola con el brazo por los hombros.

Como era la homenajeada, Jessie fue la primera de los Casey en llegar al salón, para recibir a sus invitados y tomar una copa antes de cenar. Ya había experimentado como una docena de estados de ánimo desde su llegada. Para empezar, se había sorprendido: ¿cómo iba a ser aquello el «hotel en una casa de campo» donde iba a organizarse el tan esperado fin de semana de su cincuenta cumpleaños? Cuando comprendió que, en efecto, así era, se llevó un chasco tremendo.

No sintió cierta lástima de Johnny hasta que vio lo abochornado que se sentía. Era un horror organizar un fin de semana desastroso y luego tener que presenciar cómo se desarrollaba.

Pero ella enseguida había montado en cólera: le había lanzado indirectas por activa y por pasiva sobre el establecimiento de Perthshire, famoso en todo el mundo, y aquello era como la noche y el día. Johnny no escatimaba a la hora de gastar un montón de dinero en los demás. El dinero de ella. Pero no estaba dispuesto a gastárselo en ella. Ella misma podría haber organizado el fin de semana y se habría cerciorado de que todos fueran a Escocia. Pero ella quería que fuera una sorpresa.

Pues bien, ahí tenía la puta sorpresa.

Pero no tenía más remedio que dejar de lado su indignación durante los dos días siguientes, porque no se trataba únicamente de él y de ella. Otras personas estaban metidas en aquel berenjenal y no le quedaba otra que mantener las formas. Había veces, sin embargo, cada vez con más frecuencia, en que la asaltaban las dudas respecto a Johnny. En internet los energúmenos anónimos siempre decían que era un sinvergüenza, no solo porque era apuesto y encantador, sino porque ella, como principal sostén de la familia, lo había castrado. ¿Qué opción le quedaba a él, aducía la gente, salvo la de ser infiel? ¿Era aquel fin de semana de mierda un castigo pasivo-agresivo? ¿Estaba todo pasándoles factura?

Engatusarlo para que se acostase con ella aquella noche en Limerick hace tantísimos años había sido un acto de pura espontaneidad. Allí estaba él, con el pelo alborotado, la corbata torcida.

Ella había comentado algo en broma, él había dicho «Te deseo» y ¡pum! Ella había pasado de estar muerta a estar viva, de la nada al todo. Aquel asombroso arrebato de lujuria, aquella oleada de deseo, había surgido de sopetón. «Oh, Dios, soy una mujer y tú un hombre, y vamos a hacerlo porque el sexo contigo tiene que ser la bomba.» Ella lo deseaba y las consecuencias le importaban un comino. Como comprarse un abrigo fabuloso que no necesitaba y que no podía permitirse.

Pero acostarse con Johnny no fue como comprarse un abrigo de Tory Burch. Los abrigos de Tory Burch podían devolverse y recuperar el dinero.

Aquella primera noche confirmó que, en efecto, eran muy compatibles sexualmente. Que, en efecto, estaban locos el uno por el otro. Que aquello era real, que estaba en marcha.

Johnny y ella habían arrancado a toda mecha. Sexo, sexo, sexo. Trabajo, sexo y más sexo. Quedarse embarazada había hecho que se tambaleara: ¿en qué narices estaría pensando?

La aflicción de los pobres Kinsella hizo que se bamboleara aún más. Por otro lado, aquello reforzó la unión entre Johnny y ella, en un vínculo de dos contra el mundo.

Ella pensaba que eran felices, pero cuando tienes hijos y compartes una agenda de trabajo frenética, hay muchos andamios que te mantienen operativo. Si algo se desencajara de su sitio, tardarían un tiempo en percatarse de ello.

Tenía que reconocer que, a pesar de la relativa armonía de su matrimonio, a veces Johnny no la tomaba en serio: él era una pesadilla pertinaz que necesitaba mano dura. Los niños y él a veces se compinchaban y la llamaban Herr Kommandant. Ella tenía asumido que era con buena intención, pero ¿estaba equivocada?

El amor se apagaba y se contaminaba, por lo que había oído. ¿Se había agriado lo que Johnny sentía por ella debido a que era demasiado mandona?

Qué diferentes eran Ed y Cara: Ed adoraba a Cara, estaba clarísimo. Él no alardeaba de ello, pero se comportaba como si fuera el hombre más afortunado del mundo. Y Cara le correspondía, de eso no cabía duda.

Ella jamás había experimentado eso por parte de Johnny, la sensación de ser idolatrada. En su cabeza se había creado la imagen de que él se escaqueaba, temeroso de más engorros, y que andaba constantemente en busca de sexo, como un buitre al acecho.

Tal vez él la engañara. En realidad, era del todo posible. Aquella posibilidad la ponía enferma. Oportunidades no le faltaban; viajaba mucho sin ella. A saber a quién conocía. Era un seductor. Lo había visto en acción. Los celos la inundaron como lava ardiente.

Pensó de nuevo en él como en un buitre al acecho, y se preguntó si sería capaz de engatusarla para llevársela a la cama. Existía un desequilibrio constante entre la cantidad de sexo que según ella a él le apetecía y lo que en realidad lograban hacer. El caso era que a ella le gustaba el sexo, le gustaba mucho; lo que pasaba era que le daba la sensación de que encontrar el momento era como abrirse paso a machetazos a través de una espesa jungla, despejando obstáculo tras obstáculo del camino. El trabajo, el cansancio y las interrupciones de los niños, sumado a las tareas de última hora, conspiraban para echar a perder cualquier oportunidad.

Recordó una vez más los extraños comentarios que él había hecho durante aquel fin de semana infernal en el condado de Mayo. Toda aquella historia de que era un hombre vacío la había alarmado. En aquel momento, ella decidió que iban a pasar tiempo solos, ¿no? Para llegar al fondo de lo que fuera que estuviera pasándole. Pero, nada más tomar la decisión, estalló el desastre de Hagen Klein. De buenas a primeras, ella cogió un avión a Líbano, luego a Suiza, en un intento desesperado de persuadir a otro chef para que sustituyese a Hagen con muy poca antelación, y mientras tanto se vio obligada a lidiar con cien clientes, tan cabreados con ella como si hubiera comprado personalmente anfetaminas y se hubiera plantado en la cocina de Hagen para obligarlo a tomarlas.

Al final, Mubariz Khoury, de Beirut, se había embarcado. Todo se había llevado a cabo el fin de semana anterior, sin dañar demasiado la imagen de PiG.

Pero el percance había absorbido todo su tiempo, su atención y hasta la última gota de su energía. A veces, en el transcurso de aquellas últimas semanas, justo antes de caer rendida de agotamiento, recordaba los extraños comentarios de Johnny en el condado de Mayo. Y justo en ese momento, en que había conseguido salir del lodazal de la planificación con la lengua fuera y recuperado el resto de su vida, descubría que Johnny seguía raro.

59

Micah se acercó cargado con una bandeja de cócteles.

—Vaya, miss Rosamund Childers, qué buen aspecto tiene esta noche.

El papel de secretaria no le había dado mucho juego a Jessie para su indumentaria. ¡Otra cosa más! Johnny debería haber insistido en que le asignaran un personaje más divertido: una corista, como Saoirse, con un vestido corto y brillante con la espalda al aire, o una mujer misteriosa, como Nell. En vez de eso, iba disfrazada de mojigata con una falda de lana, zapatos de cuero calado con cordones, quevedos, perlas de imitación, una libreta encuadernada en cuero y una pluma estilográfica para anotar todas las citas del diputado Timothy.

—Por favor, cojan cualquier copa —dijo Micah—. Excepto la rosa. Esa es la bebida especial de lady Ariadne Cornwallis, heredera argentina.

—Listo. —Nada como dar a entender descaradamente que lady Ariadne, quienquiera que fuera, iba a pasar a mejor gloria en breve.

La siguiente en llegar fue Rionna, como Phyllida Bundle-Bunch, una cantante de ópera de fama mundial, ataviada con un extravagante vestido de noche de tafetán, una ostentosa peluca y una gigantesca y recargada gargantilla.

—¿Estás bien? —preguntó a Jessie.

—Haciendo el paripé para estarlo. Voy a hacer de tripas corazón para disfrutar.

—Bien hecho. Aquí está Jeffries, el juez de la horca.

Era Kaz, con una voluminosa capa negra y una larga peluca amarillenta de juez que daba grima.

—Esto es fantástico. —Se puso a agitar el mazo en el aire, ondeando la tela a diestro y siniestro—. Me da la sensación de que podría echar a volar.

A medida que entraba más gente en el salón, más le aliviaba que se hubieran esmerado con sus disfraces. Había un lord con levita, reloj de bolsillo y patillas muy pobladas; una dama altruista con un vestido de talle bajo y un sombrero campana; una belleza misteriosa con un vestido vaporoso y velo.

Nell, como siempre, iba magnífica en el papel de vividora de la alta sociedad con un vestido de satén ceñido de color champán.

Un par de dientes de conejo se cernieron sobre ella.

—¿Has abierto tu corazón a Jesucristo, nuestro Señor y salvador?

—Que te den. —Jessie hizo de tripas corazón para reír, pero, la verdad sea dicha, su relación con Liam se había avinagrado desde que se había enterado de su tonteo con Sammie.

De pura casualidad había madrugado mucho aquel domingo por la mañana el mes anterior; de hecho, no había pegado ojo. Al oír ruido fuera de la «casa de la gente joven», había abierto la puerta principal y se había topado con Barty lanzando mochilas al interior del coche de Liam.

—¿Qué está pasando, Barty? —preguntó.

Él se había mostrado dispuesto a desembuchar de muy buen grado. Ese chaval era incapaz de mantener la boca cerrada.

—Ahí dentro alguien está disculpándose en este preciso instante. —Hizo un ademán con la cabeza en dirección a la casa—. Pero Liam es un gilipollas. —Acto seguido, apostilló—: Perdona mi lenguaje. No es un gilipollas.

Sin embargo, Jessie se preguntaba si Liam, de hecho, era un gilipollas. Los hombres que hacían el ganso porque a sus mujeres les iba bien en el ámbito profesional no le caían en gracia... y menos aquella noche.

Oh, Dios, allí llegaba Johnny, con aire estresado, sujetándose a la cara un bigote de estrella del porno.

—No consigo que el bigote se quede pegado. ¿Podrías...?

Jessie giró sobre los talones en dirección a Annette y su horrible marido, Nigel, y le dio la espalda.

—Durante el fin de semana, ¡encarnad a vuestro alter ego! —gritó Micah por enésima vez—. Esperad lo inesperado… ¡No! ¡La bebida rosa es para lady Ariadne!

—¡Hostia! —exclamó Kaz.

—Uau —convino Rionna.

Jessie se dio la vuelta para ver a Ferdia, alto y esbelto, con una chaqueta de esmoquin blanca, una pajarita negra y unos pantalones de vestir negros. Por una vez llevaba el pelo oscuro pulcramente repeinado hacia atrás. Tenía un aspecto acicalado y glamuroso, y el amor la inundó. «Estarías muy orgulloso de él», le dijo a Rory.

—Me cambiaría por él —dijo Rionna.

—Yo también —terció Kaz—. ¡Eh! ¡Guapetón! Ven para acá.

Rionna y Kaz lo avasallaron, tiraban de la chaqueta y manoseaban su pulcra camisa blanca.

—Qué bárbaro, Ferdia. Estás hecho un hombretón.

—Y cachas.

—Ay, parad. —Se puso colorado—. No es más que ropa.

—¡Ajá! —exclamó Micah—. ¡Oigo el gong de la cena!

—Yo no oigo nada —se quejó Jessie—. ¿Estaré quedándome sorda?

—Me parece que el gong es imaginario —dijo Rionna—. Como el alojamiento de lujo, la ropa de cama de trescientos hilos, el…

—Lo siento —dijo Johnny—. Siento mucho todo esto.

«Cómo coño no vas a sentirlo, cabronazo miserable.»

Una mujer apareció de sopetón, sobresaltando a todo el mundo.

—Lady Ariadne Cornwallis —se anunció a sí misma—. ¡Heredera argentina!

Era Muiria vestida de negro, con una peluca de largos rizos oscuros y los labios pintarrajeados con un carmín metalizado.

—¡Oh, por el amor de Dios! —Rionna se giró bruscamente, le temblaban los hombros.

—Lady Ariadne —dijo Micah—. Aquí tiene su cóctel especial.

—¡Cómo no! ¡Mi cóctel especial! —Lady Ariadne se tomó su bebida especial con gran ceremonia y volvió a dejar la copa en la bandeja—. Gracias, joven Micah.

—¿Qué tal estaba? —preguntó Kaz con entusiasmo.

—¿Sabe un punto diferente de lo habitual? —En el tono de Rionna había un pelín de retintín.

—¿Un toque almendrado? —preguntó Jessie.

—¿Por qué almendrado? —preguntó Kaz.

—Ese veneno tan conocido, el cianuro, sabe a almendra.

—¡Ya está bien, por favor! —pidió Johnny.

Nervioso, Micah dijo:

—Pasemos al comedor.

Sorprendentemente, la mesa de comedor parecía estar a la altura. La luz de una repujada lámpara de araña colgada sobre una larga mesa vestida de blanco titilaba sobre candelabros de plata y copas de cristal.

—Siéntense donde quieran —dijo en voz alta Micah.

Con espíritu festivo, todo el mundo se acomodó y se presentó a sus compañeros de mesa con su nueva identidad. A Jessie le alegró que su gente estuviera haciendo buenas migas con Los Otros Seis: le quitaba hierro a la situación.

Clifford llegó con una bandeja de platos pequeños. Micah y él colocaron ensaladas de mozzarella delante de todo el mundo.

Sin embargo, al marido de Annette, Nigel, en un extremo de la mesa, no le sirvieron nada y en la bandeja de Clifford no quedó ni un solo plato. Nadie podía empezar a comer sin que a Nigel le sirvieran el entrante… y no tenía pinta de que aquello fuera a ocurrir a corto plazo. Los tres miembros de la familia McStitt se encontraban en la sala y Jessie sabía de buena tinta que nadie solucionaría la papeleta entrando por la puerta con una ensalada de mozzarella de sobra. En el ambiente se respiraba una tensa expectación. La gente tenía hambre: querían que la noche arrancara, que corriera el vino, que se cometieran uno o dos asesinatos…

Por detrás de ella, Clifford y Micah hablaban por lo bajini:

—… dieciséis, diecisiete, dieciocho, diecinueve, veinte.

—Falta uno.

—¿Cómo es posible? Dijiste veinte. Yo emplaté veinte.

—¡Es Mami! —dijo Micah—. Ella no debería haber cogido ninguno.

—¡Has dado en el clavo! —Clifford cogió el entrante de lady Ariadne/Muiria, la fulminó con la mirada y lo puso delante de Nigel—. Que aproveche —dijo a los comensales.

Pero lady Ariadne se había quedado a dos velas.

—Adelante, por favor —pidió.

—¿Usted no come, eh…, lady Ariadne? —preguntó Ferdia.

Ella miró con anhelo hacia el plato de él.

—Ah, no, ya picaré algo en la cocina luego. O sea, estoy… ¡Yo nunca como!

Mientras Micah servía el vino, lady Ariadne entabló una conversación coherente con todos ellos.

—¿Quién es usted, señor? —preguntó a Ed.

—Stampy Mallowan.

—Vaya, ¿es un despiadado empresario industrial norteamericano?

Stampy, que lucía un puro y un chaleco de tweed amarillo con una pajarita a juego, dijo:

—¡Así es!

—¿Está casado, señor Mallowan?

—Me parece que no. Pero voy acompañado de —consultó su hoja— «Jolly Vandermeyer, cabaretera».

—Esa soy yo —dijo Saoirse.

—Pero ¿ha estado casado alguna vez? —Lady Ariadne tiró de la lengua a Stampy Mallowan.

—¿Que si he estado casado? —Ed consultó su hoja—. Pues sí. Pero mi primera esposa murió en «misteriosas circunstancias».

—Esto es la bomba —dijo Rionna.

—Tómatelo en serio —le suplicó Johnny.

Lady Ariadne perseveró con sus interrogatorios y, aunque forzada, una escena comenzó a tomar forma.

—Coincidimos en una ocasión, lord Fidelis…

—Señorita Elspeth Pyne-Montant, tengo entendido que conocía a mi difunto esposo…

—¿No estuvimos en una partida de caza un fin de semana en una finca en Montserrat, doctor Theobald-Montague?

Al final resultó que todo el mundo se había cruzado antes con lady Ariadne.

El plato fuerte llegó y estaba «totalmente aceptable», citando a Rionna.

En cuanto retiraron los platos, Micah y lady Ariadne intercambiaron asentimientos de cabeza y a continuación ella soltó un grito ahogado, se llevó las manos a la garganta y se desplomó, de bruces, sobre la mesa.

—¡Empieza el juego! —exclamó alguien.

—¡Voy a por el médico! —gritó Micah.

—¡Yo soy masajista deportivo! —dijo Liam a voz en grito.

—Un momento —pidió Johnny—. ¡Me parece que yo soy médico! —Hasta el propio Johnny saboteaba las cosas.

—¿No tienes una mancha en tu reputación? —preguntó Ferdia, y las risas retumbaron en el techo.

—¡Sí! —recordó Micah, con patente alivio—. Le han prohibido el ejercicio de la profesión. —Salió como una flecha de la sala.

—¿De veras eres masajista deportivo? —preguntó a viva voz Martin, el marido de Mary-Laine, a Liam.

—Sí.

—¡No! —¿De verdad era Saoirse quien había gritado eso? Aquello estaba desmadrándose.

—Me he hecho daño en la pantorrilla con las prisas.

—Ven para acá y déjame ver.

Instantes después, un hombre con un abrigo negro, un sombrero negro y pertrechado con un maletín de médico irrumpió en la sala. Era Clifford. Tras hacerle un reconocimiento superficial a Muiria, anunció:

—¡Lady Ariadne Cornwallis está muerta! ¡La han envenenado! ¡Y todos ustedes son sospechosos!

—¿Eso significa que nos quedamos sin postre? —oyó Jessie decir a Annette en voz baja, y temió echarse a reír y no ser capaz de parar.

—Un poco de respeto —ordenó el doctor—. Aparten la mirada mientras el joven Micah y yo retiramos el cuerpo de la pobre señora.

Pero aquello era demasiado bueno como para perdérselo.

—¡Aparten la mirada! —dijo—. He de insistir, ¿eh?

Ninguno apartó la mirada y ellos se llevaron a empujones de la sala a una lady Ariadne con un aspecto muy pero que muy lozano.

El doctor Clifford regresó.

—Mientras esperamos al detective, se servirá pudin a aquellos que aún tengan estómago para probar bocado.

Es decir, todos ellos.

60

—¡Vamos! ¡Está claro que lo hizo el muchacho ese! ¡Micah! —exclamó Phyllida Bundle-Bunch.

—Sí, él era el que llevaba la bandeja con las bebidas.

—Pero el joven Micah... —Clifford, ahora vestido con el disfraz del inspector Pine, intentaba hacerse oír por encima del guirigay—. Decía que el JOVEN Micah no conocía a lady Ariadne.

—Pero llevaba la bandeja de...

—Fue como un tirón repentino, y después una tremenda punzada dolorosísima. —Martin se había remangado el pantalón y le estaba enseñando a Liam la pantorrilla que se había lastimado.

—Entiendo... Sí. Entonces, ¿te duele si hago... ¡esto!? —Liam le hincó el dedo índice en la parte más carnosa de la pantorrilla y Martin soltó un grito de dolor.

—¡Cualquiera de ustedes podría haber echado veneno disimuladamente en su copa! —dijo el inspector Pine a voz en grito.

—Pero nadie lo tenía tan fácil como Micah.

—¡Qué bárbaro! —Los ojos de Mary-Laine tenían un brillo exagerado en su semblante azorado—. ¿Todavía está dando la tabarra con que le duele la pierna? ¡Habría que verlo empujando a una CRIATURA DE CUATRO KILOS Y MEDIO!

A Cara le parecía estar presenciando toda la escena —la sala resplandeciente, los rostros colorados de la gente, los ridículos disfraces— desde la lejanía.

—Un tirón muscular... —oyó decir a Liam.

—No he sido yo —expuso Micah.

—No ha sido él. —El inspector Pine se mantuvo inflexible—. ¡Ha sido uno de los presentes en esta sala!

—Igual fui yo —declaró Jessie—. Tenía ganas de asesinar a alguien. —Desplazó fugazmente la mirada hasta que posó los ojos en Johnny. Cara vio que él se acobardaba.

—*¿Puedes hacer algo?* —preguntó Martin—. *Te pagaría.*

—No cobro a los amigos de Johnny.

—En realidad no soy amigo de Johnny.

—¡Debemos trabajar juntos para resolver este crimen vil! —aulló el inspector Pine con voz lastimera—. Deben dividirse en parejas. HE DICHO QUE DEBEN...

—La verdad es que Johnny nunca me ha caído bien. Mi mujer es amiga de Jessie, por eso he venido. Así que será mejor que me cobres.

A Cara le daba la sensación de estar recibiendo señales de varias radios. Había demasiado ruido y parloteo.

—... con el fin de ayudarme a revelar la identidad del asesino.

—Vale. ¿Cincuenta euros?

—No te pases, tío. Eso es un pelín caro.

—¿Dónde está el vino? —preguntó Jessie.

—Pueden comprar más. —El inspector Pine parecía presa del pánico.

—¿O sea, que el todo incluido se ha acabado? —preguntó Johnny.

—Por esta noche. Mañana por la noche tendrán más. Ahora, a resolver el misterio del asesinato...

—A ver, ¿cuánto quieres pagar?

—No lo sabré hasta que hayas terminado. Si se me alivia, te daré cuarenta.

—¿Podemos ver la carta de vinos? —preguntó Johnny.

—No hay carta de vinos. —El pobre inspector Pine estaba descompuesto—. Pero pueden tomar el vino de la cena a quince euros por botella. ¿Trato hecho?

—¿Sabes qué? Que te den.

—¿Qué?

—Eso. Que te den. Te ofrezco mi pericia por la cara, y tú insultas a mi hermano y luego regateas por un servicio que te he ofrecido por la cara...

—Vale. Estupendo —dijo Johnny—. De momento, sirva seis de blanco y seis de tinto, y ya veremos cómo va la cosa.

—Muiria se encargará de eso. Bien, a ver. ¡Lo de resolver este crimen ruin! ¿Madame Hestia Nyx? Su compañero será el mayor Fortescue.

—¿Qué? —Cara pensaba que podía elegir a Ed de compañero, sin más.

—Nos estamos confundiendo. —Micah había reparado en el disgusto de Cara. Parecía nervioso.

El marido de Annette, Nigel, se había acercado a ella. Él asintió con la cabeza y ella respondió con un asentimiento de cabeza menos perceptible, si es que eso era posible. Había coincidido con él antes en un par de ocasiones y le parecía duro de pelar.

—Aquí tienen sus pistas. —Micah sacó una hoja de papel, que Nigel se apresuró en coger.

—¿Ginerva McQuarrie? —gritó el inspector Pine—. ¿Quentin Ropane-Redford? Ustedes trabajarán juntos.

Esos eran Nell y Ferdia. Con ojos soñadores, Cara los observó atentamente. Con su chaqueta de esmoquin blanca y el pelo engominado hacia atrás, aquella noche Ferdia parecía un apuesto hombre hecho y derecho. En cuanto a Nell, con ese vestido que le marcaba la figura y el elaborado peinado... Ambos altos, jóvenes y glamurosos. Y parecidos, como si hubiesen salido de una producción en cadena de jóvenes guapísimos.

«Jessie me odia —concluyó Johnny—. Quiere matarme, y me lo merezco.»

La pobrecita Nell lo había agarrado del brazo para decirle en tono dulce y sincero:

—A menudo te lo pasas en grande en situaciones como esta. Cuando todo es perfecto, puede que te dé un subidón, pero, en realidad no te relajas. Aquí todos estamos muertos de risa y somos una piña.

Ella era una buena persona. Agradable: esa era la palabra. Aunque a él alguien le había comentado que en realidad «agradable» era un insulto. Con todo, Nell estaba preciosa aquella noche. Jessie siempre estaba dale que te pego con lo guapísima que era, pero él no había reparado en ello hasta aquella noche. ¿Qué hacía con Liam, si él no era agradable? Y no lo era.

No debería hacer juicios recriminatorios de aquel tipo. Se convertiría en su padre.

A Johnny lo habían emparejado con uno de Los Otros Seis, un «productor de Hollywood», pero no le quitaba ojo a Jessie. La habían emparejado con Liam y, aunque ella participaba activamente en la farsa, a él le constaba que tenía reservada en exclusiva para él una buena dosis de rabia que liberaría más tarde, en algún momento.

Maldita sea, ¿tanto le habría costado organizar aquello como Dios manda?

Jessie, por lo general, no era muy exigente. No esperaba flores ni regalos caros con asiduidad. Sí, derrochaba dinero en vacaciones, pero casi siempre se trataba de actividades en grupo.

Aquel era su cincuenta cumpleaños y ella le había lanzado indirectas. Por activa y por pasiva. En dos palabras, le había sugerido qué hacer y él había hecho oídos sordos.

¿Podía improvisar otra cosa rápidamente? Era demasiado tarde para organizar un fin de semana con asesinato misterioso en condiciones: ese cáliz estaba envenenado para siempre.

¿Y llevarla a París? Pero se daría cuenta de que se trataba de un apaño. De hecho, ni siquiera le gustaba París: decía que las francesas eran unas «brujas de cuidado». Recordó que los dependientes de las tiendas italianas tampoco eran santo de su devoción. No sé qué acerca de alguna actitud estirada en la tienda de Versace en Milán.

¿Adónde más iba la gente? A Barcelona, a todo el mundo le encantaba Barcelona. Pero era un destino gastronómico y era probable que ella empezara a trabajarse a los chefs a la media hora de estar allí…

Cuando agruparon a todos por parejas y les dieron pistas crípticas para resolver el misterio, el inspector Pine dijo:

—Una hora. ¡Hay que encontrar a este vil asesino, o asesina, antes de que vuelva a las andadas! Nos reuniremos aquí de nuevo a las once y pondremos en común nuestros hallazgos.

A continuación, se fue a fregar los platos.

—«Allí arriba, en Suiza.»

Nigel y Cara estaban leyendo sus «pistas».

—Una de las habitaciones debe de tener temática suiza.

—Obviamente, es algo del exterior. —Nigel insistía—. Guarda relación con una colina cercana.

—Es la habitación de alguien. Han puesto cosas en las habitaciones de la gente para delatarlos y tenemos que encontrarlas.

—No. Seguro que se refiere a una colina. Vamos fuera.

Ella sentía un dolor punzante en el diente roto, la garganta irritada, las costillas doloridas y su puesto de trabajo peligraba.

—En vista de que eres un hacha en esto —dijo ella en voz baja—, ¿por qué no lo haces tú solito?

Enfiló hacia su habitación, donde tenía una maleta de mano con ruedas medio llena de chocolate debajo de la cama. Todo el mundo estaría ocupado durante la siguiente hora: se encerraría en el cuarto de baño y soltaría la terrible tensión que le atenazaba el pecho.

Ferdia y Nell se encontraban en la primera planta, siguiendo una pista sobre la «emperatriz», cuando el teléfono de Nell emitió un pitido. Echó un vistazo y exclamó:

—¡Ya van tres!

—¿Tres qué?

—Anoche estuve mandando mensajes, tanteando el terreno para conseguir trabajo en el festival de teatro. Hoy me han contestado dos directores. Con este van tres. —Había estado medio convencida de que nadie volvería a contratarla jamás.

Se oyó un ruido extraño en las inmediaciones: un tropezón y, acto seguido, un golpazo.

—¿Qué ha sido eso? —preguntó ella—. ¿Otro asesinato?

Pero a ese primer golpazo le sucedieron varios golpes rítmicos más pequeños y, a continuación, un grito.

Se miraron.

Nell se sonrojó.

—¿Es...? Parece como si dos personas...

Ferdia se puso colorado.

—Dios... ¿No deberíamos dejarlos a lo suyo?

—Igual sí. No lo sé. ¿De quién es esa habitación?

—De Cara.

Se oyó otro gañido débil.

—No creo que se trate de jueguecitos —dijo Nell—. Suena... diferente.

—¿Deberíamos entrar? —Si de verdad se tratara de gente echando un polvo rápido, se moriría de vergüenza. Ferdia llamó a la puerta y, como no hubo respuesta, la abrió con cuidado.

No había nadie a la vista, pero cuando entraron en el cuarto de baño, Cara estaba tirada en el suelo. Tenía los ojos cerrados, su cuerpo daba espasmos y sus piernas golpeaban una papelera de plástico contra la pared.

—¡Nell! —Ferdia se puso de rodillas al lado de Cara—. Ayúdame a colocarla de costado.

Petrificada de miedo y desconcierto, Nell reaccionó enseguida.

Se arrodilló junto al cuerpo desmadejado de Cara mientras Ferdia intentaba sujetarla, y la movieron con delicadeza.

—¿Es un ataque epiléptico? —preguntó Nell.

—A un niño de mi colegio solían darle. Trae unas almohadas para protegerle la cabeza.

En la habitación había muchas almohadas porque había muchas camas. Resultó que todas estaban apelmazadas y tenían bultos, pero tendrían que apañarse con ellas.

Mientras Ferdia le sostenía la cabeza a Cara, Nell le colocó las almohadas debajo y alrededor de la cabeza y la cara.

—Yo me quedaré con ella —dijo él—. Ve a por Ed. Llama a una ambulancia.

Nell bajó las escaleras como una exhalación gritando:

—¡Ed, Ed!

Una marabunta de huéspedes ataviados con trajes chillones, Ed incluido, irrumpió en tropel en el vestíbulo, entusiasmados por el nuevo giro que había dado la noche.

—Ed, tienes que...

—Soy Stampy Mallowan.

Oh, Dios, estaba pedo.

—Ed, Cara no está bien. Que alguien llame a una ambulancia.

—El doctor Basil Theobald-Montague a su servicio. —Johnny se abrió paso a empujones, y le hizo una reverencia con un ademán exagerado.

—No...

—Pese a estarme prohibido el ejercicio de mi profesión, con mi reputación por los suelos, considero que puedo...

—Johnny, basta. Esto es en serio. —Nell se giró en redondo con desesperación. —¡Clifford! ¡Muiria! ¡Llamen a una ambulancia, por favor! Cara se encuentra mal.

Muiria parecía aterrorizada.

—¿Mal?

—Le ha dado una especie de ataque epiléptico.

Esas palabras surtieron el efecto deseado: Ed salió pitando escaleras arriba, Jessie llamó al 999 y Clifford mantuvo una conversación en tono apremiante con Muiria por lo bajini.

—Esa mozzarella estaba caducada.

—Desde hace solo dos días.

—Pero dijiste...

—Muiria. —Jessie le tendió su teléfono con brusquedad—. Hable con ellos, dígales cómo llegar aquí.

Nerviosa, Muiria cogió el teléfono.

—La manera más rápida es salir por la... Eso es, sí... No, sigan adelante. Encontrarán un tractor calcinado. Sigan la señal en dirección a Molly's Hollow. Pensarán que han pasado de largo, pero no. Llegarán a un bungalow nuevo. Un hombre se plantará en la carretera y se pondrá a vociferar. Ese es Howard, no le hagan caso, es que le gustan las luces. Estamos siguiendo por ahí, a la izquierda. Si pasan junto a unas cabras de piedra, es que se han pasado... Cabras. De piedra. Sí. —Se despegó el teléfono de la oreja—. Llegarán en quince minutos.

Con el frufrú de sus uniformes amarillos y los chasquidos de sus radiotransmisores, los técnicos de emergencias sanitarias subieron las escaleras en un tris y, al cabo de unos instantes, tenían a Cara firmemente sujeta a una camilla mientras todo el mundo observaba en silencio. Iban a trasladarla a un hospital de Belfast y solo podía acompañarla Ed.

—Te seguiremos —prometió Johnny, al tiempo que las puertas se cerraban de un portazo y el furgón se alejaba.

Pero Muiria y Clifford casi chillaron de espanto ante la idea de llamar a un taxi para ir a Belfast.

—El gasto. ¡Podríamos estar hablando de sesenta libras!

—Más, uf. Y lo mismo para la vuelta.

Tras una larga y tensa pausa, Clifford dijo:

—No hay taxis. Hay uno en el pueblo, pero no vendrá hasta aquí. Tuvimos una..., una... —Clifford, nervioso, miró a Muiria buscando la palabra adecuada.

—Discrepancia. Uno de ustedes podría conducir hasta el hospital. Esa muchachita de ahí. —Apuntó hacia Nell—. Ella no ha bebido casi nada. Debe de estar prácticamente sobria. ¿Verdad?

—Nell asintió.

Jessie parecía dolida.

—¿Por qué estás sobria en mi cumpleaños?

—La verdad es que el vino no es lo mío.

—Ella bebe sidra. —Esto lo dijo Liam arrastrando las palabras en un tono casi recriminatorio.

—Yo también voy —dijo Ferdia.

—Irá Johnny —sentenció Jessie—. Ferd, tú eres un crío. Ed necesita a su hermano.

—Ed necesita a su mujer. Y no soy ningún crío. Me he ocupado de Cara. Yo voy.

—Tiene razón —admitió Johnny—. Debería ir Ferdia.

61

La doctora Colgan enfiló con aire resuelto el pasillo del Hospital Reina Victoria de Belfast y le hizo una seña con el dedo a Ed, que se levantó de un salto del asiento moldeado en plástico. Llevaban esperando casi tres horas, tres largas horas en las cuales sus disfraces habían despertado el interés de todos los pacientes de la sala de espera, excepto de los más graves.

«¿Hay luna llena esta noche?»

«¿Se han escapado del manicomio?»

«Aviso del siglo XIX. Quiere que le devuelvan los trajes.»

—Solo el marido —dijo la doctora cuando Nell hizo amago de levantarse.

Ed siguió a la doctora Colgan hasta un cubículo detrás de una cortina.

Ese era justo el tipo de habitación donde daban terribles noticias. Pero si Cara había muerto, ¿no deberían estar allí también Nell y Ferdia?

Ed sabía que el porcentaje de muertes por bulimia era del 3,9, en otras palabras, muy escaso, pero alguien tenía que engrosar esa cifra...

—Siéntese. —La doctora estaba agobiada, pero era empática—. Se encuentra estable, podrá marcharse pronto, es cuestión de papeleo. Bien, señor... eh... Casey, ¿sabía que su mujer es bulímica?

Ed pensaba que sería un alivio que el problema saliera a la luz. Sin embargo, se le cayó el mundo encima, pues durante el tiempo que el problema había acechado de manera soterrada, él se había aferrado a la vana esperanza de que se solucionara por sí solo. Aquello indicaba que debía plantarle cara.

—Supongo que sí. Tuvo un episodio hace años y sospechaba que había sufrido una recaída. ¿Se pondrá bien?

—A juzgar por su análisis de sangre, por el estado de sus dientes, se ha provocado el vómito en infinidad de ocasiones en un corto período de tiempo, pero es imposible saber con exactitud cuánto.

—¿Podemos preguntárselo?

—Es probable que mienta.

—A mí no.

La mirada compasiva de la doctora hizo que se estremeciera de miedo. Ella sabía más que él acerca de Cara, acerca de lo que había estado haciendo. Y su mujer , como era evidente, había estado mintiéndole: mentir por omisión no dejaba de ser una mentira.

—Por mi experiencia —dijo la doctora—, Cara necesitará ingreso hospitalario...

—Un momento... ¿Cómo? ¿En un hospital? Ha dicho que se encontraba estable.

—Un centro de tratamiento. Para adicciones. Sí, es una adicción. Le daré un folleto.

—Pero... ¿cuánto tiempo tendría que permanecer ingresada?

—Por regla general, veintiocho días.

—¿Y después estará curada?

—Le recomendaré un par de sitios en Dublín. Yo llamaría a primera hora de la mañana para que la pongan en la lista de espera.

—¿Y después estará curada?

—Puede verla ahora. Una fiesta de disfraces, ¿eh?

Había tenido la sensación de que daban tumbos y se movían a gran velocidad. El resplandor de las luces la encandilaban. Sabía que Ed estaba allí. También otros, pero Ed era el único al que necesitaba.

Oía voces desconocidas preguntando y respondiendo a preguntas cortas y apremiantes.

—¿Qué está pasando? —Tenía la voz ronca.

La cara de Ed estaba muy cerca.

—Has sufrido un ataque convulsivo.

—¿Por qué?

Él tenía el rostro carente de expresión.

—Dímelo tú.

«No. No, no, no, no, no. Es imposible. Eso es un auténtico disparate. Debe de haber sido por el estrés. O por algo neurológico que acaba de manifestarse...»

Era imposible que ella fuera la causante de aquello.

Después llegaron a un gran hospital muy concurrido. Ed ya no la acompañaba, pues la trasladaron en una silla de ruedas a un cubículo tras una cortina, donde la examinaron una sucesión de personas con uniformes azules.

—Ya me encuentro bien —repetía una y otra vez con ansiedad.

—Perfecto. Solo voy a...

A continuación le pusieron un gotero a toda prisa, la conectaron a un monitor cardíaco y le extrajeron cuatro viales de sangre de las venas.

—De verdad —suplicó—. Estoy estupendamente. ¿Puedo ver a mi marido?

—Después del tac.

¿Un tac? Un escalofrío de pavor la embargó. Si el desencadenante de toda aquella atención médica de especialistas y gastos había sido su exceso de chocolate y vómitos provocados, la culpa la reconcomería.

Y pensar que lo había hecho en el cumpleaños especial de Jessie.

Mientras permanecía tendida bocarriba dentro de la agobiante máquina blanca, por un momento albergó la esperanza de que el escáner mostrase que padecía una enfermedad en toda regla, como la epilepsia. Después se sintió avergonzada de nuevo. Cuando saliese de allí, recapacitaría largo y tendido. A lo mejor podía acudir a un hipnoterapeuta para que la ayudara a controlarse.

La cortina se descorrió con un sonido sibilante y entró la doctora, con Ed a la zaga.

Ella intentó sonreír.

—No hay daños neurológicos —expuso la doctora Colgan—. Podrá marcharse en breve. ¿Desde cuándo es bulímica?

Cara miró fugazmente a Ed.

—No soy...

—Padece un trastorno alimentario crónico. —Estaba claro que la doctora no estaba de humor para tonterías—. Puede ver los resultados de su analítica. Sus electrolitos están descompensadísimos.

Y el esmalte de sus dientes muestra indicios de erosión reciente por ácido.

Llevaba escritos en su cuerpo todos sus secretos.

—¿Desde cuándo? —repitió la doctora.

—Desde hace tres meses.

La doctora negó con la cabeza.

—Más tiempo.

—Lo juro. Solo tres meses.

—Vaya, pues no cabe duda de que se ha atiborrado. ¿Este no es su primer episodio?

Aquella tortura no tenía fin.

—No.

—Yo recomendaría la hospitalización durante, como mínimo, cuatro semanas.

«¿Qué? No.»

—No puedo. Tengo trabajo y dos niños.

—He visto esto antes. Podría morir si no le pone freno. Caben pocas posibilidades de que sea capaz de ponerle freno por sí sola.

—Lo haré. —Estaba cagada de miedo.

—La bulimia es una adicción.

Aquello no era cierto. Simplemente había cometido excesos con el chocolate y en aquel momento la mera idea de pensar en él le daba náuseas.

Realizaron el trayecto de vuelta a Gulban Manor en silencio, pero, nada más entrar en su habitación repleta de camas, Ed la acorraló.

—Deberías habérmelo dicho. —Estaba furioso—. ¿Qué sentido tiene esto, lo nuestro, si no eres capaz de contarme algo tan tan… importante?

—Solo fue durante un tiempo. Iba a parar y…

—Creía que ibas a morir —dijo él—. ¿Te haces una idea de lo que se siente?

—Pararé. Lo haré con tu ayuda.

—Vas a ir a un centro de tratamiento. Vas a hacer caso a la doctora. Durante un mes.

A ella se le encogieron las entrañas de miedo. Oh, no. No.

—No hay necesidad, Ed. Me he llevado tal susto que no volveré a hacerlo jamás.

—Me ha dado un folleto. La bulimia es una adicción. Necesitas ir a un centro.

—¿Qué me dices de mi trabajo?

—De poco les servirás si te mueres.

—Ed, no voy a morirme.

—Pero, cariño, puede que sí.

La tristeza que él ocultaba bajo su enojo de pronto se hizo patente y a ella se le derritió el corazón.

—Ed, cielo... Tú te has llevado un susto. Yo me he llevado un susto. Pero ya he parado. Estaré bien.

—La doctora sabe de lo que habla. Llamaré por teléfono a los centros por la mañana.

Ed se tomó el asesoramiento profesional al pie de la letra. Aquel rasgo era algo que a ella siempre le había parecido adorable, pero no en ese momento.

62

Cara llamó a la puerta de Jessie y una voz gritó:

—¡Adelante, a menos que seas el imbécil de Johnny Casey!

Cara entró indecisa en la habitación; Ed la seguía.

Jessie estaba en la cama, en pijama, y Saoirse dormida a su lado. Las cortinas, descorridas, dejaban entrar la luz plomiza de la mañana.

—Jessie, siento mucho haberte aguado la fiesta.

—Tú no me has aguado la fiesta, boba —dijo ella tan campante—. De eso se encargó Johnny él solito. ¡Pero me tienes preocupada! ¿Es verdad? ¿Bulimia?

Cara se sofocó. Aquello seguramente significaba que la casa entera se había enterado.

—Me pondré bien. —Intentó sonreír—. Solo fue un incidente pasajero.

—Nos vamos ahora mismo —dijo Ed—. Cara tiene una cita en St. David.

—¿En el manicomio? —Algo brilló en los ojos de Jessie. ¿El regocijo?—. ¿Un sábado?

—En el hospital psiquiátrico —corrigió Ed—. Para ver si encaja con el perfil.

—Claro. Claro. Haced lo que tengáis que hacer.

Fuera, en el rellano, Cara dijo:

—¿Dónde crees que estará Johnny?

—Supongo que en la habitación de Saoirse, si ella ha dormido con su madre.

Johnny, en efecto, se encontraba en la cama plegable en la pequeña cocina. Sus pertrechos de médico estaban esparcidos por la habitación; el sombrero de copa, enganchado en la tetera. Irradiaba un entusiasmo exánime.

—Perdona por aguaros la fiesta.

—¡De ninguna manera! —Él se encogió de hombros exageradamente—. Todo es culpa mía. Ni siquiera te lo plantees.

—Necesito disculparme con Ferdia y Nell también —dijo Cara—. Y darles las gracias.

—Esto me recuerda —Johnny hablaba en voz demasiado alta— al día siguiente de la despedida de soltero de Ed. No tuve más remedio que pedir disculpas a cada uno de mis vecinos. «¡¡Haz el favor de parar!!» Me pasé toda la noche dando sartenazos contra sus puertas. Desfilando escaleras arriba y abajo, cantando temas patrióticos. Bebiendo ron. Nunca más, ja, ja, ja, nunca más.

Era evidente que Johnny aún estaba un pelín borracho y muy agobiado.

Cara consiguió articular un «ja, ja» de compromiso por la anécdota, pero todo aquello resultaba deprimente.

—Marchaos —dijo él—. ¡Buena suerte en el loquero!

Conforme se dirigían al coche, Cara sintió las miradas procedentes de la casa clavadas en ella. Era un puñetero despojo, una persona débil y glotona, y todo el mundo lo sabía. Jamás en toda su vida se había sentido tan deprimida como en aquel momento.

—Jessie está pletórica —observó.

—Oh, cariño. No con mala intención. Simplemente, está emocionada por tener una familia interesante.

—Sobrealimentarse de manera compulsiva es una enfermedad mental. —Varina, la encargada de admisiones del hospital, fue rotunda—. Igual que la bulimia.

Pero Cara sabía que el único mal que padecía era pura gula. No era una persona desequilibrada y no deseaba que la trataran como tal.

—Puedo ponerle freno yo sola.

—¿Lo ha intentado?

—Sí. No del todo, pero ahora es diferente. Me he llevado un susto.

—Si nada cambia, nada cambia —dijo Varina.

Cara ni siquiera entendía qué quería decir. Lo único que deseaba era reanudar la rutina y pasar página.

—Puedo ponerle freno yo sola. Lamento las molestias que he causado a todo el mundo y gracias por su tiempo.

—Pero... —Ed se puso blanco.

—Si le molesta el estigma de ingresar en un hospital psiquiátrico, podríamos atenderla como paciente externa. No es lo idóneo, pero...

—Puedo ponerle freno. Ya lo he superado. Es agua pasada.

Mientras daba golpecitos con el extremo de un lápiz contra su mesa de despacho, Varina parecía sumida en sus pensamientos.

—A lo mejor es capaz de ponerle freno sola. El tiempo lo dirá. Sufrir un ataque convulsivo suele ser una señal de alarma de que la bulimia se encuentra en fase avanzada... Sin embargo, como su vida no corre un peligro inminente, no es posible ingresarla en contra de su voluntad.

—Pero... —volvió a decir Ed.

—Lo siento, señora Casey —dijo Varina—. No puedo ayudarla si usted misma no lo considera necesario.

Fuera, en el pasillo, eufórica porque se había salvado por los pelos, Cara susurró en tono alegre:

—Todo irá bien, cariño, lo prometo.

Ed la miró con frialdad.

—Lo digo en serio. Todo va a ser diferente. Me alegro de haber sufrido el ataque; bueno, no me alegro por el disgusto que te llevaste, pero por fin me siento liberada de la comida.

Ed vio que el semáforo de delante se ponía en ámbar y pisó a fondo el acelerador. Cuando el coche salió a toda velocidad con un ruido infernal, el semáforo llevaba en rojo como mínimo dos segundos. Sonaron pitidos airados.

«Que se jodan.»

—Cariño... —pidió Cara con cierta inquietud.

Más percances a continuación, algún imbécil en el carril equivocado tratando de torcer a la derecha y provocando un atasco en la calzada.

—Muévete, joder.

—¡Ed!

Él la ignoró. Jamás en su vida había estado tan indignado como en aquel momento. No solo con ella, sino consigo mismo. Él había sido cómplice: tiraba a la basura todo el chocolate que había en casa pero reservaba un poco para las inevitables emergencias y, para colmo, no le había preguntado por el chocolate que había encontrado aquella vez en el armario del cuarto de baño que no utilizaban.

Y, por supuesto, debería haberle dicho algo cuando encontró el cartón de helado vacío en su bolso.

¿Por qué no lo había hecho?

Porque ella le habría mentido.

Mentido. A él. Cara, su mejor amiga, su esposa. Si existieran las almas gemelas, habría podido llegar a convencerse de que ellos lo eran.

Ella, de hecho, ya le había mentido al ocultarle sus ansias, su comportamiento, su vergüenza y su miedo. Tal vez él se había mantenido a la espera de que las cosas adquirieran tal cariz que cayeran por su propio peso. ¿Y eso qué decía de él? Que era un cobarde. Porque ella podía haber muerto la noche anterior. Se había convertido en un peligro para sí misma y aun así se negaba a reconocer que tenía un problema.

Le reconcomía la rabia e impotencia que sentía hacia la encargada de admisiones de St. David. Era obvio que Cara se encontraba mal, enferma, comoquiera que fuera el término adecuado. El deber de los profesionales de la medicina era ayudar a personas como ella y no había sido el caso.

—¿Te parece si pasamos por casa de mi madre y recogemos a los peques y a Baxter? —preguntó Cara.

—No. —Si los niños estaban delante, tendrían que aplazar aquello. Y era demasiado serio para postergarlo.

—Sería estupendo pasar el fin de semana juntos, solo nosotros cuatro.

—¿Un fin de semana normal? ¿En el que finjamos que anoche no tuviste un ataque?

—¡Eh! No me chilles.

Él respiró hondo y trató de calmar sus pulsaciones, a mil por hora.

—Cara, párate a pensar en esto. Anoche. Tuviste. Un. Ataque. Convulsiones.

—Uno «leve».

—Podrías haber muerto. Los niños podrían ser huérfanos en este momento. Yo podría estar sin ti. Eso aún podría ocurrir.

—No voy a morirme. Lo tengo controlado.

—Te han ofrecido ayuda. Una cuerda salvavidas para que te cures; Cara, por favor, agárrate a ella.

—No la necesito.

—¿Qué tienes en mente para la cena? —Ed entró en el dormitorio, donde ella estaba consultando Facebook.

Se encontraban solos en la casa. Cualquier otra noche les habría encantado esa inesperada libertad, pero esa noche casi ni se dirigían la palabra.

Ed nunca antes le había gritado, hasta ese día. En los últimos trece años, se contaban con los dedos de una mano las veces que ella lo había visto enfadado, y nunca con ella.

—La cena —repitió él.

—Ah, ¿tengo permiso para cenar? Pensaba que padecía un trastorno alimentario.

—Tienes que comer. ¿Te parece si pedimos algo en Deliveroo?

—¿Debería pedir comida a domicilio una persona con un trastorno alimentario? De todas formas, ¿cómo iba a disfrutar contigo observándome mientras como?

—¿Qué te parece si luego coges el coche, vas a la gasolinera, compras diez barritas de chocolate, te las comes a escondidas y después te provocas el vómito? —espetó él, fuera de sí.

El shock la dejó muda.

—No debería haber dicho eso —dijo él—. Estoy asustado. He estado leyendo sobre la bulimia.

—¿Dónde? ¿En Doctor Google? Ya eres mayorcito para creerte esas sandeces.

—En el folleto que la doctora Colgan me dio anoche decía lo mismo. —Lo sacó y se lo plantó delante—. ¿Puedes echarle un vistazo?

Con irritación, ella lo examinó.

«Secretos. Escalada de la conducta. Problema crónico. Descontento con el cuerpo. Autocrítica severa. Ingesta de grandes cantidades de alimentos, con frecuencia de forma descontrolada, en un breve intervalo de tiempo. Renuencia a las actividades sociales relacionadas con la comida. Pensamientos constantes en torno a la comida. Abuso de laxantes. Exceso de ejercicio. Garganta constantemente irritada...»

—Yo no abuso de los laxantes ni hago demasiado ejercicio.

—Pero sí que haces algunas de las otras cosas.

Ella leyó en el folleto:

—¿Renuencia a las actividades sociales relacionadas con la comida? No lo creo, Ed.

—Puede que no las evites, pero las odias.

—Entonces, ¿por qué me obligas a involucrarme en ellas? Es tu familia. Ninguno de mis verdaderos amigos me hace pasar ese calvario.

—Lo siento...

—Bien. Cambiemos de tema. —Tomó aliento y trató de parecer razonable—. Ed, por favor, cielo. ¿Podemos olvidar este episodio? Jamás volverá a ocurrir.

—No.

Esto la sorprendió.

—¿Qué pasa? ¿Estás empeñado en salirte con la tuya?

—Es que estoy preocupado.

—No quiero cenar —dijo ella de pronto—. No quiero nada.

—¿Estás segura? Bueno... Vale.

Al cabo de cuarenta minutos llamaron al timbre. Luego ella alcanzó a oír el rumor de la conversación de Ed con una persona en la puerta. Alguien dijo «Gracias», después oyó un portazo y acto seguido una moto arrancando fuera.

¿No habría...?

Bajó las escaleras con estrépito en dirección a la cocina. Ajá. El muy cabrón había pedido comida india para él solo.

—¿Por qué no has pedido nada para mí?

—Has dicho que no querías nada.

Se puso a trajinar ruidosamente en la cocina y se preparó un bol de muesli.

Para castigarlo, durmió en la cama de Vinnie.

Cuando se despertó el domingo por la mañana, todo lo ocurrido le parecía menos dramático. Había sufrido mucho estrés en el trabajo y le costaba acostumbrarse a que Ed estuviese fuera de lunes a viernes. Lo que quiera que le hubiese sucedido en aquel hotel de locos, y seguramente no había sido un ataque convulsivo como tal, era consecuencia del estrés. Todos lo habían magnificado porque estaban borrachos.

Ed y ella no estaban en crisis. Simplemente era preciso que las aguas volvieran a su cauce.

Ed dormía en la habitación. La preocupación se reflejaba en su semblante incluso en el sueño profundo.

—¿Ed?

Él se despertó con un respingo, parecía asustado, y acto seguido el semblante se le suavizó con una sonrisa.

—Cariño.

—Deberíamos hablar.

—Vale. De acuerdo. —Se frotó los ojos.

—Tengo miedo, Ed. No quiero que me pongan etiquetas. No quiero tener un «trastorno alimentario».

—Pero tienes una etiqueta, tienes un trastorno alimentario.

Ella no esperaba una respuesta tan rotunda.

—Puedo recapacitar yo sola. No necesito todo ese rollo del hospital.

—Sí que lo necesitas.

Su frustración aumentó. Antes, la buena disposición de Ed por «seguir las instrucciones» le parecía un rasgo adorable de su personalidad, pero entonces se le antojaba simple y llanamente férrea obstinación.

—En serio, Cara, si no buscas ayuda, no puedo quedarme.

—¿Me estás... amenazando? —Cara no daba crédito.

—Supongo que sí.

Era imposible que estuviera hablando en serio.

Sobre la almohada que tenía junto a la cabeza, el teléfono de Ed vibró.

—Tengo que cogerlo.

Ella, perpleja, se quedó a escuchar. ¿Qué podía ser tan importante?

—Scott —dijo Ed—. Gracias por devolverme la llamada. —Él escuchó lo que fuera que le estuviera diciendo el tal Scott—. ¿Puedes? Estupendo, tío... La mayor parte en Louth. Te mandaré un email con el informe. —Él siguió escuchando brevemente—. De momento una semana. Tal vez más. Podemos darnos un toque el viernes. Para entonces se me habrá ocurrido una idea mejor... ¿Sí? Estupendo. Gracias, te debo una.

Al colgar, Cara dijo:

—¿Qué demonios es esto, Ed? ¿Acabas de contratar a alguien para que te sustituya en el trabajo?

—A un autónomo. Sí.

—¿Por qué? ¿Te vas a quedar aquí para espiarme? Ed, no seas tan... gilipollas. —Hasta aquel momento, jamás le había hablado de esa manera—. Mañana voy a ir a trabajar, como todos los días.

—Necesitas ir a un hospital.

—Lo único que quieres es una mujer flacucha que no te dé quebraderos de cabeza.

—¿A qué viene eso? —Parecía consternado—. ¿Acaso alguna vez he...? Cara, te quiero. Y no eres feliz. Ojalá fueras más feliz. No por mí. Por ti.

Ella no sabía cómo había ocurrido, pero se encontraban en polos opuestos de un problema irresoluble.

—Vete a la mierda. —Salió a gatas de la cama—. Vete a la mierda, Ed.

Se evitaron el uno al otro durante toda la mañana. Ella planchó sus uniformes y la ropa de los niños, pero separó toda la de Ed y la dejó, arrugada, en el cesto.

¿Ed había perdido realmente el juicio? Le resultaba imposible entender por qué estaba tomándose aquello tan a la tremenda. Pero la mente de él funcionaba a piñón fijo. Todo era blanco o negro: no había espacio para matices.

«¿Hemos llegado a un punto sin retorno? —se planteó. Y a continuación—: Esto no puede estar pasando de verdad.» Al colgar sus pulcras camisas recién planchadas en el armario, la invadió una repentina felicidad. En una milésima de segundo, se imaginó una escena como en una película: levantándose quince minutos antes para ir a trabajar al día siguiente por la mañana, parando en el Tesco de Baggot Street, enfilando a toda prisa los pasillos, cogiendo sus golosinas favoritas, sentándose en su banco, entrando en su baño, y, a continuación, presentándose, fresca y lozana, para empezar a trabajar a las diez en punto.

Parecía mentira; después de lo del viernes por la noche, había tomado una decisión definitiva: aquel comportamiento no iba a repetirse. Pero la idea le había invadido la cabeza de nuevo, le había tendido una encerrona a pesar de su férrea determinación. Era por culpa de Ed. Toda su cantinela acerca de los trastornos alimentarios medio la habían convencido de que padecía uno. Con la mano en el corazón, tenía que reconocer que era incapaz de estar segura al cien por cien de que al día siguiente no compraría chocolate. ¿Hasta qué punto le afectaría la tremenda humillación de desmayarse, sufrir un ataque convulsivo, lo que quiera que fuera, en el trabajo? Se verían obligados a despedirla. ¿Y qué posibilidades tendría de conseguir buenas referencias?

Durante unos minutos se quedó en el dormitorio tratando de reavivar la férrea determinación de primera hora de la mañana, pero se hallaba fuera de su alcance. Al margen de cómo se lo plantease, el deseo de excederse comiendo no desaparecía.

—¿Ed? —gritó desde la planta de arriba—. Ed.

—¿Sí?

Con lágrimas de impotencia y rabia, le dijo:

—Ponme al corriente de la opción de pacientes de día.

—De acuerdo. —Él tardó unos instantes en recomponerse—. Cuatro semanas, de lunes a viernes, desde las diez de la mañana hasta las cuatro de la tarde. Tendrías una sesión individual todos los días con un terapeuta, asistirías a charlas y estarías bajo la supervisión de un nutricionista. Te pondrían un plan de alimentación. Preferirían que estuvieras ingresada para poder controlar tu comida, pero menos da una piedra.

—¿Cuándo empezaría?

—Mañana.

—Vale. Pero solo lo hago porque me has obligado. Será mejor que llames a Henry para darle la buena noticia.

—Llámalo tú. Tienes que asumir tu responsabilidad en esto —dijo Ed.

Pese a que la embargó la desesperación, cogió su teléfono y se quedó mirando el número de Henry. Aquello le resultaba muy difícil. A continuación, respiró hondo, nerviosa, y pulsó el botón de llamada.

63

Ese día cumplía cincuenta años. Medio siglo, lo bastante mayor para haber superado todos sus problemas y preocupaciones hacía tiempo, ¿no? Entonces, ¿dónde estaba su maravillosa vida? ¿Su feliz matrimonio? ¿Sus sentimientos de satisfacción? ¿Por qué se encontraba en la cama, sola, con las cortinas corridas, sin intención de levantarse?

Después de que hubieran trasladado a la pobre Cara en ambulancia el viernes por la noche, Jessie albergaba la esperanza de que pudieran pasar olímpicamente de disculparse por el tremendo fiasco y marcharse a casa pronto. Pero Rionna y Kaz insistieron en que no: el fin de semana con asesinato misterioso podía salvarse. Lo hicieron con buena intención, pero lo único que consiguieron fue prolongar la agonía de Jessie durante otras treinta y seis horas de «diversión a lo grande».

En el transcurso de las insufriblemente lentas horas del sábado y el domingo, no le dirigió la palabra a Johnny. Como ella estaba pasándoselo «bomba» con los demás, suponía que nadie se había dado cuenta.

Aquello importaba: tenía su orgullo.

A Johnny le preocupaba el dinero, ella lo sabía de buena tinta, pero era su cincuenta cumpleaños: no cabía duda de que se trataba de una gran ocasión.

Era lamentable llevarse semejante berrinche por pasar un fin de semana en un hotel cutre. Si existía un problema en el primer mundo, desde luego era aquel. Pero no era una simple rabieta. Desde siempre, Johnny y los niños se habían comportado como si ella fuera una especie de tirana: ella daba órdenes y, después de muchas quejas, ellos obedecían.

Hasta aquel momento ella siempre se lo había tomado como algo cariñoso. Ya no. Se planteaba si en realidad la despreciaban.

A la mínima volvía a revivir su juventud, siempre pululando al margen, preguntándose si era el hazmerreír de todo el mundo.

Johnny había dicho cosas muy raras durante aquel espantoso fin de semana en el aniversario de bodas de los Casey: había comentado que se sentía vacío e inútil. Ella se había inquietado, pero cuando estalló el drama de Hagen Klein, no tuvo un segundo para abordar el tema. Con la perspectiva que daba el tiempo, había empezado a pensar que se trataba del preámbulo de una confesión.

A lo largo de los últimos cuatro días se le había metido entre ceja y ceja la posibilidad de que él estuviera viéndose con alguien. Era muy posible, y la idea la espantaba.

Debería preguntárselo. Pero tal vez no fuera necesario: tal vez el comportamiento de él fuera prueba suficiente.

En cuanto se marcharon de Gulban Manor y regresaron a casa, ella cogió la maquinilla de afeitar y el cepillo de dientes de Johnny del cuarto de baño y los tiró al rellano de la escalera. A ver si así él se daba cuenta de que aquello significaba que debía dormir en otro sitio.

El lunes por la mañana, cogió el coche y se fue a la oficina; él ya iría por su cuenta. Pasó el día entero sin cruzar una palabra con él. Se presentaron varios mensajeros para entregar orquídeas o botellas de vino de parte de diversos conocidos de la empresa. En otras circunstancias, a ella le habría encantado toda esa parafernalia.

Ya era martes por la mañana, el día de su cincuenta cumpleaños, y se le hacía un mundo ir a trabajar. Aquello no había ocurrido jamás. Ni siquiera después de que Rory falleciera había faltado ningún día, a menos que hubiera habido una emergencia con los niños.

—Mamá, ¿estás despierta? —Dilly pegó la cara a la de Jessie y acto seguido salió disparada del dormitorio—. ¡Mamá está despierta! —gritó escaleras abajo.

Oh, ya estamos.

Entraron sus cinco hijos cantando «Cumpleaños feliz» con la

cara radiante a la luz de una tarta con cincuenta velas. En la retaguardia estaba el Buitre, Johnny. La escena podría haber salido de una película sobre una familia feliz.

Aquel era, a todas luces, el patético intento de Johnny de arreglar las cosas. Probablemente no le había quedado otra que sobornar a los niños para que fueran amables, porque, la verdad sea dicha, ella tampoco les importaba una mierda a ninguno de ellos.

Excepto a Dilly.

Y a Saoirse.

Y quizá a Ferdia.

—¡Felicidades, mamá! Sopla las velas.

Al hacerlo, se le escapó una lágrima. Intentando ser discreta, se la secó con el nudillo.

Johnny le hizo un gesto a Bridey y esta dio un paso al frente.

—Feliz cincuenta cumpleaños, mamá. Toma, mi regalo.

—Gracias, bichito. —Trató de mostrar entusiasmo al desenvolverlo, pero las lágrimas seguían amenazando con derramarse.

—¡Perfume! —anunció Bridey, al tiempo que Jessie abría el estuche.

Era evidente que lo había comprado Johnny, seguramente en unos grandes almacenes durante una salida de emergencia del día anterior a la hora del almuerzo. Si le hubiera prestado un mínimo de interés durante aquellos años, habría sabido que ella nunca usaba perfume. No era lo suyo. Y se tomó demasiado a pecho que Bridey no hubiera elegido el regalo personalmente. El año anterior, la niña le había regalado un silbato... «En caso de emergencia». Eso reflejaba que le había dedicado atención.

Se preparó para el siguiente regalo, en esa ocasión, de Dilly. El mismo papel de regalo que el de Bridey. Se había gastado el dinero en unas braguitas de satén rojo de la talla equivocada. Y un sujetador a juego de TJ, claro.

—Mamá, ¿estás llorando? —preguntó Dilly, horrorizada.

—No, bichito. No, es que...

—¡Chicas! —exclamó Ferdia en un tono superalegre—. ¿Sabéis qué? Dejemos a mamá descansar en su cumpleaños. Ya retomaremos esto luego.

Confundidos, todos salvo Johnny salieron en tropel de la habitación.

—Jessie, no sabes cuánto…

—Lo sé. Que lo sientes.

—Tengo un regalo para ti. —Le tendió una caja con un precioso envoltorio.

Ella estaba al tanto de lo del bolso de Fendi, faltaría más; las instrucciones que Mary-Laine le había dado a Johnny habían sido expresamente las de Jessie.

—No lo quiero.

Él tragó saliva.

—No te reprocho que estés enfadada.

—No estoy enfadada. Estoy dolida. —Rompió a llorar a moco tendido—. No, lárgate, aparta tus apestosas manos de egoísta de mí. —Tenía la cara empapada de lágrimas—. No es solo por el fin de semana. ¿Qué te traías entre manos el mes pasado en el condado de Mayo? ¿Qué tratabas de decirme?

—N-nada.

—Johnny, mira. No dejo de darle vueltas a cosas terribles. ¿Estás…? ¿Ocurre algo? ¿Has conocido a alguien?

—No. Lo juro.

—Entonces, ¿qué mosca te ha picado?

—Intentaba ahorrar. Estaba preocupado, pero me equivoqué al preocuparme por eso en concreto.

—Yo trabajo mucho, Johnny; sin duda, tanto como tú. Pero todos vosotros pensáis que soy una sargento idiota que lo costea todo. A nadie le importo.

—No es cierto.

—Sí que lo es. Fíjate cómo me tratáis todos. ¡Ese puto fin de semana demencial en ese puto lugar demencial! ¿Eso era lo que pensabas que me merecía?

—No sabía que sería demencial hasta ese punto…

—¿Compraste tú todos esos regalos de tres al cuarto de parte de los niños? Porque ellos ni se tomaron la molestia.

—Ferdia y Saoirse compraron los suyos.

—A otras madres les regalan cosas hechas a mano. Cosas de papel maché que reflejan atención y cariño. En vez de eso, el padre de mis hijos tiene que comprar, a la carrera, en unos grandes almacenes, regalos impersonales para «esposas cabreadas».

—¿Puedo arreglar esto de alguna manera? Haré lo que sea.

—¿Me estás pidiendo a mí que te ayude a enmendar tu marrón? Lo que faltaba. Vete a la mierda, Johnny. Vete a la mierda. Voy a seguir durmiendo.

Él se quedó pululando a su lado durante un buen rato.

Hecha un ovillo de pena e indignación, ella no lo veía, pero alcanzaba a oír su respiración agitada. Como al cabo de un rato el sonido cesó, dedujo que se había marchado.

Aunque ansiaba sumirse en el olvido, le resultaba imposible conciliar el sueño.

En vez de eso, para tranquilizarse, consideró la posibilidad de abandonarlo.

Él podía mudarse a su apartamento de Airbnb en la ciudad y ella se quedaría en la casa con los niños. Aunque en aquel preciso instante tampoco los quería a ellos.

A lo mejor podía irse ella al apartamento. Con los perros. Johnny podía quedarse en la casa con los niños. Así aprendería, joder.

Sería necesario desenredar su patrimonio en común, como es lógico. PiG solo tenía dos accionistas: Johnny y ella; tirar de esos dos cabos podría ser complejo.

Pero ella no deseaba pelearse por el dinero. A pesar de todos sus defectos, Johnny había aportado mucho a la compañía y se merecía su parte.

Lo avergonzaría con su generosidad. Aunque continuar trabajando juntos en el mismo espacio podía ser un problema.

¿Y los hermanos de Johnny y sus respectivas familias? ¿Seguirían manteniendo una relación estrecha con ella?

A Jessie le gustaría. Al menos con Cara y Nell. Y con Ed; le caía bien. Con Liam le daba igual.

Sí, mantener esas relaciones requeriría un pelín de mano izquierda, pero algo se le ocurriría, sobre todo porque tenía intención de tomarse el asunto con una madurez irritante.

Se dio cuenta de que su estado de ánimo había cambiado; el hecho de plantearse abandonarlo le había dado un subidón.

Lo que le resultaba de lo más alentador era imaginar lo mucho que él lamentaría no haberla tratado mejor.

Todos ellos lo lamentarían.

Abajo, Johnny sufría la agonía de la incertidumbre. Si se fuera a trabajar reforzaría la convicción de Jessie de que ella era un cero a la izquierda para todos ellos. Sentado en las escaleras, aguzando el oído para detectar el menor movimiento en la planta de arriba, llamó por teléfono a la floristería en la que había realizado un encargo de última hora el día anterior y les rogó que localizaran al mensajero para que entregase el gigantesco ramo de flores allí en vez de en la oficina. Después llamó al restaurante elegante y canceló la reserva para almorzar por la que había suplicado. Desde un punto de vista objetivo, posiblemente se había sentido igual de abatido en algún otro momento de su vida, pero no lograba recordar cuándo.

Torrentes de pánico le fluían sin cesar desde el estómago: ¿y si jamás lo perdonaba? Peor que el miedo, no obstante, era ser testigo de su dolor; el dolor que él había causado. Nunca habían sido muy dados a sensiblerías; en vez de eso, se demostraban el cariño tomándose el pelo mutuamente. Ambos eran fuertes, pero ella siempre parecía casi inmune al dolor... y él había confundido eso con la complacencia.

En resumidas cuentas, aquel era un cumpleaños muy señalado. Jessie era una superviviente nata, les brindaba su apoyo a todos; se merecía una fiesta por todo lo alto.

Apretarse el cinturón era un propósito encomiable, pero el cincuenta cumpleaños de Jessie no era el momento oportuno para ponerse con ello.

No recordaba que hubieran tenido una bronca semejante jamás. En infinidad de ocasiones, cuando estaban cansados y agobiados, se habían gritado el uno al otro, incluso se habían enzarzado en una pelea, pero había sido fruto de un enfado puntual, no de un resquemor profundo.

Cuando las flores llegaron a la casa, se sintió aliviado y al mismo tiempo aterrorizado de tener un pretexto para darle la lata. Subió las escaleras y llamó con suavidad a la puerta.

Ella estaba tumbada bocarriba, con los ojos abiertos.

—Hola —dijo él—. ¿Qué tal estás?

—Planteándome abandonarte.

Él tuvo que apoyar la mano contra la pared.

—Jessie. Te lo ruego. Déjame compensarte por esto.

—¿Cómo crees que saldrías adelante sin mí? Estarías de maravilla, ¿verdad?

—No. —Se tragó el nudo de la garganta—. Jessie, estaría perdido. Estaría destrozado.

—Echarías en falta que te mangoneara, que dirigiera tu vida, pero ya está.

—En serio, Jess, eso es lo último...

—¿Qué está pasando, Johnny? Estabas apagado y raro en el condado de Mayo. ¿Qué mosca te había picado?

—Era por mi padre y eso. Y me sentía triste y viejo.

—¿Por qué?

—Quizá porque lo soy. Viejo por lo menos.

—Vamos a ver, ¿tienes una aventura?

Aquel era el momento, la oportunidad de...

—No.

«Aventura» no era la palabra adecuada.

—Entonces, ¿qué pasa? ¿Es por mi culpa?

—No pasa nada.

—Johnny, si quieres que sigamos juntos, será mejor que me digas lo que ocurre.

—Vale. —Respiró—. Estoy preocupado por el dinero. Gastamos muchísimo y, después de lo de Hagen Klein..., sí, ya sé que salvaste la situación, pero podría haber sido un tremendo fracaso. Considero que Mason y Rionna tienen razón en lo tocante a la página web.

—Oh. —Su tono de voz fue, una vez más, frío.

—Me has preguntado.

—Si te estoy castrando, puedes trabajar para otra persona.

—¿Quién ha dicho que estés castrándome? ¡Oh, Jess! Prometiste no leer los comentarios.

—¡Bueno, pues lo hice! Así que, adelante, busca otro trabajo, me da igual.

—No quiero otro trabajo. Te quiero, pero se me da fatal demostrarlo. Te prometo que me enmendaré. Voy a meter estas flores en un jarrón.

—Se me ocurre otro sitio donde puedes metértelas.

64

—¿Mamá? —Alguien llamaba a la puerta del dormitorio.

Adormilada, Jessie se espabiló. Eran las seis y pico, debía de haberse quedado dormida.

—¿Mamá? —Era Ferdia. Asomó por la puerta—. ¿Puedo pasar?

—Ya estás dentro —dijo ella—. ¿Has traído mi regalo?

Él parecía no dar crédito, pero le tendió un paquete plano de tamaño A4: un portarretratos con una foto de Ferdia y Johnny rodeándose mutuamente por los hombros, como si fueran uña y carne.

—Perdona por haber puesto las cosas tan difíciles, mamá. Con Johnny, quiero decir. Es un buen tío, siempre lo ha sido. Mi comportamiento ha sido pésimo.

—A buenas horas, mangas verdes. Ferd, voy a dejarlo.

—¡Qué dices! Mamá... ¿En serio?

Tras una larga pausa, ella dijo:

—Seguramente no. Pero el hecho de planteármelo me está sentando bien.

—¿Nunca nos libramos de ese rollo?

—Por lo visto, no.

Ambos se echaron a reír.

—¿Vas a bajar a cenar? —preguntó él—. Todas las chicas están muertas de vergüenza. Y Johnny, claro —apostilló.

—No me extraña. —Pero ¿qué diablos? Se había hartado de guardar rencor.

En la cocina, sentados a la mesa, todos tenían un aire abochornado.

—Menuda porquería de hijos somos —dijo TJ.

—La verdad es que con la paga no nos llega para comprarte algo bueno. —Esa fue Bridey.

—Pero te queremos, mamá —dijo Dilly—. Yo pienso que eres guay.

—Y yo, de hecho, te he comprado algo por mi cuenta. —Saoirse empujó un paquetito por encima de la mesa—. ¡Es un atrapasueños!

—Gracias, Saoirse. Bichitos, todo va fenomenal —concluyó Jessie—. Siento haber llorado antes.

—¿Estás sufriendo el cambio? —preguntó Bridey.

—¿El qué? —dijo TJ.

—Les pasa a las señoras de la edad de mamá. Se secan y se comportan de manera extraña con sus seres queridos.

—¿Que se secan? —TJ parecía confundida.

—No estoy sufriendo el cambio. —Bueno, tal vez sí—. Estaba triste porque nadie me quería.

—¿Y qué es lo que se seca?

—Su vagina.

—Bichitos, ahora no. Si volvéis a cantar «Cumpleaños feliz», soplaré las velas.

—¡Trae mala suerte! —Dilly parecía espantada—. Hacerlo dos veces.

—¡Qué va!

—¿No? ¡Ah, genial, venga!

Después de la cena y la tarta, los niños fueron retirándose hasta que Johnny y Jessie se quedaron solos en la mesa.

—No sabes cuánto lo siento —repitió Johnny—. Nunca permitiré que vuelva a suceder algo así.

—Yo también lo siento. Me comporté como una diva. Para empezar, no debería haber deseado ir al hotel pijo. Menudos aires me doy. Pero, oye, ¿puedo pedir perdón por otra cosa? En el desastroso aniversario de tus padres, yo sabía que necesitábamos algo de tiempo para estar a solas. Luego estalló lo de Hagen Klein. Yo estaba apagando fuegos y, sí, tuve un lapsus. Lo siento.

—Acepto tus disculpas. —Esbozó una falsa sonrisa adusta.

—Sigues queriendo que cambie la empresa al sitio web.

—Bueno, que te lo pienses...

—Supondría un montón de trabajo. Y de lío. Tendríamos que comprar instalaciones de almacenaje, contratar empaquetadores y mensajeros, nuevo personal… Costaría un dineral. Que no tenemos.

—Para eso están los bancos.

A Jessie le daban miedo los bancos. Por culpa de los bancos se había visto obligada a cerrar ocho de sus tiendas durante la crisis. Los bancos no les concederían un crédito sin llevarse un buen pellizco de la renta personal de los Casey. Los bancos tenían la potestad de rechazar sus generosos pagos cuando no había fondos disponibles.

—Exigirían un aval, y lo único que tenemos es la casa. Si todo se fuera al garete, nos quedaríamos sin empresa… y sin casa.

—No se irá al garete.

Pero cabía esa posibilidad.

—Hay montones de páginas web, Johnny. ¿En qué se diferenciaría la nuestra?

—La marca PiG, la buena voluntad.

Él no lo entendía. Nadie parecía entenderlo, salvo ella.

—La buena voluntad no cuenta para nada en una página web. Todo se reduce a política de precios, y nosotros no tendríamos la liquidez de las grandes compañías.

—No obstante, no podemos quedarnos de brazos cruzados.

Pero ¿por qué no? Trabajaban mucho pero vivían bien. ¿Qué tenía de malo quedarse exactamente tal y como estaban?

Siete semanas antes

Finales de agosto

La Toscana

65

—Oh, Dios mío. —Nell salió como una flecha en dirección a un aparador bajo de color verde mar, pulido hasta lucir un lustre apagado.

—¡Qué destreza artesanal! —Deslizó las yemas de los dedos sobre el delicado tallado de los cajones—. Qué detalles. —Admiró el diseño de las volutas, tan desvaídas que apenas se apreciaban—. Está claro que esto no es de Ikea Italia.

—Me parece que a Nell le gusta la villa —comentó Ed al tiempo que subía las escaleras con una maleta.

—A Nell le chifla la villa —exclamó Nell.

Después del inhumano madrugón para coger el vuelo, el infernal alquiler del coche, la dificultad para orientarse con el navegador y Liam mosqueado en medio del tráfico florentino, el día había mejorado radicalmente para Nell nada más adentrarse en la campiña toscana. Cada cinco segundos había algo novedoso y bonito que ensalzar: las laderas tostadas por el sol, las fortificaciones de arenisca encaramadas en la cima de una empinada colina, los caballones de uvas verdes y blancas.

—O sea, ¡esto es una pasada!

En el asiento trasero del coche, Saoirse y su nueva mejor amiga, Robyn, mantenían una actitud de hastío e indiferencia.

—Es mona —había admitido Robyn con cara de póquer.

—¿Cómo es posible que sea la primera vez que vienes a Italia? —preguntó Saoirse a Nell.

—Nunca había tenido ocasión.

Al salir de la carretera en dirección a la villa, Nell se había quedado de nuevo asombrada ante el tamaño de la finca.

—Casi tres hectáreas —dijo Saoirse—. Eso son olivos y lo de ahí, vides. Ese es el huerto.

—Divino de la muerte. —Esa fue Robyn.

Saoirse se calló de inmediato.

Rodeada de cipreses, que parecían estalagmitas cubiertas de musgo, apareció la villa: una sólida casa señorial, con techos inclinados de tejas de terracota y muros amarillo pálido pintados al temple. Postigos de tono verde hiedra enmarcaban cada ventana hundida y el portón abierto invitaba a entrar.

—Es perfecta. —A Nell se le había cortado la respiración—. Como una pintura del siglo XVIII.

—No creo que tuvieran antenas parabólicas en el siglo XVIII —mascullό Liam.

Al subir los escalones de piedra, Nell dejó atrás un sol resplandeciente para internarse en un fresco recibidor de losas tenuemente iluminado y, desde allí, adentrarse en una enorme sala de estar. La luz entraba a raudales a través de seis ventanales.

Todo era perfecto. En una pared, una librería de madera a medida, pintada en un precioso tono verde grisáceo, rozaba el techo. Las otras tres paredes estaban pintadas al temple con un cálido acabado rústico en tono almendra. Dos enormes sofás de lino en forma de L compartían espacio con robustos sillones de un color que Nell decidió llamar apio. En sitios de la sala aparentemente elegidos al azar había mesitas auxiliares de roble envejecido con esmero o decoradas con mosaicos. Proporciones, equilibrio, color: era una habitación tan perfecta que se quedó embelesada.

—¡Nell! —dijo Jessie—. ¿A qué venían esas prisas? ¿Estás bien?

—¡Te hemos visto entrar corriendo! —Dilly entró pisándole los talones—. ¿Te haces pis?

—Estoy bien, cielo. Es que, ¡Jessie, este lugar es increíble! No tengo... O sea, gracias por invitarme.

—Lo he hecho con muchísimo gusto. —A Jessie se le iluminó la cara de satisfacción.

—Mamá. —Bridey había entrado y enfiló las escaleras—. No quiero compartir habitación con Dilly.

—Qué encanto —protestó Dilly.

—¿Qué tiempo tiene? —preguntó Nell a Jessie—. La casa.

—Doscientos cincuenta años o algo así. —Acto seguido, gritó—: ¡NO! —Levantó la mano en dirección a Bridey—. ¡No! Ya está decidido, vas a compartirla con ella y se acabó.

—Nell —Liam la llamó—. ¿Tengo que cargar con nuestras cosas solo o qué?

Cada vez había más miembros de la familia Casey congregados en el vestíbulo, arrastrando bolsas, chocando unos con otros.

—¡Liam, déjala tranquila! —exclamó Jessie—. Está extasiada con la casa.

—¡Extasiada! —repitió Dilly a voz en grito.

—Saoirse y Robyn, vosotras dormís en el granero. —Jessie las despachó.

—¿En el granero? —oyeron decir a Robyn—. ¡Venga ya!

—Es superacogedor —señaló Saoirse con cierta inquietud.

—Menuda suertuda —dijo Jessie a Nell por lo bajini—. El granero es el mejor sitio. Vamos. —La agarró del brazo—. Ven a ver la cocina.

—Yo tampoco soy la fan número uno de Bridey. —Dilly hablaba consigo misma—. Pero al menos no se lo he dicho.

—*Regardez* —pidió Jessie en voz queda.

La cocina era una habitación rectangular, amplia y luminosa. La pieza central era una gigantesca isla de mármol con vetas ámbar, sobre la que había un colgador de ollas del que pendían ramilletes de lavanda. Los armarios con tallas decorativas, pintados en albaricoque pálido, se abrían sin el menor ruido y dejaban a la vista pan, pasta, cereales para el desayuno y condimentos.

—¿De dónde ha salido toda esta comida?

—Y bebida. —Jessie señaló las garrafas de agua, las latas de cerveza y las cajas de vino—. Suministro previo de provisiones.

Era otro mundo, el de una persona rica.

—Mañana no quedará nada —dijo Jessie—. Pero es práctico no tener que ir al supermercado nada más llegar.

A través de las tres cristaleras se accedía a una larga mesa, con capacidad para unos veinte comensales, bajo una pérgola ensartada de glicinias. Justo más adelante se extendía un jardín de hierbas bañado por los rayos del sol. Jessie sonrió como si contemplara un cesto lleno de cachorros.

—La mayoría de los días pienso que he perdido la pasión por cocinar.

—¿Sí? —A Nell le sorprendió.

—Pues sí, ya sabes lo que pasa. Cocinar para niños mata el disfrute de cualquiera. Pero esta cocina siempre reaviva la magia.

—¡Y esta pila! —Bridey había entrado con Robyn—. Deberías fijarte también en esto, Nell. Esta pila es para fregar los platos. ¿Ves esa gigantesca manguera? Hay que usar eso. Bajo ningún concepto prepares los alimentos en esta pila.

—Bridey, qué mala eres. —Daba la impresión de que Dilly había ensayado aquello—. Yo tampoco soy tu fan número uno, pero no quería herir tus sentimientos.

—Jessie. —Johnny asomó la cabeza por la puerta—. Voy a acercarme al bar de Marcello antes de que empiece a trabajar, para ir cogiéndole el tranquillo al expreso.

Ella se acercó a besarlo en la boca.

—*Bonne chance, mon brave.* No te tomes demasiados. —Acto seguido, dijo—: Nell, ¿te gustaría ver tu habitación?

—¡Sí, por favor!

Acompañada por Jessie, Dilly y también Bridey y TJ, Nell subió a la planta de arriba.

¡Madre mía, el dormitorio! Las paredes y el techo abovedado tenían una pátina moteada en tono apergaminado. El suelo estaba revestido de anchos tablones de roble blanco. Dos paredes, dos, tenían bonitas ventanas hundidas, que se cerraban con repujados tiradores de plata, con vistas al olivar y las colinas al fondo. Los muebles, en su época azul pálido y que ya presentaban un tono desvaído casi blanco, eran austeros e ideales. La cama tenía un sencillo cabecero de tela en un apagado tono gris plateado.

—Uau. —Nell acarició la colcha—. Jessie, me encanta. Es lujosa, pero en absoluto de nuevos pijos.

—¿Nuevos pijos? —preguntó Jessie—. ¿La versión moderna de «nuevos ricos»? ¡La nueva pija de Jessie!

—No, no he dicho…

—¡El que se pica, ajos come!

Cuanto más veía Nell, más impresionada estaba. Todo encajaba. Los enchufes estaban exactamente donde debían estar. No hacía falta una licenciatura en matemáticas avanzadas para manejar los interruptores.

Pero al ver el baño anexo, una maravilla de mármol blanco y azul cobalto, le cambió la cara.

—¿Remordimientos? —preguntó Jessie.

—No. —Acto seguido, añadió—: Ay, perdona.

—Bueno, pues esto es lo mejor. ¡Me moría de ganas de contártelo! Una anécdota: vinimos aquí hace cinco años, reservamos a través de un agente inmobiliario y, vaya, no era barato. Las primeras tres noches fuimos al mismo restaurante del pueblo, regentado por Loretta y Marcello. Hicimos buenas migas con ellos, nos dieron las tantas con el palique, el *limoncello* por cortesía de la casa, lo típico. Los invité a que vinieran en su noche libre, dije que cocinaría algo irlandés. Estaba pedo, bueno, ya sabes lo que pasa. Buen rollo. Y de nuevos pijos, como es obvio. ¡No, Nell, me encanta esa expresión! Así que vinieron; pasamos una noche estupenda. O sea, son gente encantadora, lo ponen fácil. Resulta que el hermano de Marcello es el dueño de esta casa. Se llama Giacomo. Siniestro. Es harina de otro costal, no como Marcello. Es un pelín «¿Doy yuyu?». Pero, siniestro o no, supongo que le caímos bien, porque nos dijo que si alguna vez queríamos volver, reservásemos directamente a través de él. Ahora la hemos conseguido por la tercera parte del precio que pagamos el primer año. ¿Hace eso que te sientas mejor?

—A Giacomo le mola mamá —terció Dilly—. Eso dice papá.

—Siempre se presenta aquí cuando papá no está —siguió TJ—. Con grapa. Intenta emborracharla.

—Papá dice —intervino Bridey— que si mamá tuviera una aventura con Giacomo, conseguiríamos la casa gratis. Y no dijo: «Si tuviera una aventura», dijo: «Si se liara», lo cual es muy poco apropiado para que los niños lo escuchemos.

—Chitón —dijo Jessie—. Papá solo bromeaba.

Bridey suspiró.

—Papá debería mirarse lo del sentido del humor.

66

—¿Ferdia? —Él oyó la voz de Jessie fuera—. ¿Estás ahí? Es que he traído a Nell para que vea…

Ferdia abrió la puerta. Jessie, Nell y Dilly estaban fuera, bajo el sol abrasador.

—¡Oh, bichito, perdona! —Jessie reculó—. Perdona. Es que estoy enseñándole a Nell la finca. Pensaba que estarías en la piscina.

—Pasad, no hay problema.

—No, no. —Nell se mostró renuente—. Volveremos en otro momento.

—Peor sería que os pusierais a fisgonear cuando yo no estuviera aquí. —Su intención había sido hacerse el gracioso, pero en vez de eso parecía mosqueado—. En serio, pasad. —Se obligó a sonreír—. Bienvenidas al Viejo Granero.

Ellas entraron con cautela.

La expresión de Nell era de puro asombro.

—El techo bajo, las vigas vistas, los suelos de piedra, dos plantas —dijo, maravillada—. Muy rústico. ¡Anda! —De pronto cayó en la cuenta de algo—. ¿No ha venido Barty?

Mierda. ¿Cuántas veces iban a preguntárselo?

—No, no ha venido. Tenía cosas que hacer. Ya sabes.

—Acabo de caer en la cuenta. —Nell se rio de sí misma—. Eso demuestra lo espabilada que estaba en el aeropuerto. Qué pena, Barty es muy gracioso.

¿Ah, sí?

—O sea que el pobre Ferdia no tiene a nadie con quien entretenerse —comentó Jessie.

—¿Y Seppe y Lorenzo? Puedo entretenerme con ellos. —Dirigiéndose a Nell, añadió—: Los hijos de Marcello.

Ella asintió, indiferente, todavía embelesada con la decoración.

—¡Mirad qué bonito este arco de piedra!

Él no se había fijado hasta aquel momento y esa era su cuarta visita. El arco daba a escalones bajos de piedra que conducían a su dormitorio, arriba.

—¿Podemos...?

—Tirad.

Tras subir las escaleras, se apretujaron en el pequeño e iluminado cuarto.

—El mejor wifi de toda Santa Laura —dijo él.

A la sombra de la plaza mayor, Johnny tomaba un expreso con Marcello. No le gustaba el expreso y, a aquella hora tan tardía, le revolvía ligeramente el estómago.

—¿Te apetece otra cosa? —insistió Marcello.

—Qué va. Estoy practicando. Para cuando huya y me venga a vivir aquí. Los demás hombres no me dejarán sentarme con ellos si tomo un Caramel Frappuccino.

—Eres tonto de remate. —Jessie le había enseñado esa expresión.

—Aprenderé a jugar a las damas. Me sentaré bajo los soportales en compañía de otros hombres y la vida transcurrirá de manera apacible.

—No te equivoques —dijo Marcello—. Nos pasamos cuatro meses trabajando como burros para mantenernos durante los restantes ocho meses del año.

—Pero vives en un lugar precioso, puedes ir andando a trabajar y no tienes que asistir a ferias comerciales en Frankfurt.

—Deberíamos intercambiar nuestra vida durante una temporada.

—Morirías de estrés.

—Mi vida no es tan fácil. ¿Quieres tomar algo más? Venga, amigo, prueba algo diferente.

—No. Otro expreso. Tengo que fortalecer mi aguante.

—Ferdia —dijo Saoirse—. Estamos listas.

—Eh... Uau. —Eran poco más de las seis, pero Saoirse y Robyn iban vestidas como para ir a una discoteca: vestidos cortos brillantes, sandalias de tacón de aguja y rayas de purpurina en la cara.

—*Contouring* —informó Saoirse.

—¿Irás bien con esos tacones? —le preguntó a Robyn—. Hay que caminar diez minutos cuesta arriba hasta el pueblo y por calles empedradas cuando lleguemos allí.

—Yo nací con tacones altos.

Y tal vez fuera cierto, pero para cuando llegaron a Il Gatto Ubriaco, él llevaba a una chica enganchada en cada brazo.

Seppe, Lorenzo y Valentina, los hijos de Marcello, estaban sentados a una mesa con vistas a la llanura tostada por el sol, abajo. Se dieron cálidos abrazos y besos en sendas mejillas. Por un momento, Ferdia se olvidó de Barty.

—¿Qué estáis tomando?

—Aperol Spritz. —Valentina apuntó hacia la bebida que tenía delante.

—El año 2014 ha llamado. Quiere que le devuelvan su bebida típica. —Robyn sonrió con retintín a Ferdia.

Él apartó la vista, incómodo.

—Pues seis Aperol Spritz —dijo y se encaminó a la barra.

Era la hora de la *passeggiata.* Grupos de familias, algunas de solo dos o tres miembros y otras mucho más numerosas, pasaban tranquilamente por delante del bar. La mayoría eran italianas, pero también había algún que otro grupo de turistas.

«Jessie debería haber sido italiana», pensó Ferdia. Ahí todo giraba en torno a la familia. ¡Anda! Ahí estaban Cara, Ed, Vinnie y Tom. Ferdia observó a Cara. Llevaba a Tom agarrado de la mano y Ed y ella parecían bien, normales. Pero ella siempre había parecido normal y resultó que tenía bulimia. Qué raro que todos se comportaran como si ella no hubiera tenido un ataque con convulsiones y se hubieran llevado un soponcio. ¿Le costaría estar allí, rodeada de tanta comida fabulosa? ¿O ya se habría curado?

—Órdenes del alto mando —anunció Bridey—. Tenemos una reserva para cenar en el restaurante de Loretta. Salimos a las siete en punto. No lleguéis tarde.

Nell se dio una ducha, se lavó el pelo, se lo secó y se puso un vestido de algodón rojo. Mientras su cepillo de dientes eléctrico daba zumbidos alrededor de su boca, oyó a Liam subiendo por las escaleras. Se puso tensa sin saber por qué. El cepillo de dientes era un regalo de Liam, de la época en la que todo lo que él decía o hacía reflejaba el amor que sentía por ella. Así pues, no le había parecido un regalo ofensivamente práctico: había sido una muestra más de su entrega. La manera de usarlo, le había explicado él, era cepillar durante diez segundos cada cuadrante de la boca, en vez de pasarlo al tuntún como hacía en aquel momento.

—Hola. Voy a cambiarme de camisa.

Ella se quitó de en medio y se metió en el baño. Era una tontería, una insignificancia, pero le apetecía cepillarse los dientes a su antojo.

—... una ayuda gubernamental para emprendedores. —Seppe estaba poniendo a Ferdia al corriente sobre la pequeña empresa de comercio electrónico que acababa de montar—. Les gustaría que Arezzo se convirtiera en un centro de oro...

—Menudo rollo —dijo Robyn en voz alta.

Ferdia miró a Seppe con gesto de disculpa y este sonrió, dando a entender que se hacía cargo.

Seppe acababa de terminar los estudios en la universidad y, aunque su rumbo profesional no coincidía con las aspiraciones personales de Ferdia, le animó que Seppe se labrase el porvenir. Resultaba difícil ganarse la vida en la Toscana rural, mucho más difícil que en Irlanda.

—¿Y tú qué? —preguntó Valentina a Ferdia—. ¿Te queda un año más en la universidad? ¿Y luego qué?

—Sí, bueno... —Tenía muchas ganas de contarles sus planes inmediatos, pero Robyn lo interrumpió.

—Bla, bla, bla. ¿Cuándo vamos a divertirnos un poco?

El teléfono de Saoirse vibró.

—Es mamá. Llegamos tarde a la cena.

—Será mejor que nos vayamos. ¿Nos ponemos al día luego?

Ferdia, Saoirse y Robyn echaron a andar a toda prisa por las callejas adoquinadas, cruzaron pasajes abovedados de arenisca y pasaron por delante de oscuros colmados. La cena era en el restaurante de Loretta y Marcello, al otro lado de la localidad. Pasaron junto a una antigua botica y después por una pequeña y resplandeciente joyería, con el género, sin duda alguna, pensado para los turistas.

—¡Qué chulas! —Robyn señalaba hacia unas pulseras con cuentas de cristal—. ¡Son una monada! Quiero probármelas.

—Vamos tarde —dijo Ferdia—. Las pulseras seguirán ahí mañana.

—Quiero verlas ahora.

—Vale. Tú misma. Saoirse, ya sabes cómo llegar al restaurante de Loretta. Nos vemos allí.

—¿No nos esperas? —preguntó Robyn con un mohín.

—No quiero llegar tarde. —Echó a caminar a grandes zancadas.

—Menudo cabrón —espetó Robyn a viva voz.

—«*I fought the LAAAAAAWWWW…*» —cantó Johnny—. ¡Ja, ja, ja! Parezco un cantante de ópera.

—Un barítono —dijo Liam—. Marcello, ¿son los de las voces graves?

—*Certo.* —Marcello puso los ojos en blanco—. *Cafone.*

Qué capullo, el italiano. *Cafone* significaba «paleto».

—«*… And the LAAAAAAAAWWWW won!*» —seguía cantando Johnny—. ¡Fijaos qué resonancia!

Era sábado a altas horas de la noche y jugaban al billar en el sótano, cuya acústica poseía un eco surrealista.

Liam le dio un trago a su botellín de cerveza, se golpeó el pecho y eructó.

—«*'Cause girls like YOOOOOUUU*» —terció Ferdia.

—«*Run around with BOYS like me*» —corearon al unísono Seppe y Lorenzo, y los tres rompieron a carcajadas.

Tal vez fuera un paranoico, pero Liam sospechaba que estaban burlándose de él. No sabía por qué, algo se le escapaba. Había bebido bastante y se sentía envalentonado como para…

Ed se apostó delante de él.

—¿Todo bien?

Desprevenido, Liam respondió:

—Ah. Sí.

—¿Seguro? —En esa ocasión era Johnny el que se había plantado delante.

—Estoy estupendamente.

—¡Bien! —Johnny se apartó y a continuación cantó a voz en grito—: «*I FOUGHT THE LAAAAAW*».

Nell se despertó en la oscuridad, con el corazón desbocado. «¿Dónde estoy?» Estaba acostada, pero no en su casa. Con cierto pánico, estiró una pierna y comprobó que se encontraba sola. ¿Dónde estaba Liam?

Tanteando, le dio a un interruptor y se hizo la luz. Se hallaba en la preciosa habitación de la preciosa casa de Italia.

Localizó su teléfono. Solo era la una y veintitrés de la madrugada; seguramente Liam seguía jugando al billar.

Entonces se acordó del sueño: por eso se había despertado.

Dios, había sido espantoso. En él, Liam y ella ya no estaban enamorados. Con una serenidad inusitada, habían tomado la decisión de separarse.

—Nos precipitamos —había dicho él—. Casarnos fue una locura. Tendrás que mudarte.

—Estupendo. De todas formas, nunca me gustó el apartamento.

Había sido horrible... y no tenía sentido. Ella amaba a Liam. Y le chiflaba el apartamento. Sentía la urgente necesidad de que la abrazase para aplacar aquel temblor, pero cómo iba a vagar por la casa como un alma en pena a esas horas de la madrugada para ir en su busca. Sería embarazoso para él. Y para ella también.

¿Sería oportuno mandarle un mensaje?

> Cariño, he tenido una pesadilla. ¿Puedes venir a la cama?
> Te quiero. Bsss

El hecho de saber que lo vería pronto extinguió los últimos rescoldos humeantes de la pesadilla.

Esperó y esperó, hasta que al cabo de un buen rato le entró sueño de nuevo y volvió a dormirse con toda tranquilidad.

67

—¿Y mamá qué? —susurró una voz.

—Déjala dormir. —Otra voz; la de Ed.

Cara abrió los ojos. Italia. La Toscana. En la cama más cómoda del mundo, en el dormitorio más perfecto del mundo, en la casa más bonita del mundo. Ed, Vinnie y Tom, levantados y vestidos, la observaban con atención.

—Hola, mamá —susurró Tom—. Son las ocho y diez. Pero esa es la hora italiana. En Irlanda son solo las siete y diez. Vamos a coger fruta para el desayuno.

—Yo voy. —Cara sintió una súbita energía. Se puso un vestido suelto, se plantó unas sandalias y los siguió escaleras abajo.

Fuera aún hacía fresco y el rocío brillaba sobre las hojas. El sol, al que aún le quedaba un buen rato para alcanzar su cénit, imprimía una tenue luz amarilla. Pertrechados con cestos de mimbre, se encaminaron hacia las ordenadas hileras de caballones y árboles, donde mariposas de colores vivos se abatían en picado y aleteaban.

—¿Qué frutas hay aquí? —preguntó Tom.

—Cerezas —respondió Ed—. Melocotones, seguramente. Y tomates.

—El tomate no es una fruta. —Vinnie siempre estaba a la que saltaba.

—En realidad, sí que lo es —comenzó a decir Ed.

—¡Nooooo, otra explicación de papá!

Pero a todo el mundo le hizo gracia.

A cualquiera que los viera, pensó Cara, le daría la impresión de que su vida era perfecta.

En honor a la verdad, allí lo tenía todo: un entorno precioso, un buen hombre, dos hijos adorables, comida en abundancia, amor en abundancia.

El problema era que se veía incapaz de sentirlo como es debido.

Desde que se desencadenó todo aquel drama, era como si la verdadera Cara no estuviera alineada del todo con la realidad. Su silueta continuaba oscilando, como una lente de contacto torcida que no se ajustaba al iris. En presencia de otras personas, tenía la posibilidad de intercambiar impresiones, pero últimamente le daba la sensación de que se trataba de un acto reflejo, en vez de una implicación genuina. De vez en cuando, sus dos personalidades se fundían a la perfección, encajaban, y de pronto ella se encontraba ahí, en el momento. Experimentaba sentimientos intensos, tanto buenos como no tan buenos, y acto seguido su silueta se desmembraba de nuevo.

Estaba viviendo su vida a escasa distancia de sí misma.

¿Y qué tenía aquello que ver con atiborrarse de comida y provocarse el vómito? Si lo que su terapeuta Peggy decía era cierto, había estado haciendo eso para cambiar su estado de ánimo. Ya no existía ninguna manera de cambiar sus emociones y no tenía más remedio que encontrarles sentido de nuevo.

Pero, como seguía diciéndose a sí misma, era pronto. Sería un error tratar de encontrarle explicación a todo de inmediato. Debía continuar manteniéndose a flote, continuar viviendo, hasta que las cosas se aclararan.

—¡Yo quiero coger cerezas! —Tom echó a correr en dirección a una escalera de mano que había bajo un árbol.

—Yo cogeré melocotones —dijo Vinnie.

—Yo tomates —pidió Cara.

—¡No son frutas! —insistió Vinnie.

Ella se echó a reír.

—Nos valdrán para el almuerzo.

Mientras Ed daba indicaciones a los niños acerca de cómo saber si una fruta estaba lista para cogerla, Cara intentaba arrancar los tomates conscientemente de las tomateras, sintiendo la firmeza de su peso en la mano. Le vino a la cabeza algo que Peggy le había dicho: «El cometido de los alimentos es nutrir tu cuerpo. Nada más».

De buenas a primeras, experimentó uno de esos raros momentos de alineación: aquellas plantas habían brotado de la tierra para mantenerla viva. Por un momento supo qué lugar ocupaba en el ciclo de la vida.

Sucedió de nuevo cuando Tom y Vinnie le mostraron sus cestas. El pálido naranja rosáceo de los melocotones, con su característico olor dulzón, y el brillante púrpura de las cerezas eran hermosos.

Tal vez todo fuera a ir bien.

De vuelta a la casa, las cristaleras estaban abiertas de par en par. Dilly y Nell corrían de aquí para allá llevando montones de platos a la larga mesa colocada bajo el emparrado de glicinias. Jessie, vestida con un caftán vaporoso, cocinaba algo que humeaba y chisporroteaba en los fogones; Saoirse y Robyn preparaban *smoothies*. Bridey se entrometía en todo y Ferdia vertía algo parecido a granola casera en una recia fuente de cerámica. El único que faltaba era Liam.

—¡Ahí están mis pequeños cazadores-recolectores! —exclamó Jessie al verlos—. Parecéis un anuncio de esos de vida sana. Foto. ¿Dónde está mi teléfono?

Al examinar el contenido de las cestas, colmó de elogios a Vinnie y Tom.

—Habéis cogido piezas magníficas. Fijaos en estos melocotones. —Dirigiéndose a todos, dijo en voz alta—: Podría hacer melocotones fritos, con miel. ¿Tenemos miel? ¡Claro que tenemos miel! ¿Y pistachos?

—¡Guay! —dijo Bridey a voz en grito.

—Estoy con Bridey —dijo Johnny—. Baja la voz.

—Yo solo quiero Nutella —terció Vinnie—. Podría tomarme ese tarro gigantesco y no me empacharía.

Hubo risas nerviosas y, de repente, nadie miraba hacia donde Cara se encontraba. Estarían pensando que Vinnie había heredado lo que fuera que padeciera ella; por lo menos su glotonería. Era humillante.

«Pero todo a su tiempo —se recordó a sí misma—. Todo a su tiempo.»

—A ver, ¿qué puedo cocinaros? —preguntó Jessie—. ¿Cara?

Al instante, todo el mundo aguzó el oído.

—Una tortilla de dos huevos, por favor —respondió ella educadamente—. Con tomate.

—¿Queso?

—No, gracias.

Jessie estuvo en un tris de darle un pellizco en el brazo; como buena cocinera, era su reacción instintiva. Acto seguido, se acordó.

—Marchando.

El plan de alimentación diario, elaborado por el dietista del hospital, estaba diseñado para frenar los bajones y subidones en los niveles de azúcar en sangre de Cara, que al parecer provocaban los atracones. Y tal vez estuviera funcionando, porque llevaba unas cuantas semanas sin ansias de dulces o chocolate, cosa del todo nueva, pues en el transcurso de los meses previos al fin de semana en Gulban Manor ese había sido su único pensamiento: qué chocolate compraría, dónde lo compraría, cuándo se lo comería. En aquel momento, esa independencia le daba la impresión de tener libertad.

Pero ¿quién iba a imaginar que la sensación de libertad sería tan... vacua?

68

Robyn era una chica mezquina, observó Jessie. Resultaba doloroso ser testigo de la gratitud de Saoirse hacia ella por el hecho de que fuera su amiga. Eso le recordaba a Jessie su propia adolescencia, una época en la que jamás quería pensar.

Robyn además era una gandula. Se había escaqueado a la hora de recoger la mesa del desayuno y luego apareció en la piscina con un biquini con la parte de abajo remetida por el trasero.

—¿De qué va? —preguntó Jessie a Johnny mientras fregaban las ollas junto a la ventana—. Ya puestos, podría haberse comprado un tanga.

—Es el *look* de moda, creo. Así iban en *Love Island.*

—Pero ¿y si los atrae a todos?

—¿Qué pasa?

—Pero ¿y si todos, ya sabes, se excitan?

—¿Qué pasa?

—Pero ¿y si tienen una erección?

—¿Quién?

—Bueno..., tú.

—Ya te vale. Qué horror.

Ella lo miró con recelo.

—Yo creo que todos los hombres son unos salidos, siempre están a la que salta, sea de día o de noche.

—Yo no voy a tener una erección. —Miró hacia la piscina, donde Ed estaba librando una guerra de agua con todos los niños pequeños—. Y Ed tampoco.

—¿Y Liam?

—Tiempo al tiempo, si es que aparece.

—¿Y Ferdia?

—Ah, sí, claro. Está en la edad. Por cierto, ¿dónde anda?

—Derribando algo con Seppe y Lorenzo. Una pared, creo.

—Eso es muy saludable.

—Mira a los bichitos —dijo Jessie con benevolencia—. La pequeña Dilly. —Era una monada, rechoncha, con su bañador de sirena con volantes en el trasero. Y Bridey, siempre tan catastrofista, con un bañador amarillo con flotador incorporado.

—¿Y esa fijación de Bridey con los flotadores de tubo? —preguntó Johnny—. Sabe nadar.

—Según ella, cualquier precaución es poca.

Robyn se puso de pie para ajustarse el biquini.

—¿Qué tiene de malo el trasero de una mujer? —preguntó Johnny.

—Lo único que deseo es que todo fluya de manera agradable. Porque soy una nueva pija, según Nell. —Añadió—: Me encanta Nell.

Como si Jessie la hubiese convocado, apareció de repente en su campo de visión con un biquini blanco.

—¡Madre mía! —Con una mano enjabonada, Jessie apretó el brazo al descubierto de Johnny—. Fíjate en Nell.

—Ahora sí que tengo una erección. Aunque, parece que seas tú la que se excita con Nell.

—Johnny, de excitarme nada.

Él observaba a Nell con los ojos entrecerrados.

—¿Qué tiene diferente?

—El pelo. Ya no lo lleva rosa. Fíjate, una melena rubia que le cae en cascada por la espalda. Uy, allá va...

Robyn, quizá amenazada por la patente sensualidad de Nell, se levantó de nuevo y se remetió más la parte de abajo del biquini, si es que eso era posible, entre los cachetes del trasero.

—¡Ahí dentro no hay más hueco! ¿Y dónde se cree que está? —rezongó Jessie—. ¿En Nikki Beach? ¡Estas son unas vacaciones en familia y de erecciones nada! Voy a hacer guardia junto a la piscina con una porra metálica. Haré de policía contra las erecciones. Al menor indicio de gusanillo loco, lo sofocaré emprendiéndola a golpes con mi porra.

A Johnny le hizo gracia.

—Gusanillo loco. Eres la mejor.

—¿Ah, sí?

A él se le apagó la sonrisa.

—Ah. Sí. —La rodeó por la cintura y la apretó con fuerza contra él.

—Uy. ¿A qué viene este repentino cambio de humor?

—Mi preciosa y sexy mujer.

—¿De veras? Eh, ¡Johnny! ¿Es eso...?

—Mi gusanillo loco. Culpa tuya. ¿Vas a emprenderla a golpes con tu porra metálica?

—Me encargaré de eso de otra manera. Vamos.

—¿En serio? —Habían tenido una actitud muchísimo más cariñosa el uno con el otro desde la bronca de órdago en el cumpleaños de Jessie, pero llevaban años sin practicar sexo de día.

—Todos están en la piscina, nadie nos echará en falta. Vamos.

«13.23, almuerzo. Ensalada, 1 cucharada de aliño, ½ aguacate mediano, 2 rebanadas medianas de pan de masa madre, 1 racimo pequeño de uvas, agua con gas.» Cara lo apuntó todo en su teléfono para informar a Peggy más tarde.

La primera vez que Cara vio su plan de alimentación, le entró el pánico: había muchísimas cosas. Engordaría una tonelada.

Al parecer, según decía Peggy, su cuerpo tenía tal confusión debido a todas las restricciones de comida y los atracones posteriores que necesitaba reprogramarse para tener garantías de un suministro de alimento regular y equilibrado.

Además, insistía en que el detonante de muchos de los atracones de Cara no había sido el ansia, sino el hambre en el más estricto sentido de la palabra.

A lo mejor tenía algo de razón. Ella siempre se había saltado el desayuno para reducir las calorías diarias. Pero a media mañana sentía una necesidad tan voraz de comida que sobrepasaba con creces el desayuno medio.

En sus primeras sesiones juntas, Peggy le había parecido muy mandona. Le recordaba a una maestra que tenía en el colegio, siempre sentando cátedra. Sin embargo, después de aquella primera toma de contacto Cara se encontraba a gusto. La reconfortaba estar bajo la supervisión de una terapeuta tan segura de sí misma.

Necesitaba activar su «estado de ánimo después de comer». Ni siquiera era necesario planteárselo: terriblemente acomplejada. Por primera vez en su vida, apareció en bañador y sin un pareo que le disimulara las caderas y los muslos. Era una coraza azul marino de una pieza con refuerzo para la barriga, a años luz del minúsculo biquini fosforito de Robyn, pero bueno.

A lo mejor, en presencia de Ed y los niños, lo sobrellevaría. Pero con todas aquellas personas alrededor de la piscina, especialmente Robyn...

Cara podía leerle el pensamiento: la expresión de la chica oscilaba entre el asco y la lástima. Podía ver que Robyn decidía que bajo ningún concepto se convertiría en una mujer rolliza con celulitis. Y tal vez lo consiguiera. No todo el mundo era débil como Cara.

Ay, Dios, ahí llegaba Liam, otra persona que la hacía sentirse vulnerable. Sospechaba que la opinión de Liam sobre sus muslos era despiadada, pero le daba cierto gustillo saber que la opinión que ella tenía de él era igual de implacable. Ahí estaba, ocultándose detrás de sus gafas de sol, pensando que nadie se percataba de que estaba comiéndose con los ojos a Robyn.

La opinión de Johnny le importaba mucho menos. Se le iba la fuerza por la boca y, la verdad, era muy buena perso... ¡Hostia! Al tomar una súbita bocanada de aire sin querer, casi se atragantó con su propia epiglotis. Era Ferdia, sin camisa y con un bañador de surfista. Observó su esbelto y fibroso cuerpo, su pelo oscuro contra su piel blanca. Llevaba varios tatuajes en los hombros y los brazos, una oscura línea difusa de vello le nacía desde el ombligo hasta la cinturilla y todo era simplemente un pelín... fuerte.

—¡Fiu FIUUU! —gritó Dilly.

Ed levantó la vista.

—Ah, vale. —Se rio por lo bajini—. De repente me siento fuera de lugar.

—¿Dónde has estado metido toda la mañana? —preguntó Bridey a Ferdia en tono exigente.

—¡Derribando una pared con una maza! —Sonrió con picardía—. Ha estado guay.

—Se lo tiene creído —dijo Robyn—. Qué mono.

—¿Qué quiere decir eso? —preguntó Dilly.

«Quiere decir que a Robyn le gusta Ferdia.»

—Se parece a un hombre de una revista —señaló TJ.

—¡Un modelo! —exclamó Bridey.

—No se lo digáis —suplicó Jessie—. Se le subirá a la cabeza.

Era demasiado tarde. Habían empuñado el *Vogue* de Jessie y encontraron un anuncio de *aftershave* de Armani.

—¡Ferdia! —Toquetearon la página con los dedos mojados—. Te pareces a él.

—No, tiene que mojarse el pelo. —Dilly estaba examinando la foto—. Y tiene que echarse gotas de agua en el pecho.

—Métete en la piscina —le ordenó Bridey—. Tiene que haber una piscina de fondo.

Ferdia obedeció y a continuación se sentó en el borde mientras los niños revoloteaban a su alrededor, acicalándolo, usando los dedos para retirarle el pelo de la cara hacia atrás.

Vinnie cogió la revista.

—Tienes como que entrecerrar los ojos. ¡Sí, así! ¡Qué pinta de bobo!

Tom dijo a Cara en tono apremiante:

—Mamá, ¿me dejas tu teléfono? Gracias. —Y acto seguido—: Ferdia, ponte guapo para la cámara.

Tom disparó una foto detrás de otra.

—Levanta una pierna.

—¿Así? —Ferdia levantó una pierna en el aire y los niños se dispersaron.

—No, el pie en el suelo y la rodilla doblada. Sí, así.

—¡Fenomenal! —gritó Dilly—. Estamos extasiados.

—¿Cómo se llama este *aftershave*? —preguntó Nell.

—¡Caca! —chilló Dilly, y le dio tal ataque de risa que se dejó caer en una tumbona, donde su pequeño y sólido cuerpo se convulsionó por las carcajadas.

—¡Apestoso! —gritó Tom.

—Caca apestosa.

—Pedo —dijo Vinnie—. ¡Carapedo!

—Gilipollas —terció Liam, pero aparte de un «Uf, ya estamos» casi inaudible por parte de Johnny, lo ignoraron.

—Carapedo —convino Ferdia y lanzó una mirada exageradamente ardiente—. *By* Armani.

Los críos chillaban pletóricos, se desternillaban de risa de tal manera que se dejaron caer los unos encima de los otros.

Se habían echado tantas niñas en la tumbona de Jessie, que esta hacía equilibrios en el mismísimo borde, así que se levantó y arrastró dos tumbonas para colocarlas juntas.

—Ahora hay sitio para todas.

Dilly, TJ y Bridey se encaramaron a ella; retorcieron sus cuerpecillos empapados hasta que estuvieron cómodas. Nada habría hecho más feliz a Jessie que Saoirse se les uniera, pero esta se encontraba alicaída en aquel momento. En cuanto a Ferdia, ni siquiera valía la pena planteárselo. A aquellas alturas era un hombre hecho y derecho.

—¿Queda hueco para mí? —preguntó Johnny.

—¡Claro!

Comenzaron a retorcerse de nuevo, hasta que todos estuvieron cómodos y apretujados en una maraña de cuerpos entrelazados.

—¿De quién es esta pierna? —Jessie frotó su pie con la pierna de alguien—. Da la impresión de que es muy pero que muy peluda. ¿Es de papá?

Esto provocó sonoras carcajadas de las niñas.

—¡Es la pierna de Dilly!

—¡Y no es peluda!

«Esto es lo único que deseo —pensó Jessie—. Lo único que siempre he deseado.»

—¡Perdona, mamá! —TJ le había dado un codazo a Jessie en la oreja sin querer. ¿Estás bien?

—Muy bien, muy bien. —Más feliz de lo que jamás podría haber imaginado.

69

A primera hora de la tarde, mientras el denso aire titilaba bajo el sol, Cara se encontraba medio adormilada cuando su teléfono sonó suavemente.

—¿Qué es eso? —Saoirse, grogui, levantó la cabeza.

—Nada. Perdón.

Era el momento del segundo tentempié de los tres diarios prescritos por el hospital. Tenía que picar cada tres horas para mantener los niveles de azúcar en sangre estables y de ese modo frustrar cualquier conato de antojo. Sin embargo, comer cuando nadie más lo hacía le daba vergüenza. Hasta la palabra «tentempié» la hacía sentir incómoda: era lo que les daban a los críos en la guardería, no a las mujeres adultas.

Para colmo, ni siquiera tenía apetito, por lo que le parecía un tremendo desperdicio de calorías.

En la cocina, mientras buscaba su bolsa de frutos secos crudos, abrió un armario... y se topó con una reserva oculta de galletas italianas. Presa del pánico, cerró la puerta de golpe, pero eso fue después de atisbar fugazmente chocolate a la taza, nubes de caramelo y chocolatinas de avellanas crujientes.

El corazón le latía con fuerza. No andaba buscando galletas, ni siquiera sabía que estuvieran allí, pero aun así se sentía culpable.

El azúcar procesado no estaba incluido en su plan de alimentación. Todavía no. Y tal vez ya nunca lo estuviera.

Espantada, se apartó. ¿Cómo era posible que hubiera abierto justo el armario que estaba repleto de galletas? ¿Acaso intentaba sabotearse a sí misma?

A Peggy no le había parecido bien que se apuntara a aquellas vacaciones: era precipitado rodearse de un entorno imposible de controlar. Cara estaba convencida de que no recaería. Sin embargo, acababa de entender la preocupación de Peggy.

—¿Qué? —Ed había entrado.

Ella sentía los labios entumecidos.

—Es que..., eeeeh...

—¿Qué ha pasado? —La miró y acto seguido miró a su alrededor, como si esperara encontrar pruebas de un atracón.

A ella se le pasó por la cabeza una idea espantosa.

—¿Has venido a espiarme?

Aún no habían superado del todo las cosas terribles que se habían dicho después del ataque con convulsiones. Mantenían una actitud educada y agradable, pero a ella le daba la sensación de que ambos estaban haciendo el paripé.

—He venido a ver si estabas bien. Si habías encontrado tu tentempié y todo eso.

Parecía sorprendido y, acto seguido, dolido. De pronto ella se sintió avergonzada.

—Perdona, cariño.

Apareció Johnny, seguido por Dilly, TJ, Vinnie y Tom. Detrás de ellos había más gente a la zaga. De buenas a primeras, el pelotón al completo fue desfilando por la cocina para retirarse a sus habitaciones a echar una siesta.

Ed se acercó a Cara, pero ella se escabulló.

—Será mejor que llame a Peggy.

Él no tenía más remedio que dejarla marchar; Peggy era la persona en la que Cara confiaba para mantenerse en el buen camino. Nada podía interponerse en esa relación.

Cuando su mujer desapareció escaleras arriba, Ed se quedó en la cocina preguntándose si alguna vez se había sentido tan solo como entonces. Durante las últimas cinco semanas, el terror había invadido sus sueños: Cara podría haber muerto. Se despertaba de pronto con un grito ahogado y el corazón desbocado. «Está muerta.»

La vida de Ed había pasado a ser como en la película *Dos vidas en un instante.* En una versión, la real, Cara seguía viva; en la otra, había muerto aquel viernes por la noche.

Él estaba viviendo aquellas vacaciones a través del prisma de la segunda versión. Pese a que Cara estaba allí, viva, él tenía presente lo cerca que se encontraba de la muerte. Todos estamos conectados a la vida por finísimos hilos. Es solo cuestión de suerte que no se rocen, zas, zas, zas, uno tras otro, y que la gente se precipite al vacío.

No podía dejar de observar a Vinnie y Tom —Vinnie armando jaleo en la piscina, Tom leyendo bajo un árbol— y pensar en lo diferentes que podrían haber sido aquellas vacaciones. «Mamá podría haber muerto. Vosotros seguiríais aquí y ella no.»

No obstante, tenía que guardarse para sus adentros todo aquello. Ella estaba intentando recuperarse, no podía agobiarla.

—¿Todo bien? —Johnny lo miraba con preocupación—. Vente al pueblo. Nos tomaremos algo con Marcello. ¡En plan rollo de hombres! Bueno, podemos hacer el paripé. Liam, ¿te apuntas?

—Nada de expreso —le dijo Johnny a Marcello—. Si vamos a «hablar de nuestros sentimientos», necesitamos cerveza.

—Ay, para —dijo Ed—. No puedo desembuchar a vuestro antojo. —Además, estos hombres no lo entenderían. —Cara y él eran diferentes a Johnny y Jessie, a Liam y Nell, a cualquier otra pareja.

Antes de conocer a Cara, las tres novias con las que había mantenido una relación larga lo habían dejado plantado. Él no era lo bastante serio: en lo tocante a la vida, a su carrera, a ellas... En la primera fase de la relación, alababan su desenfado, pero con el paso del tiempo eso se transformaba en airados reproches sobre su «desapego» y su «excesiva independencia».

Él siempre se había encontrado bien a solas, incluso de pequeño. Conforme fue creciendo, idolatró a su hermano mayor, Johnny. Pero cuando fue consciente del empeño que Johnny ponía en hacerse querer por todo el mundo, su fascinación por él se convirtió en algo que rayaba en la lástima.

De adulto, le gustaba irse de vacaciones solo. Entablaba conversación en los trenes, en los bares; charlaba con cualquiera y siempre estaba bien. Cuando conoció a Cara, tenía treinta y dos años y fama de tío simpático a quien no se debía tomar en serio. Todo eso cambió cuando se encaramó a una escalera durante una fiesta en una casa. Aquella noche, cuanto más alto subía, más asustado estaba. Entonces, la chica que había a los pies de la escalera le dijo: «Te tengo. Estás a salvo».

De repente Ed sintió algo nuevo: anhelaba la seguridad que ella prometía.

Desde el minuto uno, Cara le pareció extraordinaria, pero, cuando en una conversación con sus hermanos, ensalzó sus virtudes, Liam se echó a reír y comentó: «Es verdad lo que dicen, ¿no? El amor es ciego».

Cuando se le pasó el enfado, Ed lo entendió: para la mayoría de la gente, Cara era del montón. Sin embargo, ella había desbloqueado su capacidad de amar. Aquel frenesí de veneración iba ligado a una vulnerabilidad acorde. Él jamás había querido a nadie.

Las infidelidades existían, a él le constaba. Algunos de sus amigos eran fieles, algunos tenían escarceos amorosos, algunos eran unos golfos empedernidos... Él tenía sus sospechas sobre Johnny, aunque jamás le preguntaría. Si Johnny tenía algún lío, Ed no quería saber nada de nada. Él, sin embargo, era una persona recta.

Las cervezas llegaron y Ed puso a Marcello al corriente de su historia con Cara.

—Di algo —dijo Johnny—. Pensamos que eres muy inteligente porque tienes la voz grave y acento extranjero.

—¿Está recibiendo tratamiento? —preguntó Marcello—. Eso es muy positivo.

Pero no era el caso.

Ed había albergado la esperanza de que enseguida detectarían y erradicarían algún trauma de la infancia y Cara volvería de inmediato a la normalidad. Pero daba la impresión de que el plan de rehabilitación del hospital era un proceso de prueba y error en el que su mujer crearía de manera gradual una nueva relación con la comida. Para colmo, ella se mantenía muy hermética en lo tocante a su «recuperación». Durante todos aquellos años, él había sido cómplice de los excesos de ella: escondiendo el chocolate, rescatándolo.

En aquel momento, en que ella estaba, supuestamente, recuperándose, lo dejaba al margen. Eso le dolía y lo asustaba.

Daba la impresión de que se encontraban más distantes que cuando ella vomitaba varias veces al día.

Fuera de la villa, Nell agitaba el iPad sobre su cabeza. De verdad, el wifi allí era una mierda. Refunfuñar acerca del wifi cuando estaba en un auténtico paraíso era lamentable, pero necesitaba llamar a Lorelei por FaceTime para ver qué tal iba la escenografía en el teatro Liffey.

Había conseguido el encargo del decorado de *La sal de la vida* justo después del fin de semana de misterio. Había supuesto un tremendo estímulo para recuperar la confianza en sí misma.

—¿Qué haces?

Era Ferdia, en la puerta de su casita.

—Intentar conseguir cobertura.

Él abrió la puerta de par en par.

—Mi dormitorio tiene la mejor conexión de toda la finca.

La idea de entrar ahí la incomodó. Él era un tío joven; a saber lo que se traía entre manos.

Nell entró en la sala de estar, subió deprisa los escalones bajos de piedra que conducían al dormitorio y trató de no mirar las sábanas ni la ropa tirada por el suelo. No olía demasiado mal: ningún olor a pies o sudor o… autodisfrute. De repente le entró la risita floja.

—¿Qué te hace tanta gracia? —Él había asomado la cabeza por la puerta.

—No. Nada.

—¿Te apetece tomar algo? ¡Tengo sidra!

—Venga. —¿Por qué no? Eran casi las seis.

Ferdia tenía razón en lo de la cobertura. Se conectó enseguida.

—Lorelei, perdona por el retraso. El puñetero wifi. ¿Cómo va todo?

—No permiten el tanque de agua gigante. Los de higiene y seguridad.

Ay, mierda. Justo lo que se temía, pero Nell era una optimista a ultranza.

—Podríamos colocar cinco depósitos más pequeños en fila —continuó Lorelei—. Hemos hecho una maqueta…

—Enséñamela.

Lorelei le mostró la fila de depósitos de agua más pequeños.

—Vistos en conjunto seguiría pareciendo el mar —explicó.

Nell no estaba segura. Resultaba frustrante no estar allí.

—Deja que le dé un par de vueltas. Lo mismo se me ocurre algo. Gracias, cielo, hablamos pronto.

—En cualquier momento que necesites cobertura —dijo Ferdia cuando ella volvió abajo— pásate. Entonces, ¿estás trabajando de nuevo?

—Sí. Volví al tajo...

—¿No te lo dije? —Parecía satisfecho.

—¿Sí? ¡Fuiste tú, es verdad! Pues sí, conseguí un curro para el festival de teatro. No tan importante como aquel en el que estuve trabajando en el condado de Mayo, con mucho menos presupuesto, pero es interesante. Estoy entusiasmada.

—Debe de ser frustrante estar aquí y no allí, ¿no?

—Bueno... —Se interrumpió y se puso colorada—. ¿Quién no querría estar aquí? Esto es una auténtica preciosidad. Y Liam y yo iremos a los Uffizi el martes. ¿Se puede pedir más?

—No estaba poniendo pegas. Solo estaba...

—... ¿siendo amable?

—¡Eso! —Él sonrió con picardía—. Siendo amable.

—Qué novedad.

La sonrisa se le borró de la cara.

—Ya hace tiempo que mi actitud es diferente. —Parecía dolido—. Más madura.

Ahora que lo mencionaba, Ferdia no parecía tan susceptible como antes. Seguramente se debía a la buena influencia que Perla ejercía en él. Y aquella noche en Gulban Manor se había portado fenomenal ayudando a Cara.

—Sí que estás diferente —convino ella—. Lo siento —añadió—. Estoy demasiado inmersa en mis propios rollos. —Un poco de ánimo para el chaval, ¿por qué no?—. ¿Te apuntas a la procesión luego?

En Santa Laura se celebraba alguna festividad religiosa.

—Claro —respondió él—. Cómo iba a perdérmela.

Ella lo escudriñó.

—Lo he dicho en serio. No estaba siendo sarcástica.

Después de la cena, cuando todos los niños se fueron corriendo, Jessie apoyó los codos sobre la mesa con aire resuelto.

—Bueno, ¿puedo comentaros una cosa? ¿Sobre el último fin de semana de septiembre? ¿La vendimia?

—¿Qué es? —preguntó Nell.

—Un festival —dijo Johnny—. Uno nuevo, solo lleva un par de años.

—¿Es el que se organiza en un bosque en Tipperary? Pero es muy...

—Para nuevos pijos —atajó Jessie—. ¡Sí!

—Iba a decir «exclusivo».

A Ferdia le hizo gracia.

—No es para nuevos pijos. Es guay, selecto, ecológico.

—Para gente exigente —insistió Jessie.

—Para gente que no aguanta las penurias. En las tiendas de campaña hay camas de verdad.

—Pero los baños son comunes. De todas formas, están como los chorros del oro. —Jessie adoptó un gesto soñador—. Hay duchas al aire libre, bañeras de madera en el bosque alimentadas con manantiales de aguas termales, bombillas de colores colgadas entre los árboles... —Dirigiéndose a Nell, dijo—: Te encantará.

—¿Cómo? ¿Yo voy?

—Si te apetece. Este es el plan —dijo Jessie—. Un *pop-up* de la escuela de cocina PiG con sesiones gratuitas del antiguo segundo chef de René Redzepi. Necesito voluntarios.

—¿Para hacer qué? —Liam parecía escéptico.

—Para captar gente, repartir la comida y, luego, recopilar datos. En realidad, persuadir a la gente para que facilite su correo electrónico. Va a haber doce mil personas pudientes y entendidas concentradas en un mismo sitio. Clientes ideales para la escuela de cocina.

—Yo estoy muy liado —se disculpó Liam— con mi curso y casi dirigiendo una exitosa tienda de bicicletas por una miseria.

—Nadie te obliga —repuso Jessie en un tono un pelín avinagrado—. La gente de la empresa mataría por ir, pero la familia tiene preferencia. Tendréis tiempo de sobra para asistir a conciertos o para que os alineen los chakras o para fumaros algo potente y tenderos bocarriba en la puerta de vuestra caravana, contemplando las estrellas y diciendo gilipolleces durante seis horas... —Aquello último iba dirigido a Johnny.

—Podéis apuntaros a un taller de interpretación —terció Ed—. O escuchar a Angela Merkel conversando con el responsable del FMI o ir a nadar al río...

—En bolas. —Bridey había vuelto a aparecer.

—Solo había una mujer en bolas —señaló Jessie—. Y me da la impresión de que simplemente estaba confundida.

—Tiene una pinta increíble —dijo Nell—. Incluso el no bañarse en bolas.

—Y vuestro alojamiento estaría pagado.

—¿Eso fue cuando nos quedamos en una caravana que parecía una cabaña? —Dilly también había vuelto a la mesa sigilosamente—. Oh, Nell, tienes que venir. Es genial. La mesa de la cocina se convierte en una cama. Es mágico. Bridey dice que es antihigiénico.

—¡Es que es antihigiénico!

—¿Tú vas? —preguntó Nell a Cara.

Ella negó con la cabeza.

—Me encantarían los conciertos, pero no llevo muy bien lo de estar al aire libre. La acampada, incluso el *glamping*, no es para mí. Y cae el mismo fin de semana que el cumpleaños de mi amiga Gabby. Pero Ed sí va.

—El programa siempre es alucinante —explicó Ed mientras consultaba su teléfono—. Este año tenemos..., uau, Hozier, Janelle Monáe, Duran Duran... ¡Ja! ¿Siguen vivos? Laurie Anderson, Halsey... Por lo general, alguien da un concierto sorpresa. Jessie, cuenta conmigo.

—Y conmigo —se apuntó Ferdia—. Yo tenía previsto ir de todas formas. Perla y yo...

—¡¿Qué?! —Jessie dio un respingo al oír esta novedad—. ¿Desde cuándo?

—Desde hace unas cuantas semanas.

—Yo también me apunto —dijo Nell.

—Tendrás trabajo. —Esto lo dijo Liam.

—¿El último fin de semana de septiembre? No, mi obra ya se habrá estrenado. Me apunto. Pero ¿no hará frío?

—Aunque parezca increíble, no —respondió Johnny—. Los dos últimos años ha hecho un sol resplandeciente, como si tuvieran su propio microclima.

—Lo mismo mandan aviones de combate para dispersar los nubarrones, igual que Putin antes de un gran desfile —dijo Ferdia.

—A lo mejooor. —Jessie se quedó pensativa. Dirigiéndose a Ferdia, preguntó—: ¿Estás seguro al cien por cien de que no es para nuevos pijos?

70

—¿Y si me da un infarto? —preguntó Johnny.

—Qué va —dijo Liam con sorna.

Era lunes por la mañana, otro día soleado. Johnny, Liam y Ed reunidos alrededor de la mesa del desayuno, consultaban un gran mapa desplegable.

Llegó Nell.

—Voy a tomarme otro café antes de ir a la piscina.

—Nell —llamó Johnny—. Protégeme de tu marido. Me está liando para hacer una ruta mortal en bicicleta mañana.

—¿Ma-mañana? —De pronto Nell se puso tensa—. ¿Qué quieres decir?

—Pretende que hagamos un recorrido de cincuenta y cinco kilómetros en bicicleta, subiendo colinas empinadas, con este calor —explicó Johnny en tono alegre.

—Pero ¿mañana? —repitió ella.

—Mañana. Martes.

Liam había levantado la vista del mapa.

—¿Qué?

Tratando de hacerse la graciosa, movió el dedo índice de un lado a otro.

—De ruta en bici mañana, nada. Tienes una cita conmigo en los Uffizi.

Estupefacto, se quedó mirándola.

—¿No te acuerdas de que reservé las entradas? Está en nuestra agenda.

Él cogió su teléfono y lo comprobó.

—Mierda. Perdona, nena. Se me había pasado.

—Menos mal que me tienes a mí para recordártelo. —Ella hizo un esfuerzo por sonreír.

—¿Será como El Prado en Madrid?

—Lo mismo, incluso mejor.

—Ay, nena, nooooo.

Ahora la estupefacta era ella.

—¿No te encantó El Prado? —consiguió decir—. Eso dijiste.

—En mi vida me había aburrido tanto.

Ella se quedó muda de asombro.

Jessie, con su radar para los dramas, había salido de la cocina.

—Fui porque te quiero —dijo Liam.

Daba la impresión de que él esperaba que lo dejara salir del atolladero.

—Pero pensaba que te... —Nell seguía sin dar crédito.

—¡Oh, Liam! —lo reprendió Johnny.

—Lo hice porque la quiero. Fue una buena acción.

—¡Pero la gracia está en no descubrir el pastel jamás! —intervino Ed.

—En llevártelo a la tumba.

Todos compartían la misma opinión. El tono era distendido, pero la tensión se palpaba en el ambiente.

—No pasa nada —dijo Nell; en su rostro se dibujó un amago de sonrisa—. Iré sola. Me encantará.

—No puedes ir sola —dijo Jessie a viva voz.

—En serio. Estoy superemocionada. No hay ningún problema. —Sin dar tiempo a nadie a decir otra cosa, dejó el café y regresó a la planta de arriba.

Se tumbó en la cama. Vale. Aquello no pintaba bien.

Un ruido sordo en la puerta del dormitorio anunció la llegada de Liam.

—Nell, lo siento muchísimo. Soy un gilipollas.

Ella se incorporó.

—Pues sí.

—Ya sabes lo que pasa. Al principio de algo accedes a cualquier cosa con tal de ganarte a la persona. Todo el mundo lo hace.

—No me digas...

—Sí. Claro. Todo el mundo. —Él se puso muy a la defensiva—. Lo entiendo, te sientes humillada…

Era mucho peor que eso.

—Estoy preguntándome con quién me casé.

Él gruñó.

—Ay, Nell. No te lo tomes a la tremenda. No tiene importancia.

—Para mí sí.

—En serio, no te pongas así, joder. Tú estás por encima de eso. ¿Todavía quieres que te acompañe?

—¿Estás loco? Eso sería lo peor.

—Nena, la he cagado. Pero no he hecho nada que cualquier otro ser humano sobre la faz de la tierra no haya hecho en un momento dado. Podrías mirarlo desde otra perspectiva.

—¿Y qué perspectiva es esa?

—Que a pesar de que te apasiona algo que yo no entiendo, algo que en realidad no soporto, sigo queriéndote.

—¡No! De eso nada. Ni se te ocurra decir algo así en tu vida. Yo no te mentí sobre quien soy.

—Yo tampoco te mentí. Solo… Nell, dejémoslo. Venga, vamos a la piscina.

—Ve tú. Yo bajaré dentro de un rato. Necesito… asimilar las cosas.

—Se te pasará —dijo él.

Probablemente. Pero ¿cuántos descubrimientos más tendría que hacer sobre él? ¿Aquello era así para todo el mundo? ¿A eso se referían cuando decían que el matrimonio era duro? ¿Una decepción y un palo detrás de otro?

—¿Ferdia? ¿Estás ahí? ¿Puedo usar tu wifi?

Él abrió la puerta. Estaba comiéndose una manzana.

—Claro. Sube —dijo con la boca llena—. ¿Estás bien? Me he enterado de la movida con lo de la galería de arte.

—Genial. Es que estoy buscando un hotel barato en Florencia para esta noche. Mi entrada de los Uffizi es para las diez menos cuarto de la mañana; en el autobús de la mañana no llego a tiempo. Así que me iré esta tarde, pasaré la noche allí y, paf, estaré allí mismo cuando me despierte. Lo que pasa es que todo está completo.

—Finales de agosto —dijo él—. A tope de turistas. ¿Por qué no vas en coche? Solo se tarda una hora.

Ella vaciló.

—No me juzgues, pero me pone nerviosa la idea de entrar en Florencia conduciendo. Aquí hay locos sueltos en las carreteras y tienen un montón de reglamentos. Se necesita un permiso para acceder al centro de Florencia y me veo incapaz yo sola.

—Te acompañaré.

Otro cretino. En serio, ¿a quién había tratado injustamente en una vida anterior para merecer aquella retahíla de cretinos?

—Me gustaría ver «arte». Sammie me dijo que era un inculto. También hay un museo de Da Vinci, con algunos de los artilugios que diseñó. Eso estaría guay. ¡Hey! —Ferdia se adelantó a sus objeciones—. No lo digo por cumplir. Me apetece ir; sobra una entrada, así que, vamos. Incluso puedo conducir yo.

—No sé... Será mejor que hable con Jessie.

—Tengo veintiún años, casi veintidós. No soy un niñato, Nell. Si vamos a «hablar» con mi madre, ¿no deberías tú «hablar» con tu marido?

Ella se rio entre dientes y puso los ojos en blanco.

—En serio, necesito contar con el visto bueno de Jessie.

—Entonces yo quiero contar con el visto bueno de Liam. —Se puso a caminar en plan gallito, con las caderas adelantadas, y dijo con voz grave y chistosa—: «Eh, Liam, en vista de que eres un gilipollas egoísta con tu mujer, supongo que no te importará que la lleve allí en coche». Ja, ja, sería un puntazo.

—No te cae bien, ¿verdad?

—Nell, me cae como una patada en los huevos.

A ella le pasó un pensamiento por la cabeza.

—¡Ay, Ferdia, no! ¿Estás haciendo esto para vengarte por lo de Sammie?

—Para nada. Tengo ganas de visitar la galería porque tengo ganas de visitar la galería. Sin dobles intenciones.

Ella estaba recelosa.

—A lo mejor te aburres. No quiero tener que parar en mitad de la visita porque te has hartado.

—Si me aburro, me marcharé. ¡Tenemos teléfono! Pasearé sin rumbo por las calles de Florencia, como en una película.

—Lo mismo conoces a una chica que se marcha de Florencia en el tren de las cinco. Podrías enamorarte por un día.

—Me encantaría. Pero el caso es que puedes quedarte en la galería hasta que te pongan de patitas en la calle. ¿Vale?

Nell aún estaba dudosa.

—Necesito hablar con Jessie sobre el coche. No creo que el seguro de nuestro coche te cubra, así que tendrías que pedirle prestado el suyo a Jessie.

—Vale, vamos allá. —Con un ademán pomposo la dejó pasar hacia la puerta—. *Andiamo.*

—Si lo que te preocupa es ponerte al volante, podríamos conseguirte un coche con conductor —le dijo Jessie a Nell—. Es probable que Doy Yuyu pueda arreglarlo.

—Yo sería incapaz de negociar. No sabría qué decirle al hombre. Es que no podría.

—Vale. Que te lleve Ferdia. Pero, Ferdia —dijo Jessie con gesto adusto—, a la media hora de haber entrado no puedes cambiar de opinión y ponerte a dar la tabarra con que te aburres.

Nell intuía que iba a tomárselo a mal, pero él se limitó a decir:

—Igual Nell podría llevar libros para colorear y lápices de colores para mí.

Fue algo tan inesperado que Nell soltó una carcajada.

—Entonces, ¿decidido? —preguntó él—. Bueno, voy a que Vinnie me haga ahogadillas.

Jessie agarró a Nell del brazo hasta que él se alejó y luego le dijo por lo bajini:

—Averigua qué pasó entre él y Barty, ¿vale? Buena chica.

Cara estaba de pie junto al fregadero de mármol, lavando hojas de lechuga para el almuerzo, cuando apareció Johnny.

—¿Qué tal? —preguntó ella.

Él parecía incómodo.

—Fenomenal.

—¿Estás bien?

—Mira. Quiero pedirte disculpas. Te hemos exigido mucho

Jessie y yo. Lo de llevar nuestras cuentas y eso. Si todo el estrés te ha sobrepasado, ya me entiendes...

Ella confiaba en que se le presentara la ocasión de librarse del compromiso. Tras tomar aliento, dijo:

—¿Os importaría que dejase de llevaros las cuentas mensuales? Me siento un tanto... incómoda. Por estar al tanto de todos vuestros asuntos financieros.

—Claro que no. Estupendo. Por supuesto. —Johnny parecía violento—. Perdona por...

Ella le posó una mano en el brazo.

—No magnifiquemos las cosas. De todas formas —hizo un esfuerzo por sonreír— nunca os molestáis en echarles un vistazo, vaya par.

—Pero sabíamos que si nos encontráramos en un apuro tremendo nos avisarías. Bueno, respecto a lo de Airbnb, ¿podrías echarme un cable para aprender a gestionarlo?

—No tengo inconveniente en seguir ocupándome de eso. Casi funciona solo. Hassan se encarga de las tareas pesadas. Lo único que yo hago es echar un ojo de vez en cuando.

—Bueno, eso sería estupendo, pero si en algún momento te agobias, no tienes más que...

—Lo haré. Lo prometo.

Tras un silencio incómodo, él soltó:

—Va de fábula, ¿a que sí? El apartamento. —Parecía tan orgulloso que ella no tuvo más remedio que reírse.

—Sí. Hay reservas prácticamente hasta octubre.

—¡Noviembre! —corrigió él—. Lo he comprobado hoy. Apenas queda un día libre hasta entonces.

—Enhorabuena.

—Actualizo el calendario cada dos por tres para contemplarlo —comentó él—. Me siento tan... ¿Reconocido sería la palabra? Al leer las reseñas positivas, me siento, sí, reconfortado por dentro. Cuando dicen que la ubicación es magnífica, pienso en la buena jugada que hice al comprarlo hace tantos años. Me siento como un negociante con olfato. Entonces, todo arreglado, ¿no? Gracias, Cara, gracias. —Deshaciéndose en sonrisas, salió de la cocina.

Ella continuó lavando la lechuga con manos ligeramente temblorosas. «Ha ido bien», pensó. Había sido valiente.

«Pero pobre Johnny.»

Y a renglón seguido: «¿Qué tiene previsto hacer con todo ese dinero?».

Poco después entró Jessie, que dejó caer su anticuada cesta de la compra sobre la encimera.

—¿Sabes qué tienen en el colmado de Fausto, en el pueblo? —exclamó.

—¿Qué?

—¡Una mierda! ¡Una auténtica mierda! —Jessie echó un vistazo a su alrededor con inquietud—. ¿Hay algún bichito por aquí?

—¿Yo soy un bichito? —Tom asomó de pronto de la despensa, donde había estado escondido, leyendo.

—Por supuesto que sí. —Jessie le plantó tres rápidos besotes en la cabeza—. Pero tú no juzgas.

—Solo es una palabra —dijo Tom—. La que empieza por «M». No tiene valor moral en sí misma. Lo dice papá.

—Eso es genial —admitió Cara enseguida—. Pero, aun así, no puedes decirla.

—No digo que la tienda de Fausto no sea bonita —prosiguió Jessie en tono soñador—. Es como un plató de cine: sacos de papel amarillo pálido de harina de sémola, latas polvorientas de puré de castañas, tropecientos mil tarros de limón en conserva... Pero ¿una caja de Krispies de arroz inflado? Ni pensarlo. Me las he apañado para traer pan, vino y helado, los principales grupos alimentarios. Pero habrá que acercarse al supermercado grande de la carretera de circunvalación de Lucca. Nos apañaremos muy bien con pan y queso para hoy a mediodía. ¿Y ensalada del huerto?

—Y para cenar, las pizzas.

Llevaban allí menos de veinticuatro horas pero ya se había creado una rutina relajada: desayuno tarde y, después, un rato en la piscina. Almuerzo ligero, otro rato tomando el sol, siesta y luego cena, generalmente en el pueblo.

—Mañana iré yo al supermercado grande —dijo Cara.

—Qué encanto.

71

En su habitación, mientras Cara marcaba el número de Peggy, le vino a la memoria la mañana en que se registró en St. David.

—¿Fecha de nacimiento? —le preguntó la encargada de admisiones y, al abrirse la puerta del despacho, dejó de teclear y levantó la vista.

Un hombre con camisa y corbata entró con aire aturullado.

—Peggy quiere sus cartas.

—Esas. —Ella apuntó con un bolígrafo hacia un montón de papeles.

—Gracias. —El hombre cogió un puñado de hojas y se marchó a toda prisa.

—Perdón. Repítame la fecha.

Cuando registró todos los datos de Cara, la encargada de admisiones pulsó un interfono y dijo:

—¿Puede venir alguien a por una para Peggy?

Seguidamente, a Cara:

—Está con Peggy.

—¿Quién es Peggy?

Ella parecía sorprendida.

—Peggy Kennedy. Su terapeuta.

A juzgar por cómo la nombró, Peggy era importante.

Apareció una vigilante de seguridad.

—Vengo a por una para Peggy.

Condujeron a Cara a través de pasillos de linóleo brillante, cruzando puertas dobles y más puertas dobles, de camino hacia el despacho de la tal Peggy. El hospital tenía un aspecto limpio y bien cuidado, pero era antiguo y austero. «Ahora mismo debería estar en el trabajo. En vez de eso, entro como paciente en un hospital psiquiátrico.»

No podía creerlo.

—Da la impresión de que Peggy impone a todo el mundo —dijo a la vigilante de seguridad.

Esperaba, como mínimo, arrancarle una sonrisa. Pero la mujer dijo con sequedad:

—Es muy respetada.

Cara se sonrojó, avergonzada. Solo había tratado de entablar una charla trivial.

—Ya estamos aquí. —La vigilante condujo a Cara al interior de una pequeña sala y se marchó de inmediato.

Cara se sentó en uno de los dos sillones. Aparte de una mesita auxiliar, la sala no albergaba nada más. «¿Qué hago aquí? ¿Qué se ha torcido en mi vida? ¿Cómo podría haber evitado esto?»

Entró una mujer bajita y de pelo rizado, de cincuenta años largos, vestida con una falda de trapecio y una blusa rosa palo. El tipo de mujer que era como una muñequita.

—Peggy Kennedy. —Alargó la mano y le dio un rápido y enérgico apretón—. ¿Es Cara Casey? ¿Qué la trae por aquí?

—¿No se lo han dicho?

—Preferiría oírlo de su boca.

Ah. Bien.

—Pues... el viernes por la noche, sufrí un leve ataque con convulsiones. Pareció mucho peor de lo que en realidad fue. Solo fue un poco desafortunado. Pero mi marido se alarmó, y aquí estoy. —Hizo una pausa—. Me da la sensación de que todo es un poco kafkiano, la verdad...

Peggy la observaba inexpresiva.

—O sea, como si me hubieran encarcelado por algo que no he hecho.

—Sé lo que significa kafkiano. Hábleme de su bulimia.

Cara reconsideró su impresión sobre Peggy. No era una muñequita. Ni por asomo.

—En realidad no era bulimia. No fue más que algo temporal y ya lo he superado. No era consciente de que la gente estaba tan preocupada por mí.

—¿Y? ¿Miedo a la comida? ¿Obsesión por la comida? ¿Detesta su talla? ¿Atracones cuando está enfadada, ansiosa, estresada o se siente sola? ¿Come a escondidas? ¿Una vez que empieza a tomar azúcar no puede parar? ¿Remordimiento después de los atracones? ¿Promesas a sí misma de que comerá con normalidad? ¿Qué le parece eso?

Con actitud desafiante, Cara dijo:

—Apenas conozco a ninguna mujer que tenga una relación normal con la comida o con su cuerpo.

—Pero no todas las mujeres sufren un ataque convulsivo a consecuencia de su trastorno alimentario.

—Sí, pero en realidad no fue un…

—Podría. Haber. Muerto —sentenció Peggy.

—No es posible.

—Sí. Y todavía es posible, si continúa así.

—Lo he superado.

—Sin ayuda profesional, recaerá. —Peggy alzó la palma de la mano—. No me diga que puede controlarlo. No puede. Sé mucho más de esto que usted. Ahora está pensando que se conoce a sí misma mejor que yo. Una vez más, se equivoca.

A Cara le dio un escalofrío. La seguridad de Peggy resultaba preocupante. ¿Y si estaba en lo cierto?

Pero seguramente no fuera el caso.

Todos los días laborables de las siguientes cuatro semanas, Cara se reunió con Peggy durante una hora y esta desbarató de un plumazo cada una de sus ideas preconcebidas.

Cuando Cara dijo: «Para mí el trastorno alimentario es sinónimo de anorexia», Peggy repuso: «Comer muchos más alimentos de lo que su cuerpo puede digerir y después provocarse el vómito es un trastorno alimentario».

Cuando Cara dijo: «Yo comía demasiado porque soy una vaca sin control sobre mí misma», Peggy afirmó: «Tiene una enfermedad. Se convirtió en adicta a la dopamina que su cerebro producía cada vez que se excedía comiendo. Es exactamente lo mismo que la adicción a las drogas».

Cuando Cara dijo: «¿Los trastornos alimentarios no se producen debido a los traumas?», Peggy fue rotunda: «No necesariamente».

Peggy era dogmática y tajante. No era que careciera de empatía, pero no se andaba con miramientos.

Además de su sesión individual diaria con Peggy, Cara asistió a sesiones con un dietista que se dedicó a desmontar todas sus férreas creencias acerca de la comida: que los hidratos de carbono eran obra del diablo, que saltarse el desayuno era una idea estupenda. Le mostró vídeos sobre cómo funcionaban los ciclos de ansiedad, cómo la fuerza de voluntad no servía de nada. Aprendió sobre los cambios químicos que se producen en el cerebro humano cuando una gran cantidad de alimentos entraban en el sistema digestivo. Le dijo que atiborrar su cuerpo de comida que no necesitaba y que no podía digerir era un acto de odio hacia sí misma.

Las sesiones con una especialista en terapia cognitiva conductual le proporcionaron maneras más saludables de gestionar su estrés y ansiedad.

Cada día de ese mes se saturó de tal cantidad de información que acababa demasiado cansada para aguantar todas las partes que en su opinión no le afectaban.

Al cabo de cinco semanas, Peggy seguía sin caerle bien, pero confiaba en ella. Peggy quería que «se pusiera bien».

No obstante, era cierto que Cara aún se mostraba reacia a creer realmente que no estaba «bien».

72

Nell se ventiló un expreso triple en la silenciosa cocina. No había nadie más levantado, ni siquiera Jessie.

Fuera, la neblina color pomelo flotaba, cual gasa, en el aire. El sol, apenas despuntando, ya empezaba a templar la tierra. Ferdia, vestido con unos pantalones cargo y una camisa arrugada a la que le faltaban la mitad de los botones, esperaba junto al coche.

—¿Todo bien?

—Sí.

—¿Pongo música?

—Demasiado temprano.

Durante unos cuarenta minutos, recorrieron carreteras desiertas. Nell iba apoyada contra la ventanilla, anonadada por tanta belleza, contemplando cómo los bordes difusos del mundo ardían al calor del sol.

Apenas sin darse cuenta, llegaron a la insospechadamente espantosa periferia de Florencia. El tráfico se ralentizó hasta casi detenerse.

—No te preocupes —dijo Ferdia, las primeras palabras que cruzaron—. Llegaremos a tiempo.

—Vale. —Tal vez fuera así. De todas formas, ¿qué podía hacer ella?

—Cuando lleguemos a la galería —dijo él—, empezaremos por la última planta, que es donde está lo más chulo, y luego iremos bajando. ¿Vale?

Ella sonrió. Estaba claro que él también había consultado TripAdvisor.

—Cada vez que veas un baño, entra. Hay pocos y están muy lejos unos de otros.

—¿Y si no necesito ir?

Él esbozó una sonrisa maliciosa.

—Prueba de todas formas. No podemos entrar comida ni bebida. Tengo barritas de proteínas que deberíamos comernos antes de empezar.

—Te has documentado.

—La noche en vela, aprovechando al máximo mi wifi de alta calidad.

Conforme avanzaban por el centro de Florencia, recorriendo sinuosas calles cada vez más estrechas, el tráfico se convirtió en una pesadilla de voces y pitidos. Se disputaban con agresividad cada centímetro de la calzada. Ferdia hacía lo posible por disimular su ansiedad, pero estaba tan pálido y agarraba el volante con tanta tensión que ella pensó que los huesos iban a desgarrarle la piel.

Un coche que salía de una bocacalle avanzó despacio y le bloqueó el paso, con el parachoques casi rozando el suyo. Nell se encogió, a la espera de algún tipo de enfrentamiento, pero Ferdia se contuvo y se echó a reír.

—Adelante, si tanto significa para ti.

A ella, aliviada, se le relajaron los hombros. Poco después bajaron por una cuesta hasta un aparcamiento subterráneo.

—¿Ya estamos aquí? Uau.

—¿Ves? —dijo Ferdia—. Conducir no es ningún incordio.

—Estos italianos son aterradores. Yo habría sido incapaz de conducir por el último tramo.

—Yo no estaba asustado. —Se echó a reír—. Salvo cuando lo estaba.

—Porque eres joven. Los jóvenes no tienen miedo.

—Qué va. Es que tú estás acostumbrada a conducir con un hombre mayor. ¡Un hombre mayor que es un gilipollas!

Ella esbozó un amago de sonrisa.

—Ferdia... —dijo por fin—: Liam es mi marido. Está pasando un mal trago con sus hijas. Me consta que no os lleváis bien, pero ¿podemos dejarlo?

—¿Le has perdonado que se olvidara de lo de hoy?

—Sí.

Era complicado, pero ya no culpaba a Liam. La culpa era de sus propias expectativas insostenibles.

—Vale —convino él—. No volveré a decir nada.

—¿Estás mosqueado conmigo?

—No. —Él parecía sorprendido—. ¿Por qué iba a estarlo?

—... La gente piensa que es una imitación porque su belleza es muy moderna. Los cánones de belleza eran diferentes en el siglo xv...

—... Caravaggio pintaba a personas de estratos marginales. Utilizó a una trabajadora sexual como modelo para pintar a la Virgen María, y a su mecenas le dio un patatús...

—... A simple vista, es una pintura que conmemora una gran batalla, pero ¿ves hacia dónde apuntan las lanzas? A una escena de caza. No se libró ninguna batalla, fue un engaño y este cuadro lo demuestra. El arte es política.

Conforme recorrían las salas, Nell analizaba docenas de cuadros para Ferdia.

—¿Estoy hablando demasiado? —preguntó.

—¡No! Estoy disfrutando. A lo mejor no de la misma manera que tú. La frase de Dilly, «estás extasiada», ¿no? Pero es interesante.

—¿Seguro? Genial. Oh, Dios mío, *La primavera.* Una obra famosísima de Botticelli. Fíjate en las flores, ¿a que casi se pueden oler? En este cuadro hay quinientos tipos de plantas diferentes. Los botánicos vienen a estudiar especies que se han extinguido. A Ed podría interesarle.

—A Ed le interesa todo.

Al entrar en la siguiente sala, Ferdia señaló con la cabeza un grupo de gente arremolinada junto a un cuadro.

—¿Qué es eso?

—Oh. —Ella respiró hondo—. *El nacimiento de Venus*, de Botticelli.

—¡Hasta a mí me suena! —Él se acercó para verlo mejor—. Ella se te da un aire.

«¡¿Qué dice?!»

—No me refería al... tema de que va en bolas —aclaró Ferdia—. Me refería... —¿A qué se refería?—. Al pelo. Su pelo me recuerda al tuyo.

—Vaaale. —Su expresión era recelosa.

—Y, por supuesto, a la gigantesca caracola que hay bajo sus pies.

—Ja, ja. Genial. —Todo fluyó de nuevo—. ¿Seguimos? Ah, qué guay, aquí está Tiziano. ¿Ves este? Algún ricachón encargó este de su mujer y…

—… el mismo perro que en el cuadro anterior. Así que es la misma mujer…

—… ¿Ves la diferencia con la paleta de Miguel Ángel, mucho más llamativa que la de Botticelli? Revolucionó el color… ¿Seguro que no estoy hablando demasiado?

—Deja de preguntármelo —pidió él—. Si me harto, te esperaré en la cafetería. Dale.

—… Caravaggio pintaba a personas que realmente parecían personas. Él no adulaba a sus modelos…

El torrente de información cesó de pronto. Nell dijo en tono temeroso:

—En la siguiente sala está *La cabeza de Medusa* de Caravaggio. Me encanta desde los quince años, ahora mismo estoy tan emocionada que no puedo ni… —Respiró hondo—. Vale, vamos allá.

Él la siguió hacia un cuadro circular protegido por una vitrina de cristal. Nell se detuvo delante y permaneció en silencio durante un minuto entero.

—Cuéntame —pidió él.

—La emoción. El horror que reflejan sus ojos. Él, o puede que ella, acaba de ser consciente de que está muriéndose. Pensaba que era invencible. ¿Lo sientes?

De hecho, sí.

—Pobre canalla.

—Sí, pero iba por la vida convirtiendo a la gente en piedra.

—¡Acaban de cortarle la cabeza!

—Ja, ja, ja. Vale. —Ella siguió contemplándolo embelesada—. El realismo de las serpientes. De unos cuatrocientos años de antigüedad…

—Vale —concluyó Nell—. Listo. Vamos a comer algo.

En un café de las inmediaciones, Ferdia preguntó:

—¿Te lo has pasado bien?

—¡Oh, Dios mío! —exclamó ella—. Me ha encantado.

Habría preferido estar allí con Liam. Nunca más volvería a pasar un día en un museo de arte con él. Eso ya había quedado relegado al pasado. Pero la belleza la ayudó a sanar la herida.

—Bueno, ¿qué es lo siguiente? —preguntó Ferdia—. ¿El museo de Da Vinci?

—Si veo más arte, los ojos me estallarán. Venga, vamos a despejarnos caminando, a ver Florencia.

Fuera, en la soleada y concurrida calle, un hombre tocaba el acordeón. Al cabo de unos instantes, Nell identificó el tema de *El padrino* y le llegó al alma. Ferdia y ella intercambiaron una mirada rápida. Era evidente que estaban pensando lo mismo: que Florencia era un decorado; que a ese hombre lo había contratado la Oficina de Turismo de la Toscana.

—Ese hombre parece… —empezó Ferdia.

—Ya.

—Pero fíjate en todas esas estatuas.

En la calle, colocadas sobre plintos, se alzaban varias esculturas.

Ferdia se detuvo delante de un desnudo masculino de mármol blanco.

—¿Esta es la estatua del *David*?

—Una reproducción —dijo Nell—; pero, efectivamente, es él.

Examinaron la estatua. Nell miró a Ferdia con descaro. Al hilo del comentario previo de este, dijo:

—Se te parece.

—¿Ah, sí? ¿Porque va en bolas? Ah, es por el pelo, ¿a que sí?

—Y por el gigantesco pegote de mármol pegado al pie.

—Diría que le pusieron rulos ahí abajo.

—Y —Nell observaba los pequeños genitales— yo diría que hacía frío el día que lo esculpieron.

A continuación, avergonzada, añadió:

—Vamos.

Echaron a andar, alejándose del centro, sin rumbo fijo, pasando por delante de edificios de siete plantas con todas las tonalidades de amarillo, desde canario hasta pajizo, vagando por callejas peatonales.

73

Johnny y Ed intercambiaron una mirada. «Por lo que más quieras, no te rías.» Pero costaba no hacerlo. Liam llevaba marcando el ritmo toda la mañana. Ed había demostrado estar a la altura, pero Johnny los había seguido muy rezagado, jadeando y maldiciendo cada segundo.

Luego, a unos diez kilómetros de la casa, Liam soltó un alarido, derrapó hasta parar en seco y dijo que se había hecho daño en la espalda. Lo ayudaron a llegar a la sombra de un árbol, tenía el rostro crispado de dolor y no hacía más que soltar improperios. Johnny se tiró al suelo junto a su hermano.

—Puede que no sea capaz de volver a levantarme —masculló Liam.

—Al menos puedes curarte tú mismo —señaló Ed al tiempo que repartía botellines de agua—. Con tus potingues para masajes.

—¡No, joder! ¿Cómo iba a alcanzar? ¿Cómo es posible que me haya pasado esto por las buenas? ¡No estaba haciendo nada raro con la espalda!

—Cosas de la vida —dijo Ed—. Intentas proteger tu vida de cualquier peligro, pero el desencadenante del problema es algo que ni se te pasaría por la cabeza.

—¿Qué quieres decir? —preguntó Johnny con inquietud.

—Pues eso. A mí me preocupaba el dinero, el ausentarme para el trabajo de campo, el hecho de que Vinnie fuera un pelín salvaje. Creía que cualquiera de esas cosas podía poner nuestra vida patas arriba. Pero ¿que Cara sufriese un ataque convulsivo debido a un trastorno alimentario? Eso me cogió desprevenido por completo.

—Pensaba que estábamos hablando de mi espalda —protestó Liam—. ¿Cómo hemos acabado hablando de ti, Ed?

—Cara está recibiendo ayuda —dijo Johnny—. Le irá bien.

—Mira lo de tu amigo... ¿Andrew? —preguntó Ed a Johnny—. ¿Su mujer no es alcohólica?

—¿Grace? Sí... —No era de extrañar que Johnny se mostrara cauteloso: aquella no era una historia con final feliz.

Andrew se había portado —todo el mundo coincidía en esto— muy bien con Grace. Él era el que llamaba por teléfono por la mañana, para pedir disculpas en nombre de Grace, cuando ella había montado un numerito borracha la noche anterior. Para mitigar la necesidad que tenía de beber como una cosaca, se la había llevado de vacaciones, había contratado más cuidadoras para los niños e intentado eliminar el estrés de su vida.

Tras años de intentos fallidos de controlar la situación, Andrew la había abandonado.

Después, ella dejó la bebida.

Andrew no volvió. Ella no volvió a beber.

—Moraleja de la historia: él le infundió fortaleza —concluyó Ed—. El segundo de mis mayores temores es que Cara no se atenga a esto. Si vuelve a las andadas, dudo que yo sea capaz de seguir con ella.

—Pero ¡si no está bien! —Johnny estaba horrorizado—. ¡No puedes abandonar a una persona que no está bien!

—Si me quedara, ella pensaría que su comportamiento no tiene consecuencias. Probablemente seguiría haciéndolo.

—¿Cuál es tu mayor temor? —preguntó Liam.

—Que se muera.

—Pues sí —dijo Liam—. Podría pasar.

—Pero no será el caso —se apresuró a decir Johnny—. A menudo las cosas empeoran antes de mejorar. Pero piensa en positivo, como haces siempre.

La gente solía decir que Ed era una persona positiva, pero en aquel momento andaba corto de esperanza.

A última hora de la mañana, en la villa se respiraba tranquilidad. Johnny, Ed y Liam se encontraban en su descabellada ruta en bicicleta; Nell y Ferdia, en Florencia; Saoirse y Robyn, pasando el día en un spa; y Cara, Vinnie y Tom habían ido al supermercado grande del «verdadero pueblo», a nueve kilómetros de distancia.

—¿Mamá? —Jessie iba de camino a la piscina cuando Dilly, que se hallaba enfrascada en una conversación con TJ y Bridey, la llamó para que se acercara—. ¿Violet y Lenore siguen siendo nuestras primas?

—Por supuesto, cariño.

—¿Podemos llamarlas por FaceTime? ¿Ahora?

Jessie no vio inconveniente. Debía reconocer que le había dolido que las dos niñas no hubieran ido a Italia, pero ella y Paige siempre se habían llevado bien. Después de que Liam y ella se separaran, Jessie deseó conservar la amistad, pero Liam le pidió que no lo hiciera. («Me siento aún más fracasado por el hecho de que ella sea agradable contigo pero no conmigo», le dijo.)

Aquello le había resultado duro. Pero, por lealtad a Liam, había mantenido las distancias.

Pero ese caso era diferente: atañía a las niñas. La relación entre ellas era importante.

—Violet y Lenore están de campamento esta semana —les recordó a Dilly y TJ—. A lo mejor no están en casa.

—¿Podemos probar?

¿Qué hora era en Atlanta?

—Las siete y treinta y nueve de la mañana. —Bridey le leyó el pensamiento.

—Vale. —Jessie había tomado la decisión—. Le mandaré un mensaje a Paige a ver qué dice.

En cuestión de segundos sonó el pitido del mensaje de respuesta de Paige: «¡Claro!».

—¡Vale! —exclamó Jessie—. Listo.

Fueron a la habitación de Ferdia y marcaron el número.

Acto seguido aparecieron Violet, Lenore y Paige, sus rostros sonrientes ocupaban toda la pantalla. Estalló un guirigay de conversaciones, todo el mundo hablaba a la vez.

—¿Por qué no habéis venido a Italia? —preguntó Bridey en tono de reproche.

—¡TJ! —exclamó Violet—. ¿Sigues llevando ropa de niño? ¡Porque yo también!

—¡Qué dices!

—¡Lenore, tengo un unicornio Squishy! —Dilly lo movió delante de la pantalla—. ¡Podría comprarte el Cupcake One con el dinero para mis vacaciones!

—¡Dilly, ya tengo el Cupcake One! —dijo Lenore a voz en grito.

A Jessie la embargó una dolorosa mezcla de cariño y tristeza. Era lo que sucedía cuando la gente se separaba, pero el vínculo entre las niñas seguía existiendo.

—Jessie. —Paige sonrió de oreja a oreja—. Qué sorpresa. ¿Todo bien?

—Fenomenal. Es que os echábamos de menos, chicas. Cuánto siento que no pudiéramos cuadrar las fechas de Italia, pero, y lo mismo con esto me meto donde no debo, ¿qué te parecería que las niñas vinieran a Irlanda para Halloween?

—¿Perdón?

Oh, Dios, los límites. Recula, recula.

—Perdona, Paige. Solo era una idea. Para que las niñas pudieran ver a sus primas. Pero no es asunto mío. Lo siento.

—Jessie. —Paige intentó hacerse oír por encima del griterío—. ¡Jessie! Jessie. Tenemos que colgar ya. Me alegro de haber hablado con todas vosotras. Decid adiós, niñas.

Se cortó la conexión.

—¿Qué? ¡No! ¡Un momento! —Bridey, TJ y Dilly se quedaron desconcertadas—. ¿Qué ha pasado? Mamá, ¿qué ha pasado? ¡Vuelve a llamarlas!

—Tenían que irse. —Jessie trató de encontrar las palabras adecuadas para restaurar la calma—. Solo disponían de unos minutos antes de irse al campamento.

—¿Cómo lo sabes? —preguntó Bridey con patente recelo—. Enséñame el mensaje.

—No lo dice expresamente, pero son cosas de mayores. Estaba implícito.

TJ rompió a llorar a moco tendido.

—Oh, bichito. —Jessie la cogió en brazos.

—¡Ya no quieren ser nuestras amigas!

—¡Sí, claro que sí! Lo que pasa es que estaban ocupadas.

Jessie no tenía la menor idea de lo que acababa de suceder. ¿Se había pasado de la raya al proponer el viaje para Halloween? Seguramente sí. Era probable que ya tuvieran planes. «Yo y mi manía de entrometerme, de friki del control.»

En cuanto tuviera un poco de privacidad, pediría disculpas a Paige, trataría de arreglar aquella tremenda metedura de pata. Si despachaba a los bichitos a la piscina… ¿Qué había sido eso? Había vislumbrado algo o a alguien entre los árboles. A continuación lo vio con toda nitidez: un hombre vestido de oscuro.

—Dios santo. —Notó que se ponía pálida—. Es Doy Yuyu.

—¿Qué?

—Giacomo. Viene por el camino. —Masculló entre dientes—: Como le preocupaba que estuviéramos demasiado relajados, ha venido a recordarnos lo que se siente al tener miedo. —No era de extrañar que Giacomo fuera de visita en aquel momento, cuando Johnny se encontraba sudando la gota gorda a muchos kilómetros de distancia.

—Qué miedo da —comentó Dilly.

—¡Y que lo digas! —Inmediatamente añadió—: Bah, no. —No podía asustar a los bichitos—. Él es así. Pero hagáis lo que hagáis, peques, no os quejéis del wifi.

—¿Qué podría pasar?

—Más nos vale no averiguarlo. Bridey, ve a por la botella de Baileys; está arriba, en mi cuarto.

Ella volvió a mirar. Por Dios, casi lo tenían encima. ¿Cómo lo hacía? Daba la impresión de que se desplazaba de un punto a otro a la velocidad del rayo, pero ella en realidad nunca lo veía moverse.

Apostada en la puerta, con las niñas en fila detrás de ella en el oscuro vestíbulo, se planteó si el descuento en el alquiler compensaba aquello.

—¡Je, je, je…! ¡Giacomo, menuda sorpresa! *Entrez-vous, venite.* —O como fuera la dichosa palabra.

—*Buon giorno, bella signora* Jessie. —Con cara de póquer, le hizo una inclinación de cabeza, le tendió la botella de grapa que a ella ya le daba pavor y la saludó con dos besos.

Él subió los escalones hasta el umbral, se quitó la boina negra y bajó la vista hacia las niñas.

—*Le piccole signorine.* Je, je, je. —Les sonrió con una mueca.

—*Buon giorno, signor Giacomo* —saludó Bridey—. Estamos pasando unas bonitas vacaciones en su casa.

—El wifi funciona muy bien —soltó TJ.

—Aaaaah. —Giacomo la observó con frialdad—. *Bella ragazza.* Je, je, je. —Le dio un tirón de orejas y ella miró a Jessie con cara de espanto.

—Buenas chicas —felicitó Jessie con un gallo—. Hala, a la piscina. No os ahoguéis. —Dirigiéndose a Giacomo, dijo—: Adelante. Siéntese. Aunque la villa es suya, puede sentarse donde desee, ja, ja, ja. ¿Le apetece tomar algo?

Cuando Cara volvió del supermercado, Jessie estaba tumbada en el sofá.

—Me han giacomizado —dijo Jessie en tono apagado.

—¿Cómo se las ha ingeniado para venir cuando no había más adultos aquí?

—Su red de espías… —Jessie gimió—. Cara, estoy pedo. No he tenido más remedio que tomarme tres vasos de grapa, que estaba repugnante. La cabeza me da vueltas y tengo los músculos doloridos por el miedo.

Una cuchillada de culpa —otra más— sesgó el alma de Cara, creando una incisión en la malla de recientes heridas en carne viva.

—La de cosas que haces por nosotros —dijo—. No pienses que no te estamos agradecidos.

Si no fuera porque la pobre Jessie había aguantado que Doy Yuyu la incordiara con tal de conseguir un descuento en las vacaciones para todos ellos, existían infinidad de razones más para que Cara se sintiera culpable.

Una de las que más le pesaba era todo el perjuicio económico que había ocasionado con su drama alimentario. Para su gran alivio, el Ardglass había continuado pagándole en el transcurso del tiempo que había estado «enferma». Pero Ed había contratado a Scott para que lo sustituyera durante dos semanas con el fin de poder atenderla, renunciando al sueldo de medio mes.

Aunque lo peor era el coste de su tratamiento. Su seguro médico correría con alrededor de la mitad de los gastos, pero el resto tendrían que sufragarlo ellos mismos. Además, tenía previsto ver a Peggy una vez a la semana durante el año siguiente, y eso tendría que costeárselo de su propio bolsillo. Lo que habría dado por que nada de aquello ocurriera…

74

A media tarde, Ferdia y Nell se compraron un *gelato*, se lo tomaron a la sombra en un parque y colgaron tropecientas fotos en Instagram. Después, Nell se tumbó bajo un árbol, con la cabeza apoyada en su bolso.

—Bueno, voy a cerrar los ojos unos minutos. —Segundos después se quedó dormida.

Cuando se despertó, las sombras se habían alargado.

—¿Qué hora es?

—Las siete menos veinte.

—¡Perdón! —Había dormido durante demasiado tiempo—. Deberíamos ponernos en marcha. ¿Tenemos agua?

Cuando Ferdia le pasó una botella, ella reparó en unas palabras tatuadas en la cara interna de su antebrazo.

—¿Qué es eso?

—Dice: «Te debo una pastilla roja. Con cariño, papá». Esa nota me la escribió mi padre unos días antes de fallecer. El tatuador copió su letra.

—¿Le diste la golosina que más te gustaba? Y él prometió devolvértela. ¡Qué bonito! ¿Cómo era él? —Se interrumpió—. Perdona, todavía no estoy espabilada del todo. Es demasiado personal.

—Qué va. No pasa nada. O sea, la verdad es que no lo recuerdo. Solo cosas de pequeño; era corpulento y tranquilo. pero también era estricto, mucho más estricto que Jessie. No irascible o gritón, pero cuando decía no, yo sabía que no había vuelta de hoja. —Se encogió de hombros—. Si siguiera vivo, puede que nos llevásemos a matar.

—O puede que no. Tenías seis años cuando murió, ¿no? ¿Entendiste lo que ocurrió?

—La verdad es que no. Un día se fue a trabajar como si tal cosa y jamás regresó a casa. Mi madre, mi abuelo y todo el mundo no paraban de decirme que estaba en el cielo, pero durante muchísimo tiempo yo creí que regresaría. Entonces, un día como otro cualquiera, lo entendí. Él no iba a regresar jamás. Fue... Fue un shock. Me sentí como un tren fuera de control.

—Oh, Dios...

—Durante una temporada me negué a ir al colegio, y entonces mi madre me dijo que tendría que repetir curso. Como yo no quería ser el pobre niño triste huérfano de padre, lo pillé, volví, me apliqué. Todo genial.

—¿Recuperaste el rumbo?

—Totalmente. Algo diferente, como un tren con una rueda dentada. Pero eso le pasa a todo el mundo. Todos hemos perdido a alguien o algo. Es extraño... Mi cabeza sabe que se ha ido, pero no creo que suceda lo mismo con mi cuerpo.

—¿Qué quieres decir?

—¿Sabes cuando estás a punto de salir pero esperas a que los demás estén listos? ¿La manera en que tus músculos se preparan para moverse? O sea, ¿la parte de atrás de las piernas, como que la tensas para poder levantarte deprisa? Así es como me siento con mi padre. Estoy a la expectativa, esperándolo todavía. Ya forma parte de mí. Creo que siempre formará parte de mí.

—Oh, Dios, eso es muy triste.

—¡No, en serio! Estoy bien. Y todos estamos un poco tocados, ¿a que sí?

—*Bella copia!* —dijo una voz en tono adulador—. *Innamorati!*

Nell alzó la vista.

—Oh, no.

Un hombre con una sonrisa exagerada y una cesta rebosante de rosas envueltas en celofán se cernía sobre ellos.

—*Bella signora.* —Había sacado una rosa de la cesta e insistía en que Ferdia la cogiera—. *Per la bella signora.*

Ferdia estaba aturullado.

—*Rosa.* —El hombre seguía en sus trece—. *É aumentato por amore!*

—*Quanto?* —Nell alargó la mano hacia su bolso.

Tras un fugaz gesto con los diez dedos, Nell le tendió un billete. Él lo trincó a una velocidad impresionante y le endilgó la rosa.

—*La bella signora.*

—Para él. —Ella apuntó hacia Ferdia—. *Bello signor.*

Tras una milésima de segundo, el hombre se recompuso.

—¡Liberación de la mujer! ¡Liberación de la mujer! *Bacio, bacio!*

—No *bacio.* —A Nell aquello le parecía graciosísimo—. *Grazie, signor. Arrivederci!*

—*Bella copia* —dijo él y se alejó tan campante en busca de su próximo objetivo.

—No me eches la bronca —le dijo a Ferdia—. Pobre hombre, intenta ganarse unos pavos.

—¿Qué es *bacio*? ¿Beso? ¿Por qué iba a echarte la bronca? ¿Cómo es que hablas tan bien italiano?

—Me descargué un curso. Solo lo básico, básico.

—Bien por ti. —Él miraba su rosa. Estaba algo cohibido—. Nunca me habían regalado una flor. Es bonito. Gracias.

—Bueno, vámonos a casa.

—Me muero de hambre. ¿Y si vamos a comer algo?

Él era quien conducía: pocas objeciones podía poner ella.

—Mi madre me habló de un sitio, aquí mismo...

El calor del día se había mitigado y había una luz tenue. Ferdia fue haciendo de guía a través de las calles, siguiendo las indicaciones de su teléfono. Se paró junto a una puerta doble y dijo con cierta duda:

—Se supone que es aquí.

La puerta se abrió, aparentemente por sí misma, y, para desconcierto de Nell, un sonriente hombre trajeado dijo:

—*Signore Kinsella, Signora McDermott, benvenuti*, bienvenidos.

Cruzaron el umbral y la ruidosa ciudad desapareció. El suelo era de mármol, las paredes de un amarillo al temple y, en lo alto, había techos abovedados decorados con frescos. Era una especie de *palazzo.* Restaurado, claro, pero auténtico.

El hombre sonriente los condujo a un sofá ostentosamente barroco colocado bajo una repujada lámpara de araña y dijo:

—Por favor. Siéntense. Voy a comprobar su mesa.

En cuanto se marchó, Nell cuchicheó:

—Ferdia, esto es demasiado sofisticado. Vámonos.

—No. Ha sido cosa de Jessie.

—Pero eso es... Me da vergüenza que se ponga tantísimo empeño en animar a Nell. Estoy bien. Y aun cuando no lo estuviera, el asunto es entre Liam y yo.

—Estupendo. Ponte quisquillosa si quieres, pero yo necesito cenar.

—Me siento fuera de lugar. Y voy muy mal vestida.

—Qué va. Tu caracola gigante es ideal. Y mi pinta no es mejor. —Señaló sus holgados pantalones caídos y su camisa fina y arrugada—. Anda —dijo para convencerla—. Lo ha hecho con la mejor intención. ¿No puedes aceptarlo, aunque sea por ella?

Hombre Sonriente regresó y, casi en trance, Nell lo siguió a través de un pasillo con suelos de losas de mármol blancas y negras en damero, pasando junto a una estatua tras otra, hasta un sereno jardín, donde las luces de colores titilaban en la penumbra. Se oía el cercano murmullo del agua invisible.

A ella le dio la sensación de estar flotando al pasar por delante de muchos camareros que se deshacían en sonrisas, realmente encantados de contar con su presencia. Probablemente Jessie les había pagado para que sonrieran, pero aun así.

Su mesa se hallaba junto a un estanque ornamental en el que la escultura de una ninfa flotaba sobre una gigantesca hoja de lirio de cerámica.

—Sidra para la *signora.* —Uno del batallón de sonrientes colocó un vaso delante de Nell—. Y Orangina para el *signore.*

—No me lo explico —susurró Nell—. ¿Cómo sabían lo de la sidra?

—Jessie. ¿Cómo si no? Lo cual significa que no tengo la menor esperanza de tomar una gota de alcohol.

—Toma un poco de esto.

—Ah, no. —Sus dientes blancos relucían en la penumbra—. Tengo que conducir para llegar a casa.

—Carta para la *signora.*

Nell echó un vistazo y exclamó:

—¡Anda! La mía no tiene precios. No puedo hacer esto. Solo llevo encima treinta y cinco euros, y las sonrisas ya es probable que nos cuesten eso.

—La mía tampoco tiene precios. Que no se te vaya la pinza, pero esto corre a cuenta de Jessie.

Ella se llevó las manos a la cara.

—Esto es lo peor. Mis movidas con Liam son cosa mía. Y conmigo la comida selecta es un desperdicio. ¡Si a mí me gustan las galletas saladas Ryvita, por el amor de Dios!

Él examinó la carta.

—¡Mira, hay cosas normales, tienen lasaña!

—Seguramente la preparan con pan de oro. Yo me conformo con un pastelito de queso. Y quizá con un cubo de pastas de té con pasas.

—¿Las de Marks & Spencer?

—En un mundo perfecto. Pero mi presupuesto me llega para Aldi y están prácticamente igual de buenas.

—Creo que aquí no hay pastelitos de queso ni pastas de té, pero ¿y si tratas de disfrutar?

—Uy, soy una desagradecida. —Y a continuación preguntó—: ¿Qué os pasa a ti y a Barty?

Él parpadeó.

—Menudo cambio de tema. ¿Lo preguntas de parte de alguna amiga?

—Ja, ja. No le contaré nada a Jessie. Pero ¿qué os pasa?

—Tuvimos una pelea, Barty y yo. De las gordas. Por Jessie... Mi madre. Barty me contó que la tía Izzy iba diciendo que era una zorra.

Nell abrió los ojos como platos.

—No fue la primera vez. Pero yo ya no opino eso. Eso es lo único que dije, que creo a mi madre. Fue el detonante de la Tercera Guerra Mundial.

—Vaya. ¿Crees que Barty y tú haréis las paces?

Él respiró hondo.

—Puede que no.

—¡Oh, Ferdia! No lo estás pasando demasiado bien. Sin Sammie, y ahora Barty.

—Llevo bien lo de Sammie. Es estupenda, pero no estamos destinados a estar juntos. Lo de Barty no lo llevo igual de bien. —Se encogió de hombros—. Pero al menos los abuelos siguen queriéndome.

De pronto a ella le picó la curiosidad.

—¿Cómo son?

—Los mejores. El abuelo Michael es la persona a la que más quiero en este mundo. No solo es mi abuelo, es mi amigo y, sí, seguramente también mi figura paterna y todo eso. O sea, se interesa de verdad por mí. Y no me juzga. No intenta solucionar mis problemas, pero solo con el mero hecho de desahogarme con él se me quita el mal rollo. Cuando le conté lo de la ruptura con Sammie, dijo: «Se te pasará para cuando te cases». Justo lo que solía decir cuando yo era pequeño y me había caído de un muro o algo.

—Parece estupendo.

—Ellen también es guay. Es... dulce. Como debería ser una abuela. Cuando yo tenía unos ocho años, pillé la varicela. Como mi madre no podía faltar al trabajo, me mandó con ellos, a su casa. Aquello fue como viajar en el tiempo. Me quedé en la antigua habitación de mi padre, la tele solo tenía dos canales y la comida era, ya sabes, pan y patatas y tarta de manzana. Leímos muchos libros; mi abuela me dijo que eran los de mi padre cuando era pequeño.

—Todo el mundo debería tener abuelos como ellos. Te caería bien Nana McDermott.

—¿De armas tomar?

—Ya te digo.

—Sí, pero mi abuela Ellen tampoco se queda corta. Mis abuelos no les dirigen la palabra a mi madre ni a Johnny. Izzy y Keeva, tampoco. Debido a —le quitó importancia con un ademán— historias de hace mucho tiempo. Cuando Saoirse y yo solíamos ir por allí, de pequeños, hacía falta un... ¿Cómo se dice en términos diplomáticos? ¿Un intermediario?

—¿Un interlocutor neutral?

—Alguien como el marido de Keeva o la señora Tempest, la vecina. Mi madre nos llevaba hasta la puerta de mis abuelos y la señora Tempest era la que nos abría. Así, mi madre y los Kinsella nunca se topaban cara a cara.

—Qué... horror.

—Qué va. Nos acostumbramos.

Eran las once cuando llegaron a la villa.

La cara de Liam era un poema.

—¿Dónde habéis estado hasta ahora?

—En Florencia, tío —dijo Ferdia.

—¿Haciendo qué?

—Viendo arte.

—¿Hasta ahora?

—Fuimos a comer algo.

—¿Dónde?

—¿Qué más da? Ya te vale, tío.

Jessie se acercó a la carrera.

—¡Bichitos! ¡Ya estáis aquí! ¿Qué tal el Palazzo dell'Arte Vivente?

—¿Es ese el nombre del restaurante? —preguntó Nell—. Absolutamente alucinante.

—Un momento, ¿cómo? —dijo Liam—. ¿Habéis estado en el Palazzo dell'Arte Vivente?

—Pero, Jessie —terció Nell—, deja que te dé el dinero de la cena.

—¿El Palazzo dell'Arte Vivente? —repitió Liam—. ¿Cómo conseguisteis mesa?

—No tienes que pagarme nada —dijo Jessie—. El chef es amigo mío. Bueno, decir amigo a lo mejor es exagerar, pero...

—¡Oh, Jessie! Bueno, te compensaré de alguna manera.

—No. —Jessie la agarró de la muñeca—. Te debo muchísimo. Por... —dijo articulando en silencio para que le leyera los labios— mediar entre Ferdia y yo.

—A ver si me he enterado bien. —Liam levantó el tono de voz. Jessie, Nell y Ferdia por fin le prestaron atención—. ¿Tú —hizo un ademán con la cabeza en dirección a Nell— y... él habéis cenado gratis en el Palazzo dell'Arte Vivente?

En el silencio que siguió, Nell preguntó en voz baja:

—¿Eso es bueno? ¿O malo?

—¡No me jodas!

75

Liam parecía estar de mejor humor por la mañana.

—¿Lo pasaste bien ayer?

—Fenomenal. Sé que no es lo tuyo, pero para mí fue maravilloso. Creo que volveré para ver…

—Yo no lo pasé muy bien. —Su tono fue incisivo.

Oh. Su ruta en bici.

—¿Qué pasó?

—Mi espalda. Podría ser un tirón muscular. Podría ser algo peor.

—¿Tanto como para que te vea un médico?

—Ah, no. —Le quitó importancia con un ademán.

Bueno, entonces tampoco sería tan grave.

—Voy a volver a Florencia, al museo de Da Vinci, seguramente mañana —dijo ella—. Hay algunos de sus inventos; los han construido a partir de sus bocetos.

—He leído sobre ese sitio. Tiene buena pinta. Creo que iré contigo.

—No hace falta. Ferdia dice que me llevará.

—Te llevaré yo.

—Es que a Ferdia le apetece ir.

—Y a mí.

No podían ir los dos. Juntos no.

Localizó a Ferdia junto a la piscina.

—¿Ferd?

Él levantó la vista.

—¿Todo bien?

—Liam quiere ir al museo de Da Vinci.

—Ah. Vale. Entonces, paso.

Ella agradeció que no reaccionara como un niñato.

—Lo siento.

—¡No pasa nada! Es genial. Está bien que le apetezca ir.

—Sí.

—A lo mejor se piensa que mi madre lo organizará para que cene en el Arte Palazzo ese.

—Ja, ja, a lo mejor. —Ella sonrió, echó a andar y de repente paró en seco.

Mientras se dirigía a la casa, la llamaron por teléfono. Era Perla. Perla sabía que ella estaba en Italia, de modo que era un poco raro.

—Nell. Perdona por llamarte mientras estás de vacaciones. ¿Lo estás pasando bien?

—De fábula. Eeeh…, ¿va todo bien?

—Todo va estupendamente, pero me gustaría hablar con Ferdia y tiene el teléfono apagado.

—Ah. Vale. Voy a por él.

Volvió a toda prisa a la piscina.

—Ferdia, es Perla, para ti.

—¿Eh? Debo de estar sin cobertura.

Nell se quedó merodeando, esperando su teléfono. Le habría gustado saber de qué hablaban; sí, le picaba la curiosidad, aun cuando no fuera de su incumbencia.

—Gracias. —Sonriendo, Ferdia se ladeó y le devolvió el teléfono—. Yo, esto…

A Nell le dio la sensación de que se disponía a darle unas explicaciones que sobraban.

—Perla y yo estamos…

—Me alegro por ti.

—El caso es que estamos…

—Genial. —Sonrió—. Genial.

Bajo el sofocante calor de media tarde, todas las tumbonas alrededor de la piscina estaban ocupadas. El sonido de las chicharras se dejaba sentir en el ambiente. Jessie cogió su teléfono; tenía un wasap. El corazón se le aceleró al comprobar que era la respuesta al mensaje de autoflagelación que le había mandado a Paige:

> Te llamaré por FaceTime mañana, a las dos de la tarde en Italia. No se lo digas a Liam. Que las niñas no estén contigo. Bss

Se había despedido con besos. Eso seguramente significaba que Jessie no lo había echado todo a perder.

—¿Cara?

—¿Mamá? ¿Todo bien?

—Muy bien. Solo llamaba para charlar un rato.

Hablaban a menudo, pero desde su ataque las llamadas de su madre habían aumentado considerablemente.

—Estoy muy bien. —Cara se adelantó a la pregunta—. No te preocupes.

—¿Preocuparme? ¿Yo? —Dorothy se rio por lo bajini—. ¿Qué tal la villa y eso? ¿Fabulosa?

—Fabulosa. Es la misma que en las otras dos ocasiones.

—¿Y llevas bien lo de la comida?

—Sí, mamá. —Tenía ganas de soltar un suspiro.

—¿Y estás preparada para regresar al trabajo el lunes?

Ahí la pilló. Aquella mañana se había despertado alrededor de las cinco, súbitamente abrumada por la magnitud de regresar después de cinco semanas de baja por una misteriosa enfermedad.

—Ay, mamá, qué vergüenza. Me siento muy abochornada.

—Pues no deberías sentirte así —repuso Dorothy—. Estás enferma.

—Mamá. —Se acercó el teléfono al pecho y susurró—: Por favor, no digas eso. Me revienta. No estoy enferma. Solo estaba... Perdí el control durante un tiempo. Pero, a pesar de que todo el mundo está al tanto de eso, me muero de vergüenza.

—La gente es muy comprensiva en estos tiempos. Mucho más que antiguamente.

—Hum... —Tal vez lo fueran en lo tocante a enfermedades en toda regla como la bipolaridad o la drogadicción. Pero con su tendencia a darse atracones y provocarse el vómito, no existiría el mismo grado de consideración.

—¿Y te está dando algún... ansia? ¿Con el *gelato* y todo eso?

—Sinceramente, no. Mamá, todo va bien. Es que la verdad es que no lo sé, perdí el control durante una temporada. Pero ahora estoy muy bien.

—Bueno, eso es estupendo. ¿Cómo están todos? Los Adorables Excéntricos... Mi yerno favorito... Y —suavizó el tono— Jessie...

—Todos están de maravilla. Adiós, mamá. Nos vemos la semana que viene.

—A ver —Robyn se puso de pie y dijo en voz alta—: ¿quién quiere ir al centro comercial de *outlets* de diseñadores?

—¿El que está cerca de Siena? —preguntó Jessie—. Yo no, no hay más que basura.

—Oh —dijo Robyn en tono impasible—. Saoirse y yo necesitamos que alguien nos lleve en coche. —Le hizo ojitos a Ferdia, que la ignoró deliberadamente.

Para sorpresa de todos, Liam dijo:

—Yo os llevaré.

—¡Oh! Gracias, Liam.

—De nada. Mañana, ¿no?

—Tendrá que ser el viernes —terció Nell—. Mañana vamos al museo de Da Vinci.

—Ah, sí. El viernes, entonces.

—¿Tú vendrás, Nell? —preguntó Robyn con toda la mala intención de la que fue capaz—. ¿Al *outlet*?

—Me quedo. Las compras no son lo mío.

—¡No me digas!

Robyn y Liam se echaron a reír, y acto seguido Saoirse se les unió.

Sentada a la sombra con su libro, Cara se preguntaba si la invitarían. Pues no, parecía que no. Ella era invisible para Robyn, ni siquiera digna de burla. Tenía su gracia.

—Entonces igual esta tarde volvemos al spa —anunció Robyn—. A que nos den un masaaaaaaaaaje de tejidos profundos. Deslizó la mano de arriba abajo por su suave muslo.

—Oye, que yo puedo darte un masaje —se ofreció Liam—. Necesito un conejillo de Indias con quien practicar.

Cara se quedó patidifusa. Era imposible que estuviera hablando en serio.

—¡Oye! —soltó Ed—. Que te has hecho daño en la espalda, no puedes dar masajes a nadie.

—Ya, pero... —Liam parecía irritado. Acto seguido, dijo—: Supongo que no.

Cara le lanzó a Ed una sonrisa de complicidad y mantuvieron una conversación en silencio cuyo contenido fue: «¿Qué te parece el tonto este?», y «Bravo por ti», y «No pensarías que iba a dejar que se saliese con la suya, ¿no?».

La sonrisa de Ed a modo de respuesta fue muy dulce. Durante un momento de dicha recuperaron la normalidad.

—Mamá —le dijo Dilly a Jessie—, ¿por qué quiere darles masajes a los conejillos de Indias?

—No, bichito, él... —*La cabalgata de las valquirias* sonó a todo volumen y sobresaltó a todo el mundo.

—¡Hostia! —aulló Liam, con la mano pegada al pecho al tiempo que Jessie cogía su teléfono.

—¡Loretta! *Cara mia! Bene. Sì, sì. Bene. Fantastico! Grazie mille.* —Colgó y anunció a todos los presentes en la piscina—: Je, je, yo lo he dicho todo en italiano, y Loretta lo ha dicho todo en inglés. ¡Bueno! Hay una boda en el pueblo a las cinco. Si llegamos allí sobre las cinco y media, veremos salir a los novios, ¡podemos *gettare* el confeti! ¿Quién se apunta?

—Ed —dijo Cara.

Todo el mundo sabía que a Ed le encantaban las bodas.

—Qué plasta —señaló Liam a viva voz.

—No me avergüenzo —replicó Ed.

Él insistía en que comprometerse públicamente delante de tus coetáneos era un acto de optimismo a ultranza. Siempre se alegraba cuando encontraba una boda por casualidad.

Cara también tenía ganas de ir, pero debía tomar un tentempié a las seis en punto. Podía llevarse algo, quizá un plátano. Sin embargo, comer delante de la gente la pondría en evidencia, una vez más, como un bicho raro.

¿Era así como sería su vida para los restos? ¿Obligada a planificar todo? ¿Como una friki? En fin, sería mejor que fuera haciéndose a la idea y punto. Estaba entera, podía ver, oír, hablar... Podría haberle ocurrido algo muchísimo peor.

Los únicos que no se apuntaron fueron Liam, Saoirse y Robyn. «Pobre Saoirse», pensó Cara. Por lo general, las bodas italianas eran su debilidad. Robyn era una mala influencia.

Conforme se aproximaban a la pequeña iglesia de piedra, Nell exclamó:

—¡Oh! Qué bonita.

Le había llamado la atención la caravana del Cinquecento de color azul claro del año de la pera, engalanada con lazos y flores blancos.

—¿Es ese el coche para la fuga? —preguntó Ferdia.

—Me parece que se llama «coche de los recién casados» —dijo ella entre risas—. Pero sí.

De pie a la escasa sombra que proporcionaba la iglesia había varias chicas de punta en blanco, con zapatos de tacón altísimos, abanicándose y con cara de mosqueo. A bastante distancia de ellas holgazaneaba un grupo de hombres muy jóvenes, fumando con aire incómodo, ataviados con sus brillantes trajes nuevos.

—¿Por qué no están dentro? —preguntó Cara.

—¡Vete tú a saber! —A Jessie le brillaban los ojos—. Los italianos son un caso. Cualquiera diría que están en un juicio por asesinato, no en una boda.

Automáticamente, Cara se fijó en la talla de las chicas. Flaca, flaca, flaca..., esa no. Había una chica meciendo un bebé que lloriqueaba y la verdad era que estaba bastante rolliza.

Por un momento, sintió alivio; acto seguido, la familiar oleada de reproche. No debería hacer aquello. Ni a sí misma ni a otras mujeres.

Pero, se preguntó, ¿era más fácil allí, en Italia? Cuando dabas a luz, ¿era aceptable que te sobraran unos kilos?

Supuso que no. Occidente sometía a las mujeres a los mismos cánones de belleza.

De pronto se oyó un torrente de música de órgano seguido por un murmullo de actividad. Los chicos apagaron sus cigarrillos haciendo elegantes giros con sus zapatos nuevos, las chicas dejaron de hacer mohines y aparecieron unas cuantas señoras mayores, aparentemente de la nada, cargadas con cestas de pétalos blancos de papel. Una de las señoras le dio a Vinnie un puñado de pétalos.

—*Gettare* —le indicó, sacudiendo la mano con ademán de lanzar—. *Gettare.*

—*Gettare*, y una porra. —Con cara de asco, se los pasó a Cara.

Los novios, jóvenes y guapos, aparecieron en el escalón de entrada.

—*Bella! Bravo!*

De repente, todo el mundo tenía confeti y se lo lanzó con júbilo a los recién casados. Mientras les caía una lluvia de remolinos de pétalos de papel, Cara observó a Ed, su rostro risueño, sus ojos brillantes por las lágrimas contenidas. Era una gran persona. Era un padre magnífico. Veía lo mejor de la gente sin dejarse pisotear. Su apertura a la vida era extraordinaria; su optimismo, fuera de lo común. Estaba hecha un lío en lo tocante a sus sentimientos, pero sabía que lo quería.

Al caer el último pétalo de papel al suelo, Vinnie gritó:

—*Gelato!*

Salieron en estampida en dirección a la heladería. Cara se quedó rezagada y se comió su plátano.

76

Nell abrió los ojos. En plena noche, de pronto, estaba totalmente espabilada. A su lado, Liam seguía durmiendo como un tronco.

No sabía qué la había despertado... e instantes después cayó en la cuenta: algo terrible pasaba entre Liam y ella.

La certidumbre la atemorizó: Liam era casi un extraño, una persona con la que apenas tenía afinidad. No dejaba de decepcionarla. Cada uno de sus actos era propio de un hombre mucho más egoísta que con el que ella creía haberse casado. Y ella no dejaba de decepcionarlo simple y llanamente por ser ella misma.

La abrumaron más certezas terribles: ella había hecho caso omiso de las señales de advertencia, se había casado precipitadamente.

Cuando su madre y su padre le aconsejaron que esperara un poco, tenían razón.

Aquello no podía estar pasando. No podía ser real. Era como la pesadilla que había tenido un par de días antes, con la salvedad de que aquella vez se encontraba despierta.

La luz naranja oscuro se filtraba bajo los postigos. El sol debía de estar asomando sobre toda aquella hermosa campiña. Allí estaba ella, en uno de los lugares más idílicos de la tierra; el contraste entre eso y el vacío de su interior era espantoso.

El amor entre ellos se había evaporado, apagado, desvanecido. ¿Qué podía hacer? ¿Cómo podía arreglarlo?

Sintió la tentación de despertarlo, para hablar. Pero eso lo habría hecho real.

Y de repente estaban comiéndole la cara a besos. Debía de haberse quedado dormida de nuevo. La luz amarillo limón entraba a raudales en la habitación y ahí estaba Liam, sonriéndole. Todos sus temores se habían desvanecido y sintió un alivio tal que rayaba en la euforia.

—Liam, he tenido una pesadilla.

—Deberías haberme despertado, nena.

—Fue como una pesadilla despierta. Pensé que ya no nos queríamos.

—Nos queremos muchísimo. Pero es culpa mía. —Parecía triste—. He tenido unos días tontos. Me comporté como un auténtico capullo con lo del museo.

—No pasa nada. Ya se me ha pasado el miedo.

—Lo siento mucho. Supongo que nos conocemos un poco mejor.

—Supongo que sí.

—Bichito. —Jessie estaba en la puerta de Ferdia—. Necesito tu wifi.

Él se apartó, dejó el camino despejado hacia las escaleras que conducían a su habitación.

—Adelante.

Ella receló. Todavía desconfiaba de su agradable cambio de actitud, y eso a él le hacía sentirse como una mierda.

—¿Puedo subir? —preguntó ella.

—Claro. ¿Necesitas privacidad?

—Ah, no... Solo voy a hablar por FaceTime con Paige y a tragarme mi orgullo. Me entrometí otra vez.

Ferdia se quedó abajo con su ordenador portátil. Jessie se conectó con Paige y, tras un aluvión de saludos, dijo:

—Paige, siento mucho haber metido las narices en...

La voz de Paige:

—Jessie. Para el carro. Tenemos que hablar sobre lo de Italia. ¿A qué te referías con que las fechas no cuadraban?

—A que las niñas se iban de campamentos y no podían venir.

—¿Adónde?

—A Italia. A la casa de la Toscana. Donde estamos ahora.

—No sé de qué me estás hablando.

—Liam te mandó un mensaje hace meses para invitar a las niñas, pero las fechas no cuadraban.

—Liam no me mandó ni un solo mensaje sobre lo de Italia.

—Pero... —Jessie hizo un esfuerzo colosal por mantener el tipo. De ser cierto aquello, era un horror absoluto. ¿Alcanzaría Ferdia a oír la conversación? El dormitorio no tenía puerta que pudiera cerrar.

—Liam no quiso comprometerse en esas fechas para que las niñas fueran a Irlanda. Según él, está hasta arriba de trabajo.

—Paige... No sé qué decir. Estoy abochornada. Hice mal en entrometerme, pero todos te queremos.

—Liam no.

—Los demás os queremos a ti y a las niñas. Pero no sé cómo deberíamos proceder a partir de aquí.

—Vaaaale. —Paige soltó un largo y sonoro suspiro—. Liam y yo tenemos pendiente una conversación. Y necesito digerir esto. Lo arreglaremos. Gracias por preocuparte. Te quiero, Jessie.

—Yo también te quiero, Paige.

Jessie puso fin a la conexión y se quedó sentada mirándose las manos. Se sentía aturdida.

—Mamá, ¿qué demonios? —Ferdia había subido las escaleras a la carrera.

—No deberías haber escuchado.

—¿No invitó a sus hijas?

—No. —Acto seguido, añadió—: ¿Crees que Nell está al tanto?

—¿Nell? No tiene ni puñetera idea. Su fijación es proteger a Liam porque la vida de él es un dramón.

A Jessie le daba vueltas la cabeza.

—No sé qué hacer —reconoció ella—. Cómo arreglar esto.

—Mamá —dijo Ferdia con cautela—. No te lo tomes a mal, pero es cosa de Liam y Paige.

—Pero él nos ha mentido a todos. —Jessie suspiró—. A lo mejor hice mal en invitar a las niñas, pero es que los bichitos echan de menos a sus primas.

—Lo hiciste con la mejor intención.

—Ferd. —De pronto adoptó un tono apremiante—. No le

cuentes a nadie nada de esto, ¿vale? No sabemos nada. Yo ni siquiera se lo contaré a Johnny, por lo menos hasta que estemos en casa. Enrarecería el ambiente aquí. ¿Vale?

—Soy una tumba.

—Mírate, un hombre hecho y derecho. —Soltó una risita triste.

—A propósito, ¿quieres saber lo que pasó con Barty?

—Pues, eeeeh, sí.

—Seguramente te disgustarás. Perdona por eso.

—Cuéntamelo de todas formas.

Él la puso al corriente y ella escuchó sin hacer comentarios.

Cuando terminó, ella dijo:

—La lie bien liada con los Kinsella. Siento hasta qué punto todo esto está afectándote.

—Ay, mamá, para.

—Me siento rara. —Cara hablaba por teléfono—. Mi conciencia me dice que quiero a la gente y que debería ser feliz, pero los sentimientos no afloran. Siento una especie de… vacío.

—Estás apática —dijo Peggy—. Has estado jugando con la química de tu cerebro a diestro y siniestro. Ahora está recuperando el equilibrio. Confía en mí, la apatía no te durará mucho tiempo.

—No estás alentándome precisamente.

A Peggy le hizo gracia.

—Libra hoy la batalla de hoy. Deja la batalla de mañana para mañana.

Nell se quedó maravillada cuando el engranaje comenzó a girar moviendo cada pieza del mecanismo. Aquello era un molino de harina, pero también había máquinas voladoras, un tanque y una bomba de agua. La visión de Da Vinci era increíble. Había empleado técnicas que, casi seiscientos años después, todavía guardaban relación con el trabajo que ella desempeñaba en aquel momento.

Liam permanecía como un pasmarote pegado a su codo.

—Mira —dijo ella entusiasmada—. ¿Ves lo precisos que eran los bocetos?

—¿Lo estás pasando bien?

—Oh, Dios, sí. —Entonces cayó en la cuenta de que no era eso lo que le había preguntado. Él quería saber cuánto tiempo más iban a estar allí—. ¿Y tú?

—Sííí. Lo que pasa es que no tengo la espalda muy allá.

La indignación se apoderó de ella. Entonces, ¿por qué la había acompañado? Ferdia se había ofrecido. Ferdia sí que tenía ganas de estar allí.

—¿Quieres que me dé prisa?

—No he dicho eso.

Aunque ella hizo lo posible por ignorar su silenciosa pero patente impaciencia, su aguante tenía un límite.

—Hala, vamos.

—¿Nos marchamos? —Él parecía encantado.

—Después de pasar por la tienda de regalos.

—¿¿Tú?? ¿Doña Anticonsumo?

Sin responderle, ella echó a andar, examinó los estantes y encontró lo que buscaba.

—Voy a pagar esto y listo.

—¿Qué es?

—Una maquinita voladora. Uno de los inventos. Para Ferdia.

—¿Qué?

—Para darle las gracias por lo del martes.

—¿Ah, sí? —Liam parecía contrariado. No enfadado, pero sí irritado—. ¿Y las gracias para mí?

—¿Quieres que te dé las gracias? ¿Tú también quieres una maquinita voladora? —Su tono fue sarcástico, lo cual no era propio de ella.

Él la miró extrañado.

—Me da igual. Bueno, ¿qué hacemos ahora? Necesito comer.

—Podemos dar un paseo, a ver si por casualidad vemos un sitio agradable.

—¿Y el Palazzo dell'Arte Vivente?

—¿Qué quieres decir? Tendríamos que haber reservado.

—¿Jessie no se ha ocupado de eso?

Se quedó atónita.

—Que yo sepa, no. ¿Acaso dijo que fuera a ocuparse?

—No sé. Es que pensaba que, como lo hizo con Ferdia, lo haría conmigo.

—Pero, mi amor... —Ella se sintió absurdamente culpable—. Yo no sabía nada sobre lo de la otra noche. Todo fue cosa de Ferdia y Jessie. No sé qué decir.

—A la mierda. Pues nos vamos a casa y punto. —Echó a andar calle arriba con aire ofendido.

—¡Liam! —Cientos de pensamientos se le pasaron por la cabeza. ¿Debería llamar a Jessie? ¿Se había enfadado Liam con razón? ¿Podía ella arreglar aquello?

No, concluyó. No y no.

En el coche, de regreso a la villa, a Nell le constaba que él pretendía intimidarla con su silencio. O tal vez se sintiera culpable por no haber logrado que el día fuera espectacular. Pero ella no experimentó ninguna de aquellas cosas. Liam era como un crío, casi tan malo como Vinnie, de diez años.

Cuando llegaron a la villa, él aparcó el coche con maniobras bruscas y después cerró la puerta de un portazo y subió disparado por las escaleras.

Como no había nadie a la vista, Nell bajó a la piscina en busca de una cara amigable.

—Habéis vuelto pronto —dijo Cara—. ¿Qué tal?

—Bien. Gracias —Porque había estado bien. Bueno, en parte—. ¿Sabes dónde está Ferdia?

—¿Y si miras en su casita?

Ella retrocedió por el camino empedrado y llamó a la puerta de Ferdia.

Él abrió de inmediato.

—¡Anda, ya estás aquí! Pasa. ¿Qué tal?

—Alucinante. ¿Qué haces merodeando por aquí como un vampiro?

—Trabajando. Estoy haciendo un...

—Te he traído una tontería de Florencia.

—¿Sí? —Parecía sorprendido.

Tímidamente, ella le dio la maqueta.

—Es solo un detalle. Para darte las gracias por lo del martes y pedirte perdón por lo de hoy.

Él abrió la caja.

—Es un diseño de Da Vinci —dijo ella—. Una máquina voladora. Se mueve y todo.

—¡Vaya! Me regala flores. Me regala aviones... —Él extendió los brazos de par en par, y ella retrocedió vacilante.

«Va a abrazarme.»

Fue inesperado. Y, sin embargo, no lo fue.

Dejó que la rodeara entre sus brazos. Le costaba saber cómo había ocurrido, pero Ferdia y ella se habían hecho amigos.

77

El viernes a media tarde llamaron a la puerta de Ferdia.

—¿Ferd? ¿Puedo entrar?

Era Saoirse.

—Claro. ¿Qué pasa?

Ella se dirigió lenta y silenciosa hacia el sofá, se sentó y se acurrucó.

—Me siento un poco… —Las lágrimas empezaron a derramarse por su cara—. Es Robyn. No le caigo bien.

Saoirse tal vez tuviera razón, pero él no deseaba hurgar en la herida.

—¿Qué quieres decir?

—La pongo de los nervios y no para de decir que se aburre. No sé qué esperaba; le advertí que esto no era Shagaluf. Pero hoy ha sido raro. Y horrible. Cualquier cosa que me probaba en el *outlet*, ella decía que me hacía gorda.

—No es verdad.

—De hecho lo sé, ella simplemente se ha comportado como una bruja. Pero Liam y ella hablaban entre ellos y como que me hacían el vacío. Estoy segura de que se burlaban de mí.

Ferdia se puso furioso.

—¿A santo de qué?

—Ella iba sentada delante, al lado de él. Cuchicheaban y se reían. Pero cuando pregunté qué pasaba, dijeron: «Nada, nada», en plan falso.

—Los muy cabrones.

—¿Qué debería hacer?

Él suspiró.

—Supongo que nada. La gente como ella, y como él, si se lo echas en cara, te hacen luz de gas. Esta es nuestra última noche, aguanta el tipo y punto. Pégate a mí. Y, cuando vuelvas a casa, pasa de ella para siempre.

—Pero, Ferd, ¿y Liam qué? Es nuestro tío. No puedo pasar de él para siempre.

Jessie esperó a que todo el mundo pidiera su comida antes de decir lo que siempre decía la última noche de sus vacaciones.

—¿Bichitos? ¿Podemos hacer la ronda en la mesa y decir qué ha sido lo mejor para cada uno?

La respuesta fue un coro de gruñidos.

—Nadar —afirmó TJ—. Siempre es nadar.

—Perdona —dijo Tom educadamente—, para mí lo mejor no ha sido nadar.

—Nadar y el *gelato* —gritó Vinnie.

—Gracias, Vinnie —dijo Jessie—. Me consta que todos os reís de mí...

—Yo no —dijo Dilly.

—Tiempo al tiempo —terció Bridey.

—Dinos lo mejor para ti —instó Johnny a Jessie.

—Tener a todos mis bichitos juntos. A nuestra tribu de bichitos. Hubo un día en el que todos los bichitos me acompañaron al huerto y cogimos tomates. No sabéis lo feliz que eso me hizo. Gracias a todos.

—Gracias, mamá —dijo Bridey—. Por pagarlo todo. Por el *gelato* y esas cosas.

—A papi también.

Bridey la miró con desdén.

—Johnny, ¿lo mejor para ti?

—Ahora me tomo seis expresos al día y no siento como si estuviera a punto de darme un infarto.

—Desde luego, le has puesto empeño. —Jessie sentía muchísimo afecto por él. Y orgullo, sí, orgullo—. Te mereces los resultados.

—¿Ferd?

Ferdia se quedó con la mirada perdida en un punto intermedio.

—Todo ha estado bien. Pero si tuviera que elegir una cosa...

—Tienes que hacerlo —murmuró Dilly.

—A ver, o sea, lo más de lo más —dijo Bridey con aire altivo.

—... me decantaría por ¡haber visto *La cabeza de Medusa* en los Uffizi!

—¿En serio? —Jessie se quedó pasmada y, acto seguido, preocupada. ¿Y si Ferdia se convertía en un amante del arte? ¡No tendría más remedio que seguirle los pasos!

—¡Yo también iba a decir eso! —Nell estaba radiante—. A mí me ha encantado esto. Tanta belleza y gente maja, ¡muchas gracias! Pero mi mejor experiencia ha sido *La cabeza de Medusa.*

Ed dijo:

—Ha sido alentador ver a los agricultores italianos prescindiendo de los pesticidas.

—Oh, Ed.

—Y la boda —añadió él—. Eso fue magnífico. ¿Cara?

—No tener que preparar palitos de pescado y patatas fritas cuarenta veces al día. Todo lo que has cocinado, Jessie; en serio, gracias. Básicamente, no tener nada que hacer salvo leer y beber vino ha sido maravilloooooooso.

En tono negativo, Liam dijo:

—Mi momento más memorable fue el del camino italiano de mierda que me machacó la espalda.

A pesar de que Saoirse era la siguiente, Robyn saltó:

—Para mí lo mejor ha sido Liam. —Le sonrió fugazmente con un mohín—. Gracias por llevarme al *outlet* para poder comprarme los taconazos de zorrón de Sergio Rossi al sesenta por ciento de descuento.

—¡Esa lengua! —espetó Bridey—. ¡Hay niños delante!

Jessie convino para sus adentros. Pasara lo que pasase el año siguiente, no incluirían a Robyn.

—¿Saoirse? —dijo Jessie con dulzura. De pronto, fue consciente de la envergadura del suplicio de Saoirse: había tenido una semana dura.

—Bueno, ya sabes —farfulló Saoirse—, todo en general. El sol y eso. Gracias, chicos. —Se le apagó la voz.

A Jessie se le hizo un nudo en el pecho. Sabía muy bien cómo se sentía su querida hija: fuera de onda y un bicho raro, un hazmerreír, en vez de un ser humano con todas las de la ley. A Saoirse le llegaría su momento, igual que le había llegado a Jessie con el paso del tiempo, en el que por fin haría amigos de verdad, en el que la gente vería sus «defectos» como virtudes. Pero hasta entonces se sentiría sola y como una pánfila. Se encapricharía de personas que fingirían corresponderla no por ser quien era, sino por aprovecharse de ella. Jessie se acordaba bien de eso. Pero cuando conoció a Izzy y Keeva Kinsella todo cambió radicalmente.

78

Desde aquel primer viernes por la noche, hacía tanto tiempo, en el que Rory se llevó a Jessie a «su casa», Izzy y Keeva se habían mostrado de lo más encantadoras. Aquella noche, las tres compartieron habitación, Jessie en una cama y las hermanas apretujadas como sardinas en lata en la otra. Permanecieron despiertas hasta las tantas de la madrugada charlando de todo.

Tumbada en la oscuridad, Jessie les relató sus historias sobre el Hombre de los Gatos Birmanos y el Flautista Amateur, y disfrutó de lo lindo cuando se troncharon de risa.

—¡Y yo que pensaba que tenía la historia más desternillante! —exclamó Keeva—. ¡Pero tú te llevas la palma! —Y a continuación la puso al corriente sobre el muchacho del pueblo que le había tirado los tejos lanzándole una sutil indirecta—: «Podría hacer cosas estupendas con tu hectárea».

—¿Hay algo entre Rory y tú? —preguntó Izzy.

—Nada de nada. —Porque no lo había, en aquel entonces.

—¿Y con Johnny?

—Tampoco.

—«Eh, Johnny —dijo Keeva con voz de pito—. ¿Estás disponible, nene?»

De nuevo, las tres rompieron a carcajadas.

—Ni siquiera sé por qué me río —rezongó Izzy—. ¿Dónde está la gracia?

—Era de una película. ¿No te acuerdas? De *Grease*, creo. Seguramente eres demasiado joven.

—¿Y está disponible? —preguntó Izzy.

—Ya lo creo.

—No lo atosigues, Izzy —la reprendió Keeva.

—¡Oh, Keeev-veeeee!

—Es una niñata —le dijo Keeva a Jessie—. Coquetea con todos los hombres que conoce. Pero solo les da esperanzas.

—Divertirme un poco, eso es lo único que hago. No tiene nada de malo. ¡Oye! ¿Y si tomamos unas galletitas? —Una silueta que probablemente fuera la de Izzy salió de la cama.

Keeva dio un grito ahogado.

—¡Cuidado, loca! ¡Me has dado una patada en la cara!

Izzy se puso a dar chillidos, muerta de risa.

Jessie notó que las lágrimas de la risa le empapaban la almohada. No se había divertido tanto en..., vamos, en su vida.

Había sido un antes y un después en la vida de Jessie.

Menos de dos semanas después, Rory estaba de pie junto a la mesa de despacho de Jessie.

—Izzy acaba de llamar por teléfono —dijo—. Dice que tienes que ir a Errislannan el sábado por la noche.

—¡Oh! —Noto una calidez deliciosa en el pecho—. ¿Estará Keeva allí? ¿Estarás tú?

—Esa es la idea. Y Johnny.

—Bueno, ¡¡estupendo!!

Ya por aquel entonces los tres hijos de los Kinsella prácticamente se habían ido de casa: Rory tenía un apartamento en Dublín; Keeva se quedaba en casa de su prometido, Christy, en el cercano Celbridge cinco de cada siete noches; e Izzy estaba buscando casa en la ciudad. Pero al menos una vez al mes, sobre todo si la semana había sido dura, se llamaban por teléfono y se dejaban caer por casa de Ellen —por lo general, con Johnny y Jessie a la zaga— en busca de mimos maternales.

Después de comer como Dios manda, Jessie y Johnny se unían a la disputa por el mejor sitio del sofá. Veían películas, a lo mejor se acercaban al bar del pueblo a tomar algo y pasaban el día siguiente visitando a los cachorros o animando al Celbridge en los partidos de la asociación de fútbol gaélico. Aquellos fines de semana, Izzy y Keeva siempre compartían un dormitorio con Jessie y se quedaban despiertas hasta las cuatro de la mañana, charlando y riendo. Jessie estaba haciendo realidad las fantasías de su adolescencia, el tener amigas íntimas, confidentes a quienes poder contarles cualquier cosa.

A medida que pasaba el tiempo, comenzó a quedar con Izzy y Keeva en Dublín, sin Rory ni Johnny.

Izzy la llamó por teléfono un jueves a mediodía.

—¿Vamos de tiendas? ¿A la salida del trabajo? Estoy buscando unas botas y necesito que me acompañes.

—No estoy muy puesta en moda —dijo Jessie en tono modesto.

—Pero no te andarás con miramientos. Si me dan ganas de comprarme unas botas de tacón alto que me hagan las patas de alambre, me lo dirás. Anda, Jessie.

A Jessie le dio un subidón de felicidad y, con el fin de no decepcionar a Izzy, se tomó al pie de la letra lo que le había pedido, y dijo: «patas de alambre» cuando Izzy se probó unas botas de punta fina. Izzy era ligeramente patizamba, como si sus piernas fueran demasiado largas para poder manejarlas.

—Pero —añadió Jessie— las patas de alambre no tienen nada de malo. A mí me encantaría tener unas piernas largas y flacas como alambres.

—Qué va. —Izzy se observó con ojo crítico—. Me quedan mal. Parezco una araña.

De hecho así era, con su enmarañada melena oscura y sus largas y finas extremidades. Pero una araña graciosa y adorable.

—Pues listo. Vámonos a tomar algo. Y la próxima vez, iremos de compras para ti. Avísanos a Keeva y a mí cuando cobres.

—¡Ah! Vale. ¿Qué te parece el sábado?

—El sábado, perfecto.

Quedaron a las diez de la mañana.

—Hemos llegado a la conclusión de que no te sacas todo el partido que podrías —le dijo Izzy.

—Ella ha llegado a esa conclusión —corrigió Keeva—. A mí me parece que estás estupenda.

—Es que eres un pelín... —dijo Izzy—. Demasiados trajes, ¿sabes? Necesitas ropa nueva. Vaqueros.

—Tengo vaqueros.

—Pero son demasiado... ¿Cuál es la palabra? ¿Arreglados?

Formales. Deja de plancharlos, Jessie. Te sentarían fenomenal unos vaqueros hechos polvo.

—¿Sí? —Se le cortaba la respiración al imaginar una nueva y atrevida imagen de sí misma.

—¡Sí!

Jessie miró a Keeva. Keeva era la voz de la razón.

—¿Sí?

—Sí. Otra cosa, ¿puedes cambiar de peinado? ¿Tanto te costaría ponerte mechas?

—¡No! No, qué va. —Jessie estaba deseosa de dejarse llevar—. ¿Dónde debería ir?

Con el tiempo, Jessie comenzó a hacer más amigas: sus compañeras de piso, gente del trabajo. Le daba la sensación de que por fin era «real», normal y corriente, igual que cualquier otra persona. Izzy y Keeva habían visto su potencial y le habían infundido confianza para ser ella misma.

Se hicieron aún más íntimas cuando ella empezó a salir con Rory.

—Ya era hora, joder —comentó Izzy—. Nos temíamos que Johnny se adelantase. No es que no sea un encanto, por supuesto. —Hizo un ademán con los dedos en dirección a él en el atestado pub. Con una sonrisa radiante, articuló con los labios—: ¡No te echaría de mi cama, cariño!

Keeva era una excelentísima persona: íntegra, digna de confianza y bondadosa. Pero Izzy era la que llamaba la atención: vivaracha, espontánea y generosa; encandilaba a todo el mundo.

Recién salida de la universidad, se puso a trabajar en gestión de patrimonios, un trabajo de banca que requería ganarse a la gente y socializar mucho. Desenfadada y divertida, no se parecía en lo más mínimo a sus colegas, corteses y refinados, y tenía mucho éxito.

Jessie, en un principio, se quedó pasmada y, después, impresionada por el ritmo con el que pasaba de una relación a otra. Al poco de declarar su interés en alguien, anunciaba a Jessie: «Ah, no ha funcionado. ¡Hay mucha más carne!». En alguna que otra ocasión, cuando se llevaba un chasco con un hombre, sufría un —breve— bajón, pero nunca durante mucho tiempo. Hasta que no cumplió los veintisiete años, época en la que Jessie y Keeva ya eran madres de niños pequeños, Izzy no conoció a Tristão, un banquero brasileño que vivía en Nueva York.

Tristão era fornido y guapo a rabiar.

—¿Qué? ¿Acaso yo no te parecía lo bastante atractivo? —rezongó Johnny.

Tristão arrasó entre el resto. Iba a Errislannan, comía pastel de ruibarbo de Ellen, jugaba con los pequeños Barty y Ferdia, se pasaba las tardes de los domingos de pie bajo la lluvia y el viento en el borde de un campo de fútbol gaélico, igual que los demás. Su inglés era perfecto y su sentido del humor, impecable.

Una vez al mes, Izzy cogía un vuelo a Nueva York para pasar cuatro días, y luego, a las cuatro semanas, Tristão viajaba a Irlanda. El tema de cruzar el Atlántico parecía funcionarles, seguramente porque ambos rebosaban de energía: Izzy era capaz de bajar del avión e irse a trabajar. Sus vacaciones siempre eran alucinantes y fuera de lo común: un recorrido en una caravana de camellos por Uzbekistán; una estancia de diez días siguiendo la pista de osos polares en Alaska.

—Y yo que pensaba que había sido muy atrevida por ir a Vietnam —había comentado Jessie.

De vez en cuando, Izzy contemplaba la posibilidad de mudarse a Nueva York de manera permanente, pero luego decía algo así como: «He cambiado de opinión. Me gusta demasiado Irlanda».

En el transcurso de cuatro años, Tristão y ella habían roto al menos en dos ocasiones, pero siempre volvían. Tal vez su relación fuera poco convencional, pero a ellos les funcionaba.

79

—¡No pares! —Jessie se aferró a las caderas de Johnny mientras él la penetraba una y otra vez a la velocidad de una liebre.

—¿Te estás...? —resopló él.

—¡Todavía no! Más rápido.

Apoyado sobre sus brazos por encima de ella, su pelo oscuro estaba empapado de sudor. A Jessie le cayó una gota en la cara y la rozó con la lengua. Estaba disfrutando de lo lindo. ¿Por qué no lo hacían más a menudo?

Habían ido a tomar una copa a última hora para despedirse de Loretta y Marcello.

—Lástima que no volvamos a vernos hasta dentro de un año. —Loretta suspiró y acarició la mejilla de Johnny.

—¿Estás coqueteando con mi marido? —preguntó Jessie—. ¿O solo comportándote como una italiana?

—Coqueteando —respondió Loretta—. Es un hombre sexy.

—¿El tonto este?

—Para mí no es tonto —dijo Loretta—. Es un hombre sexy. Quiero a Marcello, pero si tuviera una noche extramatrimonial, elegiría a Johnny.

—Si yo tuviera una noche extramatrimonial —terció Marcello—, también elegiría a Johnny.

—¡Dios nos libre! —exclamó Johnny, avergonzado—. ¿Os va el intercambio de parejas o qué?

—Me encanta Johnny —dijo Loretta a Jessie—. Y es que está... —jugueteó con los dedos sobre la cara y el torso de Johnny, pintando un elocuente cuadro con sus manos italianas— buenísimo. Sí, está buenísimo.

De repente, Jessie estuvo de acuerdo.

Johnny había cogido un ligero tono bronceado, lo cual resaltaba el brillo de sus ojos y la blancura de los dientes. A diferencia de Marcello, un osito de peluche, Johnny tenía un aire enjuto y fuerte. No es que fuera alto, pero había potencia en sus caderas y sus muslos...

El hecho de ver a su marido a través de los ojos de otra mujer hizo que acelerara las despedidas y se lo llevara a empujones colina abajo, a la cama, para echar un polvo sin prolegómenos.

—¡No! —dijo Jessie mientras él plantaba una hilera de besos de mariposa desde su vientre hasta un pezón—. Déjate de carantoñas. Ve al grano. ¡Ya!

Él se quitó la ropa y la penetró, y ella gritó con un abandono inusitado:

—¡Oh, Dios!

—Dime. Qué. Te. Parece —dijo él, sincronizando cada palabra con una embestida.

Cuando él aflojó y comenzó a espaciar sus acometidas, ella bramó:

—¡No!

No deseaba refinamiento, no quería destreza; lo único que ansiaba era que la follara.

—Sigue haciendo exactamente lo que estás haciendo y punto.

Aquella noche deseaba correrse mientras él seguía embistiendo encima de ella, pero de pronto a él le cambió la respiración y se puso a emitir ese sonido que siempre indicaba que el final se avecinaba.

—Aguanta —ordenó ella—. ¡Piensa en la caída de los beneficios de Kilkenny!

—¿Estás a punto de...?

—Sí. ¡Sí! ¡Sí! ¡Sí!

Después, despatarrada en la cama, murmuró:

—Joder, ha sido fabuloso.

—Y que lo digas. —Posó la mano sobre su pelo.

—Temía que te fallaran los brazos —confesó ella—. Pero, buen trabajo, te has lucido.

Él respondió con un ruido que bien podía ser un ronquido.

—Siempre has tenido mucha fuerza en el tronco —dijo ella, en tono soñador.

La última mañana, Johnny estaba tumbado junto a la piscina terminando su libro de Lee Child. Le encantaba Jack Reacher. A veces deseaba ser Jack Reacher. Jack Reacher no le temía a nada. Lo que encontraba sumamente gratificante era que los libros de Lee Child siempre tenían la longitud justa para sus vacaciones. Se hallaba tanto en la recta final de sus vacaciones como de su libro. Lo acabaría después, por la tarde, en el avión, poco antes de aterrizar.

¿Cuántos otros escritores podían prometer eso?

Apostaría que ninguno.

Jessie pasó por su lado y comentó:

—Míralo ahí, feliz de la vida leyendo su libro.

—Es que estoy feliz de la vida —convino Johnny.

Nell también estaba tumbada junto a la piscina. No es que le gustara mucho tomar el sol, se sentía alicaída y sin ganas de actividad. La depre del final de las vacaciones.

Ed y Ferdia estaban en el agua con todos los niños, pugnando por volcar las colchonetas inflables los unos a los otros. Daba la impresión de que Ferdia estaba llevándose la peor parte. Aunque, posiblemente, estuviera dejando que se salieran con la suya.

—¡Vais a matarme! —dijo a voz en grito, al tiempo que nadaba hacia un lado—. ¡Descanso!

Apoyando los brazos en el borde de la piscina, tomó impulso y salió con ligereza. Se sacudió el agua del pelo y se frotó los ojos. Al ver a Nell, se echó a reír, mostrando sus blanquísimos dientes.

—Los muy cabroncetes casi me ahogan.

Su rostro, sus ojos, sus largas pestañas negras arrancaron una sonrisa a Nell, que soltó su libro.

La inundó una extraña alegría.

Él se puso de pie y su sombra se desplazó por encima de ella al tiempo que gotas de agua fresca resbalaban de su cuerpo sobre la piel caliente de ella.

Oh, joder, las dichosas colas del aeropuerto de Dublín. Al parecer Irlanda entera había vuelto de vacaciones el mismo día y le llevaba la delantera en la fila de los pasaportes. El ánimo de Johnny cayó en picado.

Sacó su teléfono para ver si había ocurrido algo durante el vuelo, pero Jessie dijo:

—Guarda eso, tengo algo que decirte.

Palabras que infundían terror en el corazón de cualquiera.

—No sé, nena —dijo él—. Tengo cierta tendencia a la depresión posvacacional…

—Estuve hablando con Paige. Esta semana. Me enteré de algo malo. —Se lo expuso brevemente.

—Oh, Dios —gimió él en voz baja—. Eso es… ¡Ay, Jess, eso está mal! No obstante, ¿es de nuestra incumbencia? No lo sé.

—Yo tampoco lo sé. No sé qué hacer.

—Nada —dijo él de inmediato—. No hagas nada.

—Vale. Tienes razón. Hay otra cosa. Me he enterado de por qué Barty no se apuntó a estas vacaciones.

—¿Sí? —Él se puso en guardia automáticamente.

Conforme Jessie lo ponía al corriente de los detalles de su conversación con Ferdia, la consternación de Johnny fue en aumento.

—Muy bien por Ferdia que diera la cara por ti. Pero ¿hasta qué punto es serio?

—Mucho, según él. Puede que jamás vuelvan a ser amigos. Lo siento, mi amor —dijo ella—. Me consta que te has llevado un disgusto. Yo también.

La vida de Johnny, que hasta un día antes parecía plena y libre de preocupaciones, de buenas a primeras se había convertido en una especie de pista de entrenamiento militar: niños y perros y aviones y reuniones y chefs y borracheras y DHL y compras a ciegas de zapatos de marca en internet y coches de caballos y desagradables llamadas telefónicas del banco y una cuenta bancaria secreta, que, pese a la cantidad de gente que reservaba el apartamento, se engrosaba con demasiada lentitud.

—¡Ah, ahí está la nuestra! —exclamó Nell cuando una maleta emergió de la boca de la cinta transportadora.

Con gesto de desprecio, Ferdia observó que Liam esperaba a que ella cogiera la maleta de la cinta con gran esfuerzo. Por lo visto, su dolor de espalda sufría altibajos cuando le convenía.

A continuación, Nell se acercó a todos, uno por uno, para agradecerles aquellas vacaciones tan increíbles: a Dilly, a Tom, incluso a Robyn. Se entretuvo un buen rato con Jessie, charlando y riendo. Luego le tocó a él. Ferdia dio un paso al frente con entusiasmo, pero solo recibió un rápido y torpe abrazo.

—Gracias, Ferdia, me lo he pasado fenomenal.

Lo miró de refilón y eso fue todo.

Seis semanas antes

Lunes, 31 de agosto

Dublín

80

Tal vez el centro de Dublín estuviera cerrado por una amenaza terrorista. No una de verdad: Cara no quería que nadie saliera malherido. Pero agradecería enormemente que algo le impidiera presentarse en el trabajo.

Desde el miércoles anterior, la angustia había teñido sus últimos días en Italia. Había estado temiendo aquel momento. Habría dado lo que hubiera sido por que aquel primer día ya hubiera terminado, por haber tenido un encuentro con cada uno de sus colegas y soportado el incómodo e inevitable saludo. Mejor aún, que hubiera pasado un mes y todos se hubieran olvidado ya de su misteriosa ausencia.

Tardó media hora en secarse el cabello e intentar añadirle algunas ondas. Maquillarse le llevó casi el mismo tiempo. Iba de habitación en habitación comprobando su base de maquillaje bajo luces diferentes mientras Vinnie y Tom la observaban con expresión sombría. No conocían los detalles, pero sabían que algo malo pasaba.

—¿Tengo grumitos en la cara? —preguntó a Ed—. He de parecer eficiente y equilibrada.

—Cero grumitos. ¿Desayunamos?

Tenía el estómago revuelto, pero necesitaba comer. Peggy le había advertido que enfrentarse de nuevo a las circunstancias que la habían llevado a darse la mayoría de los atracones podría hacer de detonante.

—Prepararé crema de avena —dijo Ed.

Pero cuando Cara se sentó a la mesa y el vapor del cuenco se elevó hacia su rostro, se le cerró la garganta. Se levantó.

—Esto... Me voy.

Ed la atrajo hacia sí.

—Eres la persona más valiente que conozco. Hoy será un día duro, pero eres lo bastante fuerte. Y todos te apoyamos.

—Hazlo lo mejor que puedas —dijo Tom, repitiendo lo que ella solía decirle el día que tenía deporte en el colegio.

—Empezar a trabajar otra vez es muy importante —dijo Ed—. Un paso más hacia la normalidad.

Camino de la parada del tranvía, su aprensión fue en aumento. Caray, se acercaba uno a toda velocidad. ¿No podría haber tenido el detalle de darle unos minutos?

Con un fuerte silbido, las puertas se abrieron justo ante ella, casi como animándola. Entró como si subiera al tren del infierno.

Llegó al centro en nada y menos, o eso le pareció. La mayoría de los pasajeros bajaron en la parada de St. Stephen's Green. Con paso tembloroso, recorrió la corta distancia hasta el Ardglass.

Una vez dentro, el hotel se le antojó ligeramente distinto. Durante las últimas cinco semanas había seguido adelante, experimentando cientos de pequeños sucesos por minuto, sin ella. Bajó la cabeza y atravesó con paso presto los pasillos subterráneos en dirección a los vestuarios, para ponerse el uniforme. Se cruzó con un par de personas —un chef, un electricista—, asintió, esbozó medias sonrisas y siguió andando.

Cuando alcanzó la puerta del vestuario, respiró hondo y rezó para que no hubiera nadie.

Henry la había telefoneado el sábado, en teoría para saber cómo estaba, pero también, sospechaba, para comprobar si era cierto que volvía. Le explicó que a sus colegas de recepción solo les habían dicho que había estado enferma. Cualquiera con dos dedos de frente sabría que la enfermedad de Cara no era física, como una neumonía o un cáncer. Era obvio que tenía que ver con su salud mental, y la sensación de vergüenza la estaba matando.

Con un mal presentimiento, abrió la puerta. Ling estaba dentro.

—¡Cara! —Cruzó corriendo el vestuario y la abrazó—. ¡Bienvenida! ¿Ya estás mejor?

—Sí. Sí, mucho mejor. No fue nada importante... —Se detuvo en seco. Se había ausentado cinco semanas durante las que había dejado a sus colegas cubriendo su puesto: sería un craso error decirles que había sido poca cosa—. ¡Siento mucho haberos dejado en la estacada! Pero ya estoy recuperada. ¡Vuelvo a carga!

—¡Fantástico! Bien, esto… te veo arriba.

Cuando la puerta se cerró, el miedo se apoderó de Cara. Ella era una curranta, alguien que se tomaba muy en serio su trabajo. Por primera vez se daba cuenta de lo importante que era para ella que la vieran como una persona responsable, honrada incluso. Esa parte de su identidad se había puesto en entredicho y se sentía abochornada.

La puerta se abrió de nuevo. Esa vez era Patience.

—Bienvenida, Cara. Cuando te hayas cambiado, ¿podemos charlar un momento? En el despacho de Henry.

O sea, que ni chimenea ni cafetera de plata para aquel interrogatorio.

Por lo menos todavía le entraba el uniforme. Algo de lo que poder estar agradecida. Se encaminó al despacho de Henry con un nudo en el estómago.

Raoul estaba allí con Henry y Patience.

—Cierra la puerta y toma asiento. ¿Cómo te encuentras?

Se sentó con la espalda muy recta y sonrió.

—Bien, de maravilla. —Entonces saltó—: Lo siento muchísimo. Estoy tremendamente avergonzada. Fue una excepción, un problema puntual, un momento de locura.

—Más de un momento. —Henry sonreía, pero no de alegría.

—Pido mil perdones.

—Estás enferma —dijo—. No necesitas disculparte por estar enferma.

—No es una enfermedad, no del todo.

—Has estado de baja por enfermedad. —Henry dejó las palabras flotando en el aire.

«Oh.»

—¿Cómo podemos apoyarte? —preguntó—. Para evitar que recaigas…

—No voy a recaer.

—Has estado de baja por enfermedad —repitió Henry—. Tenemos el deber moral de cuidarte.

De repente, Cara vio el dilema. La razón de que no la hubieran despedido era que estaba «enferma», lo que significaba que era una carga potencial, propensa a recaer. Eso era, eso era... malo.

—Necesito comer cada tres horas. —Hablaba muy deprisa—. Solo un tentempié, no tendré que ausentarme más de un minuto o dos. Iré a terapia una vez a la semana, los viernes. Si trabajo en mi descanso del almuerzo, ¿puedo salir una hora antes?

Henry miró a Raoul.

—¿Puede?

—No creo que sea un problema.

—¿Ese es todo el apoyo que precisas de nosotros?

—¿Se acabaron las escapadas al baño de abajo? —intervino Patience por primera vez.

Sintiendo que podría morir de vergüenza allí mismo, Cara susurró:

—Sí.

—Eras nuestra mejor recepcionista —continuó Patience—. Lamentaríamos mucho perderte.

No había duda: era una advertencia.

No, era una amenaza.

—Si algo cambia —dijo Henry de manera elocuente—, nos lo comunicarás enseguida.

No era una pregunta y no era interés.

—No te lanzaremos directamente al ruedo el primer día.

—¡Ah! Pero yo estoy deseando trabajar. Trabajar duro. Podéis contar conmi...

—Durante unos días acompañarás a Vihaan —dijo Raoul.

«Vihaan.» Hacía solo cinco meses él la había acompañado a ella. Pero no le quedaba más remedio que tragarse la humillación. Pieza a pieza, la nueva realidad fue cayendo y encajando en su lugar: ya nunca volverían a confiar en ella como antes.

Había sido tan tan buena en su trabajo... Eso siempre había constituido un gran motivo de orgullo para ella, pero se había esfumado.

Si hubiera ido a trabajar aquel lunes, después del ataque, allí nadie se habría enterado de nada.

Pero ya era mercancía dañada y seguiría siéndolo el resto de su vida.

—Es probable que hoy haya sido el peor día —dijo Ed cuando, pálida y aturdida, Cara llegó esa tarde a casa.

Asintió, estaba demasiado conmocionada para hablar.

—¿Cómo puedo ayudarte? —preguntó él—. Cualquier cosa que necesites, la haré. Lo que sea. —Era todo fervor.

Pero Ed jamás podría entender la inmensidad de su pérdida.

—Tienes que dejar que te ayude —insistió.

—Necesito acostarme. —Eso era lo único que sabía.

—Sube, ponte una serie de hoteles y enseguida te llevo algo de cena.

81

Un tintineo avisó a Liam de una llamada vía FaceTime de Violet y Lenore.

«No voy a contestar.»

No obstante, hacía dos semanas que no hablaba con ellas.

Pero es que aquellas charlas forzadas eran lo peor…

Para su espanto, la persona que apareció en la pantalla fue Paige. Pese a todo, le entro el pánico: ¿estaban bien sus hijas?

—¿Qué pasa? —preguntó enseguida.

—¿Así que las niñas estaban invitadas a la Toscana? —espetó ella—. ¿Y no me lo dijiste?

«Jodeeeeeer.»

—¿Con quién has hablado? —inquirió Liam—. Con Jessie, ¿verdad?

—Le mentiste a Jessie con respecto a mí. Le dijiste que no podía cambiar las fechas de los campamentos. Yo no sabía nada.

—No le dije eso.

—Ya lo creo que sí.

—Escúchame, Paige, Jessie no es de fiar. Su obsesión por tenernos a todos juntos hace que no le importe exagerar las cosas para conseguir lo que quiere.

Paige suspiró.

—Me alegro tanto de no seguir casada contigo…

—Lo mismo digo.

—¿Por qué no se lo dijiste a las chicas?

—Porque no era buena idea. Tú no habrías venido, ¿verdad? Y sin ti, esas dos niñas son, en fin, son ridículas. ¡Eh! —gritó Liam por encima de sus protestas—. Que no es un juicio.

—¿Que no es un juicio?

—Habrían estado cortadas y asustadas. ¿Tengo razón? Al final del primer día habrían suplicado volver a casa contigo.

—Habrían estado con sus primos. Los quieren mucho. ¿Sabes lo que me rompe el corazón? Que a ti también te quieren. Les habría encantado pasar una semana con todos vosotros en esa casa. Pero eres demasiado egoísta para permitirlo.

—Yo las quería aquí, te lo juro. Las echo muchísimo de menos. Pero sabía que lo pasarían mal. Pensé que era mejor poner fin a todo esto antes de que compraras los billetes de avión.

—Me alegra oír que las echas de menos, porque van a ir a verte en Navidad.

—¿Cuánto tiempo...?

—Cuatro días, puede que una semana. He de hablarlo con Jessie.

—No, Paige. —Liam no podía permitir aquello—. Es conmigo con quien debes hablar. Soy su padre.

—Pues actúa como tal. —Y colgó.

Estaba rojo de vergüenza, pues le habían pillado una mentira, y le ofendía que Paige y Jessie hubieran hablado de sus hijas a sus espaldas.

Era importante mantener sus diferentes mundos separados. Acababa de producirse una colisión, y eso no le gustaba.

Nell no podía enterarse.

¡Puta familia! ¿Por qué tenían que estar tan enredados?

Tenía que aclarar las cosas con Jessie. Una disculpa sumisa solía funcionar... pero por lo general un ataque era la mejor defensa.

La telefoneó.

—Me he enterado de que estuviste hablando con Paige.

—¡Oh! —Parecía sorprendida—. Eh, sí, en Italia. Los bichitos echaban de menos a sus primas.

—Jessie, un par de cosas. En primer lugar, Paige estaba casada conmigo y sus hijas son mis hijas. Mi relación con ella es mucho más importante que tu relación con ella. ¿Lo pillas?

Ella soltó un gemidito de disentimiento.

—Paige es mi amiga... Somos amigas. Tenemos una relación...

—En segundo lugar —la interrumpió Liam—, tú solo conoces

una versión de las cosas, la de Paige, pero esa no es toda la historia. Es mucho más compleja.

Tras una pausa, con un desconcierto casi audible, Jessie preguntó:

—¿Y cuál es toda la historia?

—Con todos mis respetos, Jessie, no es asunto tuyo.

Aquello le cerró la boca.

—Todas las cosas tienen dos versiones, Jessie, nunca olvides eso. Nell, como es natural, está al corriente de la historia completa. —Liam quería que esto último tuviera un impacto: «Deja a Nell fuera de esto»—. No es necesario hacer una montaña. Jessie, eres una tía estupenda, pero es mejor que no te metas en asuntos sobre los que no sabes ni la mitad. Ahora tengo que dejarte.

Liam colgó. Aquello debería bastar para que Jessie no fuera con el cuento a cada miembro de la familia. Y menos a Nell. Bastante agitadas habían estado en aquellos días las aguas: no necesitaban otro foco de tensión.

Después de que Liam le colgara, Jessie permaneció inmóvil por lo menos sesenta segundos. Se dio cuenta de que estaba temblando. Así y todo, pese a la actitud santurrona de Liam, ella seguía creyendo la versión de Paige. En cuanto a Nell, ¿en realidad estaba al tanto de esa «historia completa» quizá-cierta-quizá-no? Difícil saberlo. ¿Había siquiera una «historia completa»?

A lo mejor su cuñado decía la verdad.

Y aunque hubiera mentido, la relación de Liam con Paige era más importante que la suya con Paige.

Además, él era el que vivía en Irlanda, no Paige. Era a él a quien tenía que ver por lo menos una vez al mes.

Debía adaptarse a las circunstancias.

Pero Johnny tenía que saberlo. No era fácil estar atrapada en una situación tensa entre su marido y su hermano, pero ella misma la había creado al inmiscuirse. ¿Importaba algo que sus intenciones hubieran sido buenas?

—¿Johnny? —Bajó las escaleras corriendo—. Necesito hablar contigo.

Este se puso pálido.

—¿Qué pasa?

Asegurándose de no emitir juicios, expuso sin pasión alguna lo ocurrido.

—Liam tiene razón —insistió—, no tendría que haberme entrometido. Y hemos solucionado nuestras rencillas. —No eran amigos íntimos, pero con el tiempo estarían bien.

—Vale —dijo Johnny.

—¿Estás disgustado?

—No. Bueno, Liam es un poco... Pero bien, todo bien.

—¿Cómo estás? —preguntó Peggy.

—Estoy... —Cara fue incapaz de continuar, un torrente de lágrimas se lo impidió. Lloró sin consuelo, arrancando pañuelos de la caja y aplastándolos contra su rostro empapado—. Lo siento —dijo con voz ahogada—. Es que... —La sacudió otro ataque de llanto.

Cada vez que creía que ya estaba, empezaba de nuevo. Le costaba creer que tuviera tantas lágrimas dentro.

Después de unos minutos, Peggy le preguntó con suavidad:

—¿Por qué lloras, Cara?

—Por el trabajo —balbuceó—. Me vigilan constantemente.

Raoul, Patience y Henry se habían pasado la semana deambulando por la recepción con un pretexto u otro, pero en realidad estaban evaluándola. Observándola. Calibrándola.

—¡No te imaginas cómo me miran! —Eso intensificó el llanto—. Como en las películas cuando hay un traidor o... o un espía doble y alguien de dentro lo sospecha. Así me miran ahora, como si fuera una traidora.

—¿Y eso te hace sentir...?

—Muy triste. Lloro... lloro por haber perdido la confianza que tenían en mí.

—¿Ya no estás apática?

—Tengo demasiados sentimientos ahora. ¿Sabes lo que me han obligado a hacer durante toda la semana? ¡Acompañar a Vihaan! Yo lo formé. Él está tan apenado como yo.

—¿Cómo te va con los demás recepcionistas?

Cara arrancó otro pañuelo de la caja. Seguro que habían hablado de ella, preguntándose dónde había estado durante las semanas que faltó al trabajo, pero nadie se lo había preguntado y Cara no sabía cómo contarlo.

—Todas esas preguntas y explicaciones no expresadas flotando en el ambiente... Es terriblemente incómodo. ¡Y me he convertido en la reina del optimismo! Meto un millón de signos de exclamación invisibles en cada frase. Me paso el día «¡¡¡¡Perfecto!!!!» esto, «¡¡¡¡Perfecto!!!!» lo otro. Es agotador.

82

Cuando la puerta de la calle se cerró y le indicó que Liam se había ido, Nell respiró hondo. Era una tortura estar con él. Desde la última mañana en Italia —solo seis días antes, aunque le parecía un siglo—, su cabeza era un campo de batalla.

Dos cosas terribles, independientes la una de la otra, habían sucedido. Primera cosa terrible: de repente no soportaba a Liam, su marido, el hombre al que se suponía que amaba. Poseía un lado tremendamente cruel y todas las cosas malas que le pasaban en la vida eran culpa de otro.

El fin de semana en Mayo había abierto un abismo entre ellos, se reconoció a sí misma. Lo que Liam le hizo a Sammie fue tan insultante que, aunque Nell había intentado reducirlo a algo lo bastante pequeño para no tener que verlo, se negaba a desaparecer. El despecho en el semblante de Liam aquella noche la perseguía. Aunque estaba borracho y disgustado, ella sintió que había visto al verdadero Liam.

No obstante, llevaba raro desde antes de Mayo. En el elegante hotel de Semana Santa había hecho «comentarios» jocosos sobre lo mucho que Nell bebía o lo vulgar que era su ropa de segunda mano. Y a partir de ahí, todo había ido de mal en peor.

La segunda cosa terrible era que se sentía atraída por Ferdia. Más que atraída. Era casi una obsesión.

Ferdia, un niño. Su sobrino. Más o menos. Aun cuando en realidad fuera solo su sobrinastro político.

Cogió el iPad y googleó «Relaciones impropias». Aparecieron varias historias.

«Mi marido se insinuó a mi hija.»

«Mi marido tuvo una aventura con la mujer de mi hijo.»

Nell siguió bajando.

«Estoy enamorada de mi hijastro.»

Aquella. Pulsó el enlace y devoró los detalles.

La mujer del artículo era trece años mayor que su hijastro. Nell tenía nueve años más que Ferdia, de modo que lo de aquella mujer era peor que lo suyo.

El hijastro tenía dieciocho. Ferdia era casi cuatro años mayor y a esa edad cuatro años eran muchos años.

Cuando la diferencia de edad sobre la que leía era mayor que la que había entre ellos, Nell se sentía menos como una pervertida... Aun así, nueve años.

El viernes Ferdia cumpliría veintidós, por lo que Nell solo le llevaría ocho.

Pero jugar a esas cosas era una estupidez. Lo sabía. Solo quería fingir un rato.

Lo único que le impedía perder por completo la cabeza era su trabajo. El día siguiente a su regreso de Italia había ido al teatro y había trabajado trece horas seguidas. Cada día desde entonces, igual. No era un proyecto fácil, pero por lo menos cuando se concentraba en intentar cuadrar sus ideas sobre el escenario no se flagelaba por ser una persona horrible.

Además, aquello la mantenía alejada de Liam.

¿Cuándo había empezado aquella loca atracción por Ferdia? Porque durante mucho tiempo lo había tenido por un idiota malcriado. ¿Fue en Mayo donde comenzó a sentirse rara con él? ¿Justo después de que Liam lanzara las burbujas a la cara de Sammie? Ferdia, cual galán de película, había rodeado a Sammie con los brazos mientras le murmuraba palabras dulces y reconfortantes contra el pelo. Nell recordaba claramente haber sentido una punzada de celos.

Luego aquel loco caserón del asesinato misterioso, donde el chico había ayudado tanto a Cara. Era muy probable que entre los dos le hubieran salvado la vida. Sin duda, tenía que ser una de esas experiencias que unían.

Debió de ser entonces cuando decidió que Ferdia era un buen tipo.

Pero la cosa se había complicado de verdad durante la semana de sol en la Toscana.

Ya entonces, Nell había pensado, objetivamente, que su sobrino político estaba bueno, pero ¿sentirse atraída por él? Imposible.

Hasta el último día Ferdia no pasó de repente de ser un crío al que Nell apreciaba a ser un hombre que la excitaba. Los dedos le vibraban por la necesidad de acariciarle la cara. Deseaba recorrer su hermoso cuerpo con la lengua, besarlo en la boca, que Ferdia deslizara las palmas por su piel y su voz dijera su nombre una y otra vez.

Se había sentido aturdida: confusa, avergonzada, asustada. Había sido espantoso.

Al despedirse en la cinta de equipaje, tenía tanto miedo de echársele encima y comerle la boca que ni siquiera fue capaz de mirarlo a los ojos.

Nell debía entrar en razón, aquellos sentimientos no podían ser reales.

Le parecían reales, sí, pero no lo eran, no lo eran en absoluto.

Cuatro semanas antes

Viernes, 11 de septiembre

Cumpleaños de Ferdia

83

—¿Jessie?

—¿Mmm? —Intentaba encajar otra botella de cerveza en la abarrotada puerta de la nevera.

—¿Vendrá Barty?

—¿Qué? —Jessie se volvió preocupada hacia su marido—. No, cielo, aún no han hecho las paces.

—Pero es el cumpleaños de Ferd. —Johnny parecía apesadumbrado.

Ella lo miró impotente. Desde su regreso de Italia, casi desde el momento en que aterrizaron en Dublín, la nueva conexión entre ambos se había desvanecido.

—Cariño —dijo con dulzura—, ¿estás bien?

—Estoy genial. Genial.

Era evidente que no. Johnny estaba taciturno, tal vez incluso deprimido. Pero él no hablaba de esas cosas. Aunque estuviera valorando la posibilidad de tirarse desde un puente —¡sentado en la barandilla con la mirada fija en las agitadas aguas!—, insistiría en que estaba bien.

—Johnny —dijo, titubeante, Jessie—, puedes contarme lo que sea. Soy tu amiga.

—Ajá —respondió él con vaguedad—, lo sé.

Aquello no era del todo cierto. Jessie había insinuado que «meditaría» lo de cambiar el modelo de negocio y no lo había hecho.

De acuerdo, le daba miedo hacer cambios. Pero había llegado el momento, aunque no tenía ni idea de por dónde empezar. No obstante, su amiga Mary-Laine, que sabía sobre dirigir empresas más de lo que Jessie sabría nunca, podría aconsejarla.

No dejes para mañana lo que puedas hacer hoy. Agarró el móvil.

—¿M-L? ¿Qué tal, guapa? ¿Nos tomamos algo el lunes después del trabajo? Quiero consultarte algunas cosas sobre mi negocio.

—Vale. ¿En ese bar pretencioso que han abierto en Smithfield?

—Por Dios, somos demasiado mayores, se reirán de nosotras.

Marie-Laine guardó silencio. Marie-Laine quería ir a ese bar y Marie-Laine nunca daba su brazo a torcer.

—Ea, está bien —dijo Jessie—. ¿A la seis y media?

—Hasta el lunes.

—Lamento el retraso. —Cara tomó asiento delante de Peggy—. Lo siento.

La expresión de Peggy era amable pero inquisitiva.

—¿Existe una razón para que hayas llegado quince minutos tarde? —preguntó tras un breve silencio.

—No me ha sido fácil escapar del trabajo y luego he tenido que cruzar la ciudad en plena hora punta. Ya sabes cómo se pone.

En realidad, nadie le había impedido salir del trabajo a tiempo. Cara no tenía ganas de ir, eso era todo.

Peggy la observaba con curiosidad.

—¿Cómo estás, Cara?

—Bien.

—¿Qué clase de bien?

—Pues eso, bien. Genial.

El caso es que a lo largo de la semana se había dado cuenta de que no podía seguir con aquello, ser la mujer con la humillante enfermedad. Ya había perdido demasiadas cosas como consecuencia de aquel desastre. Quería recuperar su vida anterior, romper su vínculo con el hospital y dejar de ver a Peggy. Pasado un tiempo prudencial, casi todo el mundo se olvidaría de que aquel incidente hubiera ocurrido siquiera.

—¿Cómo te ha ido en el trabajo esta semana? —le preguntó.

—Bien. Genial.

—La semana pasada estabas triste y enfadada porque tenías la sensación de que ya no confiaban en ti.

—Esta semana ha ido mucho mejor.

No era cierto. La humillación de acompañar a Vihaan había

terminado, pero el ambiente seguía enrarecido: tremendos niveles de jovialidad tanto por su parte como por la de los demás recepcionistas en un intento de tapar el extraño hecho de que Cara hubiera desaparecido más de un mes por una misteriosa enfermedad.

Raoul, Henry y Patience seguían vigilándola. Era evidente que todavía no habían visto lo que esperaban de Cara. Lo cual había quedado de manifiesto el día anterior.

Los Spaulding eran una pesadilla de matrimonio. Antes de su baja por enfermedad, Cara era la única persona en la que confiaban para que lidiara con ellos. Tenía que reconocer que se puso nerviosa cuando vio que se acercaba el momento de su llegada. Era su primer desafío desde su reincorporación al trabajo, y si la pareja se comportaba de manera especialmente mezquina, no estaba segura de cómo iba a afrontarlo.

Tras el mostrador de recepción, con el iPad y las llaves de los Spaulding, hizo con disimulo uno de sus ejercicios de respiración para intentar calmarse antes de que llegaran.

Cuatro para inspirar, siete para espirar, cuatro para inspirar, sie...

Raoul apareció en la recepción seguido de Madelyn.

—¿Quién tiene las llaves de los Spaulding?

—Aquí están.

—Bien. —Raoul cogió las llaves y el iPad y se lo entregó todo a Madelyn—. No dejes de sonreír y di sí a todo. Vamos.

Vihaan se giró bruscamente hacia Cara, Ling ahogó una exclamación y Zachery abrió los ojos como platos.

Parecía que aquello estuviera pasando a cámara lenta y Cara notó que se le helaba el rostro. Madelyn evitó mirarla, pero era evidente que estaba afectada.

Tratando de calmar la respiración, que era rápida y poco profunda, Cara cayó en la cuenta de que nadie le había dicho que el *check-in* de los Spaulding le correspondiera. No obstante, como en el pasado siempre había sido su cometido, había dado por sentado que seguía siéndolo. Faltó poco para que la humillación acabara con ella. En aquel momento decidió que la cosa había ido demasiado lejos.

Peggy seguía observándola con la misma fijeza.

—Es un gran cambio con respecto a la semana pasada.

Cara sonrió.

—Todo ha vuelto a la normalidad.

—¿Cómo va tu plan de comidas?

Sintiéndose en terreno mucho más seguro, Cara enderezó la espalda.

—Bien. Genial. En serio, han pasado siete semanas desde el… eh… ataque y he seguido el plan a rajatabla. ¡Ni siquiera me apetecen los dulces o el chocolate! Me está resultando muy fácil.

Tan fácil que la convicción de que no tenía ningún problema se había reforzado. Si en realidad fuera una comedora compulsiva, seguro que no habría aguantado tanto tiempo.

—Procura no bajar la guardia —dijo Peggy—. No te conviene confiarte.

—No me confío —repuso Cara—. Solo estoy diciendo que tu plan funciona.

Peggy negó con la cabeza.

—Lo que estás intentando decir es que no tienes ningún problema.

«Porque creo que no lo tengo.»

—Nadie quiere ese estigma —dijo Peggy.

—Tienes razón.

Pero a aquellas alturas, Cara estaba casi convencida de que no tenía un trastorno alimentario y le parecía poco honrado ser una paciente del hospital.

—¿Cómo os va a Ed y a ti? —preguntó Peggy.

Cara tuvo un escalofrío. Era imposible expresarlo con palabras. A veces se enfadaba con él por haber puesto todo aquel circo en marcha. La mayor parte del tiempo eran incapaces de conectar con la facilidad con que lo hacían antes. Trataban de comunicarse, pero era como si cada uno estuviera metido en una burbuja insonorizada.

—Peggy, ¿te importa que lo dejemos aquí? Estoy muerta.

—¿Veinte minutos antes de la hora? —La terapeuta clavó en ella otra de sus miradas penetrantes—. ¿Hasta la semana que viene, entonces?

—No puedo. Vinnie. Tiene cita con un especialista. Sobre su posible TDAH.

—Busquemos otra hora.

—Lo siento, es imposible. Se han portado tan bien conmigo en el trabajo que no me parece correcto seguir pidiendo que me dejen salir antes.

Se instaló un silencio cargado de desaprobación.

—La adicción es la enfermedad de la negación —dijo Peggy—. Te dice que no la padeces.

—Ajá.

—¿Dentro de dos semanas?

—Perfecto, dentro de dos semanas.

Al levantarse para irse, Cara notó una punzada de remordimiento. Peggy había sido muy amable con ella. La apenaba no volver a verla.

—Hasta mañana —dijo Nell a Lorelei.

—¿Adónde vas? ¡Solo son las seis!

—Al cumpleaños de un sobrino.

—¿Te tomas medio día libre?

—Ja, ja, ja. —Nell estaba muy nerviosa—. Adiós.

«Tranqui, tranqui, tranqui —pensó—. Lo tengo controlado. Llegaré, lo felicitaré, le daré el regalo e iré a jugar con los niños. Nadie notará nada.»

Entró en casa.

—Hola —llamó a Liam—. ¿Nos vamos?

Pero no parecía que él tuviera intención de salir.

—¿De veras piensas ir al cumpleaños de ese capullo? —dijo.

Nell respiró hondo.

—Liam, es tu familia.

—Exacto: mía, no tuya. —Estaba buscando herirla. Si él supiera...—. No pienso ir.

—Pues yo sí.

Él frunció el entrecejo.

—¿Q... qué? ¿En serio? ¿En coche o en bici?

—En autobús. —Se sentía demasiado inestable para conducir o, peor aún, pedalear en el tráfico de hora punta.

—Uau. —Liam todavía tenía la espalda delicada después de las vacaciones—. Me encantaría subirme a la bici y darme un buen paseo.

—Pronto estarás bien.

—¿Desde cuándo eres médico?

—Corre, mamá —dijo Vinnie cuando Cara entró en casa—. Ya estamos listos para ir a casa de TJ.

—Hola, cariño. —Ed la besó—. ¿Qué tal con Peggy?

—Verás, Ed... —Aquel podría ser un buen momento para dejarlo caer en la conversación. «Ya no es necesario que la vea. Creo que la dejo.»—. Me encuentro bien. No necesito seguir yendo.

—Cielo. —Ed la miró angustiado—. Peggy es tu cuerda salvavidas, es preciso que...

—Pero estoy llevándolo muy bien. Ya no tengo compulsiones. Vuelvo a ser una persona normal.

—No la dejes, por favor; todavía no. Si sigues con Peggy, tendrás muchas más probabilidades de no recaer.

Cara habría preferido que Ed no hubiera dicho palabras como «recaer»: hacía que sonara mucho más serio de lo que era en realidad.

—Cielo, te quiero muchísimo. —Parecía agotado—. Pero si empezaras otra vez con la comida, me vería obligado a irme. Si me quedara, estaría contribuyendo...

—Eso no va a pasar.

Pero estaba claro que todavía era pronto para que Ed cambiara de parecer.

Cuando Cara se hubiera saltado unas cuantas sesiones y siguiera cumpliendo el plan, tendría la prueba de que realmente estaba mejor. Se lo diría entonces.

Delante de casa de Jessie, Nell se enfrentó al hecho de que Perla estaría allí. Desde que empezó aquella locura sentía unos celos terribles de ella. Pero no podía permitir que se le notara. Inspiró hondo, exhaló despacio y al final se sintió preparada para llamar al timbre.

Oyó unos pies corriendo por el recibidor.

—¡Ha llegado Nell!

La puerta se abrió de golpe y una flotilla compuesta por los primos más pequeños la arrastró hasta la cocina.

Allí estaba él, más alto que todos los demás. Nell no podía mirarlo.

Ni rastro de Perla.

—¡Nell, Nell, Nell! —Jessie la achuchó—. Toma una copa de vino. ¿Y Liam?

—Sigue dolorido… —Se obligó a mirar a Ferdia—. Te pide disculpas.

—¿Cubriéndole las espaldas? —Ferdia sonrió—. Eres demasiado buena para él, lo sabes, ¿verdad?

Se puso colorada.

—Feliz cumpleaños. —Le tendió una caja voluminosa.

Se concentró en los dedos de Ferdia mientras este deshacía con delicadeza el lazo y deslizaba la uña por debajo del celo. Cada movimiento de sus preciosas manos la hipnotizaba.

—¿Qué habrá aquí dentro? —Tirando con suavidad del celo, Ferdia le lanzó una mirada curiosa.

Retiró metódicamente el papel y levantó la tapa. Dentro había un coche tallado a mano, un estilizado Chevrolet de madera de nogal, que provocó una ovación general.

—¿De dónde lo has sacado? —aulló Jessie.

—Del mercado de Summersgate.

Se había tirado un montón de horas allí cuando tendría que haber estado trabajando, hurgando entre las curiosidades de los puestecillos, buscando algo lo bastante especial.

—Así que me regalaste un avión —dijo Ferdia—, ¡y ahora me regalas un coche!

—Liam también participa. —Ja. Este ni siquiera conocía su existencia.

El muchacho ignoró el comentario.

—¿Un abrazo de cumpleaños?

Nell tuvo que entrar en el círculo de sus brazos como si fueran tan seguros como los de Dilly. El calor del pecho de Ferdia traspasó la fina tela de la camisa y atravesó su camiseta.

Le tocó tímidamente la espalda, pero cuando las yemas de los dedos notaron los nudos de las vértebras, se apartó, demasiado deprisa, de él. Para su alivio, la llegada de Ed, Cara y los niños cambió el foco de atención.

Todavía ni rastro de Perla, ni siquiera cuando Jessie dispuso varias fuentes de *dumplings* coreanos en la mesa y se desató una carrera por las sillas. Tal vez no asistiera. Jessie no habría servido la comida si esperaran a más gente.

Patrullando con la botella de vino, Johnny se detuvo al lado de Ferdia.

—¿Más?

—No, estoy dosificándome.

—¿Tienes fiestorro esta noche? —le preguntó Ed.

—Voy a un concierto en el Button Factory. ¿Por qué no os apuntáis? —Ferdia paseó la mirada por la mesa y la detuvo en Nell.

—Mis días de conciertos han quedado atrás —dijo Cara—. Si no tengo una silla donde sentarme, mi sufrimiento es incalculable.

—A todos nos llega la vejez —comentó Ed.

—Y nosotras somos demasiado pequeñas —añadió Bridey.

—Pero Nell sí puede ir —dijo Dilly—. Tiene la edad adecuada.

—Anímate, Nell —insistió Jessie.

—Venga —dijo Ferdia.

—Ja, ja. —Nell no sabía si bromeaban o no—. Mañana tengo que trabajar.

—¿Un sábado?

—Ahora trabajo de lunes a domingo. Solo faltan once días para el estreno. Si alguien quiere entradas gratis, que me lo diga.

—¿Cómo va? —le preguntó Jessie.

—Bien. —Nell hizo una pausa—. Creo. Si no ocurre nada demasiado terrible de aquí a dos martes, llegaremos a tiempo.

Una vez que se hubo escapado de casa de Jessie, Nell telefoneó a Garr.

—¿Dónde estás? ¿Podemos vernos dentro de cuarenta minutos?

—¿Qué ocurre?

—Te lo contaré cuando nos veamos.

—Estaré en el Long Hall.

Cuando Nell llegó, Garr le tenía una cerveza preparada.

—Verás... —No sabía muy bien cómo empezar—. Creo que ya no quiero a Liam.

Lo mejor de su amigo, tal vez de los hombres en general, era que no empezaba a decir lo que pensaba que ella quería oír. Triona, por ejemplo, habría dicho: «¡Claro que lo quieres! Es solo una fase».

—¿Ha pasado algo? —preguntó.

—Varias cosas, pero no creo que sean un factor determinante. Creo que lo que me pasa es que ahora lo conozco de verdad. Aunque suene horrible, no me gusta cómo es. Me casé demasiado pronto, Garr. Fue una gilipollez. La abuela McDermott tenía razón. Y no es justo para Liam.

—Habla con él.

—Lo he intentado. Dijo que solo estamos conociéndonos mejor. Pero cuanto más lo conozco, menos me gusta. Me siento una persona horrible.

—Tienes que contarle lo que acabas de decirme. —Garr hizo una pausa—. No al pie de la letra, suaviza un poco lo negativo. Es muy probable que puedas arreglarlo.

—¿Tú crees? Me siento tan culpable con su familia... Son muy buena gente. Quiero mucho a Cara y también a Jessie, aunque esté como una cabra. Ed es un tío genial. Johnny es una pasada. Y no digamos los niños, Dilly, TJ, Vinnie, Tom, incluso Bridey. Saoirse es un encanto. Y... —Nell calló de golpe.

—¿Qué pasa? —le preguntó Garr.

Nell no podía hablar.

El semblante de su amigo era la incredulidad personificada.

—Por Dios, Nell... ¿hay algo entre tú y ese joven? ¿El hijo? ¿Tu sobrino?

—No. No. Qué va. No.

—Nell, ¿qué pasa?

—Garr, es horrible. Estoy... un poco... obsesionada con él. —Le caían las lágrimas a borbotones—. Estoy muerta de miedo. ¿Estoy mentalmente enferma? ¿Es grave?

—¿Qué edad tiene? ¿Diecinueve? ¿Veinte?

—Veintidós. Soy casi nueve años mayor que él, Garr. Pero enamorarte de tu sobrino no es ilegal, lo he mirado.

—Ah, Nell. Deja que te haga una pregunta: ¿qué sucedió primero, desenamorarte de Liam o colgarte de tu sobrino?

—Desenamorarme de Liam. —Necesitaba que aquello fuera verdad. Si Liam había dejado de interesarle porque se había colgado de Ferdia, ¿qué clase de persona era?

—¿Te gusta mucho o…?

—«Gustar» no es la palabra, Garr. Le deseo tanto que es… una locura. Creo que tiene buen corazón. Antes era un idiota, pero ya no. Es una pasada de tío, es adorable y… —Se aclaró la garganta—. En cualquier caso, tiene novia.

—Mantente alejada de él. Lo digo en serio: mantente alejada de él. Y soluciona tus problemas con Liam.

—Gracias, Garr, lo haré.

El Button Factory era un local oscuro, abarrotado y ruidoso. ¿Se había vuelto loca? Además, en semejante caos nunca lo encontraría. Pero allí estaba él, abriéndose paso entre la gente, con la mirada clavada en ella.

—Nell. —Le brillaban los ojos—. Has venido. —Le alzó el rostro y posó las palmas ásperas y suaves sobre sus mejillas. Acercándose tanto que respiraban el mismo aire, preguntó—: ¿Estás sola?

Nell podía verle los poros de la barba, las leves grietas de los labios, la manera en que sus oscuras pestañas apuntaban, arremolinadas, hacia arriba.

—Voy a pedirte algo.

El miedo se apoderó de Nell.

—No, Ferdia. Lo siento, he de irme.

La ola de pánico la propulsó entre la masa de cuerpos hasta la salida. Una vez en la concurrida calle, con el corazón a cien, sorteó a la gente y se alejó a toda prisa, poniendo distancia entre ellos.

El teléfono le vibró con un mensaje.

Vuelve, por favor

Respirando hondo para liberar la angustia atrapada en el pecho, Nell apretó el paso. Empezó a sonarle el móvil. No debía hablar con él, no podía volver. Aquello era peligroso y aterrador.

¿Por qué le había cogido el rostro y la había mirado de aquel modo?

Tal vez estuviera borracho. O fumado. ¿O solo estaba siendo cordial? ¿O quería apuntarse un tanto sobre Liam? Todo era posible. Lo importante era seguir recordándose a sí misma que hasta el momento, hasta ese exacto momento, no había hecho nada malo.

«Estoy a salvo. Sigo siendo una persona normal. No he hecho nada malo.»

Si cruzaba la línea, crearía todo un mundo de dolor y pesar. No solo a ella, sino a otras personas, sobre todo a Liam. Él se merecía algo mejor.

Caminando deprisa, se concentró en el consejo de Garr: arreglar sus problemas con su marido.

Tenían que hablar de lo que esperaban el uno del otro. Debían ajustarse a la realidad y, quizá, ser sinceros en cuanto a sus decepciones.

La comunicación era fundamental, todo el mundo decía eso cuando no hablaban del «enorme curro» que era el matrimonio.

También estaba el tema de la mochila de Liam: tenía dos hijas a las que nunca veía. Seguro que aquello minaba su autoestima.

Para cuando llegó a casa había tomado una decisión: no se rendiría aún.

84

Estaba bordando un código de barras en una entrada para el estreno de *La sal de la vida.* Era un trabajo laborioso, complejo, equivocarse era muy fácil, y todavía le quedaban varios centenares por hacer... Una mano en su cadera desnuda la sobresaltó. Unos dedos correteaban por su muslo, acariciaban ligeramente su punto más sensible y se alejaban de nuevo. Un aliento caliente en la cara.

—Te he dejado dormir todo lo que he podido —dijo una voz ronca.

La adrenalina se le disparó, trasladándola del angustioso sueño a la cruda realidad. Liam tenía ganas de sexo. No lo habían hecho desde la vuelta de Italia. No era casualidad: Nell había procurado mantenerse fuera de su alcance levantándose pronto y acostándose tarde. Las pocas veces que él se le había insinuado, le había dejado claro que estaba agotada.

Sin embargo, aquella mañana Liam había decidido que Nell ya había descansado bastante.

Pasar por ello no le resultaría fácil. En aquel momento, Liam no era más que un hombre con una erección que quería tener sexo con su cuerpo. Si Nell se negaba, se desencadenaría una crisis. Y ella no quería eso. No después de su decisión de la noche anterior de que todavía había esperanza para ellos.

«Estoy accediendo a esto.»

«Estoy dando mi consentimiento.»

«Lo estoy haciendo para ganar tiempo.»

Cerró los ojos, intentó desaparecer dentro de su cabeza y se recordó que estaba dándole permiso para que hiciera lo que estaba haciendo.

La cosa fue rápida. Jadeando, Liam se desplomó sobre ella.

—¿Y tú? —preguntó.

—Estoy bien. Cansada.

—Genial. —Liam rodó sobre el colchón y a los pocos segundos estaba roncando.

—¿Me pongo las botas? —preguntó Saoirse a la casa en general.

—¡Hace sol! —dijo Bridey.

—Pero es septiembre, casi otoño. ¿Y si llega el otoño mientras estoy fuera y tengo que venir a casa en sandalias con el frío?

Johnny mantenía la cabeza gacha, temeroso de que Ferdia o Saoirse le pidieran que los acompañara en coche a Errislannan.

Algo sobre el cambio de estaciones lo llevó a recordar otros sábados lejanos en los que había sentido que prácticamente vivía allí.

Tras la muerte de Rory le habían dado una llave y una invitación abierta. Iba a Errislannan casi todos los fines de semana, disfrutaba de una cena tranquila y veía la tele del sábado por la noche, que de tan mala resultaba reconfortante. Unas veces Keeva se dejaba caer por la casa; otras, Izzy, pero a menudo Johnny pasaba la velada a solas con Ellen y Michael, y nadie parecía encontrarlo extraño. Estar con Michael hacía que se sintiera un poco menos apenado por todo.

Si, por la razón que fuera, Michael tenía que salir, Johnny lo seguía como un perro fiel. Si la Asociación Atlética Gaélica necesitaba un revisor de último minuto para la noche del *quizz*, Michael y Johnny se levantaban del sofá al mismo tiempo. A Johnny no le importaba pasar noventa minutos vacíos sentado al lado de Michael en un porche ventoso viéndolo romper entradas.

Cuando a los vecinos de los Kinsella les faltaron manos una noche de parto, Michael y Johnny salieron de la cama, se pusieron las botas de agua y cruzaron los prados hasta el establo, donde Johnny, tirando con fuerza, se dedicó obediente a traer corderitos al mundo.

Aun así, Johnny no estaba bien. Hasta él era consciente de ello.

En el trabajo la gente le preguntaba educadamente cómo lo llevaba sin desear en realidad la respuesta. Él interpretaba una versión aceptable de su dolor: una sonrisa leve, torcida, un meneo triste de cabeza y algún cliché como: «Aprendes a vivir con ello».

Pero lo cierto era que si les hubiera contado cómo se sentía de verdad, les habría asustado.

Una noche, en una fiesta del sector, se cruzó con Yannick, un hombre al que no veía desde Before. Le caía bien, siempre le había parecido una persona cercana y relajada.

—Johnny, ¿cómo te va?

Siguió esa pausa pesada, las palabras sobreentendidas: «¿Desde que Rory murió?».

Johnny había bebido más de la cuenta y empezó a soltar pensamientos extraños.

—Pues... eeeh. Yannick... ¿sabes el cuadro del hombre que se sostiene la cara? ¿Uno que se titula *El aullido*?

—¿Te refieres a *El grito* de Munch?

—Puede. El otro día lo vi en una manopla de cocina... Lo sé, una manopla. La gente está pirada. —Johnny soltó una carcajada—. El caso es que, al verlo, por un momento pensé que estaba mirándome en un espejo.

Las pupilas de Yannick se dilataron, alarmadas. No sabía si debía reír o no.

—¿De dónde venimos? —preguntó Johnny—. No entiendo nada. Nacemos, hacemos cosas y luego nos morimos y... ¿por qué?

—Ya...

—¿Tú le encuentras algún sentido? —Se percató de que se estaba lamentando. Calló de repente, se obligó a sonreír y dijo—: Estoy bien, Yannick. ¿Qué tal tú?

Siguió adelante, y un sábado, poco antes del primer aniversario, cuando las hojas empezaban a teñirse de rojo y naranja y el aire contenía un frío otoñal, fue a Errislannan y encontró a Izzy haciendo un sudoku en la mesa de la cocina.

—Te hacía en Nueva York.

—He cortado con Tristão. Aviones, toallitas con aroma de limón... Johnny, de repente mi vida me parecía tremendamente ostentosa.

La entendía. La muerte de Rory había sacado a cada uno de ellos de su rutina y les había hecho reexaminar cómo utilizaban sus breves y valiosos días.

—Esas lujosas vacaciones que nos hemos pegado Tristão y yo... —continuó Izzy—. Lo único que estaba haciendo era experimentar sensaciones.

—Eso no tiene nada de malo.

—Sí lo tiene si no hay nada más. —Con vehemencia, Izzy dijo—: Johnny, yo quiero vivir en un lugar y subirme a un avión dos veces al año. Quiero formar parte de una comunidad y tener un marido e hijos. Quiero participar en un grupo de lectura y sumarme a la vigilancia vecinal.

Él no contestó. Si eso era lo que quería, eso era lo que quería.

—¿Y tú, Johnny? Los años pasan.

Él quería las mismas cosas que Izzy. A lo largo de los años había tenido varias relaciones, algunas de ellas prometedoras, pero cuando llegaba el momento de la verdad, se echaba atrás. Durante aquel tiempo sus sentimientos por Jessie habían subido y bajado. Su deseo alcanzaba un punto álgido, después se evaporaba y durante meses, tal vez incluso años, volvían a ser colegas. En tales períodos estaba convencido de que al final se le había pasado. Pero siempre volvía. Tanto era así que había llegado a preguntarse si no debería aceptar que era algo que seguiría padeciendo de vez en cuando, como una persona propensa a la bronquitis. Entretanto, se había ganado la fama de rompecorazones. En sus momentos de máxima autocompasión pensaba que era una fama inmerecida, pero tenía que reconocer que había hecho sufrir, si bien por cortos períodos de tiempo, a más de una mujer.

Cada vez que dejaba a una, Izzy comentaba en broma:

—Ninguna va a estar a mi altura, Johnny Casey. Cuanto antes lo aceptes, mejor para ti.

Siempre habían funcionado así, Izzy y él. Les gustaba provocarse mutuamente. En una ocasión, cuando eran jovencísimos y despreocupados, el timbre persistente de la puerta despertó a Johnny y a sus compañeros de casa a las tres de la mañana.

Cuando un Johnny con cara de sueño abrió la puerta, ella estaba en el rellano, riendo.

—¡Abra del todo, como dijo el obispo a la monja!

—¿Qué haces aquí?

—Tenía curiosidad. ¿Dónde está tu cuarto?

Johnny se puso tenso. Izzy le gustaba, pero él estaba enamorado de todo el clan Kinsella y no quería complicaciones.

Ella ya había desaparecido escaleras arriba.

—Por Dios, Johnny Casey —gritó desde el rellano—, no quiero casarme contigo, solo quiero un polvo. ¡Vamos!

Una vez en su cuarto, Izzy se quitó las botas y se bajó la cremallera de los vaqueros.

—Ya, pero...

—Piensas demasiado.

Por la mañana ella se mostró igual de relajada.

—Aquí no ha pasado nada, ¿de acuerdo? No queremos tensión alrededor de la mesa de Ellen.

—Vale. —El alivio de Johnny fue inmenso.

La siguiente vez fue él quien se presentó en casa de Izzy.

A lo largo de los años siguientes se acostaron juntos de vez en cuando. A veces tenían varios encuentros en un mes, seguidos de un largo período de abstinencia. Con el tiempo, la cosa se apagó.

En los meses posteriores a la ruptura de Izzy con Tristão desarrollaron una rutina. La mayoría de los sábados por la tarde, Izzy y Johnny iban a Errislannan y se quedaban hasta el domingo por la noche. Ellen los atiborraba de dulces caseros y se entregaban a actividades sencillas, como el Monopoly y el Risk. Si había un cumpleaños u otro tipo de celebración, Jessie acudía con Ferdia y Saoirse, y también Keeva, Christy y sus hijos. Cantaban y comían tarta, y continuaban adelante vadeando la espantosa ausencia.

Johnny seguía siendo el pequeño ayudante de Michael. Cuando la furgoneta de Christy se averió, pese a no saber nada de motores, Johnny acompañó a Michael para echar una mano.

Durante la nevada, cuando un árbol se desplomó sobre la verja de un vecino, Johnny ayudó a Michael a serrarlo.

Fue Liam quien al final se enfrentó a él.

—Tienes casi treinta y cinco años. Pasas tu tiempo libre durmiendo en una cama individual en la casa de los padres de tu colega muerto. Es hora de que madures.

Pero su hermano no tenía ni idea: era demasiado joven y demasiado duro.

—¿O es que estás deprimido? —preguntó—. Si es así, ve al médico, toma pastillas y espabila.

Unas semanas después, Johnny consultó los síntomas de la depresión. Curiosamente, vio que padecía algunos, pero no había necesidad de ir al médico: el tiempo lo curaba todo.

85

Lunes por la tarde después del trabajo. Jessie y Mary-Laine, ambas hablando acaloradamente por teléfono, llegaron al bar hipster exactamente a la misma hora.

—He de dejarte. —Jessie colgó y abrazó a Marie-Laine—. Gracias por venir.

—Mira, una mesa. —Mary-Laine se apresuró hacia ella e hizo señas al camarero.

—Un gin-tonic —le pidió, agradecida, Jessie—. En una copa redonda gigante, ya sabe a cuál me refiero. Con mucho hielo.

—Lo mismo —dijo su amiga—. Me ha convencido lo de una «copa redonda gigante». —Luego, a Jessie—: ¿Qué pasa?

—¿Con quién tendría que hablar para convertir el negocio en online?

Marie-Laine frunció el entrecejo.

—¿Quieres hacer eso?

—La verdad es que no —reconoció Jessie—, pero Johnny sí. —Titubeó antes de confiarle la segunda parte—: Se acerca su cumpleaños y este será su regalo. ¡Vale, lo sé! —se anticipó a Marie-Laine.

—¡No he dicho nada!

—Estás pensando que no se merece nada después del desastre que organizó para el mío...

—Te confieso que me dio pena.

—Normal. Además, ya lo he superado. Esto significa mucho para él, pero no sé por dónde empezar.

—Habla con un consultor de gestión empresarial.

—No conozco a ninguno. Y no sé en quién puedo confiar.

—Karl Brennan. Es el mejor.

—¡Caray, gracias!

—Lo único es que... es un espanto. Sobón. Baboso. Tiene un montón de hijos con mujeres diferentes. ¡Oh, gracias a Dios, aquí están nuestras copas gigantes!

—Parece una pecera. —Jessie admiró su enorme copa balón y brindó con su amiga—. Por el gin-tonic.

—¿Te acuerdas de cuando no se llevaba el gin-tonic? —dijo Jessie tras un maravilloso trago—. ¿En qué estábamos pensando?

—No teníamos ni idea. —Mary-Laine se inundó la boca y suspiró—. Por Dios, qué rico. Ahora están intentando poner de moda el whisky, pero creo que nunca conseguiré que me guste.

—¿Para qué, si tenemos el gin-tonic?

—¿Quieres que contacte con Karl en tu nombre?

—En realidad lo que me apetece ahora es cantar una canción sobre lo mucho que me gusta el gin-tonic —dijo Jessie. Se echó hacia atrás para examinar su copa—. Creo que está más fuerte de lo que pensaba.

—Yo casi he terminado el mío.

—¡Eso es porque somos mujeres de negocios! ¡Emprendedoras enérgicas! Adelante. Contacta con él. Pero dile que es estrictamente confidencial.

—Estrictamente confidencial, por supuesto.

—Y si Karl Brennan acepta, ¿qué hago?

—Reunirte con él. Llévatelo a comer. Sé simpática y natural.

—¿Y dices que es el mejor?

—Brillante. Por desgracia. Ahora es el momento de pillarlo, antes de que termine en un centro de rehabilitación. O en prisión por acoso sexual.

—¿Debería preocuparme?

—Qué va. Pero no intentes salvarlo. Karl posee... —Marie-Laine se interrumpió, buscaba las palabras— una especie de encanto repulsivo.

—Encanto repulsivo. Te entiendo. ¿Pedimos otra pecera?

—Tengo que irme. Gracias por el gin-tonic.

—Gracias por la info.

Jessie oteaba la calle en busca de un taxi cuando le sonó el móvil. Número desconocido.

—¿Jessie Parnell? Soy Karl Brennan. Me ha llamado Marie-Laine.

—Eso es rapidez. ¿Le ha explicado?

—Algo. Deberíamos vernos. ¿Le va bien ahora?

—¡Caray, qué dinamismo! ¿Es un rasgo de los consultores?

—Siempre.

—Ya me iba a casa. ¿Mañana por la tarde?

—En el Jack Black's de Dawson Street. ¿A las siete? Mándeme por correo electrónico las cuentas de los últimos tres años. Le enviaré la dirección.

—Cara —dijo Raoul—, ¿tienes un momento?

¿Qué quería? Habían tenido un día de locos. Zachery estaba enfermo, de manera que había un recepcionista menos. Además, todo lo que podía ir mal había ido mal. Clientes que habían llegado antes de hora. Un huésped saliente que había contraído un extraño dolor en el estómago y seguía demasiado enfermo para dejar la habitación. Una botella de vino medio vacía que se había volcado sobre la alfombra blanca de la suite Luna de Miel cuarenta minutos antes de la llegada de la feliz pareja.

Cara llevaba varias horas apagando fuegos. En cuanto resolvía un drama, estallaba otro.

Justo en aquel momento, un cliente que había dejado el hotel por la mañana acababa de telefonear para decir que se había dejado unos gemelos de brillantes en un cajón, pero los nuevos huéspedes ya estaban instalados y con el letrero de NO MOLESTAR en la puerta. Enfurecido, el cliente había hablado de demandas y Cara había necesitado hasta la última gota de su energía para calmarlo.

El teléfono sonó de nuevo y Raoul dijo:

—No contestes. ¿Qué hay de tu tentempié?

—¿Mi...? —Cielos, el tentempié. Quería morirse de la vergüenza—. ¿Qué hora es? —Eran las tres menos cinco de la tarde: llevaba casi seis horas sin probar bocado—. Estoy bien. Demasiado ocupada para tener hambre. Además... —Señaló el teléfono.

—Henry dice que tienes que comer. —Raoul sonaba irritado—. Tenemos el deber moral de cuidarte. Pero que sea rápido.

Mientras se decía que era más fácil obedecer que quedarse allí a discutir, bajó corriendo las escaleras para comer su puñado de frutos secos en el vestuario.

—¿Adónde vas? —Madelyn parecía enfadada. Y con razón. Hacía horas que nadie se había tomado un descanso ni para ir al lavabo.

—Vuelvo enseguida.

Cara se alejó a toda prisa, pero no sin antes oír a Ling decir:

—¿Adónde va?

Varios hombres solitarios pululaban por el Jack Black's, todos con cierta pinta de derrotados después del trabajo. Pero el que más destacaba exhibía un atractivo pelo plateado de corte elegante, barriga, ojos azules enrojecidos y un traje de dandi con un brillo metálico leve pero preocupante.

«Por favor, no seas Karl Brennan.»

—¿Jessie? —preguntó míster Traje Chungo—. ¡Cojamos una mesa!

—Antes de continuar, ¿es usted muy caro? —preguntó Jessie después de pedir las bebidas.

Karl Brennan esbozó una sonrisita de indolente superioridad.

—Cobro por intervalos de seis minutos. Mi tarifa. —Escribió una cifra en un trozo de papel, como si estuviera en *El lobo de Wall Street*, y lo deslizó por la mesa.

—¿No es su tarifa por hora? —Jessie necesitaba asegurarse—. Será mejor que hable deprisa. Las tiendas físicas tienen los días contados, o eso me dice todo el mundo. Internet es el futuro. Renovarse o morir.

—Ajááá. Algo me dice que no le hace mucha gracia el cambio.

—Es mi marido el que quiere hacerlo.

—¿Qué le preocupa?

—Muchas cosas —dijo Jessie.

—El contador corre.

Jessie lo vomitó todo: su miedo a los bancos, su miedo a la irrelevancia, su miedo a perderlo todo. Su fe y orgullo en la disposición actual, su convencimiento de que acosar a los chefs era un esfuerzo que daba dinero.

—Hice algo similar para AntiFreeze —explicó Karl—. Indumentaria de aventura de gama alta hecha a medida, que operaba en una única tienda en Londres. Ofrecía un producto personal: botas rematadas a mano, guantes, todo. Transformaron el negocio en una empresa online. Consiguieron recrear parte de su servicio personalizado empleando el escaneo digital y el chat. No es perfecto, lo reconozco, pero las ventas han aumentado más de un dos mil por ciento.

—Suena... esperanzador. ¿Y ahora qué?

—Le enviaré un contrato y me pagará un anticipo. Examinaré las cuentas, haré mis indagaciones y elaboraré diferentes propuestas.

—¿Funcionarán? ¿No me iré a pique?

Karl Brennan puso los ojos en blanco.

—Soy bueno. ¡Nunca dije que fuera infalible!

—¿Cuánto tiempo le llevará? Me gustaría tener algo para el cumpleaños de Johnny, dentro de cuatro semanas.

—Eso es una locura —repuso él—. Demasiado pronto.

—Entonces, ¿cuánto tiempo? Porque con su tarifa de seis minutos, como se alargue mucho me arruinaré.

Karl rio. No era para menos.

—No cada segundo de mi tiempo es facturable. Tendré que esperar a que me llegue la información que solicite. Y de vez en cuando hago una pausa. —Otra de sus sonrisitas ligeramente repulsivas.

—¿Un cálculo aproximado?

—Seis semanas, puede que ocho.

Bueno, era un comienzo. El carísimo contrato sería un estupendo regalo de cumpleaños para Johnny, ja, ja.

Una vez en el taxi, telefoneó a Marie-Laine.

—Me he reunido con él.

—¿Intentó llevarte a un local de *striptease* con su novia de veintitrés años? ¿No? Has tenido suerte. Debes de querer mucho a Johnny Casey —dijo Mary-Laine— para estar dispuesta a pasar por esto.

—Y que lo digas.

86

Cara se metió en Space NK y segundos después estaba probándose colores de base en el dorso de la mano. Era como hacer novillos, la misma sensación de libertad mezclada con el temor a ser descubierta.

Había salido del trabajo a las cuatro porque era viernes y era lo que todos esperaban de ella.

Pero no tenía intención de ir a ver a Peggy, de modo que disponía de una hora para hacer lo que le viniera en gana.

El lunes o el martes telefonearía a la secretaria de su terapeuta con una excusa para el viernes siguiente. Algo, cualquier cosa, no importaba. Era una mujer adulta, un ser libre: no estaba obligada a ver a Peggy. Una semana más tarde le escribiría una carta para poner fin a la farsa.

No era una decisión fácil: había terminado por apreciarla. Más importante aún: no quería que Ed se preocupara. Pero ella sabía que podía hacerlo sola. Todo iría bien. No habría más atracones seguidos de vómitos. Todo aquello se había acabado, pertenecía al pasado y no le cabía la menor duda de que poseía la fuerza necesaria para que siguiera siendo así. Solo necesitaba tiempo suficiente para demostrarlo.

Cuando llegó a casa, Ed parecía inquieto.

—¿Qué tal con Peggy?

—Mmm —dijo Cara, procurando sonar positiva sin decir nada en realidad—, genial. —Le sabía fatal mentirle a Ed, pero era demasiado pronto para decirle la verdad. Le habría asaltado el pánico. Entraría de inmediato en modo Sigue las Instrucciones e insistiría en que volviera a Peggy sin demora.

Recuperar su vida anterior requería una gestión cuidadosa. Había ciertos obstáculos que sortear. Pero a fuerza de desmontar con paciencia el innecesario andamiaje que habían construido a su alrededor, llegaría a buen puerto.

Diecisiete días antes

Martes, 22 de septiembre

87

—¡Nell, Nell! —Era su padre, embutido en su único traje y acompañado de la madre de Nell, que iba toda peinada y acicalada.

Nell cruzó el vestíbulo del teatro Liffey.

—¡Solo son las seis y media, bobos! Todavía falta una hora para que empiece.

—No queríamos llegar tarde —dijo Angie—. Es una gran noche para nuestra pequeña.

—¿Entenderé la obra? —preguntó Petey—. ¿No? Genial. En ese caso, ni siquiera lo intentaré.

—¿Cómo estás, cariño?

—Nerviosa. Agotada. Ilusionada. Escuchadme, he de hacer algunos retoques de último momento. Nos veremos en el bar. Lorelei está allí con su novio.

Nell había ofrecido entradas gratis a todos sus amigos, tal como dictaba la costumbre, pero como el festival estaba en marcha, Triona y Wanda eran las únicas que podían asistir.

En realidad se alegraba de que Garr no asistiera, porque Ferdia sí iba a hacerlo. Hacia finales de semana, Jessie le había escrito:

Quedan entradas para el estreno?

A lo que Nell había respondido:

Para ti, siempre. Cuántas quieres?

Jessie había contestado:

Pueden ser dos? Ferd y yo. Es tu mayor fan, lol!

¿Qué diantre significaba aquello? Nell lo había leído y releído mil veces, dando vueltas a los posibles significados. En especial al «lol»; ¿pretendía ser sarcástico?

Pero Jessie no era así.

En el bar, Petey dijo:

—Son y veinte. ¿No deberíamos entrar? ¿Dónde está Liam?

—De camino —dijo Nell—. Id pasando vosotros cuatro. Yo esperaré a Jessie en el vestíbulo.

—¿Estás bien? —le preguntó Petey—. Pareces muy nerviosa.

Desde luego que estaba nerviosa. Como un flan. Y rezando para que Liam no llegara al mismo tiempo que Ferdia y echara por tierra toda posibilidad de hablar con él.

¡Por allí llegaba Jessie! El corazón le aporreaba el pecho.

Detrás de Jessie vislumbró a Saoirse.

¿Qué hacía allí? Nadie la había mencionado, y no había más entradas. A menos que... No, no podía ser... ¿Había acudido en lugar de Ferdia?

—¡Nell! —Jessie bajó y le plantó una botella en las manos—. ¡Felicidades!

Sintiendo que iba a morir de decepción, se entregó a un abrazo exageradamente efusivo de Jessie y a otro de Saoirse.

—¿Cuántas entradas necesitáis?

—Dos, gracias. Para Saoirse y para mí.

—Pero... —Nell se aclaró la garganta—, ¿no mencionaste a Ferdia?

—Ah, sí, sí lo hice. —La vaguedad de Jessie era casi insoportable—. No viene, ha quedado con Perla, de modo que...

—Bien, da igual. —Nell se obligó a sonreír—. Id pasando. Voy a esperar a Liam.

Cuando volvió a quedarse sola, la sensación de pérdida le produjo algo parecido al vértigo. Había estado tan tensa, tan expectante, que se sentía superada. Había confiado en poder mirarlo a los ojos, en tener una oportunidad para entender qué había pasado exactamente aquella noche en el Button Factory.

En fin, ya sabía qué había sucedido: nada en absoluto. Ferdia no estaba allí. De hecho, estaba por ahí con su novia. ¿Qué más necesitaba saber?

—Nell, deberías entrar.

—¿Qué? —Todavía aturdida, se dio la vuelta.

El acomodador estaba a su lado.

—Hay que entrar ya, cielo. Van a comenzar.

—Pero estoy esperando... —En aquel momento tomó una decisión: a la mierda con Liam. Eran las siete y media pasadas. Llegaba oficialmente tarde. ¿Por qué esperar más?

Las luces se apagaron, la pantalla se elevó, la obra comenzó. Nell tuvo numerosos apretones de brazo y gente inclinándose hacia delante desde sus asientos para sonreírle alentadoramente. Haciendo un esfuerzo sobrehumano, trató de concentrarse en lo que ocurría sobre el escenario. Lo había visto ya seis veces, pero nunca sabías por completo si todo funcionaba hasta que tenías un público de pago.

No estaba Mal. De hecho, estaba Bastante Bien. Aun así, lamentaba los elementos de atrezo que no habían podido permitirse, los pequeños toques aquí y allá que habrían mejorado el conjunto.

Interrumpió su autoflagelación cuando la gente cerca del pasillo se levantó. Liam había llegado.

—Perdón —lo oyó susurrar mientras se habría paso—. Perdón. Perdón.

Eran las siete y cincuenta y seis, casi media hora tarde.

Al final, llegó al asiento vacío que había junto a Nell.

—Lo siento —susurró—. Chelsea ha vuelto a putearme.

Ella inclinó ligeramente el mentón. Sus ojos no se apartaron del escenario.

En el entreacto se reunieron en el bar.

—Felicidades —dijo Triona.

—Absolutamente —la secundó Wanda—. Es muy bueno. Tu trabajo, quiero decir. Innovador.

—No entiendo ni jota de lo que pasa —dijo su padre—, pero la construcción parece sólida. Eso no podrán criticarlo. Voy a pedir.

—No sé cuáles son las palabras adecuadas —dijo Angie—, pero eres tan inteligente, tienes tanta imaginación...

—Es un genio, eso es lo que es —afirmó Jessie.

—Cierto. —Saoirse abrazó a Nell.

—No os lo vais a creer —anunció Liam—. Os acordáis de Chelsea, ¿sí? Pues le dije que hoy necesitaba salir antes y le expliqué el motivo. Sin embargo, ahí estoy yo, en la tienda a las siete y diez, y ella sin aparecer. Así que le escribo que he de irme. Le digo que tiene que ir para hacer la caja y cerrar. Y va y me contesta que no tiene ni idea de lo que le estoy hablando.

—¿Se había olvidado? —Angie parecía escandalizada.

—Ya lo creo. Es una bruja.

—Oh, Liam, tienes que dejar ese trabajo ya. Cuanto antes te saques el título de masajista, mejor.

Nell se sentía tan desconectada que era como si estuviera viendo una película.

Liam se volvió hacia ella y le puso las manos en los brazos.

—Lo siento mucho, nena.

—No pasa nada.

—¿En serio? —No parecía muy convencido.

—No pasa nada.

Nell se despertó otra vez a las 6.35. Cogió de nuevo el iPad. Llevaba desde las tres de la mañana dando cabezadas y actualizando las redes sociales, ansiosa por saber qué clase de críticas iba a recibir *La sal de la vida.*

Por fin, los periódicos del miércoles despertaron.

Con un hormigueo en el estómago fruto del miedo y la expectación, abrió la crítica del *Independent* sobre el festival de teatro.

Nada.

La leyó de nuevo, esa vez más despacio, para asegurarse de que no se le había pasado nada por alto a causa de los nervios.

Nada.

La decepción fue brutal.

Pasó al *Irish Times.*

—¿Nada? —Liam se había despertado.

—En el *Indo* no. Y, por lo que parece, tampoco en el *Irish Times.*

Liam ya estaba clicando y examinando su pantalla.

—Hay una pequeña mención en el *Mail.*

—Enséñamela. —Nell se pegó a él.

—Lo siento, nena, nada sobre ti.

Ella insistió en leerla. «Una producción aceptable», era la conclusión, pero ni una palabra sobre ella o su escenografía.

Había recibido tan buenas críticas por *Contrarreloj* que ansiaba recibir un nuevo reconocimiento por su trabajo. No podía evitarlo.

—Otra mención, minúscula, en RTÉ.ie —dijo Liam—. Pero tampoco nada sobre ti.

Nell tuvo que leer también esa para creérselo.

Obsesionarse con las críticas era un gran error. Una mala podía destrozar tu confianza del mismo modo que una buena podía llevarte a pensar, equivocadamente, que eras lo más.

Tan solo debería importarle su propia opinión acerca de su trabajo. No obstante, siguió googleando y clicando sin perder del todo la esperanza. Al final, suspiró y tiró la toalla.

—¿Nada? —preguntó Liam.

Demasiado decepcionada para hablar, Nell se limitó a negar con la cabeza.

—Es por el festival. —Liam sonaba empático—. Son muchos espectáculos, y es probable que les falten críticos para verlos todos.

—Da igual —dijo Nell—. Hice un buen trabajo y eso es lo único que importa. Y puede que salga algo en el *Ticket* del viernes.

Él parecía molesto.

—¿Por qué te importa tanto? Siempre estás o trabajando o pensando en el trabajo.

—No siempre. Es… —Sorprendida, Nell calló—. Sabes que es importante para mí.

—En realidad no lo sabía. Cuando te conocí decías que el dinero no te importaba.

Eso no era lo que Nell había dicho. O pensado. Nunca. No la motivaba el dinero, pero era muy ambiciosa.

—Dinero y trabajo son dos cosas diferentes —dijo desconcertada—. Trabajar me hace feliz.

—No me lo creo. —Parecía enfadado—. Te vendiste como una persona relajada, flexible…

—¿Me vendí?

—Es solo una manera de hablar, no te pongas quisquillosa.

Estaba demasiado desinflada para discutir.

—Ahora en serio —continuó Liam—, ¿recuerdas el verano pasado, cuando recorrimos la costa occidental en autobús? Entonces no trabajabas ni hablabas de trabajo.

—Porque no tenía trabajo y no había nada a la vista. Pero el día en que nos conocimos te hablé de lo mucho que mi trabajo significa para mí.

—No lo recuerdo. Solo recuerdo a una tía tranquila que amaba la vida.

—Liam, no... —Nell calló una vez más. Estaba claro que había decidido que ella era una especie de espíritu libre cándido y altruista. Cualquier evidencia de lo contrario chocaba con la persona que él había decidido que era.

Con razón estaba cabreado con ella.

—Oye —él suavizó el tono—, ¿y si te doy un masaje? Así yo practico y tú te relajas.

Ja. El masaje duraría dos segundos antes de que Liam se empalmara y empezara a insinuársele. Nell no quería follar. Incluso la idea de que la tocara le provocaba rechazo.

El día después de un estreno era siempre extraño: el agotamiento eléctrico se mezclaba con el anticlímax. Después de varias semanas trabajando doce horas al día, de repente no había nada que hacer. A menos que las críticas fueran excelentes, Nell sabía que era imposible esquivar ese bajón anímico. Tenía que dejar que siguiera su curso.

Lorelei y ella intercambiaron mensajes de apoyo en los que se decían que lo habían hecho lo mejor posible. El director le había enviado a Nell un correo de agradecimiento. Triona y Wanda le wasapearon para decirle una vez más lo fantástica que era.

Y Liam seguía allí.

Temía que se quedara en casa todo el día, intentando convencerla de que el sexo era la mejor cura para su microdepresión.

Cada vez le inquietaba más que la actitud negativa de Liam acabara cabreando a Chelsea lo bastante para despedirlo.

Había que tener en cuenta el lado práctico. Era preciso que uno de los dos generara algo de pasta.

En aquel momento, Nell estaba convencida de que jamás volvería a trabajar.

Cuando, cerca del mediodía, Liam se marchó al fin, respiró aliviada.

En el sofá, con Molly Ringwald y el iPad, se evadió con internet. Hizo un test de BuzzFeed, seguido por lo menos de otros veinte, antes de quedarse dormida. A las diez de la noche la despertó un mensaje de Perla:

> He visto La sal de la vida. ¡Buenísima! La escenografía muy ingeniosa. Nos vemos en el Festival de la Cosecha del finde

El móvil sonó de nuevo. Otro wasap. Era de Ferdia.

> Hola! Perla y yo acabamos de salir de La sal de la vida. Eres un genio, la escenografía es lo mejor de la obra. (Sin desestimarla.) Nos vemos en el festival de no-nuevos-pijos!

Habían ido juntos.

«Han ido juntos», los dos solos. Como pareja. Eran leales y amables con Nell porque ella era la que los había presentado.

Las lágrimas llevaban todo el día amenazando con salir y, al final, lloró. Por el fracaso de su matrimonio, por la decepción de la obra y, sobre todo, por su estúpida obsesión con un niño de veintidós años.

Dos semanas antes

Viernes, 25 de septiembre

Festival de la Cosecha

88

Justo como la otra vez que Nell había tenido una crítica positiva, Garr le dio la buena noticia, en esa ocasión con un wasap, a las 8.07 de la mañana del viernes:

> Irish Times adora tu trabajo. Mira The Ticket

—¡Liam! —Lo despertó de un codazo—. Abre *The Ticket*. ¡Garr dice que hablan de mí! ¡Dios mío, aquí está! —Nell leyó el texto por encima—. Bla, bla, bla, diálogos, interpretación... ¡Ah, ya lo tengo! «La escenografía de Nell McDermott es original y sorprendente. Se ha convertido rápidamente en la diseñadora clave de la innovación con un presupuesto ajustado. Sería interesante ver qué sería capaz de hacer con un presupuesto decente. Alguien a quien hay que tener muy en cuenta en el mundo de la escenografía de Irlanda.» —No salía de su asombro—. Hablan de mí, Liam. ¡De mí! Alguien a quien hay que tener muy en cuenta, Liam. ¡A mí!

—Felicidades, nena.

Nell cogió en brazos a Molly Ringwald y empezó a dar vueltas por la habitación.

—¡Tu mami es alguien a quien hay que tener en cuenta! ¿A que no lo sabías? ¿A que no? —Cubrió a la gata de besos.

—No te emociones demasiado —dijo Liam desde la cama—. El mundo de la escenografía en Irlanda es muy pequeño.

Nell frenó en seco.

—¡Estás molesto! Habrías preferido que me hubieran puesto a parir.

—Tú flipas.

No, no flipaba.

O a lo mejor sí…

Se miraron en un silencio desafiante. Acto seguido, Nell giró sobre sus talones y se metió en el cuarto de baño.

—Venga —dijo Nell—, coge tu bolsa que nos vamos.

Liam torció el gesto.

—Verás, es que no me apetece.

—Esto no es una fiestecita a la que podamos decidir no ir —balbuceó atónita—. Jessie nos necesita.

—Tiene un montón de esbirros para que trabajen en ese festival —espetó Liam, irritado.

—Dijimos que le echaríamos una mano.

—Y he cambiado de opinión. Mi trabajo es una pesadilla, estudio en las horas libres para forjarme otra profesión, ¿y encima he de currar gratis el fin de semana?

A Nell se le ocurrían cien maneras de echar por tierra sus argumentos, pero de pronto sintió que le daba igual.

—Pues yo sí voy.

—¿Qué? ¿Por qué?

—Porque Jessie cuenta conmigo.

—No vayas, nena. Quédate aquí conmigo.

—¿Le dirás por lo menos que no piensas ir?

—¿De verdad vas? Entonces díselo tú.

Nell entró en la cocina y telefoneó a su cuñada.

—Nell —contestó ella—. ¿Estás bien?

—Genial. Verás, Jessie, Liam no se enc… —¿Por qué tenía que cubrirlo?—. Liam no irá al festival.

—¿Todavía le duele la espalda?

Jessie estaba tan dispuesta a darle a Liam el beneficio de la duda que Nell sintió una oleada de ternura por ella.

—La espalda la tiene estupenda. Yo sí voy.

—No tienes que hacerlo. Puedo pedir…

—Quiero ir. Escribiré a Ed para ver si puedo ir en su coche.

Cara entró en casa y encontró a Ed en el recibidor con la mochila a los pies, listo para partir hacia el festival.

Podría haber llegado a casa una hora antes, en lugar de deambular por Brown Thomas, pero aún era pronto para contarle a su marido que había dejado de ver a Peggy. Necesitaba unas cuantas semanas más.

—Ya puedes irte, cariño —le dijo—. Pásalo bien.

—Últimamente el coche hace cosas raras —dijo Ed—. Espero que aguante todo el viaje. Siento mucho dejarte con esos dos.

—No lo sientas. Además, mañana por la noche saldré.

Vinnie y Tom pasarían la noche con Dorothy y Angus.

—Lo sé, pero...

—Si te preocupa que me dé un atracón, puedo asegurarte que no lo haré.

—No lo decía por...

—Tranquilo, no pasa nada. —Cara intentó restar importancia a su acritud—. Lo siento.

—Te llamaré. —Ed aún parecía indeciso—. Pásalo bien con Gabby.

—Tú también.

Cuando Ed se hubo marchado, Cara plantó a los chicos delante de una película y una enorme fuente de palomitas y se puso los auriculares. Una de sus *youtubers* favoritas había colgado su estancia en el Haritha Villas de Sri Lanka y la llevaba por cada uno de aquellos rincones alucinantes. Era un exceso total, pero un exceso maravilloso.

Después se sumergió en una suite dúplex del hotel George Cinq; más tarde, en una casa árbol de lujo de Costa Rica...

—Mamá. Mamá. —Notó unos golpecitos en la pierna. Levantó uno de los auriculares. Vinnie estaba gritando—: ¡MAMÁ! La película se ha acabado. ¡Helado!

—Vale, cariño, calma. —Cara fue a la cocina y hurgó en el congelador—. ¿Qué sabor? ¿Pistacho?

—¡No!

—Antes la muerte —dijo remilgadamente Tom.

—¿Chocolate?

—¡Sí!

Tendrían suficiente con tres cucharadas pequeñas en dos cuencos pequeños. Mientras cerraba la puerta del congelador con la cadera, Cara chupó la cuchara sin pensar. Dios, estaba tan increíblemente rico que sintió un estremecimiento.

En la sala de estar, observó a sus hijos devorar el helado.

No iba a ser capaz de evitar el azúcar el resto de su vida. Algún día tendría que empezar a comer de manera normal otra vez. Y aquel era tan buen momento como cualquier otro.

De regreso en la cocina, se sirvió dos cucharadas medianas de helado de chocolate. Acto seguido, tomó asiento y se las comió.

No pasó nada.

89

El Festival de la Cosecha gozaba de impecables credenciales ecológicas. Efectivamente, en cuanto Ed estacionó el coche, Nell contó dos, tres... no, cuatro Teslas.

—Esta gente está muy concienciada —comentó.

—Bueeeeno. —Ed no lo tenía tan claro—. Jessie dice que armaron una gorda cuando se descartó el helipuerto.

Eran casi las ocho de la noche, empezaba a oscurecer y decenas de personas cruzaban el prado en dirección a la entrada portando bolsas de fin de semana muy elegantes, Nell reparó en ello pese a la falta de luz. Mucho Louis Vuitton.

Nada más cruzar la verja, una compañía de bailarines de samba, alrededor de treinta, vestidos con toda la parafernalia carnavalesca, pasó por su lado bailando y agitando las plumas de sus tocados.

—Un Martes de Carnaval improvisado —dijo Ed.

Fascinada, Nell los siguió con la mirada mientras se alejaban.

Ed consultaba la aplicación.

—Jessie y los demás están en el Singing Vegan, que está... —miró en derredor y señaló con el dedo— por ahí.

Mientras dejaban atrás carpas y escenarios y atravesaban grupos de bellas chicas cubiertas de purpurina, Nell se preguntó si Ferdia ya habría llegado. El arrebato de añoranza la sobrecogió. Aunque hubiera llegado, estaría con Perla.

«De verdad, tienes que tranquilizarte.»

En aquel momento pasaban por una sección de *food trucks* procedentes de todo el mundo, con una gigantesca pantalla del puente de Brooklyn como telón de fondo. Casi podías convencerte de que estabas en Nueva York. Era alucinante.

—Esto no es nada —dijo Ed—. Además de las bandas, hay un montón de actividades, cosas muy locas, clases de baile, fabricación de velas, sesiones tántricas...

Giraron por una calle estrecha con pequeños «edificios» de llamativos colores. Parecían nepaleses o quizá andinos. Solo fachadas, pero muy convincentes.

Siguiendo la aplicación, Ed dijo:

—El Singing Vegan debería estar justo... ¡ahí!

Y allí estaba. Abrieron la puerta y se toparon con Jessie, Johnny y lo que semejaba un ejército de niños. Terminada la efusiva ronda de abrazos, Nell comprobó que solo Bridey, TJ, Dilly y Kassandra estaban presentes.

—¿Dónde está, eh..., Saoirse?

—No viene —dijo TJ—. Tiene un amigo nuevo. Un gótico. Saoirse se ha cortado un montón el flequillo y dice que puede que se tiña el pelo de azul marino.

—Desacertado, emo —dijo Bridey—. Significa «en mi opinión».

—La echamos de menos —continuó TJ—. Pero qué se le va a hacer.

—Es una pena. —Aclarándose la garganta, Nell se esforzó por adoptar un tono desenfadado—. ¿Y Ferdia?

—Vendrá mañana con Perla.

Perla. Dios. Cuánto lamentaba haberlos presentado. Pero ¿cómo podía darle rabia la felicidad de Perla?

—¿Quieres ver tu tienda? —preguntó Dilly.

—¿O prefieres comer? —propuso Jessie.

—La tienda.

—Vamos.

Todas las féminas del grupo arrastraron a Nell hacia la puerta.

—Al principio te parecerá lejos... —dijo Dilly.

—Y lioso... —añadió Kassandra.

—Así que, si te pierdes, levanta la vista y busca la torre. ¿La ves?

—Camina en esa dirección. Después, puedes preguntarle a un hombre.

—No a cualquier hombre. Uno que lleve uniforme —aclaró Dilly—. ¡Ya casi estamos! —Luego—: Esta es tu tienda. ¿No es adorable?

Adorable era la palabra justa: un espacio acogedor con un techo cónico del que pendía una ristra de farolillos rosados. Hasta tenía una cama de verdad, hecha de madera tallada y adornada con almohadones estampados y chales de mohair. Sobre un baúl de aspecto macizo descansaba una radio antigua.

—¡Zapatos fuera! —ordenó Bridey—. Ahora, prueba la alfombra.

El suelo de la tienda estaba cubierto por tres alfombras superpuestas, mullidas y gustosas al tacto.

—Como tío Liam no ha venido, Kassandra y yo dormiremos contigo —dijo Dilly.

—Gracias, acepto encantada.

—¿Hay sitio para mí? —preguntó Bridey.

—¡No! —aulló Dilly.

—Pues claro —dijo Nell.

—La tienda de tío Ed está allí —le informó TJ—. No es tan lujosa porque es un hombre y a los hombres les traen sin cuidado esas chorr... —buscó a Jessie con la mirada— cosas. Y a la de Perla se va por allá.

—No tienes cuarto de baño privado —explicó Bridey—, pero los baños no están lejos...

—Y no están asquerosos.

—¡Vamos a enseñarle las bañeras mágicas! —Jessie agachó la cabeza para salir y encabezó la marcha entre las hileras de tiendas.

—¿Ves esa jarra gigantesca al lado de los árboles con el dibujo de un tulipán? —preguntó TJ a Nell—. Es la bañera del tulipán.

TJ se acercó, metió la cabeza entre dos troncos y gritó:

—¡Hola! ¿Hay alguien desnudo en la bañera? —Guardó silencio mientras aguzaba el oído.

—Puedes saber si está ocupada mirándolo en la aplicación —le dijo Jessie.

—Me gusta gritar —replicó TJ—. ¡Dínoslo YA porque vamos a ENTRAR!

Nadie contestó.

—Parece que no hay nadie. Entremos.

Flanqueada por TJ y Dilly, Nell llegó a un pequeño espacio encantador. Dentro de un círculo rodeado de un espeso follaje, sobre un suelo de pizarra, descansaba una bañera honda. En unos estantes sencillos hechos con ramas de árboles había toallas y jabones.

—¿Te gusta? —le preguntó Jessie.

—Me encanta —susurró Nell—. Te bañas en un bosque.

—Cuando haces la reserva —dijo Jessie—, te llenan la bañera para que esté lista a tu llegada. Y el agua es genial para la piel, porque proviene de fuentes termales.

—¡Pero no apesta!

—¿Puede utilizarla cualquiera? —preguntó Nell.

—Claro. Miras en la aplicación si hay una bañera libre, hay siete, y pones tu nombre. ¡Más fácil, imposible! Vamos a buscar a papá y a tío Ed. Nos sentaremos en el jardín encantado y planearemos las tareas de mañana.

—Jessie, dame mis responsabilidades —dijo Ed.

Esta sacó su iPad.

Una bandada de gente ataviada con maillots estampados y alas iluminadas con tiras LED pasó junto a ellos.

—¿Quiénes son? —Nell los siguió con la mirada hasta que se perdieron en la noche.

—Gente haciendo de luciérnagas —dijo Johnny.

—Me encanta este lugar.

—Espero que siga encantándote después de que te hayas currado seis demostraciones gastronómicas —dijo Jessie—. Tres mañana y tres el domingo, a las diez, a las doce y media y a las cuatro, cada una de cuarenta y cinco minutos. Vuestro cometido es paseaos con una bandeja de comida y conversar con la gente. Si son simpáticos, preguntadles si les gustaría estar en nuestro *mailing*. No insistáis. Si no les apetece, despedíos con amabilidad y seguid vuestro camino. Las sesiones de las diez y las doce y media de mañana tendréis que hacerlas vosotros dos solos, pero Ferdia y Perla estarán aquí para las demás. Si pudierais llegar quince minutos antes de cada demostración, os lo agradecería. Aparte de eso, el resto del tiempo podéis hacer lo que os plazca.

—Pero todo el mundo irá a ver a Momoland a las cinco y media —protestó Dilly—. Un grupo de chicas. Es K-pop. ¡De Corea! Oh, Nell, son monísimas.

—Nos encantan —dijo Bridey.

—Son nueve chicas —añadió, emocionada, Dilly—. Y todas llevan el pelo diferente.

—Son demasiado femeninas —dijo TJ—, pero las canciones me gustan. Y algunos de sus vídeos son divertidos.

—Es música *bubblegum* —explicó Dilly.

Eso hizo reír a Nell.

—¿Qué sabes tú de la música *bubblegum*?

—Es lo que dijo Ferdia. —Poniéndose a la defensiva, Dilly declaró—: Y no tiene nada de malo. Te enseñaré los pasos.

Jessie se arrimó con disimulo a Nell.

—¿Quieres venir a la clase de burlesque de mañana por la tarde?

—Eh… no.

—Pero ¿tú no sientes la presión de ampliar constantemente tu repertorio de habilidades sexuales?

—Pues no. No somos muñequitas amaestradas. El sexo debería ser un acto de amor equitativo entre dos personas.

Su cuñada parecía perpleja.

—Yo me esfuerzo por estar al día. Pensaba que todos los jóvenes hacíais sexo porno.

—Puede que ya no sea joven.

—Lo eres.

—No te olvides de lo de Ferdia —dijo Bridey—. Es a la una y media.

—¿Lo de Ferdia?

—En la tienda de la gente inteligente. Hablará sobre tampones gratis para Perla.

—¡Y otras mujeres! —la corrigió Dilly—. No solo para Perla.

—¿No lo sabías? —Jessie miró extrañada a Nell—. Pensaba que sí. Ferdia quiere «despertar conciencias sobre la pobreza menstrual».

Johnny enterró la cara en las manos.

—De todas las causas, tenía que elegir esa. Lo hace a propósito para avergonzarme.

—¡Justo por reacciones como la tuya es necesario hacerlo! —Acto seguido, Jessie murmuró—: Reconozco que a mí también me da un poco de vergüenza.

—No lo sabía. —Nell no podía creerlo.

—Ha estado acosando a políticos, cadenas farmacéuticas, periodistas, a un montón de gente. Trabajó en el tema mientras estábamos en Italia. Pensaba que te lo había contado. Es una buena causa, aunque ahora que ha vuelto a la universidad debería dejarla. Como no saque buenas notas, lo mato.

Nell aporreaba la aplicación para conocer los detalles, y allí estaba: «Hagamos que la pobreza menstrual sea cosa del pasado». Por lo visto, Ferdia Kinsella y Perla Zoghbi iban a dirigir un debate al día siguiente a la una y media en el Lightbulb Zone, donde se celebraban las charlas literarias y políticas.

Aquello era... increíble.

Nell sintió de repente que la situación la superaba.

—Escuchad, ¿os importa si me voy ya a la cama?

—¿No vienes a crear recuerdos con Janelle Monáe? —le preguntó Dilly.

—Esta noche estoy demasiado cansada para crear recuerdos. —Nell miró a la niña con los párpados entornados—. Tienes ocho años. ¿No deberías acostarte tú también?

—No. Soy... ¿qué dijo esa señora que era, mamá?

—Precoz.

—Exacto. Eso es lo que soy.

Nell encontró su tienda y se metió en la cama sin telefonear a Liam para darle las buenas noches. Si protestaba, le diría que no tenía cobertura.

90

Johnny y Jessie, apostados a uno y otro lado de la mesa de operaciones, vigilaban con nerviosismo a Anrai McDavitt, tan célebre por sus arranques de ira como por su virtuosismo con el cebollino.

Nell empezó a circular, iPad en mano. Abordar a los visitantes era desmoralizante. Algunos eran hiperserios con el tema de la comida y la cocina y no reaccionaban bien a las frivolidades. Otros simplemente pasaban por allí y entraban para exhibir su desdén.

—He oído hablar de vuestro hombre. ¿Qué les pasa a los chefs con la gestión de la ira?

Todo el mundo aportaba de buena gana sus datos, pero, aun así, Nell respiró aliviada cuando la sesión terminó.

—¿Cómo te ha ido? —le preguntó Johnny.

—¡Johnny, deberían darte un premio por lo bien que hablas! Haces que parezca fácil cuando de fácil no tiene nada.

—Hasta un burro podría hacerlo.

—Te equivocas, es dificilísimo.

—Está chupado. —Ed había aparecido.

—¿Ah, sí? —dijo Johnny—. ¿Cuánta gente has conseguido?

—Eh... cuatro; no, tres. Mierda, me olvidé de pedirle el correo electrónico al último tipo.

—¿De qué habéis hablado?

—De los mamíferos endémicos de Madagascar. ¿Sabías que...?

—No, y no quiero saberlo. Nell, ¿cuántos has conseguido tú?

—Treinta y uno...

Solamente faltaba una hora y media para volver al trabajo, pero estaba tan nerviosa por la idea de ver a Ferdia que tenía que hacer algo, lo que fuera, para no volverse loca. Consultó el programa. ¿Qué tocaba?

—¿Puedes llevarte a los bichitos a lo que sea que vayas a hacer ahora? —Jessie se le había acercado con cara de agobio.

—¿Estás bien?

—Genial, pero con los chefs ya sabes.

Nell llegó algo tarde a la Lightbulb Zone. Se hallaba hasta los topes, no quedaba un asiento libre y había gente sentada en el suelo. Ferdia se encontraba de pie en la tarima, larguirucho y despeinado, con las mangas de la camisa remangadas.

—... Abolir el actual sistema de acogida es el último paso —estaba diciendo—. Habrá que trabajar mucho. A nuestro Gobierno le conviene el sistema que tenemos ahora porque Irlanda resulta poco atractiva para quienes buscan asilo. El cambio solo se producirá cuando el peso de la opinión pública sea lo bastante grande.

Micrófono en mano, caminaba de un lado a otro como un político joven y atractivo en plena campaña electoral. Nell se sintió perdidamente enamorada de él.

A su lado, Dilly susurró:

—Parece un hombre.

—Es un hombre —siseó Bridey.

—¡No! Como un hombre de la tele, uno que no conozcamos.

—... Las compresas cuestan alrededor de diez euros al mes, lo que representa el seis por ciento del subsidio anual que las mujeres en el actual sistema de acogida reciben de nuestro Gobierno. Es muchísimo.

Se mostraba suelto y relajado, cómodo en su cuerpo. La gente le prestaba atención.

—Una de las razones de que las compresas no sean gratuitas es que a la gente le incomoda hablar de ello. —Rio suavemente—. Sí, sabéis que os incomoda.

Hubo un murmullo de risas de asentimiento.

—Hasta no hace mucho, a mí también me daba vergüenza. Es probable que penséis que tengo mucho morro por hablar de la pobreza menstrual, pero lo cierto es que el dinero público está controlado por hombres. Si los hombres no se solidarizan con este asunto, las posibilidades de conseguir un cambio serán menores.

»En serio, es preciso que los hombres superemos la vergüenza. Estamos hablando de una función corporal que experimenta el cincuenta por ciento de la población mundial. A los hombres que estáis hoy aquí, es posible que esta analogía os ayude. Imaginaos que habéis metido el pie en un charco. Tenéis el calcetín y el zapato mojados. Estáis lejos de casa, así que no os queda otra que pasearos todo el día con el calcetín y el zapato mojados y el frío metido en el cuerpo. Vuestros amigos podrían reírse de vosotros por haber cometido la estupidez de meter el pie en un charco, así que calláis. Ahora imaginad que os ocurre eso siete días seguidos... y que volverá a ocurriros el mes que viene. Y el otro. Y el otro.

—Ser mujer es un asco —dijo TJ en voz baja—. Un asco total.

—En otros tiempos —continuó Ferdia—, estaba mal visto que las mujeres con un embarazo avanzado aparecieran en público, de modo que las envolvían con carpas lo bastante anchas para ocultar su «estado». Hoy, en cambio, una mujer embarazada de nueve meses puede llevar biquini sin que nadie se escandalice.

»Pero los tabúes no se rompen solos. Este cambio se produjo porque suficientes mujeres ignoraron esa ley tácita. Cuanto más hablemos de este tema, sobre todo los hombres, más lo normalizaremos. Pedir compresas gratis para las mujeres acogidas desencadenará muchos «¿Qué pasa?»: ¿qué pasa con las mujeres sin techo?, ¿qué pasa con las mujeres en centros de acogida?, ¿qué pasa con las mujeres con ingresos bajos? He aquí la cuestión: en un mundo ideal, las compresas serían gratis para todas las mujeres. Pero tenemos que empezar por algún lugar, en algún momento. Gracias por escucharme.

La gente prorrumpió en aplausos y hubo un par de «bravo».

A continuación, Perla contó su historia, pero Nell no podía concentrarse. En cuanto el acto tocó a su fin, se levantó, se abrió paso entre la gente e interceptó a Ferdia cuando bajaba de la tarima.

—¡Nell! —Sonrió.

—¿Por qué no me contaste que estabas haciendo esto? —preguntó ella, casi enfadada.

La sonrisa desapareció de golpe.

—Empecé unas cuantas veces, pero siempre pasaba algo. No

quería alardear, ¿entiendes? No quería que pensaras que lo hacía para que me felicitaras.

—Uau. —Luego—: Has cambiado.

—Ya te lo dije.

—Has estado genial ahí arriba. —Le temblaba el mentón—. Increíble.

—¿Qué plan tiene la gente ahora? —preguntó Ferdia—. ¿Comer? Primero he de pasar por mi tienda para coger el cargador.

—¿Dónde está?

—Enfrente de la tuya. La comparto con Ed.

Nell se quedó desconcertada. Tal vez, por el bien de los niños, Perla y Ferdia estuvieran haciendo ver que no dormían juntos.

—¿Qué pasa? —preguntó él—. Pareces…

—Me preguntaba por qué no estás en la tienda de Perla.

Ferdia la miró atónito.

—¿En la tienda de Perla? ¿Yo?

—¿No estáis…? —Nell hizo una pausa. Apenas era capaz de pronunciar la palabra—. ¿Juntos?

Ferdia parecía perplejo.

—Trabajamos juntos en este proyecto… ¡Un momento! ¿En serio pensabas que estábamos juntos? ¿Lo que se dice juntos?

A Nell le molestó que la idea le pareciera tan improbable.

—¿Por qué no? ¿O es demasiado mayor?

—Nell, ¿por qué estás tan cabreada?

—No estoy cabreada. —Estaba al borde de las lágrimas—. Pero me fastidia que pienses que Perla es demasiado mayor, como si… ¡Solo tiene veintinueve años!

—¡No he dicho nada sobre su edad! Perla me parece una tía estupenda, pero no me gusta… en ese sentido.

—Perdona. —Las lágrimas se deslizaban por el rostro Nell—. He tenido una semana muy extraña. Lo siento.

Se tumbó en su cama mientras escuchaba a los diferentes Casey fuera de su tienda.

—Tenemos que llegar pronto para que Dilly y yo podamos ver bien —dijo Kassandra.

—¡Cinco minutos! —Jessie dio una palmada—. Después nos

vamos todos a ver a Duran Duran. Ya sé que es muy pronto, pero ¿quién quiere que Dilly y Kassandra lloren?

—¡Yo! —dijo Bridey.

—A mí tampoco me importaría —añadió TJ.

—¡Bichitos! —Jessie resopló—. ¡No!

Nell estaba agotada. Se veía incapaz de mostrarse alegre y marchosa. Tenía demasiado que procesar.

Por tanto, cuando Jessie anunció «¡Es la hora!», sacó la cabeza de su tienda:

—Me uniré a vosotros dentro de un rato.

Jessie la miró de hito en hito.

—¿Estás bien?

—Perfectamente. —Nell se obligó a sonreír—. Genial.

Cuando sus voces se alejaron, sacó de nuevo la cabeza para asegurarse de que no quedaba nadie. Salió a escondidas de la tienda y, girando en la dirección contraria a la del escenario principal, puso rumbo al bosque. Iría al concierto más tarde, cuando se sintiera tranquila.

Una maraña de ramas formaba sobre su cabeza una cúpula que amortiguaba los sonidos del mundo artificial. El sol descendía, pero todavía se adivinaba un sendero sinuoso entre los árboles. De repente, en medio de un claro apareció una casita de madera. Sobresaltada, frenó en seco. La puerta estaba pintada de rojo y de las ventanas de cuento pendían cortinas a cuadros. Ante su mirada atónita, la puerta se abrió y por ella salió una mujer con un vestido rutilante hasta los pies y adornos brillantes en el pelo.

—Hola. —La mujer sonrió—. ¿Qué te trae por aquí?

—Eh... voy al concierto.

—Curioso camino el que has elegido.

—Quería tiempo para pensar. ¿Qué haces tú aquí?

La mujer sonrió de nuevo.

—Vengo de tu futuro.

Nell sintió un escalofrío. Oscurecía y no tenía ni idea de dónde estaba.

Pero la mujer soltó una carcajada.

—Me encanta decir esa frase, es tan melodramática... Puedes estar tranquila. Soy Ucafutú, Una Carta Al Futuro Tú. Estoy en el programa. Míralo.

—¿Y qué haces?

—Te doy bolígrafo y papel y te escribes una carta a ti misma. Bueno, a la persona que te gustaría ser dentro de un año. Has de describir tu vida entonces, todas las cosas buenas que te gustaría que hubiera, todas las cosas malas que querrías resueltas. Luego le ponemos un sello y dentro de un año te la enviamos.

—¿Por qué querría hacer eso?

—Porque traerá cambios positivos a tu vida. —La mujer hizo una pausa—. O, por lo menos, eso dicen. Cuando escribes lo que quieres, te concentras en las cosas que son importantes. En teoría.

—¿Cuánto cuesta?

—Nada, va incluido en la entrada. —Le pasó un puñado de hojas junto con un bolígrafo—. Me colocaron en este lugar apartado —explicó Ucafutú— para que solo los que lo necesitaran de verdad llegaran hasta aquí. Y lo entiendo, pero solo han venido seis personas en todo el día. Y no tengo wifi.

—Parece un poco... ¿aburrido?

—Ni te lo imaginas. En fin, siéntate bajo un árbol y escribe. No pienses demasiado y sé optimista.

Cuando se enfrentó a la hoja en blanco, Nell se puso nerviosa. Se le antojaba una enorme responsabilidad. Si no acertaba, pensó, su futuro sería un desastre.

—Estoy asustada —dijo a la mujer.

—Tómatelo como un juego.

—¿Cómo empiezo?

—Podrías escribir «Querido Futuro Yo».

> Querido Futuro Yo:
>
> Estoy escribiendo esto en mi presente, en el que estoy muy asustada. Creo que ya no amo a Liam. Prometí que lo amaría siempre y sé que nadie cree en realidad que el matrimonio sea para toda la vida, pero he de reconocer que diez meses es muy poco tiempo, y no me gusto mucho.
>
> Pero en el nuevo presente las cosas van bien. Dejé a Liam...

¡¿Qué?! Tiró el bolígrafo al suelo.

¿Realmente había escrito eso?

Ucafutú levantó la vista.
—Sigue —dijo—. Piensa en finales felices.

Estabas muerta de miedo, pero tenías claro que era lo correcto.

—¿Cómo sé que lo estoy haciendo bien?
—No se puede hacer mal. Piensa en positivo.

A Liam le van bien las cosas. Se sacó el título de masajista, dejó la tienda de bicis y lo más seguro es que ya tenga otra novia, porque así es Liam.

Tu trabajo también va bien, Nell. Has estado trabajando sin parar desde que escribiste esta carta y acabas de terminar un encargo para Ship of Fools para el festival de teatro.

¿Por qué no apuntar alto?

Nadie se llevó las manos a la cabeza cuando dejaste a Liam. Fliparon cinco minutos y continuaron con sus respectivas vidas. Pasado un tiempo, hasta a los Casey dejó de importarles. Siguieron siendo amigos tuyos. Jessie dijo que cuando te convertías en una Casey, lo eras para toda la vida, así que siguen invitándote a cosas y sigues siendo superamiga de Dilly, TJ y Bridey. Y también de Jessie y Cara.

Y de Ferdia.

La chaladura se te pasó. Estuviste loquita un tiempo, pero solo por tus conflictos con Liam. Era más fácil pensar que ya no lo querías porque te habías enamorado de otro en lugar de hacer frente al hecho de que te habías casado demasiado pronto. Con la persona equivocada.

En cuanto dejaste a Liam, tus sentimientos por Ferdia desaparecieron.

De repente se puso triste.

Bueno, no es que desaparecieran, sino que cambiaron. Te diste cuenta de que querías que fuerais buenos amigos porque tenéis muchos intereses en común.

Ferdia terminó sus estudios y tú no le arruinaste la vida.

Nell advirtió que estaba escribiendo cada vez más deprisa.

> Ahora tiene un buen empleo, trabaja para una buena causa y es feliz. Conforme pasa el tiempo, vuestra diferencia de edad parece cada vez menor.
>
> Seguís siendo muy muy buenos amigos. Estáis muy unidos.

En aquel momento iba a toda pastilla.

> Lo ves muy a menudo y a los Casey no les importa, ni siquiera a Liam, y a ninguno de tus amigos le parece extraño. Ferdia les cae bien y todos creen que es guay. Y si tiene una novia, no te importa; piensas que la chica mola.

Consciente, de repente, de lo egocéntrica que estaba siendo, escribió:

> Garr tiene un montón de trabajo y todo el mundo sabe ya que es un genio. Wanda, Triona, todos mis colegas tienen vidas fantásticas. Al final, atendieron el caso de Perla. Kassandra y ella recibieron la condición de refugiadas. Perla ya es médica de cabecera y le va muy bien.

¿Quién quedaba? Jessie. Pero Jessie no tenía problemas. Cara, en cambio…

> Cara se ha curado de su trastorno alimentario y está feliz. Mamá y papá están geniales, y también Brendan, aunque sus valores dejan mucho que desear y solo quiere forrarse. Todo va viento en popa y a todas las personas que conozco les va bien en la vida, y yo ya no estoy obsesionada con Ferdia, y eso es bueno y está todo genial.

Quizá debería parar ahí. Había dejado bien claro que, al final, todo iría bien.

> ¡Buena suerte, Nell!
>
> De mí a mí.

—He terminado —dijo—. Deprisa, un sobre, antes de que me arrepienta.

—Escribe la dirección y le pondré el sello.

A saber dónde estaría viviendo dentro de un año o incluso la semana siguiente.

Nell escribió la dirección de sus padres y entregó el sobre.

—¡Cara! —exclamó Delma—. ¡Hola!

La condujo hasta un reservado del restaurante.

—Nos han recluido aquí. Supongo que no quieren a veinte mujeres borrachas molestando a las parejitas.

—¿Somos las primeras? —Conocía poco a Delma y siempre le había parecido un poco excesiva.

—Sí. ¡Bueno! —La miró de arriba abajo sin el menor recato. Examinó hasta el último milímetro de Cara, desde el rostro hasta los tobillos, buscando... ¿qué exactamente?—. ¡No tienes mal aspecto en absoluto!

Cara notó que se ponía pálida.

—Sí, me he enterado de tu pequeña aventura. Oye, Cara, podría pasarle a cualquiera. Ah, por ahí viene Gwennie.

—¡Cara! —exclamó Gwennie, echándole en el rostro una ráfaga de aliento a alcohol—. No sabía si vendrías. —Luego, con un apretón tranquilizador en el hombro—: Estás genial.

—¡Cara!

—Ah, hola, Quincy.

Esta la envolvió en un abrazo torpe.

—Buen trabajo.

Hacía mucho que Cara no quedaba con aquel grupo, probablemente desde el cumpleaños de Gabby del año anterior. Si cada una de ellas pensaba hacer un escándalo de su «trastorno alimentario», no creía que aguantara toda la noche.

—Cara, ¿cómo estás?

—Hola, Heather. Estupendamente. ¿Y tú?

—Por favor, dime el nombre de las pastillas.

—¿Qué pastillas?

—Seguro que te han dado algo para que dejes de comer más de la cuenta. Yo también las necesito. Te juro que cuando hay patatas fritas en casa, no puedo parar de comerlas. ¿No os pasa?

Ita, una mujer a quien Cara apenas conocía, la llevó a un rincón.

—Pandilla de imbéciles. Esas zorras insensibles no entienden nada. Has de cuidarte. Tienes una enfermedad asesina. A la mierda con ellas, ¿me oyes?, a la mierda. Tú tienes una enfermedad que podría matarte, así que si necesitas levantarte y largarte para sentirte segura, ¡te levantas y te largas!

Eso le sentó aún peor que todos los demás comentarios juntos.

—Eh, gracias. —Cara se escabulló al vislumbrar a Gabby. La agarró del brazo—. Gabby, ¿a quién se lo has contado?

—A nadie. Bueno, a Erin, como es lógico. Y puede que se lo mencionara a Galina, porque siempre está quejándose de su peso. Intentaba decirle que ella en realidad no tenía un problema, no si lo comparaba con el tuyo. —Gabby la miró contrita—. Ostras, lo siento muchísimo. No pensaba que fuera a contarlo. Pero ahora estás bien, ¿no?

—Sí.

Si se marchara en aquel momento, todas dirían que se había ido a casa para atiborrarse hasta caer en coma. («No puede evitarlo, es una enfermedad, ¿sabes?») El amor propio le exigía quedarse.

Pero conforme pasaba el rato y corría el alcohol, la gente se volvía más indiscreta.

—Yo nunca me he obligado a vomitar —parloteaba Milla—, pero he querido hacerlo un montón de veces...

Janette se abrió paso a codazos y se sentó en la falda de Milla.

—Cara, no te lo tomes a mal, pero ¿por qué no estás más delgada?

—¿Perdona?

—¿No es lo mismo que la anorexia?

Y así una detrás de otra. En cuanto la silla contigua a la de Cara se vaciaba, otra mujer llegaba para ocuparla, deseosa de interrogarla.

—¿Postre? —vociferó la camarera por encima de la ebria algarabía—. ¿Quién quiere pedir postre? ¿Usted? —Miró a Cara.

—Tiramisú, por favor.

—¿Puedes comerlo? —aulló Celine desde la otra punta de la mesa—. Eres bulímica.

—Estoy bien. —Acertó a esbozar una sonrisa.

Cuando llegó el tiramisú, observaron a Cara como si estuviera tragando fuego. Relajadamente, sin mostrar un disfrute especial,

Cara comió cuatro o cinco cucharadas y dejó más o menos una cuarta parte en el plato.

—Madre mía, te felicito —dijo, impresionada, Delma—. Yo sería incapaz de hacer eso.

Cara aguardó, preparándose para que un deseo intenso se apoderara de ella. Aunque aquella noche la asaltara el impulso irrefrenable de comerse todos los pasteles del mundo, no cedería.

Pero no ocurrió nada. Estaba bien.

Nell regresó despacio por el camino por el que había llegado. Era noche cerrada. Tal vez comprobara si alguna de aquellas bañeras exteriores estaba libre.

Lo estaban las siete. Por lo visto, no había nadie interesado en darse un baño un sábado por la noche. Nadie salvo ella. Hizo la reserva a través de la aplicación y siguió andando hasta encontrar la estrecha abertura entre los árboles. Cuando entró en el frondoso círculo, el agua, caliente y perfumada, empañaba el aire de la noche. Había toallas sobre un taburete de aspecto rústico y un albornoz colgado de unos listones de madera. El suelo de pizarra estaba seco y ligeramente caliente. Daba la impresión de que un ejército de personas hubiera estado trajinando justo unos segundos antes con intención de dejarlo todo perfecto para ella, pero no se veía ni se oía a nadie.

Los farolillos ensartados en las ramas emitían una suave luz amarillenta. Sobre un estante hecho con una rama de fresno había, etiquetados a mano, cinco frascos de cristal con sales de baño. Nell lanzó un puñado de Ocean Mineral, que tiñó el agua de azul y blanco, se desnudó y entró, estremeciéndose con el repentino calor.

Mientras su cuerpo flotaba, contempló las ramas enredadas de los árboles y agradeció que aún fuera capaz de apreciar su belleza. Iba a dejar a Liam. Cuando llegara a casa la noche siguiente.

Tal vez él le prometiera una vez más que iba a esmerarse, pero eso no cambiaría nada.

Agradecía que Liam se hubiera comportado de manera horrible. Desenamorarse de un hombre bueno sería mucho más duro.

Liam estaría bien, no le cabía duda. Nell sospechaba que le

echaría toda la culpa a ella y obsequiaría a su siguiente novia con historias de su chiflada ex. Pero nada de aquello importaba. Lo que necesitaba era alejarse de él y de todos los Casey. Entonces su obsesión por Ferdia desaparecería.

Los echaría de menos. Pero antes de conocerlos había tenido una vida, podía construirse otra.

Flotando bocarriba con los oídos dentro del agua, percibió una voz queda que la llamaba.

—¿Nell?

Se incorporó de golpe, desplazando el agua con un fuerte chapoteo.

—¿Nell? —La voz incorpórea provenía del otro lado del círculo de árboles—. ¿Estás bien?

—¿Ferdia?

—Me ha enviado mamá. Está preocupada. ¿Estás bien?

—Genial —dijo—. Decidí pasar del concierto.

—Se lo diré. Siento haberte molestado.

Qué tontería, los dos gritando en la oscuridad a través de los árboles.

—Oye, pasa, estoy visible.

Un segundo después, Ferdia estaba dentro del círculo.

—Bueno, no estoy visible. —Nell estaba muy nerviosa—. Pero no puedes ver a través del agua. Quita las toallas y siéntate.

Ferdia se sentó en el minitaburete, evitando mirar el agua blanquecina.

—Lo siento —dijo—. Jessie estaba preocupada por ti porque Liam no ha venido...

—¿Cómo sabías que estaba aquí?

—Vi tu nombre en la lista.

Nell se apretó contra la pared de la bañera y apoyó el mentón sobre los brazos cruzados. Ferdia tenía los codos en las rodillas. Sus manos eran preciosas. Las delgadas muñecas y los descarnados nudillos se le antojaban tremendamente vulnerables. Dios, qué crudo lo tenía.

—Voy a dejar a Liam. —Salió de su boca antes de que pudiera frenarlo.

—¿Qué?

«Dios mío, no.»

—No tendría que haberlo dicho. Liam debería ser el primero en saberlo.

—¿Ha ocurrido algo? —preguntó Ferdia—. ¿Has descubierto... algo?

—He descubierto que ya no lo quiero. ¿No es suficiente? Soy una persona horrible. Ferdia, no se lo cuentes a nadie. No hasta que se lo diga a él.

—Puedes confiar en mí al cien por cien.

Se miraron sin pestañear bajo la tenue luz de los farolillos.

—Entonces, ¿ahora estás soltera?

Lo inesperado de la pregunta hizo reír a Nell.

—Caray, no sé. No tengo la menor idea. —Luego—: ¿Quién quiere saberlo?

—Yo.

«Oh.»

Ferdia tragó saliva.

—Voy a serte franco, Nell —dijo con voz ronca—. Pienso en ti a todas horas...

—¿Ah, sí...?

Ferdia subió y bajó el mentón. Parecía abatido.

—¿Cómo... ocurrió? ¿Cuándo?

—Puede que... ¿en la comunión de Dilly? Sabía que no podía ser idea de Liam darle el dinero a Kassandra, que tenía que ser tuya. Tu... tu pasión, tus valores, tu coherencia con tus ideas. Es como yo quiero vivir.

—Pensaba que no te gustaba.

—Yo también lo pensaba, por el hecho de querer estar casada con Liam. Entonces el fin de semana en el condado de Mayo me dijiste que trabajara de voluntario en algún lado y lo hice porque quería impresionarte. —Ferdia enseguida añadió—: Pero ahora lo hago porque lo siento. Mi compromiso es auténtico. ¿Recuerdas cuando Perla estaba dando aquella charla? Entraste y ¡bum! La mujer más bella del mundo. Quedé deslumbrado. Casi pierdo la cabeza.

—Pero ¿tan pronto después de Sammie...?

Ferdia esbozó una sonrisa triste.

—Sammie lo supo antes que yo. Cortó conmigo en el tren que tomamos desde Westport. Yo sabía que pensaba que eras guay, lo que no sabía entonces es que se trataba de algo más. Pero te quiere y no te guarda rencor.

Ferdia se encogió.

—Después vino Italia. Aquello fue un suplicio, y mi cumpleaños, otro tanto. Entonces fuiste al Button Factory, yo había tomado unas copas y no pude esconder lo que sentía. ¿Por qué fuiste, Nell?

«Porque no me quedaban fuerzas para seguir resistiéndome.»

De repente, Ferdia parecía exhausto.

—Solo dime si hay alguna posibilidad. Para mí. Para nosotros.

—¿Me pasas la toalla?

Sobresaltado, tanteó el suelo de pizarra. Desplegó la toalla y se levantó. Ella se levantó a su vez, con el cuerpo chorreando, se aproximó a la toalla y dejó que él la envolviera con ella y sujetara la tela con un casto pliegue cerca de su axila.

Le tendió la mano para ayudarla a salir, pero ella negó con la cabeza. Mientras estaba dentro de la bañera, con esa especie de barrera entre ellos, había sentido que estaban a salvo.

Con timidez, atrajo el cuerpo de Ferdia hacia el suyo, acercándole el rostro un poco más. Cerró los ojos y sintió su aliento en la piel; luego, su boca sobre los labios, lenta, anhelante y tierna. Ferdia tenía las manos sobre su pelo mojado y el beso se intensificó, tornándose más urgente.

Si no paraban justo en ese momento, Nell empezaría a desabrocharle los vaqueros. Se abrazaría con las piernas a su cintura y lo dejaría deslizarse dentro de ella. O lo metería en el agua y le arrancaría la ropa...

Abrazándola fuerte fuerte fuerte, apretando las caderas de Nell contra las suyas, respirando jadeante y entrecortadamente en su oído, Ferdia susurró:

—Sal de la bañera, Nell, por favor.

—No. —Con gran esfuerzo, ella se apartó.

La soltó bruscamente. Luego, acercándose a la línea de árboles, apoyó el brazo en un tronco e intentó recuperar el aliento.

—Ferdia —dijo Nell—, este es el lío más aterrador de mi vida. Todo esto me supera. Necesito ocuparme de mi situación con Liam.

—Creo que estoy enamorado de ti.

—¡Madura!

—No, madura tú. Entre nosotros hay algo especial y los dos lo sabemos.

—Soy nueve años mayor que tú. Estoy casada con tu tío.

—Mi tiastro. Político. Y nueve años no es nada. Sam Taylor-Johnson es veinticuatro años mayor que su marido. Sí, he estado googleando esas cosas.

—¿Y qué pasa con Jessie? La respeto mucho, me cae de maravilla, le dará un infarto…

—Oye, que ya somos adultos.

—Sí, podría decirse que… No, tú aún estás estudiando.

—Termino dentro de ocho meses.

—No puedo fiarme de mí porque estaba segura de que amaba a Liam.

—Porque se las daba de míster Perfecto haciendo ver que le gustaba el arte y todo eso. En cuanto a mí, pensabas que era un niñato malcriado, porque lo era. Pero he aprendido mucho y muy rápido.

Nell apretó los labios. No podía prometerle nada hasta que hubiera hablado con su marido.

Él suspiró y se encogió de hombros.

—Oye, ya sabes lo que siento. La decisión es tuya. Si me quieres…

Y se marchó.

Nell se secó despacio mientras la bañera se vaciaba. Aquello no estaba bien. No debería haber ocurrido. Nada de aquello. Por mucho que él dijera, Ferdia en realidad no la amaba: era solo un joven idealista. De igual modo, lo que ella creía sentir por él, el deseo, la atracción física, no era más que un extraño resultado colateral de su delirante agitación emocional.

Dejar a Liam y poner fin a su matrimonio iba a ser un proceso duro: precisaría toda su atención y energía. Solo tenía que confiar en que, cuando todo hubiera terminado, su alivio por el hecho de que no hubiera pasado nada con Ferdia fuera inmenso.

Aparte de aquel, reconozcámoslo, beso absolutamente increíble.

91

—Mamá. Mamá. ¡MAMÁ!

Un dedo puntiagudo se hundió en su brazo.

—¡Ay!

—¡Despierta! —gritó Vinnie—. ¡Hemos vuelto de casa de la abuela!

Cara abrió los ojos y tuvo que cerrarlos de nuevo. Le dolía todo. La cabeza, la mandíbula, los hombros, incluso los pies.

—¿Qué pasa? —gimió.

—Necesito dinero.

Los recuerdos de la noche anterior la asaltaron como un alud. El cumpleaños de Gabby. La espantosa cena. La humillación de oírlas a todas murmurar sobre ella. Solo había bebido dos copas de vino. ¿Por qué se sentía como si tuviera la peor resaca de su vida?

—Dinero —repitió Vinnie.

Despacio, sintiendo todos los músculos doloridos, consiguió incorporarse en la cama. Era evidente que había pillado un virus.

—¿Ha venido la abuela? —susurró.

—Se ha ido a jugar al tenis.

—Ve a buscar a Tom.

—Primero el dinero.

Cara consiguió abrir los ojos.

—Ve. A. Por. Tu. Hermano.

Vinnie retrocedió atemorizado y regresó instantes después con Tom.

—El termómetro —le indicó Cara—. Está en la caja del cuarto de baño. Estoy enferma.

Pero no tenía fiebre. No lo entendía.

Se sentía como si hubiera hecho diez clases de pilates seguidas.

¿Era por lo de la noche anterior?

Tal vez. Durante la cena se había sentido atacada y, como consecuencia de ello, había contraído todos los músculos en un intento de ir haciéndose cada vez más pequeña, hasta desaparecer. Peor que el dolor físico era la terrible depresión que había descendido sobre ella, en apariencia de la nada. Todo se le antojaba frágil y extraño: sus amistades, su trabajo, Ed y ella.

No habría podido salir de la cama aunque su vida hubiera dependido de ello. Avanzado el día, los chicos le hicieron tostadas y una taza de té, que le presentaron con el mismo orgullo que si hubieran conseguido dividir un átomo. Cara no fue capaz de felicitarlos con la efusión que tan obviamente esperaban.

Al anochecer, mientras aguardaban la llegada de su padre, se metieron en la cama con ella y pusieron *¡Rompe Ralph!*. A Cara empezaron a caerle lágrimas por las mejillas. Al poco rato estaba jadeando y le costaba respirar.

—Para —dijo Vinnie, preocupado—. Por favor, mamá, para. Las mamás no lloran.

Nell dejó la bolsa del fin de semana en el recibidor y encontró a Liam en la sala de estar. La angustia le vibraba en el estómago, sentía náuseas. Tenía que saberlo ya. Estaba en su derecho.

—¡Ya has vuelto! —Hizo ademán de levantarse para besarla, pero ella le indicó con un gesto de la mano que siguiera sentado.

—Tenemos que hablar.

Se llevó una sorpresa cuando él contestó:

—Sí, tenemos que hablar. Yo lo haré primero. He dejado el trabajo.

Ella se puso pálida.

—¿Qué? ¿Ahora?

—Sí. —Liam estaba de un humor excelente—. Es lo mejor. Trabajar y estudiar al mismo tiempo es un agobio, y estaba volviéndome un cascarrabias. Además, nena, los marrones que he de tragarme en ese lugar con lo poco que me pagan, ¿para qué?

«Esto no puede estar pasando.»

—La única pega es que tendremos que vivir con lo que tú ganes. Nos mantendrás a los dos, pero solo un tiempo. ¿Te importa? —Bajando la voz, añadió—: «En la riqueza y en la pobreza», ¿sí? Nena, no pongas esa cara de espanto. —Su sonrisa era dulce—. Nos irá la mar de bien. Me examino dentro de un par de meses. En cuanto tenga el título, podré empezar a cobrar a la gente. Puede que tarde un tiempo en crearme una clientela, pero estaremos genial.

Ella no había escrito nada de aquello en la estúpida carta a sí misma.

—¿De qué querías hablar?

—Eh... de nada. —¿Cómo podía soltárselo todo en aquel momento?—. No tiene importancia.

Johnny tiró del cinturón y lo dejó en la bandeja de plástico junto con la cartera, el maletín, el portátil y el iPad.

—¿Lleva líquidos? —preguntó la mujer—. ¿Algo en los bolsillos?

Johnny hurgó en busca de calderilla. Había algo en la mujer, la mirada chispeante con que lo observaba, que le recordó a Izzy. Soltó un puñado de monedas en la bandeja y avanzó, pero algo arrojó su mente al pasado, a más de trece años atrás.

Izzy lo había llamado al trabajo.

—Necesito un acompañante para una gala —dijo—. Tema de trabajo.

Hacía unos diez meses que había cortado con Tristão y parecía definitivo.

—¿Estarías dispuesto a ir conmigo?

Johnny apenas tuvo que pensárselo.

—Claro.

El acto tenía lugar en un flamante hotel de mármol-y-oro en mitad de la nada. Terminada la larga velada, y sin consulta previa, fueron a la habitación de Izzy y se acostaron. A sus treinta y cinco años, Johnny era mayor de lo que lo había sido en aquellos encuentros despreocupados de sus veintipocos, y mucho más triste. No obstante, cuando lo atrapaba la piel de Izzy, su boca, sus manos, se sentía normal: un hombre, un animal humano, haciendo aquello para lo que lo habían programado.

Por la mañana, mientras Izzy dormía profundamente tendida sobre las sábanas, con sus largas piernas enredadas en las de él, Johnny se preguntó si el lugar de aquella mujer estaba en su cama. Y viceversa. Ella era una mujer muy especial, pero vulnerable. Él también.

—No tendría que haberme molestado en reservarte una habitación —dijo ella cuando por fin abrió los ojos.

—No sabíamos que esto fuera a ocurrir.

—Vamos, Johnny.

A él le sorprendió su propia ingenuidad.

—Izzy, eres una de las personas más importantes de mi vida. Me importas demasiado para que seamos...

—¿Follamigos? Vale, no pasa nada.

—Entonces, ¿buen rollo?

—Claro que sí, memo. Somos Izzy y Johnny, entre nosotros siempre hay buen rollo.

Unos sábados más tarde, en Errislannan, una tarde tempestuosa de octubre, se calzaron las botas de agua y salieron a que les diera el aire. La luz ya estaba menguando cuando atravesaron los prados. Se acercaba el invierno.

El vago zumbido de la valla eléctrica instó a Izzy a decir:

—¿Recuerdas cuando nos empujábamos contra la valla?

—Sí. —Él esbozó una sonrisa vaga.

—Era la manera que teníamos de divertirnos entonces. Estábamos pirados.

—Tú, desde luego.

—Ja, ja. Mira qué bonito está el cielo. —Izzy contempló las vetas lilas y malvas. Luego—: Johnny, tengo algo que decirte. ¿Hay...? —Se detuvo y empezó de nuevo—. Johnny, creo que podría haber algo entre nosotros. Algo serio.

A Johnny se le cayó el alma a los pies. No se lo esperaba. «No puedo hacerle daño.»

—Izzy... Pienso que eres lo máximo.

—Pues claro —dijo ella con un deje de su antigua chulería—. ¿Qué me dices... de aquella noche en el hotel?

Johnny sintió que tropezaba y resbalaba en su intento por aferrarse a la verdad antes de que se la arrebataran. Pensaba que habían echado un polvo admirablemente adulto, libre de emociones, pero en ese momento empezaba a comprender que para Izzy había sido un encuentro romántico e importante.

—Dijiste que no querías que fuésemos follamigos —continuó ella.

—Es cierto, pero… —Él se refería a que no deberían acostarse.

—¿Hay alguien más? —Izzy se había detenido y lo miraba directamente a los ojos.

—Izzy, escúchame; ahora mismo no estoy en condiciones de tener novia.

—Han pasado casi dos años, Johnny. Tenemos que intentarlo. —Acertó a esbozar su sonrisa optimista—. Prométeme que lo meditarás.

Pero las palabras adecuadas se negaron a salir.

—Eh, Johnny Casey —le había preguntado Izzy por teléfono—, ¿estás evitándome?

«Sí.»

—No. Es que estoy a tope de trabajo.

Desde su proposición de aquel día, estar con ella le hacía sentirse despreciable e incómodo. Johnny se había dado cuenta de que no podías ir por ahí acostándote con cualquiera. Los actos tienen consecuencias. Había empezado a faltar a sus noches de los sábados en Errislannan. Una aquí, dos allá. Acababa de saltarse tres seguidas, su máximo hasta el momento.

—Oye —dijo Izzy—, es evidente que te he amedrentado. Lo de «tú y yo juntos» era solo una idea. Una mala idea. No iba en serio.

—Claro, lo sé. —Señor, qué alivio.

—Se me fue la olla. Ninguno de los dos está en su mejor momento, ¿verdad? Siento mucho haberte asustado.

—No, nada de eso. Pero, en serio, el curro es una locura.

Era cierto. Jessie seguía superándose, trabajando cada vez más y arrastrando a los demás con ella. En aquel momento estaba obsesionada con encontrar un local en Limerick.

—De todos modos, ven este sábado —lo persuadió Izzy—. Todos te echamos de menos. Telefonearé a Jessie y le diré que te dé el fin de semana libre.

—¡Sí, hazlo!

Se había quitado un enorme peso de encima. De repente, caminaba con brío, lleno de energía.

De hecho, dos días más tarde, Johnny acompañó a Jessie a Limerick para ver un local.

El lugar parecía prometedor, lo bastante como para implicar a un arquitecto. Jessie estaba demasiado cansada para otro viaje de ida y vuelta al día siguiente. La niñera podía pasar la noche con Ferdia y Saoirse, y Johnny no mostró inconveniente en quedarse a dormir allí, porque no tenía nada aquella noche. Porque nunca tenía nada.

Se registraron en un hotel pequeño y salieron a comer un sándwich. Johnny acompañó a Jessie a su habitación y comprobó que no había intrusos debajo de la cama.

—Solo me deseabas porque tu amigo me deseaba —dijo Jessie justo cuando él salía por la puerta.

Johnny podría haberlo dejado allí: una risa breve, un reconocimiento de que así de imbécil era él.

—Sí te deseo —dijo en cambio.

Porque así era.

¿No había aprendido hacía poco que los actos tenían consecuencias, que no podía ir por la vida acostándose con todo quisqui?

Pero se trataba de Jessie.

Ruborizada y encantada, ella procedió a desabrocharle la camisa, y aunque Johnny intentó hacer ver que no estaba ocurriendo, no la detuvo. A veces no podía evitar preguntarse qué clase de hombre era.

Once días antes

Lunes, 28 de septiembre

92

Por su respiración, Nell supo que Liam ya estaba despierto.

Ninguno de los dos tenía trabajo, de modo que no había motivos para levantarse. Era una constatación deprimente.

—Todo el mundo sueña con no ir a trabajar los lunes por la mañana —dijo—, pero cuando no tienes opción...

Él se dio la vuelta.

—Yo sé una cosa que nos hará sentir mejor a los dos.

«No.» Ella se deslizó sobre las sábanas y bajó de la cama.

—¿Qué? —Él se quedó perplejo—. ¿No te apetece?

¿Qué debía decir?

—Lo siento.

—¿Tienes la regla?

—No... Es que... lo siento.

—¿Simplemente no te apetece? —Él parecía sorprendido—. ¿Ya no te gusto?

—Es que ahora mismo no me apetece.

—No lo entiendo.

Ella se encogió de hombros nerviosa. Necesitaba un motivo para salir de casa. Estar allí atrapados los dos juntos un día tras otro no auguraba nada bueno.

Llamó a su padre desde el salón.

—¿Qué pasa, Nellie?

—¿Tienes trabajo ahora? ¿Puedo echarte una mano? No hace falta que me pagues mucho.

—¿Quién eres tú y qué has hecho con mi hija?

—Papá, ¿sí o no?

—Sí. Un casoplón en Malahide. Oye, ¿estás bien?

—Solo necesito estar ocupada. Nada más.

—Bueno, no me lo digas. Ya te lo sacará tu madre y me lo contará. Podrías saltarte al intermediario y... ¿No? Vale. ¿Quieres empezar mañana?

—Gracias. Mándame un mensaje con la dirección.

—Puedo decírtela, aprovechando que estamos hablando. ¿Por qué tenemos que mandarnos mensajitos para todo? ¿No puedo...?

—Bueno. Vale. Dímela.

Oyó que Liam salía de casa dando un portazo. Embargada de un enorme alivio, se sentó en el sofá con Molly Ringwald, agarró su iPad y buscó en Google: «Me he divorciado y no llevaba ni un año casada».

Era increíble la frecuencia con la que ocurría. Había parejas que en la propia luna de miel habían descubierto que todo había terminado. Para algunas, los preparativos de boda habían sido tan complicados y les habían robado tanto tiempo que la pareja feliz no se había cruzado una palabra amable en meses. Cuando se veían aislados en una pequeña franja de arena en el océano Índico, descubrían que en realidad no se soportaban.

Luego estaban las mujeres que se habían «casado por pánico»: temiendo que nunca encontrarían al hombre perfecto, habían decidido conformarse con un espécimen inferior. Pero se habían dado cuenta de que, en realidad, no podían...

Nell devoraba cada caso; le consolaban especialmente los más parecidos al suyo: básicamente, quienes se habían casado demasiado pronto, antes de conocerse como es debido. «Es muy fácil dejar de fijarse en los detalles al principio.» Se identificaba con aquello.

No tenía sentido culpar a Liam. Ella era la responsable. Ella había querido que él fuera don Perfecto y se había negado a escuchar a los que le rogaban que fuera cauta.

¿Por qué se habían casado? ¿Qué prisa tenían? Liam lo había querido, pero ella también.

Lo vivió como algo emocionante; de eso se trataba. Había pensado que así parecía interesante y madura.

Recordaba haberle dicho a su padre: «Siempre podemos divorciarnos». Lo había dicho en broma, pero, sin ser consciente de ello, ¿había intuido que no durarían?

Ella no había dejado a Liam. Si lo hubiera hecho, el clan Casey al completo habría puesto el grito en el cielo. El sábado por la noche, parecía muy convencida. Pero era evidente que algo había pasado después de que llegara a casa. ¿Había decidido darle otra oportunidad? ¿Se había dado cuenta de que todavía lo quería?

Fuera lo que fuese, Ferdia se sentía como una mierda. Sin lugar a dudas, aquellos habían sido los días más duros de su vida.

El domingo por la tarde, cuando todos volvieron del festival, esperó pacientemente a que anunciaran que Nell había dejado a Liam. Pero no pasó nada, de modo que se acostó intranquilo. A la mañana siguiente seguía sin haber noticias. Fue a la universidad, tratando de borrarlo de su mente, pero cada diez minutos consultaba el móvil.

Lo único que encontraba era la nada más absoluta. Cada. Puñetera. Vez.

El martes, lo mismo. Estaba distraído, nervioso y con el ánimo por los suelos.

Lo peor era que no tenía a nadie con quien hablar. Y menos con Nell.

Decidiera lo que ella decidiese —o no— hacer, él tenía que mantener la calma: mandarle mensajes o llamarla sería una forma de acoso.

A saber si ella querría tener algo con él si dejaba a Liam... Pero mientras siguiera casada, no había ninguna esperanza.

La situación lo destrozaba. Se sentía abandonado, como si hubiera perdido a alguien querido. Y aquello era un disparate, porque él nunca la había tenido.

Era miércoles por la mañana. Seguía sin haber noticias. Por primera vez, reconoció que era probable que no las hubiera. Aquella era en ese momento su vida. Tenía que seguir adelante, hacer como si no pasara nada. Seguir poniendo un pie delante del otro; con el tiempo, lo superaría.

En casa, el desbarajuste del desayuno ya había empezado.

Jessie le puso un plato delante.

—Ha sobrado una tostada, bichito. —Acto seguido, dirigiéndose a las niñas pequeñas, añadió—: Marchaos ya o perderéis el autobús.

Ferdia miró la tostada. Tenía la boca seca. No podía probar bocado.

—Mamá… —dijo con voz ronca—. ¿Cuándo es la próxima quedada familiar?

Ella lanzó una mirada a Johnny.

—Su cumpleaños. El viernes que viene. Tenemos cena en casa.

—¿Quién viene?

—Los de siempre. Nosotros. Ed, Cara y los niños. Liam y Nell. ¿Por qué?

—Por saberlo.

Ella se disponía a seguir interrogándolo, pero su móvil sonó. Pasó volando y le echó un vistazo.

—Es Nell. Liam busca cuerpos para practicar como masajista.

—¿Qu-qué?

—El curso que ha hecho. —Jessie estaba impaciente—. Necesita voluntarios.

¿Nell daba la cara por Liam? La cosa no pintaba nada bien.

—Yo estoy muy liado —dijo Johnny rápidamente.

—Puede ser en cualquier momento durante las próximas siete semanas.

—Aunque tuviera toda la eternidad, no pienso dejar que me den un masaje. ¿Nadie se ha parado a pensar en lo antinatural que es? Una persona frotando a otra como quien trata de limpiar el pipí de perro de la alfombra…

—¿Cuándo ha hecho pipí Camilla en la alfombra? —Jessie echó chispas por los ojos.

—Ya está limpio.

—Fenomenal. Yo también estoy muy liada —dijo Jessie.

—A mí no me apetece nada que el tío Liam me dé un masaje. —Saoirse puso cara de asco.

—¿Ferd?

—¿En serio? Ya sabes lo que pienso de ese capullo.

—Que le pregunte a Robyn —dijo Saoirse en voz baja—. Seguro que a ella le gustaría. A los dos.

Cuando Jessie bajó por la escalera a la penumbra del Jack Black's, el camarero la vio y alargó la mano hacia la botella de ginebra. No.

La ginebra era para más tarde, no para las diez y media de la mañana.

Allí, sentado a una mesa pegajosa, luciendo otro de sus trajes de pirado, estaba Karl Brennan. En otra persona, su formalidad podría haber impresionado, pero en aquel momento, su tercer encuentro, Jessie se preguntó si en realidad dormía allí.

Saludó con la cabeza al camarero.

—Agua solo, gracias.

—¡Pero si siempre toma ginebra!

Qué pesados, esos hombres y sus frágiles egos, buscando aprobación por el simple hecho de acordarse de lo que bebía una persona. Lo cual era (a) su trabajo y (b) no precisamente una proeza cuando ella era la única mujer que habían visto en ese bar pequeño y desierto. Un local al que, por su salud mental, había cambiado el nombre por el de Última Parada Antes de Rehabilitación.

—Un poco pronto para ginebra —dijo ella, un comentario que hizo que dos hombres de distintas mesas le lanzaran miradas dolidas de sorpresa.

—Señora Parnell. —Karl le dedicó una inclinación de cabeza demasiado formal—. Siempre es un placer.

—Señor Brennan. —Jessie acercó un taburete.

Ella no tenía experiencia en asesores de gestión empresarial, pero sospechaba que Karl Brennan era muy poco representativo del oficio. Para empezar, parecía beber mucho de día. Y también de noche.

Sus trajes eran propios de los cantantes de los ochenta.

Y también su pelo.

Pero su capacidad para centrarse en las cosas que ella consideraba importantes la animaba. Él había solicitado el encuentro para profundizar en su gestión de los chefs. Jessie sospechaba que él era muchas cosas, casi todas malas, pero cabía la posibilidad de que, a su manera repulsiva y disfuncional, fuera un genio.

—¡No, Ed! Tendría que depilarme las piernas. Y ponerme autobronceador.

—¿Qué? ¿Por qué?

—Para que Liam me viera sin ropa... Me moriría.

—Pero ¿no te dijo Peggy que tienes que empezar a tratar bien tu cuerpo?

—Sí, pero...

Habían pasado casi tres semanas desde la última vez que vio a Peggy. Cuando hubieran pasado unas pocas semanas más, podría decírselo a Ed.

—¿Qué tal si le dices a Liam que estás nerviosa? —propuso Ed.

—No creo que le importe.

—Si se saca el título, tratará con toda clase de gente. Será una buena oportunidad para él. Y para ti.

Ella no soportaba la idea de que Liam le diera un masaje. No era un buen tipo. No estaba del todo segura de cuándo había llegado a aquella conclusión, pero lo sentía en lo más hondo.

Era un poco baboso: en la Toscana no había parado de comerse con los ojos a Robyn.

No creía que fuera buena persona. A veces se preguntaba si Nell era demasiado joven y estaba demasiado deslumbrada por él.

Pero si seguía resistiéndose a la propuesta de masaje, existía la posibilidad de que Ed hiciera algo como llamar por teléfono a Peggy para que ella intercediese. Y aquello sería un desastre.

—Está bien —concedió—. Lo haré.

—Cara dice que puedes darle un masaje —dijo Nell.

Liam hizo una mueca.

—No. No puedo, con ella no.

—¿Por qué no?

—Es una criticona.

—Para nada. Es un encanto. —Tuvo que hacer un esfuerzo enorme para controlarse—. Cuando te saques el título, tendrás que trabajar con personas con las que no te apetezca. Es parte de tu formación.

—Solo trabajaré con gente que me guste. —Él reparó en la cara de escepticismo de ella—. ¿Qué? Esto se me da bien, Nell. Podré elegir a mis clientes.

Era como estar en una pesadilla, atrapada con él hasta que aprobara los putos exámenes.

Gracias a él, había vivido un año sin pagar alquiler. Para ser justa, ella debería cargar con la responsabilidad económica durante los dos meses siguientes. Una persona más fuerte se habría largado sin más. Le habría dicho que había sido un idiota al dejar el trabajo y quedarse sin ingresos. Pero ella no era así.

En cuanto ganara dinero de nuevo, podría irse, de modo que lo único que podía hacer por el momento era conseguirle cuerpos para sus prácticas de masajista. Y era mucho más difícil de lo que ella esperaba. No es que la familia de Liam hiciera cola precisamente. Y ella no soportaba que la tocase.

Su obsesión con Ferdia seguía reconcomiéndola. Si estuvieran tan locos como para empezar algo, quién sabía el caos que podría desatarse... La perseguían horribles visiones en las que él suspendía sus exámenes y los dos vivían en la miseria, odiados por todos los Casey y, al final, odiándose mutuamente.

Era probable que lo viera el viernes de la semana siguiente en el cumpleaños de Johnny. Para ella sería una auténtica tortura.

Cuatro días antes

Lunes, 5 de octubre

93

La camilla de masajes de Liam estaba instalada en la habitación de Violet.

—Siéntate. —Liam señaló con la mano la mecedora rosa—. Solo necesito saber algunos datos. ¿Estás medicándote? ¿Alguna lesión de la que debería estar al tanto? ¿Alguna información pertinente?

—No me medico. No tengo ninguna lesión. Pero no estoy... —ella tosió— en mi elemento.

—Este es un entorno profesional, Cara. Piensa en mí como pensarías en un médico.

Pero eso no le sirvió de ayuda: también pasaba vergüenza cada vez que se mostraba delante de un médico.

Liam salió de la habitación y la dejó desvestirse a solas. Cara trepó a la camilla y, de espaldas, tiró de la toalla, desesperada por taparse lo máximo posible.

Levantó la cara del hueco del reposacabezas y gimió:

—Ya estoy.

A continuación, apoyó de nuevo la cabeza y admiró la alfombra de Violet.

Él entró en la habitación, le bajó la toalla hasta la cintura y le echó, sin cuidado, aceite en la espalda. Algunas gotas salpicaron el pelo recién lavado de Cara. Las manos frías de él se posaron en su piel y se le puso la carne de gallina en todo el cuerpo. Al instante, Liam estaba masajeando y apretando con los nudillos como una lavandera habiéndoselas con una sábana muy sucia en la orilla de un arroyo.

Era enérgico, pensó Cara.

Pronto tenía la piel como si se la hubieran quemado con un mechero. Parecía que hubiera encontrado una mancha especialmente rebelde en su hombro derecho. Cuando le hundió los dos pulgares, ella supo que le saldría un moratón. Liam arrastró los nudillos hacia atrás sobre la misma zona y Cara creyó que no podría soportarlo.

«Así debe de ser que te torturen —pensó—. Tumbada y sometida a un dolor insufrible.»

Solo que cuando te torturan no tienes que fingir que te gusta. Puedes gritar y suplicar piedad.

Dios, ya estaba otra vez con los nudillos.

—Ejem, Liam —dijo, tosiendo otra vez—, me parece que la presión es un pelín intensa.

—¿Sí? —Él sonó sorprendido—. Seguramente porque no eres deportista, ¿verdad?

—Claro —murmuró ella, acalorada por la humillación.

—Vale. Para ti, la versión suave.

Hubo una pausa de expectación.

—Gracias —masculló ella contra el reposacabezas.

Él empezó otra vez; la presión era menor, pero en absoluto agradable. Cuando llegó a los muslos, se recreó demasiado pellizcando y apretando la celulitis como si fuera plastilina. Cara estaba convencida de que aquello no supondría ningún beneficio y de que él solo se entretenía.

Ya estaba de nuevo pellizcando la grasa y dejando que volviera bamboleante a su sitio.

Al final, ella tuvo que darse la vuelta para que pudiera trabajarle la parte delantera del cuerpo. Pero cuando él se disponía a tocarle la barriga, Cara ya no aguantaba más.

—Vale —dijo él entonces—. Ya estás. Caramba, lo necesitabas.

Ella sonrió inquieta. «Por favor, sal y deja que me vista.»

—Eres la persona más tensa que he tocado en mi vida.

«Vete a la mierda.»

—Bueno, ¿qué te ha parecido? —preguntó él.

—Bien.

Él seguía mirándola.

—Muy bien. —Y acto seguido, en un ramalazo de inspiración, añadió—: Divino.

—¡Genial! Estupendo. —Liam sonreía de oreja a oreja—. Guay. ¿Alguna recomendación para mejorar?

Cara negó con la cabeza. ¿Podía salir de la habitación de una vez y dejar que se vistiera, por favor?

—Divino —repitió él—. Y nada que mejorar. ¡Soy un crack!

Tres días antes

Martes, 6 de octubre

94

El timbre del móvil sobresaltó tanto a Nell que se tambaleó en la escalera de mano. Ya nadie llamaba por teléfono... ¡Debe de ser una urgencia! Agarró el móvil.

—¿Jessie? ¿Estás bien?

—Nell, perdona que te llame. ¿Te acuerdas de la cena de cumpleaños de Johnny, el viernes por la noche? No estoy segura de que siga adelante.

—Ah. Vale.

Tal vez debería sentirse aliviada: ¿sería capaz de estar en el mismo espacio que Ferdia y comportarse como si él no fuera especial para ella?

Pero cada vez que pensaba en el viernes, una comezón recorría todo su ser.

Jessie habló rápido.

—Michael Kinsella..., el padre de mi primer marido, Rory. Mi suegro. Acabamos de enterarnos de que está en cuidados intensivos por un infarto. Johnny está destrozado. Michael era como un padre para él, un padre de verdad, no como el psicópata de Canice. Ferdia y Saoirse también están muy afectados. —Acto seguido añadió—: Y yo no estoy precisamente en mi mejor momento.

—Qué mala suerte, Jessie.

—Así que todo apunta a que no habrá cena de cumpleaños dentro de dos días.

—Olvídate de eso. Tú preocúpate de Johnny y... las niñas. Y de ti.

—Está bien. Gracias. Adiós, bichito. —Colgó.

Nell respiró hondo. Ferdia le había dicho lo importante que Michael era para él. Entonces... ¿debía llamarlo?

¿Como amiga?

Pero había dedicado diez duros días a desengancharse de él. Cualquier contacto volvería a poner el contador a cero.

Vale. No lo llamaría. No lo llamaría bajo ningún concepto.

«Correos electrónicos», pensó Jessie. Contestaría correos electrónicos.

Miró a Johnny. Él alzó la vista al mismo tiempo.

—¿Deberíamos...?

—¿Llamar a Ellen? No.

—Pero...

No, no podían.

El marido de Ellen podía estar muriéndose. La pobre mujer debía de estar pasando un infierno. No tenían ningún derecho a hacerla sufrir más.

—Podría llamar a Ferdia —propuso Jessie.

—¿Tendrá el teléfono encendido? Si están todos en cuidados intensivos...

—Lo intentaré. —Pero saltó el buzón de voz de Ferdia y colgó.

A primera hora de la tarde, su hijo devolvió la llamada.

—Ha tenido dos paros cardíacos. Le han puesto un globo para desbloquear la arteria y un marcapasos temporal. Solo tiene un treinta por ciento de posibilidades de salir de esta. Si sobrevive hasta mañana por la noche, tendrán una idea más clara.

«La verdad es que no suena muy bien...»

—¿Qué tal están todos?

—Bueno, imagínatelo. —Ferdia parecía incómodo.

—¿Puedes decirles...? —Jessie se interrumpió—. Gracias, bichito.

Relató los hechos a Johnny, quien respondió con una brusca inclinación de cabeza. A Jessie se le cayó el alma a los pies. Estaba hecho polvo. Aunque ella no estaba para nada tan destrozada como él, aquello le había despertado muchos sentimientos: una pena protectora por Ferdia y Saoirse; empatía por Rory, por lo duro que le habría resultado aquel trance si hubiera estado allí, y, sobre todo, recuerdos de aquella época de su vida en que era tan joven y tan feliz, cuando Izzy y Keeva consiguieron que se sintiera viva.

Hacía mucho que había dejado de aspirar a una reconciliación. El distanciamiento de su antigua familia política era incómodo, y violento, pero seguía adelante. Sin embargo, en aquel momento la invadía la nostalgia: en realidad se lo habían pasado en grande. Las echaba terriblemente de menos. Sobre todo a Izzy.

Ellen había llamado por teléfono a Ferdia aquella mañana poco antes de las siete. Ferdia y Saoirse habían corrido a prepararse para ir al hospital.

Jessie se encontraba en la cocina organizando el desayuno cuando Johnny dijo en voz baja:

—¿Debo ir yo también?

Sorprendida, comprendió que él debía de estar esperando, e incluso deseando, que un drama a vida o muerte diera pie a un reencuentro. De hecho, ella también abrigaba un pequeño atisbo de esperanza.

Pero el drama a vida o muerte había llegado y una reunión afectuosa de última hora en el lecho de muerte parecía cada vez menos probable. La única solución era que ellos dos deshicieran todo lo que había pasado desde la muerte de Rory.

Jessie ni podía ni estaba dispuesta a hacerlo.

Si hubiera llorado la pérdida de Rory como los Kinsella querían, no se habría casado con Johnny ni habría tenido tres hijas más. La familia y la vida que tenía en aquel momento no existirían. Pero al recordar cómo les había dado la noticia, le costaba creer lo insensible que había sido. Se había sentado en la sala de estar de la familia y había dicho:

—Creo que estaba destinada a estar con los dos: primero con Rory y luego con Johnny.

Era un disparate. Pero en aquella maravillosa primera época de sexo, sexo y más sexo con Johnny, una parte muy útil de su subconsciente había acallado su culpabilidad susurrándole: «Estabas destinada a ello».

Michael, Ellen y Keeva habían respondido con un silencio de consternación. Izzy había roto a llorar de furia.

—Pero ¿a ti qué te pasa?

Jessie sabía que Izzy y Johnny habían estado liados hacía mucho. Todo el mundo lo sabía. Nunca fue nada serio, porque Izzy se acostaba con cualquiera. Y Johnny también, en realidad.

Su cuñada siempre le había quitado importancia haciendo comentarios como «Ningún hombre dura para siempre. Aparte de una noche de sexo con Johnny Casey, pero él no cuenta». En asuntos del corazón, mostraba una fortaleza admirable. Por extraño que pareciera, aunque le había contado a Jessie su lío más reciente con Johnny, no le había dicho que le había propuesto que mantuvieran una relación formal. Había sido él quien se lo había contado.

Ella no había inferido nada en absoluto de la omisión de Izzy: la vida había cambiado, las prioridades eran otras.

En aquel momento, entre lágrimas incontenibles, Izzy había dicho con voz entrecortada:

—Rory se ha ido, tú te lo has quedado todo y nosotros no tenemos nada.

A ella le entraron escalofríos. Acababa de enterarse de que Izzy estaba enamorada de Johnny. No sabía en qué momento sus sentimientos se habían transformado en amor, pero estaba claro que así había sido.

Jessie adoraba a Izzy: la admiraba, la respetaba, la quería, la veneraba. Y ahora le había hecho daño. A la familia de Rory nunca le entusiasmaría la relación entre ella y Johnny, pero confiaba en que al final la aceptasen. Aquello era harina de otro costal.

El pánico se apoderó de ella mientras se preguntaba cómo podía arreglarlo. «Tendré que dejar que Izzy se quede a Johnny.»

«Pero lo quiero.»

«Y vamos a tener un bebé.»

«Debería dejar que él eligiese.»

«Pero eso es ridículo. Yo lo quiero y él me quiere. No es ningún bolso por el que Izzy y yo estemos peleando.»

Los cuatro Kinsella se habían mostrado mucho más enfadados con Jessie que con Johnny.

—Somos dos —insistía Johnny en voz alta—. Yo tengo tanta culpa...

Pero Izzy susurraba: «Cállate, Johnny», y tapaba con sus palabras los intentos de él por echarse la culpa.

Incluso cuando se fueron de la casa, Michael estrechó la mano a Johnny y Ellen lo abrazó fuerte con lágrimas en los ojos.

Jessie solo recibió miradas furibundas de indignación.

En cuanto llegó a casa, llamó a Izzy. Esta le colgó.

Jessie volvió a llamar. A la mañana siguiente, llamó de nuevo. Izzy le colgó otra vez y otra y otra.

Aparte de Johnny, Jessie ya no tenía a nadie en quien confiar.

El consuelo le llegó de una fuente inesperada: su madre.

Dilly Parnell era, por naturaleza, una persona discreta. Costaba mucho hacerla participar en una charla animada. Pero cuando se enteró de lo de Johnny y Jessie, se soltó.

—¡Una segunda oportunidad en el amor! Qué bendición. ¡Y otro bebé en camino! Pero, dime, ¿cómo se lo han tomado Michael y Ellen?

Con un repentino alivio, Jessie se desahogó:

—Están muy disgustados. Y también Izzy y Keeva.

—Era de esperar.

—Pero me culpan a mí mucho más que a Johnny. Como si yo fuera una seductora insensible. Las mujeres siempre se llevan la culpa.

—No piensan con claridad —dijo su madre—. Creen que les has robado a sus dos hijos.

—¡Yo no les he robado a nadie!

—Cuando te casaste con Rory, se lo arrebataste. Mientras él estaba bajo tu «custodia», se murió. Ahora les has quitado a su... ¿Cómo se dice? Suplente. ¿Sustituto?

—No tiene lógica, mamá. Me echan la culpa de... Y me sorprende, porque son unas personas encantadoras. Buenas.

—Están sufriendo. Tú has tenido la suerte de conocer a un hombre que podría ser el equivalente de Rory. Pero ellos nunca tendrán un hijo o un hermano suplente. ¿Y Johnny e Izzy?

—Yo pensaba que no había nada, pero Izzy tiene el corazón roto. A lo mejor debería dejar que se lo quedase.

—No seas tonta. De todas formas, no lo dices en serio.

No lo decía en serio: su instinto de supervivencia se había activado.

—Vuelves a estar viva —dijo su madre—, y eso te gusta.

Durante las semanas y los meses siguientes, Jessie continuó enviando mensajes a Izzy, aduciendo su desconocimiento de lo que sentía por Johnny; mandó correos electrónicos en los que se deshacía en disculpas; escribió cartas a mano en las que juraba que haría lo que Izzy quisiera. Todo menos renunciar a Johnny.

Su excuñada no hizo caso de nada.

Pasó más de un año hasta que volvieron a verse: una de las entregas meticulosamente coreografiadas de Ferdia y Saoirse a sus abuelos se había ido al traste. La señora Templeton, la vecina que más a menudo ejercía de intermediaria, estaba postrada en la cama con neumonía. Fue Izzy quien abrió la puerta e hizo pasar a Ferdia y Saoirse. Su mirada resbaló sobre Jessie de una forma despectiva y feroz, y, acto seguido, la puerta se cerró.

Estar tan cerca de Izzy, sentir su hostilidad, le afectó. Hizo el trayecto de vuelta a casa llorando.

Entonces Bridey, que tenía dieciocho meses, empezó a chillar en el asiento trasero y a ella se le alegró el corazón.

Deseó no haber hecho daño a nadie; deseó que Izzy y ella siguieran siendo amigas. Pero en la vida las cosas no pasan como deseamos.

Johnny miró a Jessie de soslayo en la oficina. Durante muchos años, la nostalgia por los Kinsella había sido un sentimiento poco intenso, a menudo tan leve que apenas se notaba. Pero desde aquel domingo lluvioso de junio, cuando llevó a Saoirse y Ferdia a Errislannan, las cosas ya no eran así.

Había dejado salir a Ferdia y Saoirse del coche, había cambiado de sentido y había regresado por la estrecha carretera rural en dirección a casa. Apenas había recorrido cincuenta metros cuando oyó un ruido rítmico amortiguado, una música con unos bajos potentes. Un reluciente Range Rover Discovery color borgoña se dirigía a él con la música a todo volumen.

No había suficiente espacio para que los dos coches pasaran: uno tendría que parar y, por la actitud del otro, tendría que ser el de Johnny.

De repente, el corazón empezó a bombearle adrenalina pura: Izzy era la otra conductora.

Hacía años que no la veía. Observó que a ella le cambió la cara cuando lo reconoció; de repente, su coche paró y le cerró el paso.

Todos los músculos de él se tensaron, a la espera del enfrentamiento.

Entonces ella sonrió.

El día anterior

95

«Él quiere a su abuelo, debe de estar destrozado, le gustaría que lo llamase.»

«Pero... ¿Y Liam? ¿Y mis principios?»

«Sí, pero puedo quedar con Ferdia como amiga...»

Nell estuvo todo el miércoles dándole vueltas a la cabeza.

Era jueves por la mañana y la noria mental seguía girando sin descanso.

Comprendió que, si no llamaba, la angustia seguiría hasta el infinito: si lo telefoneaba, cesaría.

«Fenomenal —pensó, llena de alivio—. Voy a hacerlo.»

Él contestó después de medio tono.

—¿Nell?

—Ferd. —Ella espiró por el simple placer de pronunciar su nombre—. Me he enterado de lo de tu abuelo. Lo siento mucho. ¿Qué tal está?

—Sigue aguantando. Si sobrevive las próximas trece horas, debería estar fuera de peligro.

—Oh, Dios. Bueno, crucemos los dedos.

—Sí. —A continuación, él añadió—: Nell... ¿Quedamos?

—Vale.

—¿De verdad?

—Por supuesto. —¿Por qué si no había llamado?

Pero ¿dónde?

No podía ser en un bar ni en una cafetería. Dublín era demasiado pequeño: seguro que alguien los veía. Evidentemente, no podía ser en la casa de Liam y, evidentemente, tampoco en la casa de la abuela de Ferdia.

¿Y en la casa de los padres de ella? No. Sería supercutre. ¿La casa de Garr? No. No estaba bien involucrar a otra persona.

Una idea fugaz le cruzó la mente: ¿la casa que estaba decorando? Solo era un plan muy elemental, pero le había dado una idea.

—¿Y el piso que Johnny alquila por Airbnb? Si hoy no lo tiene reservado nadie…

A continuación se hizo el silencio.

Ella se preocupó: ¿había ido demasiado lejos?

—¿Y cómo entramos? —dijo él entonces—. Él debe de tener una llave en la…

—Yo tengo una llave. De cuando lo pinté en verano. No se la devolví. Bueno, lo intenté, pero él dijo que era mejor que tuviésemos una copia por si Cara perdía la suya.

—Por lo que dice, casi siempre está reservado. —Lo oyó teclear—. Las posibilidades de que esté vacío son… Vamos a ver. No. Hoy hay gente. Pero parece que mañana está vacío.

«Jodeeeeeer.»

—¿Nell?

¿Iba a hacerlo? ¿Iba a hacerlo de verdad?

—Vale. —A ella le tembló la voz—. ¿A qué hora?

—A las doce tienen que dejarlo libre. —Él tuvo que aclararse la garganta—. ¿Esperamos un par de horas para asegurarnos de que se han ido de verdad?

—Entonces… ¿Nos vemos allí a las dos?

No pasaría nada. No en ese sentido. Ellos estaban por encima de eso.

Ed acababa de pasar al carril izquierdo cuando el motor de su coche empezó a hacer unos ruidos inquietantes, como si algo estuviera atascándose. Frenó, se apartó con fuertes sacudidas hacia el arcén y rezó para que su carné de socio de la Asociación del Automóvil siguiera en regla. Del motor salía un horrible humo negro e intuyó que los días del viejo Peugeot habían tocado a su fin.

No era el momento ideal. Nunca lo habría sido, pero justo entonces, con los gastos de la enfermedad de Cara, andaban más escasos de dinero de lo habitual. Si necesitaban un coche nuevo, era probable que a ella volvieran a asaltarle los remordimientos.

Deseó que a ella no le remordiera la conciencia. Él lo entendía: Cara se sentía profundamente culpable. Pero lo tenían controlado, estaba recuperándose y era el momento de pasar página.

Tal vez al coche no le ocurriera nada. La correa del ventilador rota o una minucia por el estilo...

Pero cuando levantó el capó, unas llamas azuladas saltaron hacia él y crecieron de inmediato alimentadas por el oxígeno.

Corrió a apartarse, no fuera a ser que el coche decidiese explotar. No merecía la pena llamar a la Asociación del Automóvil; más valía que llamara a los bomberos.

—El coche se ha jodido.

—¿Qué? —Cara alzó la vista, horrorizada—. ¿En serio?

—El motor se ha incendiado en la M50.

—¡Oh, Ed! ¿Estás bien? ¿Me lo prometes? Entonces... ¿Eso quiere decir que tenemos que comprar un coche nuevo?

—Me temo que sí.

«Oh, no.»

—¿Cuánto?

—Creo que podría conseguir uno decente de segunda mano por unos diez mil. ¿Pedimos un préstamo?

Ella negó con la cabeza.

—Tuvimos un descubierto hace solo un mes. —Para hacer frente a unos gastos que en aquel momento no podían pagar. Unos gastos que eran culpa de ella.

—Podríamos pedir una tarjeta de crédito nueva —él parecía agotado— y pagarlo con ella...

—Ed, los tipos de interés... Sería casi como pedírselo a un usurero.

Los dos se quedaron en silencio. Cara no podía pedírselo a sus padres: no tenían ese dinero. Ed no podía pedírselo a los suyos: no se lo darían.

—Podría pedirle a Johnny un préstamo —propuso Ed.

—Tal vez. —Ella les había llevado la contabilidad un par de meses; quizá hubieran empezado a controlar los gastos.

Y estaba la cuenta del alquiler del piso de Johnny: allí había dinero de sobra.

—Vale —dijo Cara—. Pídeselo. Lo peor que puede decirte es que no.

—Johnny… —el tono de Jessie era vacilante.

Habían pasado una extraña tarde en casa, flotando en órbitas distintas, suspendidos en un ambiente de desastre inminente. Ferdia y Saoirse aún estaban en el hospital. No habían llamado desde hacía horas. Pronto sabrían si Michael iba a seguir con vida.

A pesar de su desavenencia, Jessie todavía pensaba en Michael con mucho afecto. Era un hombre maravilloso y el mejor suegro que se podía desear. Ella esperaba que sobreviviese, pero dentro de ella sabía que no le quedaba otra que aceptar que la gente se moría. Su padre y su madre habían muerto. Y Rory. Ella lo sabía mejor que la mayoría…

Los que no habían experimentado la muerte de un padre, y Johnny era uno de ellos, tenían una inocencia que chocaba con la realidad, la esperanza de que la vida tuviera un final de cuento. Aun así, ella sabía que los dos últimos días habían sido muy duros para él.

Estaba viendo un programa de coches. Jessie tomó el mando a distancia y lo silenció.

—Solo un momento —dijo. Luego añadió—: Tomamos una decisión, cariño. Fue una buena decisión y hemos sido felices.

Él permaneció en silencio.

Tal vez le sería de ayuda que ella expresara la realidad a la que él trataba de hacer frente.

—Los dos confiábamos en que si esperábamos lo suficiente nos perdonarían.

En realidad no quería decir «los dos»: durante mucho tiempo, ella no había estado convencida de aquella posibilidad. Pero no quería arriesgarse a humillarlo.

—Ya no estoy tan segura de que eso vaya a pasar.

—Está bien. —La voz de él apenas se oyó.

Ella quería decir más cosas, algo que lo consolara o le infundiera valor, pero tal vez ya hubiera dicho bastante por el momento. Le dio el mando a distancia.

—Sigue con tus coches.

Se quedó sentada a su lado, como si estuviera velándolo.

El programa de coches terminó y empezó otro; debía de ser el canal automovilístico. ¿Cómo podía haber suficientes programas de coches para llenar un canal entero?

Le vibró el móvil. ¡Ferdia!

—¿Bichito?

A su lado, sonó el teléfono de Johnny: parecía que todos los teléfonos de la casa habían empezado a sonar de repente.

—¿Sí? —Johnny se levantó y salió de la habitación.

—Mamá —le dijo Ferdia—. Según el médico, el abuelo no va a morirse. Al menos, todavía, no sé si me entiendes. Sus constantes vitales se estabilizan. Saoirse y yo nos vamos a casa.

—Estupendo. ¡Estupendo! Conduce con cuidado. Hasta pronto. —Ella colgó y gritó—: ¡Johnny!

Lo encontró en el pasillo.

—Era Ferd. Dice que Michael se pondrá bien.

Johnny se llevó las manos a la cara. Lágrimas silenciosas brotaron de sus ojos.

Hoy

96

—¿Puedes hacerlo? —preguntó Raoul a Cara.

—Por supuesto.

Billy Fay llegaba del aeropuerto y Cara había preguntado si podía registrarlo ella.

—Puede ocuparse Madelyn —dijo Raoul.

—Confía en mí. —Se obligó a sonreír—. Déjame.

En las seis semanas que habían transcurrido desde su vuelta al trabajo, Billy Fay se había alojado dos veces en el Ardglass. Madelyn lo había atendido en las dos ocasiones.

Todo el mundo seguía teniendo mucho cuidado con Cara.

Pero ella tenía un plan. Había llegado el momento de ser su propia heroína. Si lograba aguantar los insultos de Billy Fay gastando bromas sin dejar de ser profesional y educada, su opinión de sí misma mejoraría. Aunque sus compañeros no conocieran los detalles, seguro que se darían cuenta del aumento de su autoestima.

En su versión idealizada de los hechos, llevaba al señor Fay a su suite. Cuando Anto, o el botones que fuese, subía su equipaje y le preguntaba dónde quería que pusiera sus maletas, su más ambiciosa imaginación le hacía decir en tono festivo: «¿Se acuerda de que la última vez que lo atendí le sugirió a Anto que me las metiera por el trasero? ¿Sigue queriendo ponerlas ahí?».

Era difícil saber cómo reaccionaría él, pero su intención era sonreír, sonreír, sonreír y no parar de hablar: «Le dijo a Anto que se las metiera por el trasero. Él dijo que era demasiado pequeño, de modo que usted le sugirió que me las metiera por el mío. ¡Seguro que se acuerda, fue muy gracioso!».

Y luego decía: «Bueno, señor Fay, ¿necesita algo más? ¿O esta gordinflona puede irse?». Como colofón a su escenario ideal, Cara le dedicaba una sonrisa serena y se largaba de allí dejándolo boquiabierto, como un pez agonizante.

Era un tono difícil de adoptar, pero podía conseguirlo: Anto lograba ser al mismo tiempo descarado y respetuoso. Lo único que Cara tenía que hacer era parecerse un poco más a Anto.

A Billy Fay tal vez le resultara gracioso. Tal vez. Los abusones a menudo se quedaban desarmados cuando su víctima les plantaba cara. O podía ser que la vergüenza le hiciera mejorar su conducta. No era del todo imposible.

Existía la posibilidad de que él presentara una queja. Pero ella podía decir que solo pretendía echar unas risas. Que él había empezado las bromas y ella había respondido del mismo modo. Que solo quería demostrar lo sociable que era…

Encerraba cierto riesgo, pero, técnicamente hablando, no obraría mal. Lo único que tenía que hacer era fingir inocencia y no abandonar el papel.

Tal vez incluso se convirtiera en una *cause célèbre* para las recepcionistas que habían sufrido abusos en todo el mundo —la mera idea le hacía sonreír—, y tal vez a Billy Fay lo pusieran en la lista negra en todos los hoteles de cinco estrellas de la tierra.

Existía una posibilidad chiquitita chiquitita de que perdiera el trabajo. Pero era realmente muy pequeña. Y al menos habría recuperado cierto amor propio…

Inquieta, paseaba de un lado a otro por detrás del mostrador de recepción. Le vibró el móvil. Un mensaje de Jessie:

> La cena de cumpleaños de Johnny vuelve a celebrarse esta noche! 19.30

¡Oh, no! ¡Qué decepción más grande! Ella quería a Johnny, a Jessie, a todos, pero ya se había hecho a la idea de una noche de viernes sin complicaciones viendo la televisión en pijama. En lugar de eso, tendría que hacer acopio de un montón de adrenalina, a la que ya había dado el fin de semana libre, sacar energías del sótano y mantenerlas hasta más o menos las diez de la noche.

Su línea interna sonó y se le encresparon todas las terminaciones nerviosas.

—Ya llega —dijo Oleksandr, el portero—. El señor Fay.

Tomó la llave y el iPad, se dirigió a la entrada y observó cómo Billy Fay bajaba del coche a empujones, como si tratara de escapar de alguien que quisiera estrangularlo. A continuación, subió con esfuerzo los escalones. Francamente, menudo morro llamarla gorda.

—Buenas tardes, señor Fay. —La boca de Cara emitió unos sonidos secos, como chasquidos.

Sin contestar, él se lanzó hacia el ascensor, y ella lo siguió.

—Le preguntaría qué tal le ha ido el viaje. —Intentó resultar agradable—. Pero, si mal no recuerdo, prefiere el silencio.

Él le lanzó una mirada de perplejidad. Recelosa.

—La suite McCafferty. —Ella abrió la puerta y le hizo pasar—. La de siempre. El minibar está lleno de la cerveza estadounidense que a usted le gusta. El cuarto de baño tiene toallas de sobra...

Por allí llegaba Anto.

—¿Dónde quiere que ponga las maletas, señor Fay?

¡En ese momento! ¡Justo entonces! Tenía que plantarle cara a ese asqueroso que avergonzaba a la gente con sobrepeso, devolverle la vergüenza que le había hecho pasar.

«¿Se acuerda de que la última vez que lo atendí le sugirió a Anto que me las metiera por el trasero? ¿Sigue queriendo ponerlas ahí?»

Pero cuando abrió la boca, no le salieron las palabras.

Necesitaba decirlas. Su amor propio dependía de ello.

—En el portaequipajes —murmuró el señor Fay—. Donde sea.

Anto las dejó y se largó.

Todavía podía decirlo, aún había tiempo... Oyó que su voz decía, dócilmente:

—¿Quiere que le explique las prestaciones de la habitación?

—No. —Él parecía cansado y de mal humor—. Saca tu culo gordo de aquí.

«¡Rápido! Di algo ahora. ¡Lo que sea!»

El tiempo empezó a ir más despacio. Cara permanecía inmóvil en el centro de la habitación. Él frunció el ceño y la miró con cierta curiosidad. Ella abrió la boca de nuevo: iba a decir algo.

—Tengo que echar una siesta —dijo él.

Cara cerró la boca. Se movió. Acto seguido, salió al pasillo sintiendo una profunda decepción.

Solo había dado un par de pasos cuando empezó a maldecirse por haber desaprovechado la oportunidad. Estaba furiosa consigo misma: por ser una diana, por ser una cobarde.

No soportaba sentirse así. Un vacío y un hambre voraces brotaron dentro de ella y la inundaron con un gran rugido. Necesitaba con desesperación comida y más comida, atiborrarse, sofocar aquel horrible desasosiego.

¿A eso se refería Peggy? ¿La relación entre las emociones insoportables y el deseo de insensibilizarse?

Era muy probable. Nunca había reparado en ello.

¿Significaba eso que en realidad tenía un problema? Una enfermedad, una adicción; el nombre era lo de menos. Fuera lo que fuese, pensaba que lo tenía controlado pero estaba claro que no era así.

¿En qué estaba pensando con su absurdo plan de desafiar a Billy Fay? Nunca habría podido llevarlo a cabo. Él estaba demasiado seguro de sí mismo... y ella... no...

Un torbellino de emociones vergonzosas la arrastraba a la oscuridad. Quería darse un atracón y vomitar.

Bueno, quería, pero no quería. Sus emociones anhelaban un analgésico, pero ya sentía un vacío terrible. Después desearía no haberlo hecho.

La solución, cuando aparecía, era como un ungüento en una quemadura: llamaría a Peggy y le suplicaría una cita. Ese mismo día, a ser posible.

Se metió en un rincón tranquilo entre dos habitaciones y llamó al hospital.

—La señora Kennedy está con un paciente —dijo la telefonista.

¿Cómo no iba a estar con un paciente? Pero en el pasado Peggy siempre había estado tan disponible que el chasco la desconcertó.

—Puedo ponerla con su buzón de voz.

—Vale. Bueno, no, espere; no es necesario. —Se preguntó si debía llamar a Peggy al móvil. Ella había dicho que podía llamarla, pero eso era cuando aún era su clienta.

Mejor dicho, «paciente»: esa era la palabra. Ella era paciente de Peggy.

¿Podía llamarla mientras estaba con otro paciente? ¿No sería muy improcedente? Pero si no conseguía hablar con ella, saldría y compraría mucha comida, y luego se la zamparía.

Las visitas de Peggy empezaban a la hora en punto y duraban cincuenta minutos: si la llamaba a eso de las dos menos cinco, ella podía contestar.

Pero cuando Cara llamó a las dos menos cinco, saltó directamente el buzón de voz. Colgó rápido.

—Cara —dijo Raoul—. Son las dos. La comida.

Todo había terminado. Ya no tenía ni voz ni voto en el asunto. Ya no tenía ánimo para luchar.

Solo que no había ningún sitio donde pudiera hacerlo. «Su» pequeño cuarto de baño del sótano era demasiado arriesgado. Consideró el servicio de mujeres de otro hotel de lujo cercano. Pero no tendría la intimidad que necesitaba. En un arrebato, se planteó alquilar una habitación de hotel, pero era una idea tan extrema que empezó a recobrar la cordura.

Desde el otro lado de la concurrida calle, Ferdia observaba la puerta a la espera de Nell. Había llegado antes de hora, sentía que se le estaba yendo la puñetera olla. Ella quería verlo. Eso debía de significar algo...

La maciza puerta de estilo georgiano se abrió y él se puso tenso, a la espera. Tal vez ella ya estuviera allí. Pero la mujer que salió del edificio no era Nell. Por un momento la confusión lo sobrepasó. ¿Qué narices...? ¿Qué hacía Izzy allí? ¿Visitar a alguien?

¿En serio? ¿Qué posibilidades había de que Izzy tuviera un amigo que viviera justo en el mismo edificio del piso de Johnny? Solo había seis apartamentos en aquel bloque, demasiaaada coincidencia.

Su tía echó un vistazo por encima de un hombro, luego por encima del otro, alzó el brazo y paró un taxi. Saltó dentro del coche como si no viera el momento de largarse de allí.

Eso no era bueno. Nada bueno. Entonces, la puerta volvió a abrirse.

Y la persona que salió fue Johnny.

«Joder.»

El corazón de Ferdia latía tan fuerte que dolía.

Johnny repitió las mismas comprobaciones furtivas que Izzy y luego, como ella había hecho, paró un taxi.

Era evidente que habían estado juntos.

¿Qué narices habían estado haciendo?

¿Y qué estupidez de pregunta era esa?

«Pobre mamá.» Ferdia solo pensó eso. Sería su ruina.

Él había dudado de Johnny a menudo. En el pasado había decidido que era infiel porque pensar cosas malas de él le hacía sentirse bien. Pero en los últimos tiempos le caía mejor. Que no se callara ni debajo del agua no quería decir que fuera un mujeriego.

Pero Ferdia se había equivocado: el mundo era más grande, peor y mucho más siniestro de lo que él creía.

97

«Debería haberme comprado ropa interior nueva. ¿Vamos a acostarnos? Ojalá me hubiera puesto desodorante. Un momento, no llevo condones. No debería haber quedado con él. ¿Por qué el pelo se me encrespa cuando lo necesito ondulado? Lo tenía bien hasta que me he peinado. ¿Habrá cogido él condones? ¿Qué haré con Liam? Esto es increíble y se me está yendo la pinza.»

¿Estaría él al acecho en la calle? Eh, tal vez no apareciera.

No. Él no cambiaría de opinión: estaba segura de eso.

La calle torció y entonces pudo ver el edificio. Ferdia no estaba allí. Pero a medida que se acercaba lo vio al otro lado de la calle, vestido con un abrigo oscuro largo y unas botazas con cordones, con pinta de vagabundo elegante.

Obligando a su cuerpo a comportarse con naturalidad, sacó la llave de la cartera. Vio con el rabillo del ojo que él cruzaba la calle.

La llave no entraba en la cerradura. Oh, Dios, no. ¿Había cambiado Johnny las cerraduras? Volvió a intentarlo con manos temblorosas. La llave entró, giró sin problemas y, aliviada, se apoyó contra la pesada puerta y la abrió. Cuando entró en el vestíbulo, Ferdia estaba detrás de ella. Podía olerlo: sudor fresco, ambiente frío, jabón en polvo y un ligero aroma a humedad, probablemente de su abrigo. Se le puso la carne de gallina.

La puerta se cerró y la calle luminosa y fría desapareció. En el tenue vestíbulo, la única luz provenía de la ventana con forma de abanico situada encima del dintel.

Nell se volvió hacia él, sus miradas se encontraron y el miedo la invadió. Era una locura.

—No hay peligro. —Él parecía muy seguro.

—El piso —dijo ella—. Está en la primera planta. —Le dio a él la llave—. ¿Puedes...?

—¿Eh...? Vale.

Él no tuvo problemas con la cerradura. Sus dedos se deslizaron y giraron con seguridad. Le indicó con la mano que pasara al recibidor y la puerta se cerró con eco detrás de ellos.

¿Y bien? ¿Qué era lo siguiente? ¿Una charla amistosa?

—¿Qué tal está tu abue...?

—Mejor. —Él habló rápido—. No te lo dije porque podrías haber cancelado la cita conmigo. Así que ¿para qué abrir ese melón?

—Para que no parezca que estoy aprovechándome de ti.

—Nell, ¿quieres hacer el favor? —Él parecía exasperado—. No soy un adolescente. Soy un hombre.

—Vale...

—¿Y qué problema hay? Estás casada. No vas a dejar a tu marido. ¿Por qué estamos aquí?

«Técnicamente, tú me lo pediste.»

«Qué narices. Yo no aparecí para que pudieses llorar sobre mi hombro. Tengo que ser sincera conmigo misma.»

—¿Tú qué crees?

—Va-le.

El pecho de ella se contrajo tanto que le costó respirar y tomó breves bocanadas de aire.

Él acercó las manos al cuerpo de ella. Deslizó los pulgares por sus caderas, la atrajo hacia sí y, Dios, ya no había vuelta atrás.

Sus labios chocaron torpemente. Preocupado, él le cogió la mandíbula.

—¿Te he hecho daño?

—No, no. —«¡No pares, por favor!»

Se convirtió en un beso de una lenta y dolorosa dulzura.

«Oh, Dios, me acuerdo de eeeeeesto.»

Ella metió las manos por debajo de su abrigo y le rodeó la estrechísima cintura. Presionando despacio con las palmas contra su vientre, le sacó la camisa de los pantalones para poder tocar su piel, fresca y desnuda.

Una repentina corriente de aire frío le indicó que ya no estaban solos.

Desenredándose de los brazos de él, se volvió.

Cara. Cara estaba allí.

Desplazó la vista de Nell a Ferdia. Parecía más que sorprendida.

—¿Qué estás...? —Nell tragó saliva. Entonces vio las bolsas de la compra en las manos de Cara.

A través del fino plástico se veían envoltorios de galletas de chocolate, envases múltiples de barritas de chocolate Twirl, bolsas de colores de gominolas.

—Oh, Cara, no.

Ella se volvió y metió el pie a través de la puerta antes de que se cerrase. Salió retorciéndose a través de la rendija, seguida de Nell y Ferdia.

—Tranquila, Cara...

Cara bajó demasiado rápido por la empinada escalera. Cuando todavía le faltaban varios escalones, tropezó, rebotó contra la barandilla y los escalones, y se dio un golpe seco en la cabeza contra el poste de roble situado al pie. Galletas y dulces se desparramaron por el suelo de madera pulido.

—¡Cara! —Nell había llegado hasta ella—. Dios mío, ¿estás bien?

—Estoy bien. —Estaba alterada.

—Espera un momento. —Ferdia le puso las manos en los hombros—. Te has dado un golpe muy fuerte en la cabeza. ¿Ves bien?

—Estoy bien, estoy bien, estoy perfectamente. —Intentaba levantarse.

—Podemos llevarte a urgencias.

—Estoy bien. Siento haberos interrumpido. Pensaba que estaba vacío. He mirado las reservas... Me vuelvo al trabajo.

—Pero... —Nell señaló la comida que había en el suelo—. ¿Hay alguien con quien puedas hablar? ¿Tu psicólogo o alguien por el estilo?

—Sí, sí. ¿Podemos hacer como si esto no hubiera pasado? Perdonad, los dos.

Se dirigió furtivamente a la puerta, que se cerró de un portazo detrás de ella, y las motas de polvo vibraron a su paso.

Nell se quedó mirando las chocolatinas y las galletas esparcidas por el suelo y comprendió que la atmósfera se había roto por completo.

Ferdia empezó a recoger las cosas. Un instante después, ella lo ayudó. En lugar de retomar sus extáticos besos, Nell se sintió como si fueran dos conspiradores limpiando una escena del crimen.

—Estoy preocupado —dijo él—. Se ha dado un buen golpe.

—A lo mejor debería ir tras ella. —Nell respiró hondo y acto seguido dijo—: Creo que deberíamos marcharnos. Esto me da mala espina. —Miró con impotencia los envases que tenía en las manos—. ¿Qué hacemos con esto? ¿Dejarlo en el piso para los siguientes inquilinos?

—Supongo. Sí. Oye, ha pasado algo raro. Johnny ha estado aquí antes. Poco antes que nosotros. Ha estado con Izzy. Ya sabes, mi tía.

Ella miró rápido de un lado a otro mientras pensaba en las consecuencias.

—Dios, no. Pobre Jessie. —Y luego agregó—: ¿Estás bien?

—Es raro. Sí, pobre mamá. Y esta noche nos veremos todos en el cumpleaños de él. Haremos una interpretación de Óscar.

Cara se abría paso a empujones entre las multitudes de los viernes a la hora de comer en dirección al Ardglass. Le daba vueltas la cabeza. ¿Ferdia y Nell? ¿Nell y Ferdia?

La gente tenía aventuras, todo el mundo lo sabía. Pero ¿aquellos dos?

Aunque... ¿tan raro era? Se llevaban menos años que Nell y Liam.

Se preguntaba si Nell dejaría a Liam. Si por alguna razón Cara tuviera la desgracia de estar casada con Liam, lo dejaría... Le invadió una sensación de náusea. ¿Qué demonios...?

El estómago se le calmó y luego se le revolvió de nuevo. Tenía la cabeza a punto de estallar.

¡Qué irónico sería que vomitara en aquel momento!

Curiosamente, la necesidad de darse un atracón había desaparecido. Parecía que pillar a tu sobrino y tu cuñada con las manos en la masa tenía ese efecto. Decidió llamar a Peggy una vez más... y, para su sorpresa, respondió.

—¿Cara? —Había una sonrisa en su voz.

—Siento haber dejado la terapia —le soltó Cara—. ¿Puedo volver a empezar?

—Por supuesto.

—¿Tienes algún hueco hoy?

—Hoy no. Déjame ver. —Tras varios sonidos de tecleo, Peggy dijo—: El martes a las ocho de la mañana. Ya sé que es temprano.

—Estupendo. —¿Arrastraba las palabras? ¿Un poco?

—¿Cara? —preguntó Peggy—. No parece que estés muy bien.

—Me he dado un golpazo en la cabeza hace unos minutos.

—Mmm, eso no es bueno. ¿Crees que podrías tener una conmoción cerebral?

Por un momento, Cara vio doble.

—En serio, estoy bien.

—Las conmociones pueden ser muy engañosas...

—Estoy bien. Gracias. Hasta el martes.

Ed se inquietó cuando encontró a Cara en casa al volver del trabajo.

—¿Por qué no estás en la consulta de Peggy?

—Me he dado un golpe en la cabeza. En el trabajo me han mandado a casa.

«Por favor, que esté bien. Por favor, que no estén cabreados con ella.»

—¿Has cancelado la visita de Peggy? Ve dos veces la semana que viene. Pide hora para otro día.

—Ya tengo.

—¿Para cuándo?

—El martes. A las ocho de la mañana.

—¿De verdad?

—De verdad. —Ella le ofreció el móvil—. Llámala si quieres.

—Lo siento, cielo, yo... —«Tenía miedo de que hubieses dejado de verla.» Se sentía culpable—. ¿Qué te ha pasado en la cabeza? ¿Cómo te has dado el golpe?

—Un letrero de madera. Me cayó encima.

—Qué raro.

—La vida es rara —dijo ella.

—¿Y la cena de esta noche? ¿Puedes ir?

—¿Qué ha dicho Johnny del préstamo?

—Ha dicho que ya vería.

—Entonces tenemos que ir. De verdad, estoy bien.

Él no estaba seguro. Pero tenía demasiadas cosas de las que preocuparse, de modo que lo dejó correr.

Ahora

98

Johnny estalló en un enérgico ataque de tos: se le había ido un trocito de pan por el otro lado. Pero la charla en torno a la larga mesa siguió como si nada. Qué bonito. Si se muriera allí mismo, si se muriera de verdad, en su cuarenta y nueve cumpleaños, ¿se percataría siquiera alguno de ellos?

Jessie era su principal esperanza, pero estaba en la cocina preparando el siguiente de sus elaborados platos. No le quedaba otra que confiar en vivir lo suficiente para poder comérselo.

El sorbo de agua no ayudó. Le caían ríos de lágrimas por las mejillas.

—¿Estás bien? —preguntó Ed.

Sacando pecho, Johnny le restó importancia.

—Pan. Se me ha ido por el otro lado.

—Por un momento pensé que te ahogabas —dijo Ferdia.

—Sería una pena. —Johnny carraspeó—. Morir el día de mi cumpleaños.

—No te habrías muerto —dijo Ferdia—. Uno de nosotros te habría hecho la maniobra de Heimlich.

—¿Sabéis qué le sucedió no hace mucho? —preguntó Ed—. Al señor Heimlich. El hombre que inventó la maniobra de Heimlich. Que al final, a los ochenta y siete años, tuvo la oportunidad de hacérsela a alguien.

—¿Y funcionó? —Era Liam, sentado al final de la mesa—. Sería un poco humillante que le hubiera hecho la maniobra y el otro la hubiera palmado.

Liam tenía el don de añadir el toque sarcástico a las situaciones.

—Como el señor Segway —dijo Ferdia—. Dijo que sus vehículos eran cien por cien seguros y la palmó conduciendo uno.

—Para ser justos —puntualizó Ed—, lo único que dijo fue que no podías caerte de uno.

—¿Qué ocurrió? —Pese a su resquemor, a Johnny le picó la curiosidad.

—Se cayó por un acantilado.

—Cielos. —A Nell le entró la risa—. ¿Empezó a creerse su propia publicidad?

—Se fumó la marihuana que le daba de comer —dijo Ferdia.

—Habló el experto. —Liam clavó una mirada sombría en su sobrino.

Este lo fulminó a su vez.

«¿De nuevo en guerra esos dos? ¿Qué habrá pasado esta vez?»

Se lo preguntaría a Jessie; ella lo sabría. Por ahí llegaba, con una bandeja de sorbetes.

—¡Sorbetes! —anunció—. De vodka...

—¿Y nosotros? —aulló Bridey—. Nosotros no podemos tomar vodka, somos demasiado pequeños.

—Y limón —terminó Jessie.

Todo bajo control, pensó Johnny. Bravo por Jessie. Nunca la pillaban en falta.

—Para vosotros, limón a secas.

Bridey impartió instrucciones a los más pequeños: si su sorbete «sabía raro», debían desistir de tomarlo con efecto inmediato.

Jessie ocupó de nuevo su lugar en la cabecera de la mesa.

—¿Estáis todos servidos? —preguntó.

Se alzaron animados murmullos de asentimiento, pero cuando la algarabía amainó, Cara dijo:

—Me muero de aburrimiento.

Hubo algunas risitas afables y alguien murmuró:

—Eres la monda.

—No bromeo. Me aburro como una ostra.

«Joder, ¿lo decía de verdad?»

—En serio, ¿sorbetes? —preguntó Cara—. ¿Cuántos platos más tenemos que tragarnos?

De acuerdo, Cara tenía algún que otro problemilla interior,

por decirlo de una forma suave. Pero era un encanto, una de las personas más bondadosas que Johnny había conocido en su vida.

Miró nervioso a Ed: le correspondía a él mantener a su mujer bajo control. A menos que esa fuera una idea tremendamente machista y, sí, debía reconocer que lo era. Ed parecía desconcertado.

En un intento de recuperar la normalidad, Johnny adoptó un tono desenfadado.

—Venga, Cara, con todo lo que se ha esforzado Jessie...

—Pero si lo ha hecho el catering.

—¿Qué catering? —inquirió alguien.

—Siempre encarga las cosas a un servicio de catering.

«Jessie jamás utilizaría un servicio de catering. Es una experta cocinera.»

El escándalo y la conmoción recorrieron la mesa. ¿Por qué decía Cara, por lo general una persona adorable, aquellas cosas?

—¿Cuántas copas has bebido? —preguntó Ed a Cara.

—Ninguna —dijo ella—. Por ese golpe que...

—¡En la cabeza! —terminó Ed por ella, y su alivio fue audible—. Esta tarde se ha dado un golpe en la cabeza. El rótulo de una tienda se desprendió y le dio en....

—Eso no es lo que ocurrió...

—Pensábamos que estaba bien.

—Queríais que estuviera bien —dijo Cara—. Yo sabía que no lo estaba.

—¡Tenéis que ir a urgencias! —Jessie intentaba recuperar su personalidad por defecto de cuidadora y mandona—. Insisto en que os marchéis ya. ¿Por qué habéis venido siquiera?

—Porque Ed necesita que Johnny le preste el dinero —dijo Cara.

—¿Qué dinero? —inquirió Jessie al instante.

—El de la otra cuenta corriente —contestó Cara. Luego—: Dios mío, no debía decirlo...

—¿Qué cuenta? —preguntó Jessie—. ¿Qué préstamo?

—Cara, vámonos ahora mismo al hospital. —Ed se puso en pie.

—¿Johnny...? —preguntó Jessie.

Sin embargo, él todavía guardaba algo en su arsenal.

—Jessie, ¿qué catering?

Ferdia fulminó a Johnny con la mirada.

—No me puedo creer que estés haciéndole esto.

—Tengo derecho a saberlo.

El tono de Ferdia no era solo por aquello.

—¿Tú? Tú no tienes derecho a nada.

El miedo trepó cual anguilas por el estómago de Johnny. «Ferdia lo sabe. Pero ¿cómo?»

Acorralada por la mirada colectiva, Jessie parecía aterrorizada.

—¡Sí, vale, sí! —exclamó exasperada—. Catering. A veces. ¿Y qué? Tengo cinco hijos, llevo un negocio, el día no tiene bastantes horas y...

Cara se levantó.

—Mejor me voy al hospital antes de que me pelee con cada uno de vosotros. Vamos, Ed.

—Oye, Cara, ¿de verdad te gusta mi nuevo corte de pelo? —Saoirse, de dieciocho años, parecía insegura.

—¡No me preguntes eso! —suplicó Cara—. Sabes lo mucho que te quiero.

—¿Eso significa que no te mola?

—Oh, cielo. Ese flequillo te hace cara de pan.

Ante el semblante abatido de Saoirse, Cara dijo:

—Lo siento, Saoirse, no deberías habérmelo preguntado... Pero es solo pelo, volverá a crecer. Vamos, Ed.

—Antes de que te vayas, Cara —Liam se inclinó hacia delante entornando los párpados—, ¿de veras el masaje que te di fue...? ¿Qué palabra utilizaste? «Divino.»

—Fue espantoso. Olvida lo de hacerte masajista. Eres un horror.

—¡Oye! —Nell se levantó de un salto para defender a su marido—. Se esfuerza mucho.

—¿Y tú por qué lo apoyas? —preguntó Cara.

De repente, Liam estaba poniéndose derecho. Podía oler la sangre.

—¿Por qué no iba a apoyarme? Cuéntanoslo, Cara, venga, cuéntanoslo.

»Venga, Cara.

—Cara, no. —El tono de Nell era tajante.

—¡Bridey! —Jessie habló con urgencia—. Llévate a los niños a mi habitación. Ponles una película. ¡Vamos!

Mientras Bridey hacía salir a TJ, Dilly, Vinnie y Tom, Liam exigió:

—Cuéntamelo.

—¡No lo hagas! —repuso Nell—. Se volverá en tu contra, Cara.

—Cuéntamelo —el tono de Liam era imperioso—, ¿por qué no iba a defenderme mi mujer?

—No. No pienso decir nada más...

De repente Nell habló.

—Basta, Liam. Hoy he estado en el piso de Johnny.

—¿Haciendo qué? —Johnny parecía harto.

—Había quedado con Ferdia.

—¡Increíble! —exclamó Johnny.

—¡Oye! —le gritó Ferdia—. ¡Yo te he visto a ti!

—¿Dónde? —Ahora era su madre la que parecía aterrorizada.

—Lo siento mucho, mamá.

—Un momento, joder —dijo Liam con voz ronca—. ¿Nell? Nell, ¿has estado en ese piso con... él? —Señaló con la cabeza a Ferdia.

Jessie seguía dirigiéndose a su hijo:

—¿Qué has visto? —Su piel era de color pergamino.

—A Johnny y a Izzy —respondió Ferdia—. Saliendo del edificio. Lo siento, mamá.

—¿Nell? —volvió a preguntar Liam en un tono del todo sereno—. ¿Qué hacías con este capullo?

—No tienes derecho a enfadarte con Nell. —Saoirse lloraba—. Sé lo tuyo con Robyn.

—¿Qué? —inquirieron varias voces.

—¿Es eso cierto? —preguntó Ed a Liam, quien asintió irritable encogiéndose de hombros.

—¡Es una adolescente! —estalló Ed—. Casi una niña.

—No es ninguna niña.

—¿Johnny? —Jessie parecía al borde de las lágrimas—. ¿De verdad has estado en el piso con Izzy?

—No es lo que parece.

—Cara —intervino Ed—. ¿Qué hacías tú en el piso?

—Pensé que estaba vacío.

—Pero ¿por qué fuiste?

—Necesitaba comer. Chocolate. Entonces... ya sabes. —Su irritabilidad se desvaneció.

—Entiendo. —Ed parecía tranquilo. Se levantó—. Bueno, se acabó.

Después

Viernes por la noche / Sábado por la mañana

«Yo aquí no pinto nada —pensó Nell—. Nunca he pintado nada aquí.»

Todo el mundo estaba enzarzado en distintos fuegos cruzados de acusaciones y defensas.

Lo más espantoso era lo de Liam y Robyn. Ella era muy joven, una cría. Tampoco es que la infidelidad de Liam compensara la suya. Se sentía el doble de avergonzada: como si también fuera la culpable del comportamiento de él. O tal vez por no haberse percatado de ello antes.

De repente, su instinto de supervivencia se activó: tenía que marcharse de allí, recoger a Molly Ringwald, sacar todas sus cosas de casa de Liam y buscar un sitio donde quedarse a dormir aquella noche.

Ferdia estaba tenso en su silla, observándola. Miró de manera significativa la puerta del recibidor.

Ella salió discretamente de la habitación; Ferdia la siguió.

—Tenemos que sacar tus cosas de esa casa —dijo—. Tenemos que irnos ya.

—Es mejor que lo haga sola. Si nos vamos juntos, esto… esto se nos irá de las manos. Todo el mundo se ha vuelto loco. ¿Podemos… esperar un poco? Dejar que todo se calme. A ver cómo están las cosas mañana.

—Pero ¿dónde te quedarás esta noche? ¿Quién te ayudará a recoger?

—Llamaré a mi amigo Garr. Estaré bien. Por favor, Ferdia. Si los dos desaparecemos ahora, todo se desmadrará. Te mandaré un mensaje en cuanto esté instalada.

Él era reacio a dejarla marchar y ella empezaba a ponerse nerviosa.

—De verdad, tengo que irme —dijo—. Estaré bien. Y no dejes que nadie te haga sentir culpable. No ha pasado nada entre nosotros.

—Habría pasado si Cara no hubiera llegado.

—Pero llegó.

Una vez fuera, Nell paró un taxi y buscó el móvil.

—Garr. Tengo un marronazo. Voy a dejar a Liam ahora mismo. ¿Existe alguna posibilidad de que…?

—Te veo allí.

—No me gusta nada pedírtelo, pero ¿puedo…? ¿Solo esta noche?

—Quédate todo el tiempo que quieras.

Pero no podía hacer eso. Él vivía en una casa compartida: había otras personas a las que tener en cuenta.

—Pilla mis cosas del trabajo. —Ella pasó a toda prisa junto a Garr, metiendo objetos en una bolsa de nailon—. Carpetas, maquetas… Lo necesito todo.

—Puedes volver mañana…

—No me fío de él. Igual lo tira todo.

—¿Aunque haya estado con esa niña?

Una oleada de incredulidad la aturdió.

—¿No te parece un rollo chunguísimo?

—¿Y lo tuyo con el chaval?

—No me preguntes. Estoy demasiado aturullada. Solo necesito encontrar un sitio donde vivir y tranquilizarme. Prioridades.

Cuando Rory murió, el único consuelo de Jessie fue que no tendría que volver a pasar por nada tan terrible. La muerte de su padre fue dolorosa. La de su madre fue peor. La herida que le provocó su expulsión del círculo íntimo de los Kinsella había tardado en curarse. Renunciar a tener un sexto hijo le había resultado, por un tiempo, extrañamente insoportable. Pero nada podía compararse con el golpe visceral de cuando Rory dejó de existir.

A lo largo de los años, cada vez que había estallado un gran drama, lo segundo o tercero que había pensado era «Ya he sobrevivido a lo peor que podía pasarme».

Le hacía sentirse a salvo. Casi afortunada.

Pero aquello, lo de aquella noche, era tan grave como lo de Rory, la misma combinación delirante de incredulidad y certeza absoluta: algo terrible había ocurrido. No quería que fuera cierto, pero todo había cambiado ya para siempre. Una vez más, el rompecabezas de su vida había saltado por los aires y no tenía ni idea de dónde caerían las piezas.

A pesar de todas sus peleas por el dinero y el trabajo, ella pensaba que su relación con Johnny era estable. De repente, sentía que caía en picado.

Después de todos aquellos años, ¿Johnny e Izzy? Aquello la había sacudido con fuerza: lo sabía porque se sentía como si estuviera soñando. A través de las experiencias del pasado, había descubierto que así era como se soportaba lo insoportable: su solícito cerebro atenuaba sus percepciones para que la horrible realidad solo le impactara en gotas manejables.

Pero a pesar de los esfuerzos de su cerebro, la atravesaban constantes oleadas de terror. Aquello, la infidelidad de Johnny con Izzy, tenía toda la pinta de ser vergonzosamente inevitable.

Aunque estaba impactada, una voz en su cabeza le decía: «Sí, es grave, pero en realidad no es ninguna sorpresa».

Había cometido el error de creer que había dejado de ser la persona de la que se burlaban los demás. Se había acostumbrado a ser feliz en general. Pero la rueda de la vida iba a seguir girando hasta que volviera a ser la persona que siempre había sido.

Aquella noche no solo se había hecho pedazos su relación con Johnny. Toda la familia se había derrumbado.

Y lo más triste de aquel desastre era que Cara había vuelto a darse atracones y a vomitar. Su cuerpo no había podido aguantar... ni tampoco Ed.

—Mamá. —Bridey la sacó de su ensimismamiento—. La película ha terminado. Son las once y diez. ¿Dónde pongo a Vinnie y a Tom? ¿En mi cama? ¿Puedo dormir con Saoirse? Tú acuesta a Dilly y yo acuesto a TJ. —A continuación, añadió—: Dilly, pórtate bien, hazlo por mamá. Esta noche han pasado cosas malas.

Dilly se dirigió a su habitación rápida, inquieta, y se tapó con el edredón hasta la barbilla.

—Buena chica —dijo Jessie—. A dormir.

—Mamá… —dijo la niña mientras las lágrimas de Jessie le salpicaban—. ¡Pareces una catarata!

—A dormir. Todo irá bien. —No había que mentir a los niños, pero aquel no era momento para la verdad.

Abajo, Johnny se encontraba ante el fregadero de la cocina con las manos hundidas hasta las muñecas en agua jabonosa.

—Cariño, por favor. —Abandonó los platos sucios—. Déjame explicártelo. No ha pasado nada…

—Sí que ha pasado.

—No lo que… Mira. Sí. Lo sé. Pero puedo explicarlo…

—¿Por qué? Tú, Izzy, el piso, una cita secreta, una cuenta corriente secreta. Soy capaz de atar cabos.

—Escucha, por favor. —Hablaba rápido—. Hace unos meses, en verano, llevé a Saoirse y Ferdia en coche a Errislannan. Me tropecé con Izzy. Fue por casualidad. Esperaba que estuviese enfadada, pero fue… amable. Hace unos días, me mandó una solicitud de amistad.

—¿Y tú aceptaste? ¿Sin decírmelo?

—Era un asunto delicado. Tu no habrías querido que hablara con Izzy. ¡Pero…! —gritó por encima de las impetuosas quejas de ella—. ¡Quería saber si todavía nos odiaban! —Le castañeteaban los dientes—. Sin preguntarlo a bocajarro. Pensé que si ella confiaba en mí primero, los dos tendríamos más posibilidades de retomar nuestra amistad con todos ellos.

—Pero estábamos bien sin ellos.

—Yo creía que querías… —Él parecía confundido.

—Habría estado bien que hubiéramos vuelto a ser amigos, pero ya sabes…

Él estaba abatido.

—Yo creía que los dos todavía teníamos… esperanzas. Supongo que tú lo gestionaste mejor que yo.

—Y entonces empezaste a follártela. —Las lágrimas corrieron otra vez por la cara de Jessie.

—Solo hablamos.

—Has estado utilizando el piso para muchas… Joder.

—Te juro que solo hablamos.

—Esa es la excusa más vieja del mundo. Oh, Johnny. Yo confiaba en ti.

Olor a orina, camillas apretujadas unas contra otras y celadores que corrían de un cubículo a otro.

Habían admitido a Cara en urgencias menos de una hora después de llegar, pero un torrente continuo de pacientes que habían sufrido puñaladas, infartos, quemaduras y palizas había hecho descender su insignificante traumatismo en la cabeza al último lugar de la lista.

Otra camilla en la que iba un hombre con evidentes heridas en la cabeza pasó a toda velocidad junto a ellos.

Cara respiró hondo. Se sentía débil.

—Ah, sí, es verdad —dijo Ed—. La última vez te quedaste fuera de combate. Te perdiste el espectáculo.

Tenía un tono raro.

—Es la segunda vez en tres meses que estamos en urgencias por tu afición.

—Pero, Ed... —La explosiva irritación de ella había desaparecido por completo. Ya solo estaba confundida—. Estoy enferma. Es una enfermedad.

—Hace no mucho me decías que de eso nada.

Los pensamientos de ella eran demasiado confusos y escurridizos.

—¿Cara Casey? —gritó un hombre con el uniforme del centro.

—Aquí. —Ella se incorporó.

—Hay para largo. —El hombre miró a Ed—. Debería irse a casa.

—Me quedo.

—Gracias, cielo —dijo Cara una vez que el camillero se hubo marchado.

Tomó la mano de él entre las suyas.

Despacio, con cuidado, él se soltó.

—¿Ed? No lo entiendo.

—Porque te has dado un golpe en la cabeza.

—Pero parece que seas tú el que se haya golpeado.

—Te dije que no volvería a pasar por esto. Si estoy aquí es porque el traumatismo puede ser grave. En cuanto estés bien, te las arreglarás por tu cuenta.

—Pero, Ed, no lo hice. Ni comí ni vomité.

—Lo habrías hecho si Nell y Ferdia no hubieran estado allí.

—Sí, pero… —A continuación, añadió—: Nell y Ferdia. ¿No es increíble?

Él se quedó en silencio.

Las pertenencias de Nell eran tan pocas que solo hizo falta un viaje en taxi para descargar enfrente de la casa de Garr.

—Vaya. —Ella no pudo por menos que reír—. Vuelvo a donde vivía la noche en que conocí a Liam. La vida es la bomba. —Dejó a Molly Ringwald en el cuarto de Garr, que había sido la sala de estar de una familia más próspera—. Ninguno de los inquilinos tiene alergia, ¿verdad?

—Si tienen, lo sabremos pronto. No te preocupes por eso esta noche.

—Bueno, ¿tienes alguna manta de sobra? ¿Una almohada?

—¿Vas a dormir en el suelo? No seas tonta. Es una cama de matrimonio.

No sería la primera vez. Unos años antes habían intentado pasar de amigos a amantes. Solo duró unas semanas, hasta que reconocieron que había sido un error. Habían tenido suerte de superar con éxito ese contratiempo.

Envió un mensaje a Ferdia:

> Me quedo con mi amigo Garr. Estoy bien. Espero que tú también. Hablamos mañana. Besos

—¿Le estás mandando un mensaje a Liam? —Garr parecía preocupado.

—No, a…

—Ah, al chaval.

—No era lo que tú piensas —dijo Johnny en tono urgente—. Nos mandábamos mensajes de vez en cuando. Chorradas y paridas. *Gifs* de gatos.

—¿*Gifs* de gatos? —repitió Jessie—. Pero ¡si tú odias los gatos!

—Es verdad. Pero... Jessie, ¿quieres ver los mensajes? Verás que no era nada de eso.

—Claro que voy a mirar tus «chorradas y paridas». —A continuación, añadió—: Vaya, Jessie, parece que los he borrado sin querer.

—¿Por qué iba a hacer eso? No he hecho nada malo.

Él se desplazó por su pantalla. Ella advirtió que le temblaban las manos. Bueno, lo habían pillado siéndole infiel: ¿acaso le sorprendía?

—Léelos. —Él empujó el teléfono hacia ella.

El primer mensaje de Izzy decía:

> Qué FUERTE encontrarme contigo en Errislannan el fin de semana pasado

Lo había enviado hacía cuatro meses. El miedo resonó dentro de ella como el tañido de una campana gigante. Izzy formando parte otra vez de la vida de Johnny durante todo aquel tiempo, y ella no se había enterado.

Johnny había contestado:

> Ya te digo

Jessie sintió náuseas.

—¿Qué aspecto tiene ahora? —Era una pregunta importante.

—No sé. Igual.

Ella lo fulminó con la mirada y él dijo en actitud defensiva:

—Igual. Mucho pelo. Alta.

En el siguiente mensaje, Izzy, con su estilo reconocible, decía:

> Menudo cacharro de mierda conduces

A lo que Johnny contestó:

> Ja, ja, por lo menos yo no parezco un camello

—¿Qué coche tiene? —preguntó Jessie.

—Un Discovery.

—Uf.

A continuación había un *gif* de gatos de Izzy. Luego, Johnny le había enviado un enlace sobre un robo a mano armada en Kildare:

Has vuelto a las andadas, juas

—¿Juas? —Jessie frunció el ceño—. ¿Ahora dices «juas»?

Otro *gif* de gatos de Izzy. Jessie nunca habría dicho que le fueran los gatos. La vida llevaba a la gente por caminos extraños... Vio su propio nombre y el corazón por poco le salió por la garganta. Johnny había escrito:

Este finde 50 cumpleaños de Jessie. Vamos a hotel fino a jugar juego de misterio

Izzy no había hecho comentarios. Ninguna noticia de ella en una semana entera. Entonces había mandado una foto de unos corderos en un torneo de cría, seguida de un pequeño toma y daca entre Johnny y ella sobre lo ocupados que estaban.

Me paso la vida en un avión

Ja, ja, yo también. Nunca he sentado cabeza. Ni bebés, ni club de lectura

Jessie volvió a localizar su nombre.

De vacaciones con Jessie y las niñas. La Toscana

El siguiente mensaje de Izzy no había llegado hasta diez días más tarde. «¡Ay!», decía, con un emoticono de un jugador de fútbol.

—¿Qué significa esto? —inquirió Jessie, preocupada porque no entendía.

—¿El fútbol? —dijo Johnny—. El Liverpool debía de haber perdido ese día. No me acuerdo.

—Johnny. —La voz de ella era débil—. No me lo puedo creer. Todo.

—No he hecho nada.

—Sí que lo has hecho. No me lo puedo creer... Tú y ella, amiguitos del alma.

Algunos de los mensajes de aquella retahíla eran tan anodinos que pensó que debían de estar en clave.

¿Buen finde?, había preguntado Johnny a finales de agosto.

En Errislannan

Fenomenal. Qué tal todos?

Genial

Cada vez que Johnny mencionaba a Jessie o las niñas, Izzy no hacía comentarios.

—Todavía me odia —dijo Jessie.

—Estaba intentando averiguar...

Por milésima vez, Jessie se recordó que en su día, antes de empezar a acostarse con Johnny, no tenía ni idea de que Izzy lo deseara. La culpa no era de ella. Si lo hubiera sabido, ¿aquello la habría detenido?

Tal vez.

Y tal vez no. En la vida casi nada es tan simple. ¿Cómo iba a saberlo ahora?

—Gané una competición en la que ni siquiera sabía que competía —dijo pensando en voz alta.

—No era una competición —respondió Johnny—. Yo te quería. Solo me interesabas tú.

—Menos cuando te interesaba ella.

—Eso fue un millón de años antes. Y lo sabes, Jessie.

Viendo cómo Jessie escudriñaba los mensajes de Izzy, a Johnny le dolía el pecho con cada latido del corazón.

Después de un diálogo con varios emoticonos de risa, Izzy había enviado un mensaje:

Me gustaría verte en la vida real

Con cautela, Johnny le había devuelto la pelota contestando:

A mí también

Unos días más tarde, ella había dicho:

Bueno, quedamos?

No sabía qué decir, porque todavía no tenía ni idea de qué quería ella de él. Tratando de conseguir alguna pista, escribió:

Qué tenías pensado?

Una copa después del trabajo? En algún sitio del centro

No. Él no quería quedar con ella en un lugar público donde pudieran verlo con facilidad. Si Jessie se enteraba antes de que él supiera lo que pensaba Izzy, podría malinterpretarlo. Por no decir algo peor. Pero tampoco quería esconderse con Izzy en rincones oscuros, como si tramara algo sórdido. Respondió:

Creo que Errislannan sería mejor

El centro de la ciudad me viene mejor

A continuación, ella añadió:

Errislannan está demasiado lejos para ir en coche un día entre semana

Él no se lo creyó. El trayecto no era tan largo.

Estaba claro que los dos estaban siendo cautelosos. Él no quería verla en público y ella no quería que él se acercara a su familia.

Se encontraban en un punto muerto, y mientras él estaba en Italia había concluido que ya no estaba seguro de que valiera la pena molestarse con el asunto. Pero el día en que llegaron a casa después de las vacaciones, Jessie le contó que Ferdia se había peleado con Barty. Aquello lo inquietó en lo más profundo. Sentía que los lazos que los ataban a los Kinsella eran cada vez más finos, y la idea de que pronto no quedara ninguno le hizo persistir.

De modo que envió un mensaje:

> Alguna otra propuesta?

Ella contestó:

> Sabes qué? Podríamos tomar una copa en el aeropuerto de Dublín. Un día que los dos estemos de viaje. En vista de que casi vivimos allí

No era una gran propuesta. Los aeropuertos estaban en continuo movimiento. Él quería que su primer cara a cara fuera en un sitio tranquilo, donde pudiera preguntarle por Michael, Ellen y Keeva. Y aunque los dos se quejaban de que «casi vivían» en el aeropuerto de Dublín, sospechaba que sería dificilísimo encontrar un momento en que los dos coincidieran allí.

Entonces fue cuando empezó a pensar en su piso. Estaba en el centro de la ciudad, pero era íntimo.

Sin embargo, la disponibilidad era reducida.

Podía reservarlo para él mismo, pero aquello parecería algo muy distinto. A pesar de sus esperanzas en reconciliarse con los Kinsella, parecía más fácil, más seguro, dejar correr el asunto.

Pasó una semana sin sobresaltos. Luego, diez días, dos semanas... Entonces Michael Kinsella tuvo un infarto y Johnny se enteró por Ferdia.

Nada de Izzy. Ni una palabra.

El primer día la llamó varias veces, pero saltó el buzón de voz una y otra vez.

Él estaba afectadísimo. Pensaba que Izzy y él habían recuperado parte de su antigua confianza. Pero no era solo Izzy la que le preocupaba; eran todos ellos.

Según la información de Ferdia, era probable que Michael no sobreviviese, y Johnny estaba confundido: siempre había pensado que los Kinsella y él harían las paces en algún momento. ¿Cómo iba a ocurrir aquello si Michael moría?

El miércoles y el jueves estuvo dándole vueltas a todo, desplazándose adelante y atrás por sus recuerdos, como unos dedos a derecha e izquierda por las teclas de un piano, preguntándose cómo podría haber evitado aquel lejano desacuerdo.

En medio de todo, Ed le preguntó en un mensaje si podía prestarle diez mil euros. Él estaba tan distraído que le mandó por respuesta un vago «Tendré que pensarlo» y se olvidó rápido del asunto.

De repente, el jueves, a eso de las nueve de la noche, el móvil de Jessie vibró, el grupo de WhatsApp de la familia pitó y el teléfono de Johnny empezó a sonar. La persona que llamaba a Johnny era Izzy, y se sintió aturdido por la esperanza y el miedo. O Michael había muerto o...

No había muerto.

El alivio que le produjo, junto con el hecho de que Izzy considerara a Johnny lo bastante importante para contárselo, le devolvió la esperanza. Podía arreglarse. Todo.

—¡Tenemos que vernos pronto! —dijo Izzy.

A lo que él contestó:

—¡Sí! ¿Te acuerdas de mi antigua casa en Baggot Street? Un momento, tengo que mirar... Estupendo. ¿Qué tal mañana? ¿A la una? ¿La una y media?

—De acuerdo. A la una y media. Te veré allí.

Jessie apareció ante él para darle la buena noticia, que él ya sabía, y se sintió tan abrumado por la esperanza y la culpabilidad y el pasado, que volvía a toda velocidad al presente, que unas lágrimas de debilidad le humedecieron el rostro.

Eran casi las cinco y media de la mañana y Cara ya estaba mejor cuando se confirmó que había sufrido una conmoción cerebral, que era el motivo por el que había hecho aquellos comentarios tan crueles e impropios de ella.

Mientras Ed la llevaba a casa en coche, empezó a recordar la noche anterior en ráfagas de vívidas imágenes. Le había dicho a Liam que era un masajista pésimo. Dios, por su culpa Nell y Ferdia estaban bien jodidos. Había reconocido que se disponía a darse un atracón. Había disgustado a Saoirse, a la que tanto quería, al decirle que el flequillo le hacía cara de pan. Había provocado una revelación sobre Johnny e Izzy Kinsella...

Era difícil de entender; en realidad, era horripilante el daño que había causado. Tenía muchas llamadas de disculpa pendientes, y las haría en cuanto la gente se levantase.

Nell miró el móvil en la oscuridad: las cinco y treinta y cinco de la mañana.

Tres llamadas perdidas de Ferdia.

Le costaba creer que se hubiera citado con él en aquel piso. La noche anterior —santo cielo, ¿había sido la misma noche anterior?—, cuando lo suyo se les desveló a todos los presentes en la cena, se rompió el embrujo.

Todo parecía diferente aquella mañana. Se sentía mayor, más sabia, mucho menos ingenua.

Debía de haberse vuelto loca temporalmente. Ferdia era muuuy joven para ella. Y pensar que si Cara no hubiera aparecido, seguro que habrían follado...

Le gustaba Ferdia. Si era objetiva, veía que estaba bueno, pero sus sentimientos por él habían vuelto a ser los que albergaba antes del viaje a Italia. No era más que un crío. Había perdido la chaveta por él porque su matrimonio hacía aguas. Tal vez él se encontrara en la misma situación que ella y en aquel momento estuviera comprendiendo que entre ellos no había nada real. Necesitaba llamarlo, pero aún no se había armado de valor para hacerlo.

No había tenido noticias de Liam, ni un mensaje ni un wasap; nada. Se preguntaba si volvería a saber de él.

Nada había terminado como ella esperaba. Confiaba en que cuando llegara «el final» se comportarían como personas civilizadas. Pero su historia con Ferdia y la de Liam con Robyn...

No podía negar su tristeza: la dulzura inicial con Liam se había convertido en algo muy desagradable. Y Robyn era tan tan joven que se avergonzaba de Liam.

¿De qué extraña forma se habían alineado los planetas la noche anterior? Todos los matrimonios sentados alrededor de la mesa se habían ido a pique.

—¿Estás bien? —susurró Garr—. ¿Enciendo la luz?

—Gracias. —Menos mal que lo tenía a él para hablar—. No entiendo cómo me casé y que todo haya terminado once meses más tarde. ¿Quién hace eso? He estado pensando en todas las cosas que pasan cuando las parejas cortan. Los dos nombres en la hipoteca, la cuenta corriente, las facturas. Liam y yo no tenemos una mierda juntos. Su exmujer paga el piso, pero las facturas están a su nombre. Yo pagaba la mitad, pero ningún documento nos relaciona.

—Seguro que eso es bueno —dijo Garr.

—Mmm, sí. Pero no muy normal. En fin. En cuanto sea una hora prudencial, llamaré a mis padres para ver si me acogen una temporada mientras busco otra casa. —Dio un puñetazo débil al aire—. Soy una triunfadora.

—Guarda tus cosas en su casa, pero puedes quedarte aquí si quieres.

—¿Puedo? Sería lo mejor. Solo un par de semanas.

—Lo que necesites. ¿Qué vas a hacer con el chaval?

—Me sabe muy mal por él. Es... genial. Pero es demasiado joven y está claro que yo estoy un poco pirada, y empezar algo con otra persona sería lo peor. —Observó su móvil—. Tengo que decírselo.

—Hazlo. Voy a por un vaso de agua. El cuarto es todo tuyo.

—Oh, Dios. —Acto seguido dijo—: Vale.

Ferdia contestó enseguida.

—¿Nell? ¿Estás bien? ¿Podemos vernos?

—Ferdia. Ferd. Escucha, tengo que decirte una cosa. Tú y yo tenemos que dejarlo. Tengo que poner orden en mi cabeza.

—Ah. Oh. Dios... —Él parecía sorprendido—. Yo pensaba que íbamos a...

—La culpa es mía. Es como si se me hubiera ido la pinza por un tiempo. Ahora vuelvo a estar cuerda y no me gusta cómo me he comportado. No lo entiendo. No debo implicarme en ninguna relación.

—Yo esperaba...

—Lo sé. Lo siento. Pero lo superarás pronto. Eres...

—... joven. La gente no hace más que decírmelo. Ojalá tuviésemos la oportunidad de... Pero no pasa nada. Lo entiendo. Eres genial.

—Y tú también. Eres el mejor.

—Bueno, tengo que dejarte.

Ella colgó rápido, sintiéndose casi eufórica por haber puesto fin a aquel desagradable episodio con dignidad.

A eso de las seis y media de la mañana, Ed y Cara llegaron a su casa fría y vacía. Agotados, subieron penosamente la escalera y entraron en su dormitorio.

—¿Necesitas algo? —preguntó él.

—No, gracias.

—Intenta dormir. Te despertaré dentro de cuatro horas para asegurarme de que estás bien.

—¿No vienes a la cama?

—En esta habitación no.

Entonces ella lo supo. Esperó.

—Voy a dejarte —dijo él en voz baja—. ¿Lo sabes?

Ella asintió.

—Lo siento. —Él empezó a llorar.

—No, cielo. Por favor. No pasa nada.

A ella le había ocurrido algo extraño en las últimas horas, como si semanas de tensión hubieran alcanzado un punto crítico, hubieran estallado y se hubieran llevado todo su odio a sí misma, su rencor por haber sido etiquetada, su distanciamiento de Ed. Por primera vez en meses, su amor por Ed, la versión auténtica e inmaculada, había vuelto como una marea alta retardada.

También había conseguido ver con perspectiva su problema con la comida: no tenía control. No podía curarse y Ed tampoco podía curarla.

—Si me quedara —dijo—, sería cómplice... Lo más importante es que te pongas bien. Para ti y para los chicos. Más importante que para mí o para nosotros o...

Mucha gente no entendería sus actos: pensarían que estaba abandonándola cuando más ayuda necesitaba. Pero ella no sería una de aquellas personas. Estar sin él sería horrible. En aquel momento era incapaz de imaginar la profundidad de su pérdida. Pero se lo había buscado. Una parte de ella ya sabía que acabarían en ese punto. Él le había advertido que no podría soportar que empezara otra vez y nunca había sido una persona que amenazara en vano.

Desde la primera vez que le mintió sobre Peggy, se habían encaminado a aquel desenlace. Ella lo sabía y no había podido parar.

—Duerme, cielo —dijo él—. Estaré al lado.

—¡Buenos días, mamá! Todo bien, pero tengo una mala noticia. Liam y yo hemos roto.

—Nell, tesoro. —Angie hablaba en tono suave—. Todo el mundo discute y se grita. Crees que es el fin del mundo, pero...

—En serio, mamá, hemos terminado. Vamos a divorciarnos.

—¡Oh, Nell! ¿Qué podemos hacer nosotros? Un momento, tu padre quiere saber qué... —Nell oyó la voz amortiguada de Angie decir—: Nell y Liam se han separado. Van a divorciarse.

A continuación, la respuesta amortiguada de Petey:

—Nunca me gustó ese muchacho.

Su padre agarró el teléfono.

—Vaya por Dios. Vaya, vaya, vaya por Dios, Nellie. Qué pena. ¿Estás bien? Porque eso es lo único que importa. Mira, esa boda vuestra en el Polo Norte seguro que ni siquiera fue legal. En un programa de Joe Duffy hablaron de la gente que llevaba a sus hijos allí a ver a Santa Claus, y la nieve no es de verdad, y no digamos los elfos. Puedes vivir con nosotros. Jugaremos juntos al bingo de la tele, como antes.

—Eres el mejor, papá. Pero voy a quedarme en casa de Garr.

El breve silencio de Petey lo dijo todo.

—¿Garr? —preguntó—. ¡Un momento, Nellie! ¿Hay algo que no nos hayas contado?

—No seas tonto, papá. Garr es mi mejor amigo.

—Y Angie McDermott es mi mejor amiga.

Al fondo, Nell oyó a su madre decir:

—Niall Campion es tu mejor amigo.

Jessie despertó de un sueño inducido por el Xanax. Lloraba. Johnny estaba allí, levantado y vestido, con una taza de té verde para ella. No sabía dónde había dormido la noche anterior, pero lo más probable era que se hubiera acostado en el sofá.

—Mi ángel. —Él le tocó la cara húmeda.

—No tengo amigos —susurró ella, con lágrimas en los ojos.

—Yo soy tu amigo.

—No lo eres. Hay una persona que una vez fue mi mejor amiga y ahora me odia, y tú has estado viéndote con ella, y aunque no te hayas acostado con ella, cosa que no sé, no deberías haber estado intercambiando mensajitos con ella en plan colega, con vuestras bromas privadas de antaño y vuestros juas.

—Lo hice solo porque esperaba que volviera a ser nuestra amiga. Nuestra amiga.

—Pero yo no lo necesitaba. Lo hiciste a mis espaldas. Estoy muy triste. —Las lágrimas de Jessie empezaron a brotar otra vez—. Yo creía que tú y yo estábamos en el mismo bando.

—Y lo estamos. ¡Lo hice por los dos!

—Dime. —Se sentó en la cama y lo miró a la cara—. ¿Te has acostado con ella? ¿Aunque solo haya sido un polvo rápido por los viejos tiempos?

—No.

—Nunca has sido de fiar. Siempre te ha costado tener la bragueta cerrada.

—De eso hace mucho. Ya no soy así.

—Los mensajes que me ensañaste podrían ser falsos. Podrías tener otro móvil con los mensajes de verdad.

—Sabes que no. Nunca te haría eso. Ni siquiera la logística me lo permitiría. El viernes me fui de la oficina a la una y diez y volví a las dos y cinco. En ese tiempo hice dos viajes en taxi en medio del tráfico de la hora de comer. Habría sido un polvo muy rápido.

Jessie también había calculado las horas del viernes y había llegado a la conclusión de que no habían tenido tiempo para nada. Además, el tono de los mensajes no era sexual.

Pero nada de eso cambiaba cómo se sentía.

—Estuviste mandándote mensajes con ella sin que yo lo supiera. Me traicionaste y, Johnny, no lo soporto. Me siento como si no tuviera a nadie.

—Me tienes a mí.

—Explícame otra vez lo de la cuenta corriente.

—Una cuenta corriente para los ingresos del alquiler del piso. Decidí separarlo del resto de nuestras cosas por si nos arruinábamos. Si el banco decidía exigirnos el pago de un descubierto o anularnos las tarjetas, ese dinero nos permitiría seguir adelante hasta que volviésemos a ser solventes.

—¿Tan preocupado estabas?

—¿Tú no?

—¿Por qué no abriste una cuenta conjunta?

—Porque no quería que tú lo supieras. Al menos… hasta que fuera necesario.

—¿Por qué? ¿Porque yo lo habría gastado?

—Bueno. Puede. Sí.

La noche anterior ella estaba convencida de que Johnny pensaba usar el dinero de la cuenta para huir. Esa mañana creía su versión de los hechos, pero aquello tampoco cambiaba las cosas.

—Quiero que te vayas. De casa, digo. Quiero que vivas en otra parte. Conmigo no.

Nadie entendería por qué le daba tanta importancia a algo así. Pensarían que Johnny había querido retomar el contacto con una vieja amiga en un momento de crisis, y no había nada malo en ello.

—Jessie, te juro por Dios… —Él estaba blanco de pánico.

—No hay nada que puedas decirme que justifique esto.

—¿Y las… y las niñas?

—Yo no he armado todo este follón, y a veces con los niños lo único que puedes hacer es procurar que no les falte comida y evitarles el daño físico. Que te vayas no es ideal…

—Querrás decir que me eches a patadas no es id…

—Verte con Izzy Kinsella a escondidas no es ideal. Fingir que te gustan los gatos no es ideal. Pero ha pasado.

—Por favor, Jessie.

—Michael iba a ponerse bien. No entiendo por qué quisiste verla.

—Fue un momento de esos en los que te llevas un buen susto y luego te sientes muy aliviado. Solo me dejé llevar.

—No. Me querías a mí y querías a los Kinsella, y pensaste que podías tenernos a todos.

Cara estaba despierta. La casa se encontraba en silencio. Del exterior no llegaba ningún sonido de niños jugando.

Su móvil decía que eran las nueve y veinte.

Era sorprendente lo tranquila que se sentía. Siempre había pensado que si Ed la dejaba, haría trizas su ropa de tanta pena. Pero en aquel momento su alma estaba callada. Tal vez porque todavía era algo puramente teórico. Pero dentro de seis semanas o cuatro meses o dos años, sería horrible.

Todos aquellos pensamientos daban vueltas en su cabeza como un hámster en su rueda.

Lo encontró en el cuarto de Vinnie.

—Cielo —susurró.

Ed se volvió hacia ella y se le llenaron los ojos de lágrimas.

Cara retiró la colcha de Vinnie y se metió debajo, apretándose contra el calor de él. Nunca lo había amado tanto y su serena aceptación empezó a hacerse añicos.

—Es lo mejor que puedo hacer por ti. —Él la atrajo fuerte contra sí—. Yo no puedo ser tu guardián. Solo tú puedes hacer esto por ti misma.

—Cielo, en realidad no llegué a darme un atracón y...

—Lo habrías hecho si Nell y Ferdia no hubieran estado allí.

—¿... podría haber cambiado de opinión en el último momento?

Él negó con la cabeza.

Seguramente tenía razón.

—Lo siento, Ed... Mucho. Todo el daño...

—No pudiste evitarlo. Eres una adicta. No podías aceptar ayuda.

—Quizá ahora sí que pueda.

—Los niños —dijo él—. ¿Podemos intentar mantener la normalidad lo máximo posible?

—Por supuesto. ¿Qué les diremos?

—La verdad. Aunque puede que sea difícil de asimilar para ellos: tú estás enferma y, para ayudarte, yo me marcho. —Un nuevo acceso de llanto lo sacudió.

—No podemos contarles una mentira, como que nos hemos distanciado. ¿Les contamos la realidad? Puede que lo entiendan. —Ella respiró hondo—. Ed, ¿de verdad está pasando esto?

—Calla. —La voz de él estaba cargada de emoción—. Todo es muy triste. ¿Cuándo se lo contamos?

—¿Ahora? Podríamos traerlos a casa y contárselo ahora.

—Está bien. Luego me iré.

Nell se armó de valor para llamar a Jessie. Había muchas posibilidades de que no contestase... pero lo hizo.

—Jessie. —Habló rápido por si colgaba—. Siento mucho lo que ha habido entre Ferdia y yo. No ha pasado gran cosa, por si sirve de algo. Tú te has portado muy bien conmigo, me has acogido en tu familia y yo te he hecho pasar vergüenza, he armado un señor caos y, en fin, siento mucho este fregado.

—No me lo esperaba. —Jessie no parecía en absoluto su habitual versión dinámica—. No sé cómo sentirme. Anoche pasaron muchas cosas y esta es una más de las cosas que intento... Mira, los dos sois adultos, podéis hacer lo que os dé la gana. Pero él es mi hijo y tú eres mi cuñada. Aunque deduzco que no por mucho tiempo.

—No lo creo.

—Todos nos cabreamos contigo —dijo Jessie—. Todo se ha ido al carajo y es... Me está costando mucho. Tengo que dejarte. Cuídate, buena suerte.

—Gracias. Tú también. —Nell colgó. Había sido demoledor. Pero podría haber sido mucho mucho peor.

Momentos más tarde, recibió un mensaje de Liam:

Búscate un abogado, zorra

Se quedó desconcertada. Pero solo estaba marcándose un farol. Ella no tenía donde caerse muerta y él tampoco: no había nada por lo que pelearse. Se quedó sentada esperando a que dejaran de temblarle las entrañas.

—Liam dice que puedo quedarme con él. —Johnny esperaba que entonces, seguro que sí, Jessie cambiara de opinión.

—Vale. —Ella siguió vaciando el lavavajillas.

—¿Cuándo quieres que me vaya?

—Ahora.

—¿Ahora mismo? ¿A las dos y cuarto de la tarde de un sábado?

—Sí. —De repente ella se irritó—. Ahora mismo. ¿Cuándo cojones si no? ¿En la puta primavera? ¡Largo!

Él no recogió casi nada a propósito, para tener motivos por los que volver, y se fue a casa de Liam en coche.

—¿Qué tal estás? —preguntó a Liam.

Este se encogió de hombros.

—¿Nell y tú…?

Liam puso los ojos en blanco de forma exagerada.

—¿Se ha acabado? —inquirió Johnny.

—¡Pues claro que se ha acabado, joder! ¡No volvería a tocar a esa fresca en mi vida!

—¿Y Robyn y tú?

Liam sonrió satisfecho.

—Robyn y yo.

—¿No te parece un poco joven para ti?

—Si quieres quedarte aquí, más vale que te guardes esos comentarios.

—Está bien. ¿Qué cuarto puedo quedarme?

—Cualquiera de los dos.

Johnny miró en la habitación de Violet. Muy rosa. Luego en la de Lenore. Todavía más rosa.

—Me quedo el de Violet —gritó a Liam—. Voy a sacar mis cosas.

—No te pongas demasiado cómodo —contestó—. Esto es muy temporal.

Apartando a una familia de cerditos de terciopelo, Johnny puso sus distintos cargadores en el pequeño tocador biselado. Todavía se encontraba en estado de shock. Habían pasado poco más de veinticuatro horas desde que abrió la puerta del bloque de su piso a Izzy Kinsella y su vida se vino abajo.

En su momento, había vuelto a hacerse ilusiones lenta, dolorosamente, pero entonces ya no estaba del todo convencido de que insistir a Izzy valiera la pena. No lograba olvidar el hecho de que ninguno de los Kinsella, ni siquiera ella, se hubiera molestado en avisarlo cuando Michael ingresó en el hospital. Sin embargo, era un momento de urgencia y estrés para ellos. E Izzy lo llamó en cuanto tuvo buenas noticias.

Pero Ellen no lo había telefoneado. Como era obvio, Michael no había llamado a Keeva y le había susurrado con voz ronca: «Quiero ver a Johnny».

No paraba de chocar con dolorosas certezas: «No les importo y yo pensaba que sí».

El día anterior, Izzy subió al trote por la escalera, con sus rizos brincando. Entró en el salón rozándolo al pasar, dejó ruidosamente un termo metálico en la mesita, arrojó el abrigo sobre el apoyabrazos del sofá y se lanzó a la butaca.

—Bonito sillón. —Guiñó el ojo, burlona.

—Ya me conoces —respondió él—. ¿Café?

—Ya tengo. —Señaló con la cabeza el termo—. Feliz cumpleaños. Bueno, ¿cómo te va?

—Ya lo sabes. Gracias por la llamada de anoche.

—Sí. —Ella espiró larga y sonoramente—. Han sido los días más largos de mi vida. No puedo creer que solo sea viernes. ¿Estoy horrible?

—Estás como siempre.

—¿Como siempre? —Parecía ofendida—. El Johnny Casey que yo conozco puede hacerlo mejor.

—Estás preciosa. —Él se removió en su sillón.

Tenía que poner fin a aquella charla. Se había pasado cuatro meses echando el anzuelo y no había avanzado nada. Había llegado el momento de preguntar a bocajarro.

—Bueno, entonces, ¿Michael se recuperará del todo?

—No podrá correr una maratón en breve, pero... yo pensaba que no saldría de esta. Cuando dijeron que se pondría bien —se le iluminó el rostro—, me sentí tan aliviada que parecía que estuviera colocada.

—Así me sentí yo también cuando me llamaste.

—Fuiste una de las primeras personas en las que pensé. Supongo que algo tan grave te enseña lo que es importante en la vida. —En voz más baja, Izzy dijo—: Te he echado de menos.

«Vamos allá.»

—Yo también. —Él mostró una enérgica alegría—. Os he echado de menos a todos. Por eso... Tú lo has dicho, un golpe así pone las cosas en perspectiva, así que, Izzy, ¿existe alguna posibilidad de que dejemos atrás el pasado?

—¿Quiénes?

—¿Es posible que todos, tú y Keeva, tu madre y tu padre, nos perdonéis a Jessie y a mí?

La mirada de Izzy deambuló por su rostro. Abrió la boca como si fuera a hablar, pero volvió a cerrarla.

—Podríamos ser amigos, Johnny. Tú y yo.

«Mierda.»

Bueno, su instinto había estado diciéndole que era una cagada. Pero ¿la había manipulado? ¿Lo había manipulado ella? ¿Tenían los dos la culpa?

—Sabes que Jessie y yo siempre te hemos querido mucho —dijo con gran pesar.

Ella se quedó petrificada. Siguió un silencio.

—Te lo juro, Johnny Casey —dijo al fin—, no puedo creer lo oportunista que eres.

Él permaneció sentado, muerto de vergüenza. Hacerla pasar por aquello era miserable.

—Creo que esto se ha acabado. —Después de recoger su abrigo y su termo de café, Izzy se dirigió a la entrada y cruzó la puerta.

Cuando se volvió hacia la escalera y desapareció, su sonrisa triste y aquel familiar cabeceo de desesperanza eran genuinos.

Apoyado contra la puerta cerrada, el odio hacia sí mismo se le revolvió en el estómago, como la leche agria.

Ninguno de los dos había conseguido lo que quería.

Se había terminado. Concluido. Acabado.

—¿La has dejado? —gritó Johnny.

—¿Las has dejado? —preguntó Liam—. ¿Qué coño te pasa, Ed?

—Por una vez, Ed, ¿podrías hacer el favor de no... no... —Johnny buscó las palabras— no ser tan rarito?

—¿Podéis dejar de gritarme? ¿Solo un rato? —replicó Ed—. ¿Cuál es mi cuarto?

—En serio —dijo Liam—, no os pongáis demasiado cómodos. Ninguno de los dos.

—Mil gracias, joder —dijo Johnny—. Gracias, hermanito.

—Paige podría echarme.

—Claro. Eso es... Sí, eso no estaría nada bien.

—¿De verdad has dejado a Cara? ¿Se lo has dicho a los niños?

Ed apenas soportaba pensar en ello.

—Sí. —Había sido peor de lo que él esperaba.

Vinnie había llorado. Su hombrecito llorando porque su padre se iba.

Tom había hecho preguntas con inquietud y desconfianza: «¿Qué enfermedad tienes, mamá? ¿Vas a morirte?». Y «Papá, se supone que, si está enferma, tú tienes que cuidar de ella».

—Tengo que ponerme fuerte sola —dijo Cara.

—Pero ¿será solo por un tiempo? —insistió Tom—. ¿Volverás cuando esté mejor? Mamá, te pondrás mejor.

¿Quién sabía si se pondría mejor o no?

—¿De verdad les has hecho eso a tus hijos? —preguntó Liam.

Le dijo la sartén al cazo. En fin. Aquello era preferible a que Cara tuviera otro ataque. Por lo menos, de esa forma los dos progenitores de los niños estarían vivos.

Lunes

—Dios todopoderoso —dijo Petey a Nell—, hoy parece que vayas a reacción. Está claro que separarte de tu marido te sienta bien. —A continuación, agregó—: ¿Te he ofendido? Solo lo decía...

—Basta. Estoy bien. Dame otra cosa que pintar.

No había tenido contacto con Ferdia. Aquello era bueno; estupendo, incluso: había eliminado muchas interferencias emocionales y la había ayudado a aclararse las ideas.

Por fin lo entendía: su fijación por Ferdia respondía a que su subconsciente trataba de distraerla de lo gilipollas que era Liam. Las cosas tenían sentido, y a ella le gustaba.

Jessie llenó la tetera con lágrimas corriéndole por la cara. ¡*Gifs* de gatos! Gatos. ¡Ellos eran más de perros!

Mientras revolvía la cocina buscando espaguetis para la cena de las niñas, oyó que la puerta principal se abría. Johnny apareció y ella gritó por el pasillo:

—¡Ya no vives aquí!

—Solo he venido a recoger algo de ropa para el viaje a Berlín. Me voy mañana.

Bien. Se le había hecho raro y duro estar sentada enfrente de él en la oficina.

—¿Cuánto tiempo?

Él entró en la cocina.

—Volveré el jueves por la noche.

—Tienes que buscarte otro trabajo —dijo ella—. No podemos

trabajar juntos. Se te da muy bien convencer a la gente con tu labia. Algo encontrarás.

El dinero, lo reconocía, era un problema. Lo había sido y en aquel momento lo era más. Pero esperaría a que Karl Brennan le entregara su informe. Él podría aconsejarle algo útil.

Resultaba irónico —¿o tal vez la ironía no era eso? Temía dar por sentado lo que era irónico desde que a la pobre Alanis Morissette la humillaron tanto años atrás— que hubiera consultado a Karl Brennan para apaciguar a Johnny, pero en aquel momento él podía ofrecer la solución económica que facilitara su separación.

—Sabías que me odiaba. Nunca deberías haber quedado con ella.

—Yo no sabía nada. Me daba miedo preguntar demasiado pronto. Y cuando por fin pregunté, dejé claro que tú y yo formábamos un lote.

—Yo no le interesaba.

—Siento que hayas tenido que descubrirlo —dijo él, angustiado.

—Solo le interesabas tú. Y no como amigo.

—Nunca debería haber... Me odio a mí mismo...

—Ponte en mi lugar. Me siento rechazada, sin amigos, excluida, abandonada, humillada y tonta.

Martes

—Si no pierdes nada —dijo Peggy—, ¿por qué vas a cambiar?

Cara asintió con la cabeza.

«A Ed no le ha quedado más remedio.»

«Pero ha sido muy triste.»

Sus pensamientos estaban mucho más elaborados que sus sentimientos. En teoría, estaba de acuerdo con Ed, pero en lo que respectaba a las emociones era un mar de lágrimas: podría llorar eternamente.

Y, sin embargo, las cosas habrían podido ir peor: la logística de su separación no había sido tan devastadora como para otras parejas. En su situación, durante tres meses al año, Ed estaba fuera de casa entre semana. Ella y los niños se habían acostumbrado. Lo sobrellevaban.

Luego estaban Dorothy y Angus. Estaban tan disgustados por Vinnie y Tom que siempre se ofrecían para hacer de canguro, llevarlos al médico o cualquier emergencia.

Ed necesitaba un sitio donde vivir: buscar el dinero sería complicado. Pero en realidad no necesitaba comodidades materiales: dormiría encantado en un cartón.

—Le he partido el corazón —le dijo Cara a Peggy—. Me lo he partido a mí misma. Si hago todo lo que tú me dices, ¿cuánto tardaré en estar mejor?

Peggy rio.

—¿No se puede saber? —preguntó Cara.

—No. Yyy… no lo hagas por Ed. No lo hagas para arreglar tu matrimonio…

—¿Crees que tiene arreglo?

—No me corresponde a mí decirlo. Lo que sí te digo es que tienes que dejar todo eso de lado. Si quieres estar mejor, hazlo por ti, Cara.

En cierto modo, sentía que ya había perdido demasiado para molestarse en hacer todo eso…

—La vida es preciosa —dijo Peggy—. ¿Por qué no intentar vivirla en su plenitud?

… Pero tenía a sus hijos. Y se tenía a sí misma.

Eran buenos motivos para intentarlo.

Miércoles

—¡Nell! ¡Cuidado con el puñetero arquitrabe!

Ella miró como atontada. La pintura semimate que había aplicado con el rodillo en las paredes había goteado sobre el blanco de la madera. Ni siquiera se había dado cuenta.

—Lo siento, papá.

—Hoy no das pie con bola. ¿Qué te pasa?

Lo que le pasaba era que su maldito cuelgue por Ferdia había vuelto, como un herpes que creía que ya estaba curado.

En el cumpleaños de Johnny, su humillación había logrado acorralar sus sentimientos: tenía clarísimo que su coqueteo con Ferdia había sido algo horrible. Aquella convicción había durado todo el fin de semana y hasta el lunes.

Pero el martes ya no le parecía tan horrible.

Y esa mañana ya no se lo parecía en absoluto. Había el problemilla de la diferencia de edad y, sí, se habían conocido de una forma que no figuraba en el manual de primeros encuentros románticos. Pero ¿qué más daba eso, joder?

Jueves

Nell lanzó al éter un «Hola» experimental.

Las secuelas de la adrenalina y el miedo le hicieron apretar a Molly Ringwald contra el pecho.

—¿Vemos la peli? —preguntó Garr.

—Sí. Venga.

La gata se escapó dejando una capa de pelos de color miel sobre la camiseta de Nell. El pobre animal soltaba pelo a puñados, seguro que debido al estrés. Si no se instalaban pronto en algún sitio, se quedaría calva.

Y la perspectiva parecía cada vez más probable. Nell había ido a ver casas todas las tardes después del trabajo: por mil motivos distintos, ninguna reunía las condiciones necesarias, y a veces eran un verdadero desastre.

—Espera dos segundos.

Fue al armario de debajo de la escalera a por el aspirador. Se movió a toda prisa por el cuarto de Garr, aspirando hasta el último pelo de Molly.

—Vale. Ya está. Dale al play. —Miró de reojo el móvil. Nada.

La película había ganado un Óscar a la mejor fotografía, pero ella no paraba de lanzar miradas furtivas al teléfono. Nada, nada, nada, nada… y, entonces, un seco «Hola».

La felicidad la invadió y debió de notarse, porque Garr la miró.

—¿El chaval?

—Garr…

—¿Sí?

—¿Podemos dejar de llamarlo «el chaval»?

Se quedó sorprendido.

—Ah. Claro. Perfecto. Como quieras.

—Se llama Ferdia.

Tecleó: «¿Estás bien?».

Tras otra larga espera, él contestó: «¿Qué puedo hacer por ti?».

¡Oooh! Casi le dio la risa.

Pero tenía razón. Ella le había dicho que habían terminado antes de haber empezado. ¿Qué se suponía que tenía que hacer él?

«¿Ya me has olvidado?», envió ella.

La respuesta llegó acompañada de un zumbido: «Sí».

El jueves por la noche, después de desembarcar de un avión procedente de Berlín, Johnny fue en coche como un autómata al hogar familiar.

Hasta que aparcó su cacharro enfrente de la casa no se dio cuenta de que ya no vivía allí.

Entró de todas formas. Quería ver a sus hijas.

Además, optimista irredento, pensó que era cuestión de tiempo que Jessie lo dejara volver.

—¡Papá, papá, papá! —Las niñas se alegraron mucho de verlo.

Jessie asomó la cabeza por la sala de estar. Tenía cara de confundida.

—¿Qué haces aquí?

—Yo, ejem… —Johnny se encogió de hombros—. Quería ver a los bichitos.

—No puedes pasar sin avisar. Necesitamos un horario.

Se le heló la sangre en las venas. Ella se mostraba tan implacable como el viernes por la noche. Por primera vez pensó que tal vez no fuera a cambiar de opinión. Por lo general, estallaba con facilidad, pero también olvidaba con facilidad. Sin embargo, al día siguiente se cumpliría una semana de aquella cena infernal.

Las niñas pequeñas pidieron a voces que les contara un cuento antes de dormir y las acostara, de modo que las llevó escalera arriba. Se lo tomó con calma y prometió que pronto estaría viviendo otra vez en casa, que él y su mamá necesitaban «arreglar unas cosas de adultos».

Eran las once de la noche pasadas cuando volvió abajo. Entró en el salón sin hacer ruido. Jessie estaba hundida en una butaca, navegando por su iPad con la mirada ida. Él había estado abrigando el plan furtivo de quedarse y dormir en el sofá, su primera tentativa de reasentamiento.

Pero ella salió de golpe de su letargo.

—Es hora de que te vayas.

—Pero... Esto es terrible para las niñas.

—Tendremos que pensar algo —murmuró ella. A continuación, empezó a llorar otra vez y dijo—: Lo has estropeado todo.

—Jessie, te lo suplico... ¿Alguna vez te he dado motivos para que no confíes en mí?

—«¡Juas!» —dijo ella—. ¿Puedes marcharte ya?

Incapaz de hacer nada, él se marchó.

—Me gusta. —Nell se dirigía al techo del cuarto de Garr—. Nada más. Y una no puede ir por ahí acostándose con todo el mundo que le gusta. La civilización desaparecería: todo el mundo se lo montaría unos con otros por las calles.

—¿Ah, sí? —dijo Garr.

—Es simple atracción física. Simple e intensa atracción física, en este caso; pero puedo superarlo, no soy un animal...

No debería haber dicho aquella palabra, porque de repente se puso a pensar en términos muy bestiales. Le acudieron a la mente palabras como «desgarrar» y «morder» y «embestir», acompañadas de imágenes eróticas de Ferdia desnudo y hermoso.

—Es el «casi pero no» lo que me saca de quicio. En dos ocasiones nos besamos y la cosa se puso muy... y entonces tuvimos que parar. Y eso no es saludable, Garr.

—¿Y qué te ayudaría a no desquiciarte?

—Terminar lo que empezamos. Solo una vez. Te parecerá una chorrada, pero, si te soy sincera, creo que me ayudaría a cerrar ese capítulo.

—¿Quieres hacer el favor de ir a tirártelo? No aguanto más tu ansiedad.

—Dijo que me había olvidado.

—Sí, bueno. Puede que te haya olvidado o también puede que el tío tenga su orgullo.

—Entonces, ¿lo llamo?

—No. Deberías coger dos latas vacías y unirlas con una cuerda tensa de aquí a su casa. O podrías fletar una avioneta y lanzar octavillas sobre su barrio, Foxrock. Sí, Nell, por el amor de Dios, llámalo. Voy a salir a pasear a la gata. El cuarto es tuyo.

En cuanto Garr se marchó, llamó por teléfono a Ferdia. No estaba segura de que él fuera a contestar.

—¿Qué quieres? —preguntó.

Ella sudaba.

—Dijiste que me habías olvidado.

Después de varios segundos de silencio, él suspiró.

—Nell, esto no mola nada. Me dijiste lo que querías. Ha sido duro, pero he hecho lo que me pediste. Estás jugando conmigo.

—No puedo implicarme en ninguna relación hasta que me aclare la cabeza. Pero... —se puso muy nerviosa— ¿podríamos pasar una noche juntos?

—¿Crees que se trata solo de sexo?

—¿Sí o no?

—¿Es eso lo que quieres?

Ella hizo una pausa.

—Es difícil saber hasta qué punto puedo fiarme de mis sentimientos en este momento, pero... sí, es lo que quiero.

Otro de esos largos e inquietantes silencios.

—¿Cuándo? —dijo él entonces.

—Pronto. Lo antes posible. Puedo pedirme un día libre. Estoy trabajando con mi padre.

—Está bien. —Fue directo al grano—. Pensaré algo. Te mandaré un mensaje.

Pero no lo hizo.

El viernes pasó.

El sábado pasó.

El domingo pasó.

Lunes

Ferdia llamó por fin.

—¿Todavía quieres hacerlo? —preguntó.

—Sí. —Nell tragó saliva.

—De acuerdo. ¿Puedes tomar el tren a Scara mañana? Está en la costa.

«¿Scara?»

—¿Donde está el faro?

—Sí. No hay muchos trenes porque es pequeño. ¿Podrías tomar el que sale de Greystones a las dos y cincuenta de la tarde? ¿Te parece bien si quedo contigo en la estación de Scara en lugar de ir en el tren contigo?

—Ah. Claro.

—Mándame un mensaje cuando estés cerca. Allí estaré.

El lunes por la tarde, Liam alzó la vista cuando Johnny llegó del trabajo.

—¿Sigue haciéndose de rogar? —Parecía enojado.

Johnny tragó saliva.

—No creo... —Se sentó y apoyó la cabeza en las manos—. No estoy seguro de que tenga solución. Han pasado once días, casi dos semanas. Creo que lo dice en serio.

—¡Qué va! Cuando necesite que recojas a las niñas de hípica...

—¿Hípica?

—O la actividad que hagan ese día. No sé, ballet o algo así. Entonces te necesitará. No aguantará mucho sin su chico de los recados.

—Yo no soy su chico de los recados.

—Pues claro que lo eres.

Una ira repentina brotó de la boca de Johnny.

—Cállate, pedófilo de los cojones.

—¡Tiene dieciocho años, capullo! Dieciocho. Vete a la mierda.

—Vete a la mierda tú.

—No, vete tú a la mierda, gilipollas. Tu problema es que le tienes miedo a Jessie.

—No le tengo miedo.

—Ya lo creo que sí. Tienes que echarle huevos. —Acto seguido preguntó—: ¿Adónde vas?

Jessie estaba apagando las luces y cerrando la puerta de casa antes de acostarse cuando llamaron al timbre. Era Johnny.

—¿Qué narices haces? —dijo—. Están todas en la cama.

—He venido a verte a ti, no a las niñas.

—¿Para qué?

Él la siguió por el pasillo hasta la sala de estar.

—Tenemos que hablar.

—No vuelvas a disculparte —le advirtió ella.

—No voy a hacerlo. —Se sentó en un sillón ladeado con respecto al de ella—. Porque no he hecho nada malo. —Su convicción la sorprendió—. No buscaba nada con Izzy. Me pareció una de esas oportunidades que a veces te ofrece la vida. Le mandé mensajes y quedé con ella por ti y por mí. Estoy seguro de eso. Fue un error. Pero no tramaba nada malo.

Aquella noche parecía distinto, pensó Jessie. Mucho menos dócil.

—Has visto todos los mensajes —continuó Johnny—. Y no empieces otra vez con lo de los mensajes secretos, porque no los hay. Entre Lizzy y yo no hubo nada sexual. Ni siquiera se me pasó por la cabeza.

Sin que supiera por qué, a ella le molestó aquel discurso apasionado.

—Cuando era más joven, no tenía ningún respeto por mí mismo. Comparado con otros hombres, entre ellos Rory, me sentía un idiota superficial. Me traían sin cuidado las mujeres con las que me acostaba. Me traían sin cuidado muchas cosas. Me avergüenzo de quien era. Pero ya no soy ese hombre. Hace mucho que no soy ese hombre. Soy un hazmerreír para ti y las niñas…

—Yo soy el hazmerreír. Te recuerdo lo de Herr Kommandant y todo eso.

—Y yo soy el tonto de Johnny que apenas sabe atarse los cordones de los zapatos. Pero, y esto es algo en lo que he pensado mucho, soy un buen hombre. Estoy seguro. Hago todo lo posible por ser un buen padre. Vivo mi vida contigo porque eso me hace feliz.

—Si eso fuera cierto, no habrías mandado mensajes a Izzy.

—Estás dolida por lo que creías que estaba en mi cabeza. Y estás dolida porque Izzy no ha querido perdonarnos. Siento que mis actos te hayan causado tanto dolor.

—Me importa un bledo Izzy…

—Antes de todo esto éramos felices. Más felices que la mayoría de la gente. Bueno, yo lo era.

—Te preocupaba el dinero.

—A todo el mundo le preocupa el dinero.

—¿Todavía deseas que los Kinsella te reciban con los brazos abiertos?

—Ahora tengo mi familia. Por fin… Y, Jessie, esta es la última vez que lo digo…

Su seguridad era muy perturbadora. Ella estaba acostumbrada a verlo hacerse pequeño por el peso de los remordimientos.

—… solo dije «juas» una vez, y me desprecio a mí mismo por ello. Además, yo no mandé ningún *gif* de gatos. Ya me voy. Es la última vez que hablo de esto.

Martes

Poco después de que Jessie llegara a la oficina, el nombre de Karl Brennan se iluminó en su móvil. Contestó rápido, suponía que el tipo ponía el contador en marcha en el instante en que se le ocurría llamarla.

—He terminado —dijo—. Tengo cuatro propuestas que hacerle, bella dama.

—¿Cómo es que ha ido tan rápido?

—Porque su estructura es muy pequeña.

Ella se enfureció y él debió de percatarse, porque rio.

—No es usted precisamente Facebook. El informe incluye predicciones, estudios de mercado y encuestas con grupos de sondeo. Ahora mismo estoy enviándoselo por correo electrónico.

Con el corazón acelerado y la boca seca, ella preguntó:

—¿Cuánto va a cobrarme?

—Oh, un pastizal.

Ella colgó y contuvo la respiración hasta que el documento le llegó a la bandeja de entrada.

Contenía una página tras otra de cifras, porcentajes y palabras, pero ella no podía concentrarse.

Tuvo que llamarlo de nuevo.

—Deme unas pinceladas.

—Es más fácil en persona.

—Iré a su despacho.

—Reúnase conmigo en el Jack Black's.

Dios, le encantaba ese puñetero garito. Casi seguro que estaba allí en aquel momento. Casi seguro que era su despacho.

—Estaré fuera un par de horas —anunció sin dirigirse a nadie en concreto—. Tengo una reunión.

En el antro que era el Jack Black's, Karl Brennan tenía delante un vaso alto de un líquido oscuro.

Ella lo señaló con la cabeza.

—Dígame que es Coca-Cola.

—Un Manhattan.

Eran las once menos veinte de la mañana.

—Nunca estoy borracho —dijo él—, y rara vez, sobrio. —Pulsó una tecla de su ordenador portátil y la pantalla se llenó de números—. Puede que usted también necesite un trago.

—Cuénteme.

—¡Muy bien! Cuatro propuestas. Una: siga como hasta ahora, con sus chefs y sus tiendas.

—¿Y...? —No podía ser tan sencillo.

—Quebrará dentro de dos años.

Se quedó lívida.

—¿En serio?

—Sí. —Él parecía encantado—. Los alquileres son cada vez más altos, la venta al por menor está en vías de extinción, bla, bla, bla. Siguiente opción: solicitar un aumento del capital para financiar su división online. Eso no va a ocurrir. El momento de hacerlo era hace doce años. Su empresa es demasiado pequeña y demasiado arriesgada para que alguien invierta en ella. Y usted, personalmente, es demasiado controladora.

Ella tragó saliva.

—Tercera opción: cierre todas las tiendas. —Vio que ella se estremecía—. Sí. Todas. Y la escuela de cocina. Libere el capital de las propiedades que posee. Podrá dejar de pagar las rentas de sus alquileres y a sus empleados; por cierto, su nómina es demencial. Entonces tendría suficiente liquidez para abrir un negocio online decente. El único problema, el reconocimiento de marca. Le alegrará saber que en Irlanda es usted fuerte, reconocida. En el resto del mundo, no tanto. Usted misma lo dijo: el mercado está saturado. Tendría problemas. Tal vez no lo consiguiera.

—¿Y la cuarta opción? ¿Vendo a mis hijos?

—O... —Sus ojos azules inyectados en sangre le lanzaron una súbita mirada especulativa. Su imaginación se había trasladado a un lugar en el que ella no quería pensar—. Cuarta opción: cierre cuatro de sus locales de venta al público. Podrá conservar tres tiendas en ciudades grandes y su escuela de cocina, y además dispondrá de capital para invertir en la parte online del negocio: almacenamiento, mensajería, personal nuevo. Lo que no tendrá es dinero para situarse en lo alto del *ranking* de Google y llegar a un público más internacional. Pero el asunto es este. Su labor con los chefs le da ventaja…

—Se lo dije.

—Sí, bravo por Jessie. Pero, para optimizar recursos, necesita un canal de YouTube, entrevistas con los chefs, demostraciones online. Eso podría marcar la diferencia. Y tiene que darse prisa. En la actualidad invita a cuatro chefs al año. Si aumentara a uno cada seis semanas, podría hacerse de oro.

Aquello no iba a ocurrir. Esa actividad ya le ocupaba demasiado tiempo.

—Contrate a un nuevo empleado. —Era evidente que le había leído el pensamiento—. ¿Quién la eligió a usted como la única captadora de chefs? Lo veo muy a menudo en empresas familiares como la suya. No sabe delegar. Todo se reduce a su ego. Y, al final, estalla. —Él abrió las manos sobre la mesa pegajosa—. Ahí lo tiene. Unas pinceladas, como usted quería.

Había mucha información que procesar, pero lo más difícil de digerir, como una serpiente que ha engullido una piña, era que debía cambiar, y rápido, justo cuando se encontraba en un momento muy difícil.

—¿Cuál elegiría usted? —preguntó.

—Eso no me corresponde a mí. Pero me gusta arriesgar. La tercera opción. Haga todo el negocio online. Puede que funcione, puede que no, pero moriría con las botas puestas.

—Así no se paga la hipoteca.

Él rio con ganas al oír su comentario.

—Usted se aferrará a la cuarta opción. Por esa vía, es probable que no crezca nunca: nadie acudirá a comprar su parte del negocio por miles de millones. Pero si aprende a adaptarse muy rápido, podría sobrevivir. —Bebió un largo trago de su Manhattan—. Necesito otro. ¿Quiere una copa? ¿Una copa como Dios manda?

—Sí —contestó ella—. Sí que quiero.

—¿Por qué llevas esos trajes? —preguntó ella.

Tres copas más tarde, se sentía bastante más optimista.

—¿Te gustan?

—No hay palabras para describir cuánto los detesto.

—Me los hacen a medida en Hong Kong.

—¿Quién? ¿Un... un fontanero? ¿Un fontanero ciego?

—Un sastre que copia patrones de diseñadores.

—¿Por muy muy muy muy muy muy poco dinero?

—¿A quién estás llamando?

—Chis. —Ella levantó un dedo y habló por el móvil—. ¿Johnny? ¿Puedes quedarte con las niñas esta noche? Tarde. Puede que muy tarde. Estoy bien, de copas. —Luego continuó—: Quiero divertirme. Mañana volveré a estar triste, pero ahora me siento bien, así que ¿puedes quedarte ahí hasta que vuelva a casa? Eso será a las... Dios, no sé... a alguna hora en punto, pero prométeme que te quedarás y cuidarás de los bichitos, aunque no te preocupes, Johnny: estoy como una cuba pero muy sana, ya nos vemos cuando sea. —Colgó de golpe.

—¿Qué pasa?

—Mi marido, mi otro marido, su hermana, yo... —Jessie intentó explicarse lo mejor posible.

El ceño fruncido de Karl Brennan se acentuó y en algún momento hizo un gesto con la mano para pedir más bebidas.

—Estás haciendo el ridículo —dijo él cuando Jessie terminó—. No ha pasado nada.

—¿Cómo lo sabes?

—Acabas de contarme lo que ponía en esos mensajes. Si él hubiera buscado un polvo, podría haberlo conseguido muchos meses antes.

—Se suponía que tenía que ser mi amigo.

—Bueno, cometió un error y malinterpretó los motivos de esa mujer. Pero sus intenciones eran buenas. Ella te ha hecho daño a ti, pero tú lo estás castigando a él. Eso es lo que está pasando.

«¿Ah, sí?»

Tal vez eso fuera lo que estaba pasando.

—¿Eres un buen hombre, Karl Brennan?

—No —respondió él—. En absoluto.

—Johnny dice que es un buen hombre.

—A lo mejor lo es.

—Dice que me adora. Pero ha estado encima de mí mucho tiempo para que cambie el negocio.

—Aunque hubiera estado tirándose a todas las mujeres de Irlanda, te ha hecho un favor al insistir en eso.

De repente ella volvió a sentirse triste.

—Nunca lo perdonaré.

—¿Tomamos otra copa? —preguntó él—. ¿O te vienes a casa conmigo?

—¿Estás loco?

—¿Eso es un quizá?

Ella puso los ojos en blanco y, por un momento, vio doble.

—Estoy borracha, soy vulnerable, mi vida se ha ido a pique.

—Definitivamente, eso es un quizá. Nos tomaremos la penúltima.

Ya era un poco tarde para que Nell se convirtiera en una mujer con el armario lleno de vestidos sexis. De todas formas, hacía frío y llovía, de modo que, no sin cierto atrevimiento, se puso un pantalón de peto, un jersey y su abrigo acolchado.

Pero debajo llevaba ropa interior nueva: un sostén dorado de satén y unas bragas a juego. Era impresionante lo mucho que le favorecían.

Sin embargo, para ser sincera, no estaba bien participar del capitalismo solo porque estuviera loca por Ferdia Kinsella.

Durante las tres últimas paradas del viejo y ruidoso tren, ella fue la única persona a bordo. De vez en cuando aparecía el mar; una superficie lúgubre y sombría. Por encima, en tonos grises más claros, el enorme cielo se extendía hasta el infinito.

Dos cortos andenes y una taquilla desatendida componían la estación de Scara. Allí estaba Ferdia. Con su abrigo largo y sus botazas.

—Hola. —Con los ojos brillantes, él le tomó las manos—. Me alegro mucho de que estés aquí.

Él insistió en llevarle la maleta, aunque en realidad era su bolso.

—¿Te importa dar un paseíto? —preguntó—. Siete minutos. Lo he cronometrado.

—¿Adónde me llevas?

—Al hostal del pueblo, con una patrona criticona y un crucifijo encima de cada cama.

—¿Y un cuadro rojo chillón del Sagrado Corazón en el recibidor? ¡Mola!

Se desviaron del camino y cruzaron, andando contra el viento, una llanura cubierta de hierba. Ráfagas de lluvia dolorosa abofeteaban a Nell.

—Esto no estaba en el plan. —Él parecía agobiado—. Te pido disculpas.

—En serio, ¿adónde me llevas? —«No estaremos en una tienda de campaña, ¿verdad? El viento se nos llevará volando.»

—Lo verás enseguida.

Subieron a la cima de una suave colina que descendía a una hondonada antes invisible. Al otro lado el terreno empezaba a ascender otra vez. Oculto hasta entonces por uno de esos efectos del terreno desigual, había un istmo de tierra. En él se hallaba un faro. El faro.

—Allí —señaló él—. Allí vamos.

Una gigantesca llave metálica abría una gruesa puerta de madera. Dentro, en un recibidor con el suelo desnudo, él cerró la puerta al sonido del viento. Unos escalones de piedra describían una curva hacia arriba hasta perderse de vista.

—Esta es la peor parte —dijo él desatándose los cordones de las botas—. Ochenta y siete. Después todo es maravilloso. *Andiamo.*

Una barandilla metálica, fijada a unas ásperas paredes de piedra, ascendía y ascendía. Ella empezó a subir. Y a subir. Le temblaban los muslos.

—Ya casi estamos —dijo él. Y a continuación anunció—: Ya hemos llegado.

—Un momento, necesito... —Nell tomó una bocanada de aire—. Estoy... —Se detuvo.

—¿Sin aliento? —preguntó él—. Pero si no hemos empezado...

Acto seguido se acobardó, agachó la cabeza y se metió en un cálido salón encalado, sencillo pero acogedor. Dos sillones y un sofá se hallaban dispuestos en torno a una maciza mesita. Un blues gótico de estilo sureño que ella no logró identificar sonaba muy bajo.

—Hay más habitaciones. —Él señaló arriba—. Encima de nosotros. Una cocina, luego un, ejem, dormitorio y, arriba del todo, un cuarto de baño. —Se quitó el abrigo—. El baño tiene vistas. Es genial. Ya verás. Bueno, ¿me das tu abrigo? —Se mostraba tan educado que a ella casi le dio la risa.

Él llegó a su cremallera antes que ella. Sujetando la solapa, empezó a deslizarla hacia abajo. Muy despacio.

Ella lo miró sorprendida. El ambiente había cambiado de repente. Muy de repente. Tal vez al final no fuera tan educado.

Sosteniéndole la mirada, él le bajó la cremallera del abrigo. Cuanto más se acercaba al final, más se recreaba.

Ella necesitaba tragar saliva, pero la garganta no le respondía.

Cuando por fin el abrigo se abrió, algo les sucedió a los dos: una trémula exhalación, una recolocación de sus respectivos cuerpos.

Deslizando las manos bajo el abrigo, Ferdia se lo retiró de los hombros. Hizo avanzar los pulgares despacio por sus clavículas. Dejó que las palmas de las manos descendieran y le acariciaran los brazos.

Él no había hecho nada impúdico y, sin embargo, el cuerpo de ella palpitaba.

Su abrigo cayó al suelo, él susurró: «Nell», y ella se derritió.

Cogió un espeso mechón de su cabello y lo acarició entre el pulgar y los otros dedos.

—Me encanta tu pelo. —Con la otra mano le tocó la cara.

Fue un beso ardiente y dulce, romántico y sensual.

—Esto no tenía que pasar aquí —se disculpó él con voz ronca—. En esta habitación. ¿Podemos…?

Le tomó la mano y le hizo subir más escalones. En el siguiente piso había una cocina circular; encima, un pequeño dormitorio con tres grandes ventanales que daban al mar gris.

—Esto es más bonito —dijo.

La cama era un sencillo trasto metálico con un edredón blanco liso. La única nota de color de la habitación la ponía una alfombra persa descolorida y un cubrecama de angora rojo. Ferdia fue directo a la cama y la tumbó con él.

—Perdona por adelantarme —dijo él con una mirada maliciosa.

Le desabrochó la hebilla del peto y deslizó con lentitud el tirante por encima del hombro de ella. Luego el otro lado; le pasaba las manos por el cuerpo como si Nell fuera de cristal.

Ella le desabrochó un botón de la camisa, luego otro, hasta que el pecho quedó al descubierto. Al ver sus tatuajes oscuros contra la piel pálida y perfecta, recordó cómo se había sentido aquel día en Italia: el ansia que había experimentado por él, la sorpresa. Aquello, aquel momento, era justo lo que había deseado.

Entonces él empezó a mover las manos por debajo de su jersey. Con un súbito ruido seco, le abrió el sostén. A ella le recordó una sesión de morreo de dos adolescentes. Pero Ferdia y él no eran unos críos. Ellos no tenían que parar.

Nell le retiró la camisa del cuerpo y alargó el brazo hacia la cremallera del pantalón, pero él le apartó las manos con delicadeza.

—Se acabaría muy rápido...

Él le desabrochó la hilera de botones metálicos que recorría las caderas de ella. Juntos retiraron el peto y la ropa interior.

La cabeza morena de él se situó entre sus piernas y le mordió con suavidad la cara interior de los muslos. Su lengua y sus labios se acercaron poco a poco a su centro mientras, por la otra dirección, su mano presionaba fuerte.

—Ferdia. ¿Puedes...?

Él levantó la vista.

—¿No te gusta?

—Es que... te necesito. Ahora.

—Ah. Vale.

Chocando uno contra el otro, él se quitó el resto de la ropa mientras ella abría el envoltorio del condón. Con las manos temblorosas, Nell se lo puso a toda prisa y se deslizó contra él.

—Ve despacio. —Él parecía nervioso.

Pero ella fue incapaz.

A los pocos segundos, con el cabello de ella enmarañado en su puño, él, detrás de ella, la embestía tirando de sus caderas y diciendo su nombre una y otra y otra vez.

—Pon la mano encima, Jessie.

—Me marcho a casa.

—Solo un momento. Por debajo de la mesa. Nadie lo verá.

—Karl, eres repulsivo. Y lo más abracadabrante, una palabra difícil de decir, es que aun así eres sexy. Pero la parte repulsiva gana. Y el caso, Karl, es que acabo de acordarme…

—¿Sí?

—De que tengo un marido muy sexy y nada repulsivo.

—Hace cuarenta minutos decías: «Nunca lo perdonaré».

—El tiempo lo cura todo.

—Igual resulta que se tiró a esa mujer.

—Eso no lo creí durante mucho tiempo. Me molestaban más los *gifs* de gatos y lo bien que se lo debían de haber pasado. No le gusto a nadie…

—¿Ah, no?

—La verdad es que no. Soy demasiado avasalladora. Eso he oído.

—A Mary-Laine le gustas. A Gilbert le gustas. —Señaló al camarero—. Te oímos bajar la escalera, toda seria con tus tacones y diciendo «Demasiado pronto para ginebra». Nos levanta el ánimo.

—A Johnny le gusto. Es lo que intento decir. —Suspiró—. Fue horrible ver que era tan agradable con alguien que no quería… que no quiere… saber nada de mí. Pero no es culpa suya.

—Acabo de decírtelo.

—Anoche vino a verme. Estaba… distinto. Muy seguro de sí mismo.

—¿Ah, sí?

—Es… —Asintió con la cabeza, pensativa—. Tiene una fuerza increíble en el torso. Siempre la ha tenido. Todavía la tiene. Pero no me refiero solo a la fuerza de su torso…

—Ya. Gracias por compartirlo.

Ella cogió el móvil.

—Si le pido que venga a recogerme, ¿quién cuidará de las niñas?

—Son las tres y veintiséis. De la tarde.

Ella parpadeó.

—¿En serio? En este sitio siempre parece que sean las cuatro de la madrugada y que yo acabe de declararme en quiebra.

Se llevó el teléfono al oído.

—¿Johnny? ¿Podrías venir a recogerme? Estoy en un bar horrible que se llama Jack Black's. —Colgó y le dijo a Karl Brennan—. Ya viene.

—¿Quieres que desaparezca?

—Oh, Dios, sí. Y más vale que pagues la cuenta… Ahora tengo que andarme con cuidado con el dinero.

Jessie plegó el portátil, se peinó, se puso el abrigo y terminó su copa. Casi acababa de ponerse a juguetear con el móvil cuando Johnny bajó trotando por la escalera y buscándola con la mirada. Cuando cruzó la sala, ella vio que había recuperado aquel paso arrogante suyo tan atractivo.

—Johnny. —Se levantó.

—Hola. —Él parecía cauto.

—Hola, buenas. —Ella entrelazó los brazos en la nuca de él—. ¿Te apetece quedarte a tomar una copa?

Él miró a su alrededor.

—No. —Y luego—: Para nada.

—Respuesta correcta. —Ella no pudo evitar lucir una amplia sonrisa de felicidad—. Me alegro mucho de verte.

—Yo también me alegro mucho de verte.

—Vale, vámonos a casa.

Nell se despertó. Su pelo se esparcía sobre el pecho de Ferdia; los brazos de él la estrechaban fuerte. Las gotas de lluvia repicaban contra el cristal casi tan ruidosas como el granizo. La luz del día casi se había ido.

—¿Estás dormido? —susurró.

—No —contestó él—. ¿Puedo encender una luz? Tápate los ojos.

Una lámpara se encendió y allí estaba él, con su piel y sus costillas y aquellos ojos.

—Esto es increíble —dijo Nell.

—Ha sido demasiado rápido. Lo siento.

—Bueno, me tienes, más o menos, otras diecisiete horas. La próxima vez tómate todo el tiempo que quieras.

Él rio en voz baja.

—¿Cuánto necesitas descansar? —Se contestó ella misma a su propia pregunta—: Ah, sí, me olvidaba: los críos no necesitáis tiempo de recuperación.

—¡Ja! Vas a descubrir que soy todo un hombretón. Pero tienes que comer —dijo él—. Para mantener las fuerzas y poder satisfacer mis exigencias viriles. Hay comida en la cocina.

—He traído pijama. Voy a ponérmelo. Soy tímida.

—Adelante. —Él se puso la camisa y el pantalón—. Ya lo he visto todo.

—Puedo cocinar, si te apetece —dijo Ferdia en la cocina—. A ver qué hay aquí.

Ella se paseó por la cocina circular, muy por encima del mar.

—¿Cómo has encontrado este sitio?

—Como siempre. En internet. ¿Te gusta? —Él se sentía orgullosísimo—. Para ti tenía que ser un sitio muy especial.

No le contó las horas que había pasado buscando en Google «hoteles sorprendentes» y «sitio más romántico de Irlanda». Ni que había descartado docenas por no estar a la altura de Nell.

—Tú no eres una mujer a la que le gusten los hoteles con encanto. A ti no te va esa mierda de estilo de vida. Y no eres para nada una persona a la que la seduzcan los hoteles grandes y ostentosos como a mi madre. Sin ánimo de ofender a mi madre —añadió rápido—. Entonces empecé a pensar en castillos. Te veía andando por una muralla. Luego, Google, que sabe más de nosotros que nosotros mismos, me propuso este sitio. Si no estuviera tan hecho polvo, molaría.

—Sí que mola. Mola un montón. —Nell abrió un armario y rio—. ¡Galletas saladas! Qué recuerdos del pasado. Me encantan las galletas saladas. Mantequilla de cacahuete... ¡y Nutella! Esos tres ingredientes combinados son la bomba, tienes que probarlo. ¿Todo esto estaba incluido en la casa?

—Mmm, sí.

Ella asomó la cabeza en la nevera.

—¡Cerezas! Más caras que el oro. Me encantan. ¡Queso halloumi! Si estuviera en el corredor de la muerte y tuviera que elegir mi última comida, sería halloumi a la parrilla.

Él vio que se fijaba en las latas de sidra, los quesitos en porciones, las alcachofas a la brasa. Con un lenguaje corporal de repente despierto, Nell volvió al armario para mirar con más detenimiento. Revolviendo, encontró un bote de crema de galletas Lotus para untar, cuatro bollos de queso y un envase de pastas de té: las caras de Marks & Spencer.

—¿Has estado espiando en mi cabeza? —preguntó.

Él se encogió de hombros y rio.

—Me dijiste cuál era tu comida favorita. Presté atención. ¿Qué puedo decir? Estoy obsesionado contigo.

—No, no digas eso.

—Me gustas, ¿mejor así?; sí, me gustas desde hace tiempo. Me interesan las cosas que te gustan. No solo la comida.

Ella abrió el frigorífico y encontró dos envases de helado de jengibre.

—¿Hay algo para ti?

—¿No vas a darme nada?

Ella insistió en preparar «sándwiches abiertos» de galletas saladas, mantequilla de cacahuete y Nutella.

—¿No te encantan? —Lo observó.

—Me encantan.

—Ja, ja. No estoy tan segura. Va a parecerte una pregunta horrible, pero... ¿hay wifi?

—No. —Luego agregó—: Te entrará el pánico, pero se te pasará.

—Bah, no hay problema. —Nell, en efecto, había sentido un miedo fugaz.

—El pánico volverá, una vez cada hora más o menos. Es lo que me ha pasado esta mañana cuando me he dado cuenta. Pero sobrevivirás.

—Bueno, no tenemos wifi, no tenemos Netflix. ¿Qué vamos a hacer toda la tarde?

»¡Es broma! —dijo ella, al ver que sus ojos brillaban de sorpresa—. ¡No podría ser mejor!

Nell inspeccionó el surtido de dulces que había alineado sobre la mesa.

—¿Por dónde empiezo? Os comeré a vosotras. —Seleccionó

las pastas de té—. Y a vosotras. —Una bolsa de gominolas Haribo—. A ti. —Una caja de bombones Lindt—. Y a ti, claro. —Señaló a Ferdia—. Vamos.

De nuevo en la cama, mientras comían sentados, Ferdia dijo:

—Cuéntame por qué te dedicas a tu trabajo.

—¡Con mucho gusto! Ja. Creo que tengo un colocón de azúcar, carbohidratos y bienestar.

—No. Eso es porque estás conmigo.

Él lo decía en broma, pero, presa de un repentino temor, ella pensó que podía estar en lo cierto. Se sentía absurdamente feliz.

—Intento generar sentimientos: el decorado tiene que expresar la emoción de la obra. Por lo general, se convierte en una serie de desafíos. Trato de buscar soluciones creativas. Algunas no funcionan y con otras tengo que ceder, casi siempre por motivos de dinero. A veces también de salud y seguridad. Es frustrante. Pero la noche del estreno, cuando veo que lo que he diseñado y construido se convierte en parte de un todo y contribuye a la obra, me siento… —vio cómo la miraba Ferdia y enseguida se cohibió— orgullosa. ¡Mucho! Cuéntame cómo te va con lo tuyo.

—Después.

—¿Después de qué?

—Después de que te quites el pijama.

—Primero, enséñame lo que tienes.

Él se encogió de hombros y se desabotonó el botón superior del pantalón. La punta de su erección asomó.

—Qué rápido —dijo ella.

Él puso los ojos en blanco.

—Lleva así, no sé, los últimos cuarenta minutos.

Ella rio de regocijo.

—Pues no le hagamos esperar más.

—Tenemos que asegurarnos de que tú estás lista.

—Oh, estoy lista.

—¿Sí? No estoy seguro.

—Lo estoy…

Él le revolvió el pelo y la besó. Ella trató de apartarlo e ir directa al grano, pero Ferdia le dijo al oído:

—Espera un poco.

Nell estuvo a punto de chillar.

—¡Has estado cachondo los últimos cuarenta minutos! Lo quiero ya.

Pero él se negó a obedecerla. A pesar de la ternura de sus caricias, eran una tortura. Él jugaba con sus expectativas entrando un poco dentro de ella y retirándose.

Cuando después de un largo rato posponiendo el placer por fin la penetró, ella pensó que iba a morir por la intensidad de la sensación.

—Te lo dije —le gruñó Ferdia al oído—. Soy un hombre.

Miércoles

Ed estaba en la cocina de Liam untando una tostada con mantequilla cuando oyó que la puerta de la casa se abría.

Era Johnny.

—Son las siete y media de la mañana —dijo Ed—. Pendón verbenero. ¿Quieres café?

—No, gracias. —Johnny desapareció en el cuarto de Violet y Ed lo siguió. Estaba desenchufando sus cargadores y metiéndolos en una bolsa.

—¿Qué pasa? —preguntó Ed.

Johnny sacó tres camisas del armario y las introdujo también en la bolsa.

—Me ha perdonado. Me voy. —Sonrió de oreja a oreja—. Vuelvo a casa con mi mujer.

—Qué bien.

—Es algo que tú también deberías hacer.

—Basta.

—En serio. Madura. Vuelve a casa con tu mujer.

Ed mantuvo la boca cerrada. Johnny no lo entendía. Casi nadie lo entendía.

La única persona que lo comprendía era Cara.

Ed no iba a volver a casa con su mujer. Ese día no. Ni al siguiente.

Ni nunca.

—Ferdia, tengo que irme dentro de una hora.

La tristeza se reflejó en el rostro de él, pero luego sonrió.

—Vamos a bañarnos.

En lo alto de la casa había una gran bañera con vistas a las olas.

—Mira el mar —exclamó ella—. Está muy crispado.

—Como si nos tuviera tirria.

En la bañera, ella se apoyó contra él, la espalda sobre su pecho, observando los constantes cambios de las mareas. El humor de los dos se había vuelto sombrío.

—¿Esto es solo un rollo de un día? —preguntó Ferdia.

—En realidad, sí. Ya sé que me repito, pero tengo que poner orden en mi cabeza. He hecho cosas que no me gustan. Y no quiero volver a hacerlas. Seguir soltera durante un buen tiempo es lo correcto. Pero estar contigo… ha sido lo mejor. Gracias.

—Nell, si tú quisieras, podría esperarte.

A ella se le iba a partir el corazón.

—Un día, cuando tengas, no sé, cuarenta y siete años, y hayas vivido varias vidas más, puede que conserves algún recuerdo de esto. A mí me pasará lo mismo. Será un recuerdo feliz. Pero pequeño. Una piedra preciosa chiquitita y brillante en el mosaico de nuestra vida. Eso es lo que somos el uno para el otro.

Él asintió con la cabeza en silencio y le tocó la cabeza con la barbilla.

—En mi mosaico serás una obsidiana —dijo ella—. Es oscura, casi negra.

—¿Qué eres tú? Dime una rara y bonita. De color dorado.

—¿Cuarzo? ¿Ojo de tigre?

—Ojo de tigre. Me gusta cómo suena.

Después de otro silencio, él dijo:

—Entonces, cuando subas al tren, ¿bloqueamos nuestros respectivos números, nuestro contacto, todo?

—Sí.

Esperar para despedirse en la pequeña y ventosa estación resultaba demasiado deprimente.

—Ferd… Es mejor que no te quedes conmigo a esperar.

—¿Me voy?

—Es que lo de decirme adiós con la mano… Parece un poco de la Segunda Guerra Mundial.

—Lo pillo.
—Adiós —dijo ella—. Gracias. Eres… en fin… genial.
—Y tú eres la hostia.
—Pero prométeme que no me esperarás.
—No te esperaré.
Ella vio que estaba resignado. Eso era bueno.
—¿Piedras preciosas chiquititas y brillantes? —dijo él.
—Exacto. Piedras preciosas chiquititas y brillantes.

Ocho meses más tarde

Era una tarde de junio soleada y unos cuantos niños jugaban al fútbol en el césped. Mientras Ed se dirigía en bicicleta a la casa donde vivía antes, vio a Vinnie corriendo hacia la pelota.

Y... ¿aquella era Cara? Corría que se las pelaba por el césped, justo detrás de Vinnie.

Dios, era ella.

Hacía mucho que no la veía tan alegre.

Era... ¿genial?

Desde que él se fue, habían cumplido su promesa de ejercer una custodia compartida civilizada. Su único contacto era una serie de breves y dolorosas intersecciones, siempre relacionadas con Vinnie y Tom. Los chicos pasaban cada segundo fin de semana del mes con Ed. Él vivía en una pequeña caravana en un rincón del gigantesco jardín trasero de Johnny. Era una solución poco ortodoxa a su problema de vivienda, pero no le costaba casi nada y a los niños, como era lógico, les encantaba.

En el día a día —trabajo, dinero, cuidado de los niños—, Cara y él se las arreglaban.

Dos noches a la semana, Cara iba a un grupo de apoyo organizado por el hospital; Ed pasaba ese tiempo con los niños. Pero solía evitar a Cara. Era demasiado doloroso.

En esas noches, cuando ella salía, se cruzaban en el recibidor con una sonrisa fugaz y nerviosa. Cuando un par de horas más tarde Cara volvía a casa, intercambiaban otra sonrisa trémula. Luego él desaparecía.

Él nunca le preguntaba por su tratamiento. Lo que Cara hiciera o dejara de hacer tenía que ser solo por ella. Pese a lo duro que parecía, no era asunto de él.

En casa, Tom estaba sentado a la mesa de la cocina leyendo un mamotreto de tapa dura.

—Hola, papá —dijo—. ¿La has visto fuera? ¿Jugando al fútbol? Es como si no la conociera.

Ed esbozó una sonrisa forzada.

—¡Ed! —Cara entró apresurada por la puerta principal—. ¿Ed?

—En la cocina.

—Lo siento mucho. —Estaba radiante. Animada—. He perdido la noción del tiempo ahí fuera.

Él asintió en silencio. Era la vez que más contacto visual tenían desde hacía meses.

—Una ducha rápida —dijo ella—. Y me voy. —Entonces frunció el ceño—. ¿Estás bien?

Él forzó una sonrisa.

—Claro. De fábula.

—Vale. —Ella subió corriendo la escalera.

Diez minutos más tarde, la puerta de la entrada se cerró de un portazo detrás de ella y se fue.

Ed encendió el horno para preparar la cena de los chicos. Le temblaban un poco las manos.

Él y Cara habían terminado. Se había acabado y él lo sabía.

Durante los últimos ocho meses, había lidiado con el día a día haciendo lo que tenía que hacer. Si se le asignaba una tarea, él la llevaba a cabo. Si se le decía que se presentara en un momento y un lugar determinados, allí estaba él. Pero su futuro era una extensión en blanco.

Nunca se preguntaba si conocería a otra persona. Y en lo más profundo de su corazón no albergaba ninguna esperanza de que algún día Cara fuera a estar lo bastante bien para que volvieran a estar juntos. La vida no era más que una cuestión de supervivencia a corto plazo.

Pero ver a Cara tan feliz había hecho añicos los muros que había erigido en torno a sus sentimientos.

Entonces entendió que él no había tirado la toalla.

Se sentía inundado de vacío.

Cara mejoraba. Eso era evidente.

Parecía que había emprendido un nuevo camino y se disponía

a llevar una vida más plena y mejor. ¿Cómo podía oponerse él a eso?

Mientras servía mecánicamente patatas al horno y *nuggets* de proteína vegetal, se moría por dentro.

La gente pensaba que Cara era débil, sobre todo desde su dramática crisis. Que él había sido el protector en su relación. Pero se equivocaban. Ella era la fuerte, la única persona que había hecho que se sintiera seguro en su vida. Catorce años atrás, le había prometido: «Te tengo. Estás a salvo».

Él necesitaba eso entonces.

Y seguía necesitándolo.

En una habitación sin muebles, nueve personas se hallaban sentadas en sillas rectas dispuestas en círculo.

Peggy era la moderadora de aquella noche. Empezó invitando a intervenir a Serena, una recién llegada, y luego a un hombre llamado Trevor.

Cuando él hubo terminado, Peggy preguntó:

—¿Cómo te van las cosas, Cara?

—Aaah. Hoy he estado dando patadas a un balón de fútbol con Vinnie. A él se le da mucho mejor que a mí, pero el hecho de sentirme tan libre con mi cuerpo... —Para su sorpresa, se le llenaron los ojos de lágrimas—. Es nuevo. Y bueno. Algo que pensaba que no volvería a hacer.

—Entonces, ¿a qué vienen esas lágrimas?

—No lo sé...

Peggy aguardó. Ninguno de los demás se atrevía a toser o moverse en la silla. El silencio duraría hasta que Cara hallara su verdad.

—Creo que estoy convirtiéndome en una versión mejor de la persona que era —dijo al final—. Y se me parte el corazón porque Ed se lo está perdiendo. —Hizo una pausa—. Él se merecía lo mejor de mí. Lo quiero. Siento que siempre lo querré. Y no va a volver.

Peggy permaneció callada.

Después de una pausa, interrumpida por resuellos agitados, Cara dijo:

—Ojalá aquí nos dieran un certificado firmado por ti, Peggy. «Cara Casey está curada.» Así él tendría una prueba de que podemos estar juntos sin peligro. —Soltó una risa llorosa—. Pero no funciona así, lo sé.

Peggy asintió con la cabeza para indicarle: «Sigue hablando».

—El tiempo pasa muy rápido. Yo esperaba que después de unos meses él viera lo comprometida que estoy con esto. Pero ya han pasado ocho. Creo que se ha hecho a la idea de que esto es permanente.

—¿Cómo te parece que estás haciéndolo? —inquirió Peggy—. En general.

—Tú no estarás de acuerdo, pero creo que estoy haciéndolo bien. No me he dado ningún atracón desde el cincuenta cumpleaños de Jessie. No he faltado a ninguna sesión semanal contigo en los últimos ocho meses. He venido a todas las reuniones de este grupo, menos cuando Vinnie se rompió el tobillo, en enero. He seguido a rajatabla mi plan de alimentación, y ya se ha vuelto algo instintivo. Si tengo que salir fuera a comer, no me entra el pánico. Al principio era... como si no disfrutara comiendo...

—¿Y ahora? —Peggy estaba interesada.

—Me he acostumbrado. A la monotonía de mi dieta. Sin subidones. Ni vergüenza. Solo es mi comida. Tengo suerte de que no me falte, pero no es mi... —buscó la palabra— mi pasatiempo. Ya no.

—¿Qué pensarías si alguien de este grupo dijera lo que tú acabas de decir?

Cara se mostró recelosa.

—Diría que parece que ha aprendido mucho... Que ha recuperado la estabilidad.

—¿Lo suficiente para retomar un matrimonio?

—Sí, supongo. —A continuación, con más convicción—: Sí.

Toda esperanza se hizo añicos cuando Peggy preguntó:

—¿Lo suficiente para sobrevivir al fin de un matrimonio?

Cara se tapó los ojos con las manos.

—Dios —susurró, y luego continuó—: Sí. Supongo. Va a ser durísimo, pero sí.

Peggy sonrió.

—Ya está. Pase lo que pase, estarás bien.

Ed oyó a Cara gritar:

—¡Estoy en casa! —Esa era la señal de que él tenía que recoger sus cosas y desaparecer de allí.

Sin embargo, él salió al recibidor y le impidió subir disparada por la escalera.

—Cara… —Señaló la sala de estar—. ¿Podemos hablar?

Ella lo siguió.

—¿De qué?

Ed tomó asiento en un sillón.

—De cómo estás.

Cara se sentó enfrente de él con cautela.

—Me va bien. Estoy haciendo lo correcto. Hasta Peggy lo dice.

—Parecías feliz. Antes. Jugando al fútbol.

—Supongo…, sí. Me sentía feliz con mi cuerpo. Libre.

—¿Libre? —Tal vez ya fuera demasiado tarde.

—Ed. ¿Qué pasa? —Ella tragó saliva—. ¿Ha llegado la hora de hacer esto, nuestra separación oficial? ¿De divorciarnos?

—¿Es eso lo que quieres?

—Tú eres el que se fue. —Acto seguido añadió—: Perdona. Si es lo que quieres, lo aceptaré.

Él decidió arriesgarse.

—No, Cara, no lo quiero.

Ella miró rápido de un lado a otro, confundida.

—Mira… Quiero volver a casa. Contigo. Con los chicos, pero, sobre todo, contigo. Si eso no es lo que tú quieres, viviré con ello, pero…

—Alto. —Ella estaba pasmada—. Un momento. ¿Lo dices en serio?

—Totalmente.

—Porque no podría soportar que…

—Lo digo de verdad.

—Entonces sí. Quiero.

—¿En serio?

—En serio.

El alivio de Ed fue tal que rompió a llorar. Ella se le acercó y se sentó en su regazo.

Él sepultó la cara en su cuello.

—Hace doscientos cuarenta y siete días que no te toco. —Medio rio—. Tampoco es que haya estado contándolos. He tenido mucho miedo sin ti.

—No tienes por qué tener miedo —aseguró ella.

—Dilo —dijo él—. Dame ese gusto.

—Pero hablo en serio.

—Adelante, entonces. Dilo. Necesito oírlo.

—Te tengo —dijo ella—. Estás a salvo.

Agradecimientos

Este libro no existiría sin la participación de un gran número de gente, y estoy enormemente agradecida a muchas personas.

Debo aclarar que el hotel The Lough Lein está inspirado en el maravillooooooso hotel Europe de Kerry, donde he pasado felices Semanas Santas con mis sobrinos y sobrinas. Pero existen diferencias; por ejemplo, en el hotel Europe no hay ningún cobertizo para botes en el que «los jóvenes» puedan reunirse y hacer correrías.

Los otros hoteles (el Ardglass y Gulban Manor) también son inventados, al igual que el Festival de la Cosecha, los pueblos de Beltibbet y Errislannan, y me he tomado grandes libertades con la ubicación del lago Dan.

Asimismo, he recurrido a la creatividad con la fecha del concierto de las Spice Girls en Dublín. Y también con la actuación de Fleet Foxes. Espero que no os importe.

Varias personas me ayudaron, muy generosamente, con toda clase de investigaciones: Lian Bell, Richard Chambers, Suzanne Curley, Monica Frawley, Ema Keyes, Luka Keyes, Vicky Landers, Petra Hjortsberg, Jimmy Martin, Ann McCarrick, Judy McLoughlin, Fergal McLoughlin, Brian Murphy, Aoife Murray, Stephen Crosby y Rachel Wright. Un agradecimiento especial a Louise O'Neill. Estoy muy agradecida a todos ellos.

Nigella Lawson, esa diosa, me echó una mano con alguna traducción del italiano. Por otro lado, mis amigos de Twitter intervinieron para asistirme en todo tipo de consultas, por lo general, preguntas médicas. Agradezco toda la información que me han proporcionado; cualquier error o inexactitud es solo achacable a mi persona.

Una de las mejores formas como una persona puede ayudarme es leyendo el libro a medida que yo lo escribo y ofreciendo comentarios, ánimos y opiniones. Estoy muy agradecida a Jenny Boland, Cathy Kelly, Caitriona Keyes, Rita-Anne Keyes, Mammy Keyes, Louise O'Neill (otra vez) y Eileen Prendergast.

Kate Beaufoy se merece un tomo de agradecimiento del tamaño de *Guerra y paz*: leyó varias versiones del manuscrito alrededor de un millón de veces y me orientó con sus consejos, su apoyo sin límites y, una o dos veces, con una buena reprimenda.

En el libro se hace mención al sistema de acogida de refugiados en Irlanda (Direct Provision). Se trata de la forma en que el Estado irlandés trata a las personas que han escapado de la guerra o de episodios traumáticos en su país de origen y buscan asilo en Irlanda. Mientras esperan a que su solicitud de asilo se tramite, sus necesidades se cubren «directamente», en materia de comida y alojamiento, en uno de los treinta y seis centros repartidos por el país.

Su vida está sujeta a diversas restricciones e indignidades, desde no tener derecho a trabajar, no poder cocinar su propia comida, compartir el espacio en el que duermen con gente de muchos países y culturas distintas, o no tener permitido recibir visitas. Muchos refugiados viven así varios años.

Es una forma terrible de tratar a personas ya traumatizadas, y sospecho que algún día Irlanda se avergonzará profundamente de haber permitido que esto ocurra.

El libro también toca el tema de la pobreza menstrual, un problema que afecta a las personas que dependen del sistema de acogida de refugiados de Irlanda pero también a muchas otras. Mi agradecimiento a Claire Hunt, de Homeless Period Irlanda, que ha realizado un gran trabajo en ese campo. Y, por supuesto, a todos los que trabajan para ofrecer protección sanitaria gratuita a quienes la necesitan.

Mi visionaria editora, Louise Moore, me ha defendido desde el primer día. Como escritora, tengo muchísima suerte de contar con una persona tan extraordinaria para animarme, apoyarme y promocionarme. Ella me concede todo el tiempo que necesito hasta que mi libro está «ahí». No existen palabras en el universo para expresar mi gratitud.

Gracias también a mi maravilloso agente, Jonathan Lloyd, que siempre me respalda. Louise, Jonathan y yo llevamos trabajando juntos más de veintitrés años y les debo mi carrera.

Un enorme agradecimiento a todas y cada una de las personas de Michael Joseph: el equipo de ventas, el equipo de marketing, el equipo de redacción y el equipo gráfico. Todo el mundo trabaja muy duro y de forma muy creativa para que mis libros salgan al mercado. Me gustaría dar las gracias en especial a Liz Smith, Clare Parker y Claire Bush.

También, gracias a todos los que trabajan en Curtis Brown: derechos internacionales, cine y audio. Estoy muy agradecida.

¿Y dónde estaría yo sin la encantadora Annabel Robinson, de FMCM, que se encarga de mi publicidad en el Reino Unido?

¿O esa fuente inagotable de energía que es Cliona Lewis, que se ocupa de mi publicidad en Irlanda? PRH Irlanda publica mis libros con gran empeño y entusiasmo, y no dejan de asombrarme los logros del equipo de ventas: Brian Walker y Carrie Anderson.

Esta es mi decimocuarta novela y quisiera expresaros mi más sentido agradecimiento a vosotros, mis lectores, por vuestra confianza y vuestra lealtad. Es un honor enorme contar con personas que creen que el libro que yo escriba les gustará. Pero yo nunca doy eso por sentado.

La persona a la que más agradecida estoy es mi marido. Me ofrece apoyo y ánimo incondicionales, nunca permite que me subestime y tiene una fe inquebrantable en mi obra incluso cuando yo no la tengo. No sé qué he hecho para tener tanta suerte.

(Debo advertir que, con la menopausia, mi memoria se ha ido al garete; si hay alguien que debería estar en esta lista y no está, por favor, que acepte mis humildes disculpas.)

Créditos

[illegible]

[illegible]

[illegible]

Permisos

Extracto de *Walking on Water: Reflections on Faith and Art*, de Madeleine L'Engle © 1980, 1998, 2001, Crosswicks, Ltd. Utilizado con permiso de Convergent Books, un sello de Random House, división de Penguin Random House LLC. Todos los derechos reservados.

«I Fought the Law»

Letra y música de Sonny Curtis

© 1961, Sony/ATV Music Publishing

Todos los derechos reservados. Derechos internacionales garantizados.

Utilizado con permiso de Hal Leonard Europe Limited.

«Girls Like You»

Letra y música de Adam Levine, Henry Russell Walter, Jason Evigan, Brittany Hazzard y Gian Stone

© 2017, Prescription Songs/Songs Of Universal Inc/BMG Platinum Songs/BMG Gold Songs/Bad Robot/Cirkut Breaker LLC/ These Are Songs Of Pulse/Sudgee 2 Music/ People Over Planes/Sudgee 2 Music Kobalt Music Publishing Limited/Pulse Songs/Sudgee 2 Music/BMG Rights Management (US) LLC

Todos los derechos reservados. Derechos internacionales garantizados.

Utilizado con permiso de Hal Leonard Europe Limited.